Michael Tsokos
mit Andreas Gößling

ZERSETZT

True-Crime-Thriller

Eder & Bach

MIX
Papier | Fördert gute Waldnutzung
FSC® C083411

Lizenzausgabe des Verlags Eder & Bach GmbH,
Nördliche Münchner Str. 20c, 82031 Grünwald
1. Auflage, Februar 2023

Ein Imprint der Verlagsgruppe Droemer Knaur, München
Umschlaggestaltung: Stefan Hilden, www.hildendesign.de
Umschlagabbildung: © HildenDesign unter Verwendung
mehrerer Motive von Shutterstock.com
Satz: Satzkasten, Stuttgart
Druck und Verarbeitung: CPI – Ebner & Spiegel, Ulm
ISBN: 978-3-949609-12-1

Prolog

Die kleine Schlampe kapierte rein gar nichts. Jedenfalls tat sie so, als würde sie nur Bahnhof verstehen. Dabei hatte er es ihr in aller Ausführlichkeit erklärt, wieder und wieder. Aber sie glotzte ihn nur verständnislos an, und ihre veilchenblauen Augen tropften wie kaputte Wasserhähne.

»Ich soll meine Beine um Ihren Hals …?« Sie fing schon wieder an zu schluchzen. »Ich kann das nicht … ich will … ich versteh das nicht … Wieso lassen Sie mich nicht einfach gehen?«

Er musste tief Luft holen. »Wir sind per du«, erinnerte er sie. »Schon vergessen?« Er kniff sie in die linke Brustwarze. »Jana. So heißt du doch, oder?«

Sie nickte und schluchzte.

»Mich kannst du übrigens Barry nennen.«

Das war nicht gerade ein genialer Deckname, denn im wirklichen Leben wurde er Harry genannt. Aber darum ging es auch nicht. Harry war sein helles, Barry sein dunkles Ich. So wie bei Jekyll & Hyde. Er liebte diesen Vergleich.

Sie lag in dem uralten Bett mit der ausgeleierten Matratze, er kauerte neben ihr auf seinen Unterschenkeln. Sie waren nackt. Er hatte die Elektroheizung angestellt, es war kuschelig warm. Sie hatte also keinen Grund, sich zu beschweren. Obwohl sie vor kurzem noch geglaubt hatte, auf dem Weg in ihr kitschiges Single-Apartment am Stadtrand zu sein, wo niemand außer ihrer Plüschbären-Parade sie erwartete.

Jana mit den braunen Wuschelhaaren. Sportliche Figur, aber mit ansprechenden Rundungen. Es hatte ihm fast das Herz gebrochen, als er sie in den letzten Tagen beobachtet hatte. So jung, so hübsch und so allein. Da war es geradezu ein Akt der Nächstenliebe gewesen, sie im Gewerbegebiet an der einsam gelegenen Bushaltestelle einzusammeln und hierher mitzunehmen. Zu seinem Hobby-Hostel unter der Erde.

Die Einrichtung war karg, aber zweckmäßig. Ein Tisch mit zerplatztem Plastikfurnier, zwei knarrende Holzstühle, alles mindestens dreißig Jahre alt. In der einen Ecke eine Plastikdusche, daneben ein Chemieklo. In der anderen eine verschimmelte Spüle, kombiniert mit ultramoderner Mikrowelle und dem seit Ewigkeiten defekten Kühlschrank. Die Glühbirne an der Decke brannte, und alle fünf Minuten sprang mit leisem Surren die Belüftung an. Auf dem Tisch stapelten sich Fertiggerichtpackungen. *Original Thai-Curry* und *Pichelsteiner Eintopf nach Großmutters Rezept*, was wollte man mehr?

Na gut, neben der Stahltür standen noch zehn Sixpacks Mineralwasser in Plastikflaschen. Und der Arztkoffer, den Barry griffbereit neben seiner Bettseite plaziert hatte, enthielt alles andere, was man auf so einem Ausflug unter die Erde möglicherweise gebrauchen konnte. Zum Beispiel sechs Ampullen Laxophorin, direkt aus Moskau importiert, ein Fläschchen Liquid Ecstasy aus eigener Herstellung, mehrere Packungen Viagra, knapp einhundert Gramm Kokain in russischer Premiumqualität, jede Menge Einwegspritzen und Kanülen und außerdem natürlich das offizielle Notarztarsenal. Schließlich war er Mediziner mit eigener Praxis am Wandlitzsee bei Berlin.

»Gefällt es dir hier, Kleines?«

Keine Reaktion. Ihr monotones Schluchzen zählte nicht. Er wollte von ihr hören, dass es ihr gefiel. Und er wusste, dass sie früher oder später unter Tränen beteuern würde, wie großartig sie diesen Ort fand. Und ihn, Barry, ihren Lover.

Hey, deine neueste Eroberung ist ein waschechter Doktor! Nicht schlecht für eine abgebrochene Pädagogikstudentin, die beim Discounter in der Frühschicht malocht. Und dann auch noch gleich ein Bund fürs ganze Leben, du Schlampe, dachte Barry. *Jedenfalls für deins.*

Noch ließ sie es an Begeisterung fehlen, aber das würde schon noch kommen. An ihm sollte es nicht liegen. Er war nicht gerade als Langweiler bekannt.

»Allein schon das Bett ist ein Museumsstück«, pries er seinen Bunker an. »Andernorts muss man Eintritt bezahlen, um so etwas auch nur sehen zu dürfen.« Er legte ein Lächeln in seine Stimme, wie es die Radiomoderatoren machten. »Und wenn du im Museum versuchen würdest, dich ins Himmelbett der Prinzessin zu schummeln, würden sofort die Wärter angerannt kommen und weiß der Henker was mit dir anstellen.«

Ihr Schluchzen wurde immer hysterischer, aber Barry blieb auf Kurs. »Außerdem ist die Luft hier viel besser.« Er erklärte ihr, dass er mit eigenen Händen die elektronisch gesteuerte Umluftanlage installiert hatte, da es hier natürlich keine Fenster gab. »Denk doch mal nach, wir sind fast drei Meter unter der Erde.«

Er sah sie forschend an, bis sie den Rotz hochzog und halbherzig nickte.

Damit die Enden der Belüftungsrohre an der Erdoberfläche nicht auffielen, hatte er sie mit blickdichten Sträuchern getarnt. Aber das erwähnte er nicht, weil er fand, dass es defensiv klang. So als würde es ihn beunruhigen, dass irgendwer seinen Bunker unter der Erde entdecken könnte. Was natürlich nicht ganz falsch war, aber noch lange kein Grund, darauf herumzureiten.

Unangenehme Gedanken drückt man weg, alles andere ist mentale Masturbation. So sah Barry das jedenfalls.

☠ ☠ ☠

1

Berlin, Treptowers, BKA-Einheit »Extremdelikte«,
Besprechungsraum,
Dienstag, 5. September, 07:30 Uhr

Sichtlich gut gelaunt eröffnete Professor Paul Herzfeld um Punkt halb acht die Frühbesprechung. Vor ihm lag ein Stapel mit Schnellheftern, auf dem sein Smartphone thronte, ein nagelneuer Blackberry von beeindruckenden Ausmaßen. Anders als gewöhnlich blieb Herzfeld neben seinem Stuhl am Kopfende des Konferenztischs stehen, als wollte er gleich eine Rede halten oder zu einem anderen Termin weitereilen.

Eher wohl Letzteres, dachte Dr. Fred Abel.

Dafür sprach auch, dass der Leiter der BKA-Einheit »Extremdelikte« im dunkelblauen Anzug mit Weste und Krawatte erschienen war. Den weißen Medizinerkittel hatte er offenbar nur der Form halber übergestreift und nicht einmal zugeknöpft. Als sein Stellvertreter war es Abel gewöhnt, bei Meetings genauso wie im Sektionssaal für seinen Chef einzuspringen. Herzfeld war ein weltweit renommierter Rechtsmediziner und entsprechend häufig zu Konferenzen oder Sondereinsätzen auf allen Kontinenten unterwegs.

»Spannende neue Fälle warten auf uns, meine Damen und Herren«, sagte Herzfeld. Seine Augen funkelten, seine tiefe, wohlklingende Stimme füllte den mausgrau möblierten Raum. Mit einer Körperlänge von gut einem Meter neunzig und der Physiognomie eines bekannten Hollywoodschauspielers war er eine imposante Erscheinung. Selbst der japanische Gastarzt Dr. Takahito Hayashi hing an seinen Lippen, obwohl er kaum Deutsch verstand.

»Verdacht auf Waterboarding im Regierungsviertel«, fuhr Herzfeld fort, »Dr. Horstmar von der Rechtsmedizin der Charité wird Sie gleich über die Faktenlage informieren.« Er nickte einem jungenhaft wirkenden Mann Mitte dreißig zu, der am hinteren Tischende saß und in einem blassrosa Schnellhefter blätterte. Abel meinte die Anspannung des Kollegen von der Charité förmlich spüren zu können.

Sie hatten sich in dem fensterlosen Besprechungsraum der Treptowers am Spreeufer versammelt, in dem die allmorgendliche Frühbesprechung mit allen Mitarbeitern ihrer Abteilung stattfand. Seinen Namen verdankte der Bürokomplex dem hundertfünfundzwanzig Meter hohen, glasummantelten Turm, der die ansonsten nüchternzweckmäßige Anlage im Südosten der deutschen Hauptstadt dominierte. Von der grandiosen Aussicht, die man von der Dachterrasse aus genießen konnte, hatten Abel und seine Kollegen allerdings wenig. Ihre rechtsmedizinische Sonderabteilung befand sich im zweiten Untergeschoss.

Obwohl es hier im Besprechungsraum eher kühl war, wies Horstmars hellblaues Hemd CD-große Schweißflecke unter den Achseln auf. *Der Kollege ist voll auf Adrenalin*, ging es Abel durch den Kopf. Horstmar schien seinen Blick zu spüren. Er blickte von seiner Akte auf und sah Abel durchdringend an.

Jagdfieber. Sein kriminalistischer Instinkt ist geweckt, dachte Abel und nickte ihm mit der Andeutung eines Lächelns zu. Er empfand spontane Sympathie für den rund zehn Jahre jüngeren Mann. Nur wenige Rechtsmediziner fühlten sich dazu berufen, als »Kommissar mit Knochensäge« aktiv an Ermittlungen teilzunehmen, und unter diesen Kollegen waren die raren Jobs in der BKA-Einheit »Extremdelikte« heiß begehrt. Abel selbst hatte vor vier Jahren Herzfelds Angebot angenommen und war rasch zu dessen Stellvertreter aufgestiegen, nachdem der vorherige Vize aus Altersgründen ausgeschieden war. Seit seinem ersten Tag in Herzfelds Abteilung war Abel überzeugt davon, seinen Traumjob gefunden zu haben.

»Und dann ist da noch ein weiterer mutmaßlicher Serienmörder.« Herzfeld hielt inne und überflog die erste Seite eines Schnellhefters, den er aus dem Stapel gezogen hatte.

»Eine aufmerksame junge Kollegin vom Brandenburgischen Landesinstitut«, fuhr er fort, »hat im Krematorium die gesetzlich vorgeschriebene Feuerbestattungs-Leichenschau bei einem angeblich an Leberversagen verstorbenen Mann vorgenommen und dabei eine sonderbare Entdeckung gemacht. Laut Totenschein litt der sechsundfünfzigjährige Immobilienmakler an Lebermetastasen bei unheilbarem Dickdarmkrebs. Die Kollegin wurde stutzig, als sie bei der äußeren Leichenschau keine gelbliche Verfärbung der Haut des Toten oder seiner Augenbindehäute feststellen konnte, wie wir es bei Lebermetastasen und der daraus resultierenden Gelbsucht erwarten würden. Im Gegenteil, seine Haut und seine Bindehäute waren *lilienweiß*, wie sich die Kollegin ausdrückt.«

Kurz sah er zu Dr. Murau hinüber, der die Lippen gespitzt hatte und anerkennend nickte. Murau war ein hervorragender Rechtsmediziner, aber fast noch eindrucksvoller war sein Repertoire an düsterer Poesie. Der Mittdreißiger mit dem dezenten Spitzbauch schien sämtliche Gedichte von Baudelaire und Gottfried Benn auswendig zu kennen. Da ihre Abteilung auf die Aufklärung besonders grausamer oder ungewöhnlicher Gewaltdelikte spezialisiert war, bekamen sie praktisch jeden Tag bizarr zugerichtete menschliche Überreste auf den Sektionstisch. Als typischer Wiener hatte Murau stets ein paar makabre Verse und eigene feinsinnige Bosheiten parat, die das vor ihnen ausgebreitete Schicksal auf den Punkt brachten.

»Dachte mir, dass Ihnen das Adjektiv gefällt«, kommentierte Herzfeld und ließ sein fanfarenartiges Lachen ertönen.

Er war in auffällig guter Stimmung. Abel versuchte, sich den zweifellos spektakulären Sonderauftrag vorzustellen, der Herzfeld in derart blendende Laune versetzte. Erst vor ein paar Tagen war Herzfeld ins Auswärtige Amt gerufen worden. Wie Abel am Rande mitbekommen hatte, waren bei dem eilends anberaumten Treffen neben dem Außenminister und dem Generalbundesanwalt auch die Bundesminister des Innern und der Verteidigung zugegen gewesen.

»Leider kann unsere Brandenburger Kollegin ihre Entdeckung nicht persönlich erläutern, da ihr ein anderer Termin dazwischengekommen ist«, fuhr Herzfeld fort. »Was vor allem, aber nicht ausschließlich aus fachlichen Gründen zu bedauern ist.«

Er ließ seinen Blick durch den Raum schweifen, als hoffte er, die junge Rechtsmedizinerin doch noch unter den Anwesenden zu entdecken. Ähnlich wie sein Ebenbild in Hollywood galt er als Frauenschwarm und war gelegentlichen dezenten Flirts nicht abgeneigt. Allerdings war er seit Jahren in festen Händen und achtete ebenso wie Abel strikt darauf, Arbeits- und Liebesbeziehungen nicht zu vermischen. Das sonst drohende emotionale und hormonelle Gebräu war meist explosiv und nur mühsam wieder in seine Bestandteile aufzulösen.

»Stattdessen hat die Kollegin eine frische Einstichstelle in der linken Kniekehle des Toten entdeckt«, referierte Herzfeld weiter.

Abel verspürte gleichfalls einen Stich, allerdings nicht in der Kniekehle. Herzfelds Worte rührten etwas in seiner Erinnerung an.

»Der Einstich war im Randbereich dunkelrötlich unterblutet, muss dem Mann also kurz vor seinem Ableben zugefügt worden sein«, setzte Herzfeld hinzu. »Vor rund sechs Monaten hat es einen ähnlichen Fall gegeben, deshalb hat das BKA die Sache an sich gezogen und die Obduktion angeordnet. Bei dem ersten Toten handelt es sich um den Bauunternehmer Rainer Bunting. Im Rahmen der toxikologischen Untersuchung wurde ein Opioid russischer Herkunft im Blut des Toten gefunden. In beiden Fällen wurde der Totenschein von einem Internisten namens Dr. Harald Lenski ausgestellt. Lenski hat eine Praxis am Wandlitzsee im Norden Berlins. Laut unserer Datenbank ist er bislang weder straf- noch standesrechtlich auffällig geworden.«

Abel hatte Mühe, sich auf Herzfelds sonoren Redefluss zu konzentrieren. Der Name Lenski sagte ihm nichts. Aber er war sicher, dass er es irgendwann einmal mit einem Täter zu tun gehabt hatte, der seinem Opfer ein tödliches Gift in die Kniekehle injiziert hatte. Nur wer und wann das gewesen sein sollte, fiel ihm partout nicht ein.

»Einverstanden, Fred?«

Herzfeld legte dem neben ihm sitzenden Abel eine Hand auf die Schulter. Alle sahen ihn erwartungsvoll an.

»Sorry, ich war in Gedanken«, murmelte Abel. »Habe ich etwas verpasst?«

»Nichts Wesentliches«, versicherte ihm Herzfeld. »Ich habe dir nur gerade für heute Vormittag die Leitung der Abteilung übertragen, da ich direkt nach unserer Besprechung an einem weiteren Meeting im Auswärtigen Amt teilnehmen muss. Außerdem habe ich vorgeschlagen, dass du die Obduktion des mutmaßlichen Waterboarding-Opfers persönlich übernimmst. Der Fall könnte politisch hochbrisant werden.«

Abel nickte. »Sei unbesorgt, da bleibe ich dran«, sagte er absichtlich vage. Insgeheim hatte er bereits beschlossen, dass er den Toten mit dem mysteriösen Einstich in der Kniekehle sezieren würde. Doch das würde er seinem Chef unter vier Augen erklären, sobald er sich selbst über seine Beweggründe im Klaren war.

Um das mutmaßliche Waterboarding-Opfer konnte sich der altgediente Oberarzt Dr. Martin Scherz kümmern, der mit gewohnt griesgrämiger Miene zwischen Abel und der Assistenzärztin Dr. Sabine Yao saß, einer zierlichen Deutschchinesin mit dem Gesicht einer Porzellanpuppe. Allerdings musste Abel dann höllisch aufpassen, dass der grobschlächtige Oberarzt keine übereilten Schlussfolgerungen in sein Obduktionsprotokoll schrieb. Scherz war zwar einer der besten und erfahrensten Rechtsmediziner, mit denen Abel bisher zusammengearbeitet hatte, aber Menschenkenntnis schien der empathiefreie Eigenbrötler nur im Hinblick auf Tote zu besitzen. Was lebendige Individuen, ihre Motive und Handlungsweisen anging, neigte er zu haarsträubenden Fehleinschätzungen. Und Waterboarding war zweifellos ein brisantes Thema.

»Komm bitte gegen zwölf bei mir im Büro vorbei, Fred«, fügte Herzfeld hinzu. »Es geht um eine Kurzreise in den rauhen Osten unseres Kontinents, die wie für dich geschaffen ist.«

Wieder nickte Abel. »Bis zwölf dürften wir mit den Obduktionen durch sein.«

Er fing einen neidischen Blick von Horstmar auf. Doch mit seinen Gedanken war er immer noch auf der Suche nach dem ominösen Fall aus seiner Vergangenheit, bei dem ein in der Kniekehle versteckter Einstich eine Schlüsselrolle spielte.

»Dann erteile ich jetzt Dr. Horstmar das Wort.« Mit jovialem Lächeln wandte sich Herzfeld dem Rechtsmediziner von der Charité zu. »Bitte erklären Sie uns, was Sie zu der Hypothese veranlasst, dass es in einem Bundestagsgebäude zu Waterboarding mit tödlichem Ausgang gekommen sein könnte.«

2

Berlin, Treptowers, BKA-Einheit »Extremdelikte«,
Besprechungsraum
Dienstag, 5. September, 08:05 Uhr

»Das ist Moah Aslewi«, sagte Horstmar, »ein kurdischer Türke, der als Putzmann im Berliner Abgeordnetenhaus gearbeitet hat.«

Hektisch klickte er auf der scheckkartengroßen Fernbedienung herum. Die Schweißflecke unter seinen Achseln hatten sich weiter ausgedehnt. Umso trockener war offenbar sein Mund. Vor Anspannung klang seine Stimme fast blechern.

Nach einigen Fehlversuchen beugte sich der Beamer seinem Willen, und auf der Leinwand erschien das Porträtfoto eines untersetzten Orientalen Anfang vierzig. Aslewi trug um den Hals ein Palästinensertuch und im Gesicht ein Lächeln, das in gewissem Widerspruch zu seinen zornig funkelnden Augen stand.

Horstmars Ehrgeiz ist noch größer, als ich dachte, sagte sich Abel. Anscheinend hatte der Kollege von der Charité den Inhalt der gesamten Fallakte als Powerpoint-Präsentation aufbereitet. *Alle Achtung.*

Die Kühlung des unter der Decke angebrachten Beamers gab allerdings ein nervtötendes Klappern von sich, so dass Horstmar nur mit Mühe zu verstehen war.

»Und so sah Aslewi aus, als ihn die Beamten vom Kriminaldauerdienst gefunden haben. In einem Kellerraum im Paul-Löbe-Haus, dem Abgeordnetenhaus im Regierungsviertel.« Horstmar drückte erneut auf die Fernbedienung. »Ich war mit der KT am Leichenfundort. Das hier sind Bilder von der noch unveränderten Auffindesituation des Toten.«

Auf der Leinwand war nun ein grell ausgeleuchteter Kellerraum zu sehen: verputzte Betonmauern, der Boden blanker Estrich, darauf Aslewi in Rückenlage mit freiem Oberkörper und einer blauen Arbeitshose. Er war schon längere Zeit tot, wie an den kräftig ausgeprägten Totenflecken unschwer zu erkennen war. Neben ihm lag ein zusammengeklappter Tapeziertisch, ansonsten war der Kellerraum leer. Aslewis Mund war weit geöffnet, als hätte er bis zum letzten Moment um Atemluft gekämpft.

In schneller Folge zeigte Horstmar weitere Fotos von Aslewis Armen, Beinen und Oberkörper in Übersichts- und Detailaufnahmen. Die rötlich bräunlichen Abschürfungen, die zirkulär um Hand- und Fußgelenke herumliefen, waren schon leicht mit Wundschorf verkrustet. Auch die halbkreisförmigen, rötlich dunkelvioletten Unterblutungen in der Haut seiner seitlichen Brustbereiche und der Flanken waren gut zu erkennen. Offenbar war er sitzend oder liegend gefesselt worden, mit einem Strick um den Oberkörper und zusätzlichen Fesseln um Hand- und Fußgelenke.

Die Nahaufnahmen seines Gesichts zeigten einen unauffälligen Mittvierziger mit dichtem, schwarzem Haar, ausgeprägten Augenbrauen und buschigem Schnauzbart. Umso auffälliger waren die rundlichen, rötlich violetten Hautverfärbungen im Kieferbereich, bei denen es sich zweifellos um Griffspuren von Fingerkuppen handelte. Anscheinend war Aslewis Mund gewaltsam offen gehalten worden. Befunde wie diesen kannte Abel von Fällen besonders brutaler Kindesmisshandlung, bei denen die Peiniger ihre Opfer zwangen, verdorbene oder viel zu scharfe Speisen und Flüssigkeiten zu essen.

Abel warf einen raschen Blick in die Runde. Die anwesenden Kollegen waren von Horstmars Ausführungen offenbar ebenso gebannt wie er selbst.

☠ ☠ ☠

Nach einem weiteren Klick war Aslewis entkleideter Leichnam auf einem der Seziertische im Obduktionssaal der Charité zu sehen. Horstmar leckte sich die ausgedörrten Lippen und krächzte: »Der Verstorbene war mit zweiundvierzig Jahren noch relativ jung. Vorerkrankungen sind nicht bekannt, außerdem war die Tür des Kellers nicht verschlossen.«

Er griff erneut zur Fernbedienung. Auf der Leinwand erschienen, jeweils stark vergrößert, Fotografien des bereits sezierten Herzens und der Lunge.

»Ich habe gestern Abend die Sofortobduktion durchgeführt«, setzte Horstmar hinzu, »und dabei festgestellt, dass Aslewi nicht nur einen Herzinfarkt erlitten hat, wie Sie hier erkennen können.«

Er zeigte auf die großflächige Projektion, auf der sich der normalerweise gleichmäßig bräunliche Herzmuskel deutlich blasser als üblich und mit hellrötlichen Einblutungen darstellte.

»Der Mann hatte außerdem Wasser in der Lunge«, fuhr Horstmar fort. »Und ich rede hier nicht von Wasser, das wir bei einem herkömmlichen Lungenödem infolge von Herzversagen sehen. Es ist über die Luftröhre in die Lunge gelangt, wurde also von außen zugeführt, so als wäre er ertrunken. Und im Grunde ist er das wohl auch.«

Horstmar zeigte auf das Foto der beiden Lungenflügel, die in einer metallenen Schale separat auf dem Sektionstisch lagen. Sie waren unverkennbar klatschnass. Reichlich Flüssigkeit war aus den Bronchien herausgelaufen und hatte sich in der Schale angesammelt, so dass die Lungenflügel fast darin zu schwimmen schienen.

»Der Herzinfarkt war die Folge des Ertrinkens beziehungsweise einer massiven Stressreaktion des Körpers kurz vor seinem Tod«, fuhr Horstmar fort. »Aslewis Herz war bis dato völlig in Ordnung. Keine Koronarsklerose, nichts. Damit hätte er steinalt werden können. Herzinfarkt infolge Ertrinkens bei jemandem, der nicht aus dem Wasser geborgen wurde: Diese Kombination tritt, wie ich durch eigene Recherchen herausgefunden habe, häufig bei der Foltermethode auf, die als Waterboarding traurige Berühmtheit erlangt hat. Sie erinnern sich sicher an die Berichterstattung über den Abu-Ghureib-Folterskandal während der Besetzung des Irak durch die Vereinigten Staaten und an entsprechende Enthüllungen über die Behandlung der Gefangenen in Guantanamo Bay.«

Er zögerte einen Moment und gab sich dann sichtlich einen Ruck. »Die zuständigen Ermittler der Mordkommission haben außerdem herausgefunden, dass Aslewi in der Vergangenheit aktives Mitglied der kurdischen Hisbollah war«, fuhr er fort. »Aufgrund meines Obduktionsberichts hat Ihre Behörde die Ermittlungen an sich gezogen. Deshalb bin ich heute hier bei Ihnen. Soviel ich gehört habe, soll eine Sonderkommission gebildet werden, aber das ist hier im Haus sicherlich schon bekannt.«

Nach diesen Worten verstummte Horstmar und sah Herzfeld und

Abel erwartungsvoll an. Sein Lampenfieber schien er überwunden zu haben, er wirkte nun stolz und selbstbewusst. Und begierig, von Herzfeld und Abel angemessen gewürdigt zu werden.

Eigene Recherchen, sieh an, dachte Abel. Der Kollege tat ihm leid, der arme Kerl verbrannte ja fast an seinem Ehrgeiz. Doch wenn er sich von ihnen mehr als ein lautstarkes Lob erhoffte, würden seine Wünsche zwangsläufig unerfüllt bleiben.

Herzfeld schien von den Ambitionen des Charité-Kollegen ohnehin nichts mitzubekommen. Er beendete eine E-Mail, die er nebenher auf seinem Smartphone geschrieben hatte, und nickte Horstmar mit zerstreutem Lächeln zu.

»Ausgezeichnete Arbeit, Herr Kollege«, lobte er. »Wir übernehmen also den Fall Aslewi hiermit offiziell von Ihnen. Dr. Abel wird den Toten nochmals obduzieren, um ganz sicherzugehen, dass Ihnen kein Irrtum unterlaufen ist. Herzlichen Dank. Sie haben uns mehr als genug von Ihrer kostbaren Zeit geopfert.«

Horstmars Gesicht wurde bei diesen Worten so grau wie die Blechschränke an der Wand hinter ihm.

Herzfeld blätterte in der Fallakte. »Hauptkommissarin Lubitz leitet die Ermittlungen«, verkündete er im Tonfall einer guten Nachricht. »Eine fähige und erfahrene Beamtin. Wenn etwas an dem Verdacht auf Waterboarding dran ist, wird sie es herausfinden.«

Er schob den Schnellhefter zu Abel hinüber und griff sich die nächste Akte vom Stapel. Horstmar sammelte seine Unterlagen ein und stopfte sie in seine Aktentasche.

»Mach doch mal einer den verdammten Apparat aus«, knurrte Scherz. Sein Doppelkinn unter dem grauen Fusselbart bebte vor Empörung, und auch Horstmars Hand bebte, als er ein letztes Mal nach der Fernbedienung griff. Er schaltete den Beamer aus, und das nervtötende Kühlungsgeräusch erstarb.

Mit gesenktem Kopf kam Horstmar um den Tisch herum und streckte Herzfeld die Hand hin. »Auf Wiedersehen, Herr Professor«, sagte er mit einer Stimme wie ein Verbannter. »Es war mir eine Ehre …«

»Ganz meinerseits. Und nochmals vielen Dank.«

Herzfeld erhob sich, Abel folgte seinem Beispiel. Mit seinen eins neunundachtzig Meter Körperlänge war auch er nicht gerade kleingewachsen, aber sein Vorgesetzter überragte ihn noch um mehrere Zentimeter. Sie schüttelten Horstmar die Hand. Der geradezu bettelnde Blick des Charité-Kollegen veranlasste Abel, ihn zur Tür zu bringen.

»Wenn in der Soko noch fachkundiger Beistand gebraucht wird …«, brachte Horstmar hervor.

»… werden wir an Sie denken«, versicherte ihm Abel so wahrheitsgemäß wie vieldeutig.

»Schließlich war ich es, der stichhaltige Beweise geliefert hat«, setzte Horstmar noch einen drauf.

Abel hörte ihm nur noch mit einem Ohr zu. *Stichhaltig*, dachte er, und seine Gedanken schweiften erneut zu dem Fall aus seiner Vergangenheit ab, in dem das Opfer durch Giftinjektion in die Kniekehle getötet worden war. *Wann und wo hat sich das nur abgespielt?*

In diesem Moment wurde an die Tür geklopft. Abel, der die Hand schon auf der Klinke hatte, öffnete, und die Sekretärin Renate Hübner erschien auf der Schwelle. Sie nickte Abel zu und marschierte mit den Bewegungen eines Roboters auf Herzfeld zu.

»Herr Direktor, das Auswärtige Amt.« Wie stets sprach sie so gleichförmig wie ein veraltetes Navigationsgerät. Auch ihr längliches Gesicht mit den ausgeprägten Schneidezähnen blieb reglos, während sie Herzfeld ein Mobiltelefon reichte.

Herzfeld schob das Smartphone in die rechte Innentasche seines maßgeschneiderten Jacketts. Mit der anderen Hand nahm er das Telefon von Frau Hübner in Empfang. »Guten Morgen, Frau Staatssekretärin. Bin schon unterwegs.«

3

Transnistrien, Dorfgasthaus in Piliptsche bei Tiraspol, vier Jahre zuvor

«DANN SIND WIR UNS ALSO EINIG«, sagte Swirja und sah seinen Bruder durchdringend an.

Tjoma wollte seinem Blick ausweichen, aber Swirja zwang ihn, ihm in die Augen zu sehen. So war es immer schon gewesen, soweit Tjoma sich zurückerinnern konnte. Sein Bruder war gerade mal sechzehn Monate älter als er selbst, doch irgendwie war es Swirja gelungen, seine Vormachtstellung aus der Kindheit zu bewahren. Oder sogar noch auszubauen. Der große Swirja bestimmte, wo es langging. Und der kleine Tjoma gehorchte.

Dabei waren sie mittlerweile beide schon Anfang vierzig. Und sie besaßen rund fünfundzwanzig Millionen – Euro, wohlgemerkt, nicht etwa transnistrische Rubel. Doch auch wenn es um ihr gemeinsames Erbe ging, hatte Swirja die Zügel in der Hand.

»Okay?«, fragte er und warf Tjoma einen einschüchternden Blick zu.

Tjoma nickte widerwillig. Er traute diesem Vertrag nicht, den Swirja für sie beide aufgesetzt hatte. Aber noch weniger traute er sich, Zweifel zu äußern. Er war fast genauso groß gewachsen, breitschultrig und weizenblond wie sein Bruder. Aber wo auch immer sie sich zusammen blicken ließen, nahm sofort jeder an, dass Swirja der Chef war. Und Tjoma höchstens sein Vize.

Deshalb war es ursprünglich sogar Tjomas Idee gewesen, ihr Unternehmen aufzuteilen. Damit er nicht mehr ständig das Gefühl haben musste, von Swirja überrollt zu werden. Sein Bruder hatte den Plan allerdings so freudig aufgegriffen, dass es Tjoma unheimlich geworden war. Und Swirja war es auch, der vorgeschlagen hatte, sich wie Verschwörer hier im Gasthaus von Piliptsche zu treffen, einem entlegenen Dorf weit vor den Toren der transnistrischen Hauptstadt Tiraspol. Ohne Augenzeugen und sogar ohne ihre Bodyguards, die ihnen sonst in der Öffentlichkeit nicht von der Seite wichen.

»Hier brauchen wir die Gorillas nicht«, hatte Swirja behauptet. »In Transnistrien haben wir keine Feinde mehr. Väterchen hat sie alle plattgemacht.«

Tjoma war sich da nicht so sicher. Dabei musste er zugeben, dass ihr »Väterchen« und sein genauso mächtiger Verbündeter Politik und Wirtschaft ihres Landes von allen erdenklichen Gegnern gesäubert hatten. Ganz zu schweigen von den diversen Verbrecherclans, die in den 1990er-Jahren praktisch die ganze Region unter ihrer Kontrolle hatten. Mittlerweile waren die Mitglieder dieser Syndikate entweder tot oder in alle Himmelsrichtungen zerstreut.

Trotzdem dürfen wir uns nicht zu sicher fühlen, dachte Tjoma.

Zu dieser frühen Nachmittagsstunde war außer ihnen niemand in der dämmrigen Schankstube – abgesehen von dem Wirt, einem krummbeinigen alten Mann, der mehr oder weniger taub war und starr wie eine Holzfigur hinter seinem Tresen saß. Draußen brannte die Augustsonne vom wolkenlosen Himmel, hier drinnen aber, unter der niedrigen Lehmdecke, war es so kühl, dass Tjoma fast fröstelte.

Swirja hob sein Glas und prostete ihm zu. Zögernd nahm auch Tjoma sein Glas auf und nippte von dem schweren Rotwein.

Sie hatten sich das Beste auftischen lassen, was die Küche der kleinen Landgaststätte hergab. Borschtsch mit Lammfleischstücken, dann geschmortes Kaninchen mit weißen und roten Bohnen, schließlich noch *Turta dulce,* den bessarabischen Kuchen aus Walnüssen, Honig und Mohn. Eigentlich waren es Tjomas Lieblingsspeisen, aber er hatte nur wenig gegessen und getrunken. Seit Monaten hatte er kaum mehr Appetit. Ganz im Gegensatz zu seinem Bruder, der die Schüsseln und Platten fast im Alleingang geleert hatte.

»Dann fasse ich noch mal kurz zusammen, was wir beide gleich unterschreiben werden«, sagte Swirja. »Nur damit es keine Missverständnisse gibt.«

Er blätterte in dem Vertrag, der in zwei Ausfertigungen vor ihm lag. Tjoma hätte sich nur ein wenig vorbeugen müssen, um eine Kopie des Schriftstücks auf dem schmierigen Holztisch zu sich herüberzuziehen. Aber sogar dafür fehlte es ihm an der nötigen Energie. So als hätte ihn seine Frau vor zwei Monaten nicht einfach nur verlassen, sondern auch noch alles mitgenommen, was er zum Weiterleben brauchte. Vor allem seine Selbstachtung und seinen Lebensmut. Von beidem hatte er sowieso nie allzu viel besessen, im Gegensatz zu Swirja, der seit jeher vor Selbstvertrauen strotzte.

»Wie wir beide wissen«, sagte Swirja, »will unser Väterchen unbedingt, dass wir das geerbte Kombinat zusammenhalten und gemeinsam leiten. Zwei Geschäftsführer, und keiner kann alleine irgendwas entscheiden. Aber ein Mischkonzern, der aus chemischer und optischer Industrie besteht, ergibt verdammt noch mal keinen Sinn. Außerdem geht es mir genauso wie dir auf den Sack, dass wir uns wegen jedem Scheiß abstimmen müssen. Das siehst du doch auch so, Tjoma?«

Wieder sah ihn Swirja drohend an, und wieder nickte Tjoma. Die wasserhellen Augen seines Bruders hatten seit jeher diese Macht über ihn. Manchmal dachte Tjoma, seine Rebellion müsste damit anfangen, dass er Swirja zwang, ihn mit seinem richtigen Namen anzureden. Als erwachsenen Mann eben, nicht als kleinen Jungen. »Tjoma« und »Swirja« waren kindliche Koseformen ihrer wirklichen Namen, auch das »Väterchen« war nicht ihr wirklicher Vater. Aber Swirja zu irgendetwas zwingen zu wollen, war ungefähr so aussichtsreich, wie wenn man versuchen würde, die Strömung des Dnestr umzukehren, dessen Flussbett sich von den Karpaten bis zum Schwarzen Meer erstreckte.

»Aus diesen Gründen haben wir beschlossen«, fuhr Swirja fort, »dass du ab sofort die Optiksparte leitest und ich die Kontrolle über den Chemiebereich übernehme. Nach außen bleibt alles, wie es ist; wir legen nur in unserem Vertrag fest, dass wir uns gegenseitig nicht in den Schampus pissen werden. Du wirst ab sofort alles gegenzeichnen, was ich dir aus meinem Bereich zur Unterschrift vorlege, und ich mache es umgekehrt genauso.«

Etwas störte Tjoma gewaltig an diesem Deal, und das waren bestimmt nicht nur die Flüche, mit denen Swirja jeden seiner Sätze würzte. Aber er hätte nicht sagen können, was an dem Vertrag oder ihrem Treffen hier faul war. Dem Anschein nach war die geplante Aufteilung fair und transparent. Swirja hatte ein Gutachten anfertigen lassen, aus dem hervorging, dass beide Unternehmensteile ungefähr gleich viel wert waren. Nach Einschätzung des renommierten

Moskauer Sachverständigenbüros hatte die Optiksparte sogar die besseren Wachstumsperspektiven, so dass Tjoma aus der Aufteilung angeblich einen Vorteil ziehen würde.

»Wir unterschreiben also, ja?«, sagte Swirja und hielt schon seinen goldenen Füller in der Hand. Passend zu seiner Goldrolex und der goldenen Halskette.

Tjoma hätte es niemals über sich gebracht, so protzig wie Swirja aufzutreten, er trug immer nur Jeans, Polohemd und Sneakers. Sein Bruder aber hatte zu seinem maßgeschneiderten Nadelstreifenanzug eine goldfarbene Krawatte umgebunden und eine daumenbreite, goldene Kette am linken Handgelenk. Er fuhr sogar einen goldfarbenen 7er-BMW, und jede seiner Exgeliebten bekam zum Abschied das gleiche Etui von ihm geschenkt, mit einem goldenen Ring darin und einer Halskette mit goldenem Medaillon. Er musste Unmengen dieser Etuis besitzen, denn sein Verschleiß an Geliebten war enorm. Es kam gar nicht so selten vor, dass Tjoma in einem der exklusiven Clubs in Tiraspol oder Moskau einer jungen Schönheit begegnete, die Swirjas Standardschmuck an der Hand und um den Hals trug. Einmal hatte ihm sein Bruder das Medaillon im Detail vorgeführt: ein kitschiges Herz, in dessen Innern ein stark geschöntes Porträtbild von Swirja unablösbar eingeklebt war.

Die Tinte glänzte noch feucht, als Swirja ihm die erste Vertragskopie mit seiner Unterschrift über den Tisch schob. »Hast wohl wieder nichts zu schreiben dabei?« Er grinste Tjoma an. »Warte, kriegst meinen.«

Er unterschrieb auch noch die zweite Ausfertigung, schob sie gleichfalls über den Tisch und legte mit großspuriger Geste seinen Füller obendrauf. »Ach, Tjoma, mein Kleiner, was wärst du ohne mich. Aber ab sofort musst du allein klarkommen.«

Sein selbstgefälliges Grinsen erstarb abrupt. Tjoma vollendete hastig seine Unterschrift, dann drehte er sich um und sah in die Richtung, in die Swirja mit finsterem Gesichtsausdruck starrte.

In der Tür stand ein bulliger Mann mit zurückgegeltem, schwarzem Haar. Er trug einen ausgebeulten grauen Anzug und hielt eine Glock-Automatikpistole in der Hand, die Mündung auf Swirjas Kopf gerichtet. Als er in die Gaststube trat, ächzten die durchgetretenen

Dielen unter seinem Gewicht. Dichtauf folgten ihm zwei weitere Männer, beide mager wie Schakale, jeder mit einer AK-47 bewaffnet, besser bekannt als Kalaschnikow.

»Denkt nicht mal daran, in eure Taschen zu greifen!«, bellte der mit der Gelfrisur, offensichtlich der Anführer. »Seht zu, dass ihr eure Ärsche hochkriegt! Und ich will eure Pfoten sehen. Na, wird's bald?«

Swirja und Tjoma wechselten einen Blick.

»Wenn die wüssten, wer wir sind, würden sie sich in die Hosen scheißen«, sagte Swirja leise.

Tjoma war sich da nicht so sicher, behielt aber seinen Einwand für sich. Der Anführer machte einem seiner Männer ein Zeichen. Der hängte sich die Kalaschnikow um, kam zu Swirja und Tjoma herüber und tastete sie blitzschnell ab.

»Die Ärsche sind sauber«, meldete er. Genau wie sein Kumpan, der seine Waffe weiter auf Tjoma und Swirja gerichtet hielt, trug er T-Shirt und Militärhose mit Camouflagemuster, dazu ausgelatschte Soldatenstiefel.

Vielleicht sind die beiden auch Brüder, ging es Tjoma durch den Kopf. Der Kerl, der sie abgetastet hatte, hatte ein schiefes Kinn, ansonsten sahen die beiden genau gleich aus. Mager, grauhäutig, mit schlechten Zähnen und schlammbraunen, dünnen Haaren, unter denen die Kopfhaut durchschimmerte.

»Schafft sie raus!«, befahl der Anführer. Mit einer barschen Geste zeigte er zur Küchentür weiter hinten im Schankraum. An seiner linken Hand blitzte ein breiter Silberring auf.

Jeder die Mündung einer AK-47 zwischen den Schulterblättern, wurden Swirja und Tjoma unsanft durch die Hintertür nach draußen bugsiert. Von dem Wirt war nichts mehr zu sehen, anscheinend hatte er sich auf seinen krummen Beinen davongestohlen.

Sie verstecken ihre Gesichter nicht vor uns, ging es Tjoma durch den Kopf. *Entweder wissen sie wirklich nicht, wer wir sind, oder es ist ihnen egal. Weil sie den Auftrag haben, uns kaltzumachen.*

Ein russischer Kleintransporter vom Typ GAZ-66 wartete mit laufendem Motor im Hof.

»Die wollen uns umbringen!«, flüsterte Tjoma seinem Bruder zu.

»Maul halten!«, bellte der Anführer. In seinem unförmigen grauen

Anzug sah er wie ein x-beliebiger mittlerer Beamter der Russischen Föderation aus. Doch seine bullige Gestalt und der stählerne Blick strahlten brutale Entschlossenheit aus.

»Wir sind …«, stieß Tjoma hervor, weiter kam er nicht.

Der Kolben einer Kalaschnikow krachte ihm auf den Hinterkopf. Benommen stöhnte er auf und verstummte.

»Ich sag's nicht zwei Mal«, fuhr sie der Anführer an. »Wir wissen, wer ihr seid. Wir haben den Auftrag, euch hier einzusammeln, und ihr habt keine Chance, uns daran zu hindern. Ihr könnt euch nur aussuchen, ob wir vorher die Scheiße aus euren Kadavern prügeln sollen oder ob ihr euren Bestimmungsort einigermaßen am Stück erreichen wollt.«

Der Typ mit dem schiefen Kinn stieß ein irres Gelächter aus, und sein Chef grinste ihn an. Ein Packen nachlässig zusammengefalteter Papiere lugte aus einer seiner Jacketttaschen hervor.

Tjoma überlegte unwillkürlich, ob es sein Vertrag mit Swirja war. Aber das ergab nicht den geringsten Sinn.

»Noch Fragen, ihr Arschgesichter?«

Swirja schüttelte den Kopf. »Ihr beschissenen Idioten seid schon tot«, sagte er, und seine Stimme klang wieder so fest und selbstbewusst wie gewöhnlich. »Ihr wisst es nur noch nicht.«

Einer der Männer trat dicht vor ihn und spuckte ihm ins Gesicht. Als Swirja reflexartig den Arm hob, schlug ihn der Mann mit dem Gewehrkolben seitlich gegen den Kopf. Swirja begann zu fluchen, verstummte aber gleich wieder. Mit ungläubiger Miene starrte er auf seine Hand, mit der er sich über die Schläfe getastet hatte. Sie war blutverschmiert.

Auch Tjoma fühlte sich noch benommen. *Warum ist Swirja so fassungslos?*, überlegte er dumpf. *Er sieht aus, als könnte er einfach nicht begreifen, was hier mit uns passiert.*

»Fesseln, na los!«, schnauzte der Anführer und riss die Hecktür des Militärtransporters auf. »Du übernimmst den da, Vadik, du den anderen, Vitali!«

Vitali, der Kerl mit dem geraden Kinn, zog zwei armlange Stücke Kabelbinder aus dem Laderaum. Vadik zerrte erst Swirja, dann Tjoma die Hände auf den Rücken, und Vitali schlang ihnen Kabelbinder um die Handgelenke und zurrte sie brutal zusammen. Tjomas Hände fühlten sich fast sofort taub an.

Sie stießen Swirja und Tjoma in den Laderaum. Dann folgten sie ihren Gefangenen und befahlen ihnen, sich auf eine der Seitenbänke zu setzen. Sie selbst ließen sich auf die Bank gegenüber fallen, wobei sie die Waffen weiter auf Swirja und Tjoma gerichtet hielten.

Der Anführer schlug die Hecktür zu. Tjoma hörte, wie vorn die Beifahrertür aufgerissen und wieder zugeknallt wurde. Sehen konnte er nicht, was draußen vorging, da der Transporter nur an den Seitenwänden weit oben über kleine Fenster verfügte.

»Los geht's!«, brüllte der Anführer.

»Zu Befehl, Porutschik!« Der Fahrer legte krachend einen Gang ein, dann setzte sich der Transporter mit charakteristischem Motorbrüllen in Bewegung.

»Hilfe!«, schrie Tjoma, so laut er konnte. »Wir werden entführt!«

Er trampelte auf das Bodenblech des Transporters. Dabei war eigentlich klar, dass niemand da draußen ihn hören konnte. Die unverwüstlichen Kleinlastwagen vom Typ GAZ-66 wurden seit zwanzig Jahren nicht mehr hergestellt, waren im Straßenbild von Transnistrien jedoch nach wie vor allgegenwärtig. Auch Tjoma besaß so einen dunkelgrün lackierten Sechstonner mit einem verblassten roten Stern über der Windschutzscheibe. Manchmal fuhr er damit stundenlang durchs Gelände, um seinen Kopf frei zu bekommen. Die Maschine dröhnte und rasselte so ohrenbetäubend, dass man sein eigenes Wort nicht mehr verstand.

Vadik und Vitali feixten. Tjoma schrie und stampfte unbeirrt weiter, auch als Swirja eine Handbewegung machte, als wollte er sagen: *Jetzt komm mal runter, das kriegen wir schon hin.*

Sehr viele Gelegenheiten zur Rebellion – gegen seinen Bruder oder wen auch immer – würde er nicht mehr bekommen, das war Tjoma absolut klar.

☠ ☠ ☠

4

Transnistrien,
heruntergekommenes Fabrikgebäude, vier Jahre zuvor

Der Fahrer stieg so brutal auf die Bremse, dass Tjoma gegen seinen Bruder geschleudert wurde.

»Hör endlich auf, rumzuschreien!«, fuhr Swirja ihn an.

Tjoma bekam es kaum mit. Er war längst heiser, seine Kehle brannte. Aber er schrie unermüdlich. »Hilfe! Ist da draußen jemand? Wir sind entführt worden! Holt uns hier raus!«

Wieder und wieder trampelte er mit beiden Füßen auf den Blechboden des Transporters. Vadik Schiefkinn und sein Kumpan Vitali schenkten ihm keine Beachtung. Der Einzige weit und breit, der auf Tjomas Geschrei zu reagieren schien, war Swirja.

Im Schneckentempo krochen sie nun über rissigen Untergrund, der mit Schlaglöchern gespickt war. Mit ihren auf dem Rücken gefesselten Händen konnten sich Swirja und Tjoma nirgendwo festhalten und hatten die größte Mühe, das Gleichgewicht zu bewahren. Der GAZ-66 schaukelte hin und her wie eine Jolle bei Windstärke 10.

Als der Fahrer erneut auf die Bremse trat und gleichzeitig das Steuer nach links herumriss, fiel Swirja von der Bank und knallte mit dem Gesicht voran auf den rostigen Blechboden. Er hob den Kopf und sah Tjoma an. Durch den Aufprall war seine Stirn aufgeplatzt, aus der etwa zwei Zentimeter langen Wunde quoll Blut. An der linken Schläfe hatte er eine gewaltige Beule, und bis zum Ohr hinab waren seine Haare blutverkrustet. Er sah grotesk aus, wie ein durchgedrehter Clown, der sich wahllos mit roter Farbe geschminkt hat.

Mehr als das viele Blut beunruhigte Tjoma aber Swirjas Gesichtsausdruck.

Swirja sieht immer noch aus, als könnte er einfach nicht kapieren, was hier abgeht. Aber er ist doch sonst nicht so begriffsstutzig, dachte Tjoma. *Er hat geglaubt, dass niemand wagen würde, uns anzugreifen. Und da hat er offenkundig falschgelegen. Was ist daran so schwer zu verstehen?*

Während sich Swirja stöhnend und fluchend aufzurappeln versuchte, wurde die Hecktür aufgerissen. Tjoma blinzelte in das helle Rechteck und erkannte den Anführer mit dem ausgebeulten grauen Anzug. Der breite Silberring an seiner linken Hand blitzte im Sonnenlicht. Vorhin hatte der Fahrer ihn Porutschik genannt, Leutnant. Tjoma fragte sich, ob es nur ein Spitzname oder tatsächlich sein Dienstrang war – bei der Armee oder wo auch immer.

Der bullige Porutschik beugte sich in den Laderaum, schnappte Swirja bei den Fußknöcheln und zerrte ihn mit dem Gesicht nach unten über das Bodenblech.

»Verdammte Scheiße, dafür reiß ich dir die Eier ab!« Swirjas Stimme klang brüchig und schmerzverzerrt.

Der Porutschik packte ihn bei den gefesselten Armen und zerrte ihn brutal nach draußen.

»Du verschissenes Arschloch!«, schrie Swirja. Er trat nach seinem Peiniger, aber der machte einen Schritt zur Seite. Swirja fiel zappelnd über die Ladekante und schlug auf dem Asphaltboden auf.

Vadik fuchtelte mit der Kalaschnikow. »Na los, nicht so schüchtern!«, fuhr er Tjoma an. »Raus mit dir. Jetzt geht die Party erst richtig los!«

Tjoma rappelte sich auf. Vadik Schiefkinn war allem Anschein nach ein irrer Sadist mit dem IQ einer Kanalratte. Als Tjoma vorgebeugt in der Hecktür stand, um nach draußen zu klettern, trat ihm Vadik mit voller Kraft in den Rücken, so dass er wie ein aufschnellendes Klappmesser nach draußen flog. Dabei knallte er mit dem Kopf gegen den Türrahmen, und stechender Schmerz durchbohrte ihm den Schädel. Mit der Schulter voran krachte er auf den Asphaltboden. Blut rann ihm aus den Haaren und tropfte in seine Augen. Er blinzelte heftig, konnte aber die Augen nicht freibekommen, da seine Hände auf dem Rücken gefesselt waren.

»Sie bringen uns um!«, schrie Tjoma wieder.

Mit Hieben und Tritten wurden Swirja und er auf eine Fabrikruine zugetrieben, die sich hinter wild wucherndem Gestrüpp und Bergen von undefinierbarem Unrat erhob. Der Boden war mit Löchern und Steinbrocken übersät, so dass Tjoma fast bei jedem Schritt ins Stolpern kam. »Wenn sie nur Lösegeld wollten, würden sie Masken tragen! Jetzt sag doch auch mal was, Swirja! Was sollen wir tun?«

Fluchend ging Swirja neben ihm zu Boden. Der Porutschik riss ihn an den gefesselten Armen wieder hoch, und Swirja schrie vor Schmerzen auf. »Halt einfach das Maul, Tjoma!«, stieß er keuchend hervor. »Wann kapierst du endlich, was hier abläuft?«

Bisher hatte Tjoma geglaubt, dass es Swirja war, der nicht kapieren wollte, in welchen Schlamassel sie geraten waren. Oder konnte es sein, dass ihm, Tjoma, etwas Wesentliches entgangen war?

Jedenfalls hielt er jetzt tatsächlich den Mund, wenn auch mehr aus Erschöpfung. Er konnte seine Hände nicht mehr spüren, umso heftiger schmerzten ihm Kopf und Rücken. Alles um ihn herum war wie in roten Nebel getaucht.

Aus den blutigen Schwaden schälte sich ein rostiges Rolltor in einer zerbröckelnden Betonmauer heraus. Das Tor war gerade so weit hochgefahren, dass ein erwachsener Mann von durchschnittlicher Größe darunter hindurchgehen konnte. Swirja und Tjoma mussten den Kopf einziehen. Als sich Tjoma im Gehen umdrehte, sah er, dass nur noch der Porutschik und Vadik hinter ihnen waren. Für einen Moment kamen ihm die beiden unwirklich vor, wie Charaktere aus einem Ego-Shooter-Spiel.

Vitali war anscheinend bei dem Transporter zurückgeblieben, um zusammen mit dem Fahrer Wache zu schieben. Dabei machte das Areal den Eindruck, als hätte sich in den letzten zwanzig Jahren kein Mensch mehr hierher verirrt.

Tjoma schüttelte so heftig den Kopf, dass Blut umherspritzte. Einen Moment lang konnte er einigermaßen klar sehen. Sie befanden sich in einer gigantischen Fabrikhalle, die mit endlosen Reihen verrosteter Maschinen vollgestellt war. Durch die schmalen, verdreckten Fenster drang nur wenig Tageslicht herein. Doch Tjoma erkannte Drehbänke und Fräsmaschinen, von älterer Bauart und offenbar seit vielen Jahren nicht mehr in Betrieb. Alles war mit Staub und Spinnweben überzogen.

Eine feinmechanische Fabrik aus Sowjetzeiten, dachte er.

Weiter hinten in der Halle bemerkte er einen kräftig gebauten Mann mit kahlem Kopf, der einen fast knöchellangen schwarzen Ledermantel trug. Er lehnte an einer Säule neben einem hellblauen Metallcontainer, die Arme vor der breiten Brust verschränkt.

Mit seinen blutverkrusteten Augen konnte Tjoma die Gesichtszüge des Kahlköpfigen nicht genau erkennen. Trotzdem kam ihm der Mann bekannt vor.

Er wandte den Kopf zur Seite. Swirja hatte das Kinn vorgeschoben und starrte den Glatzkopf im Ledermantel an. Offenbar kochte Swirja vor Zorn.

Angespannt beobachtete ihn Tjoma, und plötzlich durchzuckte ihn die Erkenntnis: *Swirja wollte mich ans Messer liefern! Und jetzt ist er so außer sich, weil er genauso wie ich über die Klinge springen soll!*

Ergab das irgendeinen Sinn? Tjoma konnte ihn nicht benennen und noch weniger mit Händen greifen. Aber er fühlte, dass er auf der richtigen Spur war.

Auf der Spur deines Verrats, Brüderchen.

Da bekam er einen heftigen Schlag auf den Hinterkopf. Eben noch sah er, wie Swirja neben ihm gleichfalls zu Boden ging, dann wurde alles schwarz.

5

Berlin, Treptowers, BKA-Einheit »Extremdelikte«,
Sektionssaal,
Dienstag, 5. September, 09:45 Uhr

Im Sektionssaal schlug Abel der säuerliche Geruch von aufgeschnittenen Mägen entgegen. Bei Laien riefen die Gerüche, die den Leichen in vielerlei Nuancen entströmten, meist nur Ekel bis hin zum Erbrechen hervor. Erfahrene Rechtsmediziner dagegen lasen aus diesem Alphabet der Totendüfte oftmals wichtige Botschaften heraus, sei es ein Nierenversagen mit seinem stechenden, ammoniakartigen Geruch oder auch ein entgleister Diabetes mit den süßlichen Duftschwaden, die den aufgeschnittenen Organen entströmten und an überreifes Obst erinnerten.

Der Zustrom an Leichen war unerschöpflich. Im Sektionssaal gab es vier Seziertische, und nicht selten wurde an allen Arbeitsplätzen gleichzeitig seziert. An diesem Vormittag blieb allerdings einer der blitzenden Edelstahltische unbesetzt. Professor Herzfeld konferierte mit der Bundesregierung, und Murau musste als Sachverständiger in einem Mordprozess Rede und Antwort stehen.

Die Sektionsassistenten schoben die Toten des Tages auf Leichenmulden herein, speziellen Hubwagen, die zum Transport der Leichen von den Kühlfächern zu den Sektionstischen und zurück eingesetzt wurden. Sie legten jeden Körper auf einen der blanken Edelstahltische. Zuvor waren die Leichen nacheinander in den Computertomographen geschoben worden, um festzustellen, ob ihre Knochenstruktur verborgene Brüche aufwies oder sich irgendwo in den Körpern metallische Objekte befanden, beispielsweise Projektile oder die Spitzen abgebrochener Injektionsnadeln. Seit Herzfeld die Anschaffung des kostspieligen Apparats durchgesetzt hatte, hatten sie in den Körpern der Toten schon die unglaublichsten Gegenstände geortet, von verschluckten Schlüsseln über medizinische Instrumente, die bei Operationen vergessen worden waren, bis hin zu abgebrochenen Messerklingen.

»Dr. Scherz, Sie übernehmen bitte Aslewi.« Abel deutete auf den kurdischstämmigen Putzmann, der jetzt in Rückenlage auf einem der Seziertische lag und von den Schlüsselbeinen bis zum Schambein eine feine Y-förmige Naht aufwies – die Handschrift des Charité-Kollegen Horstmar, der Aslewi am Vortag bereits obduziert hatte.

Scherz machte ein überraschtes Gesicht. »Wenn ich den Chef nicht ganz falsch verstanden habe, sollten Sie persönlich …« Er unterbrach sich mitten im Satz, und sein Gesicht nahm wieder den gewohnt griesgrämigen Ausdruck an. »Ich nehm's, wie's kommt«, sagte er. »Und meistens kommt es knüppeldick.«

Abel war versucht, ihm ein paar gute Ratschläge mitzugeben, doch er enthielt sich jeglichen Kommentars. Scherz würde sein wie immer untadeliges rechtsmedizinisches Gutachten mit einigen haarsträubenden kriminalistischen oder gar politischen Schlussfolgerungen würzen, und Abel würde die absurdesten Sätze wie immer herausstreichen. Anschließend wäre Scherz eingeschnappt und folglich noch übellauniger als sonst, aber das überarbeitete Gutachten würde er anstandslos unterschreiben. Abel würde es gegenzeichnen, und weder er noch Scherz würden jemals wieder auf das Thema zurückkommen.

Dieses Muster hatte sich bei der Zusammenarbeit mit dem so begabten wie weltfremden Kollegen bewährt – nur musste Abel im konkreten Fall noch mehr als sonst auf der Hut sein. Ein offizielles BKA-Gutachten, in dem etwa die CIA bezichtigt wurde, in einem deutschen Parlamentsgebäude zu foltern und zu morden, konnte diplomatische Verwicklungen hervorrufen, die sich Abel lieber nicht ausmalen wollte.

Doch er würde es riskieren müssen, denn er selbst würde nicht das mutmaßliche Waterboarding-Opfer, sondern den Mann obduzieren, der angeblich an Lebermetastasen verstorben war. Abel spürte immer deutlicher, dass sich hinter dem unscheinbaren Injektionseinstich in der Kniekehle des Immobilienmaklers etwas sehr viel Größeres verbarg. Und sein Bauchgefühl führte ihn nur selten in die Irre.

☠ ☠ ☠

»Ich übernehme den mutmaßlich falsch ausgestellten Totenschein«, sagte Abel.

Sie machten sich ans Werk. Jedem Obduzenten stand ein Assistent zur Seite. Wie das gesamte Team hatte auch Abel seine Privatkleidung gegen die übliche Arbeitsmontur eingetauscht: kurzärmliges Oberteil und lange Hose aus blauem Baumwollstoff, dazu Gummistiefel und Schürze.

Scherz scheuchte den Sektionsassistenten beiseite und beugte sich über den toten Körper, um dessen äußeren Zustand zu begutachten.

»Der nicht besonders sauber vernähte Y-Schnitt von den Schlüsselbeinen bis zum Schambein rührt von der seitens der Charité erfolgten ersten Obduktion her«, sprach er in das Diktiergerät, das über seinem Seziertisch angebracht war. *»Darüber hinaus weisen die obere und un-*

tere Extremität sowie die Körpervorderseite mehrere Verletzungen auf: zirkumferente Abschürfungen und Hautunterblutungen an Hand- und Fußgelenken sowie um den Brustkorb, die vermutlich von eng sitzenden Fesselungen herrühren; außerdem kräftig ausgeprägte Hämatome, entsprechend Finger-Griffspuren, jeweils seitlich der Mundwinkel im Wangenbereich. Diese Hämatome sind nicht post mortem entstanden, sie wurden dem Mann kurz vor seinem Tode zugefügt.«

Scherz öffnete den Mund des Toten und klappte nacheinander Ober- und Unterlippe hoch, so dass er Mundschleimhaut und Zahnfleisch genau betrachten konnte.

»Die Abdrücke der Finger, die sich schraubstockartig um den Unterkiefer gelegt haben müssen, zeichnen sich noch deutlich ab. Offenbar haben der oder die Täter Aslewis Mund mit Gewalt geöffnet – ein Indiz für Waterboarding, wie es typischerweise von US-Geheimdiensten, vor allem der CIA, angewendet wird.«

Während Abel am Seziertisch nebenan den Immobilienmakler Dominik Kreisler obduzierte, hörte er mit einem Ohr mit, was Scherz in sein Diktiergerät raunzte. Als der Oberarzt die CIA erwähnte, zuckte Abel zusammen. In der Sache stimmte er Scherz durchaus zu: Das als Waterboarding bekannt gewordene simulierte Ertränken war eine Foltermethode, die von US-Geheimdienstexperten als Instrument im Kampf gegen den islamistischen Terror perfektioniert worden war. Also lag es durchaus nahe, auch in diesem Fall den oder die Täter im US-Geheimdienstmilieu zu vermuten. Nur stimmte das Bild, das sich auf den ersten Blick bot, keineswegs immer – oder sogar eher selten – mit dem tatsächlich Geschehenen überein. Doch für den einsiedlerisch lebenden Oberarzt waren Schein und Sein meist ein und dasselbe.

Wortlos nahm Scherz seinem Assistenten das bereitgehaltene Skalpell ab, um die Körpervorderseite von Moah Aslewi ein zweites Mal zu öffnen. Mit einem einzigen schnellen, von der Kinnspitze zum Schambereich gezogenen Skalpellschnitt durchtrennte er die von Horstmar angebrachte Naht. Die beiden großen Hautlappen klappten auseinander, wodurch die Bauch- und Brustorgane des Toten zugänglich wurden.

Abel beobachtete ihn noch einige Momente lang aus den Augenwinkeln. Mit einem unguten Vorgefühl, was Scherz' mögliche Eskapaden in der Leichensache Aslewi anging, wandte er seine Aufmerksamkeit schließlich dem verstorbenen Immobilienmakler zu.

☠ ☠ ☠

6

Transnistrien,
heruntergekommene Fabrikhalle, vier Jahre zuvor

RASSELNDE KETTEN rissen Tjoma aus seiner Betäubung. Er wollte die Augen öffnen, aber sie waren so verklebt, dass er die Lider nicht heben konnte. Er lag auf einem rauhen, unebenen Untergrund und konnte jede kleine Delle, jeden Riss im Boden deutlich spüren.

Ich bin nackt, dachte er benommen, *bis auf die Unterhose. Was ist hier los?*

Seine Hände waren immer noch gefesselt, aber nicht mehr hinter seinem Rücken. Er lag der Länge nach auf dem Bauch, die Arme nach oben ausgestreckt wie ein Schwimmer vor dem Kopfsprung. Auch seine Fußknöchel waren mit Kabelbindern eng zusammengezurrt.

Plötzlich spürte er einen schmerzhaften Ruck in den Handgelenken. Wieder rasselten Ketten, eine Winde quietschte wie bei einem altertümlichen Flaschenzug.

Ohne sein Zutun wurde Tjoma an den Händen emporgezogen, bis er auf den Füßen stand, die Arme senkrecht emporgereckt.

Die Ketten rasselten noch immer. Millimeterweise wurde er weiter hochgezogen, schließlich berührte er nur noch mit den Fußzehen den Boden. Dann erstarb das Rasseln und Quietschen, und Tjoma stand zitternd da und wartete, was als Nächstes passieren würde.

Ein kalter, metallischer Gegenstand strich an seiner linken Flanke entlang, bis hoch in den Brustbereich.

»Der Dreckskerl hat sich total zugerotzt«, sagte der Porutschik, »der sieht gar nichts mehr. Polier ihm die Fresse, Vadik, sonst verpasst er seine eigene Abschiedsshow!«

Vadik schrubbte Tjoma mit einem rauhen Tuchfetzen über die Augen. Es fühlte sich an, als würden ihm Lider und Brauen weggeschmirgelt, aber danach konnte er zumindest wieder sehen.

Allerdings wünschte er sich sofort, wieder blind zu sein. Und taub und vollkommen gefühllos.

Er war tatsächlich nackt bis auf seine Boxershorts. Seine und Swirjas Kleidungsstücke lagen zusammengeknüllt neben dem Metallcontainer. Vadik stand so dicht vor ihm, dass Tjoma seinen säuerlichen Atem roch. Sein nach links verdrehtes Kinn sah aus dieser Nähe noch grotesker aus, wie bei einer Comicfigur. In der Rechten hielt Vadik eine überdimensionale Kneifzange, die er zügig einer von Tjomas Brustwarzen näherte.

Swirja stand zwei Schritte neben Tjoma, gleichfalls mit emporgereckten Armen an eine Kette gefesselt, die von der Hallendecke herabhing. Eine zweite Kette verband, genau wie bei Tjoma, die Fußfesseln mit einem Eisenring im Boden. Sein Bruder zitterte vor Anstrengung, sein Körpergewicht auf den Fußzehen zu balancieren, und höchstwahrscheinlich auch vor Schock. Swirjas Gesicht war unnatürlich bleich, jedenfalls dort, wo es nicht mit Blut verschmiert war, und glänzte vor angetrocknetem Schweiß. Er sah starr vor sich hin und schien seiner Umgebung keine Beachtung zu schenken.

»Swirja«, brachte Tjoma röchelnd hervor.

Er erschrak vor seiner eigenen Stimme. Swirja zeigte keine Reaktion. Vor ihm stand der Porutschik, eine unterarmlange Kneifzange in der Hand.

»Wir spielen ein kleines Spiel«, sagte er. »Die Regeln sind so einfach, dass sogar Spatzenhirne wie ihr sie begreifen könnt. Als Erstes kneift Vadik deinem Bruder einen Nippel ab, und du frisst ihn auf. Dann kriegt dein Bruder einen Nippel von dir zu fressen. Anschließend kommen eure Fußzehen dran. Aber die braucht ihr nicht roh zu fressen, wir kochen für euch ein Gulasch draus. Und obwohl die

Zehenabschnippelei bestimmt scheißwehtut, werdet ihr euch wünschen, dass sie niemals aufhört. Denn als Nächstes kommen wir zu noch sehr viel empfindlicheren Körperteilen.«

Er ließ die scharf gezähnten Backen der Zange klackend auf- und zuschnappen.

Swirja senkte den Kopf, um den »Leutnant« nicht ansehen zu müssen. Aber der Mann mit dem grauen Anzug drückte ihm die Zange unters Kinn und zwang ihn, seinen Blick zu erwidern.

»Noch Fragen?«, wiederholte er.

Swirja zitterte am ganzen Leib. »Schaff euren General her!«, brachte er hervor. »Mit unteren Chargen wie dir rede ich nicht. Du wirst in einem Kellerloch verschimmeln, wenn der General erfährt, was du hier für eine Scheiße machst!«

»Was für ein General? Keine Ahnung, wovon du redest, Sackgesicht.«

Swirja zog geräuschvoll den Rotz in der Nase hoch und wollte den Porutschik offenbar anspucken. Aber der schlug ihm mit einer lässigen Bewegung die Zange ins Gesicht, und Swirja verschluckte sich an seiner eigenen Rotze.

»Vorhin war er hier«, stieß Swirja schließlich keuchend hervor. »Also rede keinen Scheiß, sondern hol Burkjanov her!«

Burkjanov!, durchfuhr es Tjoma. Deshalb war ihm der Mann im Ledermantel so bekannt vorgekommen! *Natürlich,* dachte er, *das muss Burkjanov gewesen sein, den alle den »General« nennen!*

Tjoma hatte ihn nur selten aus der Nähe zu sehen bekommen. Burkjanov ging zwar in Väterchens Haus ein und aus, aber er war immer durch jede Menge Bodyguards und Wichtigtuer abgeschirmt. Außerdem hielt sich niemand gern in seiner Nähe auf, wenn er es vermeiden konnte. Der Mann hatte Augen wie Brunnenlöcher und die Aura eines KZ-Kommandanten.

»Schluss jetzt mit dem Schwachsinn.« Der Porutschik stieß einen Grunzton aus und schnipste mit der Hand in Vadiks Richtung. »Los geht's!«

Er klang fast gelangweilt, ganz im Gegensatz zu seinem Gefolgsmann, dessen Augen noch irrer zu funkeln begannen.

»Du machst nur, was ich dir sage, Vadik.« Der Porutschik beobachtete ihn so aufmerksam wie eine Bombe, die jeden Moment hochgehen konnte. »Erst die Nippel!«, kommandierte er.

Tjoma hatte die Augen geschlossen. Er zitterte unkontrollierbar. *Swirja, bitte!*, wollte er flehen. *Mach was, damit diese Typen uns laufen lassen! Du hast uns hier schließlich reingeritten!*

Aber Tjoma hatte die Gewalt über seinen Körper verloren. Er brachte kein Wort hervor, nur ein unartikuliertes Winseln, das ihn noch mehr schockierte.

Vadik setzte die gezähnten Backen der Zange an Tjomas linker Brustwarze an und kniff zu.

☠ ☠ ☠

7

Berlin, Treptowers, BKA-Einheit »Extremdelikte«,
Sektionssaal,
Dienstag, 5. September, 10:10 Uhr

Auf dem Sektionstisch vor Abel lag der entkleidete Leichnam eines mittelgroßen Mannes, der zu Lebzeiten offenbar einiges für seine Fitness getan hatte. Dominik Kreisler war schlank und wies nur wenig Unterhautfettgewebe auf. Seine Muskeln waren für einen Sechsundfünfzigjährigen bemerkenswert gut trainiert. Laut Totenschein hätte der Immobilienmakler ein körperliches Wrack sein müssen, ausgezehrt und gelbhäutig. Die Verdauungsfunktion seines Darms hätte durch den angeblichen Darmkrebs eigentlich stark eingeschränkt sein müssen und die vermeintlich von Metastasen befallene Leber außerstande, den gelblich grünlichen Gallefarbstoff abzubauen, was zwangsläufig zu der für eine solche schwere Erkrankung typischen Gelbsucht führte.

Toter und Totenschein passten so wenig zusammen, dass Abel unter anderen Umständen eine Leichenverwechslung vermutet hätte. Aber ein Irrtum war ausgeschlossen, obwohl auf dem Totenschein klar und deutlich vermerkt war:

Unmittelbare Todesursache	*Leberversagen*
Dies ist eine Folge von	*Lebermetastasen*
Hierfür ursächliches Grundleiden	*Fortgeschrittenes Dickdarmkarzinom, inkurabel*
Todesart	*Natürlicher Tod*

Die äußere Leichenschau brachte keine Hinweise auf eine mögliche Todesursache. Der Tote wies keine sichtbaren frischen oder älteren Verletzungen auf, weder Hämatome an Händen oder Unterarmen, wie sie typischerweise bei Abwehr eines Angreifers entstanden, noch Narben, die von früheren Unfällen oder länger zurückliegenden Operationen gezeugt hätten. Die Leichenstarre hatte sich bereits wieder gelöst, da der Tod des Mannes schon vor über einer Woche eingetreten war.

Zusammen mit der Assistentin Britta Gerlach drehte Abel den Toten auf den Bauch. Die kräftig ausgeprägten Leichenflecke auf der Körperrückseite waren hinsichtlich Lokalisation und Farbe unauffällig, und auch sonst gab es nichts Ungewöhnliches festzustellen. Abel vermerkte das in seinem Protokoll-Diktat, dann wandte er sich der linken Kniekehle des Toten zu. Die Kollegin vom Landesinstitut musste äußerst scharfe Augen haben, da ihr bei der Krematoriums-Leichenschau der winzige Einstich in der Kniekehle aufgefallen war.

»Geben Sie mir bitte mal die Lupenbrille«, sagte Abel.

Seine Assistentin reichte ihm ein Brillengestell, das mit wuchtigen Vergrößerungsgläsern bestückt war, ähnlich einer Operationsbrille, wie sie Chirurgen bei filigranen Eingriffen tragen. Abel setzte die

Lupenbrille auf, beugte sich über den Toten und musterte den nicht einmal stecknadelkopfgroßen Einstich. Er war zentral leicht eingedellt und im Randbereich dunkelrötlich unterblutet, musste also direkt vor Eintritt des Todes zugefügt worden sein.

Abel arbeitete gern mit Britta Gerlach zusammen. Die wortkarge Assistentin war Ende dreißig und gehörte seit zwei Jahren zu ihrem Team. Sie war stets aufmerksam bei der Sache und verlor auch in Ausnahmesituationen nie die Nerven.

Routiniert fotografierte sie den Befund aus verschiedenen Perspektiven. Währenddessen sprach Abel seine Feststellungen in das Diktafon. Als Nächstes nahm er wieder das Skalpell zur Hand und schnitt die Einstichstelle sowie einen zentimeterbreiten Streifen ringsherum mitsamt Haut und Unterhautfettgewebe heraus. Er teilte das Gewebestück mit einem Parenchym-Messer in zwei gleich große Hälften, wobei er sorgsam darauf achtete, dass der Schnitt genau mittig durch die Einstichstelle und den mutmaßlichen Stichkanal verlief. Die eine Hälfte gab er in ein kleines Plastikgefäß, das zu gut zwei Dritteln mit Formalin gefüllt war, um es später unter dem Mikroskop zu untersuchen. Die zweite Hälfte legte er ohne Zugabe von Konservierungs- oder Fixierungsmitteln zu den übrigen Asservaten für die späteren Untersuchungen im Labor.

Die chemisch-toxikologischen Untersuchungen des Blutes, der inneren Organe und insbesondere des Gewebestücks mit der Einstichstelle würden zeigen, ob Dominik Kreisler tatsächlich durch eine Giftspritze in die Kniekehle getötet worden war. Falls Abels Arbeitshypothese zutraf, hatten der oder die Täter vermutlich ein starkes Analgetikum verwendet mit einem opioidhaltigen Wirkstoff, der bei entsprechender Überdosierung zum Tod durch Atemstillstand führte. Abel war sich schon jetzt ziemlich sicher, dass er bei der Obduktion keinerlei Hinweise auf eine andere Todesursache finden würde – geschweige denn von Krebs zerfressene Organe. Für die Diagnose jenes Dr. Lenski, der den Totenschein ausgestellt hatte, gab es jedenfalls bisher keinerlei Anhaltspunkte.

Trotzdem blieb Abel bis zum Ende der Obduktion hochkonzentriert. Britta Gerlach schnitt den Darm in seiner gesamten Länge von mehr als fünf Metern auf und spülte ihn anschließend unter fließendem Wasser aus. Erwartungsgemäß wies der Darm des Maklers keinerlei Krebsbefall auf. Auch seine Leber war ohne pathologischen Befund. Kreisler hatte offensichtlich nicht nur seinen Körper trainiert, sondern sich auch von Alkohol und anderen Giftstoffen ferngehalten.

»Mit seinen Gefäßen und diesem Herzen hätte er hundert werden können«, sagte Abel mehr zu sich selbst als zu Britta Gerlach.

Das massive Lungenödem des Toten ließ die Verdachtsdiagnose *Atemlähmung infolge Intoxikation* immer wahrscheinlicher werden. Zumal es der einzige pathologische Organbefund überhaupt war, den Abel in seinem Sektionsprotokoll dokumentieren konnte.

Die entnommenen Blut- und Gewebeproben einschließlich des Gewebestücks von der Einstichstelle ließ er von Britta Gerlach ins BKA-eigene Labor bringen.

»Richten Sie Dr. Fuchs bitte aus, dass ich die Ergebnisse bis heute siebzehn Uhr benötige«, gab er ihr mit auf den Weg. »Er kennt das ja schon mit meinen ständigen Eilfällen.«

Er nickte ihr zu, und in diesem Moment fiel ihm ein, an welchen weit zurückliegenden Fall ihn die Leichensache Dominik Kreisler erinnerte.

Damals war ich noch Student.

Aus den Tiefen seines Gedächtnisses tauchte ein Name auf: Bettina, leider ohne Nachname.

Wer war diese Bettina? Eine Kommilitonin am medizinischen Fachbereich in Hannover? Und was genau ist damals mit ihr passiert?

Aus der Tiefe des Sektionssaals kam Scherz mit seinem charakteristischen Schnaufen auf ihn zu.

»Einen Moment noch, Herr Scherz«, sagte Abel. »Gleich haben Sie meine volle Aufmerksamkeit.« Er fuhr sich mit der Hand übers Gesicht.

Bettina Selzer. So hieß sie mit vollem Namen. Auch ihr Gesicht sah er jetzt vor sich. *Eine blonde Beauty-Queen. Für meinen Geschmack viel zu affektiert, aber die meisten meiner männlichen Kommilitonen haben für sie geschwärmt.*

Abel schüttelte den Kopf, erstaunt über die Erinnerungen, die plötzlich in ihm aufstiegen.

Ich war noch im Grundstudium und hatte vor, in die medizinische Grundlagenforschung zu gehen, als die Nachricht von Bettinas Tod die Runde machte. Angeblich war sie vergiftet worden, mit einer Substanz, die ihr in die Kniekehle injiziert worden war.

☠ ☠ ☠

8

Transnistrien,
heruntergekommene Fabrikhalle, vier Jahre zuvor

ALS VADIK MIT DER ZANGE zukniff, durchzuckte Tjoma ein flammender Schmerz. Er zwang sich, die Augen geschlossen zu lassen, aber er sah trotzdem das grässliche, blutende Loch vor sich, wo ihm der Irre die Brustwarze herausgerissen hatte. Der Schmerz strahlte in alle Richtungen aus, bis hinauf in sein Gehirn und bis hinunter in seine Genitalien. Tjoma wurde übel, Schweiß brach ihm aus allen Poren, sein Herz raste und holperte.

»Fressen, Sackgesicht!«, befahl der Porutschik zwei Schritte neben ihm.

Tjoma sah nicht hin, aber die Geräusche waren eindeutig. Swirja keuchte und fluchte. Metall krachte gegen Knochen, dann war ein grässliches Knirschen zu hören. Der Porutschik drückte Swirja mit der Rohrzange den Mund auf. Zähne brachen. Swirja würgte und stöhnte.

»Runterschlucken!«, kommandierte der Porutschik.

Plötzlich nahm Tjoma Brandgeruch wahr. Zuerst glaubte er, dass er halluzinierte, aber dann spürte er an seiner linken Brustseite erneut einen brennenden Schmerz. Es zischte und schmurgelte von verbrannter Haut und schmorendem Gewebe, als Vadik ihm die

Flamme eines Handschneidbrenners dorthin hielt, wo anstelle seiner Brustwarze ein schwarzes Loch klaffte.

»Kannst froh sein, dass ich beim Militär Sanitätsdienst gemacht habe«, teilte ihm Vadik mit. »Mit dem Brenner verödet ist so gut wie mit Bindfaden zugenäht. Und geht vor allem schneller!« Sein Camouflage-T-Shirt war mit Blut bespritzt.

Mein Blut, dachte Tjoma und machte die Augen schnell wieder zu.

»Wo bleiben die denn mit dem Kessel, verdammt noch mal?«, fluchte der Porutschik. »Vitali! Lew!«, begann er aus voller Kehle zu brüllen. »Faules Pack, bringt den Feldkocher her!«

Vom Rolltor her waren stampfende Schritte zu hören.

»Jetzt andersrum«, sagte der Porutschik und setzte die Zange an Swirjas Brust an. Doch dann trat er unvermittelt einen Schritt zurück. »Na so was«, fuhr er in gespieltem Erstaunen fort und schlug sich mit der flachen Hand gegen die Stirn. »Da hab ich doch glatt vergessen, euch den Rest der Spielregeln zu erklären! Aber die sind zum Glück auch ganz einfach. Ihr müsst einfach nur euer gesamtes Vermögen auf einen gewissen Wladimir Bousseyev überschreiben, dann dürft ihr sofort nach Hause. Auch wenn ihr dann leider kein Zuhause mehr habt.«

»Leck mich!«, schrie Swirja. »Bevor ich euch auch nur einen Rubel gebe, lass ich mich lieber in Stücke hacken!«

»Das kannst du haben«, gab der Porutschik ohne einen Hauch von Emotion zurück.

»Wer soll dieser Scheiß-Bousseyev denn sein?«, schrie Swirja weiter. »Ihr gehört doch zu dem verdammten General, und der heißt bekanntlich …«

Ansatzlos stieß ihm der Porutschik die Zange gegen den Solarplexus, und Swirja verstummte röchelnd.

»Jetzt kommt hier langsam Schwung rein!« Vadik fing an, Tjoma mit der Zange wahllos in Brust und Bauch zu kneifen.

»Lass das, Idiot!«, schnauzte der Porutschik. »Hier wird streng nach den Regeln gespielt, wann kapierst du das endlich? Erinnere dich mal lieber, was mit deinem Kumpel Ronja passiert ist.«

»Scheiße, ja, den haben wir an die Hunde verfüttert«, murmelte Vadik. »Befehl vom General, weil Ronja so einem Typ ins Gehirn gebohrt hat.«

»Das trifft es nicht ganz«, sagte der Porutschik. »Ronjas Fehler war, dass er Sergej Romanov den Schädel aufgebohrt hat, ohne den entsprechenden Befehl abzuwarten!«

Tjoma bekam fast einen Herzinfarkt, als er diesen Namen hörte. Mit Sergej Romanov war er zusammen zur Schule gegangen. Bis zum letzten Herbst hatten sie in Tiraspol noch im selben Club Golf gespielt. Damals hatte Sergej die Leitung einer Reihe von Firmen übernommen, die sein Vater und sein Onkel in den letzten Jahrzehnten aufgebaut hatten. Kurz darauf war Sergej plötzlich verschwunden. Erst Monate später war er wieder aufgetaucht, und Tjoma hatte ihn kaum wiedererkannt. Er humpelte, stotterte und konnte sich keine fünf Sekunden lang konzentrieren. Angeblich hatte er nach einem »Sportunfall« viele Monate in einer Rehaklinik verbracht. Tjoma hatte sich vergebens gefragt, durch welche Art von Sportunfällen man derart zugerichtet werden konnte, vor allem, wenn man wie Sergej eigentlich nur Golf spielte. Auch aus dem Gerücht, dass die Mehrheit an Sergejs Firmenimperium mittlerweile von einer ominösen Beteiligungsgesellschaft gehalten wurde, war Tjoma nicht schlau geworden.

Jetzt kannte er die Antwort und pisste sich vor Angst in seine Boxershorts. Sergej Romanov war zwar der wandelnde oder, besser gesagt, der hinkende Beweis dafür, dass der General seine Opfer nicht zwangsläufig abschlachten ließ. Aber das fand Tjoma keineswegs tröstlich.

Lieber wäre ich tot, dachte er, *als wie Sergej als zuckendes Wrack dahinzuvegetieren.*

Swirjas gurgelnder Schrei riss ihn aus seiner Grübelei. Als er aufsah, streckte ihm Vadik seine offene Hand hin, auf der eine blutige Brustwarze mitsamt einem ringförmigen Streifen zerfetzten Gewebes lag.

»Gut kauen, Arschgesicht«, sagte Vadik. »Und dann runter damit!«

☠ ☠ ☠

9

Berlin, Treptowers, BKA-Einheit »Extremdelikte«,
Sektionssaal,
Dienstag, 5. September, 11:23 Uhr

»Dieser Aslewi hat eine Leber wie ein junger Kerl«, sagte Scherz. »Typisch für einen fanatisch rechtgläubigen Muslim. Schließlich hat ihr Prophet ihnen strikt verboten, Alkohol zu trinken.« Der Oberarzt schnaufte wie eine Dampflok, seine Stirn glänzte vor Schweiß.

»Nicht jeder Abstinenzler ist gleich Islamist«, wandte Abel ein.

Doch er wusste aus leidvoller Erfahrung, dass der vierschrötige Scherz von dem einmal eingeschlagenen Kurs kaum mehr abzubringen war – wie eine Dampflokomotive, die Fahrt aufgenommen hatte.

»Warten Sie's ab«, beharrte Scherz, »meine Beweisführung ist wasserdicht.«

Dass ein Ausdruck wie *wasserdicht* gerade bei mutmaßlichem Waterboarding unangebracht sein könnte, kam dem grobschlächtigen Mann nicht in den Sinn.

»Kollege Horstmar von der Charité liegt richtig mit seiner Einschätzung. Aslewi war von Kopf bis Fuß gesund«, fuhr Scherz fort. »So jemand kriegt nicht aus heiterem Himmel einen Herzinfarkt. Trotzdem weist sein Herz einen frischen Infarkt auf. Schauen Sie es sich an.«

Abel folgte ihm zu einem Seziertisch weiter hinten im Saal. In einer OP-Schale lag das von Horstmar vorobduzierte Herz des kurdischstämmigen Türken. Der Herzmuskel war an mehreren zentimetergroßen Stellen deutlich abgeblasst und wies dort jeweils hellrötliche Einblutungen auf.

Scherz hielt Abel die Schale unter die Nase. »Aslewis Herz war völlig gesund. Keine Zunahme der Herzmuskelmasse, gut durchgängige Herzkranzgefäße und tadellose Herzklappen. Um so ein Infarktmuster herbeizuführen, muss sein Peiniger ihm gewaltig zugesetzt haben. Entweder durch Medikamente oder Drogen, die Panikzustände und damit eine heftige Stressreaktion auslösen – oder indem er sein Opfer auf handfeste Weise in extreme Todesangst versetzt hat.«

Abel nickte. »Das sehe ich auch so, Herr Kollege. An den Organen irgendwelche Anzeichen für eine Vergiftung mit Medikamenten oder Drogen?«

»*Nada*«, stieß Scherz schnaubend hervor. »Die Toxikologie wird zu demselben Ergebnis kommen, jede Wette. Denn jetzt sehen Sie sich das hier an.«

Er nahm eine zweite OP-Schale vom Seziertisch und schwenkte sie vor Abel hin und her. Die Schale enthielt die beiden bereits vorsezierten Lungenflügel, aus denen immer noch reichlich Wasser lief.

»Die Lungenflügel sind voll mit Wasser. Randvoll«, erklärte Scherz. »Auch hier schließe ich mich Horstmars Einschätzung an. Die Ursache ist extern zugeführtes Wasser, das über die Luftröhre bis in die tieferen Atemwege eingedrungen ist. Zusammen mit dem Befund am Herzen und den Erstickungsblutungen in seiner Skelettmuskulatur ist das ein klarer Hinweis darauf, dass Aslewi durch Waterboarding in Todesangst versetzt worden ist!«

Schnaubend drehte er sich zu dem Toten auf dem Sektionstisch und zeigte auf die freipräparierte bräunliche Muskulatur des Oberkörpers, die von dunkelrötlich eingebluteten Zerreißungen durchsetzt war.

»Für mich ist sonnenklar, was sich in den letzten Minuten vor Aslewis Ableben abgespielt hat – im Keller eines deutschen Abgeordnetenhauses, das muss man sich mal vorstellen!«

Der Oberarzt redete sich zunehmend in Rage. Abel kannte ihn gut genug, um zu ahnen, wie es in seinem Kopf arbeitete. Doch er hörte Scherz aufmerksam zu. Mit der rechtsmedizinischen Lösung lag der ältere Kollege fast immer goldrichtig. Erst wenn er auch noch in die Rolle des Kriminalisten schlüpfte, begann er sich regelmäßig zu vergaloppieren.

»Bekanntlich wird das Opfer beim Waterboarding so in Rückenlage fixiert, dass sich der Kopf in einer tieferen Position als die Lunge befindet«, dozierte Scherz. »Ein Tuch wird über das Gesicht gelegt und mit Wasser übergossen. Dadurch wird beim Opfer der Würgereflex ausgelöst und die Atmung blockiert, so dass subjektiv der Eindruck des Ertrinkens entsteht. Aber aufgrund der Tieflagerung des Kopfes läuft dem Opfer dieser Tortur normalerweise kein Wasser in die Lunge.«

»Bis hierhin bin ich ganz Ihrer Meinung«, warf Abel ein. Doch Scherz war an den Ansichten seiner Mitmenschen notorisch desinteressiert.

»Das Muster der Fesselspuren an Aslewis Hand- und Fußgelenken und an seinem Oberkörper spricht eine eindeutige Sprache«, fuhr Scherz fort. »Er wurde zwecks Waterboarding zunächst in Rückenlage fixiert – höchstwahrscheinlich auf dem Tapeziertisch, der dort im Keller gefunden worden ist. Aber anders als normalerweise bei dieser Foltermethode ist Aslewis Lunge prall mit Wasser gefüllt. Hier ist offenbar etwas schiefgegangen. Und dafür gibt es nur eine vernünftige Erklärung: Aslewi hatte Todesangst. Die Tortur war zu viel für ihn.«

Scherz machte eine kurze Pause, um sich über die Lippen zu lecken. »Sein Stresshormonhaushalt arbeitet auf Hochtouren«, fuhr er fort. »Sein Blutdruck steigt steil an, und die Herzkranzgefäße verengen sich, bis der Herzmuskel nicht mehr ausreichend mit Sauerstoff versorgt wird. Also bekommt er einen Angina-pectoris-Anfall. Dadurch gerät er noch mehr unter Stress, der Infarkt steht quasi schon vor der Tür. Das müssen seine Peiniger mitbekommen haben, und noch während ihm das Wasser übers Gesicht läuft, bringen sie ihn in eine sitzende Position. Er erleidet den Herzinfarkt, während er sitzt und das Wasser weiter durch das klatschnasse Tuch auf sein Gesicht läuft. Sein Kopf ist also oberhalb der Lunge positioniert.«

Scherz unterbrach sich erneut, um Abel durchdringend zu fixieren. »Zweifellos stand sein Mund weit offen, weil er abwechselnd krampfhaft nach Luft geschnappt und um Hilfe geschrien hat. So konnte das Wasser nicht nur durch seine Nasenlöcher, sondern auch durch seinen Mund in die Lunge eindringen. Und damit war Feierabend für ihn. Schicht im Schacht!«

Schnaufend und schwitzend hielt Scherz inne. Abel stand beinahe selbst der Mund offen, allerdings vor Staunen. Hätten ihre Kollegen den Sektionssaal nicht bereits verlassen, wäre es ihnen zweifellos genauso gegangen.

So viel an einem Stück, so lebhaft und überzeugend hatte Abel den eigenbrötlerischen Oberarzt noch nie reden gehört. Normalerweise bekam Scherz kaum den Mund auf, außer, wenn er seine rechtsmedizinischen Befunde und Schlussfolgerungen für das Sektionsprotokoll diktierte. Doch der Fall Aslewi schien ihm aus irgendeinem Grund nahezugehen.

»Der Tod ist also tatsächlich durch Ertrinken eingetreten«, fügte Scherz hinzu, »allerdings lag Aslewi da schon mit dem tödlichen Herzinfarkt im Sterben. Wäre er nicht ertrunken, wäre er wenige Minuten später an seinem Herzinfarkt gestorben. Koinzidenz der Ereignisse nennt man das wohl.«

»Woher wollen Sie wissen, dass er sich nicht selbst losgerissen und aufgerichtet hat?«, fragte Abel.

Er sah nur zu deutlich voraus, auf welchen Punkt die Beweisführung des Oberarztes zusteuerte, und er bemühte sich nach Kräften, Scherz von diesem Ziel abzubringen. Aber er machte sich keine Illusionen.

»Extrem unwahrscheinlich«, antwortete Scherz. »Solange er bei Kräften war, hat er es nicht geschafft, sich aufzurichten. Da wird ihm dieses Kunststück nach stundenlanger Folter erst recht nicht gelungen sein.«

Abel zuckte mit den Schultern und nickte. Auch gegen dieses Argument war kaum etwas einzuwenden. Trotzdem sagte ihm sein Bauchgefühl, dass der Oberarzt mit seinem gegen die CIA gerichteten Verdacht danebenlag.

»Angenommen, Aslewi ist tatsächlich an den Folgen von Waterboarding verstorben, wie Sie es eben ausgeführt haben«, sagte Abel. »Dann kann der Täter aber kein Profi gewesen sein. Die perverse Logik dieser Foltermethode besteht ja gerade darin, dass das Opfer die Tortur ohne sichtbare körperliche Beeinträchtigung übersteht.«

Scherz schüttelte so heftig den Kopf, dass sein Flusenbart mitsamt den Doppelkinnwülsten wogte. »Erst vor kurzem ist auf Arte eine Doku gelaufen. Daraus ging klar hervor, dass die CIA etliche ihrer Opfer in Abu Ghureib und in Guantanamo genau auf diese Art und Weise getötet hat. Erst haben sie die gewünschten Informationen aus dem Opfer herausgepresst. Um ihre Tat zu verschleiern, haben sie anschließend seinen Kopf gerade so weit angehoben, dass Wasser in die Lunge eingedrungen ist. Auf diese Art sind die Opfer mit einem großen Schluck Wasser buchstäblich ertränkt worden.«

Abel nahm staunend zur Kenntnis, dass Scherz in seiner Freizeit Reportagen auf dem Kultursender Arte anschaute. Das hätte er nie für möglich gehalten. *So viel zum Thema Menschenkenntnis*, sagte er sich.

»Beim Waterboarding handelt es sich um eine Folterart, die hauptsächlich von den US-Geheimdiensten im Kampf gegen den islamistischen Terror eingesetzt wird«, dozierte Scherz ungerührt weiter. »Aslewi ist ein ehemaliger Aktivist der kurdischen Hisbollah, also einer radikalislamischen Terrororganisation. Das alles spricht eindeutig dafür, dass wir es hier mit einem oder mehreren Tätern aus dem US-Geheimdienstmilieu zu tun haben, die in einer verdeckten Operation gegen islamistische Terrorzellen vorgehen.«

»Und warum ausgerechnet im Keller des Abgeordnetenhauses? Haben Sie dafür auch eine Erklärung parat?«, fragte Abel.

Scherz stieß einen seiner charakteristischen Grunzlaute aus. »Aslewi hat dort als Putzmann gearbeitet. Vermutlich ein Schläfer, den die Hisbollah oder der Islamische Staat eingeschleust hat, um ein Selbstmordattentat vorzubereiten.«

Abel musste erst einmal tief durchatmen. Offenbar war jetzt der Punkt erreicht, an dem mit Scherz die Pferde durchgingen.

Aber auch Abel machte sich allmählich ernsthaft Sorgen. Nicht wegen eines angeblich drohenden Attentats – die Vorstellung, dass islamistische Terroristen ohne Kenntnis des BND im Abgeordnetenhaus ein und aus gingen, schien ihm nach wie vor absurd. Doch er fragte sich, ob der Oberarzt es auch diesmal stillschweigend hinnehmen würde, wenn Abel seine Verschwörungsphantasien aus dem Gutachten herausstrich. Und was Herzfeld dazu sagen würde, dass Abel sich über seine Weisung hinweggesetzt und den Fall Aslewi nicht persönlich in die Hand genommen hatte.

»Sie müssen Herzfeld informieren!«, stieß Scherz wie aufs Stichwort hervor. »Der Chef muss umgehend den Generalbundesanwalt informieren! Gefahr in Verzug!«

»Was Herzfeld und ich müssen oder auch nicht, lassen Sie mal bitte unsere Sorge sein.« Abel klopfte ihm auf die Schulter, um die

Schärfe seiner Worte abzumildern. »Sie sind ein hervorragender Rechtsmediziner«, fügte er hinzu. »Verfassen Sie jetzt bitte Ihr Gutachten – und überlassen Sie alles andere den dafür zuständigen Stellen.«

Abel bezweifelte, dass Scherz diesen letzteren Ratschlag noch gehört hatte – geschweige denn, dass er ihn befolgen würde, wenn er ihn zur Kenntnis genommen hätte. Jedenfalls war der Oberarzt bereits in Richtung Umkleide davongestapft, bevor Abel seinen Satz beendet hatte.

Also gut, dachte er. *Am besten, ich schenke Herzfeld reinen Wein ein. Bevor hier doch noch eine Bombe hochgeht – allerdings von Scherz gezündet, nicht von islamistischen Terroristen.*

Erst als er im Aufzug hinauf zu Herzfelds Büro fuhr, fiel ihm wieder ein, dass sein Chef ihn mit einem Spezialauftrag »in den rauhen Osten Europas« schicken wollte. Normalerweise hätte er sich auf dieses kleine Abenteuer gefreut, aber unter den aktuellen Umständen verstärkte es nur noch seine Unruhe.

Wenn Herzfeld mit seiner Geheimmission im Auftrag der Bundesregierung am anderen Ende der Welt ist und ich gleichzeitig irgendwo in der Walachei herumstiefele, wer soll dann darauf achten, dass Scherz nicht zwischenzeitlich einen diplomatischen Scherbenhaufen anrichtet?

☠ ☠ ☠

10

Transnistrien,
heruntergekommene Fabrikhalle, vier Jahre zuvor

Zwischen Swirja und Tjoma stand ein Propangaskocher mit einer Art Gulaschkessel darauf. Vitali und Lew hatten die altertümlichen

Utensilien herbeigeschleppt, und Vadik hatte den Gaskocher in Gang gesetzt. Das Wasser in dem gusseisernen Topf brodelte.

»Du brauchst nur unterschreiben«, sagte der Porutschik in leblosem Tonfall, während er vor Swirja in die Knie ging. Swirja zerrte an der Kette, mit der seine Füße an dem Eisenring im Boden befestigt waren. Der Porutschik setzte die Kneifzange an Swirjas linkem großem Zeh an und fragte ungerührt nach: »Unterschreibst du?«

Swirja riss an seinen Fesseln und warf den Kopf hin und her. Tjoma ahnte, dass Swirja lieber sterben würde, als seinem Peiniger auch nur einen Fingerbreit nachzugeben.

»Ich dachte, das heißt überschreiben?«, steuerte Vadik bei.

»Das ist dasselbe, du Kretin!«, schnauzte ihn der Porutschik an.

Verzweifelt versuchte Tjoma, den Porutschik auf sich aufmerksam zu machen. Seine Kehle war wie zugeschnürt, sein ganzer Körper vollkommen verkrampft. Er brachte nur unartikulierte Stöhngeräusche heraus. Ihm war sterbensschlecht, er spürte, dass er gleich das Bewusstsein verlieren würde. Aber vorher musste er unbedingt noch seine Botschaft loswerden.

»Ich unterschreibe!«, gelang es ihm schließlich hervorzustoßen. »Ihr kriegt alles … alles, was mir gehört … Wo, wo …«

Swirja brüllte und rasselte mit den Ketten. Der Wasserkessel brodelte. Nur mit größter Mühe verstand Tjoma, was der Porutschik da unten, vor Swirjas Füßen kauernd, vor sich hinmurmelte.

»Um dich geht es hier nicht, Kleiner. Deine Klitschen hat er dem General doch sowieso längst zugesagt.«

Er zog die Zange von Swirjas Fuß zurück, prüfte die Schärfe und setzte sie erneut an.

»Was redest du da?«, schrie Swirja. »Glaub ihm kein Wort, Tjoma, der Kerl lügt!«

Tjoma schüttelte nur kraftlos den Kopf. Er wollte jetzt nicht Swirjas Beteuerungen hören, an die er sowieso nicht glauben konnte. Er wollte hören, was der Porutschik zu sagen hatte, damit er endlich verstand, was hier gespielt wurde. Die Schwindelattacken wurden immer heftiger. Viel Zeit blieb ihm nicht mehr, gleich würde er bewusstlos werden. Sein Herz raste und holperte. Er schwitzte wie verrückt und fror gleichzeitig so erbärmlich, als hätte man ihn in ein Kühlhaus gesteckt.

Ein Leichenkühlhaus, dachte Tjoma. *Wenn ich jetzt ohnmächtig werde, wache ich vielleicht gar nicht mehr auf.*

»Nur hat sich dein oberschlauer Bruder total verrechnet«, fuhr der Porutschik fort. Er sprach immer noch so emotionslos, als würde er den Wetterbericht vorlesen. »Der General will nicht nur deine Hälfte, Kleiner, sondern den anderen Batzen auch. Also unterschreibst du jetzt?«, fragte er erneut, ohne den Kopf zu Swirja zu heben.

»Lieber verrecke ich, als euch auch nur einen Rubel in den Arsch zu stopfen!«, schrie Swirja.

Der Porutschik drückte die Zange zu. Mit einem hellen Knackgeräusch durchtrennte er Swirjas Zehenknochen, und in diesem Moment wurde Tjoma zum zweiten Mal bewusstlos.

11

Berlin, Treptowers, BKA-Einheit »Extremdelikte«,
Büro Professor Paul Herzfeld,
Dienstag, 5. September, 11:56 Uhr

Als Abel in das geräumige Eckbüro seines Chefs trat, hängte Herzfeld gerade sein Jackett auf einen Bügel an die Wandgarderobe. Offenbar war er gerade erst von seiner Besprechung im Auswärtigen Amt zurückgekommen.

»Das wird eine ganz heiße Sache – nicht nur klimatisch«, sagte Herzfeld und deutete auf einen Schnellhefter mit dem Vermerk *»Verschlusssache – Vertraulich!«*, der auf dem Tisch in der Besuchernische lag.

Mehrere großformatige Farbfotografien waren halb aus dem Hefter gerutscht. Abel erkannte die Umrisse eines gewaltigen Containerschiffs an einem Hafenkai, der von rostigen Ladekränen und verkümmerten Palmen gesäumt war. Auf dem Boden der Kommandobrücke lagen allem Anschein nach mehrere mit Planen abgedeckte Körper.

Mit einer Handbewegung forderte Herzfeld ihn auf, sich in einen der Besuchersessel zu setzen, und nahm Abel gegenüber Platz.

»Erneut ein Piratenüberfall vor der somalischen Küste«, sagte er. »Diesmal hat es einen deutschen Frachter erwischt – das Containerschiff *MSC Gustav.* An Bord waren auch fünf Mann von einem privaten Sicherheitsdienst. Die Piraten haben das Schiff mit Schnellbooten verfolgt und von allen Seiten gleichzeitig zu entern versucht. Die Besatzung hat sich erbittert gewehrt und die Piraten nach einem halbstündigen Feuergefecht vertrieben. Aber es hat Tote gegeben – mindestens sieben Opfer auf deutscher Seite. Es gab mehrere Handgranatenexplosionen an Deck und wohl auch minutenlangen Granatwerferbeschuss durch die Piraten. Fast alle Opfer sind bis zur Unkenntlichkeit verstümmelt und teilweise auch verbrannt. Was genau während des Feuergefechts los war, darüber sind sich die Kollegen von der Ballistik noch nicht ganz einig. Ich soll die Toten vor Ort untersuchen und identifizieren. Ach ja, und einige Matrosen werden noch vermisst, was bedeutet, dass die Zahl der Todesopfer mit Sicherheit weiter steigen wird.«

Abel legte die Stirn in Falten. »Das kann brandgefährlich werden, Paul. Wer garantiert dir, dass die Piraten nicht den nächsten Überfall starten, während du noch an Bord bist?«

»Das somalische Militär.« Herzfeld zog eine spöttische Grimasse. »Außerdem unsere Jungs vom BND und die Freelancer, die sie da unten ihre Drecksarbeit machen lassen. Ich brauche jetzt erst mal einen Kaffee. Du auch, Fred?«

Abel nickte. Er war beunruhigt. Es war keineswegs das erste Mal, dass Herzfeld um Mithilfe bei der Aufklärung von Attentaten oder Kriegsverbrechen gebeten wurde – unter anderem hatte er vor vielen Jahren in Ex-Jugoslawien Opfer des Massakers von Srebrenica identifiziert. Abel hatte damals an Herzfelds Seite gearbeitet, und natürlich hatte es auch dort brenzlige Situationen mit serbischen Paramilitärs gegeben, die noch in der Gegend marodierten. Aber ihre damalige Mission hatte unter den Augen der Weltöffentlichkeit und immerhin unter dem Schutz von UN-Blauhelmen stattgefunden. Dagegen war die somalische Küste mehr oder weniger in der Gewalt schwerbewaffneter Verbrecherbanden. Und ein Jahr vor den nächsten Bundestagswahlen hatte die Bundesregierung kein Interesse daran, die heimische Öffentlichkeit mit Bildern von deutschen Uniformträgern aufzuschrecken, die in Särgen nach Hause zurückkehrten.

Aus einer Thermoskanne schenkte Herzfeld ölig glänzenden Kaffee in zwei Tassen aus. Da sie regelmäßig ägyptische Rechtsmediziner ausbildeten, ging ihnen der Nachschub an erstklassigem Orientkaffee selten aus.

»Die Medien haben von dieser Sache bisher nichts mitbekommen«, fuhr Herzfeld fort, nachdem sie einen Schluck getrunken hatten. »Die da oben werden um jeden Preis versuchen, die Nachrichtensperre so lange wie möglich zu halten. Die Kanzlerin und ihre Minister fürchten sich schon vor den Schlagzeilen, wie du dir denken kannst.«

Abel nickte. »An deiner Stelle würde ich mich auch ein bisschen fürchten. Nicht vor den Schlagzeilen, aber vor den Piraten.«

»Sie werden mich schon nicht kielholen.« Herzfeld ließ sein charakteristisches Lachen ertönen. »Und zur Not weiß ich mich meiner Haut zu wehren. Jetzt aber zu der anderen Sache, wegen der ich dich hergebeten habe.«

Er ging zu seinem Schreibtisch und kehrte mit einem blassblauen Schnellhefter zurück, der von Dokumenten und Fotografien überquoll.

»Der Innenminister würde es am liebsten sehen, wenn ich auch diesen Auftrag persönlich übernehmen würde«, sagte er. »Glücklicherweise konnte ich ihn davon überzeugen, dass ich nicht über die Gabe der Bilokalisation verfüge. Und dass ich einen ausgezeichneten Stellvertreter habe, der kaum weniger erfahren und renommiert ist.«

»Danke für die Blumen«, gab Abel trocken zurück. »Und das hat den Minister überzeugt?«

»Absolut«, sagte Herzfeld. »Zumal dieser Einsatz wohl vor allem gute Nerven und etwas Fingerspitzengefühl erfordert. Dein Ziel ist Tiraspol, die Hauptstadt von Transnistrien.«

Abel traute seinen Ohren nicht. »Wohin soll ich fliegen – nach Transsilvanien?«

»Zu den Vampiren würde ich dich niemals schicken, Fred«, versicherte Herzfeld. Er blätterte in dem Schnellhefter. »Aber eine Zeitreise der leicht gruseligen Art könnte es trotzdem werden«, fuhr er fort. »Transnistrien ist ein winziger Pseudostaat am östlichen Ufer des Flusses Dnestr, zwischen der Ukraine im Osten und der Republik Moldawien im Westen. Ich habe das Dossier nur überflogen«, er legte den dickleibigen Schnellhefter vor sich auf den Tisch, »aber nach meinem Eindruck solltest du auf Lenin-Denkmäler, Stalin-Paläste und Hammer-und-Sichel-Flaggen im Straßenbild gefasst sein.«

Abel sah ihn verwundert an. »Soll das ein Witz sein? Von dieser Bonsai-Sowjetunion habe ich noch nie gehört.«

»Ich bis vor kurzem auch nicht«, tröstete ihn Herzfeld. »Transnistrien wird von keinem einzigen Staat völkerrechtlich anerkannt – nicht einmal von Russland, obwohl die russische 14. Armee dort stationiert ist und die Demarkationslinie zwischen Moldawien und Transnistrien bewacht.«

Herzfeld unterbrach sich und blätterte erneut in dem Schnellhefter. »Die moldawische Regierung behauptet, dass sich Transnistrien völkerrechtswidrig von ihrem Staat abgespalten hat. Die Transnistrier ihrerseits befürchten, dass sie mitsamt Moldawien dessen großem Bruder Rumänien einverleibt werden sollen, obwohl sie sich mehrheitlich zu Russland hingezogen fühlen. Westlich des Dnestr wird Rumänisch gesprochen, am Ostufer Russisch. Seit dem kurzen, aber heftigen Sezessionskrieg 1992, bei dem es rund tausend Tote gab, ist der Konflikt ›eingefroren‹, wie die Politiker solche Pattsituationen nennen.«

Das Telefon auf seinem Schreibtisch begann zu klingeln, aber Herzfeld machte keine Anstalten, das Gespräch entgegenzunehmen. Doch nach einem Blick auf seine Armbanduhr klang sein Tonfall deutlich weniger entspannt.

»Die politische Lage in Transnistrien ist etwas verworren, aber einigermaßen stabil«, fuhr er fort. »Das Land ist trotz seiner Retro-

Sowjetkulisse nicht autoritärer, korrupter oder wirtschaftlich rückständiger als sein westlicher Nachbar; das wurde mir jedenfalls im Auswärtigen Amt versichert. Eher im Gegenteil: In der moldawischen Hauptstadt Chişinău hat es vor kurzem Demonstrationen gegeben, weil eine Milliarde Euro aus EU-Hilfsfonds in dunklen Kanälen versickert ist.«

Herzfeld hob leicht die Schultern. »Von der dortigen Gemengelage, einschließlich Sowjet-Nostalgie«, fuhr er fort, »wirst du sowieso nicht viel mitbekommen. Du reist auf persönliche Einladung des transnistrischen Präsidenten und wirst direkt am Flughafen in der Hauptstadt Tiraspol von seinen Leuten in Empfang genommen. Die treibende Kraft im Hintergrund dürfte allerdings der transnistrische Oligarch Jefim Stepanov sein. Zwei Neffen des schwerreichen Unternehmers, Spiridon und Artemij Stepanov, sind vor vier Jahren spurlos verschwunden. Ihre Mutter ist Stepanovs Schwester Jekaterina, die ihrerseits vor rund dreißig Jahren unter dubiosen Umständen ums Leben gekommen ist – angeblich durch ein Attentat, obwohl es damals in der Sowjetunion offiziell keine terroristischen Anschläge gab.«

Er lupfte eine Augenbraue, um anzudeuten, was er von solchen amtlichen Dogmen hielt. Abel begnügte sich damit, zu nicken und einen weiteren Schluck Kaffee zu trinken.

»Stepanov hat die beiden wie seine eigenen Söhne aufgezogen«, referierte Herzfeld weiter. »Eigentlich sollten sie einmal sein Firmenimperium übernehmen. Vor knapp zwei Wochen wurden aber in einer Fabrikruine in der Nähe von Tiraspol zwei Leichen – oder, besser gesagt, das, was noch von ihnen übrig war – in einem Metallcontainer gefunden. Der Container war mit ungelöschtem Kalk gefüllt, die Leichen waren fast vollständig zersetzt. Mit einiger Wahrscheinlichkeit handelt es sich um die Überreste von Spiridon und Artemij Stepanov. Bei deiner Mission geht es also in der Hauptsache darum, die Identität der beiden Toten und die Umstände ihres Ablebens zu klären.«

Herzfeld klappte das Dossier zu, schob es zu Abel hinüber und lehnte sich in seinem Sessel zurück. Das Telefon auf seinem Schreibtisch klingelte erneut. Abel sah Herzfeld an, dass er ihn am liebsten mitsamt dem Dossier aus der Tür komplimentiert hätte, aber er blieb sitzen. Bisher verstand er nur Bahnhof.

»Ich blicke da nicht durch«, sagte er. »Haben die in Transnistrien keine eigenen Rechtsmediziner, die den Job erledigen können? Und warum will das Auswärtige Amt, dass wir der Bitte eines Präsidenten entsprechen, dessen Staat von unserer Regierung nicht anerkannt wird?«

Herzfeld sah ihn anerkennend an und nickte. »Zwei Fragen, zwei Volltreffer. Respekt, Fred. Das sind in der Tat die beiden wunden Punkte bei dieser Angelegenheit. Du erinnerst dich doch an einen gewissen Juri Burkjanov, der uns vor drei Wochen mit seinem Besuch beehrt hat?«

»Diesen Geheimdienstler? Und ob«, sagte Abel. »Ein unangenehmer Typ. Aber was hat der mit den vermissten Transnistriern zu tun? Der Mann ist doch Russe, wenn ich mich richtig erinnere.«

»Wie man es nimmt«, entgegnete Herzfeld. »Zumindest hat er einen russischen Reisepass. Das dürfte allerdings auf die Mehrheit der Transnistrier zutreffen. Mit den Papieren, die ihre eigenen Behörden ausstellen, könnten sie nirgendwo hinreisen, da ihr Land eben von keinem Staat der Erde anerkannt wird. Aber die Russen helfen ihnen bereitwillig mit Reisedokumenten aus – so wie übrigens die Moldawier auf der anderen Seite der Grenze von Rumänien großzügig mit offiziellen Papieren ausgestattet werden.«

Abel schüttelte den Kopf und atmete mit geblähten Backen aus. Herzfeld wollte gerade weitersprechen, als sein Blackberry eine alarmierende Tonfolge von sich gab. Nach einem Blick aufs Display murmelte er eine Entschuldigung und erhob sich, um am anderen Ende des Büros den Anruf entgegenzunehmen.

»Herzfeld«, hörte Abel. »Frau Staatssekretärin?« Doch mit seinen Gedanken war er bei Juri Burkjanov.

☠ ☠ ☠

12

Berlin, Treptowers, BKA-Einheit »Extremdelikte«,
Büro Professor Paul Herzfeld,
Dienstag, 5. September, 12:37 Uhr

Abel erinnerte sich nur zu gut an den bulligen Glatzkopf Anfang sechzig, den er vor ein paar Wochen im Auftrag der Bundesstaatsanwaltschaft rechtsmedizinisch untersucht hatte. Burkjanov hatte Anzeige gegen Unbekannt erstattet und behauptet, auf der Kaiserin-Augusta-Straße im Berliner Stadtteil Charlottenburg am helllichten Tag überfallen worden zu sein. Angeblich hatten ihn zwei mit Skimasken vermummte Männer angegriffen. Einer habe ihm mit einem harten Gegenstand auf den Hinterkopf geschlagen, der andere habe ihm den Arm auf den Rücken gedreht. Zusammen hätten sie ihn zu einer Mercedes-Limousine am Straßenrand gezerrt und dort versucht, ihn in den Kofferraum zu verfrachten. Er habe den einen Angreifer mit einem Fausthieb abgewehrt, den anderen mit einem Tritt zwischen die Beine außer Gefecht gesetzt und sei dann seinen Verfolgern entkommen.

Seltsamerweise gab es keine Zeugen für diesen angeblichen Kidnappingversuch, obwohl sich das Geschehen am helllichten Tag auf einer belebten Straße mitten in Berlin ereignet haben sollte. Burkjanov selbst lieferte nur eine äußerst vage Beschreibung der Täter. Ähnlich nebelhaft war sein Antrag auf Asyl in Deutschland begründet, den er drei Monate zuvor gestellt hatte. Angeblich wurde er von nicht näher umschriebenen »Hintermännern der Macht« mit dem Tod bedroht.

»Es wäre nicht das erste Mal, dass jemand in Burkjanovs Situation einen Überfall auf seine Person vortäuscht«, hatte Abels Lebensgefährtin Lisa Suttner lakonisch kommentiert. Lisa hatte einen hochrangigen Posten bei der Bundesanwaltschaft. Abel und sie lebten seit rund zehn Jahren in einer Beziehung, die er als sehr glücklich empfand. »Wer behauptet, dass er aus politischen Gründen verfolgt wird«, hatte Lisa hinzugefügt, »kann schon mal auf die Idee kommen, dieser angeblichen Verfolgung ein wenig auf die Sprünge zu helfen.«

Abel hatte das mutmaßliche Überfallopfer gründlich untersucht und war zu dem Schluss gekommen, dass sämtliche Verletzungsmuster zu dem von Burkjanov geschilderten Tathergang passten. Burkjanovs Unterarme wiesen die typischen Abwehrverletzungen auf, und am Hinterkopf hatte er eine beachtliche Beule, wie sie durch einen Schlag mit einem harten, stumpfen Gegenstand hervorgerufen wurde. An beiden Schienbeinen waren diverse Abschürfungen, die durchaus bei dem Versuch entstanden sein konnten, ihn gegen seinen Willen über die Ladekante in den Kofferraum zu bugsieren.

Andererseits konnte sich ein Profi all diese Verletzungen auch selbst zufügen oder durch Helfershelfer beibringen lassen. Und als ehemals hochrangiger Geheimdienstmann war Burkjanov zweifellos ein Experte für die Erzeugung falscher Spuren. Schon allein wegen seiner verschlagenen Miene und seiner fast farblosen Augen, die starr wie bei einem toten Fisch waren, hätte man ihm so einiges zugetraut.

In seinem schriftlichen Gutachten hatte Abel vermerkt, dass aus rechtsmedizinischer Sicht keine Diskrepanz zwischen den dokumentierten Verletzungen und dem von Burkjanov geschilderten Tathergang festzustellen sei. Darüber hinaus war er mit dem Fall nicht befasst gewesen, und so hatte er auch nicht mitbekommen, dass Juri Burkjanov nicht beim russischen, sondern beim transnistrischen Geheimdienst eine große Nummer gewesen war.

»Entschuldige, Fred«, sagte Herzfeld. »Diese Somalia-Sache kocht immer höher. Ich fliege noch heute Abend mit einer Regierungsmaschine nach Boosaaso.«

Er ließ sich erneut in seinen Sessel fallen, legte sein Smartphone vor sich auf den Tisch und sah Abel mit einem aufmunternden Lächeln an. »Noch Fragen zu deinem Transnistrien-Trip?«

»Jede Menge«, sagte Abel. »Mit Rücksicht auf deinen Terminkalender beschränke ich mich auf die dringlichsten. Also zunächst einmal: Was hat Burkjanov mit den Neffen dieses Oligarchen zu schaffen?«

»Das wirst du hoffentlich herausfinden«, antwortete Herzfeld. »Vielleicht hat er die beiden ermordet oder ermorden lassen, vielleicht hat er mit dieser Sache auch nicht das Geringste zu tun. Bis vor einem Vierteljahr waren Burkjanov und der Oligarch Stepanov jedenfalls die grauen Eminenzen hinter Präsident Schewtschuk. Burkjanov war der Chef des Geheimdienstes, Stepanov kontrolliert nach wie vor einen großen Teil der regionalen Industrie. Die beiden galten als enge Verbündete. Aber dann machte Burkjanov einen Fehler: Anscheinend hatte er vor, Schewtschuk aus dem Amt zu putschen und sich selbst auf den Präsidentensessel zu setzen. Das geht jedenfalls aus dem BND-Bericht hervor, den du gleichfalls bei den Unterlagen findest.« Er deutete auf den blassblauen Schnellhefter.

»Der transnistrische Präsident bekam Wind von einem mutmaßlich geplanten Staatsstreich«, fuhr er fort, »und ordnete an, Burkjanov zu verhaften. Der konnte im letzten Moment außer Landes fliehen – und hat ausgerechnet Berlin als sein Exil gewählt. Du kannst dir bestimmt vorstellen, dass unsere Sicherheitsbehörden darüber nicht gerade glücklich sind. In diversen Interviews hat sich Burkjanov zwar zum leidenschaftlichen Anhänger von Rechtsstaat und Demokratie stilisiert, laut BND pflegt er aber enge Verbindungen zum transnistrischen und zum russischen organisierten Verbrechen. Bevor er zu Hause in Ungnade gefallen ist, soll er dort mehrfach lokale Wirtschaftsbosse gekidnappt haben, um Lösegelder zu erpressen und ganze Industriebetriebe in seinen Besitz zu bringen. Allerdings konnte ihm das nie hieb- und stichfest nachgewiesen werden.«

»Verstehe«, sagte Abel. »Die Oligarchen-Neffen passen also in sein Beuteschema.«

Erneut sah er den glatzköpfigen Geheimdienstmann mit den starren Fischaugen vor sich. *Die Physiognomie eines Psychopathen,* dachte er. Aber er hütete sich, aus subjektiven Eindrücken voreilige Schlüsse zu ziehen. Die Erfahrung hatte ihn gelehrt, dass Schein und Sein selten deckungsgleich waren und der äußere Eindruck keine Rückschlüsse auf das Innenleben eines Menschen zuließ.

»Die Entführung der Neffen würde zu seinem Tatmuster passen«, stimmte Herzfeld zu. »Mord und Totschlag scheinen aber bisher nicht auf Burkjanovs Konto zu gehen, was allerdings nicht viel zu sagen hat. Vielleicht hat er sich nur nicht selbst die Hände schmutzig gemacht. Jedenfalls dürfte dir mittlerweile auch klar sein, warum unser Außenminister so sehr daran interessiert ist, dass du oder ich die beiden Toten aus dem Kalkcontainer persönlich untersuchen.«

Er sah Abel erwartungsvoll an.

»Lass mich raten«, sagte Abel. »Bestimmt gibt es auch in Transnistrien tüchtige Rechtsmediziner. Aber in einem Land, das seine Lenin-Denkmäler noch im einundzwanzigsten Jahrhundert in Ehren hält, dürfte es mit der Unabhängigkeit der Gerichtsmedizin und allgemein der Justiz nicht weit her sein. Und da Burkjanov noch vor wenigen Monaten Chef des dortigen Geheimdienstes war, hat er höchstwahrscheinlich immer noch genug Einfluss, um die Ermittlungen vor Ort in seinem Sinn zu steuern oder zumindest zu behindern. Präsident Schewtschuk und sein Oligarch Stepanov dürften in diesem Punkt also die gleichen Interessen wie die deutschen Behörden haben: Beide wollen, dass Burkjanov in Transnistrien vor Gericht gestellt wird und anschließend möglichst hinter Gittern verschwindet. Und um ein solches faires Gerichtsverfahren vorzubereiten, brauchen beide Seiten einen unabhängigen Rechtsmediziner vor Ort, der gegen lokale Einschüchterungsversuche immun und über rechtsstaatliche Zweifel erhaben ist.«

Herzfeld beugte sich vor und klopfte Abel auf die Schulter. »Genau so sieht es aus, Fred. Besser hätte es auch die Bundesstaatsanwältin nicht formulieren können.«

Er griff sich noch einmal den blassblauen Schnellhefter und schlug die erste Seite auf. »Hinflug Donnerstagmorgen«, sagte er. »Du landest um acht Uhr in Tiraspol, wirst direkt zum Fundort und anschließend zu einer rechtsmedizinischen Einrichtung gebracht, wo du die Überreste der beiden Toten sezieren kannst. Rückflug nach Berlin am Abend desselben Tages.«

Er klappte den Ordner zu und schob ihn erneut zu Abel hinüber. »Wenn du keine weitere Frage hast, möchte ich dich bitten, mich jetzt zu entschuldigen.«

Das Telefon auf seinem Schreibtisch klingelte abermals. Diesmal erhob sich Herzfeld, blieb aber vor seinem Sessel stehen.

»Eine Sache noch«, sagte Abel, der gleichfalls aufgestanden war. »Es geht um den Waterboarding-Fall.«

Mit neuer Aufmerksamkeit sah ihn Herzfeld an. »Hast du bei der Obduktion noch etwas herausgefunden?«

Abel schüttelte den Kopf. »Nichts Neues. Scherz hat den Fall übernommen – ich weiß, dass du es eigentlich anders haben wolltest«, fügte er rasch hinzu. »Aber ich habe meine Gründe. Und ich sorge dafür, dass da nichts aus dem Ruder läuft.«

Herzfeld räusperte sich. »Welche Gründe?«, fragte er, und nur seine ein wenig enger gewordenen Augen verrieten, dass er irritiert war.

Das Telefon auf seinem Schreibtisch verstummte. Dafür meldete sich erneut Herzfelds Blackberry mit dem alarmierenden Dreiton.

»Bisher ist es noch nicht viel mehr als ein Bauchgefühl«, gab Abel zu. »Aber ich bin sicher, dass hinter dem falsch ausgestellten Totenschein etwas ganz Großes steckt. Möglicherweise eine Mordserie, die vor zwanzig Jahren begonnen hat.«

Herzfeld hatte sein Smartphone ans Ohr gedrückt und hörte konzentriert zu. Mit gehetztem Gesichtsausdruck nickte er in Abels Richtung und winkte ihm mit einer Hand zum Abschied zu.

Abel beschloss, es als Zeichen zu nehmen, dass Herzfeld mit seinen Entscheidungen einverstanden war.

☠ ☠ ☠

13

Transnistrien,
heruntergekommene Fabrikhalle, vier Jahre zuvor

Du MUSST DAS VERSTEHEN, Kleiner«, sagte Swirja. »Ich hab das wirklich nicht gerne getan, aber ich hatte keine andere Wahl!«

Seine Stimme klang verwaschen. Tjoma fand nicht einmal mehr die Kraft, den Kopf zu heben und Swirja anzusehen. Unverwandt starrte er auf seine Füße hinab. Wo seine großen Zehen gewesen waren, ragten nur noch blutige Stümpfe aus dem zerfetzten Fleisch. Vadik hatte die Amputate in den Gulaschkessel geworfen und die Wunden mit dem Schneidbrenner verödet.

Der Schmerz rollte in Wellen durch Tjomas Beine und bis in seinen Oberkörper hinauf. Er wünschte sich nichts sehnlicher, als wieder ohnmächtig zu werden. Wohltuende Dunkelheit, keine Angst, keine Schmerzen mehr. Doch leider wusste er, dass ihnen auch dieser letzte Fluchtweg versperrt worden war.

Zuerst hatte er geglaubt, dass er noch träumte, doch es war kein Traum gewesen.

Vadik hatte ihm einen Eimer kaltes Wasser ins Gesicht geschüttet, und dann hatte der General vor ihm gestanden, eine altmodische Glasspritze in der Hand. »Lass das, Dummkopf«, hatte er gesagt, und Vadik war wie ein geprügelter Hund zur Seite gesprungen.

»Ich gebe vorsichtshalber beiden eine Spritze«, hatte der General in Richtung des Porutschiks hinzugefügt, während er Tjoma eine Injektion in die Armbeuge verpasst hatte. »Dann laufen bei den Kerlen Herz und Kreislauf ungefähr drei Stunden lang rund, auch wenn ihr einen Gang zulegt.« Aus reglosen Steinaugen hatte er den Leutnant angestarrt. »Ich will, dass du bis heute zwanzig Uhr lieferst. Kapiert?«

Der Porutschik hatte genickt und auf seine Uhr gesehen. Tjoma war plötzlich hellwach gewesen. Der Leutnant trug eine goldene Rolex, die überhaupt nicht zu seinem Silberring passte.

Swirjas Armbanduhr. Sie haben die Beute schon verteilt.

Seltsamerweise trug der General genauso einen breiten Silberring wie der Porutschik. Er hatte auch Swirja eine Spritze verpasst und sich anschließend in Richtung Rolltor verdrückt. Kurz darauf waren draußen auf dem Fabrikhof Autotüren zugeschlagen worden, ein Motor war angesprungen, und ein Wagen hatte sich zügig entfernt. Kein GAZ-66 mit brüllender Maschine, sondern eine Limousine westlicher Bauart, mit samtig summendem Motor.

»Die Weiber haben mich ruiniert, und das Pokern hat mir den Rest gegeben«, jammerte Swirja zwei Schritte neben Tjoma, »kapierst du, Kleiner?«

Tjoma gab ihm keine Antwort. Er hätte sowieso nicht gewusst, was er sagen sollte. Er fühlte sich todmüde und total überdreht. Verängstigt und ausgelaugt. Sein Herz schlug so gleichmäßig und träge wie das Pendel einer Kuckucksuhr. Als hätte der General ihm nicht nur eine Spritze gegeben, sondern durch das Loch in seiner Brust auch gleich einen Herzschrittmacher eingesetzt. Und jeder Schlag rief kaum erträgliche Schmerzechos in seinen Füßen, seiner Brust, seinem Kopf hervor.

Sie hatten den Propangaskocher so aufgestellt, dass Swirja und Tjoma genau sehen konnten, wie sich das »Gulasch« im Kessel vermehrte. Vier Zehen schwammen mittlerweile in dem brodelnden Wasser, und gerade ging Vadik wieder vor Tjoma in die Hocke.

»Hundert Millionen Rubel Spielschulden«, lamentierte Swirja, »und der verdammte General hat die Schuldscheine heimlich aufgekauft. Dann hat er mir seinen Schergen hier geschickt« – er spuckte in Richtung des Porutschiks und spie einen halben Zahn aus –, »und der hat mir seine Glock in den Arsch geschoben: Sofort die ganze Kohle her – oder er drückt ab!«

»Und da wolltest du mich opfern«, sagte Tjoma mehr zu sich selbst.

Es erstaunte ihn nicht halb so sehr, wie er erwartet hatte. Ein Teil von ihm war wohl immer schon darauf gefasst gewesen, dass Swirja ihn bei passender Gelegenheit ans Messer liefern würde.

»Scheiße, Kleiner, nein, von opfern kann keine Rede sein!«, verteidigte sich Swirja. »Kapierst du denn nicht, das war alles nur ein Fake! Ich hab hin und her überlegt, wie ich ihnen den Teil von unserem Laden andrehen kann, der sowieso nichts mehr wert ist. Und als du dann mit dem Vorschlag gekommen bist, halbe-halbe zu machen, da hätte ich dich vor Freude am liebsten geknutscht!«

Tjoma zwang sich, den Folterknecht Vadik zu ignorieren, der vor ihm in einer Pfütze aus Blut, Pisse und Wasser kauerte und die Zange auf- und zuschnappen ließ.

»Was soll das heißen?«, fragte er Swirja. »Welcher Teil ist sowieso nichts mehr wert?«

»Na, deine beschissene Optiksparte!«, schrie Swirja. »Bisher hat der Laden jedes Jahr Hunderte Fernrohre und Periskope ans russische Heer geliefert und saftig dabei verdient. Aber ich weiß aus sicherer Quelle, dass die Russen den Auftrag nächstes Jahr an eine Klitsche in Sotschi vergeben wollen – und damit ist dein Laden am Arsch! Verstehst du? Weil die Russen nämlich deine einzigen Kunden sind!«

Für einen Moment vergaß Tjoma sogar seine Angst und seine Schmerzen, so perplex war er.

»Und das Gutachten?«, fragte er. »Von dieser Moskauer Unternehmensberatung?«

Swirja stieß ein meckerndes Lachen aus. »Du Unschuldsengel! Das war natürlich gekauft!«

»Also wolltest du mich *und* den General linken«, sagte Tjoma. Es war eine Feststellung, keine Frage. »Sie sollten mich kidnappen und unter Druck setzen, damit ich ihnen die Optiksparte überschreibe und du deine Schulden los bist. Und nächstes Jahr, wenn der General gemerkt hätte, dass er ein Zombie-Unternehmen gekauft hat, hättest du eben beteuert, dass du von nichts gewusst hättest. War das der Plan, Swirja?«

»Scheiße, ja, so ähnlich«, knurrte Swirja.

Der Porutschik ging vor ihm in die Hocke. »Wieso erfährt der Kleine das jetzt erst?«, fragte er in einem Tonfall totalen Desinteresses. »Unterschreibst du jetzt?« Er schlug Swirja die Zange gegen das Schienbein.

»Verfluchte Scheiße, nein!«, brüllte Swirja. »Hack mich doch in Stücke, du geisteskranker Metzger!«

Die Zangen schnappten fast gleichzeitig zu. Tjoma und Swirja schrien auf. Der Schmerz ließ Blitze durch Tjomas Gehirn zucken. Es fühlte sich an, als würden ihm die Augen von innen aus dem Schädel gedrückt. Er knirschte mit den Zähnen und zerrte an seinen Fesseln.

Vadik sammelte die abgezwackten Zehen ein und schmiss sie in den Gulaschkessel. Den Schneidbrenner hatte er auf kleiner Flamme angelassen. Feine Blutfontänen sprühten aus den Amputationswunden, aber Vadik gelang es nach wenigen Sekunden, die Blutungen zu stoppen.

»Also, Arschgesicht, wie sieht es aus?«, wandte sich der Porutschik zum hundertsten Mal an Swirja. Die Zange schlenkerte in seiner schlaff herunterhängenden Hand. »Eine kleine Unterschrift, dann könnt ihr gehen, wohin ihr wollt.«

»Fahr zur Hölle!«, presste Swirja hervor.

»Wie du willst«, sagte der Porutschik. »Du glaubst, du wärst so ein richtig harter Brocken, was? Dann kürzen wir das Ganze mal ein bisschen ab.«

Auch sein Anzug hatte mittlerweile reichlich Blutspritzer abbekommen. Sein Gesicht und sogar seine Gelfrisur waren mit roten Schlieren verschmiert.

»Wir lassen das mit den Zehen sein«, wies er Vadik an. »Also, letzte Chance, Jungs: Unterschreiben, oder eure Schwänze landen im Topf. Und heult mir nur hinterher nicht rum, dass ihr nicht rechtzeitig gewarnt worden wärt.«

»Ich unterschreibe!«, stieß Tjoma hervor. »Und ich garantiere dafür, dass unser Onkel mit allem einverstanden ist! Ihr braucht Swirjas Unterschrift gar nicht!«

Niemand schenkte ihm auch nur die geringste Beachtung.

»Fahrt alle zur Hölle!«, stieß Swirja zwischen zusammengebissenen Zähnen hervor.

Der Porutschik setzte die Zange an Swirjas Hosenbund an und zerrte ihm die Boxershorts bis zu den Fußknöcheln herunter.

»Hey, Chef, Moment noch«, sagte Vadik. »Du hast es mir versprochen.«

»Was versprochen?«, knurrte der Porutschik.

»Na, du weißt doch, der Steindildo«, raunte Vadik mit Verschwörermiene. »Du hast versprochen, dass ich dem Kerl, den wir als Nächstes rannehmen, das Ding in den Arsch rammen darf!«

☠ ☠ ☠

14

Berlin, Treptowers, BKA-Einheit »Extremdelikte«,
Büro Dr. Fred Abel,
Dienstag, 5. September, 13:12 Uhr

Sein Büro war deutlich kleiner als Herzfelds repräsentatives Eckbüro, aber Abel war vollauf damit zufrieden. Die beiden Sessel und der kleine Tisch in der Besuchernische waren zwar chronisch mit Papieren überhäuft, doch wenn er einmal Besuch bekam, räumte er die aufgestapelten Gutachten, Fachzeitschriften, Obduktionsprotokolle und Gerichtsurteile einfach auf den Boden.

Um den Mangel an Fenstern ein wenig auszugleichen, hatte Abel an der Wand gegenüber seinem Schreibtisch einen extragroßen Flatscreen mit chromfarbenem Rahmen anbringen lassen, der fast wie ein Fenster mit getönter Scheibe aussah. Manchmal machte er sich einen Spaß daraus, Besucher mit einem atemberaubenden Ausblick über den Berliner Südosten zu überraschen, der von einer Live-Kamera auf der Dachterrasse im zweiunddreißigsten Stock übertragen wurde.

Heute jedoch blieb der Wandmonitor dunkel, während Abel am Schreibtisch saß und sich in das Transnistrien-Dossier vertiefte. Der Gedanke, dass sich Herzfeld am Horn von Afrika womöglich mit waffenstarrenden Piraten herumschlagen müsste, beunruhigte ihn weiterhin. Dagegen ging er davon aus, dass sein Einsatz in Osteuropa zwar etwas anstrengend, aber höchstwahrscheinlich nicht weiter gefährlich werden würde.

Nach dem kriegerischen Zerfall Jugoslawiens hatte Abel in Bosnien und im Kosovo zahlreiche zivile Opfer serbischer Paramilitärs obduziert und identifiziert. Anfangs hatten ihm die vielen Toten in Massengräbern und die Folterspuren an weitgehend zersetzten Leichen ziemlich zu schaffen gemacht. Aber nach diesen Erfahrungen konnte ihn die Aussicht auf die Überreste zweier Körper in einem Kalkcontainer nicht mehr sonderlich aus der Ruhe bringen.

Nur wenn er an Burkjanovs Psychopathen-Visage mit den starren Fischaugen dachte, begann sich sein Puls ein wenig zu beschleunigen. Doch der Ex-Geheimdienstchef würde sich hüten, persönlich in Transnistrien aufzutauchen, wo er mit seiner Verhaftung rechnen musste.

Das Kernstück des Dossiers war der Untersuchungsbericht der transnistrischen Mordkommission, den die federführenden Kriminalkommissare Wladimir Gruwschenkow und Viktorija Lomaskov verfasst hatten. Ihr glücklicherweise ins Englische übersetzter Bericht war als *Streng vertraulich* klassifiziert und begann mit dem spurlosen Verschwinden von Spiridon (damals achtunddreißig Jahre alt) und Artemij Stepanov (damals siebenunddreißig) vor rund vier Jahren. Die beiden Brüder hatten unweit der transnistrischen Hauptstadt Tiraspol ein Dorf namens Piliptsche aufgesucht und galten seitdem als vermisst.

Spiridons BMW-Limousine war verlassen in der Nähe des Dorfgasthauses aufgefunden worden. Der betagte Wirt hatte zu Protokoll gegeben, dass die beiden Männer am fraglichen Tag bei ihm ein spätes Mittagessen eingenommen hätten. Nachdem sie bezahlt und sein Etablissement verlassen hätten, habe er sich ins Bett gelegt und sei sofort eingeschlafen. Weder er noch irgendein anderer Einwohner von Piliptsche wollten danach etwas Auffälliges beobachtet haben. Die beiden Neffen des mächtigen Oligarchen Jefim Stepanov schienen auf den rund fünfzehn Metern zwischen Gasthaus und Auto vom Erdboden verschluckt worden zu sein.

Kriminalkommissarin Lomaskov und ihr Kollege Gruwschenkow waren davon überzeugt, dass der Wirt und weitere Dorfbewohner sehr wohl etwas Ungewöhnliches beobachtet haben mussten. Praktisch jeder in Transnistrien hatte zumindest schon mal ein Foto von Spiridon Stepanov in der Zeitung gesehen. In dem verschlafenen Dorf musste er mit seinem goldfarbenen BMW so viel Aufsehen erregt haben wie ein Rad schlagender Pfau in einem Hühnerhof. Dass die Einwohner von Piliptsche nichts bemerkt haben wollten, ließ sich in den Augen der Kriminalbeamten nur auf eine einzige Art und Weise erklären: Sie hatten Angst.

Es war nicht der erste Fall dieser Art. Im Verlauf von zwei Jahren waren insgesamt sieben wohlhabende bis schwerreiche Unternehmer in Transnistrien »spurlos verschwunden«. Allerdings waren alle sieben nach einer gewissen Zeitspanne wieder aufgetaucht. Doch nicht einer von ihnen hatte Anzeige gegen seine Entführer erstattet oder sich zumindest einem Journalisten anvertraut. Was ihnen während der Zeitspanne ihres Verschwindens widerfahren war, blieb durchweg im Dunkeln. Mit einer Ausnahme hatten sie ihren Wohnsitz unmittelbar nach ihrer Rückkehr ins Ausland verlegt, nach Westeuropa oder sogar in die USA.

Soweit Kommissar Gruwschenkow und seine Kollegin zu diesem Punkt überhaupt etwas Brauchbares herausfinden konnten, befanden sich die Betreffenden nach ihrem Wiederauftauchen in ziemlich derangiertem Zustand. Der Inhaber eines Waffen produzierenden Unternehmens hatte ein Auge eingebüßt, die Präsidentin einer Hotelkette war nach ihrer Rückkehr mit einer Handprothese gesehen worden. Einer der bekanntesten Jungunternehmer des Landes, Sergej Romanov, litt seitdem an den Folgen einer geheimnisvollen Kopfverletzung, die ihn in ein zitterndes und zuckendes Nervenbündel verwandelt hatte. Und das waren nur die auf den ersten Blick sichtbaren Veränderungen.

Die beiden Kriminalkommissare waren überzeugt davon, dass die Betroffenen von Profis entführt und grausam gefoltert worden waren. Allem Anschein nach waren sie erst dann wieder auf freien Fuß gesetzt worden, als sie ihren Peinigern – beziehungsweise deren Hintermännern – große Teile ihres Vermögens überschrieben hatten.

Aus dem Dossier ging auch hervor, dass Gruwschenkow und Viktorija Lomaskov bei ihren Ermittlungen sowohl vom transnistrischen Geheimdienst als auch vom Innen- und vom Wirtschaftsministerium des Landes massiv behindert und mehrfach bedroht worden waren. Aber sie hatten sich nicht entmutigen lassen und herausgefunden, dass zumindest Sergej Romanov und ein weiteres Opfer ihren Unternehmens- und Kapitalbesitz an einen russischen Staatsbürger namens Wladimir Bousseyev überschrieben hatten. Dieser Bousseyev war ein zweiundsiebzig Jahre alter Rentner und wohnhaft in Novosibirsk; mehr war über ihn nicht herauszufinden gewesen.

»Aller Wahrscheinlichkeit nach handelt es sich bei Bousseyev um einen Strohmann«, hieß es im Untersuchungsbericht der unerschrockenen transnistrischen Kommissare. *»Derjenige oder diejenigen, die hinter der*

mutmaßlichen Verbrechensserie stehen, lassen die erpressten Vermögenswerte auf einen bisher offenbar unbescholtenen Rentner überschreiben, um ihre Identität und Urheberschaft zu verschleiern.

Im Gegensatz zu den sieben anderen Opfern sind Spiridon und Artemij Stepanov nach ihrem mysteriösen Verschwinden in Piliptsche nicht wieder lebend aufgetaucht. Ansonsten ist das Tatmuster jedoch, soweit festzustellen, identisch. Daraus ist unseres Erachtens zu schließen, dass bei dieser Doppelentführung aus Sicht der Täter etwas schiefgegangen ist. Die im Besitz der beiden Opfer befindliche Unternehmensgruppe wurde nach unseren Erkenntnissen auch nicht an Bousseyev überschrieben, sondern ist bis heute verbrieftes Eigentum der beiden Stepanov-Neffen. Die Optiksparte der Unternehmensgruppe hat vor zwei Jahren Insolvenz angemeldet, nachdem ihr Umsatz im Vorjahr um fünfundneunzig Prozent eingebrochen war.

Jefim Stepanov hat einen Interims-Geschäftsführer für die verbliebenen Konzernbereiche eingesetzt und sich in der Öffentlichkeit mehrfach zuversichtlich gezeigt, dass seine ›Kronprinzen‹ in Kürze wieder auftauchen würden. Nach dem zweifachen Leichenfund in der Maschinenhalle bei Tiraspol spricht allerdings kaum noch etwas für diese Annahme. Das gesamte, vor etwa zwanzig Jahren stillgelegte Fabrikareal gehört Jewgenij Balkow, einem Schwager von Juri Burkjanov, der von Amts wegen hinlänglich bekannt ist und sich derzeit in Berlin, Deutschland, aufhält.«

Die nun folgenden Absätze des Untersuchungsberichts waren so gewunden formuliert, dass Abel sie teilweise zweimal lesen musste. Er glaubte jedoch nicht, dass Gruwschenkow und Lomaskov plötzlich der Mut verlassen hatte. Dass sie sich so behutsam wie auf einem ungeräumten Minenfeld weiter vorantasteten, erklärte sich wohl eher damit, dass sie sich mit ihrem Bericht dem Herz der transnistrischen Finsternis näherten.

»Durch den Haftbefehl vom 7. Juni dieses Jahres gegen Juri Burkjanov, bis dahin General des transnistrischen Geheimdienstes, haben sich die Chancen, die Entführungsserie einschließlich des Verschwindens und der mutmaßlichen Ermordung von Spiridon und Artemij Stepanov aufzuklären, entscheidend verbessert. Allem Anschein nach handelt es sich bei der Instanz, die unsere Ermittlungen jahrelang massiv behindert hat, um be-

sagten Ex-General und seine Gefolgsleute in den Apparaten der Geheimpolizei, des Innen- und des Wirtschaftsministeriums.

Seit sich der Betreffende nach Deutschland abgesetzt hat, um sich seiner Verhaftung wegen mutmaßlichen Landesverrats zu entziehen, sind unsere Ermittlungen im Fall Spiridon und Artemij Stepanov deutlich vorangekommen. Einige Augenzeugen, die sich bis dahin an nichts erinnern konnten, lieferten nun doch detaillierte Beschreibungen der mutmaßlichen Täter und von Teilen des augenscheinlichen Entführungsgeschehens, nachdem bekannt geworden war, dass B. aller seiner Ämter enthoben wurde und der Staatspräsident einen Ausschuss eingesetzt hat, um mutmaßliche illegale Machenschaften zu durchleuchten.

Aufgrund der Berichte dieser Augenzeugen, darunter nun auch der Wirt des Gasthofs in Piliptsche, wurde B. am 3. Juli d. J. wegen Entführung von Spiridon und Artemij Stepanov angeklagt und am 2. August d. J. in Abwesenheit zu einer Zuchthausstrafe von 20 Jahren verurteilt. Die Ermittlungen im Zusammenhang mit den sieben anderen Entführungsfällen dauern noch an.«

An dieser Stelle des Untersuchungsberichts war ein einzelnes, in der Mitte zusammengefaltetes Blatt eingelegt. Abel glättete das eng bedruckte Papier und stellte fest, dass es sich um die Zusammenfassung des BND-Berichts handelte, den Herzfeld erwähnt hatte. Vermutlich hatte Herzfeld oder jemand aus dem Auswärtigen Amt gezielt an dieser Stelle des Dossiers plaziert, um ihm die Orientierung zu erleichtern. Jedenfalls beantwortete das Papier einige Fragen, die im Untersuchungsbericht der transnistrischen Kommissare offen geblieben waren.

Aus dem BND-Vermerk ging hervor, dass der Generalstaatsanwalt von Transnistrien die deutschen Behörden bereits am 3. August dieses Jahres aufgefordert hatte, Juri Burkjanov zwecks Vollstreckung des rechtskräftigen Urteils an Tiraspol auszuliefern. Wegen des strittigen völkerrechtlichen Status von Transnistrien und aufgrund von Zweifeln an der Rechtsstaatlichkeit des Verfahrens, das zur Verurteilung von Burkjanov in seiner Abwesenheit geführt habe, sei der Bundesrepublik Deutschland jedoch keine andere Wahl geblieben, als das Auslieferungsersuchen abzulehnen.

Wenig später, am 21. August dieses Jahres, sei der Kalkcontainer mit den Überresten zweier Leichen in der Halle der aufgegebenen Fabrik bei Tiraspol entdeckt worden.

»*Der Verdacht stand im Raum, dass es sich um die sterblichen Überreste der seit Jahren gesuchten Neffen des Oligarchen Stepanov handelt*«, hieß es weiter in dem BND-Vermerk. »*Daher ordnete der transnistrische Generalstaatsanwalt die sofortige Obduktion durch lokale Rechtsmediziner an. Daraufhin intervenierten jedoch die Ehefrauen (respektive mutmaßlichen Witwen) von Spiridon und Artemij Stepanov beim Präsidenten persönlich, da sie befürchteten, dass auf diese Weise die Wahrheit nie ans Licht gelangen würde. Das Institut für Gerichtsmedizin in Tiraspol ist dem Innenministerium unterstellt, und der zuständige Abteilungsleiter ist ein Protegé von Ex-General Burkjanov, der im transnistrischen Staatsapparat nach wie vor über etliche Gefolgsleute verfügt. Die Sorge der Ehefrauen schien also durchaus berechtigt. Sie baten den Präsidenten, die in dem Metallcontainer aufgefundenen, durch die Lagerung in ungelöschtem Kalk bereits stark zersetzten Leichen durch unabhängige Experten aus einem Land der Europäischen Union untersuchen zu lassen.*«

Abel schüttelte mehrfach den Kopf, während er den BND-Vermerk überflog. Trotz seiner Einsätze auf dem Balkan erstaunte es ihn immer wieder, dass in europäischen Ländern, die nur wenige Flugstunden von Berlin oder Paris entfernt waren, Chaos und Willkür an der Tagesordnung waren.

Der transnistrische Präsident, so hieß es in dem BND-Vermerk weiter, habe der Bitte der mutmaßlichen Witwen entsprochen und angeordnet, die Obduktion der beiden Toten in Tiraspol augenblicklich abzubrechen. Eine der beiden Leichen sei zu diesem Zeitpunkt bereits obduziert worden; die zweite befinde sich noch in dem Zustand, in dem sie aufgefunden worden sei. Die beiden Körper und die Asservate seien im Leichenkühlhaus einer stillgelegten Klinik im Großraum Tiraspol eingelagert worden.

»*Das auf den ersten Blick überraschende Entgegenkommen des transnistrischen Präsidenten*«, so endete die Zusammenfassung des BND-Berichts, »*erklärt sich wohl zumindest teilweise damit, dass das Auswärtige Amt seine Bereitschaft angedeutet hat, ein erneutes Auslieferungsersuchen seitens der transnistrischen Behörden wohlwollend zu prüfen, falls Juri Burkjanov aufgrund unabhängiger Ermittlungen in einem transparenten rechtsstaatlichen Gerichtsverfahren erneut angeklagt und verurteilt werden sollte.«*

Abel lehnte sich auf seinem Schreibtischstuhl zurück und ließ sich das Gelesene durch den Kopf gehen. Erst vor kurzem hatte er in der internationalen Fachzeitschrift *Forensic Science, Medicine and Pathology* eine Übersichtsarbeit mit dem Titel *Chemische Leichenbeseitigung durch Leichenzersetzung in ungelöschtem Kalk: historische und aktuelle Perspektiven* gelesen. Die Verfasser dieser materialreichen Studie stammten überwiegend aus Ländern der ehemaligen Sowjetunion. Das war gewiss kein Zufall, denn gerade dort war diese Methode, Leichen zu beseitigen oder ihre Identifizierung zumindest stark zu erschweren, nach wie vor weit verbreitet.

Während der Sowjetära waren es hauptsächlich KGB-Agenten gewesen, die zu Tode gefolterte Regimegegner in Fässern oder sonstigen Behältern mit ungelöschtem Kalk verschwinden ließen. Heutzutage war diese Methode auch bei Angehörigen des organisierten Verbrechens in der Ex-UdSSR sehr beliebt. Laut den Verfassern der Studie erklärte sich dieser Umstand nicht zuletzt damit, dass Hunderte ehemaliger KGB-Agenten die Seite gewechselt hatten und heute als Auftragskiller und Folterer unter anderem für die russische Mafia oder andere Strukturen des organisierten Verbrechens arbeiteten.

Aus Sicht der Täter weist diese Art der Entsorgung von Leichen beträchtliche Vorteile auf, sagte sich Abel. *Der Kalkgeruch überdeckt den faulig-süßlichen Gestank, der von verwesenden Leichen ausgeht. Ungelöschter Kalk zersetzt zudem nicht nur den Körper, sondern macht die Identifizierung der Opfer über eine DNA-Analyse auf lange Sicht fast unmöglich, da die DNA degradiert und so in ihre Bestandteile zerlegt wird. Allerdings folgt dieser Zersetzungsprozess keiner Gesetzmäßigkeit, die Täter können also nie sicher sein, dass die DNA tatsächlich bereits degradiert ist.*

Das Telefon riss ihn aus seinen Gedanken. Abel nahm den Hörer ab und vernahm die Stimme seines Freundes, des BKA-Profilers Timo Jankowski.

»Hauptkommissarin Lubitz hat mich gebeten, die Soko bei der Suche nach dem Waterboarding-Serientäter zu unterstützen«, sagte

Jankowski, nachdem sie einander begrüßt hatten. »Hast du ein paar Minuten Zeit? Natürlich interessiert mich auch deine Einschätzung.«

Abel brauchte einen Moment, um gedanklich von den Leichen im Kalkcontainer auf die Waterboarding-Fälle umzuschalten. Dann beschrieb er ihm so präzise wie möglich seine Sicht der Dinge und fügte hinzu, dafür spreche im Moment hauptsächlich sein Bauchgefühl.

»Okay, besten Dank, Fred«, sagte Jankowski schließlich. »Das sind wichtige Hinweise, die mir weiterhelfen.«

Er wollte das Gespräch schon beenden, da kam Abel eine Idee. »Sagt dir Transnistrien etwas?«, fragte er.

»Trans-*was*? Du glaubst doch nicht neuerdings an Vampire, Fred?«

Jankowski klang verblüfft. Abel sah ihn vor sich, wie er die Augen aufriss und mit beiden Händen gestikulierte. Der BKA-Profiler war vom schlaksigen, jungenhaften Typus und wirkte deutlich jünger als seine achtunddreißig Jahre.

»Transnistrien, nicht Transsilvanien«, sagte Abel lachend. »Das ist ein Pseudozwergstaat in Osteuropa, von dem ich bis vor kurzem auch noch nie gehört hatte. Ich fliege übermorgen dorthin, um zwei Leichen zu identifizieren, die durch ungelöschten Kalk weitgehend zersetzt worden sind. Fällt dir zu dieser Methode der Beseitigung von Leichen spontan etwas ein, das ich vor Ort beachten sollte?«

»Spontan?«, wiederholte Jankowski. Er überlegte einen Moment lang, wie es seiner bedächtigen Art entsprach. »Als Erstes der KGB«, sagte er dann. »Im Kalten Krieg war der Sowjetgeheimdienst berüchtigt dafür, gegnerische Agenten und einheimische Dissidenten in Gruben oder Behältern voll ungelöschtem Kalk zu entsorgen. Du weißt besser als ich, Fred, welche Vorzüge dieses Zeug aus der Sicht von jemandem hat, der Leichen auf Nimmerwiedersehen verschwinden lassen oder zumindest ihre Identifizierung schwer bis unmöglich machen will.«

»Ist mir klar«, sagte Abel. »Deshalb konnten sie der Verlockung auch so selten widerstehen. Transnistrien hat übrigens früher zur Sowjetunion gehört und macht wohl teilweise den Eindruck, als wäre das immer noch so. Jedenfalls stimmst du meiner Einschätzung zu, dass die Entsorgung von Foltermordopfern in einem Behälter mit ungelöschtem Kalk auf einen sowjetischen oder postsowjetischen Geheimdiensthintergrund deutet?«

»Deuten kann«, schwächte Jankowski ab. »Natürlich kommt es auf die sonstigen Tatumstände an.«

»Und wenn die gleichfalls zur Handschrift dieses mutmaßlichen Täterkreises passen?«, präzisierte Abel.

»Dann würde ich das Deponieren der Leichen in ungelöschtem Kalk als zusätzliches Indiz werten, das deine Hypothese stützt. Interessiert es dich, was mir außer dem KGB noch spontan zu diesem Thema einfällt?«

»Na klar«, sagte Abel. »Wer hat sonst noch ein Faible für diese Methode – die sizilianische Mafia vielleicht?«

»Ich dachte mehr an einen historischen Fall«, sagte Jankowski. »Der legendäre Henry Howard Holmes hat in den 1890er-Jahren in Chicago ein Hotel geleitet und Dutzende, wahrscheinlich eher Hunderte seiner Übernachtungsgäste in seinen Keller verschleppt, um sie dort auf jede nur vorstellbare Art und Weise erst zu foltern und dann umzubringen. Mit Gas, Äxten, Gift, Messern, was immer du willst. Hauptsächlich hatte er es auf junge Frauen abgesehen. Aber auch Kinder passten in sein Beuteschema. Er hatte sogar eine Art Krematorium in seinem Horrorkeller eingerichtet. Etliche Leichen hat er mithilfe einer Substanz zersetzt, die im damaligen Sprachgebrauch Ätzkalk genannt wurde. Das ist nichts anderes als ungelöschter Kalk, wie er in deinem Transsinistrien noch immer beliebt zu sein scheint.«

»Transnistrien«, korrigierte Abel. »Aber nach den mir vorliegenden landeskundlichen Informationen scheint Trans*s*inistrien fast noch treffender zu sein. Das erzähle ich dir, wenn wir uns das nächste Mal sehen.«

Sie verabredeten sich für das übernächste Wochenende auf ein Glas Wein und beendeten ihr Gespräch. Abel griff erneut nach dem Transnistrien-Schnellhefter und betrachtete die großformatigen Fotos der zersetzten Körper.

Als Geheimdienstchef, der sich schon zu Sowjetzeiten im KGB hochgedient hat, überlegte er, *wird Burkjanov sozusagen von Haus aus eine Vorliebe für diese Entsorgungsmethode haben. Aber um ihm eine direkte Tatbeteiligung nachzuweisen, müsste ich nicht nur belegen, dass es sich bei den Leichen im Kalkcontainer um die Überreste der Stepanov-Neffen handelt. Dafür müsste ich außerdem die berühmte* Smoking Gun *mit seinem Fingerabdruck auf dem Abzug finden – einen handfesten Beweis also, dass er selbst die beiden Männer ermordet oder ihre Ermordung in Auftrag gegeben hat, oder zumindest ein Tatmuster, das sich eindeutig Burkjanov zuordnen lässt.*

Von der Vorstellung, dass es sich bei seinem Kurztrip in den »rauhen Osten Europas«, wie Paul Herzfeld es formuliert hatte, um eine harmlose, nicht weiter aufregende Mission handelte, durfte er sich wohl verabschieden. Burkjanov hatte zweifellos längst spitzgekriegt, dass der transnistrische Präsident einen deutschen Rechtsmediziner beauftragt hatte, bei der Aufklärung des mutmaßlichen Doppelmords behilflich zu sein. Und der Ex-Geheimdienstchef würde wohl kaum tatenlos zusehen, wie seine Gegenspieler Beweise sammelten, um ihn für den Rest seines Lebens hinter Gitter zu bringen. Auch wenn er es wohl wirklich nicht wagen würde, inkognito selbst nach Transnistrien zu reisen, war er vermutlich immer noch einflussreich genug, um Abels Arbeit vor Ort massiv zu behindern.

Dann wollen wir doch mal sehen, wer von uns beiden den besseren Job macht, sagte sich Abel. Er spürte das vertraute Kribbeln in der Magengegend.

Sein Jagdfieber war erwacht.

15

Berlin-Treptow, Restaurant Sage,
Dienstag, 5. September, 13:52 Uhr

DAS *SAGE* BEFAND SICH IN einer ehemaligen Fabrik am Ufer der Spree. Von Abels Büro in den Treptowers bis zu dem modern eingerichteten Restaurant war es nur ein Spaziergang von allenfalls zehn Minuten. Trotzdem kam er nur selten hierher oder in eine der zahlreichen weiteren Bars und Gaststätten, die sich mit ihren bunten Sonnenschirmen am Flussufer aneinanderreihten. Seine Zeit reichte meist nur für ein schnelles Mittagessen in der BKA-eigenen Kantine im siebzehnten Stock des eindrucksvollen Glasturms, falls er nicht ohnehin irgendwo in Berlin, in Deutschland oder auf einem Auslandseinsatz unterwegs war.

Heute war eine erfreuliche Ausnahme. Lisa hatte beim Frühstück erwähnt, dass sie um die Mittagszeit einen Termin in der Nähe der Treptowers wahrnehmen müsse, und Abel hatte spontan vorgeschlagen, eine Kleinigkeit zusammen zu essen. Sie hatten sich für dreizehn Uhr verabredet, und wie leider fast schon üblich, hatte sich Abel verspätet. Um 13:15 Uhr hatte er ihr eine SMS geschrieben – *Schaffe es erst um halb zwei, sorry, Dein Fred* –, doch jetzt hatte er sogar noch zwanzig Minuten länger gebraucht.

Ein verspätetes Mittagessen, dachte er, genau diese Formulierung hatten die transnistrischen Kommissare in ihrem Untersuchungsbericht verwendet. Anschließend waren die beiden Oligarchen-Neffen *wie vom Erdboden verschluckt.*

Lisa und er würden nach ihrem gemeinsamen Lunch bestimmt nicht spurlos verschwinden, sagte sich Abel. Trotzdem kam es ihm nach der Lektüre des Dossiers ein wenig makaber vor, dass sie sich ausgerechnet in einer ehemaligen Fabrikhalle trafen. Auch wenn sich dieses luxussanierte Gründerzeitgemäuer von der heruntergekommenen Maschinenhalle bei Tiraspol zweifellos wie der Tag von der Nacht unterschied.

Er entdeckte Lisa an einem Fenstertisch mit Blick auf den restauranteigenen künstlichen Strand am Spreeufer. Abel winkte ihr zu, und sie lächelte ihn an. Zum Glück schien Lisa nicht verärgert, weil er sie wieder einmal hatte warten lassen.

Abel bahnte sich einen Weg zu ihr und begrüßte sie mit einem zärtlichen Kuss. Mit ihrer schlanken Figur, den rostroten Haaren und tiefgrünen Augen zog sie trotz ihrer vierundvierzig Jahre immer noch jede Menge begehrliche Männerblicke auf sich. Auch wenn sie seit zehn Jahren zusammenlebten, genoss Abel nach wie vor jede Minute, die Lisa und er zusammen verbrachten. Sie war knapp zwei Jahre jünger als er, und er wünschte sich nichts sehnlicher, als mit ihr zusammen alt zu werden.

Noch waren sie beide in ihrer aktivsten Lebensphase. Lisa war eine Topjuristin und bekleidete eine hochrangige Position bei der Bundesanwaltschaft. Manchmal bedauerte Abel, dass sie in ihrem schicken Townhouse im Berliner Südosten niemals Kinderlachen hören würden. Aber vor die Wahl zwischen Kindern und Karriere gestellt, hatte sich Lisa für ihre Karriere entschieden, und Abel konnte es ihr nicht verübeln. Sie beide gingen in ihrem Beruf auf.

»Entschuldige, ich bin schon wieder zu spät«, sagte er und setzte sich ihr gegenüber an den Tisch. »Du kannst dir gar nicht vorstellen, wie es bei uns wieder mal zugeht. Paul fliegt heute Abend nach Somalia, und ich muss übermorgen nach Transnistrien, wegen einer …«

»Transnistrien?«, fiel Lisa ihm ins Wort. Sie sah ihn für einen Moment durchdringend an. »Dir ist schon klar, dass das ein ziemlich heißes Pflaster ist, oder?«

Abel zuckte mit den Schultern. »Halb so wild, jedenfalls laut Auswärtigem Amt und BND. Oder, wie Herzfeld sich ausgedrückt hat: Die Lage dort ist verworren, aber einigermaßen stabil.«

»Klingt nicht gerade beruhigend«, sagte Lisa. »Ich habe dir ja von dem Megafall erzählt, mit dem ich gerade zu tun habe.«

Abel nickte und überflog gleichzeitig die Speisekarte. Mit aller gebotenen Diskretion war Lisa in den letzten Tagen mehrfach auf die spektakuläre Mord- und Folterserie zu sprechen gekommen, mit der ein Mob aus Ex-Jugoslawien halb Europa überzog. Die Bande bestand aus traumatisierten ehemaligen Soldaten, und bei ihrer Jagd auf Angehörige gegnerischer Verbrechergruppen gingen sie mit kaum vorstellbarer Grausamkeit vor. Bei der medienwirksamen Inszenierung der Hinrichtung ganzer Gangstersippen nahmen sie sich offenbar die mexikanische und kolumbianische Drogenmafia zum Vorbild.

»Transnistrien gehört ja nicht zum ehemaligen Jugoslawien«, wandte Abel ein.

Sie unterbrachen ihren kleinen Disput, als sich der Kellner ihrem Tisch näherte. Lisa bestellte einen Caesar's Salad, Abel entschied sich für Seeteufel mit Saubohnen. Irgendwie schien ihm das passend für einen Tag, an dem er es gleich mit mehreren Tätern zu tun bekommen hatte, die allesamt das Attribut *teuflisch* verdienten. Der Waterboarding-Folterer, der Täter mit dem Faible für Giftinjektionen in die Kniekehle und schließlich der skrupellose Ex-Geheimdienstchef Burkjanov: ein diabolisches Trio, das selbst in ihrer Abteilung nicht alltäglich war.

»In Transnistrien sind die Verhältnisse sogar noch krasser als in Ex-Jugoslawien«, nahm Lisa den Faden wieder auf, nachdem der Kellner mit ihrer Bestellung verschwunden war. »Bevor die Russen Anfang der Neunziger interveniert haben, war das Land mehr oder weniger in der Hand von Verbrecherbanden. Sibirische, ukrainische, kirgisische Mafia«, zählte sie auf, »praktisch jedes postsowjetische Verbrechersyndikat hatte dort einen Ableger. Vor allem die Stadt Bender, die heute an der Grenze zu Moldawien liegt, war komplett unter den Clans aufgeteilt.«

Sie schenkte sich Mineralwasser nach und füllte, ohne ihn zu fragen, auch Abels Glas. Sie kannten die Gewohnheiten des anderen mittlerweile ziemlich gut. Aber sie respektierten beide, dass der andere seine Freiräume brauchte und ein Recht hatte, neben ihrem gemeinsamen ein eigenes Leben zu führen.

»Das habe ich auch gelesen«, sagte Abel. »Aber aus dem Dossier, das sie im Auswärtigen Amt zusammengestellt haben, geht hervor, dass sich die Verhältnisse unter dem jetzigen Präsidenten deutlich verbessert haben. Die neue Regierung hat mit den Machenschaften des alten Regimes gebrochen. Der beste Beweis dafür ist ja, dass sie einen unabhängigen Experten ins Land holen, der ihnen bei der Aufklärung helfen soll.«

Lisa sah ihn mit großen Augen an. »Heißt das etwa, dass in den Fall, den du untersuchen sollst, irgendwelche Finstermänner aus dem alten Regime verwickelt sind?«

»Dazu darf ich nichts sagen«, antwortete Abel. »Du kennst das ja, Lisa: Verschlusssache, vertraulich. Und so weiter.«

Der Kellner brachte ihre Bestellung, und Abel konzentrierte sich auf sein teuflisches Menü. Bevor Lisa ihn weiter ins Verhör nehmen konnte, schob er sich ein Stück Fischfilet, garniert mit zwei Saubohnen, in den Mund. Lisa musterte ihn weiterhin besorgt, ohne ihren Salatteller zu beachten.

»Ich fliege Donnerstag sehr früh und bin am späten Abend schon wieder zurück«, sagte Abel. »Und in den Stunden dazwischen werde ich von dem Land vor lauter Sicherheitsleuten sowieso nichts zu sehen bekommen.«

Er hatte gehofft, Lisa mit diesen Worten zu beruhigen. Aber auch in seinen eigenen Ohren klang seine Bemerkung nicht gerade vertrauenerweckend.

Wenn Burkjanov unter den Sicherheitskräften auch nur einen einzigen Gefolgsmann hat, dachte Abel, *kann er mir jede Menge Steine in den Weg legen.*

16

Transnistrien,
heruntergekommene Fabrikhalle, vier Jahre zuvor

Du verdammter Kretin, was hast du getan?«, schrie der Porutschik.

»Getan, was denn getan?«, echote Vadik.

Der Porutschik deutete auf die Mitte seines schwachköpfigen Gefolgsmanns. Vadik hatte sich einen improvisierten Dildogürtel umgeschnallt, aber der Dildo war nicht mehr dran.

Swirja lag vor ihnen auf dem Hallenboden neben dem Gulaschkessel, dessen Inhalt längst nicht mehr brodelte. Die Propangasflamme war ausgegangen, und um die Lebensgeister der beiden Gefangenen schien es nicht viel besser zu stehen.

Tjoma hing noch an der Kette, seine Augen waren weit offen, aber so glasig wie Flaschenböden. Vadik hätte nicht drauf wetten mögen, dass der Kerl überhaupt noch atmete; vorsichtshalber sah er gar nicht erst nach. Der andere, Swirja, lag auf seinen Unterschenkeln, wie Vadik ihn vorhin drapiert hatte, die Füße noch an dem Bodenring angekettet, die Handgelenke mit dem Kabelbinder gefesselt. Sein Oberkörper war vornüber gebeugt, die Stirn lag auf dem verschmierten Boden wie bei einem Muslim, der in Richtung Mekka betete.

Die Kette über ihm schwankte im Leeren hin und her. Außer ihrem leisen Klirren war kein Laut zu hören.

»Wenn der abgenippelt ist, hat das aber nix mit dem Dildo zu tun!«, gab Vadik vorsichtshalber zu Protokoll.

Es war eigentlich kein Dildo, sondern einfach ein Stein, geformt wie ein steifes Glied, den er irgendwo aufgesammelt hatte. Aber er hatte doch so viel Mühe darauf verwandt, das etwa fünfzehn Zentimeter lange Teil an dem Gurt festzukleben – und konnte nicht begreifen, warum es einfach so abgegangen war.

Allerdings war auch er selbst ziemlich abgegangen, als er hinter dem Großen gekauert und ihm den Steinpflock hinten reingerammt hatte, wieder und wieder. Er hatte gar nicht gemerkt, dass das beschissene Ding in dem noch viel beschisseneren Kerl drin geblieben war. Und als er sich jetzt erneut hinkauerte und halbherzig nachsah, war der Steindildo verdammt noch mal einfach weg.

»Wie kriegen wir die Kerle wieder in die Gänge?«, fragte Vadik.

Er war fast sicher, dass der Porutschik wusste, was jetzt zu tun war. Wie bei einer Karre, deren Motor man abgewürgt hatte. Man drehte die Zündkerzen raus, schrubbte sie ab und baute sie wieder rein – oder so ähnlich. Wobei der Typ hier streng genommen schon eine Zündkerze zu viel drinhatte.

In Vadik baute sich ein irres Gelächter auf, aber er würgte es wieder herunter. Der Porutschik hatte einen tiefen, langgezogenen Grunzton von sich gegeben. Vadik kannte ihn gut genug, um zu wissen, dass der Leutnant die Schnauze gestrichen voll hatte.

Wenn der Porutschik in dieser Weise zu grunzen begann, ging die Party meistens ziemlich schnell zu Ende. Die Kunst bestand dann darin, nicht in die Schusslinie zu geraten.

»Die stellen sich tot, aber mit der Brühe, die ihnen der General reingespritzt hat, müssten die eigentlich immer noch putzmunter sein.« Der Porutschik schien mit sich zu ringen. Er warf einen Blick auf die Goldrolex, dann starrte er Vadik an. »Plastiktüten und Schnüre, aber zack, zack! Ein paar Minuten wirkt das Zeug bestimmt noch.«

Vadik sprintete zu dem Metallcontainer, den er auf Geheiß des Porutschiks schon vor ein paar Tagen mit ungelöschtem Kalk gefüllt hatte. Der Leutnant hatte ihm eingeschärft, dass niemand davon wissen dürfe. *»Niemand, verstehst du? Sonst landest du selbst da drin!«*

Vadik klappte ihre Einsatzkiste auf, holte zwei transparente XXL-Tiefkühlbeutel und zwei meterlange Kabel heraus und spurtete zurück zum Porutschik.

»Wenn sie um ihr Leben japsen müssen, wird ihnen das Totstellen vergehen. Und dann unterschreibt das Arschgesicht ruck, zuck!«, orakelte der Porutschik in einem Tonfall, der Zweifel erkennen ließ.

Vadik war mit den Nerven am Ende. Der Porutschik kannte sonst nur zwei Stimmlagen: brutal brüllend oder total kontrolliert. Ein besorgter oder an sich selbst zweifelnder Leutnant war mehr, als Vadik ertragen konnte.

Mit zitternden Händen stülpte er Swirja einen Tiefkühlbeutel über den Kopf und zog ihn so weit herunter, dass das Plastik den Hals bedeckte. Dann schlang er eine Schnur um Swirjas Hals, zurrte sie eng zu und machte einen doppelten Knoten über dem Adamsapfel. Anschließend ließ er die Kette herunterrasseln, an der Tjoma hing, und wiederholte die Prozedur, sobald Tjoma neben seinem Bruder am Boden lag.

»Tritt sie in den Arsch!«, befahl der Porutschik. »Und gegen die Brust. Ich will die Idioten japsen sehen!«

Vadik trat und trampelte, so fest er konnte. Mit seinen eisenbeschlagenen Soldatenstiefeln sprang er den beiden abwechselnd auf den Brustkorb, dass er die Rippen unter seinen Sohlen brechen fühlte.

In kürzester Zeit war er außer Atem, der Schweiß lief ihm herunter. »Das bringt nichts, Porutschik«, meldete er keuchend. »Die stellen sich weiter tot.«

Der Porutschik grunzte erneut. Er beugte sich über den Gulaschkessel, fischte die Fußzehen aus dem Wasser und deutete mit der anderen Hand zu dem blauen Metallcontainer. »Da drüben rein«, kommandierte er.

Vadik erstarrte. Nicht, dass er etwas dagegen hätte, die Typen in dem Container zu versenken, auch wenn sie seiner Ansicht nach noch lebten. Im Gegenteil, er hätte seine aufrichtige Freude daran, bei dem Todeskampf der beiden dabei zu sein.

Andererseits wusste er, wie der General die Sache sehen würde. Der General war praktisch mit allem einverstanden, was der Porutschik ihm vorschlug, um einen störrischen Gefangenen mürbe zu machen. Verbrennen, verbrühen, vergewaltigen, Gliedmaßen abschneiden, Fleischstücke raushacken, was immer du willst. Aber für den General gab es eine rote Linie, die sie nicht überschreiten durften. Aus irgendeinem Grund durften sie ihre Opfer nicht kaltmachen, außer, wenn er persönlich es befahl oder guthieß.

So wie bei Ronja, der diesem Typen ein Loch in den Kopf gebohrt hatte, ohne den entsprechenden Befehl abzuwarten, und an die Kampfhunde des Generals verfüttert worden war. Oder wie ein anderer von Vadiks Kumpeln, den sie gefesselt und bei lebendigem Leib in den Sumpf am Dnestr geworfen hatten. Was der sich hatte zuschulden kommen lassen, fiel Vadik im Moment nicht ein. Das kam daher, dass er so scheißnervös war. Aus den Augenwinkeln beobachtete er, wie der Porutschik die abgezwackten Fußzehen durch eine der kreisrunden Öffnungen oben im Containerdeckel schmiss.

»Na, mach schon, Trottel«, schnauzte ihn der Porutschik an, »bring die beiden her! Wird's bald?«

Vadiks Beine fühlten sich wacklig an, als er sich neben Swirja hinkauerte und ihm die Fußfesseln von der Kette löste. In einer Anwandlung von Pietät zog er ihm die Boxershorts hoch, bevor er den Brocken von einem Kerl an den Händen packte und die gut zehn Meter zum Container schleifte. Der Typ lebte noch, ganz eindeutig. Er zuckte, und seine Hände fühlten sich warm an.

Bevor der Porutschik ihm befehlen konnte, Swirja in den Container zu werfen, drehte Vadik wieder ab und rannte auf weichen Beinen zurück zu Tjoma.

Der Kleine röchelte unter der Tüte, die von seinem Atem eindeutig beschlagen war. Seine Gesichtshaut unter dem durchsichtigen Plastik hatte allerdings schon eine dunkelviolette Farbe angenommen. Er lag offenbar im Sterben, aber noch war er nicht ganz tot.

Vadik machte Tjomas Füße von der Kette los und schleifte ihn zum Container. Dabei achtete er darauf, nicht noch einmal in Tjomas Gesicht zu sehen.

Das gibt einen Scheißärger, dachte er. *Der Porutschik redet sich bestimmt wieder raus, und am Ende werfen sie mich irgendwelchen Viechern zum Fraß vor.*

Hatte Vitali nicht neulich erst von diesem Gerücht erzählt, dass der General auf seinem Sommersitz auf der Krim eine Krokodilzucht besaß?

»Schmeiß die beiden da rein!« Der Porutschik zeigte auf die Öffnungen im Containerdeckel.

»Aber die müssen doch erst noch über …, ich meine, unter …«

»Halt dich da raus, du Schwachkopf!«, schnauzte der Porutschik. »Der General putscht die Schwuchtel von Präsident sowieso bald nach Honolulu – und den alten Stepanov gleich dazu!«

Vadik glotzte ihn mit offenem Mund an. »Honolulu? Gibt's das in echt?«

»Wird's bald?«, tobte der Porutschik. »Und kein Wort – zu niemandem, kapiert?«

Vadik nickte und nickte wie ein pickendes Huhn. Nickend schnappte er den röchelnden Tjoma bei den Hüften und wollte ihn mit den Füßen voran durch eine der Deckelöffnungen fädeln.

»Bist du bescheuert?«, brüllte der Porutschik. »Andersherum, na mach schon!« Er versetzte Vadik einen Faustschlag ins Genick. »Pass auf, ich zeig's dir!«

Er packte Tjoma bei den Hüften, stemmte ihn hoch und stopfte ihn mit dem Kopf voran in eines der Deckellöcher. Tjoma begann plötzlich am ganzen Leib zu zittern, und die linke Hand des Porutschiks verkeilte sich irgendwie zwischen dem zuckenden Körper und dem stählernen Rand der Öffnung.

Fluchend befreite er seine Hand und bewegte sie hin und her, um sich zu vergewissern, dass nichts gebrochen war. Sein eben noch zornrotes Gesicht wurde mit einem Mal grau.

Vadik glotzte abwechselnd auf die Hand seines Chefs und auf Tjoma, der, von seinem eigenen Gewicht mitgerissen, wie ein Höhlenforscher durch das Deckelloch tauchte.

Der Silberring an der Hand des Porutschiks war verschwunden. Der Porutschik starrte auf die Füße mit dem Kabelbinder, die noch zuckend aus der Öffnung hervorschauten. Tjoma stöhnte, der Kalk schien zu zischen, und der Porutschik knirschte mit den Zähnen.

Scheiß auf den Ring!, dachte Vadik, verkniff sich aber jeden Kommentar. So wie der Porutschik aussah, würde er ihn beim geringsten Anlass massakrieren.

»Worauf wartest du, Idiot!«, schnauzte der Porutschik. »Du stopfst den anderen jetzt da rein, dann die Deckel zu und Abmarsch. Aber vorher räumst du mit Vitali noch die Schweinerei hier auf! Los jetzt!«

17

Berlin, Treptowers, Soko »Wasserrätsel«,
Dienstag, 5. September, 15:02 Uhr

Das Meeting der eilends zusammengestellten Soko »Wasserrätsel« war für drei Uhr nachmittags angesetzt. Abel erreichte das kleine Besprechungszimmer im zehnten Stock der Treptowers fast pünktlich, aber Kriminaldirektor Dr. Lorenz Kastner saß natürlich schon hinter dem Wall aus Aktenordnern, ohne den er sein Büro anscheinend nie verließ. Seine Assistenten folgten ihm auf Schritt und Tritt mit Bergen von Leitzordnern, die sie teils in großen Aktenkoffern, teils sogar auf altertümlichen Blechwagen transportierten.

Abel grüßte ihn mit knappem Nicken. Kastners Mundwinkel sackten nach unten, während er mit einer kaum sichtbaren Kopfbewegung antwortete. Sie hatten beide den gleichen Dienstrang und waren einander in aufrichtiger Abneigung zugetan.

Kastner war Ende fünfzig und einer der dienstältesten Spitzenbeamten im BKA. Seine Talente waren allerdings weniger kriminalistischer als diplomatischer Natur. Er war ein Meister in der Kunst, nirgends anzuecken, jedes Aufsehen zu vermeiden und Konflikte aller Art geräuschlos abzuräumen. Viele machten den Fehler, ihn zu unterschätzen, denn mit seinen taubengrauen Konfektionsanzügen, der altmodischen Brille mit Silberrahmen und den stets sorgfältig gescheitelten grauen Haaren über einem ausdruckslosen Dutzendgesicht wirkte er ebenso unscheinbar wie die grau marmorierten Leitzordner, hinter denen er sich mit Vorliebe verbarrikadierte.

In Abels Augen war Kastner ein feiger Opportunist, während Kastner ihn umgekehrt für einen »Querulanten auf dem ewigen Egotrip« hielt. Das hatte ihm der mausgraue Mann bei einem anderen Mordfall zumindest vorgeworfen – dabei hatte Abel lediglich darauf hingewiesen, dass ein prominenter Drogeriekettenbesitzer nicht allein deshalb von der Liste der Verdächtigen gestrichen werden konnte, weil Kastners Vorgesetzter mit dem Betreffenden befreundet war. Kastner hatte fast einen Herzinfarkt bekommen, und obwohl seitdem Jahre vergangen waren, sah er im Gesicht immer noch so grau aus, als hätte er zu wenig Sauerstoff im Blut. Oder als hätte er zu viel Aktenstaub inhaliert.

Auch die Kriminalhauptkommissare Charlotte Lubitz und Kevin Westermann waren bereits anwesend. Sie saßen Kastner an dem quadratischen Konferenztisch gegenüber, und Abel begrüßte beide mit Handschlag, ehe er an der Fensterseite zwischen Charlotte Lubitz und Kastner Platz nahm.

Auf dem Konferenztisch stand die übliche Batterie aus Wasser- und Fruchtsaftflaschen, Thermoskannen mit Tee und Kaffee, dazwischen Teller mit Discount-Keksen, deren bloßer Anblick genügte, um Sodbrennen hervorzurufen. Abel schenkte sich lauwarmes Mineralwasser ein.

Obwohl die diesjährige Hitzewelle vor acht Tagen abgeflaut war und bereits erste Herbststürme über die Stadt hinweggefegt waren, war es hier oben in dem glasummantelten Betonturm immer noch stickig warm. Abel hätte am liebsten frische Luft hereingelassen, doch aus Sicherheitsgründen konnten die Fenster in den oberen Etagen nicht geöffnet werden. Die Klimaanlage war zwar unüberhörbar in Betrieb, aber abgesehen von der akustischen Symptomatik eines Tuberkulosekranken im finalen Stadium brachte sie nichts Nennenswertes zustande.

Kastner klappte einen Aktenordner zu, schob ihn zur Seite und griff sich den nächsten Ordner. Er öffnete ihn, vertiefte sich in den Inhalt und machte sich mit einem silberfarbenen Kugelschreiber Notizen. Dabei räusperte er sich mehrfach, und Abel fragte sich nicht zum ersten Mal, ob dieses Räuspern (A) ein nervöser Tick oder (B) ein Trick war, um die Aufmerksamkeit der Anwesenden auf sich zu ziehen. Seiner Ansicht nach traf (B) zu, aber er kannte auch etliche Kollegen, die auf Antwort (A) schworen.

»Meine Dame, meine Herren, die Zeit drängt«, sagte Kastner, ohne von seiner Akte aufzusehen. »Die Soko ›Wasserrätsel‹ tritt hiermit unter meiner Leitung zu ihrer ersten Sitzung zusammen.«

Er hatte eine ungewöhnlich tiefe Stimme, die Gläser und Flaschen fast zum Vibrieren brachte. Gleichzeitig sprach er so leise, dass man sich anstrengen musste, um jedes Wort mitzubekommen. Abel nahm an, dass auch dieses gedämpfte Brummen ein über die Jahre verfeinerter Kniff war, der die Zuhörer zwang, an Kastners Lippen zu hängen. »Die Regierung erwartet von uns unverzügliche Aufklärung ohne irgendwelche Kollateralschäden«, fügte er nach einer kurzen Pause hinzu. »Lassen wir also alle Formalitäten beiseite. An die Arbeit! Was haben wir?«

Charlotte Lubitz sah ihren Kollegen Westermann stirnrunzelnd an, der hob eine Augenbraue. Die Hauptkommissarin war für klare Ansagen bekannt. Kastners Diplomatengeschwurbel schien ihr fast körperliche Übelkeit zu bereiten. Abel ging es nicht viel anders.

Kastner beantwortete seine Frage kurzerhand selbst. Unbeeindruckt von den nonverbalen Kommentaren seiner Zuhörer fasste er zusammen, wann und unter welchen Umständen der tote Putzmann Moah Aslewi aufgefunden worden war.

»Die Spekulationen hinsichtlich gewisser Vernehmungspraktiken«, fügte er hinzu, »die der Rechtsmediziner von der Charité …«, er blätterte in den Akten und räusperte sich geräuschvoll, »… die Dr. Horstmar in seinem Obduktionsbericht angestellt hat, stehen offenkundig auf wackligen Füßen. Auch unsere eigenen Rechtsmediziner konnten jedoch den Verdacht nicht vollständig ausräumen, dass Aslewi im Zusammenhang mit Praktiken, die als Waterboarding bezeichnet werden, ums Leben gekommen sein könnte.«

Er hielt erneut inne und sah Abel aus zusammengekniffenen Augen an. »Unsere Aufgabe besteht also darin, umgehend herauszufinden, auf welche Art und Weise der Mann tatsächlich ums Leben gekommen ist, und den oder die Täter dingfest zu machen.«

Abel schüttelte den Kopf. Beinahe hätte er laut aufgelacht, aber er riss sich zusammen. Diese Zusammenfassung war wieder mal typisch Kastner. Soweit er selbst es in seiner Facharztausbildung zum Rechtsmediziner mitbekommen hatte, waren Staatsanwaltschaft und Kriminalpolizei dazu verpflichtet, ergebnisoffen in alle Richtungen zu ermitteln. Kastner dagegen schien zutiefst davon überzeugt, dass es ihre vorrangige Aufgabe sei, politisch missliebige Verdachtsmomente »auszuräumen«, um Schaden von Staat und Regierung abzuwenden. Was für ihn im Übrigen ein und dasselbe zu sein schien.

Und genau deshalb, sagte sich Abel, *wird Kastner fast schon automatisch die Leitung jeder Sonderkommission übertragen, durch deren Arbeit politisches Porzellan zu Bruch gehen könnte. So bedenkenlos Scherz aberwitzige Verschwörungstheorien konstruiert, so reflexhaft blendet Kastner schon im Vorfeld jedes Verdachtsmoment aus, das dem deutschen Staatsapparat missliebige Ermittlungsergebnisse bescheren könnte.*

Charlotte Lubitz beugte sich zu ihrem Kollegen Westermann hinüber und sagte leise, aber gut verständlich: »Das ist hier doch wieder mal alles für die Katz!«

Abel starrte sie wie vom Blitz getroffen an.

»Dr. Abel?«, brummte Kastner in seinen Leitzordner, ohne den Blick zu heben. »Wenn Sie die Güte hätten, das rechtsmedizinische Gutachten kurz zusammenzufassen?«

Abel nickte ihm zu, aber mit seinen Gedanken war er plötzlich ganz weit weg.

Katz, dachte er, *Harald Katz – so hieß der Kommilitone damals in Hannover, der angeblich wie verrückt hinter Bettina Selzer her war. Als sie dann tot aufgefunden wurde, kam das Gerücht auf, sie hätte Katz abblitzen lassen, und er hätte sie deshalb umgebracht.*

Abel hatte diesem Gerede damals nur wenig Beachtung geschenkt. Weder Bettina Selzer noch Harald Katz gehörten zu seinem engeren Bekannten- oder gar Freundeskreis an der Universität. Katz galt als gefühlskalt und möglicherweise psychisch gestört; jedenfalls war er nicht gerade der Kommilitone, mit dem man im Seminar oder im Labor einen Tisch teilen wollte. Hinter vorgehaltener Hand war sogar gemunkelt worden, dass Katz ein Sex-Maniac sei, der sich mit selbstgemixten Medikamentencocktails Frauen gefügig mache. Aber das war nur eines von vielen abenteuerlichen Gerüchten gewesen, die damals auf dem Campus kursierten und die niemand so richtig ernst nahm. Den Kriminalbeamten, die im Fall Bettina Selzer ermittelten, war das Gerede über Katz bestimmt auch zu Ohren gekommen, und soweit Abel sich erinnerte, war Katz nie ernsthaft verdächtigt worden, in den Mordfall Bettina Selzer verwickelt zu sein.

Abel selbst hatte damals noch geglaubt, dass er nach seinem Studium als Wissenschaftler in der medizinischen Grundlagenforschung arbeiten würde. Seine Mutter litt an einer schweren Form von Multipler Sklerose, und es war der Traum seiner Familie, dass Abel eines Tages einen Wirkstoff entdecken würde, um dieser bislang unheilbaren Krankheit ihren Schrecken zu nehmen. Jedenfalls hatte Abels rechtsmedizinischer Instinkt damals noch im Tiefschlaf gelegen, und so war auch er nie auf die Idee gekommen, dem Verdacht nachzugehen, dass Katz die schöne Bettina ermordet haben könnte.

Und im Fall Dominik Kreisler, dachte er nun, *hilft mir das sowieso nicht weiter.* Allem Anschein nach war der Immobilienmakler zwar auch durch eine Giftspritze in die Kniekehle getötet worden, und der Arzt, der den Totenschein ausgestellt hatte, hieß mit Vornamen gleichfalls Harald, aber die Nachnamen stimmten nicht überein.

Ein ungut bekanntes Räuspern beförderte Abel in die Gegenwart zurück. Aus dem Kopf referierte er die markantesten Befunde aus Scherz' Gutachten, das er selbst im letzten Moment noch deutlich entschärft hatte.

Er schilderte, wie Aslewi durch Waterboarding in Todesangst versetzt worden war und dadurch einen Herzinfarkt erlitten hatte. Daraufhin war er von dem Täter oder den Tätern in eine sitzende Position gebracht worden, wodurch Wasser in seine Luftröhre und in seine Lunge gelangt war. »Er ist also ertrunken, während er einen tödlichen Herzinfarkt hatte«, sagte Abel, »an dem er wenige Minuten später ebenfalls gestorben wäre.«

Er verstummte, und Kastner warf ihm einen argwöhnischen Blick zu. »War's das von Ihrer Seite?«

»Für den Moment ja.«

Aus den Tiefen seiner Erinnerung hatte sich mittlerweile ein detailliertes Bild von Harald Katz herausgeschält, wie er vor zwanzig Jahren ausgesehen hatte. Ein schmächtiger junger Mann von unscheinbarem Äußeren, der meistens in sich gekehrt wirkte, als lebte er gleichzeitig noch in einer zweiten Welt, die weitaus spannender als die hiesige war. Seine graublauen Augen sahen stumpf aus wie beschlagenes Rauchglas. Nur bei einem einzigen Thema begannen sie geradezu unheimlich zu funkeln: wenn er auf die vielfältigen Anwendungsmöglichkeiten von Morphinen und anderen Schmerz- und Betäubungsmitteln zu sprechen kam. Von diesem Thema schien er regelrecht besessen.

18

Irgendwo in Deutschland, fensterloser Kellerraum,
Dienstag, 5. September, 15:19 Uhr

Er mochte es, wenn die Frauen ihn Barry nannten.

Vorsichtshalber hatte er Janas linke Hand mit einer Handschelle am Bettgestell befestigt und ihr das Würgehalsband umgelegt. Nur für alle Fälle. Bei Julia hatte er das am Anfang auch gemacht, bis er sicher sein konnte, dass sie alles genauso ausführen würde, wie er das wollte. Erst Beinzange, dann Mundarbeit, dann übernahm er volles Rohr das Kommando.

Da gab es nicht viel zu kapieren. Aber es kam auf die Nuancen an.

Natürlich war er nie so naiv gewesen, Julia einfach zu »vertrauen«. Nicht eine Sekunde lang. Er »vertraute« niemandem, wenn er »ehrlich« war. Es gab Wörter, die konnte man sogar in Gedanken nur mit Anführungszeichen verwenden. Aber Julia war ein schlaues Mädchen, und sie hatte schnell kapiert, dass es zu ihrem eigenen Besten war, das Spiel nach Barrys Regeln zu spielen. Was bedeutete, dass sie mit ihm ins Bett ging und ihre jeweiligen Lover im Sarg landeten.

Das eiserne Bettgestell quietschte bei jeder Bewegung. Aus der Matratze stieg ein undefinierbarer Gestank auf, der sich mit dem Angstgeruch der kleinen Schlampe vermischte. Das erregte ihn, aber bei weitem nicht so sehr, dass sich bei ihm schon etwas geregt hätte. Dafür brauchte er den Kick, den er sonst immer von Julia bekam.

Sie hatten vereinbart, sich eine Weile nicht zu sehen. Zwei Monate wie üblich, bis sich eventuelle Aufregungen wegen der aktuellen Leiche gelegt hatten, Nummer acht auf ihrer Liste. Bis zum Ende der Quarantäne gab es keinen Kontakt zwischen ihnen, nicht mal per Mail oder Telefon, und natürlich erst recht keinen gemeinsamen Sex. Barry selbst hatte diese Regel eingeführt, und er achtete strikt darauf, dass sie beide sie einhielten. Aber er drehte jedes Mal fast durch dabei, und diesmal fiel es ihm noch schwerer als sonst. Von den verdammten zwei Monaten waren gerade mal zwei Wochen um.

Mit Julia war es wie mit keiner anderen, die er jemals ausprobiert hatte. Sie befriedigte seine speziellen Bedürfnisse so perfekt, dass er selbst es noch immer kaum glauben mochte. Dabei waren sie schon seit zehn Jahren zusammen, wenn auch natürlich nur im Geheimen. Nach außen hin war Barry einfach ihr Hausarzt, und Julia war glücklich mit ihrem Rainer verheiratet gewesen, bis Barry ihn vor rund einem halben Jahr auf seine letzte Reise geschickt hatte.

Also alles wie immer, sagte sich Barry. Trotzdem war er so unruhig, dass er am liebsten die Wände hochgegangen wäre. Das kam daher, dass er vor zwei Wochen das letzte Mal gefickt hatte. Schließlich dauerte es immer seine Zeit, bis er eine halbwegs passende Ersatzschlampe gefunden und alles so weit abgecheckt hatte, dass er sie gefahrlos hierher verschleppen konnte.

Nicht, dass ihm die Vorbereitungen keinen Spaß gemacht hätten. Ganz im Gegenteil, er fühlte sich dann immer wie ein Jäger in der Steinzeit, der sich an ein einsames Mammut anschlich. So richtig paläo. Aber es machte ihn auch rasend, sich nur immer wieder auszumalen, was er mit der kleinen Nutte anstellen würde, wenn er sie erst mal in seine Höhle verfrachtet hätte. Wie er sie einschüchtern, abrichten, gefügig machen würde, damit er endlich auf seine Kosten käme.

Seine Gedanken schweiften erneut zu Julia ab. War sie innerlich auf Distanz zu ihm gegangen? Oder konnte sie es wie er kaum erwarten, dass die Zeit ihrer Trennung endlich vorbei war?

Er starrte düster vor sich hin. Nummer sieben war immerhin ihr Ehemann gewesen. Julia hatte wie immer tatkräftig mit angepackt, aber den eigenen langjährigen Partner zu beseitigen war schon etwas anderes als ihre übliche Routine.

Und trotzdem, dachte Barry, *ist sie immer noch loyal.* Schließlich würde sie auch sich selbst bis zum Scheitel in die Scheiße reiten, wenn sie ihn bei den Bullen anschwärzen würde. Sie hatte die Masche schließlich ausgeheckt, mit der sie die Freier in die Falle lockte, und Barry hatte ihre Methode dann optimiert.

Julia machte die Typen übers Internet ausfindig und lockte die geilen Böcke an »romantische« Stätten, vorzugsweise in einsam gelegene Wochenendhütten, möglichst tief in irgendeinem Wald. Wenn die beiden dann im Bett lagen, der Freier weggetreten von dem Schlafmittel, das Julia ihm in den Cocktail gerührt hatte, kam es Barry immer so vor, als würden die Kniekehlen des aktuellen Kandidaten regelrecht um die Spritze betteln.

Vor zwei Wochen hatte es Nummer acht, der Immobilienfuzzi, fast schon bis zum Orgasmus geschafft, als sich Barry herangeschlichen hatte und vorgebeugt über den beiden stand. Nummer acht bewegte sich hektisch auf Julia, die gleichfalls ziemlich in Fahrt zu sein schien. Sie hatte ihre Schenkel um seine Mitte geschlungen und stieß rhythmische Stöhnlaute aus. Mit den Augen flehte sie Barry an, noch zu warten, bis Nummer acht sie zum Höhepunkt gebracht hätte, aber da ließ er nicht mit sich reden. Er hatte nun mal den Ehrgeiz, jedem Kandidaten die Spritze zu verpassen, bevor der seinerseits abspritzen konnte, und bisher hatte er das auch in jedem einzelnen Fall geschafft. Blitzartig war er neben Nummer acht in die Hocke gegangen, hatte ihm die Spritze in die Kniekehle gestoßen, und Julia hatte ihn mit der Beinzange festgehalten, bis der Immobilienheini auf und in ihr erschlafft war.

Also alles wie immer, sagte sich Barry erneut, so als könnte er Julia auf telepathischem Weg beschwören. Doch gleichzeitig wusste er, dass nicht mehr alles wie immer war. Vielleicht war es doch ein Fehler gewesen, Nummer sieben zu beseitigen. Obwohl es Julias Idee gewesen war und obwohl sie beteuert hatte, dass sie für Rainer nicht das Geringste empfinde.

»An meinem Mann hat mich immer nur ein Organ interessiert«, hatte sie einmal zu Barry gesagt. »Und das ist nicht sein Herz und, nein, auch nicht sein Gehirn und, nein, nicht mal sein Schwanz. Sondern einzig und allein sein Portemonnaie.«

Das gehörte ihr jetzt voll und ganz – beziehungsweise abzüglich Barrys Anteils. Sie hatte also keinen Grund, wegen ihrer eigenhändig eingeleiteten Witwenschaft durchzudrehen. Auch wenn sie als Haupterbin ein klassisches Mordmotiv besaß, hatte sich die Polizei nicht für das Ableben ihres Gatten interessiert. Schließlich hatte er, Barry, den Tod festgestellt und eine natürliche Todesart attestiert. Wie bei den sechs anderen Opfern davor und dem einen danach.

Trotzdem hatte Barry das Gefühl, dass Julia ihm den Exitus von Nummer sieben irgendwie übelnahm. Seitdem gab es einen Riss in ihrer Beziehung, kaum sichtbar, aber für so etwas hatte er ein Gespür.

Vielleicht würde sie eines Tages die Nerven verlieren und den Bullen alles beichten. Und zweifellos würde sie ihn, Barry, dann mit hineinziehen. Aber noch war es nicht so weit. Und für den Fall der Fälle hatte er vorgesorgt.

Ich würde es riechen, dachte er, *ganz bestimmt.* Von Illoyalität und Verrat ging ein übler Geruch aus, und den witterte er zehn Meilen gegen den Wind.

Ganz anders verhielt es sich mit dem Angstgeruch, der von der kleinen Schlampe ausging. Jana Forster, sechsundzwanzig Jahre alt, jedenfalls laut ihrem Personalausweis, den sie in diesem Leben nicht mehr brauchen würde. Und das galt keineswegs nur für ihren Perso.

»Mach dir keinen Kopf, weil ich deine Klamotten in Fetzen gerissen habe«, sagte er in tröstendem Tonfall. »Ich will euch sowieso immer bis zum Ende nackt. Twenty-four-seven, okay?«

Sie starrte ihn an und wimmerte. Nichts machte Barry mehr an, als Angst und Schrecken zu verbreiten. Und es konnte absolut nichts schaden, wenn er sich das auch selbst immer wieder mal vor Augen hielt. *Er* wollte, dass *sie* Angst vor *ihm* hatte. Er war nicht unterwürfig, ganz im Gegenteil. Er war nur darauf aus, ihren Willen zu zerstören. Aber vorher mussten sie eben diesen kleinen Umweg einlegen, weil er anders nicht in Schwung kam. Sie sollte ihm ihre strammen Schenkel um den Hals legen und ordentlich zudrücken, das war doch verdammt noch mal nicht so schwer zu kapieren!

19

Berlin, Treptowers, Soko »Wasserrätsel«,
Dienstag, 5. September, 15:27 Uhr

Dann erteile ich Ihnen das Wort, Frau Lubitz. Gibt es seitens der Mordkommission neue Erkenntnisse?« Kriminaldirektor Kastners Räuspern klang wie zerbrechende Pringles-Chips: trocken und doch irgendwie fettig.

Charlotte Lubitz erhob sich. Die Hauptkommissarin war Anfang vierzig, sah aber zehn Jahre jünger aus. Sie hatte kurz geschnittene hellblonde Haare und war so schmal und langgliedrig wie eine Zehntausend-Meter-Läuferin. In ihrer sportlich-saloppen Kleidung und den zitronengelben Nike-Sneakers mit Gelsohlen hätte sie auf jeder Aschenbahn durchstarten können.

Irgendwer hatte Abel mal erzählt, dass die Lubitz in einer Beziehung mit einer bulgarischstämmigen Gewichtheberin lebte. Während sie mit federnden Schritten zu dem Flipchart neben der Tür ging, fragte er sich, was von diesem Gerücht zu halten war.

Vermutlich gar nichts, dachte er, und im Grunde war es ihm egal. Ihr Privatleben war ihre Angelegenheit. Charlotte Lubitz war ein unerschrockener Freigeist und nicht zuletzt deshalb auch eine erfolgreiche Kriminalistin. Auf den Gedanken, mit ihrer Meinung hinterm Berg zu halten, weil irgendwer sich daran stoßen könnte, würde sie nicht mal im Traum kommen.

»Mir kamen die Schlussfolgerungen von Dr. Horstmar keineswegs weit hergeholt vor«, sagte sie und befestigte eine Reihe von DIN-A4-Fotografien mit Magneten an dem Flipchart. »Und es hat mich auch nicht im Geringsten gewundert, dass die Kollegen Abel und Scherz zu den gleichen Ergebnissen gelangt sind.«

Abel versuchte zu erkennen, was auf den Fotos zu sehen war, aber Charlotte Lubitz hatte sich so postiert, dass sie den Flipchart weitgehend verdeckte.

»Wir haben es hier eindeutig mit Waterboarding zu tun«, fuhr sie fort. »Und ich halte es für unangemessen, Herr Dr. Kastner, in diesem Zusammenhang von bloßen Vernehmungspraktiken zu sprechen.«

Sie wandte sich nach rechts und sah Kastner an. Der Soko-Leiter räusperte sich und blätterte in den Akten.

»Waterboarding ist Folter«, sagte Charlotte Lubitz. »Genauer gesagt, *Weiße Folter*, die normalerweise keine sichtbaren körperlichen Spuren hinterlässt. Aber das simulierte Ertränken ruft bei den Opfern schwerste Traumata hervor, vergleichbar mit der psychischen Schädigung durch vielfache Vergewaltigung oder massive körperliche Misshandlung über einen längeren Zeitraum hinweg. Wie seit den Folterskandalen von Abu Ghuraib und Guantanamo Bay allgemein bekannt ist, wird Waterboarding bevorzugt von der CIA eingesetzt, hauptsächlich gegen mutmaßliche Terroristen aus dem islamistischen Umfeld.«

Erstmals seit Beginn der Besprechung unterbrach Kastner sein

Aktenstudium. Er richtete sich stocksteif auf seinem Stuhl auf und starrte Charlotte Lubitz an.

»Und weiter?«, fragte er so leise, dass es fast nur von seinen Lippen abzulesen war. »Diese Praktiken kann jeder Amateur anwenden. Dafür brauchen Sie nur einen Tisch als Unterlage, etwas Seil zur Fesselung, einen Lappen und ein paar Liter Wasser.«

Charlotte Lubitz schenkte ihm ein schwaches Lächeln. »Das Besondere am Fall Aslewi ist die Kombination aus Ertrinken und tödlichem Herzinfarkt. Das Opfer wird mit Waterboarding gefoltert, über Stunden immer wieder, da diese Tortur darauf angelegt ist, das Opfer allmählich zu zermürben. Infolge der lang anhaltenden Panik, die den Körper und vor allem das Herz einer extremen Belastung aussetzt, kommt es zu dem tödlichen Herzinfarkt, an dem Aslewi nur deshalb nicht verstirbt, weil er kurz vorher den Tod durch Ertrinken erleidet. Ist das so korrekt, Herr Abel?«

»Absolut.« Abel nickte ihr zu.

»Nach unseren Erkenntnissen«, fuhr Charlotte Lubitz fort, »ist genau diese Kombination aus Ertrinken durch Süßwasser und tödlichem Herzinfarkt aufgrund von Waterboarding in mehreren Fällen dokumentiert worden.« Sie sah ihren Kollegen auffordernd an.

»Es handelt sich um mindestens fünf Fälle«, sagte Kevin Westermann. Er war von rundlicher Statur, etwa im gleichen Alter wie seine Kollegin und wurde allgemein nur »Lex« genannt, da er als wandelndes Kriminallexikon galt. Sein Steckenpferd waren Statistiken zu Tatmotiven und Tötungsarten.

»Diese fünf Fälle gehen zu hundert Prozent auf das Konto der CIA«, fuhr Westermann fort. »Mit anderen Worten, die Art und Weise, wie Moah Aslewi getötet wurde, trägt ganz klar die Handschrift des US-Geheimdienstes CIA.«

Kastner stieß einen Unheil verkündenden Brummton aus. »Ich warne vor übereilten Festlegungen«, sagte der Soko-Leiter. »Wenn vereinzelte Entgleisungen überall so transparent aufgearbeitet würden wie seitens der USA, sähe Ihre Statistik zweifellos etwas bunter aus, Herr Westermann.«

Der Angesprochene nickte. »Zwangsläufig stellt jede Statistik nur einen Ausschnitt aus Raum und Zeit dar«, räumte er ein. »Aber das ändert nichts daran, dass die verfügbaren Daten allesamt auf die CIA als Urheber deuten. Das Dunkelfeld dürfte naturgemäß noch sehr viel größer sein.«

»›Vereinzelte Entgleisungen‹ trifft es also überhaupt nicht.« Charlotte Lubitz sah Kastner vorwurfsvoll an. »Das wäre so, als würden sie eine Schießerei als ›vorübergehende Erhöhung des Bleigehalts in der Luft‹ umschreiben.«

Kastner räusperte sich und wollte sich wieder seiner Akte zuwenden, als Charlotte Lubitz in die Luft schnellte. Mit einer Sprungkraft, die einer Olympiateilnehmerin Ehre gemacht hätte, sprang sie nach links, drehte sich gleichzeitig um fünfundvierzig Grad nach rechts und zeigte mit ausgestrecktem Arm auf den Flipchart.

Alle Anwesenden starrten sie an. Sogar Kastner hatte sich von seiner Akte losgerissen, und sein Räuspern klang diesmal eine Spur beeindruckt.

»Mindestens fünf Männer wurden nach dem gleichen Muster wie Aslewi umgebracht«, sagte die Hauptkommissarin.

Auf jedem der fünf Fotos war das Gesicht eines toten Mannes in Großaufnahme zu sehen. Darunter jeweils ein Stempelabdruck mit dem Schriftzug »*Top secret – classified – CIA-File No. …*«. Drei der Männer trugen Vollbärte im Salafisten-Stil, die beiden anderen hatten buschige Schnauzbärte unter der Nase, wie sie bei Kurden und Irakern beliebt waren. Alle fünf hatten dunkelbraune Haut und orientalische Gesichtszüge.

Wenn wir es hier mit den Opfern eines Serienkillers zu tun hätten, ging es Abel durch den Kopf, *müsste man zwangsläufig zu dem Schluss kommen, dass Mouh Aslewi in das Beuteschema des Täters passt.*

»In allen Fällen waren die Täter von der CIA«, fuhr die Hauptkommissarin fort. »Man müsste schon stark sehbehindert sein, um diese Parallelen nicht zu bemerken. Oder sehr konfliktscheu. Beides trifft auf mich glücklicherweise nicht zu.«

»Auf mich auch nicht«, warf Westermann ein.

Abel beugte sich vor und stützte die Ellbogen vor sich auf dem Konferenztisch. »Ich bin auch nicht gerade dafür bekannt, Auseinandersetzungen aus dem Weg zu gehen.« Er sah Charlotte Lubitz an. »Sie erinnern sich bestimmt noch an den einen oder anderen Fall,

Frau Kollegin, bei dem wir die Ermittlungen gegen erheblichen Widerstand in die Richtung vorangetrieben haben, die uns sachlich geboten schien.«

Charlotte Lubitz nickte, und ein Lächeln huschte über ihr Gesicht.

Abel wandte sich direkt an den Soko-Leiter. »Am Ende hat sich jeweils herausgestellt, Herr Kastner, dass genau die einflussreichen Personen, die Sie unbedingt von den Ermittlungen ausnehmen wollten, gewaltig Dreck am Stecken hatten. Ihre Warnung vor vorschnellen Festlegungen kann ich also nur unterstreichen.«

Lex Westermann applaudierte pantomimisch, Charlotte Lubitz zeigte Abel den emporgereckten Daumen.

»Allerdings sagt mir mein Bauchgefühl im konkreten Fall«, fügte Abel hinzu, »dass wir es hier eher *nicht* mit Tätern von der CIA oder einem anderen Geheimdienst zu tun haben.«

Jetzt war er es, der von allen Anwesenden angestarrt wurde. Westermann schnaubte empört, Charlotte Lubitz wirkte konsterniert; Kastner blieb der Mund offen stehen.

»Willkommen im Reich der Vernunft«, sagte er schließlich.

»Wieso diese plötzliche Kehrtwende, Herr Abel?«, fragte Westermann. »Wenn sich der Verdacht erhärten sollte, dass Aslewi ein islamistischer Terrorist oder zumindest ein Sympathisant war, spricht vieles dafür, dass die CIA ihre Hand im Spiel hat. Dass er vor zwanzig Jahren bei der kurdischen Hisbollah aktiv war, haben wir ja bereits herausgefunden. Wahrscheinlich wissen Sie so gut wie ich, dass die Auslandsgeheimdienste und ihre Verbündeten so brutal wie effizient gegen islamistische Extremisten vorgehen. Allein in den letzten fünf Jahren wurden …«

Er rasselte weitere Statistiken herunter, um seine Hypothese zu untermauern. Abel hörte ihm scheinbar geduldig zu, doch seine Gedanken schweiften erneut zu den mysteriösen Fällen mit den Injektionseinstichen in den Kniekehlen der Opfer ab. Zwei davon hatten sich im letzten Jahr ereignet, der dritte vor zwei Jahrzehnten. Wie wahrscheinlich war es, dass zwischen diesen Taten keinerlei Zusammenhang bestand? Aber andererseits: Worin konnte dieser Zusammenhang bestehen?

»Sie haben Ihre Zahlen, ich habe im Moment nur meine Intuition«, sagte Abel schließlich, als Westermann verstummte und ihn erwartungsvoll ansah. »Ich bin überzeugt, dass wir es hier nicht mit Geheimdienstprofis zu tun haben. Das Ganze riecht nach CIA oder einem eng verwandten Milieu, da gebe ich Ihnen recht, aber irgendetwas passt nicht ins Bild. Welches Puzzlestück das ist, kann ich Ihnen aktuell noch nicht sagen. Aber wenn wir uns die einzelnen Teile genau ansehen, wird sich daraus ein Gesamtbild ergeben. Sie, Frau Lubitz, wissen«, wandte er sich an die Hauptkommissarin, »dass ich häufig richtig liege, wenn ich auf meine Intuition höre.«

Charlotte Lubitz nickte, doch sie sah immer noch enttäuscht aus. Mit schnellen, fast aggressiv wirkenden Schritten kehrte sie zu ihrem Kollegen zurück und enterte ihren Stuhl mit einer Technik, die Abel an die Startphase bei Rennbobwettkämpfen erinnerte.

Kastners Räuspern klang irgendwie sarkastisch. »Sie schlagen also vor, Herr Abel, dass wir uns alle zurücklehnen und warten sollen, bis Ihr inneres Orakel sich erneut zu Wort meldet?«

Abel schüttelte den Kopf. »Ich schlage ganz etwas anderes vor«, erwiderte er. »Wir sollten jeder Spur folgen und jede Hypothese überprüfen, anstatt uns auf diejenigen zu konzentrieren, bei denen möglichst wenig politischer Ärger zu erwarten ist.«

Kastners Augenbrauen zuckten hinter den Brillengläsern.

»Was hat es mit Aslewis Aktivismus bei der Hisbollah vor zwanzig Jahren eigentlich auf sich?«, wandte sich Abel an Charlotte Lubitz. »Hat er Attentate verübt oder nur Flugblätter für ein freies Kurdistan verteilt?«

Für Völker, die an der Entfaltung ihrer kulturellen Eigenart gehindert wurden, empfand Abel seit jeher starke Sympathien. Das galt in besonderem Maß für die Kurden, deren traditionelles Siedlungsgebiet auf drei Staaten aufgeteilt war – Irak, Syrien und Türkei –, die in der Unterdrückung ihrer kurdischen Minderheiten zu wetteifern schienen. Natürlich hatte Abel keine Sympathie für Terroristen, die unschuldige Zivilisten niedermetzelten, um ihre Ziele durchzusetzen. Aber das galt für Terroristen in Uniformen genauso wie für die blutrünstigen Fanatiker der kurdischen PKK.

»Irgendwas dazwischen«, sagte Westermann. »Aber näher bei den Flugblättern als bei den Bomben. Als junger Mann hat Aslewi prokurdische Propagandaschriften verfasst, die in den Stammesgebieten verteilt wurden, um Nachwuchskräfte für die Hisbollah zu rekrutieren. Mitte der 1990er-Jahre wurde er von einem türkischen Gericht wegen Mitgliedschaft in einer terroristischen Vereinigung zu zehn Jahren Haft verurteilt. Irgendwie ist ihm die Flucht gelungen. Seit zwanzig Jahren lebt er jedenfalls hier in Berlin und ist bei uns sogar als politischer Asylant anerkannt. Seit er in Deutschland ist, scheint er sich von extremistischen Zirkeln fernzuhalten. Er schreibt immer noch, allerdings keine Propaganda mehr, sondern Gedichte. Die sollen sogar ziemlich gut sein«, fügte Westermann hinzu. »Er hat bereits drei Bände im Selbstverlag herausgebracht, der neueste heißt ›*Basar der Bitternis*‹ und …«

»… und bestimmt kennen Sie auch die durchschnittliche Zahl der Verse und die Top drei der am häufigsten verwendeten Metaphern«, fiel Abel ihm ins Wort. »Aber ich würde lieber auf unseren Fall zurückkommen, wenn Sie erlauben. Mir ist eben etwas durch den Kopf gegangen, eigentlich mehr eine Frage. Aber vielleicht können Sie die ja beantworten, Frau Lubitz, oder Sie, Herr Westermann: Bei den fünf Fällen mit vergleichbarem Tatmuster, die Sie recherchiert haben – haben die Täter die Leiche da auch zusammen mit dem Tisch, der ihnen als Unterlage diente, am Tatort zurückgelassen? Ich meine, ist es nicht sehr viel typischer, gerade für Geheimdienste wie die CIA, dass sie die Auffindesituation *stagen*, also alles so inszenieren, dass der Tote anstelle der wahren Geschichte eine ganz andere Story erzählt?«

Erneut hatte er die volle Aufmerksamkeit aller Anwesenden. Dabei wusste Abel selbst noch nicht so recht, worauf er eigentlich hinauswollte. Er hatte keinerlei Interesse daran, welchen Geheimdienst auch immer aus der Schusslinie zu bekommen, aber er spürte immer deutlicher, dass er auf der richtigen Spur war. Einer Spur, von der er im Moment allerdings nur wusste, wohin sie höchstwahrscheinlich *nicht* führte, nämlich zur CIA.

»Bei einem Waterboarding-Opfer drängt es sich doch aus Sicht der Täter geradezu auf, den Toten in einem Gewässer zu entsorgen«, fuhr er fort. »Wenn dann die Wasserleiche gefunden wird und der zuständige Rechtsmediziner bei der Obduktion nicht genau hinsieht, wird er mit hoher Wahrscheinlichkeit zu dem Schluss kommen, dass das Opfer in dem Gewässer, in dem es aufgefunden wurde, auch zu Tode gekommen ist.«

Lex Westermann nickte und sah mit einem Mal nachdenklich aus. »Da ist was dran«, sagte er. »In zwei der fünf dokumentierten Fälle wurden die Opfer nachträglich in mit Wasser gefüllten Badewannen abgelegt. Ein weiteres Opfer wurde aus einem See gefischt; das vierte haben die Täter sogar mit einem Hubschrauber zum Schauplatz eines Fährunglücks gebracht, das sich zufällig in der Nähe des Tatorts nahezu zeitgleich ereignet hat. Sie warfen den Toten zwischen den Unglücksopfern ab; allerdings waren von denen noch einige am Leben und erzählten der Polizei später von dem Überraschungsgast bei ihrer makabren Poolparty.«

Westermann warf seiner Kollegin einen Blick zu. Auch Charlotte Lubitz schien durch Abels Worte ins Grübeln gekommen zu sein.

»Nur der Tote von Fall Nummer fünf«, fügte Westermann hinzu, »wurde ähnlich wie Aslewi in einem Kellerverschlag aufgefunden, in dem die Folterrequisiten noch herumlagen. In diesem Fall waren die Täter offenbar gestört worden und hatten die Flucht ergriffen. In allen anderen Fällen haben sie ihre Spuren zu verwischen beziehungsweise umzufälschen versucht – woraus im Übrigen geschlossen werden kann, dass die Zahl vermeintlicher Badeunfall-Opfer mit arabisch-muslimischem Hintergrund weltweit deutlich geringer und die Zahl tatsächlicher Waterboarding-Opfer mit demselben Hintergrund entsprechend höher ist, als in den aktuellen Statistiken ausgewiesen.«

Kastner zog einen überbreiten Leitzordner, der frontal vor ihm gestanden hatte, zu sich heran und verschob ihn dann ruckartig an den äußersten linken Rand des vor ihm aufgebauten Aktenwalls. Durch die so entstandene Lücke waren seine Hände zu sehen, die auf der Tischplatte wie zum Gebet gefaltet lagen.

»Ich fasse zusammen«, sagte der Soko-Leiter und räusperte sich. »Dass Moah Aslewi durch Täter aus dem Geheimdienstbereich gewissen folternahen Vernehmungspraktiken unterzogen wurde und dabei verstorben sein könnte, ist zum jetzigen Zeitpunkt nicht mit Sicherheit auszuschließen, aber auch nicht viel mehr als Spekulation. Aktuell lässt sich nicht einmal ausschließen, dass Herr Aslewi Opfer eines tragischen Unglücks geworden ist. Interpretiere ich da Ihr inneres Orakel richtig, Herr Abel?«

Abel verdrehte die Augen. *Was für ein Duckmäuser,* dachte er. *Kastner würde lieber einen Mord unaufgeklärt und einen Schwerverbrecher auf freiem Fuß lassen, als seine Karriere zu riskieren.*

»Nicht unbedingt«, entgegnete er. »Theoretisch kann es natürlich sein, dass der Mann zufällig vor einer Schüssel Wasser gesessen hat, als er urplötzlich ohnmächtig geworden ist. Und als er dann wieder zu sich kam, mit dem Gesicht in der Schüssel und mit Wasser in den Atmungsorganen, da hat er dann eventuell vor Schreck über seine Lage einen Herzinfarkt bekommen. Aber wie wahrscheinlich ist ein solches Szenario?«

»Annähernd null«, sagte Lex Westermann. »Mir ist kein einziger Fall dieser Art bekannt.«

☠ ☠ ☠

20

Irgendwo in Deutschland,
fensterloser Kellerraum,
Dienstag, 5. September, 16:14 Uhr

ALLMÄHLICH WURDE BARRY SAUER, aber noch riss er sich zusammen. Wenn er ausrastete, konnte es passieren, dass er die kleine Schlampe grün und blau schlug. Anschließend machte sie zwar garantiert alles, was er von ihr verlangte, aber durch die Prügel wurden sie meistens so apathisch, dass er nur noch halb so viel Spaß mit ihnen hatte.

Du musst sie biegen, nicht brechen, ermahnte er sich.

Das Bild gefiel ihm, doch irgendwie zog es ein anderes Bild hinter sich her, und das gefiel ihm überhaupt nicht. Es war ein Fetzen aus einem Alptraum, der ihn seit vielen Jahren verfolgte. Normalerweise drückte er es sofort wieder aus seinem Bewusstsein, aber manchmal war er nicht schnell genug. So wie diesmal. Dann schwappten weitere Traumbilder hoch und vermiesten ihm die Stimmung.

In dem Traum war Barry ein kleiner Junge, vielleicht sieben Jahre alt. Er lag in einem Erwachsenenbett, das aus der Kinderperspektive riesengroß war, eine Landschaft aus Kissen und Decken. Eine kräftig gebaute blonde Frau lag gleichfalls in diesem Bett. Ihre Füße und Unterschenkel lagen schwer auf seinem nackten Oberkörper und drückten ihn in die Matratze hinein.

Verfluchter Scheißalptraum! Hektisch fuhr er sich mit der Hand übers Gesicht, um die Bilder zu verscheuchen. In Wirklichkeit hatte er die fette Schlampe noch nie gesehen, so wenig wie seine Mutter, die ihn noch vor seiner Geburt zur Adoption freigegeben hatte. Der ganze verworrene Traum mit der blonden Walküre und ihm selbst als kleinem Bengel war wertloser Synapsenmüll seiner Hirnneurone, nichts sonst.

Fast war er froh, dass das kleine Miststück ihn mit ihrem Gewinsel in die Realität zurückholte.

»Was heulst du schon wieder so dämlich rum?«, schrie er sie an. »Musst du vielleicht aufs Klo, oder was?«

Sie nickte krampfhaft.

»Dann sag doch was, verdammt noch mal! Wenn du mir aufs Bett pisst, drück ich dich mit der Nase rein, du beschissene Töle! Kapiert?«

Er schloss die Handschelle auf, aber die Hundeleine behielt er in der Hand. Er schubste sie vom Bett und vor sich her bis zum Chemieklo neben der Nasszelle. Feixend sah er zu, wie sie sich auf die Brille hockte und endlos pisste. »Du bist ja der reinste Niagarafall«, sagte er. »Arbeitest wohl in der Getränkeabteilung?«

Er lachte sich halb kaputt über seinen Witz. Als sie keine Anstalten machte, mitzulachen, kippte seine Stimmung wieder.

Die will das doch gar nicht anders, dachte er. *Die bettelt doch darum, richtig übel rangenommen zu werden.*

Er trat ihr mit beiden Knien abwechselnd in den Hintern, bis sie wieder auf der Matratze lag. Und schon wieder heulte sie wie ein

Schlosshund, na klar. Sorgfältig schloss er sie am Bettgestell fest und legte den Schlüssel auf den Tisch, zwischen die Fertiggerichte.

»Jetzt hör schon auf zu heulen«, sagte er zu ihr, als er wieder neben ihr auf dem Bett saß. Schließlich konnte es nichts schaden, es noch einmal auf die sanfte Tour zu versuchen. Außerdem mochte er es, eine Gefährtin zu haben, die ihm bibbernd vor Angst an den Lippen hing.

»Weißt du, ich war nicht immer so«, fuhr er fort. »Irgendwann vor zehn Jahren oder so habe ich angefangen, diese ›Nude Mixed Wrestling‹-Shows zu besuchen. Warst du auch schon mal da?«

Mit der freien Hand knetete er ihre Brüste, aber sie starrte ihn nur an.

Okay, war eine blöde Frage, dachte er, *da gehen ja nur Männer hin. Abgesehen von den Nutten natürlich.*

Die »Nude Mixed Wrestling«-Shows fanden in ehemaligen Lagerhallen an den äußersten Rändern Berlins statt. Merkwürdigerweise ganz im Westen genauso wie ganz im Osten der Hauptstadt. Vielleicht waren Wessis und Ossis einander doch ähnlicher, als in den Medien ständig behauptet wurde. Was Barry selbst betraf, er war sowieso beides, in der DDR aufgewachsen und seit der Wende ein unermüdlicher Erforscher westlicher Freizügigkeit. Wie sie beispielsweise die Veranstaltungen in den aufgepeppten Lagerhallen boten.

Die »Nude Mixed Wrestling«-Shows waren Porno-Live-Events, bei denen ein Mann und eine Frau nackt gegeneinander antraten. Die Männer waren durchweg schmächtige, frettchenartige Typen mit kahlgeschorenen Köpfen, die Frauen dagegen langmähnige Löwinnen. Sie hatten weibliche Rundungen, aber kein Gramm Fett zu viel. Ihre Brüste und Hinterbacken sahen aus wie Kanonenkugeln und ihre Schenkel wie Säulen aus Stahl.

Wenn der Kampfrichter den Ring freigab, brachte die Wrestling-Kämpferin ihren männlichen Gegner meist mit einem Tritt zu Fall, warf sich auf ihn und klemmte seinen Kopf zwischen ihre Schenkel. Der Mann bekam einen dunkelroten Kopf, ruderte mit den Armen und zuckte mit Beinen und Unterleib, dass sein Penis hin und her wackelte. Aber er schaffte es meist erst nach kräftezehrenden Minuten, sich aus der Beinschere zu befreien. Wenn überhaupt. Die Kämpferin hielt seinen Hals mit den Schenkeln umklammert, und die Kämpfe endeten ausnahmslos damit, dass der Mann mit der flachen Hand auf den Boden klopfte, woraufhin die Siegerin, breitbeinig auf seinem Bauch sitzend, seine Genitalien malträtierte, bis er unter dem Gejohle des Publikums abspritzte.

Das Ganze hatte natürlich keinen anderen Sinn, als die Zuschauer heißzumachen. Einige von ihnen, höchstwahrscheinlich die meisten, waren unterwürfige Masochisten mit Domina-Phantasien, aber auf Barry traf das keineswegs zu. Es machte ihn scharf, diesen mächtigen Weibern dabei zuzusehen, wie sie ihr Männchen niederrangen, aber das war für ihn nur das Vorspiel. Sobald er in Schwung gekommen war, übernahm *er* die Zügel und ließ die Schlampe spüren, dass er von der ganz harten Sorte war. Das Dumme war nur, dass er seit vielen Jahren genau dieses Warming-up brauchte, um überhaupt hart zu werden.

Direkt neben der Bühne, die wie ein Wrestling-Ring dekoriert war, gab es eine Art Kontakthof. Dort warteten Nutten darauf, dass die Zuschauer sich ihre eigene Wrestling-Gegnerin suchten, um nachzumachen, was ihnen auf der Bühne vorgeführt worden war. Wenn man eine »VIP-Loge« gebucht hatte, konnte man auch vor oder während der Show kurz rübergehen, sich eins der Weiber aussuchen und sie mit in seine Loge nehmen. Das hatte den Vorteil, dass man die Show genießen und gleichzeitig mit der Nutte rummachen konnte.

Dabei hatte Barry allerdings ein Fiasko der erniedrigendsten Art erlebt, und das gleich an zwei Samstagen nacheinander. Beim ersten Mal hatte er der kleinen Nutte befohlen, sich in der Loge zwischen seine Beine zu knien und ihm einen zu blasen. Aber es hatte nicht geklappt, er war schlaff geblieben wie ein kaputter Schlauch. Irgendwann hatte die Schlampe zu ihm hochgesehen, mit einem irgendwie mitleidigen Gesichtsausdruck, der ihm mehr zugesetzt hatte, als wenn sie höhnisch gegrinst hätte. Vorher war ihm so was nie passiert, oder höchstens mal, wenn er zu viele Drinks und oder zu viele Downer intus hatte. Beim zweiten Mal dann das gleiche Desaster, obwohl er da schon auf die Idee gekommen war, der Kleinen ein Würgehalsband umzulegen. Er hatte es zugezogen und sich an ihrer Angst aufgegeilt, aber das hatte ihm auch nichts gebracht.

Schließlich hatte er kapiert, dass sie es umgekehrt machen mussten, genauso wie die Wrestling-Paare im Ring. Das hatte auch sofort prima geklappt, aber das Würgehalsband legte er seinem jeweiligen Opfer seit damals trotzdem immer an. Für den Fall, dass sie nicht rechtzeitig aufhörte, ihm mit den Schenkeln die Luft abzudrücken – und damit er selbst nie vergaß, dass trotz allem *er* der Herr im Ring war.

»Also, Jana«, versuchte er es aufs Neue. »Ich will, dass du dich auf mich legst und deine Beine um meinen Hals schlingst. Ich liege auf dem Rücken, und du legst dich mit deiner Vorderseite auf mich, aber so rum, dass deine Beine bei meinem Kopf sind. So wie bei ›69‹, falls du davon schon mal gehört hast. Du schlingst mir die Beine also um den Hals und drückst zu – kräftig, aber auch nicht mehr. Verstanden?«

Schon die bloße Vorstellung brachte sein Herz zum Rasen. Sein Hodensack zog sich zusammen, und seine Kehle wurde trocken. Seit Jahren absolvierte er dreimal die Woche ein spezielles Halsmuskeltraining, um zu verhindern, dass er beim Wrestling-Vorspiel versehentlich erdrosselt wurde. Als Mediziner wusste er, dass es ein schmaler Grat war zwischen der kontrollierten Sauerstoffreduktion im Blut, die im Gehirn verschiedene Transmittersubstanzen flutartig freisetzte und ihn im selben Moment sexuell auf Hochtouren brachte – und dem Zeitpunkt, in dem man das Bewusstsein verlor und handlungsunfähig wurde, was in solchen Situationen den Tod bedeuten konnte. Oder zumindest eine Kehlkopf- oder Luftröhrenverletzung, die nicht nur schmerzhaft wäre, sondern gleichfalls lebensgefährlich sein konnte.

»Wenn ich dir auf den Arsch haue«, fuhr er fort, »heißt das, dass du meinen Schwanz in den Mund nehmen und lutschen sollst.«

Sie hatte pralle, fast schon kissenartige Lippen, nicht zuletzt deshalb hatte er sie ausgesucht. Zurzeit zuckte ihr Mund allerdings, als stünde sie kurz vor einem epileptischen Anfall. Aber er hatte ihren Vitalstatus vorab zumindest grob gecheckt; sie war kerngesund und würde das hier so lange durchstehen, bis er mit ihr fertig wäre. Zumal er genügend Analgetika und Corticoide dabeihatte, um ihr Herz-Kreislauf-System notfalls eine Woche lang zu stabilisieren. Und genug Koks und Viagra, um sich selbst mit seinem dauererigierten Penis wie mit einer Rakete ins Universum zu schießen.

»Sobald mein Schwanz hart wird«, wies er sie weiter ein, »hörst du mit allem auf, was du bis dahin gemacht hast. Kein Lutschen mehr und vor allem kein Halszudrücken, okay?«

Er sah sie durchdringend an, war sich aber nicht sicher, ob sie überhaupt mitbekam, dass er auf sie einredete.

»Okay?«, wiederholte er in drohendem Tonfall. »Wenn du nicht parierst, passiert das hier.«

Er zog kurz an der Büffellederleine, deren Ende er sich um die linke Hand geschlungen hatte. Sie stieß einen halb erstickten Laut aus und nickte krampfhaft.

»Sobald er hart ist, rutschst du von mir runter«, wiederholte er sein Mantra. »Was als Nächstes auf dem Programm steht, wirst du schon merken. Und in deinem restlichen Leben nicht mehr vergessen, das garantiere ich dir.«

Sie heulte schon wieder los. Er musste sich zusammenreißen, um ihr keine Ohrfeige zu verpassen.

Noch nicht.

Am Anfang versuchte er es immer mit Geduld, ja, praktisch schon mit Zärtlichkeit. Im Lauf der Jahre hatte er bei ein paar Dutzend Mädchen die unterschiedlichsten Methoden ausprobiert. Immer, wenn Julia ausgefallen war, hatte er sich notgedrungen anderswo umgesehen. Die Nutten von der »Nude Mixed Wrestling«-Show kamen nicht in Frage, weil sie alles mit lustloser Routine abspulten und die Spielregeln nicht kapierten. Für sie war ein Freier entweder das eine oder das andere, maso oder sado. Für Barry dagegen war das eine nur eine Masche, um für das andere in Fahrt zu kommen.

Also war er dazu übergegangen, junge Frauen wie Jana zu kidnappen und in sein unterirdisches Hobby-Hostel mitzunehmen. Er hatte nicht mitgezählt, aber nach seiner Schätzung hatte es bisher bei ungefähr der Hälfte von ihnen genügt, immer wieder schafsgeduldig zu wiederholen, was er von ihnen erwartete. Bei den anderen war er auf die sanfte Tour nicht weitergekommen und hatte notgedrungen irgendwann umgeschaltet. Aber das versuchte er möglichst zu vermeiden. Er mochte es, so eine kleine Schlampe zu piesacken, bis sie quiekte und ihm unter heißen Tränen versprach, alles zu tun, was er von ihr verlangte. Aber wenn sie die Hoffnung aufgegeben hatten, war es nicht mehr dasselbe wie vorher.

Biegen, nicht brechen, dachte er wieder und war auf der Hut, falls die Szene aus dem bescheuerten Traum erneut auftauchen würde. Aber die gewaltige blonde Frau ließ sich nicht blicken.

»Jetzt du, Jana«, sagte er und sah sie erwartungsvoll an. »Erklär mir mit deinen eigenen Worten, was du gleich machen wirst.«

☠ ☠ ☠

21

Berlin, Treptowers, BKA-Einheit »Extremdelikte«,
Büro Dr. Fred Abel,
Dienstag, 5. September, 17:15 Uhr

Dr. Fuchs, der Kollege im Labor, hatte sich wieder einmal selbst übertroffen. Als Abel von dem Meeting der Soko »Wasserrätsel« in sein Büro zurückkam, lag der Laborbericht zu den untersuchten Blut-, Organ- und Gewebeproben im Fall Dominik Kreisler bereits auf seinem Schreibtisch.

Wenn Kastner wenigstens halb so effizient wie Fuchs wäre!, dachte Abel. Begegnungen mit Kastner machten ihn nach all den Jahren immer noch fassungslos. Kopfschüttelnd griff er nach dem Schnellhefter mit den Laborergebnissen und ließ sich in seinen Schreibtischsessel fallen.

Er blätterte den Bericht durch und nickte mehrfach. Die Analyseresultate bestätigten seine Arbeitshypothese: Der Immobilienmakler war nicht an den Folgen eines Karzinoms gestorben, für das sich bei der Obduktion keinerlei Anhaltspunkte gefunden hatten. Vielmehr war Kreisler durch eine Morphinspritze getötet worden, die ihm in der linken Kniekehle in die Vene injiziert worden war. Entsprechend waren die Metabolitenwerte in seinem Blut dramatisch erhöht.

Dr. Fuchs hatte auch herausgefunden, welches Opioid der Täter verwendet hatte. Unter diesem Begriff wurden diverse – natürliche und synthetisch hergestellte – Substanzen zusammengefasst, die imstande waren, an den sogenannten Opioidrezeptoren im menschlichen Gehirn anzudocken und so ihre Wirkung zu entfalten. Diese Opioide verhielten sich ähnlich wie die natürliche Substanz Opium, wiesen aber in der Regel eine gänzlich andere chemische Struktur auf. In der modernen Medizin wurde diverse Opioide für verschiedene therapeutische Zwecke eingesetzt, vor allem in der Schmerztherapie und zur Anästhesie bei operativen Eingriffen. Aber auch Junkies schätzten sie ihrer euphorisierenden Wirkung wegen. Bei geringer Dosierung wirkten sie beruhigend bis einschläfernd; Überdosierung führte jedoch rasch zum Tod, da Opioide das zentrale Nervensystem beeinträchtigten, das unter anderem für die Atemsteuerung zuständig war.

Letztlich war Dominik Kreisler also infolge Atemstillstands verstorben, der durch die tödliche Opioidinjektion in die Kniekehle hervorgerufen worden war. Insoweit bot der Laborbericht keine Überraschung.

Die Pointe hatte sich Dr. Fuchs für den Schluss seines Berichts aufgehoben. *Das im Blut des Toten nachgewiesene Opioid wird seit 1995 in Russland synthetisch hergestellt und innerhalb der Russischen Föderation unter dem Markennamen Laxophorin als Schmerz- und Betäubungsmittel vertrieben. In Deutschland und innerhalb der gesamten Europäischen Union ist es nicht zugelassen und darf von Ärzten und Kliniken nicht eingesetzt werden.*

Dolles Ding, dachte Abel. *Ein russisches Opioid?* Hatten sie das nicht auch im Blut des anderen Toten gefunden, bei dem dieser Lenski gleichfalls einen falschen Totenschein ausgestellt hatte?

Abel fuhr seinen Laptop hoch und loggte sich in das BKA-Intranet ein. Er überlegte kurz, dann fiel ihm der Name des anderen Toten wieder ein, den Herzfeld heute bei der Frühbesprechung genannt hatte: Rainer Bunting. Er tippte den Namen in die Eingabemaske und rief die digitale Fallakte auf.

Rainer Bunting war ein erfolgreicher Bauunternehmer mit einem Villenanwesen am Wandlitzsee gewesen und vor rund sechs Monaten im Alter von dreiundsechzig Jahren verstorben – laut Totenschein an »Herzversagen«, in Wahrheit aber an einer Opioid-Überdosis. Der Kollege vom Landesinstitut, der Buntings Leichnam im vergangenen März obduziert hatte, war nicht argwöhnisch geworden, denn der Unternehmer hatte tatsächlich nicht nur an Herzschwäche und massiver Lungenüberblähung, sondern auch an der Bechterew'schen Erkrankung gelitten, einer Entzündung der Wirbelsäule.

Die Schmerzen, die mit der Versteifung und Verkrümmung des Rückens einhergingen, waren bei Bunting allem Anschein nach mit opioidhaltigen Medikamenten behandelt worden. Allerdings wurde seine ohnehin schon äußerst schlechte Lungenfunktion dadurch in extremem Maß weiter eingeschränkt.

Das Opioid war Bunting offenbar nicht nur oral, sondern in Phasen extremer Schmerzen auch per Injektion verabreicht worden; jedenfalls wiesen seine Armbeugen diverse Einstiche auf, einige schon älter, einige erst kurz vor seinem Ableben zugefügt. Auch in Buntings linker Kniekehle hatte der Kollege vom Landesinstitut einen Einstich bemerkt, ihm aber keine Bedeutung beigemessen. Da der Tote an beiden Armen Einstichstellen aufwies, hätte es aus Tätersicht wenig Sinn gemacht, eine etwaige Giftinjektion auf diese Weise zu kaschieren. Auf den Gedanken, dass es sich hierbei um die Signatur eines Serienmörders handeln konnte, war der Kollege verständlicherweise nicht gekommen.

Abel fragte sich, ob er an Stelle des Kollegen vom Landesinstitut Verdacht geschöpft hätte, und war sich keineswegs sicher. Da Buntings Firma im Großraum Moskau eine ganze Schlafstadt für dreißigtausend Menschen aus dem Boden stampfte, hatte sich der Unternehmer während der letzten drei Jahre häufig in Russland aufgehalten. Bei der toxikologischen Untersuchung seines Bluts waren zwar erhebliche Mengen eben dieses in Russland entwickelten Opioids gefunden worden, das in der Russischen Föderation unter dem Namen Laxophorin als Medikament zugelassen war, in Deutschland jedoch nicht verwendet werden durfte. Doch gerade dieser Umstand schien Buntings langjährigen Hausarzt Dr. Lenski von jedem Verdacht zu entlasten: Nach seiner Aussage war Bunting in Moskau wegen akuter Hypotonie mehrfach ärztlich behandelt worden.

Für die ermittelnden Kriminalbeamten hatten sich die Puzzlestücke also zu einem unauffälligen Bild zusammengefügt. Scheinbar war Lenski, als er den Totenschein ausgestellt hatte, einem nachvollziehbaren Irrtum unterlegen, und mit der Verabreichung eines opioidhaltigen Wirkstoffs aus russischen Laboren hatte er vermeintlich nie etwas zu tun gehabt.

Doch nun hatten sie hier bei den BKA-Extremdelikten zwei Mordfälle auf dem Tisch, die zwei auffällige Gemeinsamkeiten aufwiesen. Beide Opfer waren durch eine Überdosis Laxophorin getötet worden, und unter beiden Totenscheinen stand der Name Lenski.

Harald Lenski, sagte sich Abel. *Nicht Harald Katz. Und trotzdem …*

Sein Bauchgefühl beharrte darauf, dass es da eine Verbindung geben musste. *Katz ist in der ehemaligen DDR aufgewachsen*, fiel ihm nun auch noch ein. *Und war Katz nicht auch der Kommilitone, der fließend Russisch sprach und sogar Fachaufsätze mühelos aus dem Russischen übersetzen konnte?*

Oder spielte ihm da seine Erinnerung einen Streich?

Das wollen wir doch mal sehen, dachte Abel. Er schloss die Fallakte Bunting und rief stattdessen die BKA-Datenbank auf. In dem gigantischen Datenpool waren alle Personen gespeichert, die auf deutschem Boden jemals im Zusammenhang mit irgendeinem Delikt aktenkundig geworden waren.

Das Kribbeln in Abels Bauch verstärkte sich, während er den Namen Dr. Harald Lenski in das Suchfeld eingab. Nach weniger als einer Minute meldete das Programm mit einem blechernen Gongton, dass es mindestens einen Treffer gab. Abel überflog das Ergebnis.

Dr. Harald Lenski war für das BKA keineswegs ein Unbekannter – und für Abel offenbar auch nicht. Er war vor fünfundvierzig Jahren in Oranienburg geboren; in der nördlich von Berlin gelegenen Kleinstadt hatte er auch die Schule bis zur Hochschulreife besucht. Unmittelbar nach dem Mauerfall war er nach Hannover gezogen und hatte sich an der Leibniz-Universität für den Studiengang Medizin eingeschrieben.

Allerdings hieß er damals noch Harald Katz.

»Dachte ich's mir doch«, murmelte Abel vor sich hin. »Aber wie hast du das gemacht? Wie hat sich Katz in Lenski verwandelt?«

Die Lösung des Rätsels war verblüffend einfach. Zwei Jahre nach Abschluss seines Studiums hatte Harald Katz, nunmehr frisch gebackener Dr. med., eine gewisse Saskia Lenski geheiratet und den Nachnamen seiner Ehefrau angenommen. Damit hatte Harald Lenski, geborener Katz, von einer gesetzlichen Möglichkeit Gebrauch gemacht, die bereits seit dem Jahr 1991 bestand.

An Abel war diese Neuerung vorbeigegangen. Er kannte keinen einzigen Mann in seinem privaten oder beruflichen Umfeld, der die Gesetzesreform genutzt und mit der Heirat seinen alten Namen abgelegt hatte.

Lex Westermann könnte die betreffende Prozentzahl bestimmt aus dem Ärmel schütteln, sagte sich Abel. Er selbst war zwar keine wandelnde Datenbank, aber er hätte ohne zu zögern um eine Flasche guten Wein gewettet, dass höchstens ein oder zwei Prozent der männlichen Bundesbürger seit 1991 bei ihrer standesamtlichen Trauung den Namen der Ehefrau angenommen hatten. Und zweifellos war ein noch sehr viel geringerer Prozentsatz schon kurz darauf wieder Witwer.

So wie Harald Lenski, geborener Katz. Seine Gattin Saskia war nur drei Jahre nach der Hochzeit während einer Südostasien-Rundreise des Ehepaars in Laos verstorben. *»Todesursache: Fischvergiftung«*, vermeldete die BKA-Datenbank.

Den Totenschein konnte in diesem Fall zwar nicht Katz alias Lenski persönlich ausgestellt haben. Aber das musste ihn nicht daran gehindert haben, seiner Gattin vergifteten Fisch zu verabreichen. Mit toxischen Substanzen kannte er sich schließlich seit Studienzeiten bestens aus, und an Todesfällen ohne einheimische Mitwirkende waren die Behörden von Diktaturen wie Laos notorisch desinteressiert. Der Einfachheit halber hatte Lenski den Leichnam seiner Namensspenderin in Laos einäschern lassen, bevor er als trauernder Witwer nach Deutschland zurückgekehrt war.

Wie er das Kunststück fertiggebracht hatte, den Namen zu wechseln, war damit also klar, überlegte Abel. Blieb die Frage, warum Katz seinen alten Namen hatte loswerden wollen. War er bis dahin bereits straffällig oder zumindest bei der Polizei aktenkundig geworden?

Abel scrollte auf dem Datenblatt weiter nach unten, wo Strafanzeigen und eventuelle Vorstrafen aufgelistet waren. Was er hier aufgereiht fand, ließ Katz' Wunsch nach einem makellosen neuen Namen nur allzu verständlich erscheinen.

Bis zu seiner Eheschließung war Harald Katz von insgesamt sechs Frauen angezeigt worden, und der Vorwurf war jedes Mal der gleiche: Angeblich hatte er die betreffenden Frauen durch Verabreichung von Betäubungsmitteln gefügig gemacht und anschließend vergewaltigt. Drei Frauen waren Patientinnen in der Hannoveraner Klinik gewesen, in der Katz nach seinem Studium als Arzt im Praktikum gearbeitet hatte. Die anderen drei hatten ausgesagt, dass er sie in einer Bar oder Diskothek angesprochen habe. Sie hatten ihm die kalte Schulter gezeigt, doch am nächsten Tag hatte sich jede von ihnen am Straßenrand liegend wiedergefunden, mit verschwommenen Erinnerungen an alptraumhafte Ereignisse, als deren Urheber sie Harald Katz identifizierten. Doch Katz stritt jedes Mal kategorisch ab, wem auch immer betäubende Substanzen eingeflößt zu haben. Er habe die Frauen auch keineswegs vergewaltigt, sondern einvernehmlichen Sex mit ihnen gehabt. Tatsächlich war das Ergebnis der toxikologischen Blutuntersuchung in allen Fällen negativ. Das konnte bedeuten, dass die Frauen sich getäuscht hatten – oder dass sie mit einem Gift betäubt worden waren, das sich schon am nächsten Tag im Blut nicht mehr nachweisen ließ. Wie beispielsweise das als »Vergewaltigungsdroge« berühmt-berüchtigte Liquid Ecstasy.

Obwohl die Staatsanwaltschaft in allen sechs Fällen die Ermittlungen gegen Katz wieder einstellte, wies dessen Weste zwei Jahre nach seiner Promotion zum Doktor der Medizin einige hässliche Flecken auf. Sein Arbeitsvertrag mit der Klinik, die er gleichfalls ins Gerede gebracht hatte, war im gegenseitigen Einverständnis aufgelöst worden. Allem Anschein nach war es Katz danach nicht gelungen, in Deutschland eine neue Anstellung zu finden.

Oder warum sonst, überlegte Abel, *sollte ein bestens ausgebildeter Nachwuchsmediziner zwei Jahre nach seiner Summa-cum-laude-Promotion ausgerechnet bei einem russischen Pharmalabor als Wirkstoffentwickler anheuern?* Vielleicht hatte Katz ja auch private Gründe, aber das hielt Abel für wenig wahrscheinlich. Sehr viel plausibler war es, dass

Katz nach seinen diversen semikriminellen Machenschaften hierzulande keinen Fuß mehr auf den Boden bekam.

Also war er erst mal nach Moskau gegangen und hatte in dem Pharmalabor Sanoprom gearbeitet, das im Übrigen auch das opioidhaltige Laxophorin herausgebracht hatte. Vielleicht hatte sogar Katz selbst dieses synthetische Opioid mitentwickelt?

Unmittelbar nach seiner Rückkehr aus Russland hatte er geheiratet und sich unter dem Namen Dr. Lenski als Internist mit eigener Praxis am Wandlitzsee niedergelassen, nur wenige Kilometer von Oranienburg entfernt, wo er als Harald Katz zur Welt gekommen war.

Abel ließ diese chamäleonhafte Karriere nochmals vor seinem geistigen Auge Revue passieren. Dann holte er sein Diktafon aus der Schreibtischschublade und diktierte die relevanten Ergebnisse des Laborberichts zum Fall Dominik Kreisler sowie seine Schlussfolgerungen. Abschließend sprach er noch seine Erkenntnisse und einige Vermutungen zu Lenskis Person und Vorgeschichte in das Diktiergerät. Dann rief er Renate Hübner an und bat sie, diese Ergänzungen umgehend abzutippen, damit Hauptkommissarin Marie Horowitz von der zuständigen Mordkommission den Obduktionsbericht noch heute in die Hand bekam.

Seine Gedanken schweiften zu der Transnistrien-Mission ab, zu der er übermorgen in aller Frühe aufbrechen würde. Seltsam, dachte Abel, dass gleich zwei der Fälle, die ihn aktuell beschäftigten, einen russischen Hintergrund hatten. Katz alias Lenski hatte in Moskau gearbeitet, und Ex-Geheimdienstchef Burkjanov war ein ehemaliger Sowjet-Apparatschik wie aus dem Bilderbuch.

Zufall, sagte sich Abel. *Was Lenski angeht, hat Herzfeld jedenfalls mal wieder den richtigen Riecher gehabt. Allem Anschein nach haben wir es hier mit einem weiteren Serienmörder zu tun.*

22

Irgendwo in Deutschland, fensterloser Kellerraum,
Dienstag, 5. September, 17:31 Uhr

Das Bettgestell quietschte wie eine Geisterbahn. Die Handschelle an Janas linker Hand rasselte. »Ja, ja, weiter so!«, stieß Barry mit gepresster Stimme hervor.

Sein Kopf fühlte sich an wie ein brennender Lampion und war bestimmt auch so feuerrot. Der Schweiß lief ihm nur so herunter. Jana lag der Länge nach auf ihm, ihre Unterschenkel wie eine Würgeschlange um seinen Hals gelegt, und bearbeitete ihn mit ihrem Mund.

Endlich hatte sie kapiert, was sie machen sollte. Und wie jedes Mal war er schon nach kurzer Zeit auf Touren gekommen. Jana hatte großartig kräftige Beine. Barry überlegte, ob er sie weiter zu sich hochziehen sollte, bis sie ihre Oberschenkel um seinen Hals schlingen und ihre Möse auf sein Gesicht pressen würde.

Aber dann fiel ihm ein, dass das nicht ging, weil sie mit der Hand ans Fußende des Bettgestells gefesselt war. Außerdem bekam er auch so schon kaum mehr Luft. Sein Röcheln und Keuchen mischte sich mit einem Pfeifton in seinen Ohren, und das war eindeutig ein Alarmsignal.

»Hör auf!«, presste er hervor. Keine Reaktion. »Runter mit dir!«

Er packte sie bei den Beinen und wollte sie von sich runterschieben. Sie wog bestimmt nicht viel weniger als er, und nach gut drei Minuten in der Beinzange fühlte er sich ziemlich schwach. Abgesehen von der Region, für die er die ganze Show wieder mal durchgezogen hatte – sein Schwanz stand wie eine Sojus-3-Rakete vor dem Start.

»Aufhören, verdammt!«

Lichter flackerten vor seinen Augen. Ausgerechnet jetzt tauchte auch das verfluchte Alptraumbild wieder auf. Das Pfeifen in seinen Ohren wurde schriller.

Um ihn herum fing es schon an, dunkel zu werden, als Barry einfiel, dass er sich das Ende der Hundeleine um die Hand geschlungen hatte. Mit einer unbeherrschten Bewegung zog er das Halsband zu.

Die kleine Schlampe stieß ein Krächzen aus, ihr Oberkörper schnellte hoch, glücklicherweise erst, nachdem sich ihr Mund geöffnet hatte. Vor allem aber lockerte sich schlagartig der Zangengriff um Barrys Hals.

Ihre Beine rutschten ihm links und rechts über die Schultern. Keuchend und hustend sog er Luft in seine Lunge. Sein Herz hämmerte.

Das war scheißknapp! Die Angst steckte ihm noch in den Knochen. Warum hatte das dämliche Miststück nicht aufgehört, als er es ihr befohlen hatte?

Scheißegal jetzt, sagte sich Barry.

Irgendwie schaffte er es, sich unter ihr hervorzuwinden. Er tastete nach seinem Arztkoffer und öffnete ihn, ohne hinzusehen. Noch war sein Penis tipptopp erigiert, jetzt kam es auf jede Sekunde an. Er fischte den Frischhaltebeutel mit dem Koks heraus, fand das Plastikröhrchen darin und gönnte sich eine großzügige Dosis direkt aus dem Beutel. Linkes Nasenloch, rechtes Nasenloch, dann wischte er sich mit der angefeuchteten Zeigefingerspitze über beide Nasenlöcher und rieb sich die Eichel seines Penis kräftig mit dem weißen Pulver ein.

Als er sich wieder umdrehte, lag die kleine Schlampe immer noch reglos auf dem Bauch.

»Das würde dir so passen«, sagte er. »Die Party geht los, da wird hier nicht gepennt!«

Er beugte sich über sie, packte sie bei den Schultern und drehte sie auf den Rücken. Ihre Lider öffneten sich flatternd, und ihr Gesicht verzerrte sich vor Angst.

Gut so.

»Ich bin's, Schätzchen«, sagte er. »Das hier hast du prima hingekriegt.« Neben ihr auf der Matratze kniend, wackelte er mit seinem steifen Penis hin und her. »Das hier allerdings weniger gut.« Er deutete auf seinen Hals. Sprechen und Schlucken taten ihm weh, als hätte er mit Hochprozentigem gegurgelt. Als er seinen Kehlkopf betastete, wurde sein Gesicht düster. Er sah es an Janas Augen, die sich vor Angst weiteten.

»Du wolltest mich fertigmachen«, sagte er, »stimmt doch, oder?«
Sie schüttelte krampfhaft den Kopf.

»Doch, wolltest du«, beharrte er. »Aber meinetwegen Schwamm drüber. Ich will, dass wir jetzt zusammen jede Menge Spaß haben. Aber ich will auch sehen und hören, dass es dir gefällt. Verstanden?« Er ohrfeigte sie links und rechts. Nicht fest, nur so, dass ihr Kopf ein wenig hin und her flog. Dann machte er dasselbe mit ihren Brüsten.

»Vom Anfang bis zum Ende will ich sehen und hören, wie gut es dir gefällt«, sagte Barry mit heiserer Stimme. »Egal, wie lange es dauert, und egal, wie hart ich dich rannehme. Du weißt doch, was sonst passiert, oder?«

Jana sah ihn schreckensstarr an.

»Zeig mir, dass dir das hier einen Riesenspaß macht«, fuhr er fort, »dann mach ich irgendwann sogar deine Hand los. Im Moment bist du noch auf Bewährung, aber als Zeichen meines guten Willens wirst du schon mal von dem Hundehalsband befreit. Ist doch nett von mir, oder?«

Er löste den Verschluss in ihrem Nacken, und tatsächlich hellte sich ihr Gesicht für einen Moment auf. Es war noch kein wirkliches Lächeln, aber auf jeden Fall ein Schritt in die richtige Richtung.

Er warf Halsband und Leine neben dem Bett auf den Boden, beugte sich noch einmal über seinen Arztkoffer und holte die Einwegspritze heraus, die er vorausschauend mit einem Mix aus Liquid Ecstasy, Analgetika und ein paar Millilitern Laxophorin gefüllt hatte.

»Da bin ich wieder, Kleines.« Er zeigte ihr die Spritze und überlegte, wie er es ihr erklären könnte. Mit Medizin und lateinischen Begriffen kannte sie sich bestimmt nicht aus. »Da sind richtig gute Sachen drin«, fuhr er fort. »Die machen dich high und heiß und sorgen dafür, dass deine Pumpe bis zum Finale durchhält. Ist doch super, oder?«

Er drängte ihre Beine auseinander und kauerte sich dazwischen. Sie hatte gute Vorarbeitet geleistet. Aber das hieß noch lange nicht, dass sie sich auf irgendwelchen Lorbeeren ausruhen konnte.

»Also streng dich gefälligst an! Ich will dich stöhnen hören!« Er schwenkte die Spritze vor ihrem Gesicht hin und her. »Stöhn mir ins Ohr, dass du es härter haben willst! Oder ich verpass dir die Spritze!«

Er warf sich auf Jana und drang brutal in sie ein. Mit der Linken drückte er ihr die Nadel gegen den Hals, mit der Rechten umklammerte er ihren Unterkiefer, dass ihre Zähne sich in ihr Wangenfleisch bohrten.

»Gefällt es dir so?«, keuchte Barry. »Dann zeig es mir auch! Nicht so schüchtern, Schätzchen!«

☠ ☠ ☠

23

Berlin, Treptowers, Soko »Wasserrätsel«,
Mittwoch, 6. September, 10:15 Uhr

Kastners Gesicht hinter dem Wall aus Aktenordnern war nicht nur ungesund grau wie gewohnt, sondern zudem mit roten Flecken übersät. Der Soko-Leiter machte den Eindruck, als stünde er kurz vor einem Schlaganfall. Selbst seine sonst immer so akkurat gescheitelte Silberhaarfrisur wirkte verrutscht.

Vielleicht trägt er ja eine Perücke, dachte Abel.

Er war direkt von der Sofortsektion zum Meeting der Soko »Wasserrätsel« gekommen, um das Obduktionsergebnis mündlich vorzutragen.

Ein weiterer Putzmann war im Abgeordnetenhaus tot aufgefunden worden. Der zweite innerhalb von achtundvierzig Stunden. Die toxikologische Untersuchung würde noch ein paar Stunden in Anspruch nehmen, und der schriftliche Obduktionsbericht würde erst am nächsten Tag vorliegen.

Aber jede Minute zählte. Falls das hier nicht doch das Werk von CIA-Agenten war – was Abel mehr denn je bezweifelte –, hatten sie es womöglich mit einem weiteren Serienmörder zu tun, der frei herumlief und sich unbehelligt seine Opfer suchte.

Zur Rechten und zur Linken des Soko-Leiters saßen dessen beide Assistenten. Micaela Schweins, eine üppige Blondine im zartrosa Seidenkostüm, hackte auf ihrem Laptop herum. Marvin Fischer, ihr männlicher Kollege, war ungefähr im gleichen Alter, zirka fünfunddreißig, und wäre als Enkel von Berti Vogts durchgegangen. Er hatte sein iPhone ans Ohr gepresst und lauschte mit aufgerissenen Augen.

»Schon wieder ein toter Putzmann im Paul-Löbe-Haus«, sagte Kastner anstelle einer Begrüßung. »Der Minister steht Kopf!«

Dann kann er zumindest kein Wasser in die Lunge bekommen, dachte Abel, verkniff sich aber jeden Kommentar.

Kastner sah Charlotte Lubitz vorwurfsvoll an, als hätte sie den Putzmann persönlich gemeuchelt. »Bitte, Frau Hauptkommissarin, sagen Sie uns, was wir haben!«

Auch Charlotte Lubitz und Lex Westermann hatten einen Assistenten als Verstärkung mitgebracht. Die schlaksige Nachwuchskraft schob der Hauptkommissarin einen Schnellhefter hin, aber Charlotte Lubitz war schon aus ihrem Stuhl hochgeschnellt und federte nach vorn zum Flipchart.

»Der siebenundzwanzigjährige Nasir Hassaka ist heute um sieben Uhr früh im Heizungsraum des Abgeordnetenhauses tot aufgefunden worden«, sagte sie. »Einer der Hausmeister hat den Raum aufgeschlossen, um den Notdienst wegen einer Störung der Wasserzirkulation einzulassen. Dabei haben sie entdeckt, dass der Raum in eine Folterkammer verwandelt worden ist.«

Während sie den Ermittlungsstand referierte, befestigte sie eine Reihe von Fotografien im DIN-A4-Format am Flipchart. Die Fotos zeigten den Toten und die Auffindesituation in allen erdenklichen Perspektiven. Nasir Hassaka war von gedrungener Statur und dunkelbrauner Hautfarbe. Unverkennbar ein ähnlicher Typ wie Aslewi. Auch er hatte dichte schwarze Haare und trug einen buschigen Schnauzbart.

Nasir Hassaka war in Rückenlage mit Hand- und Fußgelenken an eine ausgehängte Tür gefesselt worden. Die Tür lag inmitten des Heizungsraums auf übereinander gestapelten Stühlen, die an der Kopfseite eine Höhe von etwa fünfzig Zentimetern aufwiesen und an der Fußseite gut doppelt so viel. Hassakas Kopf war mit einer Metallspange über der Stirn so fixiert worden, dass er ihn nicht anheben oder zur Seite drehen konnte. Neben dem Toten stand ein Putzeimer, halbvoll mit Wasser, das offenbar aus dem Wasserkreislauf der Pumpanlage abgezapft worden war.

»Die klassische Waterboarding-Szenerie«, sagte Charlotte Lubitz. »Sogar der Mikrofaserlappen, der mutmaßlich Hassakas Gesicht bedeckt hat, während es mit Wasser übergossen wurde, lag noch neben dem Eimer am Boden.« Sie zeigte auf das betreffende Foto.

Hassakas Augen schienen Abel zu verfolgen. Noch im Tod strahlte der Mann unbändige Kraft aus. Das hatte Abel auch vorhin im Obduktionssaal so empfunden, als der Tote vor ihm auf dem Edelstahltisch lag. Allerdings nur bis zu dem Zeitpunkt, als seine Assistentin Hassaka das Gesicht heruntergezogen hatte.

Was immer die Täter versucht hatten, aus Hassaka herauszupressen, Abel bezweifelte, dass es ihnen gelungen war. Er selbst glaubte zwar nicht, dass es politische Überzeugungen oder Ziele gab, für die zu sterben sich lohnte. Aber den unbeugsamen Stolz von Männern, die sich eher in Stücke schneiden ließen, als ihren Peinigern etwas zu gestehen, konnte er nachvollziehen.

»Die Parallelen zum Fall Aslewi sind offensichtlich«, fuhr Hauptkommissarin Lubitz fort. »Beide Männer haben als Reinigungskraft im Abgeordnetenhaus gearbeitet. Beide sind kurdischer Herkunft, allerdings stammt Hassaka nicht aus dem Irak, sondern aus Malatya in Ostanatolien. Beide wurden in einem Abstand von vierundzwanzig Stunden im selben Gebäude getötet. Auch der Modus operandi des Täters oder der Täter ist offenbar in beiden Fällen der gleiche. Allem Anschein nach wurde Hassaka genauso wie Aslewi durch Waterboarding gefoltert und dabei getötet. Aber dazu wird uns Herr Abel sicher gleich mehr sagen.«

Lex Westermann warf Abel einen bedeutungsschweren Blick zu. Gleichzeitig starrte ihn der Soko-Leiter wie ein Schlangenbeschwörer an.

Schon klar, was ihr von mir hören wollt, dachte Abel. Die beiden Kommissare wollten, dass er ihre CIA-Hypothese untermauerte. Und Kastner hätte ihm am liebsten per Dienstanweisung befohlen, allen Geheimdiensten befreundeter Staaten einen Persilschein auszustellen.

Doch Abel lehnte es grundsätzlich ab, Fakten so zurechtzubiegen, dass sie zu vorgefertigten Überzeugungen passten.

Er blieb sitzen, während er die Obduktionsresultate zusammenfasste. Die Staatsanwaltschaft hatte eine Sofortobduktion beantragt, und Abel selbst hatte Nasir Hassaka obduziert.

Dem vor ihm liegenden Schnellhefter entnahm er einen Stapel Fotografien und schob ihn zu Westermann hinüber. Charlotte Lubitz war unterdessen an ihren Platz zurückgekehrt und betrachtete mit professionellem Interesse die blutigen Obduktionsdetails auf den Fotos, die bei Laien vegetative Symptome wie spontanen Würgereiz auslösen konnten.

Oder auch bei noch wenig abgebrühten Polizisten wie dem jungen Ermittler, dessen Gesicht mittlerweile einen intensiven Grünton angenommen hatte. Er war noch jünger, als Abel auf den ersten Blick vermutet hatte, höchstens fünfundzwanzig. Mit einem Ausdruck ungläubigen Schreckens starrte er auf die Fotos, die den Leichnam in unterschiedlichen Sektionsstadien zeigten.

»An Hassakas Unterkiefer sehen Sie die charakteristischen Finger-Griffspuren«, sagte Abel. »Offenbar wurde auch ihm der Mund mit Gewalt geöffnet, genauso, wie der oder die Täter das bei Moah Aslewi gemacht haben. Weitere mögliche Hinweise auf Waterboarding hat die Obduktion nicht erbracht. Aber das ist ja Sinn und Zweck dieser Foltermethode, wie Frau Lubitz gestern ausgeführt hat.«

Er sah kurz in ihre Richtung. Die Hauptkommissarin wirkte so angespannt wie eine Sprinterin vor dem Startschuss.

»Im Übrigen ist Nasir Hassaka weder durch Wasser in der Lunge noch durch einen Herzinfarkt verstorben«, fuhr Abel fort. »Auf den Fotos ist gut zu erkennen, dass seine Lungenflügel kein Wasser enthalten und sein Herz vollkommen unbeeinträchtigt ist.«

»Und warum ist er dann tot?«, fragte der junge Ermittler.

»Du hast da was verwechselt, Eric«, raunte Westermann. »Augen und Ohren auf, nicht den Mund. Erinnerst du dich?«

Aller Augen waren auf Eric gerichtet. Er zog die Schultern hoch und wurde rot. Jedes Mal, wenn Abel zu ihm hinsah, schien er noch ein paar Jahre jünger zu sein.

Aber seine Frage war natürlich berechtigt. Trotzdem ließ sich Abel mit der Antwort Zeit. Nicht etwa, weil er die Spannung auskosten oder den bedauernswerten Eric bloßstellen wollte, sondern weil Kastner offenkundig nicht bei der Sache war.

Sein Assistent Marvin Fischer hatte die ganze Zeit mit weit aufgerissenen Augen telefoniert. Jetzt kauerte er neben seinem Chef und flüsterte erregt auf ihn ein. Kastner gab ganze Räuspersalven von sich. Er saß weit vorgebeugt, den Kopf so sehr gesenkt, dass Abel für seine Perücke – wenn es denn eine war – das Schlimmste befürchtete.

☠ ☠ ☠

24

Irgendwo in Deutschland, fensterloser Kellerraum,
Mittwoch, 6. September, 10:27 Uhr

Wie spät es wohl war? Tag oder Nacht? Und war es noch Mittwoch oder schon Donnerstag?

Jana hatte jedes Zeitgefühl verloren. Ihr Körper, ihr Verstand, ihre ganze Welt – alles bestand nur noch aus Angst und Schmerzen. Ihr Unterleib war eine einzige brennende Wunde – in die Barry unaufhörlich hineinstieß.

»Sag es! Na los, sag es!«, keuchte er. »Du willst, dass ich es dir so richtig besorge! Na los, sag es schon!«

Mit der rechten Hand schlug und kniff er sie, mit der linken drückte er ihr die Nadel gegen den Hals. Dorthin, wo er ihr auch gestern – oder vorgestern? – ein sofort wirkendes Betäubungsmittel injiziert hatte.

Wie blöd ich gewesen bin, dachte Jana.

Sie war auf seinen Trick hereingefallen wie ein Kalb, das sich arglos von seinem Schlächter anlocken ließ. Mit quietschenden Reifen hatte er an der Bushaltestelle gehalten und war aus dem Van gesprungen. »Schauen Sie nach dem Baby – bitte – nur ganz kurz!«, hatte er gestammelt. In seinem Anzug hatte er seriös und vollkommen harmlos ausgesehen. »Ich rufe einen Notarzt, der Kleine ist in Lebensgefahr!« Im Van hatte ein Baby wie am Spieß geschrien. Ohne nachzudenken war sie hinten in den Wagen geklettert. Auf der Rückbank war ein Babysitz befestigt, und darin lag ein ganz kleines Kind, in eine Decke eingewickelt. Sie rutschte auf der Bank zu ihm hinüber und beugte sich eben über das Baby, als sie hinter sich einen Schatten bemerkte. Das Baby war eine Puppe, die schreien konnte, das wurde ihr gerade noch klar. Und der angebliche Vater war ein Verbrecher! Sie spürte einen stechenden Schmerz an der linken Halsseite und dann gar nichts mehr.

Als sie wieder zu sich gekommen war, hatte sie zuerst geglaubt, dass sie noch träumte. Aber dann hatte sie die furchtbare Wahrheit erkannt. Sie war in der Gewalt eines Perversen, der ihr die Kleider vom Leib gerissen und sie nackt an dieses stinkende Sperrmüllbett in einem Kellerloch gefesselt hatte, das wie ein Vorzimmer der Hölle aussah.

Am Anfang hatte Jana noch gehofft, dass ihr Peiniger irgendwann genug haben müsste. Vielleicht konnte er seine Erektion über zwei oder drei Stunden aufrechterhalten, aber spätestens dann würde er ejakulieren müssen. Danach würde sein Penis erschlaffen, und sie hätte zumindest für eine Weile Ruhe vor ihm. Aber das schien nichts als Wunschdenken zu sein. Sie hatte zwar nicht viel Erfahrung auf diesem Gebiet, aber sie hatte noch nie von einem Mann gehört, dessen Glied ununterbrochen steif war. Doch Barry schien die Ausnahme von der Regel zu sein, jedenfalls hörte er einfach nicht mehr auf.

Jedes Mal, wenn er sich kurz aus ihr zurückzog, rieb er die Spitze seines Penis erneut mit dem feinen, weißen Puder ein. *Speed oder Koks oder so was*, dachte Jana, aber auch mit Drogen kannte sie sich nicht aus. Jedenfalls wirkte es wie eine lokale Betäubung auf ihrer Scheidenschleimhaut.

»Macht es dir auch so viel Spaß, Kleines?« Er leckte sich die Finger ab und rutschte auf den Knien über das quietschende Bett zu ihr herüber. Seine Nasenlöcher waren mit dem weißen Zeug gepudert, und seine Augen wirkten glasig.

»Gib gefälligst Antwort, wenn ich dich was frage!« Er holte aus und gab ihr eine Ohrfeige. Nicht besonders fest, aber ihr Kopf flog zur Seite. Sein Gesicht verzerrte sich. »Du sollst mich anbetteln, dass ich es dir knallhart besorge, du kleines Miststück!« Sein Kopf wurde wieder flammend rot. »Na los, oder ich hau dir die Spritze rein!«

»Ja, bitte, mach's mir noch mal«, flüsterte sie. Er starrte sie drohend an. »Aber diesmal richtig«, fügte sie fast unhörbar hinzu.

Er verharrte neben ihr auf den Knien und schien erneut in düstere Grübeleien zu versinken.

Jana war sich sicher, dass er sie nicht wieder laufen lassen würde, auch wenn er das versprochen hatte. Er hatte längst beschlossen, sie umzubringen, wenn er mit ihr fertig war. Er würde sie benutzen und dann beseitigen, wie man Spareribs wegwarf, wenn man das Fleisch abgenagt hatte. Als er gesagt hatte: »Ich will euch sowieso immer bis zum Ende nackt«, war ihr das mit einem Schlag klar geworden. Sie war nicht die Erste, die er in diesem Rattenloch vergewaltigte, und wie die anderen Frauen vor ihr würde er sie töten.

Aber noch war sie nicht am Ende, noch hatte er sie nicht fertig abgenagt. Krampfhaft versuchte Jana, das bisschen Energie zu sammeln, das in ihrem Innern noch übrig geblieben war. Fast gänzlich erstickt unter Schmerzen und Angst, aber ein paar Funken waren noch da.

»Und jetzt die schlechte Nachricht«, sagte Barry unvermittelt.

Er sprach undeutlich, als hätte er anstelle seiner Zunge ein Stück Holz im Mund. Oder als hätte sie vorhin doch zugebissen, als er ihr die Zunge in den Mund gestoßen hatte. Aber sie hatte sich nicht getraut, so wie sie es gestern – oder vorgestern? – nicht gewagt hatte, ihm den Penis abzubeißen, der in ihrem Mund langsam hart geworden war.

»Wir werden uns eine Weile nicht sehen«, fuhr Barry mit schwerer Zunge fort. »Ganz tapfer sein, Kleines, nicht weinen.«

Er starrte sie erwartungsvoll an.

Nicht sehen? Geht er weg? Lässt mich in Ruhe, zumindest eine Weile? Oh Gott, wie sehr sie sich nach einer Pause sehnte, wenigstens das! Sie beschwor sich, seinen Blick nicht zu erwidern. Auf keinen Fall sollte er die verrückte Hoffnung spüren, die in ihr aufstieg.

»Frag mich, warum!«, flüsterte er mit Verschwörermiene.

Vor Überraschung vergaß sie, was sie sich eben vorgenommen hatte, und sah ihn an.

»Warum?«, raunte sie. »Warum werden wir uns nicht sehen?«

Bitte, bitte sag, dass du weggehen musst, dachte sie. *Lieber will ich hier allein verhungern und verdursten. Alles lieber, als von dir widerlichem Irren wieder und wieder vergewaltigt zu werden.*

»Weil ich dich jetzt von hinten nehme, du Miststück!« Er bekam einen Lachanfall, der in röchelndes Husten überging. »Gib zu, du hast gehofft, ich würde dich in Ruhe lassen!«

Immer noch hustend rutschte er vom Bett, taumelte zum Tisch hinüber und schob die Packungen mit Thai-Curry und Pichelsteiner Eintopf auf der Tischplatte hin und her.

»Wo ist der beschissene Schlüssel?«, lamentierte er. Die Spritze legte er keine Sekunde aus der Hand, was die Suche nicht leichter machte. »Immer, wenn man das bescheuerte Teil braucht, hat es sich irgendwo versteckt! Ah, da ist er ja!«

Er griff sich den winzigen, silberfarbenen Schlüssel, mit dem er die Handschelle am Bettgestell und an Janas Handgelenk angeschlossen hatte. Als er sich wieder aufs Bett fallen ließ, verlor er das Gleichgewicht, ruderte mit den Armen und rammte ihr die Spritze fast in den Arm.

»Ups!«, kommentierte Barry. »Das war knapp.« Er legte die Spritze auf seiner Seite an den äußersten Rand des Bettes.

Jana zwang sich, nicht einmal aus den Augenwinkeln danach zu schielen, aber ihr Herz schlug wie verrückt.

Gib mir eine Chance, eine einzige, winzige Chance nur, bettelte sie in Gedanken, ohne sich festzulegen, wen sie da anflehte. Den Psychopathen, der mit dem Schlüssel an der Handschelle herumfummelte. Oder irgendeinen Gott, der es zwar zuließ, dass Frauen vergewaltigt und gefoltert wurden, der aber vielleicht doch irgendwann zu dem Schluss kommen konnte, dass es genug war.

Endlich hatte Barry das Schloss aufbekommen. Er löste die Handschelle vom Bettgestell, befahl Jana, sich auf den Bauch zu drehen, und machte die Fessel wieder am Gestell fest.

»Gleich ist es so weit!«, verkündete er. »Magst du es von hinten?«

Dann wieder die gleiche umständliche Prozedur. Barry rutschte zur Bettkante, rappelte sich auf und wankte auf unsicheren Beinen zum Tisch hinüber.

Jana starrte die Plastikspritze an. Ihr Mund war wie ausgedörrt, ihr Herz hämmerte. Die Spritze war durch Barrys Rumgehopse in Bewegung geraten und trudelte auf der zur Mitte hin durchhängenden Matratze langsam auf sie zu.

Ganz vorsichtig schob sie ihr rechtes Bein zur Seite. Als Barry den Schlüssel auf den Tisch fallen ließ, bekam Jana die Spritze mit den Zehen zu fassen. Während er sich schwankend umdrehte, winkelte sie den Unterschenkel an und balancierte die Spritze auf ihrer Fußsohle. Barry torkelte zum Bett zurück, und sie verrenkte sich fast den Rücken, als sie mit der freien linken Hand die Spritze schnappte und in dem Spalt zwischen Matratze und Bettgestell verschwinden ließ.

»Na los, den Arsch hoch!«, lallte Barry und fiel neben ihr aufs Bett.

Sie hockte sich scheinbar gehorsam auf ihre Unterschenkel und hob das Hinterteil an. Ihre gefesselte Rechte war völlig taub, desto heftiger kribbelte es in ihrer linken Hand, die sie neben dem Spritzenversteck aufgestützt hatte.

Barry kauerte sich hinter sie, packte sie links und rechts um die Hüften und fing an, sich an ihrer Rückseite zu reiben.

»Wie gefällt dir das, Schätzchen?«, nuschelte er.

Blitzschnell griff sie sich die Spritze und rammte ihm die Nadel in den Oberkörper. Aus dieser Position konnte sie nur blindlings nach hinten zustoßen, aber sie hoffte, dass sie ihn ins Herz getroffen hatte.

»Und wie gefällt dir *das?*«, presste sie hervor und drückte auf den Spritzenkolben.

Barry gab ein unartikuliertes Gurgeln von sich. Für einen endlosen Moment schien er zu erstarren. Alles kam ihr auf einmal wie erstarrt vor. Die Luft wie Glas.

Dann brach Barry zusammen. Er kippte vornüber und blieb reglos auf ihrem Rücken liegen.

Jana brach in hysterisches Schluchzen aus.

25

Berlin, Treptowers, Soko »Wasserrätsel«,
Mittwoch, 6. September, 10:53 Uhr

Als Kastner sich aufrichtete und mit einer herrischen Handbewegung Marvin Fischer von sich wegwedelte, saß seine Frisur wieder tipptopp. Und nicht nur das: Die roten Flecken auf Hals und Wangen waren verblasst, für seine Verhältnisse wirkte Kastner geradezu gelöst.

»Gute Nachrichten«, sagte er und machte ein geheimnisvolles Gesicht. »Aber Sie waren noch nicht ganz fertig, Herr Kollege.« Mit einem jovialen Lächeln nickte er Abel zu.

Wahrscheinlich hat ihm der US-Botschafter versichert, dass in Deutschland kein einziger CIA-Agent im Einsatz ist, dachte Abel. Aber diese Vermutung behielt er lieber für sich.

»Nasir Hassaka ist weder durch Wasser in den Atmungsorganen noch durch einen Herzinfarkt verstorben«, wiederholte Abel stattdessen und sah den jungen Kriminalisten an, der vorhin mit seiner Frage herausgeplatzt war. »Wie Sie an den massenhaft punktförmigen Einblutungen in den Augenbindehäuten, der Gesichtshaut und großflächig am Oberkörper sehen können, ist der Mann qualvoll erstickt.« Er brachte weitere Fotografien in Umlauf. »Der Grund dafür ist höchstwahrscheinlich die extrem abschüssige Lage, in der er in Rückenlage fixiert war, während Wasser auf das über seinem Gesicht liegende Tuch gegossen wurde. Er hat schlichtweg zu wenig Luft bekommen und ist daher erstickt. Klassischer Tod in abnormer Körperposition, in diesem Fall in Kopftieflage. Ein leider allzu bekanntes Phänomen in der Rechtsmedizin.«

Er wollte noch etwas hinzufügen, doch Kastner konnte offenbar nicht länger an sich halten. Die Erregung, mit der eben noch Fischer auf ihn eingeflüstert hatte, schien auf ihn übergesprungen zu sein. »Besten Dank, das war sehr aufschlussreich«, sagte er. »Die CIA können wir damit als möglichen Hintergrund sicher ausschließen. Und andere Geheimdienste wie den türkischen MIT genauso.«

»Moment«, fiel ihm Charlotte Lubitz ins Wort, doch der Soko-

Leiter gab ihr per Handzeichen zu verstehen, dass sie sich gedulden solle.

»Bekanntlich sind die Medien mit Vorwürfen gegen die Geheimdienste immer schnell bei der Hand«, fuhr er fort. »Aber nicht einmal die schärfsten Kritiker würden behaupten, dass die CIA ein Haufen Dilettanten ist.«

Er bedachte die Hauptkommissarin mit einem höhnischen Blick. »Man müsste schon ideologisch verbohrt sein, um zu übersehen, dass diese beiden Toten das Werk von stümperhaften Amateuren sind«, redete er in munterem Tonfall weiter. »Das ist vor allem bei Hassaka offensichtlich. Profis hätten ihn nie und nimmer in einem so steilen Winkel kopfüber fixiert, dass er fast zwangsläufig während des Waterboardings ersticken musste. Oder wie sehen Sie das, Dr. Abel?«

Kastner beugte sich vor und musterte Abel erwartungsvoll. Obwohl ihm der Leitzordnerwall die Sicht verdeckte, hätte Abel wetten mögen, dass der Soko-Leiter die Hände wieder wie zum Gebet gefaltet hatte.

Irgendeinen Trumpf hat er noch in der Tasche, sagte sich Abel, *sonst würde er sich nicht so provozierend offensiv verhalten.*

»Da könnte was dran sein«, sagte Abel. »Allerdings sind die Winkelzüge von Geheimagenten nicht gerade mein Spezialgebiet.«

»Da sind wir ausnahmsweise mal einer Meinung«, antwortete Kastner und schenkte Abel ein gekünsteltes Lächeln.

Abel zuckte mit keiner Wimper.

»Ich teile diese Meinung allerdings nicht«, mischte sich die Lubitz erneut ein.

»Genauso wenig wie ich«, sekundierte Lex Westermann.

Der junge Eric bewegte lautlos die Lippen.

»Fakt ist doch, dass es sich in beiden Fällen um Opfer mit muslimischem Hintergrund handelt«, fuhr die Hauptkommissarin fort. »Und dass wir es mit einer Folter- und Tötungsmethode zu tun haben, die für CIA-Einsätze gerade gegen mutmaßliche Terroristen aus der Nahostregion typisch ist.«

Kastners falsches Lächeln hatte sich noch verstärkt. Zusätzlich schüttelte er seit zwanzig Sekunden den Kopf.

»Und sehen Sie, liebe Frau Lubitz, genau da liegen Sie falsch«, sagte er und drehte sich zu Micaela Schweins um. »Fürs Protokoll: Auch Frau Lubitz ist nicht unfehlbar. Und unser Dr. Abel hat seine Position von gestern geräuschlos geräumt.«

Micaela Schweins kicherte beflissen. Abel platzte allmählich der Kragen, aber noch riss er sich zusammen. Zuerst wollte er den prachtvollen Trumpf sehen, den Kastner gleich aus dem Ärmel schütteln würde.

»Worauf wollen Sie hinaus, Herr Kastner?«, presste die Lubitz hervor. »Womit liege ich angeblich falsch?«

»Ganz einfach«, sagte der Soko-Leiter und feixte wie der Weihnachtsmann.

Wie aufs Stichwort brach die Sonne hervor und ließ sein Brillengestell noch gleißender erstrahlen.

»Ich habe es eben vom Auswärtigen Amt erfahren«, fuhr er fort.

Fischer nickte und riss erneut die Augen auf.

»Nasir Hassaka war kein Muslim, sondern ein koptischer Christ«, erklärte Kastner und ließ ein energisches Räuspern folgen. »Wie wahrscheinlich ist es Ihrer Ansicht nach, geschätzte Frau Kollegin, dass der IS oder die Hisbollah einen koptischen Christen als Terrorhelfer rekrutiert, der daraufhin in den Fokus der CIA oder eines anderen westlichen Geheimdienstes gerät?«

Charlotte Lubitz sah ausdruckslos vor sich hin, aber ihre Körperhaltung signalisierte, dass sie angeschlagen war. Sie ließ die Schultern hängen, auch ihr Oberkörper war zusammengesackt, als hätte sie einen Schlag in die Magengrube erhalten.

Was im übertragenen Sinn auch zutraf.

»Weniger als fünf Prozent«, räumte Lex Westermann an ihrer Stelle ein. »Das heißt nicht, dass die Geheimdienst-Hypothese vom Tisch wäre«, fügte er mit einem hastigen Seitenblick auf seine Kollegin hinzu. »Aber auf jeden Fall müssen wir auch andere Möglichkeiten noch stärker in Betracht ziehen.«

»Dann mal an die Arbeit«, sagte Kastner. »Mit diesem James-Bond-Unsinn haben Sie genug Zeit verloren. Unser Mann ist ein psychopathischer Nachahmungstäter, das hatte ich doch gleich im Gefühl. Der Typ hat sich im Internet eine Gebrauchsanweisung für Waterboarding runtergeladen und lacht sich schlapp bei dem Gedanken, dass wir jetzt Jagd auf ausländische Spione machen. Während er in aller Gemütsruhe sein nächstes Opfer auf den Tapeziertisch schnallt.«

Charlotte Lubitz schüttelte den Kopf. »Das passt doch hinten und vorne nicht zusammen!«, rief sie aus. »Angenommen, wir hätten es mit einem Nachahmungstäter zu tun – warum testet der seinen Folterbausatz ausgerechnet am Putzgeschwader im Abgeordnetenhaus?«

»Genau dafür sind Sie hier, Frau Lubitz. Das ist Ihr Job. Finden Sie es heraus«, sagte Kastner und machte ein abweisendes Gesicht. »Aber zügig, wenn ich bitten darf. Bevor der Irre wieder zuschlagen kann.«

Er schien drauf und dran, die Sitzung zu beenden.

»Eins noch«, sagte Abel. »Ich bestreite entschieden, dass ich meine Meinung geändert hätte. Dazu besteht auch nicht der geringste Anlass. Im Gegenteil, die Umstände des zweiten Waterboarding-Falls untermauern meine gestern geäußerten Gedanken. Wir haben es hier offenbar nicht mit CIA-Profis zu tun, und genau das habe ich ja bei unserem letzten Meeting vermutet. Mein Bauchgefühl sagt mir aber nach wie vor, dass der Täter trotzdem in irgendeiner Beziehung zur türkisch-arabischen Welt und zur dort aktiven Geheimdienstszene stehen muss.«

Kastner nahm seine Brille ab und polierte die Gläser mit seiner Krawatte. »Also wieder mal Ihr berühmtes Bauchgefühl«, sagte er. »Mir wäre es ehrlich gesagt lieber, wenn Sie Ihre Erkenntnisse aus den Eingeweiden der Tatopfer schöpfen würden.« Er beugte sich zu Micaela Schweins hinüber und flüsterte gut hörbar: »Eine richtige Forensik-Supernase, unser Abel.« Sie kicherte und hackte weiter auf ihren Laptop ein.

Hartnäckigen Gerüchten zufolge hatte Kastner seit Jahren eine Affäre mit der Schweins. Abel war schon von Berufs wegen darin geübt, sich in die absonderlichsten Charaktere und abenteuerlichsten Konstellationen hineinzuversetzen. Aber sich Kastner als Liebhaber vorzustellen, führte selbst ihn an seine Grenzen.

»Warten wir doch einfach ab, wer am Ende recht hat«, schlug er vor. »Der Modus operandi des Täters – seine Fixierung auf das Waterboarding – und der ethnische Hintergrund der Opfer passen jedenfalls sehr gut zu meiner Vermutung.« Abel sammelte seine Papiere ein und stand auf. »Falls ich mit meiner Intuition wieder mal richtig liegen sollte, Herr Kastner, erteile ich Ihnen schon jetzt die Erlaubnis, die Lorbeeren einzuheimsen. Es wäre ja nicht das erste Mal.«

Ohne Kastners Reaktion abzuwarten, nickte er Charlotte Lubitz und ihren Kollegen zu und verließ schnellen Schrittes den Besprechungsraum.

☠ ☠ ☠

26

Irgendwo in Deutschland, fensterloser Kellerraum,
Mittwoch, 6. September, 11:09 Uhr

Barry lag neben dem Bett auf dem fleckigen Teppichboden, alle viere von sich gestreckt und anscheinend bewusstlos. Jana hatte eine gefühlte Ewigkeit gebraucht, um den reglosen Körper von ihrem Rücken herunterzuwälzen. Wie ein nasser Sack war er endlich neben ihr auf die Matratze geplumpst. Mit beiden Füßen hatte sie ihn zentimeterweise rückwärts von sich weggeschoben, bis er über die Bettkante gerutscht und mit dem Rücken auf den Boden geknallt war.

Sie weinte immer noch, der Schweiß lief ihr nur so herunter. Gleichzeitig zitterte sie wie bei Schüttelfrost. Jedes Mal, wenn die Belüftung ansprang, zuckte sie zusammen.

Schock, dachte sie. *Oder Blutverlust. Oder beides zusammen.*

Jedenfalls konnte sie nicht mehr klar denken. Sie war mit ihren Kräften am Ende. Mit ihren Nerven. Mit allem. Sie musste dringend aufs Klo. Und das gottverdammte Schloss ging einfach nicht auf!

Die vordere Hälfte der Injektionsnadel steckte noch in Barrys Brustkorb, leider ein ganzes Stück unterhalb der Stelle, wo sie sein

Herz vermutete. Die Spritze mit dem abgebrochenen Nadelende hatte sie glücklicherweise festgehalten, bereit, sie ihm notfalls noch mal irgendwo reinzurammen.

Noch nie in ihrem Leben hatte sie irgendwem auch nur eine halbwegs ernst gemeinte Ohrfeige gegeben. Aber das hier hatte alles verändert. Sie würde nie mehr zulassen, dass irgendwer ihr Gewalt antat.

Wie es aussah, würde sie allerdings keine Gelegenheit mehr haben, diesen Vorsatz in die Tat umzusetzen.

Mit der abgebrochenen Nadel stocherte sie in dem Handschellenschloss herum. Aber mit ihren zitternden Händen und den verheulten Augen würde sie das verdammte Ding nicht mal dann aufkriegen, wenn sie an den Schlüssel rankommen würde.

Das hatte sie natürlich versucht. Wieder und wieder. Auf jede erdenkliche Art und Weise. Trotzdem würde sie es gleich aufs Neue versuchen, wenn sie wieder etwas zu Kräften gekommen war.

Ihr Körper fühlte sich an, als wäre er durch den Fleischwolf gedreht worden. Ihr Unterleib brannte und klopfte. Als sie spürte, wie es ihr warm die Beine herunterlief, schrie sie vor Verzweiflung auf und rammte die Spritze in die Matratze. Direkt neben den Urinfleck, der sich unaufhaltsam unter ihr ausbreitete.

Wieder kletterte sie über das Fußende des Bettgestells, an dem sie festgekettet war. Als sie vor dem Bett auf dem Boden kauerte, machte sie ihren freien linken Arm so lang wie möglich, dabei wusste sie, dass sie es nicht schaffen konnte. Sie hatte es schließlich oft genug ausprobiert. Bis zum Tisch waren es noch gut zwei Meter. Und nicht viel weiter von ihr entfernt lag Barry und stöhnte und zuckte, als würde er gleich wieder zu sich kommen.

Vielleicht verstellt er sich sowieso nur, ging es ihr durch den Kopf.

Minutenlang saß sie wie gelähmt da und starrte ihn panisch an. Sein schmales Gesicht, das jetzt fast friedlich aussah, weil seine Augen geschlossen waren. Seinen Penis, der auch jetzt nicht ganz erschlafft war.

Endlich rappelte sie sich auf und versuchte, das Bett hinter sich her zu ziehen. Auch das hatte sie schon dreimal probiert und jedes Mal festgestellt, dass sie viel zu schwach war, um den eisernen Koloss zu bewegen. Das Gestell fing nur grässlich an zu quietschen und zu rasseln, wenn man heftig daran zog. Es hörte sich an wie ein ganzer Zombie-Clan.

Wieder kletterte sie zurück aufs Bett und versuchte verbissen, das Schloss mit der kaputten Spritzennadel zu knacken.

Es war ihre einzige Chance. Falls es überhaupt eine war.

In seinem Dämmerzustand warf Barry den Kopf hin und her.

Gleich wacht er auf, dachte sie, *dann bringt er mich um!*

Sie zerrte an der Handschelle, und der stählerne Reif schnitt ihr tief ins Fleisch. Jetzt blutete sie aus noch einer Wunde mehr.

Ich komm hier nicht mehr raus! Sie ließ die Spritze neben sich auf die Matratze fallen und saß einfach nur apathisch da. *Vielleicht ist es sogar besser, wenn der Typ zu sich kommt und ich noch gefesselt bin.*

Sie würde ihn um Verzeihung bitten. Sie würde schwören, von jetzt an alles zu tun, was er von ihr verlangte. Vielleicht würde er sie am Leben lassen. Vielleicht würde sie eine zweite Chance bekommen.

Eine zweite Chance, ihm den Hals zuzudrücken. Diesmal würde sie es besser machen. Sie würde erst dann wieder locker lassen, wenn sie gespürt hätte, wie seine Halswirbel brachen. Wenn sein Kopf wie ein kaputter Ballon nach unten sacken würde. Wenn sie so fest in seinen Penis gebissen hätte, dass ihre Zähne aufeinanderschlugen.

Wenn ich hier schon nicht mehr lebend rauskomme, dachte Jana, *dann soll er auch verrecken.*

Er schnaufte und stöhnte. Hektisch griff sie nach der Spritze und stocherte erneut im Schloss ihrer Handschelle herum.

Barry schlug die Augen auf. Im selben Moment machte es in der Handschelle ganz leise *Klick.*

27

Berlin, Treptowers, Büro Dr. Fred Abel,
Mittwoch, 6. September, 11:43 Uhr

Nach der Obduktionssession dieses Vormittags hatte Abel gerade sein Büro betreten, als das Telefon auf seinem Schreibtisch zu klingeln begann. Mit einer routinierten Bewegungssequenz kickte er hinter sich die Tür ins Schloss und warf sein Jackett in Richtung Wandgarderobe. Es blieb an einem freien Haken hängen wie geplant, allerdings mit dem Kragen. Nur einmal war es ihm bisher geglückt, seine Jacke so zu werfen, dass sich die dafür vorgesehene Schlaufe um den Garderobenhaken legte. Ein einziger Treffer in all den Jahren, das war nicht gerade viel. Manch einer würde sagen, dass es ein reiner Zufallstreffer gewesen sei. Aber Abel gab die Hoffnung nicht auf, dass er es wieder schaffen würde.

Er war nicht der Typ, der vorschnell aufgab. Was einem mit Glück einmal gelungen war, konnte man ein zweites Mal und danach immer wieder schaffen, wenn man nur am Ball blieb und seine Technik entsprechend verbesserte. Das war Abels Einstellung nicht nur zu Jacken und Garderobenhaken, sondern zu allen Herausforderungen, vor die einen das Leben stellte.

»Herr Direktor, ein Anruf für Sie«, sagte Renate Hübner, nachdem er auf die Freisprechtaste gedrückt hatte. »Hauptkommissarin Marie Horowitz vom LKA.«

»Stellen Sie bitte durch.«

Er freute sich darauf, Maries lebhafte Stimme zu hören, die das Gegenteil von Renate Hübners eintöniger Sprechweise war. Gleich würde ihm die Sekretärin frisch gebrühten Kaffee bringen und ihn fragen, ob er weitere Wünsche habe. Sie war die Zuverlässigkeit in Person, machte klaglos Überstunden und neigte weder zum Tratsch noch zu boshafter Nachrede. Und doch atmete Abel jedes Mal auf, wenn die ältliche Person mit ihren Karoröcken und gestärkten Rüschenblusen den Raum wieder verließ. Frau Hübner war die humorloseste Person, der Abel jemals begegnet war.

Noch ein Gegensatz zu Marie, dachte er.

Es knackte in der Leitung.

»Geht es dir gut, Marie?«, fragte er.

»Wenn ich deine Stimme höre, schon deutlich besser«, sagte sie. »Aber wenn ich mir das Kasperletheater hier im LKA so angucke …«

Abel und Marie Horowitz hatten schon bei diversen Fällen erfolgreich zusammengearbeitet. Dabei hatte er sie als erfahrene Kriminalistin und ebenso geistreiche wie warmherzige Frau schätzen gelernt. Die Hauptkommissarin war Ende dreißig, schlank und hochgewachsen, eine Erscheinung von unaufdringlicher Eleganz, die sich vom Jeans-und-Lederjacken-Einerlei beim Berliner Landeskriminalamt angenehm abhob. Wie ihr das gelang, war Abel ein Rätsel, aber alles an ihr – von der komplizierten Hochsteckfrisur über ihre dezent modischen Tops und Röcke bis zu den eleganten Ankle Boots – wirkte auch nach stundenlangen Meetings oder Observationen noch perfekt.

»Dann komm doch zum BKA«, antwortete Abel. »Hier bei uns arbeiten bekanntlich nur Genies und selbstlose Wohltäter.«

Sie lachte hell durch den Telefonhörer, und Abel musste unwillkürlich mitlachen.

So war es ihm mit ihr vom ersten Tag an gegangen. Im LKA war Marie für ihren Sarkasmus gefürchtet, doch Abel hatte während ihrer gemeinsamen Arbeit festgestellt, dass sich hinter ihrer stachligen Schale eine sensible und empathische Frau verbarg, die einen ähnlichen Humor hatte wie er selbst. Schon damals waren sie beide in festen Händen gewesen, und so war es bei einer freundschaftlichen Arbeitsbeziehung geblieben. Aber neben dem BKA-Profiler Timo Jankowski gehörte Marie Horowitz zu den wenigen Arbeitskollegen, mit denen sich Abel nicht nur beruflich verbunden fühlte.

»Konntest du mit meinem Bericht etwas anfangen?«, fragte er.

»Das war superhilfreich, tausend Dank, Fred«, sagte sie. »Besonders dein Hinweis auf die Vergangenheit von diesem Lenski alias Katz. Oder umgekehrt. Wir haben seine Komplizin die ganze Nacht über vernommen. Heute früh hat sie gestanden.« Marie gähnte herzhaft.

»Eine Komplizin?«, fragte Abel. »Wer ist sie denn?«

Aufgekratzt redete Marie weiter, scheinbar ohne seine Frage zu beachten.

»Ich sag dir was, Fred, das hier scheint eine richtig große Sache zu sein. Die Frau heißt Julia Bunting. Typus Wagner-Walküre mit blondem Wallehaar und einem Busen wie der Zwillingsreaktor von Tschernobyl. Sie ist die Witwe von Rainer Bunting, dem vorletzten Opfer unseres noblen Serienmörderpaars. Und Dominik Kreisler, der Immobilienmakler, den du gestern auf dem Tisch hattest, war ihr Lover – so wie alle anderen, die Lenski und die Bunting in den letzten Jahren zur Strecke gebracht haben. Jedes Mal sind üppige Lebensversicherungssummen auf ihr Konto geflossen. Zwei dieser armen Romeos haben ihre Julia sogar als Haupterbin eingesetzt.«

»Und das hat sie alles letzte Nacht gestanden?«

»Na ja, wie's halt so kommt, wenn erst mal der Damm gebrochen ist«, sagte Marie. »Wir hatten zuerst kaum was gegen sie in der Hand – nur, dass sie die Witwe von einem der beiden Männer ist, denen Lenski falsche Totenscheine ausgestellt hat. Und dass Lenski seit vielen Jahren ihr Hausarzt ist. Das war zunächst mal alles, aber ich hatte da so ein Gefühl. Zuerst hat sie abgestritten, Kreisler zu kennen, aber wir haben einfach weitergemacht. Zermürbungstaktik, du kennst das ja. Man spürt, dass ein Teil von ihr gestehen will, und versucht geduldig, sich mit diesem Teil zu verbünden. Irgendwann hat sie Kreisler, den sie angeblich nicht kennt, aus Versehen Dominik genannt. Das war, nachdem wir sie ungefähr drei Stunden lang vernommen hatten. Und dieser kleine Versprecher hat dann alles in ihr zum Einsturz gebracht. Sie hat ›Oh Gott, Dominik‹ gestammelt und ist quasi nach Lehrbuch zusammengebrochen, mit Heulanfall und allem Drum und Dran.«

28

Irgendwo in Deutschland, fensterloser Kellerraum,
Mittwoch, 6. September, 11:53 Uhr

Seine Augen waren weit offen, aber er konnte nur verschwommen sehen. Seine Brust fühlte sich eng an, er hatte Mühe zu atmen. Das Bett links von ihm, der Tisch weiter rechts, alles war in wabernden Nebel gehüllt.

Sehr viel schärfer sah er noch immer die Bilder aus dem verdammten Traum, aus dem er eben hochgeschreckt war. Mit einem gepressten, kindlich hellen Schrei, der ihm noch in den Ohren gellte.

Niemand sollte solche Träume haben müssen, dachte er. Deshalb hatte er angefangen, mit Psychowirkstoffen zu experimentieren: weil er als Medizinstudent die Vision hatte, perfekte Seelen-Designs maßzuschneidern, mit denen man ohne Abstürze pausenlos glücklich war.

Einfach nur scheißglücklich, dachte er.

Er hatte verschiedene Wirkstoffkombinationen in Selbstversuchen und vereinzelt auch an seinen WG-Gefährten ausprobiert, aber damit war er nicht richtig vom Fleck gekommen. Also hatte er sich auf ein anderes Gebiet verlegt – auf Drogencocktails, mit denen man Saugetiere dazu bringen konnte, genau das zu tun, was man von ihnen wollte. Sehr bald schon war er dazu übergangen, seine Mixturen nicht mehr nur an Mäusen und Ratten, sondern auch an jungen Frauen auszuprobieren. Das war letzten Endes auch eine Möglichkeit, scheißglücklich zu leben. Jedenfalls, wenn man am richtigen Ende der Spritze war.

Nur seine Träume bekam er einfach nicht in den Griff.

Behutsam tastete er sich über den Brustkorb und stieß gegen eine Nadel, die zwischen seinen Rippen steckte. Er zog sie heraus und hielt sie sich ganz nah vor die Augen. Es sah aus wie eine abgebrochene Injektionsnadel. Aber er konnte immer noch nicht klar sehen, und in seinem Kopf war es mindestens so neblig wie draußen.

Keine Ahnung, wo das Scheißding herkommt.

Es beunruhigte ihn nicht allzu sehr. Er hatte schon öfter im Selbstversuch neue Psychodesigns ausprobiert und sich Stunden später an Orten und in Situationen wiedergefunden, die er sich nicht erklären konnte. In seinem Garten beispielsweise, mit einer abgeschlachteten, weitgehend ausgeweideten Rottweilerhündin in den Armen. Oder nackt auf dem Flachdach seines Hauses in Wandlitz, umgeben von zerfetzten Taubenkadavern, mit deren Körpersäften er von Kopf bis Fuß verschmiert war.

Aber gut, Dr. Jekyll hatte gleichfalls schräge Dinge erlebt, wenn er sich in Mr. Hyde verwandelt hatte. In dieser Tradition verortete er auch sich selbst. Mal harmloser Harry mit Praxis am Wandlitzsee, dann wieder böser Barry mit beiden Händen in den Därmen seiner Opfer. Und in den Innereien ihrer Psyche.

Nur gegen seine eigenen beschissenen Angstträume hatte er bis heute kein Kraut gefunden. Und diesmal war es noch tausendmal schlimmer gewesen als sonst. Im Traum war er wieder dieser hilflose kleine Junge gewesen, der von der mächtigen blonden Frau in die Matratze gedrückt wurde. Sie war nackt und er auch. Ihre Füße und Unterschenkel auf seinem Oberkörper, so dass er kaum Luft bekam.

Seit Jahrzehnten verfolgte ihn dieser Traum. Unzählige Male hatte er sich schon gefragt, wer das verdammte Riesenweib sein sollte. Er kannte sie nicht, hatte sie nie in seinem Leben gesehen.

Diesmal hatte sein Unbewusstes ihm eine Antwort gegeben. Eine Antwort, die ihm nicht gefiel. Es war sogar die beschissenste Antwort, die man sich vorstellen konnte.

Die mächtige blonde Frau mit den gewaltigen Brüsten und Schenkeln hatte im Gesicht auf einmal wie Julia ausgesehen. Er dachte darüber nach, und die Wut kochte in ihm hoch.

Dieses verfluchte Miststück, das ihn mit seinen beschissenen Füßen in die Matratze drückte, war Julia!

Diese verfickte Schlampe, die ihm fast den Brustkorb zerquetschte, war niemand anderes als Julia!

Er setzte sich auf und griff sich stöhnend an den Kopf.

Scheiße noch mal, was für ein Dreckzeug hab ich mir eigentlich gespritzt?

Immer noch konnte er nur verschwommen sehen. Aber da auf dem Bett saß eindeutig jemand.

Ist doch logisch, sonst wäre ich nicht hier im Bunker. Aber wo hab ich die kleine Schlampe noch mal her?

Sie wimmerte und stöhnte. Ihre Zähne schlugen klackend gegeneinander, dabei hatte er die Heizung so eingestellt, dass es immer gleichmäßig warm war. Fünfundzwanzig Grad Celsius, damit man sich nicht den Arsch abfror, auch wenn man keinen Fetzen am Leib trug.

Langsam kehrte seine Erinnerung zurück. Jana Irgendwie hieß sie, und er hatte sie nach ihrer Frühschicht am Straßenrand eingesammelt. Genauer gesagt, an der Bushaltestelle im Industriegebiet, wo sie immer auf ihren Bus wartete. Ausgesprochen einsame Ecke dort, obwohl zwei Straßen weiter der ganz normale Shopping-Wahnsinn tobte.

»Jana«, murmelte er und rappelte sich ächzend auf.

Sie stieß einen leisen Angstschrei aus, aber er achtete nicht darauf. Er war verdammt angeschlagen, und er konnte sich immer noch nicht erinnern, was hier passiert war. Wieso er mit Knockout neben dem Bett gelegen hatte, anstatt der kleinen Schlampe die Seele aus dem Arsch zu vögeln.

Vielleicht hat sie keine Seele, fügte er in Gedanken hinzu, *aber einen Arsch hat sie auf jeden Fall. Also wo ist das Problem? Wann und wodurch bin ich aus der Kurve geflogen?*

Er betrachtete solche Zwischenfälle auch immer mit den Augen des Forschers. Oder versuchte es jedenfalls. Oder redete sich zumindest ein, dass er es versuchte. Aber im Moment hatte er sowieso Wichtigeres zu tun.

Julia … Er begann zu verstehen, welche Botschaft ihm sein Unterbewusstsein geschickt hatte. *Sie will dich fertigmachen. Du kannst ihr nicht mehr trauen.*

Er schleppte sich zum Tisch, doch den verdammten Beutel mit dem Koks konnte er nirgends entdecken. Hatte er den nicht hier zwischen den Fertiggerichten deponiert?

Suchend sah er sich um. Zumindest seine Augen konnte er mittlerweile wieder scharf stellen. *Geht doch. Und apropos scharf: Die Kleine nehme ich mir gleich wieder vor. Aber erst mal ist Julia dran.*

Sein Blick fiel auf die Arzttasche neben dem Bett. Jeder einzelne

Muskel tat ihm weh, als er dorthin mehr kroch als humpelte. Der abgeschnittene Plastikstrohhalm steckte zusammengerollt in dem Schneehügel. Barry zog sich direkt aus dem Beutel zwei großzügige Lines rein.

»Heureka, die Sonne geht auf.« Er erhob sich leichtfüßig wie in seinem ersten Studienjahr, als er noch versucht hatte, seine Dämonen durch Dauerläufe niederzuringen.

»Bitte, Barry, ich wollte nicht …«, winselte die Kleine auf dem Bett.

Er winkte ab, ohne sie anzusehen. »Kannst es nicht abwarten, was? Mach dir keine Sorgen, Schätzchen, du bist gleich wieder dran.«

Er würde ihr eine Spritze mit seinem Spezialmix verpassen, bei dem Julia immer abgegangen war wie Apollo 13 auf dem Weg zum Mond.

Julia …

Erneut kochte die Wut in ihm hoch. Vor der Spüle kauerte er sich hin, ruckelte die vor Feuchtigkeit verbogene Schiebetür auf und tippte den PIN-Code in das Tresorschloss ein. Dabei achtete er darauf, der kleinen Schlampe den Blick zu verstellen. Man wusste schließlich nie. Eine seiner ersten Lektionen, noch zu Studentenzeiten: *Wenn du jemanden mit zu dir nach Hause nimmst, sorge dafür, dass bei dir nichts rumliegt. Vor allem keine Messer, Schlüssel, Telefone und solche Sachen, die deine Besucherin auf dumme Gedanken bringen könnten.*

Er zog die Tresortür auf und griff sich wahllos eines der verschweißten Wegwerfhandys, die er von seiner russischen Quelle praktisch im Abo bezog. Zehn Stück pro Monat, manchmal auch mehr.

Er kaufte immer dasselbe veraltete Nokia-Schlichtmodell, garantiert ohne GPS oder irgendwelche Apps, die Positionsdaten des Nutzers durch die Gegend schickten. Seine russische Quelle hieß angeblich Lew, und das war bestimmt genauso sein wahrer Name, wie »Barry« Barry hieß. »Lew« jedenfalls garantierte ihm, dass die Wegwerfhandys geklaut waren, also höchstens zu den armen Trotteln zurückverfolgt werden konnten, auf deren Namen sie registriert worden waren. Aber das spielte im Grunde keine Rolle. Barry verwendete jedes Handy nur ein Mal, achtete darauf, die Verbindung nach spätestens sechzig Sekunden zu unterbrechen, und zerstörte anschließend das Gerät mit allem Drum und Dran.

Er verschloss den Safe, tarnte ihn mit der schrottreifen Schiebetür und richtete sich wieder auf. Dann riss er die Einschweißfolie auf, pulte das Handy heraus und drückte auf den Startknopf. Die SIM-Karte war schon eingelegt, der Akku hatte ein Viertel Ladung, mehr als genug. Er tippte den PIN-Code von dem Zettel ab, der auf der Folie klebte, und wählte Julia Buntings Festnetznummer.

Er ließ es klingeln, zweimal, dreimal. Sein Herzschlag war beschleunigt, aber das kam hauptsächlich von dem Koks. Während er die Klingelzeichen zählte, befühlte er seinen Schwanz, der natürlich wieder schlaff geworden war. Aber dafür hatte er schließlich die Spritze mit dem Spezialmix im Koffer.

Die kleine Nutte würde alles machen, was er ihr befahl, und sie würde dabei noch vor Geilheit kreischen. Er würde nicht mal das Halsband brauchen. Das einzige Problem bei diesem Zeug war, dass sie dann nicht mehr fest genug mit den Schenkeln zudrücken konnten. Weil sie total ausflippten, wenn ihre Haut an egal welcher Stelle auch nur auf minimalen Widerstand traf. Aber da würde er eben nachhelfen.

Viermal, fünfmal. Als die Mailbox ansprang, unterbrach er die Verbindung. Er drehte sich zu der Kleinen um, schwenkte die Hüften und grinste sie an. »Gleich bin ich so weit«, signalisierte er ihr lautlos mit den Lippen.

Sie wimmerte und japste. *Ein bisschen was zur Kreislaufstabilisierung beimischen,* notierte er in Gedanken, *sonst nippelt mir die Schlampe noch vorzeitig ab.*

Er gab eine neue Ziffernfolge ein, Julias Handynummer. Diesmal wurde nach dem ersten Klingelton abgenommen.

»Ja, bitte?«, sagte jemand.

Eine Frauenstimme, aber definitiv nicht Julias. Lebhaft, mit einem stählernen Unterton.

»Hallo, wer spricht da? Bitte melden Sie sich!«

Eine Bullettenstimme, sagte sich Barry. Er war scheißwütend, aber kein bisschen überrascht.

»Bettel nur, Bullenweib«, sagte er. »Dann besorg ich's dir vielleicht auch noch. Und richte Julia von mir aus, dass sie sich den Anakondacocktail redlich verdient hat.«

»Ich verstehe kein Wort«, sagte die Frau am anderen Ende der Leitung. »Mit wem spreche ich? Und Anakondacocktail, was soll das denn sein?«

Offenbar versuchte sie, Zeit zu schinden. Die gute, alte Bullenmasche. Bestimmt rollte sie mit den Augen und machte irgendwelchen Wasserträgern hektische Zeichen, dass sie den Anruf zurückverfolgen sollten.

Aber sie würden nicht mal bis zu der Schwuchtel kommen, der »Lews« Leute das Handy geklaut hatten.

»Sie selbst hat das Zeug so getauft«, sagte Barry. »Also keine Sorge, sie weiß schon, was sie erwartet.«

Er beendete das Gespräch, schaltete das Handy ab und öffnete den Deckel an der Rückseite. Er nahm den Akku und die SIM-Karte heraus, dann haute er das Gerät mit voller Wucht dreimal gegen die Stahlkante der Spüle, bis es nur noch Sondermüll war. Die SIM-Karte zerbrach er in zwei Teile und schmiss den ganzen Mist in den Müllsack neben der Spüle.

Er drehte sich zu der kleinen Schlampe um.

»Danke für deine Geduld«, sagte er und schenkte ihr ein Lächeln, vor dem sogar Mr. Hyde persönlich erschrocken wäre. »Zur Belohnung bekommst du jetzt auch was ganz Leckeres in den Arsch.«

Er ging um das Bett herum und lächelte sie unverwandt an. Sie heulte vor sich hin und erwiderte seinen Blick so gebannt wie ein Karnickel unter Hypnose.

Er war immer noch stocksauer, aber keineswegs schockiert. *Stock ja, Schock nein,* dachte er. Schließlich hatte er immer gewusst, dass Julia ihn irgendwann verraten würde, und jetzt war es eben passiert. *Ein perfekter Grund zum Blasen. Aber noch lange keiner zum Trübsalblasen.*

Er kauerte sich neben seine Arzttasche und bereitete den Spezialmix plus ein paar Spritzer für Herz und Kreislauf vor. Die Party hier würde länger dauern, als er das ursprünglich geplant hatte.

Und es würde ihre Abschiedsparty sein.

☠ ☠ ☠

29

Berlin, Treptowers, Büro Dr. Fred Abel,
Mittwoch, 6. September, 11:57 Uhr

Während Marie ihm am Telefon weitere Einzelheiten aus Julia Buntings Geständnis mitteilte, glaubte Abel, sie vor sich zu sehen, wie sie in ihrem Büro hinter dem Schreibtisch saß. Im eleganten Kostüm und mit einer Frisur wie ein Vogelnest, die Füße vor sich auf dem Tisch, der wie immer mit Fallakten übersät war.

»Frau Bunting hat Dinge über diesen Lenski erzählt, da wird mir jetzt noch schlecht, wenn ich dran denke«, berichtete sie. »Ich sage nicht, dass sie die Unschuld vom Lande war, als sie das zweifelhafte Vergnügen hatte, deinen alten Studienfreund kennenzulernen. Aber im Vergleich zu Lenski war sie zumindest damals noch die wiedergeborene Mutter Teresa.«

Abel hörte zu, ohne sie zu unterbrechen. Er kannte das aus eigener Erfahrung: Manchmal brauchte man einen vertrauenswürdigen Zuhörer, um sich etwas von der Seele zu reden. In ihrem Beruf bekamen sie kübelweise Psychomüll ab. Wenn Gewalttäter und insbesondere Serienmörder ihr Innerstes offenbarten, war das für ihr Gegenüber etwa so, als würde vor ihnen ein Höllentor aufgehen. Alptraumhafte Monster und Dämonen krochen daraus hervor, und bei aller Professionalität konnte man nicht verhindern, dass einem einige dieser Lemuren ins eigene Innere schlüpften. Wenn man sich nicht ab und zu davon befreite, konnte dieser ganze Horrorzoo irgendwann zum Problem werden.

Von dem jeweiligen Zuhörer, vor dem man dieses innere Reinigungsritual ausführte, wurde nicht erwartet, dass er tröstlich gemeinte Binsenweisheiten von sich gab. Ganz im Gegenteil. Man wollte einfach das Gefühl haben, dass der andere verstand, wovon man redete, weil er so etwas auch schon erlebt hatte.

»Lenski scheint ein Psychopath reinsten Wassers zu sein«, sprach Marie weiter. »Untadelige bürgerliche Fassade und dahinter sadomaso, polymorph pervers mit allem, was dazugehört. Außerdem mit einigen Extras, von denen ich noch nie gehört habe. Und auch lieber niemals gehört hätte. Er experimentiert mit selbstgemixten Drogencocktails, die er seinen menschlichen Labormäusen verabreicht. Katz und Maus eben. Und seine Obermaus war über viele Jahre offenbar die Bunting.«

Marie legte eine Pause ein. Abel rieb sich mit der Hand den Nacken und rollte mit den Schultern, die sich bei Maries Worten zunehmend verspannt hatten.

»Warum hat sie das jahrelang mitgemacht?«, fragte er. »Ich meine, wenn er sie so mies behandelt hat, warum hat sie ihn nicht einfach verlassen?«

»Das habe ich sie natürlich auch gefragt«, sagte Marie. »Sie behauptet, dass sie nicht von ihm losgekommen sei. Er habe sie vollständig beherrscht, bis in ihre Träume hinein. Sie sei seine Sklavin gewesen, er habe mit ihr machen können, was er wollte. Und so weiter. Er hat ihr einen Pharmamix gespritzt, der – mit ihren eigenen Worten – ›irre empfindlich und irre geil‹ macht. Er brauchte sie dann nur mit der Fingerspitze anzutippen, und sie bekam eine zehnminütige Gänsehaut plus ekstatischem Schreikrampf. Wenn er auf ihrem Hintern mit den Händen ›*You can't get no satisfaction*‹ getrommelt hat, kriegte sie multiple Ganzkörperorgasmen bis zum nächsten Sonnenuntergang. Er hat natürlich auch sich selbst mit irgendwelchen Drogen aufgeputscht, so dass er ihr stundenlang einheizen konnte.«

Abel rollte heftiger mit den Schultern. »Oh Mann.«

»Frau Bunting war ihm hörig, das dürfte ein Teil der Antwort auf deine Frage sein. Aber mit ihrer Mordmasche haben die beiden auch eine Menge Geld gemacht. Und die Idee dazu stammt wohl ursprünglich sogar von ihr. In gewisser Weise hatte auch sie Macht über ihn. So ganz habe ich das nicht kapiert, sie ist bei diesem Thema ziemlich einsilbig geblieben. Aber es läuft wohl darauf hinaus, dass die beiden bei ihren Sexspielchen ab und zu die Rollen getauscht haben. Dann war *sie* die Chefin und hat ihn erniedrigt, ihm die Luft abgedrückt, ihn fix und fertig gemacht. Angeblich braucht er das, ›um auf Touren zu kommen‹, wie Frau Bunting das genannt hat.«

»Immer wieder erstaunlich, wie verbreitet asphyktische Sexualpraktiken sind«, sagte Abel. »Dabei ist das Risiko, dabei tatsächlich zu ersticken, keineswegs klein.«

Er hörte scharrende Geräusche in der Leitung. Marie bedankte sich leise bei jemandem, und er stellte sich vor, dass ein Kollege oder Praktikant ihr gerade eine Tasse Kaffee gebracht hatte.

»Ganz besonderen Spaß macht es Lenski laut ihrer Aussage, seine menschlichen Labormäuse zu quälen«, sprach Marie weiter, nachdem sie einen Schluck getrunken hatte. »Zum Beispiel hat er Frau Bunting irgendwelches Zeug gespritzt, das die Motorik stört. Sie konnte nur noch auf allen vieren kriechen, und er hat sie an der Leine hinter sich hergezogen wie eine Hündin. Sie musste aus einem Napf irgendwelchen Fraß aufschlabbern. Einmal war das eine Art Eintopf. Frau Bunting glaubt felsenfest, dass halb verweste Fleischstücke darin schwammen. ›Er geht auch solo auf die Jagd‹, hat sie des Weiteren ausgesagt. Angeblich verschleppt er junge Frauen an einen Ort, den er wahlweise als ›Bunker‹ und als sein ›Hobby-Hostel‹ bezeichnet. Wo sich dieser Bunker befindet, weiß sie angeblich nicht, und ich glaube, dass sie auch in diesem Punkt die Wahrheit sagt.«

Marie legte erneut eine Pause ein und atmete hörbar durch.

»Nachdem sie das alles erst mal aus sich rausgekotzt hatte, war kein Halten mehr«, fuhr sie fort. »Danach hat sie ungefähr einen Mord pro Stunde gestanden. Heute früh um fünf waren wir bei Nummer acht angelangt – sie sagt wirklich immer ›Nummer soundso‹ zu ihren Ex-Lovern, die sie zusammen mit Lenski in Leichen verwandelt hat.«

Abel wartete, aber mehr kam nicht von Marie. Offenbar hatte sie sich genug von der Seele geredet. Er schwieg noch einen Moment lang und ließ sich alles durch den Kopf gehen. Er konnte sich vorstellen, wie ihr nach dieser Nacht zumute sein musste.

»Puh«, sagte er schließlich. »Das ist heftig. Aber ich gratuliere, Marie. Du hast wieder mal eine Topleistung abgeliefert.«

Sie gähnte so laut und anhaltend, dass Abel fast davon angesteckt wurde. Der unwillkürliche Drang, es jemandem gleichzutun, der hör- oder sichtbar gähnte, war ein harmloses Beispiel für die Funktionsweise der Spiegelneuronen im menschlichen Gehirn. Wenn man es mit psychopathischen Massenmördern zu tun hatte, wünschte man sich öfter mal, seine Empathie-Module abschalten zu können, damit man nicht gezwungen war, die abartigen Gedankengänge und Handlungsweisen dieser menschlichen Monster nachzuvollziehen.

»Zum Gratulieren ist es viel zu früh«, wehrte Marie ab. »Wir haben Lenski noch heute Nacht zur Fahndung ausgeschrieben. Bis jetzt gibt es keine heiße Spur. Vielleicht hat er irgendwie gewittert, dass Julia Bunting auspacken würde. Jedenfalls ist er seit zwei Tagen nicht mehr in seiner Praxis in Wandlitz erschienen. Er ist definitiv untergetaucht.«

»Vermutlich in seinem Bunker.«

»Das sehe ich auch so«, stimmte sie zu. »Und deshalb rufe ich dich an, Fred.«

»Schade. Ich hatte gehofft, du rufst mich an, weil du mal wieder meine Stimme hören willst.« Er bereute seine spontane Bemerkung schon, bevor er ganz zu Ende gesprochen hatte.

»Wenn es nach mir ginge, würde ich deine Stimme viel öfter hören.« Maries Atem klang plötzlich eine Spur hektischer. »Und dich sehen, Fred.«

Abel beschimpfte sich im Stillen für seine unbedachten Worte. Er flirtete sonst niemals, weder während der Arbeit noch danach, auch nicht, wenn er auf einem Kongress war und abends mit Kolleginnen und Kollegen aus aller Welt an der Hotelbar saß. Er hatte oft genug mitangesehen, wie Beziehungen in die Brüche gegangen waren, weil einer der Partner sich eingeredet hatte, ein gelegentlicher Seitensprung sei nicht der Rede wert. Tatsächlich war es oftmals genau der Sprung, an dem die Beziehung später zerbrach.

Mit Marie war es etwas anderes. Nicht harmloser als bei einer zufälligen Kongressbekanntschaft, sondern weit gefährlicher, weil sie einander kannten und wirklich mochten. Daraus konnte leicht mehr werden. Sehr leicht und sehr viel mehr.

30

Irgendwo in Deutschland, fensterloser Kellerraum,
Mittwoch, 6. September, 12:01 Uhr

Er kauerte neben ihr auf dem Bett, die Spritze mit dem Spezialmix in der rechten Hand. Er hatte sich noch mal kräftig Schnee reingezogen und genoss dieses einzigartige Gefühl kristallener Klarheit, das nur Kokain hervorrufen konnte. Als wäre alles mit einer transparenten, funkelnden Eisschicht überzogen.

Genau in dem Augenblick, in dem er ihr die Spritze setzen wollte, hob sie die linke Hand. Er erstarrte in der Bewegung.

»Hey, ist das eine Spiegelung, oder was?«

Er schwenkte seine Hand mit der Spritze hin und her. Einen Moment lang hielt er es für möglich, dass sie die gleiche Bewegung machen würde. Eben wie ein Spiegelbild.

Dann sah er, dass bei ihrer Spritze die Nadel abgebrochen war. Und plötzlich fiel ihm alles wieder ein.

»Du blödes Miststück!«, schrie er. »*Du* hast mir die Spritze reingehauen!«

Er schaute an sich herunter und suchte die Stelle, wo er sich vorhin die halbe Nadel herausgezogen hatte. Aber während er noch seinen Brustkorb nach der bescheuerten Einstichstelle absuchte, riss sie ihre rechte Hand nach oben. Die Handschelle sprang auf, schlug klirrend gegen das Bettgestell, und Jana war plötzlich frei!

»Hast du's endlich geschafft?«, schrie er. »Hältst dich wohl für Superwoman? Aber glaub mir, Schätzchen, fast jede andere vor dir war schneller! Und die sind trotzdem alle im Schredder gelandet!«

Er fuchtelte mit der Spritze in der Luft herum und feixte. »Na, mach schon, greif mich an!«, schrie er. »Spritze gegen Spritze, fairer geht es nicht.«

Er kniff ein Auge zu und wollte ihr die Nadel in den Arm rammen. Sie ließ sich zur Seite fallen, und sein Stich ging ins Leere. Vom eigenen Schwung mitgerissen, kippte er vornüber und knallte mit der Stirn gegen die Knie der verdammten Schlampe.

Er schüttelte den Kopf, um wieder klar denken zu können, als sich ihm zwei kräftige Unterschenkel um den Hals legten.

Jana drückte zu, so fest sie konnte. Barry ruderte mit den Armen. Die Spritze glitt ihm aus der Hand, fiel zu Boden und blieb im Teppich stecken. *Seine* Spritze. Ihre hatte sie festgehalten wie ein Jedi-Ritter sein Lichtschwert.

Barry röchelte und keuchte. Sein Kopf wurde feuerrot. Er fuchtelte mit den Armen.

Bitte stirb, bitte, bitte stirb, na mach schon, dachte Jana.

Etwas kroch an der Unterseite ihrer Beine hoch. Sie riss die Augen auf. Seine Hand! Jana schrie auf und rammte ihm die Spritze mit aller Kraft in den Rücken. Sie spürte, wie die kaputte Nadel über einen Knochen schrammte. Doch sie drang bis zum Anschlag in seinen Körper ein.

Seine Finger gruben und bohrten sich tiefer und tiefer zwischen ihre Beine. Er stöhnte und ächzte, aber es klang weniger nach Todeskampf als nach geilem Japsen. Oder vielleicht machte das bei ihm auch keinen Unterschied.

Jana hielt die Spritze mit der linken Hand fest wie einen Nagel, den man in die Wand hämmern will. Mit der flachen anderen Hand haute sie so fest, wie sie konnte, auf den Spritzenkolben.

Barry bäumte sich auf, aber mit seinem Kopf in ihrer Schenkelzange kam er damit nicht weit. Und im nächsten Moment wurde sein ganzer Körper schlaff.

31

Berlin, Treptowers, Büro Dr. Fred Abel,
Mittwoch, 6. September, 12:07 Uhr

Abel räusperte sich so umständlich, als wäre Kastners Geist in ihn gefahren. Irgendwie half es ihm, auf sicheren Boden zurückzukehren.

»Wie kann ich dir bei deinem Fall noch weiterhelfen, Marie?«, fragte er in neutralem Tonfall.

»Bei meinem Fall.« Marie Horowitz brauchte einen Moment, um den erneuten abrupten Ebenenwechsel zu verarbeiten. Von der Sach- zur Beziehungsebene und wieder zurück. »Du bist der Einzige, der mit dem Fall befasst ist und Lenski beziehungsweise Katz persönlich kennt«, fuhr sie fort. »Wann hast du ihn zuletzt gesehen? Beschreib ihn mir: Was ist er für ein Mensch? Wie tickt er? Wohin könnte er abgetaucht sein?«

Abel fuhr sich mit der Hand über die Stirn. »Das ist Ewigkeiten her. Mehr als zwanzig Jahre. Außerdem kannte ich ihn auch damals nicht besonders gut. Eigentlich kannte ich ihn überhaupt nicht. Katz war ein Einzelgänger. Gerüchte, dass er mit Betäubungsmitteln experimentiert und seine Giftcocktails an Studentinnen ausprobiert, gab es schon damals. Aber das alles habe ich nur am Rand mitbekommen. Und nachdem es dann auch noch hieß, dass er mit dem Mord an Bettina Selzer etwas zu tun haben könnte, habe ich mich noch mehr von ihm ferngehalten. Heute würde ich anders agieren, aber damals haben die meisten von uns das so gemacht.«

Er dachte noch einen Moment nach, doch darüber hinaus fiel ihm nichts Sachdienliches ein. »Tut mir leid, Marie, das ist alles«, sagte er.

»Denk nach, Fred«, drängte sie ihn. »Hattet ihr gemeinsame Bekannte? Gibt es da irgendwen, der heute noch Kontakt zu ihm haben könnte? Oder gab es damals, was weiß ich, ein Ferien- oder Wochenendhaus, vielleicht von seiner Familie, wo er manchmal hingefahren ist? Lass dir Zeit. Du kannst ja zufällig mitbekommen haben, wie er das einem anderen gegenüber mal erwähnt hat.«

Abel tat ihr den Gefallen und ging noch einmal in sich. Auch das gefiel ihm an Marie: Sie ließ sich nicht entmutigen. Wo andere sich achselzuckend abwenden würden, hakte sie noch einmal nach. Und dann notfalls noch mal. Auch darin waren sie sich ähnlich. Und nicht selten hatten sie gerade wegen ihrer Beharrlichkeit Erfolg.

Aber nicht in diesem Fall oder zumindest nicht an diesem Vormittag. »Tut mir wirklich leid«, wiederholte Abel. »Zum Thema Katz ist in meinem Kopf nichts weiter gespeichert. Außer, dass er mir immer unheimlich war.«

Es klopfte an seiner Tür. Renate Hübner brachte ihm seinen Kaffee, zuverlässig wie ein Roboter.

»Trotzdem vielen Dank, Fred«, sagte Marie. »Bitte ruf mich an, wenn dir noch was einfällt.«

Er versprach es ihr und war fast erleichtert, als das Gespräch zu Ende war. Zumindest unterschwellig hatte es sich anders entwickelt, als er das erwartet hatte.

Wenn zwischen Marie und mir jemals etwas außer Kontrolle geraten sollte, sagte sich Abel, *könnte ich mich jedenfalls nicht darauf herausreden, dass ich mir keiner Gefahr bewusst gewesen wäre.*

Aber so weit würde er es nicht kommen lassen. Er liebte Lisa und würde ihre Beziehung ganz bestimmt nicht aufs Spiel setzen.

Er schmiedete weiter an seinen guten Vorsätzen, während Renate Hübner ihm Kaffee einschenkte und ihn kaum lebhafter als ein Katatoniker nach weiteren Wünschen fragte.

»Vielen Dank, Frau Hübner. Das wäre für den Moment alles.«

So absurd diese immer gleichen Dialoge mit der Sekretärin waren, in seiner augenblicklichen Stimmung hatten sie etwas Tröstliches. Frau Hübner verkörperte eine Welt verlässlicher Langeweile, in der Fehltritte nicht einmal in Gedanken möglich waren.

»Dann bis später, Herr Direktor.«

Ihre Hand lag schon auf der Klinke, als Abel eine seiner Eingebungen hatte.

»Einen Augenblick noch, bitte«, murmelte er.

Ein Name war ihm eingefallen, den er nicht gleich zuordnen konnte: Ulrich Döpfner. Dazu tauchte nun ein Gesicht vor ihm auf, fahl und teigig, davor eine dicke Brille, umrahmt von strähnig blondem Haar.

»Herr Direktor?«

»Ein gewisser Ulrich Döpfner«, sagte Abel. »Oder auch Uli. Bitte versuchen Sie doch mal, seine Kontaktdaten herauszufinden. Er hat zur selben Zeit wie ich in Hannover Medizin studiert. Außerdem war er schon damals, in den ersten Anfängen des Internets, ein Computerfreak. Ich könnte mir vorstellen, dass er beruflich irgendetwas an der Schnittstelle von Medizin und IT macht.«

»Wie Sie wünschen, Herr Direktor.«

Wünschen ist ein gutes Stichwort, dachte Abel. Er war sich keineswegs sicher, ob Uli Döpfner damals wirklich engeren Kontakt zu Katz hatte. Wenn ja, war diese Verbindung möglicherweise bis heute nicht abgerissen. Oder war es reines Wunschdenken, dass er Marie auf diese Weise helfen konnte, Lenski alias Katz aufzuspüren?

Er selbst hatte auch mit Döpfner nie viel zu tun gehabt. Man hatte sich auf den unvermeidlichen Semesterpartys gesehen und hin und wieder miteinander geredet. Vage sah Abel vor sich, wie Döpfner und Katz bei einer dieser Uni-Sommerfeten die Köpfe zusammengesteckt hatten. Döpfners massige, fast unförmige Gestalt neben dem fuchsartig schmalen Katz, der ständig in rastloser Bewegung schien. Oder bildete er sich das alles nur ein?

Vorsichtshalber würde er erst einmal selbst mit Uli Döpfner sprechen, um herauszufinden, was von seiner Eingebung zu halten war.

☠ ☠ ☠

32

Irgendwo in Deutschland, fensterloser Kellerraum, Mittwoch, 6. September, 13:52 Uhr

Sie schob ihn von sich herunter, schwang die Beine über den Bettrand und stand auf. Es fühlte sich berauschend an, wieder auf eigenen Füßen zu stehen. Aber ihr war klar, dass sie noch lange nicht in Sicherheit war.

Sie rannte zur Tür, die mit Stahlplatten verstärkt war wie bei einem Bunker. Seit Stunden und Tagen hatte sie die Tür angestarrt und sich vorgestellt, wie sie sich für sie öffnen würde.

Sie drückte die Klinke herunter. Das brachte natürlich nichts, die Tür war verschlossen. Was denn sonst? Jana bekam erneut eine Angstattacke. Sie wirbelte herum und vergewisserte sich, dass Barry sich nicht bewegt hatte. Er lag auf dem Bauch und schnarchte röchelnd, sein Gesicht in den nassen, gelben Fleck von ihrem Urin gebettet.

Sie wandte sich wieder der Tür zu. Unter der Klinke hing ein länglicher Metalldeckel an einer einzelnen Schraube. Er war nicht viel größer als Janas beide Daumen nebeneinander und aus verkratztem Chrom, wie die Klinke und der Beschlag.

Sie schob den Deckel beiseite und stieß einen Schrei aus.

Reiß dich zusammen! Wenn er aufwacht, musst du weit weg sein!

Aber wie sollte sie das schaffen? Unter dem beschissenen Deckel war nicht etwa ein Schlüsselloch, wie sie gehofft hatte, sondern ein winziges Ziffernfeld!

Ein elektronisches Schloss. Wie um Himmels willen sollte sie den Code herausfinden?

Wahllos gab sie irgendetwas ein. 5-7-9-3. Sie zerrte an der Klinke, nichts. Kein Klicken irgendwo im Innern des Schlosses, nur ihr Herzschlag, wummernd wie nach einem Tausendmeterlauf.

Sie probierte weitere Zahlenkombinationen. Nichts. Sie wusste nicht einmal, aus wie vielen Ziffern der Code bestand. Ohne einen Anhaltspunkt war es hoffnungslos.

Wieder fuhr sie herum. Vom Bett aus hatte sie das Zimmer immer wieder mit den Augen abgesucht. Nach einem Messer, nach Schlüsseln, nach irgendetwas, das ihr zur Flucht verhelfen könnte, wenn sie sich erst von der Handschelle befreit hätte.

Aber sie hatte nichts entdeckt, was auch nur im Mindesten hilfreich wäre. Es gab nicht einmal Gabeln. Weder Teller aus Porzellan noch Gläser, die man in Stücke hauen und als Waffe verwenden könnte. Und die Wasserflaschen waren aus wabbeligem Plastik.

Irgendwann hatte Barry eine Packung Mikrowellenpampe für sie aufgewärmt und die Aluschale zu ihr aufs Bett gestellt. »Friss es aus dem Napf, Töle«, hatte er sie aufgefordert. Sie hatte kurz mit sich gekämpft, aber ihr Hunger war riesengroß gewesen und ihr Stolz nur noch ein Zwerg. Sie hatte sich auf den Bauch gelegt, ihren freien Arm mit dem Ellbogen aufgestützt und das Zeug in sich reingeschlabbert.

»Lecker Thai-Curry«, hatte Barry die Pampe mit seinem Grinsen angepriesen. Es schmeckte wie Styropor mit Instant-Asia-Sauce, aber sie hatte alles aufgegessen und am Schluss sogar die Aluschale ausgeleckt.

»Braves Hündchen«, hatte Barry gelobt und sie weiter gefoltert. Seine Finger an und in ihr, kneifend, bohrend, quetschend, zwirbelnd. Sein Repertoire war unerschöpflich. Sie hatte gehofft, dass sie irgendwann abstumpfen würde, aber das war nicht passiert.

»Gib zu, dass du enttäuscht bist«, hatte er zu ihr gesagt. »Du hast bestimmt erwartet, dass ich mit glühenden Zangen Fleischstücke aus dir herauszwacken würde. Aber ich bin einfach nicht der Typ dafür. Ich bin der Typ, der sich lieber auf seine eigenen Hände verlässt. Außer, wenn es nicht anders geht, wie bei den Spritzen und so.«

Schluss damit!, tadelte sie sich. *Konzentrier dich lieber! Er muss irgendwo seine Brieftasche haben – und vielleicht hat er da drin auf einem Zettel den Zahlencode aufgeschrieben!*

Sie taumelte zum Kühlschrank und riss die Tür auf. Ein betäubender Gestank nach Schimmel, Gummi und abgestandener Luft quoll ihr entgegen. Ansonsten war der Kühlschrank leer. Sie unterdrückte einen weiteren Verzweiflungsschrei. Hinter ihr gab Barry einen langgezogenen Seufzer von sich. Jana wünschte ihm aus tiefstem Herzen, dass er zumindest im Traum schon mal in der Hölle schmorte.

Sie umrundete das Bett und ging bei seiner Arzttasche in die Knie. Vom Bett aus hatte sie schon mitbekommen, dass er darin jede Menge Spritzen und Ampullen gebunkert hatte, außerdem einen Riesenbeutel mit dem weißen Pulver. Wahrscheinlich Kokain.

Sie wühlte in der Tasche herum. Keine Scheren, kein Messer, nicht einmal eine Pinzette! Mit den Ampullen und Spritzen konnte man wahrscheinlich ganze Großfamilien auslöschen. Aber sosehr es sie in den Fingern juckte, sie musste sich zusammenreißen. Wenn sie Barry umbringen würde, bevor sie herausgefunden hatte, wie man die Tür aufbekam, würde sie hier gleichfalls qualvoll sterben. Irgendwann hätte sie die Fertiggerichte aufgegessen, die Wasserflaschen leergetrunken, und dann bliebe ihr nur noch zu beten.

Dumm nur, dass sie an keinen gütigen Gott glaubte. Seit ihrem Rendezvous mit Barry noch viel weniger als vorher. Bei ihrer Mutter, einer gläubigen Christin und eifrigen Kirchgängerin, war mit Ende dreißig Brustkrebs diagnostiziert worden. Keine vier Monate später war sie tot. Und Jana war sich seit damals sicher, dass Gott entweder nicht existierte oder keinerlei Mitleid kannte. So oder so wäre es reine Zeitverschwendung, ihn um Hilfe anzuflehen.

Sie kauerte sich vor die Spüle und zerrte an der vor Nässe aufgequollenen Schiebetür. Vorhin hatte Barry hier doch das Handy herausgeholt! Warum hatte sie nicht gleich in diesem Fach gesucht?

Die bockige Tür ließ sich nur zentimeterweise zur Seite ruckeln. Dahinter kam eine weitere Tür zum Vorschein, dunkelgrau und aus geriffeltem Stahl.

Diesmal konnte Jana den Wutschrei nicht zurückhalten. *Eine Tresortür!* Neben einem schlichten Griff war auch hier ein Zahlenfeld in die Oberfläche eingelassen.

Sie tippte 0-0-0-0 ein und kam sich idiotisch vor. Der Effekt war ebenfalls gleich null. Dann probierte sie es mit 6-9-6-9, was zu Barrys pubertärem Humor immerhin passen würde. Aber das Zahlenschloss musste leider auch passen.

Eine weitere Verzweiflungswelle drohte Jana zu überrollen. Verbissen kämpfte sie dagegen an.

Irgendwo muss er seine Sachen doch haben!

Aber das hatte sie auf dem Bett schon tausendmal durchgekaut. Es gab hier keine weiteren Schränke oder Fächer, in denen er was auch immer verstaut haben konnte. Die Erklärung war so naheliegend wie niederschmetternd: Vor der Stahltür musste es mindestens einen weiteren Raum geben, in dem er alles zurückgelassen hatte, was er für die Folterorgie nicht brauchte. Seine und ihre Kleidung, seine Autoschlüssel, Brieftasche, Papiere. Weil er sie in seinem Van vor der Bushaltestelle betäubt hatte, konnte sie sich an nicht das Geringste erinnern, was auf der Fahrt hierher und unmittelbar danach passiert war. Sie hatte keinerlei Vorstellung, wie es da draußen aussehen mochte. Ob sie in der Stadt oder auf dem Land waren. Ob dieser Keller zu einem anonymen Wohnblock in einer Großstadt gehörte oder sich unter einem verrotteten Bauernhof irgendwo in den Wäldern befand. Als sie wieder zu sich gekommen war, hatte sie auf dem versifften Bett gelegen, mit der Handschelle am Arm und dem Würgehalsband um den Hals.

Auch ihre Handtasche lag wahrscheinlich draußen vor der Stahltür. Mitsamt ihrem Handy und dem Pfefferspray, das sie für alle Fälle immer bei sich hatte.

Vielleicht hat er deine Sachen schon weggeschmissen, dachte sie. *Was willst du als Tote noch mit deiner Handtasche? Wozu braucht eine Leiche Kleidungsstücke?* Sie glaubte seine hämische Stimme zu hören. *»Ich will euch sowieso immer bis zum Ende nackt.«*

Sie begann, wieder zu weinen. Erstaunlich, dass in ihr noch Tränen waren. Wütend wischte sie sich über die Augen.

Schluss damit. Denk nach!

Aber in ihrem Kopf war ein Chaos aus Schreien, Schmerzen, Horrorbildern, Panik.

Du musst dich beruhigen. Ganz bestimmt hat er nicht an alles gedacht. Es muss noch eine Möglichkeit geben, hier herauszukommen.

Sie kroch zu den Kästen mit den Mineralwasserflaschen, nahm sich eine heraus und trank sie in einem Zug leer. Da sie gerade in der Ecke neben der Tür war, konnte sie genauso gut gleich hier anfangen. Sie pulte das Ende des Teppichbelags unter der Sockelleiste hervor und zerrte den sandfarbenen, mit Flecken übersäten Synthetikbelag ruckweise vom Boden ab.

Darunter kam rissiger Beton zum Vorschein, aber das war auch schon alles. Nichts, was einem Geheimfach oder einer Bodenluke auch nur im Entferntesten ähneln würde.

Sie keuchte und schwitzte. Der Teppichbelag war so fest mit dem Betonboden verklebt, dass ihr schon bald die Puste ausging.

Jana ließ sich auf einen der Holzstühle neben dem Tisch fallen und begutachtete niedergeschlagen ihr Werk.

Jämmerlich, dachte sie. Gerade mal eine Bahn von drei Metern hatte sie vom Boden abgerissen und bestimmt eine Stunde dafür gebraucht.

Wenn er aufwacht und du noch da bist …

Ihr Herz geriet ins Stolpern.

»Du wirst mich nie mehr vergessen«, hatte er zu ihr gesagt. »Noch in deiner allerletzten Nacht wirst du schreiend aufwachen und dich daran erinnern, wie sich das hier angefühlt hat. Oder das hier. Hast du auch so viel Spaß wie ich, Kleines?«

Denk nach!

Sie starrte ihn an. Er hatte sich irgendwie auf den Rücken gedreht und warf den Kopf hin und her. Im Moment sah es eher so aus, als ob *er* gleich schreiend aufwachen würde.

Schreiend vor Wut. Begierig, ihr alles heimzuzahlen. Sie so ausgesucht grausam zu Tode zu quälen, dass es sogar für ihn eine Premiere wäre.

Seine Augen waren geschlossen. *Aber vielleicht tut er nur so, als wäre er noch bewusstlos?*

Sie stieß einen weiteren Schrei aus. *Wie blöd kann man denn sein? Du musst ihn fesseln! Warum hast du das nicht als Allererstes gemacht?*

Sie sprang auf. Ihn fesseln, aber womit? Das Handschellenschloss hatte sie ruiniert. Außer der Hundeleine fand sie nichts, was sich als Fessel verwenden ließ.

Sie musste sich überwinden, um erneut neben ihn aufs Bett zu klettern. Auf den Knien rutschte sie zu ihm hinüber, wie er das umgekehrt bei ihr gemacht hatte. Sie sah an sich herunter und erschrak. Ihr Körper war mit Blutergüssen und blauen Flecken übersät. Ihre Brustwarzen waren blutverkrustet, vom Nabel bis fast zu den Knien war sie mit verschorftem Blut verklebt.

Sie verspürte den heftigen Drang, ihm das Hundehalsband um den

Hals zu legen. Es mit einem Ruck zuzuziehen und erst wieder locker zu lassen, wenn sein Gesicht blau geworden war und ihm die Zunge aus dem Mund hervorquoll.

Aber sie riss sich zusammen. Sie kämpfte Panik und Ekel nieder, packte ihn bei den Schultern und drehte ihn wieder auf den Bauch.

Die Spritze steckte ihm nicht mehr zwischen den Rippen, aber da, wo Jana sie ihm reingerammt hatte, war ein stecknadelkopfgroßes, blutiges Loch mit einem blauviolett schillernden Ring drumherum.

Sie zerrte ihm die Arme um den Rücken, schlang ihm die Hundeleine um die Handgelenke und knotete sie zweifach zusammen.

Er grunzte und schnaufte. Offenbar war er immer noch betäubt. Aber er hatte schlechte Träume, jedenfalls zuckte er und wälzte sich hin und her. Und schon dieses bisschen Herumzucken genügte, dass sich die Knoten in dem weichen Leinenleder wieder lösten.

Scheiße, verdammte Scheiße! Was mache ich jetzt?

Sie riss die Leine an sich und schlug wie mit einer Peitsche auf ihn ein. Auf seinen Rücken, seinen Hintern, seine Beine.

Er grunzte und stöhnte.

Hör auf damit!, schrie sie sich in Gedanken an. *Damit geilst du das perverse Arschloch nur wieder auf!*

Sie robbte rückwärts vom Bett herunter.

Im Grunde war es ganz einfach. Sie musste eine Möglichkeit finden, ihn so zu fesseln, dass er sich garantiert nicht befreien konnte. Dann musste sie warten, bis er wieder zu sich kam. Und bis dahin musste sie entschieden haben, wie sie ihn dazu bringen würde, ihr den Zahlencode für die Bunkertür zu verraten.

Mit Gewalt, so viel war ihr jetzt schon klar. Aber unklar war, durch welche Art von Schmerzen sie seinen Widerstand brechen könnte. Und ob sie imstande sein würde, das Nötige zu tun.

☠ ☠ ☠

33

Irgendwo in Deutschland,
fensterloser Kellerraum,
Mittwoch, 6. September, 17:03 Uhr

Seit Stunden sass sie neben Barry auf dem Bett, die Spritze in der Hand. Wenn er zu sich käme, würde sie ihm die Nadel gegen den Hals drücken und ihn zwingen, ihr den Code für das Türschloss zu verraten.

Ein besserer Plan wollte Jana einfach nicht einfallen, obwohl sie sich ununterbrochen den Kopf zerbrach. Es gab in dem ganzen verflixten Bunker kein Fitzelchen Schnur, um Barry zu fesseln, und keine andere Waffe, mit der sie ihn bedrohen könnte.

Nur die Spritze mit dem »Spezialmix«, wie er das Zeug vorhin genannt hatte. Und wenn sie ehrlich zu sich selbst war, glaubte sie nicht, dass er sich besonders beeindruckt zeigen würde.

Er hatte sich auf die Seite gedreht und die Beine angewinkelt. Das Gesicht ihr zugewandt, schlief er und murmelte ab und zu im Traum.

Wie durchgeknallte Lover, dachte sie. Wie die Alptraumversion eines Liebespaars waren sie hier nackt auf das Bett gebannt. Er kannte jede intime Einzelheit ihres Körpers, und auch sie kannte seinen schmächtigen Brustkorb und alles andere viel genauer, als sie es jemals gewollt hatte.

Sie war so tief in ihre Grübeleien versunken, dass sie nicht mitbekam, wie er die Augen aufschlug.

»Hey«, murmelte er mit schlaftrunkener Stimme. Anscheinend war er noch nicht ganz wieder da.

Als er sich aufrichten wollte, drückte sie ihm die Nadel gegen den Hals. Spät, aber immerhin.

»Rühr dich nicht von der Stelle«, sagte sie so ruhig, wie sie es hinbekam. Mit plötzlich wieder strohtrockener Kehle und hämmerndem Herzen. »Sonst knall ich dir das hier rein.«

Er drehte sich langsam auf den Rücken und schielte nach der Spritze. »Das Zeug ist super«, sagte er und grinste sie an. »Hab ich eigentlich für dich mitgebracht, aber wenn du es nicht willst – nur zu! Man wird geil wie tausend Mann davon und fickt mindestens sechs Stunden lang alles, was nicht schnell genug aufm Baum ist.« Er machte eine ausladende Armbewegung. »Und siehst du hier irgendwo Bäume?«

Sie zwang sich, ihm weiter die Nadel gegen den Hals zu drücken. »Sag mir, wie die Tür aufgeht!«

»Die Tür? Was willst du denn mit der?«

Er starrte sie aus weit aufgerissenen Augen an und bekam einen Lachanfall. Sein Gelächter ging in Husten über. Es schüttelte ihn so sehr, dass sie die Spritze vorsichtshalber ein paar Zentimeter zurückzog.

»Den Zahlencode«, sagte sie, als er endlich aufgehört hatte, den sterbenden Marlboro-Mann zu spielen.

Schwer atmend lag er da und starrte vor sich hin. »Was für ein Zahlencode?« Er runzelte die Stirn und verdrehte die Augen nach links und rechts, als versuchte er herauszufinden, wo er hier überhaupt war. »Wovon redest du, verdammt noch mal?«

»Von dem verdammten Türschloss! Wovon sonst?« Sie begann unbeherrscht zu schreien. »Mach die Scheißtür auf, sonst mach ich dich fertig!«

Mit der linken Hand drückte sie ihm die Nadel an den Hals, mit der rechten griff sie ihm in den Schritt. Sie quetschte alles zusammen, was sie zu fassen bekam, und jetzt schrie er wie ein Schwein. Er bäumte sich auf und zuckte wie ein Verrückter.

Er schreit vor Schmerzen, dachte sie und quetschte noch fester. *Oder findet er das etwa auch geil?*

Einen Moment lang war sie abgelenkt, und das genügte ihm. Er bekam ihre Hand mit der Spritze zu fassen und schlug sie mit aller Kraft gegen das Bettgestell. Jana japste vor Schmerz und Überraschung.

Ihr Griff lockerte sich, die Spritze fiel hinter dem Bett auf den Boden.

Er feixte sie an, sein Gesicht verzerrt wie bei einem tobsüchtigen Irren. Immer noch quetschte sie ihm die Hoden zusammen, aber es schien ihm nichts auszumachen. Er holte aus und schlug ihr mit der Faust wuchtig auf die Nase. Der Schmerz explodierte in ihrem Kopf, sie wurde rückwärts vom Bett geschleudert und krachte mit dem Hinterkopf auf den Boden.

»Gong!«, schrie Barry im Tonfall eines Live-Sportmoderators. »Die Runde geht an Barry Bazooka, Meister aller ›Nude Mixed Wrestling‹-Klassen!«

Er kroch auf allen vieren zur Bettkante, angelte sich den Koksbeutel aus der Tasche und sniffte durch das Plastikröhrchen. Im nächsten Moment sprang er verblüffend kraftvoll auf und stand hoch über Jana auf dem Bett. Sie wollte sich aufrappeln, aber nach dem Schlag auf ihre Nase und dem Aufprall auf dem Boden war sie zu benommen.

»Meine Damen und Herren, jetzt geht es um Leben und Tod!«, rief er aus. »Wird Wanton Wanda mit ihrer legendären Beinschere Barry Bazooka auf die Matte zwingen? Wird es ihr gelingen, ihm den Pimmel zu lutschen, bis er wie die Siegessäule steht? Bald wissen wir mehr!«

Er breitete die Arme aus wie Superman vor dem Start, beugte den Oberkörper vor und warf sich mit einem langgezogenen Schrei auf Jana.

☠ ☠ ☠

34

Flug von Berlin nach Tiraspol,
Donnerstag, 7. September, 04:55 Uhr

Transnistrien hatte keinen eigenen Zivilflughafen – wer mit einer Linienmaschine anreiste, musste entweder in Moldawien oder in der Ukraine landen und die restliche Strecke auf dem Landweg zurücklegen. Für Personen, die auf Einladung des Präsidenten ins Land kamen, galt dies allerdings nicht.

Erst gestern am späten Abend, als Abel seine Flugpapiere genauer angesehen hatte, war ihm klargeworden, dass er mit einem Learjet nach Tiraspol reisen würde. Genauer gesagt mit dem Privatflugzeug des transnistrischen Oligarchen Jefim Stepanov, das an einem der VIP-Gates im General Aviation Terminal in Berlin-Tegel für ihn bereitstand.

Abel war der einzige Passagier an Bord des zweistrahligen Learjet 60 XR, der bis zu acht Fluggästen luxuriöse Transportbedingungen bot. Man saß auf Ledersesseln, die sich um dreihundertsechzig Grad schwenken und per Knopfdruck in komfortable Liegen verwandeln ließen; an jedem Platz gab es Infotainment mit Panoramabildschirm und dazu eine Bar, die keine Wünsche offenließ. Vorausgesetzt, man zählte zu dem Personenkreis, der bei Sonnenaufgang seinen ersten Drink zu sich nahm. Abel zählte eher zu denen, die auch die Drinks nach Sonnenuntergang ausließen.

Er wählte einen Platz ganz hinten im Heck. Die Kabinenwände waren mit Mahagoni verkleidet, man kam sich vor wie in der Kajüte eines altertümlichen Luxusdampfers. Oder wie an Bord eines der mächtigen Zeppelin-Luftschiffe, die vor mehr als hundert Jahren über Ländern und Ozeanen dahingeschwebt waren.

Eine dunkelhäutige Stewardess sorgte für Abels leibliches Wohl. Ihre knapp bemessene Phantasieuniform ließ der Phantasie des Betrachters wenig Raum. Sie sah so atemberaubend aus, dass sie ebenso gut als High-End-Escort hätte arbeiten können. Abel vermutete, dass sie genau das auch machte, zumindest an den Tagen, an denen Jefim Stepanov an Bord war.

Mit blutdrucksteigerndem Lächeln forderte sie Abel auf, sie ohne Scheu zu rufen, wenn er irgendeinen Wunsch verspüre, »whatever it may be«. Als er lediglich um eine Tasse Kaffee bat, wirkte sie unterfordert. »Call me JoLo«, ermunterte sie ihn mit verführerischem Augenaufschlag.

Abel war fast erleichtert, als sie sich hinter den Vorhang zurückzog, der den Servicebereich vom Fahrgastraum trennte. Er holte den Schnellhefter mit den Unterlagen zum mutmaßlichen Doppelmord an den Stepanov-Neffen hervor und legte ihn auf den großzügig bemessenen Tisch vor seinem Sitz. Da er davon ausging, dass er bereits am heutigen Abend zurück nach Berlin fliegen würde, hatte er außer seinem rechtsmedizinischen Einsatzkoffer lediglich eine Aktentasche mitgenommen.

Nach dem Take-off zog er seinen Blackberry hervor, um nochmals die Mail zu lesen, die Renate Hübner ihm gestern Abend geschickt hatte. Im selben Moment glitt der Vorhang zur Seite, und erneut tauchte JoLo auf.

»Was kann ich Ihnen noch Gutes tun, Herr Dr. Abel?«, fragte sie mit einem Lächeln, das der Antarktis den Rest gegeben hätte. Ihre Aussprache des Englischen war so sexy wie alles an ihr. »Wir haben auch einen kleinen Wellness-Bereich mit Erlebnisdusche an Bord.«

Mit Erlebnisdusche? Beinahe hätte Abel laut aufgelacht. Was immer der Oligarch dort mit JoLo erleben mochte, er verspürte keinen Drang, es ihm gleichzutun.

»Danke, ich bin wunschlos glücklich«, versicherte er und wandte sich demonstrativ seinem Smartphone zu.

Vielleicht hat sie den Auftrag, mich durch Rundumservice zugunsten ihres Chefs zu beeinflussen, überlegte er. *Aber das würde nur dann einen Sinn ergeben, wenn Stepanov wüsste, dass es sich bei den beiden Toten im Kalkcontainer nicht um seine Neffen handelt. Wenn er selbst also alles arrangiert hätte, um Burkjanov den Doppelmord anzuhängen, und von mir erwartet, dass ich dabei mitspiele.*

Oder hatte Abel es hier einfach mit einer exzessiven Form von Gastfreundschaft zu tun? Er wusste aus eigener Erfahrung, dass es Weltgegenden gab, in denen Bestechungsversuche durch Sexgratifikationen zum Standard gehörten. Politische Korrektheit war sicher nichts, was einem Potentaten wie Stepanov schlaflose Nächte bereitete. Steckte also weiter nichts dahinter?

JoLo jedenfalls nahm mit einem gelispelten »Sie haben doch nichts dagegen?« auf dem Sessel zu seiner Linken Platz. Ihr Uniformrock, der ohnehin nicht viel breiter war als ein Gürtel, rutschte noch ein paar Zentimeter höher. Ihre Hand machte Anstalten, sich Abels Bein zu nähern.

»Sorry«, sagte er trocken, »ich habe zu tun.« *Und nicht den geringsten Ehrgeiz, Mitglied im Mile High Club zu werden*, fügte er in Gedanken hinzu.

Er starrte durch sie hindurch und versuchte nicht mehr, seine Genervtheit zu verbergen. Glücklicherweise schien sie zu spüren, dass sie den Auftrag ihres Chefs nicht ausführen konnte. Abel konnte sich mühelos vorstellen, wie sie zu Stepanov sagen würde: »Er war einfach nicht zu knacken, Boss!«

Schließlich senkte sie den Blick, stand auf und kehrte wortlos hinter ihren Vorhang zurück.

Abel klickte die gestrige Mail von Renate Hübner an und überflog noch einmal, was sie ihm in Sachen Döpfner geschrieben hatte.

Ulrich Döpfner hat in Hannover Informatik und Medizin studiert. Nach dem Studium hat er eine digitale Datenbank für medizinische Spezialdienste der Bundeswehr aufgebaut, deren Leiter er seit Ende der 1990er-Jahre ist. Oberst Döpfner lebt und arbeitet in Potsdam. Ein Anruf bei seiner Dienststelle hat ergeben, dass er zurzeit auf einem Kongress in Japan und am Freitag wieder an seinem Arbeitsplatz zu erreichen ist.

Abschließend hatte die Sekretärin Ulrich Döpfners Kontaktdaten aufgelistet.

Abel überlegte kurz, ob er seinem ehemaligen Kommilitonen schon mal eine E-Mail schreiben sollte. Aber dann beschloss er, ihn lieber morgen anzurufen, wenn sie beide wieder in Deutschland waren. Von Berlin nach Potsdam war es ohnehin nur ein Katzensprung. Am besten würde er sich mit Döpfner zum Mittagessen oder auf einen Kaffee verabreden.

Sie hatten sich schon damals nicht gerade nahegestanden, und ihre Studienzeit lag zwanzig Jahre zurück. Da konnte Abel nicht einfach so mit der Tür ins Haus fallen, sondern musste erst einmal mit Uli in Erinnerungen schwelgen, ehe er das Gespräch auf Katz alias Lenski lenken konnte.

Zu den Vorzügen von Privatjets gehörte, dass man auch während des Flugs mit dem Smartphone online gehen konnte. Abel dankte Frau Hübner mit einer kurzen Antwortmail und fügte hinzu, dass er Oberst Döpfner morgen anrufen werde. Dann vertiefte er sich in die Fallakte Stepanov und hatte sie gerade zu Ende durchgearbeitet, als der Learjet auf dem Flughafen der transnistrischen Hauptstadt Tiraspol zur Landung ansetzte.

☠ ☠ ☠

35

Tiraspol, Militärflughafen,
Donnerstag, 7. September, 07:52 Uhr

Auf dem Rollfeld standen zwei identisch aussehende schwarze Range Rover ohne Kennzeichen. Als Abel die Gangway herunterkam, wurde die Fondtür des vorderen Geländewagens geöffnet, und eine Frau mit aschblonder Kurzhaarfrisur und einem stahlgrauen Kostüm stieg aus. Regungslos beobachtete sie, wie Abel seine beiden Gepäckstücke die schmale Treppe hinabmanövrierte. Falls seine Ankunft irgendwelche Emotionen in ihr auslöste, verstand sie diese perfekt zu verbergen. Kein Muskel in ihrem Gesicht mit dem energischen Kinn und den schmalen Lippen zuckte.

Als Abel vor ihr stand, deutete sie ein Kopfnicken an. »Alles ist vorbereitet, Herr Doktor«, sagte sie anstelle einer Begrüßung und sah ihn weiter durchdringend an.

Abel konnte sich mühelos vorstellen, wie es sich anfühlte, von ihr verdächtigt zu werden. Oder gar als Verdächtiger verhört zu werden. Ihre hellblauen Augen waren nicht ganz so leblos wie die ihres Ex-Vorgesetzten Burkjanov, aber auf dem besten Weg dorthin.

»Ich bin Vizegeneral Romani«, fügte sie hinzu, »stellvertretende Leiterin des transnistrischen Geheimdienstes.«

Sie machte keine Anstalten, ihm die Hand zu geben, aber Abel hatte ohnehin keine Hand frei. Aus seinen Unterlagen wusste er, dass sie zweiundvierzig Jahre alt war und mit Vornamen Varvara hieß. Allerdings sah sie zehn Jahre älter aus oder so, als wäre sie niemals jung gewesen. Und dass jemand sie beim Vornamen anredete statt mit ihrem Dienstrang, schien kaum vorstellbar.

»Jewgenij lädt Ihr Gepäck ein, dann fahren wir sofort los.« Sie sprach Englisch, aber so hart und abgehackt, dass Abel Mühe hatte, sie zu verstehen.

Der Fahrer des vorderen Range Rover stieg aus, ein junger Mann mit kahlgeschorenem Kopf und Muskelgebirgen unter dem hautengen weißen Hemd. Mit Riesenschritten ging er um die Kühlerhaube herum, riss Abel den Einsatzkoffer und die Aktentasche fast aus den Händen und warf beide Gepäckstücke unsanft in den Kofferraum.

Danke für die nette Begrüßung, Jewgenij, dachte Abel. Sein Empfangskomitee scheute offenbar keine Mühe, um eine angenehme Atmosphäre zu gewährleisten.

Aus dem zweiten Geländewagen stiegen ein Mann und eine Frau. Abel erkannte sie von den Fotos aus dem Dossier. Es waren die Kriminalkommissare Wladimir Gruwschenkow und Viktorija Lomaskov, die so unerschrocken und beharrlich im Fall Stepanov ermittelt hatten.

»Es ist mir eine Ehre, mit Ihnen zusammenarbeiten zu dürfen«, sagte Gruwschenkow und schüttelte Abel die Hand. Er war Ende dreißig, ein schmaler Mann mit fein geschnittenem Gesicht, das von unzähligen Sorgenfalten durchzogen war.

»Ich habe den größten Respekt vor Ihnen und Ihrer Arbeit«, versicherte Abel seinerseits.

»Als wir gehört haben, dass Sie nach Tiraspol kommen, haben Wladimir und ich auf Ihr Wohl angestoßen!« Viktorija Lomaskov ergriff Abels linke Hand und drückte sie beherzt. Sie war etwa in Abels Alter, hatte schulterlange blonde Haare und strahlte eine robuste Mütterlichkeit aus.

Ebenso wie Gruwschenkow trug Viktorija Lomaskov Jeans und Lederjacke. Abel fühlte spontane Sympathie für die burschikose Kommissarin und ihren offenbar hochsensiblen Kollegen. Ebenso instinktiv spürte er, dass er vor Varvara Romani auf der Hut sein musste.

Mit sichtbarem Missfallen beobachtete die Vizegeneralin die freundliche Begrüßung zwischen Abel und den beiden Kriminalpolizisten.

»Wir fahren!«, bellte sie. »Die Zeit ist knapp!«

Abel wollte sich zu Gruwschenkow und seiner Kollegin in den hinteren Wagen setzen, aber Jewgenij schnitt ihm kurzerhand den Weg ab. Er riss die Fondtür an der Beifahrerseite auf, und Abel blieb keine andere Wahl, als neben Varvara Romani Platz zu nehmen.

Das fängt ja gut an, dachte er. *Sie misstraut sogar ihren eigenen Ermittlern und wird mich keine Sekunde aus den Augen lassen.*

Tatsächlich starrte sie ihn so forschend an, als hoffte sie, in seine Gedanken eindringen zu können, wenn sie ihn nur lange genug mit ihren Blicken durchbohrte.

Warum verhielt sie sich so argwöhnisch und abweisend? Immerhin war er auf Einladung ihres Präsidenten gekommen. War sie ihrem Ex-Chef Burkjanov immer noch treu ergeben – oder konnte sie aus beruflich bedingter Paranoia gar nicht anders, als alle und jeden zu verdächtigen?

Die Vieldeutigkeit menschlichen Verhaltens. Darüber dachte Abel häufig nach. Sie stellte nicht nur Kriminalisten und Forensiker immer wieder vor Rätsel. Man konnte sich kaum jemals sicher sein, dass Verhaltensweisen, Gesten oder auch Worte wirklich das bedeuteten, was sie zu bedeuten schienen.

Vielleicht habe ich auch bei JoLo total falschgelegen, und die Stewardess hatte gar keine Hintergedanken, sondern wollte einfach nur flirten. Aber das glaubte Abel eigentlich nicht. Auch bei Varvara Romani war er sich ziemlich sicher, dass sie mit ihrem Verhalten ein Ziel verfolgte. Sie würde alles daransetzen, diese Mission zu einem bestimmten Ergebnis zu führen. Fragte sich nur, welches Resultat sie anpeilte und wer ihr Auftraggeber war: Jefim Stepanov, Sergej Burkjanov oder wer auch immer. Und wie weit ihr Wunschergebnis am Ende von der Realität entfernt war.

Für den Kollegen Scherz wäre bestimmt längst alles glasklar, sagte sich Abel.

Bei dem Gedanken an den eigensinnigen Oberarzt wurde er noch unruhiger.

Hoffentlich haben wir heute in Berlin kein weiteres Waterboarding-Opfer, ging es ihm durch den Kopf. *Sonst gehen mit Scherz wieder sämtliche Pferde durch, und er beschuldigt die CIA noch in aller Öffentlichkeit, hinter der Folter- und Mordserie zu stecken.*

Jewgenij startete den Range Rover und beschleunigte so brutal, dass Abel fast wie beim Take-off des Learjet in die Sitzbank gedrückt wurde. Sie rasten quer über das Rollfeld auf den fünf Meter hohen Sicherheitszaun zu, der das ganze Areal umgab. Der Tower sah nagelneu aus, ebenso das futuristisch anmutende Hauptgebäude, aber allem Anschein nach starteten und landeten hier kaum mehr

Maschinen als auf dem ewig uneröffneten neuen Flughafen Berlin-Brandenburg. Hier und da rumpelten vereinzelte Militärjeeps und Kleintransporter in Tarnfarben über die weite Fläche. In den Hangars verstaubten ein paar Flugzeuge, doch die meisten wirkten fast schon museumsreif. Insgesamt fand Abel den transnistrischen Militär- und Regierungsflughafen nicht gerade eindrucksvoll.

Was allerdings auch kein Wunder war. In seinem Dossier hatte er gelesen, dass die russische 14. Armee die militärische Macht in Händen hielt. Der »Friedenstruppe«, die die Demarkationslinie zwischen den beiden verfeindeten Regionen bewachte, gehörten der Form halber auch jeweils eine Handvoll Soldaten aus Moldawien und Transnistrien an. Aber die eigentliche Macht lag bei den Russen. Ihnen gehörten die Panzer und Maschinengewehre.

Ohne nennenswert vom Gas zu gehen, hielt Jewgenij auf ein schmales Tor im Sicherheitszaun zu. Der uniformierte Wächter machte keine Anstalten, die Durchfahrt freizugeben. Das Kinn auf der Brust, lehnte er an der Rückwand seines Wachhäuschens; offenbar war er im Stehen eingenickt.

Als Jewgenij auf die Hupe drückte, fuhr der Wächter zusammen. Er nahm Haltung an und salutierte. Dann erst schien er sich zu entsinnen, worin seine Aufgabe bestand. Er rannte zum Tor und riss es auf. Mit aufheulendem Motor jagten sie hindurch, dicht gefolgt von dem zweiten Range Rover, an dessen Steuer anscheinend ein Klon von Jewgenij saß. Der gleiche kahlgeschorene Kopf, der auf einem säulenartigen Hals thronte, darunter die gleiche schrankartige Statur.

Auf dem Vorplatz des Flughafens warteten vier graue Toyota-Kleinbusse, die wie die Range Rover keine Nummernschilder hatten. In jedem Gefährt saßen acht Männer, und soweit Abel das erkennen konnte, waren sie schwer bewaffnet.

Unsere Eskorte, dachte er. *So ganz sicher scheint sich die Vizegeneralin in ihrem eigenen Land nicht zu fühlen. Oder ist diese Heerschar dazu da, mich einzuschüchtern?*

36

Im Konvoi zur stillgelegten Fabrik,
Donnerstag, 7. September, 08:12 Uhr

Im Konvoi rasten sie auf einem sechsspurigen Boulevard durch die Stadt, zwei Toyota-Kleinbusse vorweg, zwei als Nachhut.

»Wie sieht unser Zeitplan aus?«, fragte Abel auf Englisch.

Die Vizegeneralin starrte ihn mindestens eine halbe Minute lang von der Seite an, bevor sie sich zu einer Antwort bequemte. Und die fiel dann desto knapper aus.

»Zuerst zum Fundort – eine stillgelegte Fabrik. Dann zur Klinik zwecks Obduktion.«

Er setzte zu einer Erwiderung an, doch Varvara Romani hatte offenkundig keine Lust, weitere Fragen zu beantworten. Sie zog ein armeegrün lackiertes Smartphone aus ihrer Kostümjacke und begann auf Russisch zu telefonieren.

Unangenehme Person, dachte Abel. Sie vermittelte ihm das deutliche Gefühl, unerwünscht zu sein, und er wurde den Eindruck nicht los, dass sie sich absichtlich so verhielt.

Er lehnte sich zurück und sah aus dem Seitenfenster. Die Hausfassaden wirkten eigentümlich nackt, wie früher in den Ostblockstaaten. Es gab kaum Reklametafeln, dafür reichlich Flaggen mit Hammer und Sichel. Aber von diesem Sowjetflair abgesehen sah es in Tiraspol auch nicht sehr viel anders aus als in irgendwelchen kleineren Balkanstädten.

Zumindest im Vorbeifahren konnte Abel keine Anzeichen drastischer Armut entdecken. In Lumpen gehüllte Fußgänger waren ebenso wenig zu sehen wie Eselskarren. Offiziell gehörte Transnistrien zu den ärmsten Ländern Europas, doch im Kosovo oder auch in Ostrumänien hatte er schon elendere Verhältnisse vorgefunden.

Mehrfach kamen sie an pompösen Bauwerken im stalinistischen Stil vorbei. Lenin-Denkmäler gab es gleichfalls in verschwenderischer Fülle, ansonsten schien aber auch in Transnistrien die Uhr nicht gänzlich stehengeblieben zu sein.

Auf den Straßen herrschte nur mäßiger Verkehr. Neben den ostblocktypischen Oberleitungsbussen prägten moderne Limousinen, Vans und SUVs asiatischer oder deutscher Hersteller das Straßenbild. Die größeren BMW- und Mercedes-Limousinen hatten allerdings fast durchweg ausländische Kennzeichen oder Aufkleber, die sie als Dienstfahrzeuge von Hilfsorganisationen wie dem Roten Kreuz oder der UNICEF kennzeichneten. Nur ab und zu war das asthmatische Röhren eines Wolga oder Wartburg aus Ostblockproduktion zu hören. Auch die recht zahlreichen Militärtransporter schienen eher der Sowjetära anzugehören, zumal sie durchweg mit roten Sternen geschmückt waren. Alles in allem erschien Abel die Szenerie jedoch weit weniger muffig, grau und polizeistaatlich, als er das aufgrund der Schilderungen in seinem Dossier erwartet hatte.

Dafür schien die Frau an seiner Seite jedes dieser Attribute in überreichem Maß zu besitzen. Vizegeneralin Romani verkörperte geradezu idealtypisch die Staatsmacht alten Sowjetstils. Von außen betrachtet wirkte das eher lächerlich, denn Transnistrien war selbst im Vergleich zu Bonsai-Gebilden wie dem Kosovo winzig. Es bestand lediglich aus einem gut zweihundert Kilometer langen und teilweise wenige Kilometer schmalen Uferstreifen östlich des Dnestr. Im Großraum Tiraspol lebten gerade mal dreihundertfünfzigtausend Menschen, und das waren bereits gut drei Viertel aller Transnistrier.

Aber auch kleine Staaten können ihre Einwohner in großem Stil terrorisieren, sagte sich Abel. *Beispiele dafür gibt es genug.*

Mittlerweile rasten sie durch gleichförmige Vorstadtsiedlungen, die überwiegend aus Plattenbauten im Stil der 1970er-Jahre bestanden. Offenbar fuhren sie ziemlich exakt in Richtung Westen; im Rückspiegel stieg die Sonne in den wolkenlosen Himmel auf. Die Verkehrsschilder waren kyrillisch beschriftet. Abel erriet mehr, als er las, dass sie sich der Stadt Bender näherten, die bereits an der Demarkationslinie zu Moldawien lag.

»Stimmt es eigentlich, Frau Romani, dass Bender von Angehörigen der örtlichen Verbrecherclans verteidigt wurde, als Anfang der Neunzigerjahre moldawische Truppen dort einmarschieren wollten?«

Der Teufel musste ihn geritten haben, ihr diese Frage zu stellen. Sie starrte ihn an, das Handy noch ans Ohr gedrückt. Ihre zusammengepressten Lippen sahen wie ein stählerner Schlitz aus, aus dem sie gleich Schrotkugeln auf ihn abfeuern würde.

»Das waren heldenhafte Genossen!«, stieß sie hervor. »Tapfere Männer und Frauen, die im Kampf gegen die rumänischen Faschisten ihr Leben riskiert und oft genug verloren haben. Aber sie haben sie in die Flucht geschlagen!«

Sie versuchte noch eine Weile, ihn niederzustarren. Als sich Abel mit einem Nicken begnügte, wandte sie sich erneut ihrem Seitenfenster zu und nahm ihr russischsprachiges Telefonat wieder auf.

Okay, dachte Abel, *ganz schwieriges Thema. Blöd von mir, das überhaupt anzusprechen.* Schließlich machte er sich nur selbst das Leben schwer, wenn er seine Begleiterin noch weiter gegen sich aufbrachte. Aber irgendwie hatte es ihn in den Fingern gejuckt, ihr die feindselige Behandlung heimzuzahlen.

Wie auch immer, laut meinem Dossier handelte es sich bei den sogenannten heldenhaften Genossen durchweg um Schwerverbrecher aus sibirischen, kaukasischen, ukrainischen und anderen osteuropäischen Mafia-Clans, die bis Ende der 1980er-Jahre die Stadt Bender praktisch unter sich aufgeteilt hatten. Und statt von rumänischen Invasoren ist im Dossier nur von moldawischen Truppen die Rede, die das abtrünnige Transnistrien »nach Hause zurückholen« wollten.

Was allerdings keineswegs bedeuten musste, dass Varvara Romani in allen Punkten unrecht hatte, spann er seinen Gedanken weiter. Auch Schwerverbrecher konnten über sich selbst hinauswachsen, wenn es galt, ihre Familien gegen Eindringlinge zu verteidigen. Und dass die moldawischen Truppen damals von rumänischen »Freiwilligen« unterstützt worden waren, kam ihm sogar ziemlich wahrscheinlich vor. Schließlich verfolgte Rumänien seit dem Zerfall der Sowjetunion mehr oder weniger offen das Ziel, Moldawien seinem eigenen Staatsgebiet einzuverleiben – und dazu gehörte aus rumänischer wie moldawischer Sicht eben auch Transnistrien.

Nichts ist eindeutig, sagte sich Abel wieder und musste erneut an den Kollegen Scherz denken, für den alles entweder schwarz oder weiß zu sein schien. *Morgen früh bin ich wieder zur Stelle,* versuchte er sich zu beruhigen, *bis dahin wird sich Scherz ja hoffentlich zusammenreißen.*

Er wollte gerade seinen Blackberry aus der Tasche ziehen, um nachzusehen, ob sie in Berlin einen weiteren Waterboarding-Fall auf den Tisch bekommen hatten, als Jewgenij scharf abbremste. Ihr Konvoi verließ die vierspurige Schnellstraße über eine Ausfahrt, die durch überdimensionale Verbotsschilder für den gewöhnlichen Verkehr gesperrt war.

Die schmale Straße sah aus, als wäre sie seit langem nicht benutzt worden. Der Asphalt war rissig, in Spalten wuchsen Grasbüschel und Disteln. Unmittelbar hinter der ersten Kurve versperrten mehrere blau-weiß lackierte Polizeifahrzeuge den Weg.

Mindestens zehn Polizisten in blauen Uniformen standen um die Einsatzfahrzeuge herum. Mit ihren über der Schulter hängenden Schnellfeuergewehren und den übergroßen Mützen im Sowjetstil sahen sie ziemlich martialisch aus.

Ein Polizeioffizier prüfte die Papiere, die ihm der Fahrer des vordersten Toyota-Busses durch das Seitenfenster reichte. Dann trat er einen Schritt zurück und salutierte. Eines der Polizeifahrzeuge fuhr zur Seite, und ihr Konvoi kroch durch die Lücke.

Als sie wieder Fahrt aufnahmen, bekam Abel das schadhafte Straßenpflaster schmerzhaft zu spüren. Sie rumpelten durch Schlaglöcher, und jedes Mal, wenn sie über eine Querrille fuhren, hoben er und Varvara Romani in Richtung Wagendecke ab. Bei dem jeweils folgenden Aufschlag auf seinen Allerwertesten schien sich Abels Lendenwirbelsäule jedes Mal ein Stück weiter zusammenzustauchen.

Abel wunderte sich über das dumpfe Dröhnen, mit dem sich ihr Range Rover aus den Schlaglöchern hervorarbeitete. Es erinnerte ihn an die gepanzerten Spähwagen aus seiner Bundeswehrzeit, die fünfundzwanzig Jahre zurücklag. Schließlich wurde ihm klar, dass sich das stählerne Dröhnen genau damit erklärte: Sie saßen in einem Fahrzeug, das mit Stahlplatten gepanzert war und höchstwahrscheinlich auch über schusssichere Scheiben verfügte.

Befürchten sie etwa immer noch, dass sich Burkjanov an die Macht putschen könnte? Abel wurde immer kribbeliger zumute. *Jedenfalls scheint der Präsident nach wie vor nicht allzu sicher im Sattel zu sitzen. Dann hoffe ich mal, dass zumindest nichts passiert, solange ich im Land bin.*

Nach etwa zehnminütiger Fahrt bogen sie von der holprigen Straße auf eine Ödfläche ab. Der uralte Asphaltbelag war mehr oder weniger zerbröselt. Gräser, Mohnblumen und Getreide hatten das Areal weitgehend zurückerobert. Dazwischen lagen Steinbrocken jeder Größenordnung, als wäre hier ein Gebäude abgerissen worden. Meterhohes Gestrüpp bildete bizarre Collagen mit undefinierbaren Schrottskulpturen. In Schlangenlinien krochen sie auf ein heruntergekommenes Fabrikgebäude zu, das selbst in seinen besten Zeiten düster und abweisend gewirkt haben musste.

Die graue Sichtbetonfassade sah aus wie von Säure zerfressen. Auf halber Höhe verlief eine schier endlose Reihe schmaler Fenster, die schmutzverkrustet und vielfach durchlöchert waren. Charles Manson hätte eine solche Szenerie wahrscheinlich wohlige Schauder beschert.

Abel jedoch überlief ein Frösteln, als der Range Rover gut zehn Meter vor dem rostigen Rolltor stoppte. Normalerweise neigte er nicht zu Furchtsamkeit. Aber während Jewgenij seine Tür aufriss und Abel ausstieg, ging ihm die Frage durch den Kopf, ob er diesen Ort unbeschadet wieder verlassen würde. Oder ob Varvara Romani beschlossen hatte, dass er wie die beiden armen Kerle in dem Metallcontainer enden sollte. Bei lebendigem Leib von ungelöschtem Kalk zersetzt.

Er konnte nur hoffen, dass sein Bauchgefühl diesmal stark übertrieb.

37

Fabrikruine im Großraum Tiraspol,
Donnerstag, 7. September, 08:37 Uhr

UNTER JEWGENIJS FÜHRUNG stürmten ungefähr zehn der Agenten aus den Toyota-Kleinbussen in die Halle, die Schnellfeuergewehre im Anschlag. Der kahlgeschorene Muskelmann war offenbar mehr als nur der Chauffeur, aber das hatte Abel auch nicht anders erwartet. Unter dem Kommando des zweiten Range-Rover-Fahrers schwärmten die restlichen Bewaffneten in alle Richtungen aus, um das Gelände zu sichern. Mit ihrer hünenhaften Statur, den kurzgeschorenen Haaren und den effizienten Bewegungen ausgebildeter Killer erinnerten sie Abel an die legendären Speznas, die Elitekämpfer der Sowjetarmee, über die in seiner Bundeswehrzeit die wildesten Gerüchte kursierten.

Kaum zwei Minuten später erhielt Varvara Romani über ihr Headset eine Nachricht. Offenbar hielten sich in der ehemaligen Fabrikhalle keine finsteren Gestalten versteckt. Durch eine herrische Geste wies sie Abel und die Kommissare an, ihr durch das Rolltor zu folgen.

Zu beiden Seiten eines etwa drei Meter breiten Gangs standen museumsreife Maschinen aufgereiht. Der muffige Geruch und die daumendicken Staub- und Spinnwebschichten ließen darauf schließen, dass die Fabrik seit vielen Jahren nicht mehr in Betrieb war.

Zwischen zwei Säulen fast am anderen Ende der Halle stand ein hellblauer, stark verrosteter Metallcontainer, der etwa drei mal drei Meter maß. Dort blieb Varvara Romani stehen, wandte sich um und wartete sichtlich ungeduldig, dass Abel zu ihr aufschloss.

Doch Abel war auf halbem Weg stehen geblieben und musterte zwei großflächige dunkle Flecken auf dem Boden. Offenkundig handelte es sich um vertrocknetes und in den rissigen Beton eingesickertes Blut. Inmitten der Flecken war jeweils ein Stahlring in den Boden eingelassen.

Abels Blick wanderte zur Hallendecke. Genau über den Ringen im Boden hingen rostige Eisenketten herab, die etwa in zwei Meter Höhe endeten.

»Wir gehen davon aus, dass Spiridon und Artemij Stepanov hier angekettet waren und gefoltert wurden«, sagte Wladimir Gruwschenkow, der ebenso wie seine Kollegin bei Abel stehen geblieben war. Das Entsetzen stand Gruwschenkow ins Gesicht geschrieben, obwohl er jedes Detail dieser Folterstätte in- und auswendig kennen musste.

Es gibt eben Dinge, an die gewöhnt man sich nie, dachte Abel. *Oder höchstens um den Preis der Abstumpfung.*

Er setzte seinen Einsatzkoffer ab, holte den Fotoapparat hervor und stellte ihn auf die dürftigen Lichtverhältnisse ein. Dann fotografierte er die Ringe und Flecken am Boden und die Ketten darüber.

»Hierher, Doktor!«, rief die Vizegeneralin fast im Kommandoton. »Hier wurden die Leichen gefunden.«

Abel warf Gruwschenkow und Lomaskov einen raschen Blick zu. Er hätte gerne gewusst, was sie von dem Verhalten der Romani hielten, aber die beiden zeigten keine Reaktion.

Gut zu wissen, sagte sich Abel. *Sie haben furchtlos gegen Burkjanov ermittelt, aber mit den neuen Machthabern wollen sie sich offenbar nicht anlegen.*

Er hängte sich die Kamera um den Hals, nahm seinen Koffer wieder auf und folgte den beiden Kommissaren weiter den Gang entlang. Zwischen den Maschinen, die wie stählerne Dinosaurier im Dämmerlicht zu dösen schienen, hatten sich überall in der Halle Agenten postiert. Ihre Waffen hielten sie noch immer schussbereit.

Als Sicherheitsvorkehrung ist das eindeutig übertrieben, dachte Abel. *Aber wenn es ihre Aufgabe ist, Druck auf mich auszuüben, machen sie einen guten Job.*

»Das dauert alles zu lange!«, blaffte die Vizegeneralin.

Abel beschloss, sie so weit wie möglich zu ignorieren. Je weniger er sich um die Drohkulisse kümmerte, die Varvara Romani aufgebaut hatte, desto schneller würde er hier mit allem fertig werden.

Er deponierte seinen Einsatzkoffer auf einem Stahlblechwagen, der neben dem Container stand und anscheinend erst vor kurzem provisorisch gesäubert worden war. Dann fotografierte er den Container und dessen Umgebung aus allen erdenklichen Entfernungen und Perspektiven. Der stählerne Behälter war an der Vorderseite mit einem Schneidbrenner mittig aufgetrennt worden. Aus der senkrechten Öffnung zwischen den verbliebenen Blechstücken strömte ein jauchig-fauliger Geruch.

Varvara Romani war mit verkniffener Miene zur Seite getreten, sobald Abel die Kamera gehoben hatte. Anscheinend war sie publicityscheu – ganz im Gegensatz zu ihrem Ex-Chef Burkjanov, der sich von Kameras und Mikrofonen offenbar magisch angezogen fühlte. Jedenfalls, seit er in Berlin politisches Asyl beantragt hatte, weil er vorgab, in seiner Heimat grausamer Verfolgung ausgesetzt zu sein.

Während sich Abel die Kamera wieder umhängte, trat Varvara Romani unvermittelt an ihn heran. Sie stellte sich so dicht neben ihn, dass er ihren Körpergeruch einatmete. Und das männlich-herbe Parfüm, mit dem sie ihren säuerlichen Eigengeruch offensichtlich zu überdecken versuchte.

»Machen Sie endlich Ihre Arbeit«, fuhr sie ihn an. »Wir haben Sie als Gerichtsmediziner und nicht als Fotografen herbeordert!«

Sie sah Abel so wutentbrannt an, dass er sich nicht gewundert hätte, wenn sie ihm ins Gesicht gespuckt hätte. Eine gute Minute lang starrten sie einander an. Abel kämpfte den Drang nieder, einfach alles hinzuschmeißen. Vielleicht legte sie es mit ihrem provozierenden Verhalten ja gerade darauf an. Andererseits hatte er das deutliche Gefühl, dass sie ihn nicht ohne weiteres gehen lassen würde, wenn er diesen Wunsch äußern würde.

Was bezweckte die Frau mit ihrer ablehnenden Haltung ihm gegenüber und mit ihren wiederholten Einschüchterungsversuchen?

Abel atmete tief durch und wartete, bis sich sein Puls einigermaßen beruhigt hatte.

»Niemand hat mich herbeordert«, sagte er schließlich. »Ich bin auf Einladung Ihres Präsidenten hier. Und jetzt lassen Sie mich bitte meine Arbeit machen.«

Es juckte ihn in den Fingern, ihr den kleinen, aber bedeutsamen Unterschied zwischen Rechts- und Gerichtsmedizin zu erklären. Er selbst verstand sich als Rechtsmediziner, und das hieß, dass er sich nicht als Spürhund der Strafverfolgungsbehörden missbrauchen ließ. Er war ein unabhängiger Sachverständiger, der einzig und allein anhand der Faktenlage beurteilte, wie ein Mensch zu Tode gekommen war. Und um wen es sich bei dem oder den Toten handelte.

Doch Abel verkniff sich auch diesen kleinen Exkurs, der die Romani wohl nur noch mehr in Rage versetzt hätte.

Das nennt man Pech, meine Gute. Sie haben einen Gerichtsmediziner »herbeordert« und einen Rechtsmediziner bekommen.

Er trat näher an den Container, um die Oberfläche des Behältnisses in Augenschein zu nehmen. Die beiden kreisrunden Öffnungen wiesen einen Durchmesser von etwa einem Meter dreißig auf, breit genug, um selbst Männer von der Statur der Stepanov-Neffen hindurchzubugsieren. Die Öffnungen ließen sich ursprünglich mit Deckeln verschließen, doch die waren nicht mehr an Ort und Stelle.

»Das alles hier ist durch einen anonymen Anruf bei der Straßenpolizei ins Rollen gekommen«, erklärte Wladimir Gruwschenkow. »Ein Unbekannter hat behauptet, dass in dem Container Leichen versteckt seien. Daraufhin wurden zwei Polizisten hierhergeschickt, um sich die Sache anzusehen. Natürlich hätten sie uns verständigen müssen, aber da ist wohl etwas schiefgegangen.«

Er lächelte entschuldigend und tauschte einen raschen Blick mit Viktorija Lomaskov.

»Die Streifenpolizisten haben versucht, die Leichen an den Füßen aus dem Container zu ziehen. Weil ihnen die Scharniere der Deckel dabei im Weg waren, haben sie die Deckel mit Gewalt entfernt. Aber auf diese Weise sind sie auch nicht weitergekommen. Dann ist ihnen endlich klargeworden, dass sie hier auf etwas Großes gestoßen sind, und sie haben bei uns im Morddezernat angerufen.«

Abel schüttelte den Kopf. So dämlich konnten doch wohl nicht einmal die hiesigen Streifenpolizisten sein!

»Haben Sie herausgefunden, wer der anonyme Anrufer war?«, fragte er stattdessen.

Diesmal war es Gruwschenkow, der den Kopf schüttelte.

»Abgesehen von den abmontierten Deckeln«, steuerte Viktorija Lomaskov bei, »haben die Kollegen von der Straßenpolizei nichts verändert. Das haben sie jedenfalls zu Protokoll gegeben, und soweit wir das feststellen konnten, haben sie die Wahrheit gesagt.«

Abel ließ es dabei bewenden. Er zog ein Paar Arbeitshandschuhe über und entnahm seinem Koffer eine stabile, etwa fünfzig Zentimeter lange Pinzette sowie eine Stabtaschenlampe.

»Bei Auffindung war der Container etwa bis zur Hälfte mit ungelöschtem Kalk gefüllt«, sagte Gruwschenkow. »Die beiden Toten waren mehr oder weniger komplett mit Kalk bedeckt.«

Abel nickte. Er hatte das Protokoll der Auffindesituation gelesen und die damals angefertigten Fotos gesehen. Von den beiden Polizisten, die vorher hier gewesen waren, stand in seinen Unterlagen allerdings nichts. Fieberhaft überlegte er, was dieser überraschende Umstand für seine Untersuchung bedeutete.

War möglicherweise die gesamte Auffindesituation hier in der Fabrikhalle fingiert? Dagegen sprachen nicht zuletzt die großen Blutflecke weiter vorne im Gang. Alles sah so aus, als wären die beiden Stepanov-Neffen wirklich hier in der Fabrikhalle gefoltert und zum Abschluss, lebend oder tot, in dem Container entsorgt worden.

Wenn es denn tatsächlich das Blut der beiden Stepanovs ist, dachte Abel.

Er kauerte sich vor die Öffnung vorne im Container. Der faulige Geruch war aus dieser Nähe so stark, dass es ihm fast den Atem verschlug. Als er die lichtstarke Taschenlampe einschaltete, sah er auch, was den kaum erträglichen Gestank hervorrief.

Der Container war mittlerweile weitgehend geleert worden, doch Reste feucht-krümeliger, weißlich gräulicher Antragungen ließen sich an den Innenwänden noch abgrenzen. Er machte weitere Fotos, schaltete sein Diktafon ein und dokumentierte murmelnd seine Befunde.

In den Augenwinkeln sah er, dass ihn Varvara Romani argwöhnisch beobachtete. Aber mit seinem Stakkato-Gemurmel konnte sie bestimmt nicht viel anfangen, selbst wenn sie anscheinend ein wenig Deutsch verstand. So aufmerksam, wie sie lauschte, schien sie zumindest den einen oder anderen Satzfetzen aufzuschnappen, doch außer Renate Hübner war auf der ganzen Welt niemand imstande, Abels Diktafon-Berichte korrekt zu dechiffrieren.

»*Wände und Boden des Containers teilweise mit einer schmierig-breiigen Masse bedeckt, die an zersetztes menschliches Weichgewebe erinnert*«, murmelte er ins Diktiergerät. »*Es werden Proben des kalkartigen Materials aus der linken und der rechten Hälfte des Containers unfixiert asserviert.*«

Mit einem kleinen Plastikspatel nahm er die Proben auf und gab sie in mehrere transparente, verschließbare Plastikgefäße.

»Haben Sie etwas gefunden, das unsere Leute übersehen hatten, Doktor?«, fragte Varvara Romani in scharfem Tonfall.

Abel erhob sich und schüttelte den Kopf. »Damit war auch nicht unbedingt zu rechnen. Aber natürlich muss ich mir ein eigenes Bild machen. Wann und wo kann ich die Leichen obduzieren?«, wandte er sich an Viktorija Lomaskov.

Ehe die Kommissarin antworten konnte, riss die Vizegeneralin erneut das Ruder an sich.

»Alles ist vorbereitet. Fahren wir. Jetzt kommt Ihr großer Auftritt, Dr. Abel.«

38

Stadtrand von Tiraspol, Sektionssaal in stillgelegter Klinik, Donnerstag, 7. September, 10:45 Uhr

Abel hatte schon etliche rechtsmedizinische Einrichtungen gesehen, die – gelinde gesagt – hinter westlichen Standards zurückblieben. Schummrig beleuchtete Sektionssäle, museumsreife Knochensägen und Leichenhäuser, in denen das Schmelzwasser aus den Kühlschubladen tropfte. Aber der Sektionssaal, in dem er die Überreste der Oligarchen-Neffen obduzieren sollte, unterbot alles, was er in dieser Hinsicht bislang erlebt hatte.

Schon als sie vor dem Haupteingang des heruntergekommenen Plattenbaus am Stadtrand von Tiraspol vorgefahren waren, hatte er sich auf ungute Überraschungen gefasst gemacht. Wieder waren die Bewaffneten aus den Toyota-Bussen ausgeschwärmt, um das Gebäude und das Außengelände zu sichern. Dann war Abel der Vizegeneralin durch ein muffiges Treppenhaus mit schmutzstarrenden Kunststeinstufen in den Keller des ehemaligen Hospitals gefolgt. Er nahm an, dass die Klinik selbst in ihren besten Zeiten höchstens dazu gedient haben konnte, starrsinnige Dissidenten von ihren ideologischen Irrtümern zu heilen.

Im Untergeschoss ging es durch einen langen, klaustrophobisch engen Flur. Auf dem Betonboden wechselten sich rostbraune Pfützen mit oberarmbreiten Querrissen ab. Über die Wände zogen sich baumstammdicke Rohre in zerbröselnder Schaumstoffummantelung. Braunes Wasser tropfte in solchen Mengen aus Rostlöchern und schadhaften Nahtstellen, dass am anderen Ende der Rohrleitung fast schon Dürre herrschen musste. Die vergitterten Neonlampen an der Decke zuckten wie in spasmischen Krämpfen.

Mit einer herrischen Gebärde wies Varvara Romani einen ihrer Gefolgsleute an, die Tür am Ende des Korridors zu öffnen. Abel war auf das Schlimmste gefasst, doch seine Befürchtungen wurden mühelos noch übertroffen, als er hinter der Vizegeneralin in den angeblichen Obduktionssaal trat.

Der Raum bot genügend Platz für ein Hallenfußballturnier, war jedoch weitgehend leer. Die Wände waren schimmelgrün gestrichen, was den Vorteil hatte, dass man die reich entwickelten Pilzkulturen nur mit der Nase wahrnahm. Die Wand gegenüber der Tür wies eine Reihe schmaler Fenster auf, die schmutzverkrustet waren und anscheinend auf Lichtschächte hinausgingen. Davor standen zwei Sektionstische, beide mit undefinierbarem Schmutz überzogen. Auf gleichfalls maximal dreckverkrusteten Beistelltischen lagen wahllos Messer, Sägen, Skalpelle, Becher, Scheren, Schalen durcheinandergewürfelt. Auch diese Instrumente machten den Anschein, als hätten sie vor zwanzig Jahren bei einem Massaker nützliche Dienste geleistet und wären anschließend hier vergessen worden.

Über jedem Tisch hingen drei Leuchtstofflampen, alle sechs zuckten und flackerten, jede in einem anderen Takt. Wenn man länger als ein paar Sekunden an ein und derselben Stelle verharrte, blieb man an der zähen Schmiere kleben, die den welligen Linoleumboden bedeckte. Und wenn man so leichtsinnig war, einen der Sektionstische oder eines der Instrumente auch nur mit der Fingerspitze zu berühren, fing man sich zweifellos einen spektakulären Keimcocktail ein.

Fassungslos sah Abel sich um. Wenn sie nicht vorher in der stillgelegten Fabrik gewesen wären, hätte er glatt geglaubt, dass das hier der Tatort war. Es war die ultimative Alptraumversion eines Sektionssaals. Die Vitrinenschränke an der linken Seitenwand waren mit altertümlichen Ballongläsern vollgestopft, in denen Schädel und andere Präparate in brauner Brühe schwammen. Abel wäre nicht sonderlich erstaunt gewesen, wenn im nächsten Moment hinter einer der halbblinden Glastüren eine zweiköpfige Kreatur hervorgetaumelt wäre, die zu Stalins Zeiten dort eingesperrt worden war.

»Hier kann ich nicht arbeiten«, sagte er, nachdem er sich kopfschüttelnd umgesehen hatte.

Varvara Romani hatte den Mund schon geöffnet, zweifellos, um ihn anzuschnauzen.

Aber irgendetwas, vielleicht Abels Tonfall oder sein Gesichtsausdruck, veranlasste sie, den Stahlschlitz ihrer Lippen wieder zu schließen.

»Vollkommen ausgeschlossen«, fügte Abel hinzu. »Wenn Sie wollen, dass ich die Toten aus dem Kalkcontainer obduziere, stellen Sie mir eine Arbeitsumgebung zur Verfügung, die zumindest rechtsmedizinischen Minimalstandards genügt. Außerdem benötige ich ein Röntgengerät, um festzustellen, ob die Überreste der beiden Toten Projektile oder andere Metallteile enthalten.«

Die Vizegeneralin schüttelte den Kopf. »Sie werden *hier* arbeiten, Doktor. Wie Generationen von Gerichtsmedizinern vor Ihnen.«

»Die letzte dieser Generationen dürfte zu Chruschtschows Zeiten abgetreten sein«, gab Abel trocken zurück. »Und seitdem wurden offenbar Generationen von Reinigungskräften daran gehindert, diesen Raum zu betreten.«

Die Vizegeneralin starrte ihn an. Abel starrte zurück.

»Sie obduzieren die beiden *hier*«, wiederholte sie und schob ihr Kinn vor. »Jewgenij!«, rief sie, ohne ihr Gegenüber aus den Augen zu lassen. »Sorg hier für etwas Ordnung. Lass den Boden und die Tische putzen. Sonst noch was, Doktor? Wir sind eigentlich davon ausgegangen, dass Sie Ihr Werkzeug selbst mitbringen.«

Abels Blick wanderte von der Romani zu ihrem Adlatus Jewgenij, der mit Riesenschritten zu ihnen herüberkam. Fünf seiner Männer folgten ihm. Obwohl sie die Mündungen ihrer Schnellfeuergewehre nach unten gerichtet hielten, konnte Abel die Gefahr, die von ihnen ausging, fast körperlich spüren.

Offenbar habe ich keine Wahl, sagte sich Abel. *Sie lassen mich nicht gehen, bevor ich meinen Job hier an Ort und Stelle beendet habe.*

»Mein Sektionsbesteck und Sektionssaalkleidung habe ich natürlich dabei. Aber leider war es nicht möglich, in meinem Koffer ein Röntgengerät mitzubringen.«

Die Vizegeneralin starrte ihn an. In möglichst gelassenem Tonfall begann Abel aufzuzählen, was er benötigte, um unter halbwegs professionellen Bedingungen arbeiten zu können. Ein Röntgengerät und jemanden, der es bedienen konnte. Vernünftige Beleuchtung, fließendes Wasser, ein kleines und ein größeres Sieb, ein Waschbecken mit verschließbarem Abfluss. Ein paar Schwämme, Bürsten in unterschiedlichen Größen inklusive einer Zahnbürste, außerdem für sich selbst Gummistiefel Größe fünfundvierzig und eine Plastikschürze.

39

Stadtrand von Tiraspol, stillgelegte Klinik,
Donnerstag, 7. September, 11:42 Uhr

Varvara Romani bellte auf Russisch einen Befehl, und zwei ihrer Agenten wuchteten den länglichen, schwarzen Plastiksack auf den notdürftig gesäuberten Sektionstisch. In der zurückliegenden knappen Stunde hatten die Vizegeneralin und Jewgenij hektische Betriebsamkeit entfaltet und Abels Wunschliste tatsächlich nahezu komplett abgearbeitet.

Die zuckenden Leuchtstoffröhren über dem Sektionstisch waren ausgeschaltet worden; stattdessen standen wattstarke Baulampen an den Schmalseiten der beiden Obduktionstische. Die Fenster waren allesamt geöffnet worden, mit der zweifelhaften Folge, dass sich der Schimmelgeruch mit den Ausdünstungen des Unrats vermischte, der in den Lichtschächten vor sich hingammelte.

Die Gummistiefel, die sie für Abel besorgt hatten, waren ihm eine Nummer zu groß, und die Schürze machte den Eindruck, als wäre sie aus den Beständen des städtischen Schlachthofs requiriert worden. Die Oberfläche des Sektionstischs sah jetzt schartig und fleckig aus, aber das war sehr viel besser als die reptilhautartige Beschichtung zuvor. Der Fußboden war zwar immer noch so schmierig, dass sich die Schuhsohle mit schmatzendem Geräusch löste, wenn man den Fuß hob, aber zumindest blieb der Schuh nicht mehr wie angeleimt kleben. Im Großen und Ganzen hatten Jewgenijs Männer gute Arbeit geleistet.

Vor allem, wenn man bedachte, dass sie auch beim Herumkommandieren der Putzkolonne ihre Schnellfeuergewehre nicht einen Moment zur Seite gelegt hatten.

Auch die beiden Agenten, die den schwarzen Plastiksack wie eine Teppichrolle auf den Stahltisch wuchteten, trugen ihre Waffen am Gurt über der Schulter. Der eine Agent war schon in den Vierzigern, der andere fast noch ein Jüngling. Aber mit ihren ausdruckslosen Mienen, den kurz- oder ganz kahlgeschorenen Schädeln und der hünenhaften Statur sahen sie irgendwie alle gleich aus. Zumal alle die gleichen billigen grauen Anzüge über hauteng geschnittenen weißen Hemden trugen und ihre hellhäutigen Gesichter mit den weißblonden Wimpern und Augenbrauen eigentümlich nackt wirkten.

Die Agenten traten zurück, und Abel zog seine Arbeitshandschuhe über. Sein Diktafon hatte er auf Aufnahme geschaltet und an einem Haken über dem Seziertisch befestigt, so dass er während der Obduktion direkt hineinsprechen konnte.

Vorher hatte Abel mithilfe eines Röntgenassistenten den noch ungeöffneten Plastiksack in das mobile Röntgengerät geschoben, das wie durch ein Wunder in einem Nebenraum aufgetaucht war. Das Röntgenbild zeigte erwartungsgemäß kein einigermaßen intaktes Skelett, sondern ein chaotisches Durcheinander von Knochen. *»Keine röntgendichten Fremdkörper, insbesondere keine Projektile nachweisbar«*, hatte Abel in sein Diktafon gemurmelt. *»Dokumentation und Beurteilung eventueller Frakturen erfolgt makroskopisch und nicht anhand der Bildgebung, da zum jetzigen Zeitpunkt keine Möglichkeit der topographischen Zuordnung der einzelnen knöchernen Strukturen besteht.«*

Tatsächlich war auf dem Röntgenbild jedoch ein röntgendichter rundlicher Fremdkörper von zirka zwei mal zwei Zentimeter Größe zu sehen. Einer spontanen Eingebung folgend, hatte Abel beschlossen, sich diesen Fund erst zu einem späteren Zeitpunkt genauer anzuschauen.

Als er den Plastiksack nun der Länge nach aufschnitt, quoll ihm ein stechender Geruch entgegen, der eindeutig von den Kalkrückständen stammte und ihn an die Plumpsklo-Gerüche aus Ferienlagerzeiten in seiner Kindheit erinnerte. Zum Vorschein kamen die Überreste des einen Leichnams, der bereits obduziert worden war. Immerhin war die Leiche noch ziemlich genau in dem Zustand, in dem sie auf den Fotos des transnistrischen Gerichtsmediziners abgebildet war. Also schien zumindest die Kühlung im Leichenkeller nebenan ordnungsgemäß zu funktionieren.

Sage keiner, dass es hier nicht auch gute Nachrichten gibt, dachte Abel.

Teile der Brustwirbelsäule mit den daran hängenden Rippen sowie das Becken und einzelne Extremitätenknochen waren noch gut zu erkennen, alles von einer teils kreidefarbenen, teils schmierigen oder krümeligen Kalkmasse bedeckt. Der Kopf des Toten war bei der ersten Obduktion bereits abgesetzt worden und wurde separat verwahrt. Auch die schwarz-weiß karierte, stark mit Blut verschmutzte Boxershorts, die der Tote bei seiner Auffindung als einziges Kleidungsstück getragen hatte, war schon asserviert worden.

»Das Verwesungsstadium ist weit fortgeschritten mit entsprechendem Weichgewebsverlust«, murmelte Abel in das vor ihm am Riemen baumelnde Diktafon, nachdem er die Körperteile auf dem Sektionstisch je nach Zugehörigkeit zu den verschiedenen Körperregionen angeordnet hatte. *»Die großen Zehen beider Füße und der zweite Zeh des lin-*

ken Fußes fehlen. Offenbar mit Zange oder Axt abgetrennt. Ob ante- oder postmortal, lässt sich grobsichtig nicht feststellen.«

In dem matschigen Gemisch aus Kalkrückständen und zersetztem Gewebe fiel Abel eine rundliche kleine Wölbung auf. Zuerst glaubte er, dass es ein weiterer amputierter Zeh von einem der Opfer sei, aber das konnte eigentlich nicht sein. Sehr viel wahrscheinlicher war, dass er den Gegenstand vor sich hatte, der ihm schon beim Röntgen aufgefallen war.

Als sich die Vizegeneralin abwandte, um mit ihrem Assistenten Jewgenij zu sprechen, pulte Abel das Objekt aus der schleimigen Masse heraus. Es war ein Ring, offenbar aus massivem Silber. Er säuberte ihn flüchtig mit den Handschuhen und erkannte eine Prägung an der Innenseite. Kyrillische Buchstaben, dahinter die Zahl 73551 und ein Datum: 20.12.1980.

Reflexartig ließ Abel den Ring in der Seitentasche seines Oberteils verschwinden. Er hätte nicht erklären können, wieso, doch er spürte, dass er so und nicht anders handeln musste.

Der Ring gehört dem Täter, schoss es ihm durch den Kopf. *Durch die Inschrift lässt sich derjenige, der für dieses Blutbad verantwortlich ist, möglicherweise identifizieren. Einem der Stepanov-Brüder wird er wohl kaum gehören. Die waren 1980 noch Kinder.*

Das Blut klopfte Abel in den Schläfen.

Nach der äußeren Inaugenscheinnahme der Überreste auf dem Sektionstisch nahm er Skalpell und Knochensäge zur Hand. Obwohl Abel erklärt hatte, dass er sein eigenes Sektionsbesteck mitgebracht habe, hatte Jewgenij einen vollständigen Satz Obduktionsinstrumente aufgetrieben, von einem der führenden westlichen Hersteller und noch originalverpackt. Irgendwo hier in Tiraspol musste es ein gerichtsmedizinisches Institut geben, in dem auf halbwegs professionellem Niveau gearbeitet wurde. Das war erfreulich für Abels transnistrische Kollegen, aber umso dringlicher stellte sich ihm die Frage, weshalb Varvara Romani darauf bestand, dass er in diesem Horrorkabinett arbeitete.

Doch darüber würde er sich später den Kopf zerbrechen. Zunächst einmal galt es, die beiden Toten so gründlich und zügig zu obduzieren, wie es die Umstände zuließen.

Mit dem Skalpell waren noch vereinzelte muskuläre Strukturen präparatorisch abzugrenzen, auch wenn der ätzende Kalk und die Verwesung dem Leichnam stark zugesetzt hatten. »*Die Oberfläche der noch über Muskulatur und Knochen erhaltenen Haut- und Weichgewebsstrukturen imponiert pastös-krümelig*«, diktierte Abel, während er die Überreste des Brustkorbs untersuchte. »*Es zeigt sich eine falsche Beweglichkeit der fünften Rippe linksseitig im Verlauf der vorderen Axillarlinie mit scharfer Bruchkante.*«

»Falsche Beweglichkeit« hieß, dass sich der betreffende Knochen von Natur aus eigentlich nicht bewegen ließ. Die Rippe war gebrochen oder zumindest angeknackst, was von einem Sturz, dem gewaltsamen Verfrachten des Körpers in den Metallcontainer oder von der vorangegangenen Folterung herrühren konnte. Abel tippte auf Letzteres, genau wie bei den abgehackten oder mit einer Zange abgezwackten Zehen. Hautunterblutungen oder gar Faust- oder Stiefelsohlenabdrücke, die näheren Aufschluss hätten geben können, ließen sich aufgrund des weit fortgeschrittenen Verwesungs- und Zersetzungsstadiums allerdings nicht mehr nachweisen.

Vier Rippen und das Schulterblatt rechts hatte der transnistrische Rechtsmediziner bereits entnommen und mazeriert, also in ein Lösungsmittel eingelegt und so die Knochen vollständig freigelegt, ohne sie zu beschädigen. Die würde sich Abel später genauer ansehen. Der Kollege hatte auch Teile der Luftröhre und Bronchien asserviert. Die Atemwege waren fast vollständig mit kreidefarbener, teils schmieriger, teils krümeliger Kalkmasse austamponiert. Der Mann hatte demnach Kalk eingeatmet, war also noch zu Lebzeiten in den Kalkcontainer verfrachtet worden.

Abel glaubte zu spüren, wie die Vizegeneralin die Ohren spitzte, wann immer er in sein Diktiergerät murmelte. Auch wenn sich Varvara Romani und ihre Gefolgsleute in den hinteren Teil des Sektionssaals zurückgezogen hatten, fühlte er weiterhin ihre drückende Präsenz. Er brauchte sich nicht umzudrehen, um die stocksteife Gestalt der Vizegeneralin vor seinem geistigen Auge zu sehen, die ihn mit Blicken durchbohrte. Oder die schrankartige Statur von Jewgenij und all den anderen.

Wie würden sie reagieren, wenn er etwas herausfand, das ihnen nicht passte? Ihn mit vorgehaltener Waffe zwingen, Befunde zu fälschen?

Wladimir Gruwschenkow und Viktorija Lomaskov hatten sich ein Stück links von ihm zwischen zwei Fenstern an die Wand gelehnt. Auch ihre Anspannung konnte Abel deutlich spüren. Die beiden Kommissare schienen ihm gegenüber nicht feindselig eingestellt, aber wenn es hart auf hart käme, würden auch sie ihm keine große Hilfe sein.

Er konnte es ihnen nicht verübeln. Sie mussten mit Varvara Romani und dem Staatsapparat, der hinter ihr stand, weiter irgendwie klarkommen, während Abel bereits heute am späten Abend das Land wieder verlassen würde.

Selten hatte er das Ende einer Auslandsmission so herbeigesehnt. Er fühlte sich auf kaum greifbare Weise bedroht. Wenn die Dinge hier nicht so liefen, wie die Romani und ihre Hintermänner sich das vorstellten, würden sie den Druck auf ihn verstärken. Nur hatte Abel nach wie vor keine halbwegs klare Vorstellung, wer hier was von ihm erwartete.

Er konzentrierte sich erneut auf seine Arbeit. Die Organe des kleinen Beckens hatte der transnistrische Kollege noch nicht vorseziert. Abel präparierte den Enddarm und machte eine weitere bemerkenswerte Entdeckung.

»Zehn Zentimeter ab ano findet sich im Enddarm ein fester, steinharter Gegenstand«, sprach er ins Diktiergerät, *»zirka fünfzehn Zentimeter lang und zirka sechs Zentimeter durchmessend.«*

Er reinigte den Gegenstand unter fließendem Wasser. Es war fast ein Wunder, dass der Hahn neben dem Seziertisch überhaupt Leitungswasser von sich gab. Da durfte man sich nicht darüber beklagen, dass das Wasser die gleiche rostbraune Farbe aufwies wie bei den leckenden Rohrleitungen draußen im Kellergang. Und dass der Hahn sich abwechselnd verschluckte und dann wieder Fontänen ausspuckte wie ein gedopter Gargoyle.

Das steinartige Objekt hatte die ungefähren Umrisse eines erigierten männlichen Glieds.

Ein Steinzeit-Dildo, dachte Abel.

Sexuelle Misshandlung des Opfers gehörte weltweit zum Standardrepertoire aller Folterer, die sich wegen der Spuren, die sie hinterließen, keine Sorgen zu machen brauchten. Oder die diesem Punkt keine Aufmerksamkeit schenkten, weil sie normalerweise keine Strafverfolgung zu befürchten hatten.

Dumm nur, wenn der Drahtzieher, der bisher die Hand über sie gehalten hatte, plötzlich seine Macht verlor und außer Landes fliehen musste.

Abel wandte sich zu den beiden Kommissaren um und hielt den steinernen Dildo hoch. »Für Ihre Asservatenkammer«, sagte er.

Wladimir Gruwschenkow näherte sich sichtlich widerstrebend dem Obduktionstisch. Im Gehen zog er einen Plastikbeutel aus der Jackentasche und hielt ihn Abel geöffnet hin. Abel ließ den Gegenstand hineinfallen, und Gruwschenkow nickte ihm zu. Die ganze Zeit vermied er es sorgfältig, die menschlichen Überreste auf dem Sektionstisch anzusehen.

Das hier nimmt ihn richtig mit, dachte Abel. *Dabei hat er doch bestimmt schon Dutzende Tote in allen Stadien der Verwesung und Zersetzung gesehen. Wahrscheinlich zu viele. Und vor allem zu viele, die mit Wissen und Billigung, wenn nicht sogar im Auftrag seiner Obrigkeit getötet worden sind.*

Es war ein nicht gerade beruhigender Gedanke. Die transnistrische Staatsmacht erweckte nicht den Eindruck, als hätte sie sich von den seit Sowjetzeiten bewährten Methoden verabschiedet. Es sei denn, Varvara Romani und ihre mehr als dreißig schwer bewaffneten Elitekämpfer führten hier im Gebäude und in der näheren Umgebung ein Retro-Spektakel auf, das seit Burkjanovs Entmachtung eigentlich der Vergangenheit angehörte.

Abel warf einen Blick auf seine Armbanduhr. Gut drei Stunden dauerte diese erste Obduktion nun schon, und sie war noch lange nicht zu Ende.

»Möchten Sie eine Pause machen?«, fragte Gruwschenkow. Er sah aus, als würde er selbst dringend eine brauchen, aber Abel schüttelte den Kopf.

»Noch nicht.«

Er wandte sich dem zweiten Obduktionstisch zu. Dort hatten Varvara Romanis Männer einen weiteren, deutlich kleineren schwarzen Plastiksack deponiert.

Abel schnitt ihn auf und nahm den bereits abgesetzten Kopf des ersten Toten sowie einen transparenten Plastikbeutel nebst dreitourigem Elektrokabel von gut zwei Metern Länge heraus. Nach dem Bericht von Wladimir Gruwschenkow und Viktorija Lomaskov hatte der Tote bei seiner Auffindung den Plastikbeutel über dem Kopf getragen. Das Kabel war so um seinen Hals geschlungen gewesen, dass es das offene Ende des Plastikbeutels straff anliegend fixierte.

»Das Kopfhaar ist hellblond und kurz geschoren«, diktierte Abel. *»Das knöcherne Schädeldach ist nicht eröffnet; die Kopfhaut weist keine sichtbaren Verletzungen auf. Der Unterkiefer fehlt, da er bei der Erstobduktion separiert worden ist. Das linksseitige Jochbein beziehungsweise der Übergangsbereich zum Oberkieferknochen links zeigt einen eins Komma fünf mal eins Komma fünf Zentimeter klaffenden Defekt mit Eröffnung der Kieferhöhle.«*

Bislang hatte die Obduktion des Schädels keine Überraschung gebracht. Doch die konnte durchaus noch kommen. Vielleicht handelte es sich bei diesem Leichnam gar nicht um die Überreste von Spiridon oder Artemij Stepanov? Und falls es sich so verhielt, würde die Vizegeneralin dann aufatmen und sich plötzlich von ihrer gastfreundlichen Seite zeigen? Oder würde sie Jewgenij und Konsorten befehlen, Abel die Waffe an die Schläfe zu setzen, damit er den Toten wider besseres Wissen doch als einen der Stepanov-Neffen identifizierte?

Abel konnte nach wie vor nicht einschätzen, welches Ergebnis Varvara Romani wünschte oder befürchtete. Ob sie im Auftrag des Oligarchen Stepanov oder von dessen Ex-Genossen Burkjanov handelte. Für seine Arbeit spielte es auch keine Rolle. Doch für seine Nerven machte es einen gewaltigen Unterschied.

☠ ☠ ☠

Als Nächstes begutachtete Abel die bereits entnommenen Rippen und das rechtsseitige Schulterblatt, die in Behältern mit Lösungsmitteln lagen. *»Die einzelnen Rippen weisen mehrere Frakturen auf«*, murmelte er ins Diktafon. *»Allein durch äußere Begutachtung ist – ebenso wie bei den Zehen – nicht abzuschätzen, ob es sich hierbei um postmortale, perimortale oder antemortale Frakturen handelt. Die Spitze des* *rechten Schulterblatts ist rautenförmig herausgebrochen. Der anal weit in den Enddarm eingeführte, fünfzehn Zentimeter lange Stein ist als mögliches Zeichen einer Misshandlung beziehungsweise sexuellen Missbrauchs einzustufen.«*

Im Grunde war er davon überzeugt, dass auch die Knochenbrüche zumindest überwiegend durch äußere Gewalteinwirkung im Rahmen von Folter zustande gekommen waren. Aber seine Profession und innere Überzeugung verlangten, dass er objektive Beweise und subjektive Überzeugungen so weit wie möglich voneinander trennte.

Nicht nur autoritäre Machthaber, die gerne die Wahrheit zu ihren Gunsten manipulierten, taten sich allerdings mit dieser Trennung schwer. Leider galt das auch für den Kollegen Scherz, der Abel ausgerechnet jetzt wieder in den Sinn kam. In einer kurzen Schreckensvision sah er den Oberarzt vor sich, wie er bei einer Pressekonferenz seine eigenwillige Deutung der Waterboarding-Morde zum Besten gab.

Grundgütiger, dachte Abel. *So weit wird Scherz ja hoffentlich nicht gehen.*

Er wischte sich mit dem Ärmel über die Stirn. Er war bereits seit gut fünf Stunden bei der Arbeit und hätte eine Pause gebrauchen können. Aber er würde zunächst die Obduktion beenden und sich dann erst die dringend nötige Erholung gönnen.

Noch fehlte das letzte und entscheidende Puzzlestück. In der hiesigen Frankenstein-Klinik konnte er die DNA des Toten natürlich nicht bestimmen. Dafür hätte er ein Labor benötigt und überdies mehr Zeit, als die Romani ihm zugestehen würde. Das alles würde er in Berlin nachholen. Aber fürs Erste tat es die gute alte Gebissuntersuchung auch.

»Zahn um Zahn« hieß es schon im Alten Testament. Auch wenn es in der bekannten Bibelstelle nicht um Identifikation mittels Zahnstatus, sondern um eine blutige Form der Wiedergutmachung ging, kam Abel seine Assoziation durchaus passend vor. Er war im Allgemeinen nicht gerade bibelkundig, aber wenn ihm per Zufall einmal alttestamentarische Zitate unterkamen, fand er sie oft erstaunlich realitätsnah. Im Gegensatz zum Neuen Testament, das den Anhängern Jesu empfahl, als Reaktion auf eine erlittene Ohrfeige die andere Wange auch noch hinzuhalten. Die Methode, für jeden eingebüßten

Zahn dem Gegner gleichfalls einen Zahn auszuschlagen, schien der menschlichen Natur deutlich mehr zu entsprechen. Was man als zivilisierter Bürger natürlich nur bedauern konnte, ohne dadurch aber seine weniger gesetzestreuen Zeitgenossen auch nur im Geringsten zu beeindrucken.

Also erstellte Abel Zahn für Zahn den Gebissstatus des unbekannten Toten, wobei er sich an die Nummerierung der *Fédération Dentaire Internationale (FDI)* hielt. »*Es fällt auf den ersten Blick auf, dass umfangreiche Zahnarbeiten – überwiegend Gold-Inlays – zu Lebzeiten ausgeführt worden sind*«, sprach er ins Diktafon.

Damit war klar, dass es sich bei dem Toten um einen wohlhabenden Mann handeln musste. Es kam keineswegs selten vor, dass irgendein armer Schlucker, den so schnell niemand vermissen würde, ermordet und die Auffindesituation so inszeniert wurde, dass es beispielsweise wie der Unfalltod eines anderen, meist vermögenden Mannes aussah. Aber häufig flog dieser Schwindel auf, weil die ersatzweise präsentierte Leiche die typischen Merkmale eines Lebens am unteren Ende der sozialen Skala aufwies. Obdachlose oder Junkies waren fast immer in einer miserablen körperlichen Verfassung, und die ließ sich meist auf den ersten Blick am Zustand ihrer Zähne ablesen. Um sich in einem armen Land wie Transnistrien erstklassige Gold-Inlays leisten zu können oder sich im Ausland zahnärztlich behandeln zu lassen, musste man schon zu den oberen Zehntausend gehören. So wie die Stepanov-Brüder.

Wladimir Gruwschenkow und seine Kollegin Lomaskov hatten schon vor Wochen die Röntgenbilder sichergestellt, die der Zahnarzt der Stepanovs von den Gebissen der beiden Männer angefertigt hatte. Abel zog die Fallakte aus seiner Aktentasche, verglich die Ausdrucke der Röntgenaufnahmen mit dem Zahnstatus, den er soeben erhoben hatte, und kam zu einem klaren Ergebnis.

Mit hoher Wahrscheinlichkeit handelte es sich bei dem Toten, den er vor sich hatte, um Spiridon Stepanov, den älteren der beiden Brüder, der laut Polizeibericht als eitler Pfau bekannt gewesen war und überdies einen Goldfimmel hatte.

Halbzeit, dachte Abel. Nur die Asservate musste er noch sichern und dokumentieren.

»*Am Ende der Untersuchung*«, diktierte er, »*werden folgende Asservate zurückbehalten: a) für DNA-Untersuchungen: Knochen, Muskulatur, b) für chemisch-toxikologische Untersuchungen: Stuhl aus dem Enddarm, Weichgewebe, Muskulatur, Lebergewebe, c) für feingewebliche/mikroskopische Untersuchungen: Rippenstücke mit Frakturbereich, Lungengewebe, Muskulatur, Weichgewebe.*«

Er verschloss und beschriftete die Behälter und verstaute sie in seinem Koffer. Noch während er damit beschäftigt war, standen die Vizegeneralin und Jewgenij wieder neben ihm.

»Was haben Sie herausgefunden, Doktor?«, fragte Varvara Romani. »Konnten Sie die Identität des Toten feststellen?«

Ihr Tonfall war so sanft wie die Peitsche eines Sklaventreibers. *Nach der gleichen Logik, nach der sie diesen Raum schimmelgrün gestrichen haben,* ging es Abel durch den Kopf, *müssten ihre Verhörräume blutrot angelegt sein.*

»Ich bin noch dabei, Mosaiksteine zu sammeln«, wich er aus. »Die setze ich anschließend in Berlin zusammen, wenn mir alle Ergebnisse vorliegen. DNA-Analyse, Toxikologie, Histologie, das ganze Programm eben. Das Resultat können Sie dann in meinem Obduktionsbericht nachlesen. Und jetzt würde ich gerne eine Pause machen und mich ein wenig stärken. Wenn Sie erlauben, Frau Vizegeneral.«

Sie starrte ihn an, und ihre blassblauen Augen wirkten so leblos und leer wie Einschusslöcher.

40

Stadtrand von Tiraspol, stillgelegte Klinik,
Freitag, 8. September, 03:15 Uhr

Die erste Obduktion hatte fünfeinhalb Stunden gedauert, die zweite sogar mehr als acht. Entsprechend fertig fühlte sich Abel, als er nachts um Viertel nach drei die asservierten Blut- und Gewebeproben auch des zweiten Toten in seinem Einsatzkoffer verstaute.

Er war nun seit zweiundzwanzig Stunden im Einsatz und seit fast vierundzwanzig Stunden wach. Doch er hatte das deutliche Gefühl, dass Varvara Romani und Genossen weitere unangenehme Überraschungen für ihn bereithielten. Trotz seiner Erschöpfung war er daher noch immer im Alarmmodus.

»Spannen Sie mich nicht länger auf die Folter, Doktor«, drängte Varvara Romani.

Leute auf die Folter zu spannen überlasse ich gerne dir, dachte Abel, enthielt sich aber jeden Kommentars.

»Konnten Sie einen der Toten identifizieren?«, hakte sie nach. »Können Sie bestätigen oder ausschließen, dass es sich um die Leichen von Spiridon und Artemij Stepanov handelt?«

»Weder noch«, sagte Abel. Das stimmte sogar, wenn man die Wahrheit ein wenig dehnte.

Der zweite Tote war Artemij, der erste Spiridon Stepanov, das stand für ihn nahezu fest. Aber eben nicht zu hundert Prozent. Erst wenn die Ergebnisse der DNA-Tests vorlagen, ließen sich diese Fragen eindeutig beantworten. Und falls sich dann herausstellen sollte, dass die Vizegeneralin und ihre Hintermänner mit dem Resultat seines Gutachtens unzufrieden waren, konnten sie ihn zumindest nicht mehr unter Druck setzen, weil er dann längst wieder in Berlin war. Weit weg von Varvara Romani, ihren muskel- und waffenstarrenden Elitekämpfern und diesem Obduktionssaal, der als Drehort eines Frankenstein-Remakes bestens geeignet wäre.

Die Agenten bildeten mittlerweile einen lockeren Ring um Abel und den Sektionstisch, an dem er zuletzt gearbeitet hatte. Die

Schnellfeuergewehre hielten sie schussbereit in den Händen, die Läufe zwar auf den Boden gerichtet, aber friedlich sahen sie trotzdem nicht aus.

Der jüngere der beiden Oligarchen-Neffen war ebenso wie sein Bruder Spiridon brutal gefoltert worden, auch das stand für Abel nach der zweiten Obduktion weitgehend fest. Doch zu diesem Punkt würde er sich gleichfalls nicht äußern, solange er auf transnistrischem Boden war. Der oder die Täter hatten auch Artemij Stepanov drei Zehen mit einer Zange, Axt oder Hacke abgetrennt. Ob diese Amputation antemortal, also noch zu Lebzeiten, oder postmortal erfolgt war, würde die histologische Untersuchung der Amputate später zeigen. Auch der knöcherne Brustkorb des Bruders wies zahlreiche Frakturen auf. Von Tritten, nahm Abel an, oder von Sprüngen auf seinen Oberkörper, nachdem er bereits am Boden gelegen hatte. Nur so war das Verletzungsmuster zu erklären, es sei denn, er wäre aus großer Höhe gestürzt. Doch das hielt Abel nach allem, was er hier bisher gesehen hatte, für höchst unwahrscheinlich.

Da die Zersetzung des Leichnams von Artemij gleichfalls weit fortgeschritten war, ließ sich auch hier nicht mit Sicherheit sagen, ob die Verletzungen vor oder nach Eintritt des Todes zugefügt worden waren. Aber Abel hatte keinen Zweifel, dass es sich um Folterspuren handelte. Die Täter hatten versucht, etwas aus ihren Opfern herauszupressen, und aufgrund der Ermittlungsergebnisse von Wladimir Gruwschenkow und Viktorija Lomaskov drängte sich die Vermutung auf, dass sie es auf Teile des Firmenimperiums der Stepanov-Brüder abgesehen hatten.

Auch Artemij Stepanov war in den Metallcontainer geworfen worden, mit einem über den Kopf gezogenen Plastikbeutel und einem Kabel, das den Beutel um seinen Hals fixierte. Hinweise auf sexuellen Missbrauch oder die Anwendung ähnlicher Praktiken wie bei seinem Bruder hatte Abel zwar nicht gefunden, aber das bedeutete keineswegs, dass Artemij nicht ebenso wie Spiridon mit dem Steindildo oder einem anderen Objekt vergewaltigt worden war. Vielleicht hatten die Täter das Marterinstrument nach der Tat einfach wieder an sich genommen.

Wurde ein sich wehrendes Opfer mit harten Gegenständen gewaltsam anal penetriert, so führte das typischerweise zu Verletzungen der Perianalregion, des aus Haut, Weichgewebe und dem Schließmuskel bestehenden hochempfindlichen Bereichs um die Afteröffnung. Doch ob Artemij solche Verletzungen erlitten hatte, ließ sich nicht mehr nachweisen, da der Leichnam dafür schon zu stark verwest war. Der ungelöschte Kalk hatte nicht nur die Perianalregion, sondern fast den gesamten Leichnam weitgehend zersetzt.

Unauffällig ließ Abel seinen Blick von einem der bewaffneten Agenten zum nächsten gleiten. Vielleicht war der eine oder andere von ihnen bei dem Foltermord dabei gewesen? Als Wächter oder sogar in einer aktiveren Rolle? Dann hatte er höchstwahrscheinlich gehört, wie die Stepanov-Brüder gestöhnt und keuchend um Atem gerungen hatten, als sie in den Container verfrachtet worden waren.

Abel war sich so gut wie sicher, dass Artemij ebenso wie sein Bruder Spiridon zu diesem Zeitpunkt noch gelebt hatten. Dafür sprach, dass die über Artemijs Kopf gestülpte Plastiktüte um einige Zentimeter hochgezogen und nicht nur sein Mund, sondern auch sein Kehlkopf und Teile der Luftröhre mit reichlich Kalk gefüllt gewesen waren.

Artemij hatte noch um Atemluft gerungen, als er bereits im Container steckte und sein Kopf unter dem ungelöschten Kalk begraben war; davon war Abel überzeugt. Trotz der brutalen Folterung, die sich vermutlich über viele Stunden hingezogen hatte, war er weder einem Herzinfarkt noch einem Kreislaufkollaps erlegen. Und das wiederum hieß, dass die Folterer ihren Opfern höchstwahrscheinlich kreislaufstabilisierende Medikamente verabreicht hatten, um sicherzustellen, dass sie nicht vorzeitig schlappmachten oder sogar verstarben.

Wie Abel aus dem Dossier ersehen hatte, entsprach das dem finsteren Stil, der für den transnistrischen Geheimdienst bis in die jüngste Vergangenheit charakteristisch gewesen war. Was den Verdacht erhärten würde, dass die beiden Morde – direkt oder indirekt – auf Burkjanovs Konto gingen. Aber auch die Frage, ob die Opfer vor oder während der Folterung medikamentös stabilisiert worden waren, ließ sich erst dann beantworten, wenn die Resultate der toxikologischen Untersuchungen vorlagen.

Doch von alledem ließ er kein Sterbenswort verlauten, während er seine Arbeitshandschuhe abstreifte, die OP-Schürze auszog und die Gummistiefel gegen seine Straßenschuhe tauschte. Anschließend zog er sein OP-Oberteil aus und steckte es beiläufig in seinen Koffer.

Varvara Romani und ihre Gefolgsleute ließen ihn nach wie vor nicht aus den Augen. Auch Wladimir Gruwschenkow und Viktorija Lomaskov sahen ihn erwartungsvoll an. Abel war sich weiterhin sicher, dass sich die beiden Kommissare nicht für irgendeine Verfälschung oder Vertuschung von Ermittlungsergebnissen einspannen lassen würden. Aber auch ihnen würde er keinen reinen Wein einschenken, solange ihn Varvara Romanis Männer mit vorgehaltenen Waffen bedrohten. Unter den gegebenen Umständen war es für die Kriminalpolizisten besser, wenn sie möglichst wenig von dem wussten, was er herausgefunden hatte.

Ohnehin hielten sich Wladimir Gruwschenkow und seine Kollegin auffällig im Hintergrund. Sie lehnten seit Stunden an der Fensterwand und starrten mittlerweile nur noch apathisch vor sich hin. Ganz offensichtlich waren sie nicht glücklich über die Art und Weise, wie die Vizegeneralin Abel in die Zange nahm. Aber ihre Körpersprache ließ keinen Zweifel daran, dass sie sich für ihn nicht ins Feuer stürzen würden.

Ich bin auf mich allein gestellt, dachte Abel. Das verunsicherte ihn nicht weiter; gegen dreißig Mann mit Schnellfeuergewehren konnten drei so wenig wie einer allein ausrichten. Und so wusste er zumindest, woran er war.

Vielleicht gehört der Ring mit der auffälligen Inschrift sogar Burkjanov persönlich, und möglicherweise wurde er ihm von einer Elite-Uni verliehen, überlegte Abel, während er sich unter dem rostbraunen Wasserstrahl Hände und Unterarme einseifte und wusch. Er kannte einige US-amerikanische Kollegen, die von ihren Universitäten nach der Abschlussprüfung vergleichbare Ringe erhalten hatten. Vielleicht steckte wirklich etwas Ähnliches dahinter, nur dass die betreffende Universität oder Akademie in Russland oder in Transnistrien beheimatet war?

1980 war Burkjanov Ende zwanzig, in dem Alter kann er durchaus einen zusätzlichen Abschluss bei einer Kaderschmiede in der damaligen Sowjetunion gemacht haben. Der Mann ist außerdem studierter Psychiater, also kennt er sich von Haus aus mit psychologischen wie auch mit pharmazeutischen Aspekten der Folter aus. Dass er selbst den Stepanov-Brüdern Spritzen verabreicht hat, ist damit noch nicht gesagt, aber durchaus möglich. Und als er zum Schluss mit Hand angelegt hat, um die Toten oder Sterbenden in den Container zu verfrachten, ist ihm der Ring vom Finger gerutscht und unter den Leichen begraben worden.

Hatte es sich so abgespielt? Je länger Abel darüber nachdachte, desto wahrscheinlicher kam ihm dieses Szenario vor. Und desto mehr bekam er es mit der Angst zu tun.

Wenn die Romani oder Jewgenij wüssten, dass ich den Ring gefunden habe, würden sie alles daransetzen, um ihn mir abzujagen und mich zum Schweigen zu bringen.

Abel musste hier weg. So schnell wie möglich und so weit wie möglich. Mit einem Mal konnte er das Verhalten der entführten transnistrischen Unternehmer, die sich nach ihrer Freilassung in weit entfernte Länder abgesetzt hatten, aus vollem Herzen nachvollziehen.

»Mein Job ist beendet«, wandte er sich so ruhig wie er konnte an die Vizegeneralin. »Bitte veranlassen Sie, dass ich zum Flughafen gebracht werde.«

Er war kein bisschen überrascht, als sie seine Bitte ablehnte. »Ihr Job ist noch keineswegs beendet, Doktor«, sagte sie. »Präsident Schewtschuk erwartet von Ihnen, dass Sie einen vorläufigen schriftlichen Obduktionsbericht erstellen, bevor Sie unser Land verlassen. Dafür haben wir Sie hierhergeholt. Sprechen Sie auf Band, um wen es sich bei den beiden Toten Ihrer Vermutung nach handelt und wie sich die Umstände ihres Ablebens aus Ihrer Sicht zugetragen haben.«

Sie griff in ihre Kostümtasche und zog ein altertümlich aussehendes Diktafon hervor. Die Redensart »auf Band sprechen« ergab bei diesem Modell noch buchstäblich Sinn – hinter einem Plastikfenster enthielt es eine winzige Tonbandkassette, wie sie im vordigitalen Zeitalter gang und gäbe gewesen war.

»Sprechen Sie die wichtigsten Fakten und Folgerungen hier drauf«, sagte die Romani in einem Tonfall, der keine Widerrede duldete. »Das Band wird sofort transkribiert. Anschließend brauchen Sie nur noch zu unterschreiben und sind zum Frühstück zurück in Berlin.«

Wie üblich verzog sie keine Miene. Trotzdem hatte Abel den Eindruck, dass bei diesen letzten Worten ein höhnischer Ausdruck über ihr Gesicht gehuscht war. So als wäre es absurd, zu glauben, dass er jemals wieder in Berlin frühstücken würde.

Meinetwegen sollen sie auch ihren vorläufigen Bericht noch bekommen. Eine Wahl lassen sie mir sowieso nicht.

Abel atmete tief durch, nahm ihr das Gerät aus der Hand und steckte es ein. »Dann bringen Sie mich zumindest irgendwohin, wo ich auch etwas essen und trinken und mich kurz ausruhen kann.«

»Selbstverständlich, Doktor. Ihr Wohl liegt uns am Herzen, wie Sie hoffentlich bemerkt haben.«

Diesmal gab sie sich nicht einmal mehr Mühe, ihr höhnisches Lächeln zu verbergen.

☠ ☠ ☠

41

Tiraspol, Innenstadt, Hotel Aist, Speisesaal,
Freitag, 8. September, 04:23 Uhr

Das Hotel lag in der City von Tiraspol und war in bewährtem Sowjetstil errichtet worden. Plattenbauweise, fünfgeschossig, mit einem Portal, das als Durchfahrt für Doppeldeckerbusse getaugt hätte. In der Lobby konnten bequem ganze Garnisonen unterkommen. Und die Beleuchtung war so schummrig, dass Abel sich fragte, ob in Tiraspol der Strom ausgefallen war.

Fast taumelnd vor Müdigkeit, aber innerlich angespannt, folgte er der Vizegeneralin zur Rezeption. Schon als sie im Konvoi hierhergefahren waren, hatte er sich gefragt, ob in der transnistrischen Hauptstadt vielleicht nachts der Strom abgeschaltet wurde. In den endlosen Plattenbaufronten hatte er kein einziges beleuchtetes Fenster gesehen. Etwas Ähnliches hatte er in Ägypten erlebt, als er die Gerichtsmedizin in Kairo besucht hatte. Um das Stromnetz nicht zu überlasten, wurden dort immer nur Teilbereiche freigeschaltet, so dass während der Nachtstunden einzelne Straßenzüge oder Häuserblocks abwechselnd im Dunkeln lagen.

Varvara Romani schlug mit der Faust auf eine Glocke auf dem Rezeptionstresen, und Sekunden darauf ging das Licht an. Die Lobby sah aus wie eine Kulisse aus dem James-Bond-Klassiker *Liebesgrüße aus Moskau*. Clubsessel im Stil der Fünfzigerjahre, die Samtbespannung allerdings so abgewetzt, dass das Futter hervorquoll. Cremefarbener Teppichboden, der unter Abels Sohlen synthetisch knisterte. Die Lampen sahen aus wie retrofuturistische Skulpturen. In einer Ecke stand eine Leninbüste auf einem Sockel aus Kunstmarmor.

Der Nachtportier trat gähnend durch die schmale Tür hinter dem Tresen. Ein dicklicher, noch junger Mann mit weichen Gesichtszügen. Im Gehen schloss er seinen Hosengürtel unter der rot gesäumten Uniformjacke. Seine Haare standen in alle Richtungen ab, offenbar hatte er geschlafen. Als er Varvara Romani sah, fuhr er zusammen.

Sie bellte ihn auf Russisch an. Der Unglückselige nickte und salutierte. Er stürzte zum Telefon und begann seinerseits, Befehle zu bellen, allerdings mit einer hohen, kläffenden Stimme.

Abel nahm das bizarre Schauspiel durch einen Schleier der Müdigkeit wahr. Eine Hotelangestellte erschien, gleichfalls in rot geränderter Uniform. Die Vizegeneralin schnauzte auch sie an, die Frau zog den Kopf ein und setzte sich in Bewegung. Varvara Romani und Abel folgten ihr in einen Speisesaal von den Ausmaßen einer Tennishalle. Und der Farbgebung eines Provinznachtclubs.

Teppiche, Möbel, Lampenschirme – alles hier drinnen war rot. Das Farbspektrum variierte von Rote-Bete-Rot über Tomaten- bis hin zu Blutrot. An den Wänden prangten zudem etliche klatschmohnrote Sterne.

Die Hotelangestellte war noch blutjung und mit den Nerven offenbar am Ende. Mit erbebender Hand strich sie das Tischtuch glatt und bat die Romani mit unterwürfigen Gebärden, Platz zu nehmen. Abel fragte sich, wer der jungen Frau den größten Schrecken einjagte – die finstere Vizegeneralin, der haarlose Hüne Jewgenij oder die Horde bewaffneter Agenten, die sich routinemäßig vor dem Hotel, in der Lobby und hier im Speisesaal verteilt hatten.

Wie ein Ehepaar, das sich nichts mehr zu sagen hat, setzten sich Abel und die Vizegeneralin an den Tisch und schwiegen einander an. Jewgenij schien einen Moment unschlüssig, ob er sich hinzugesellen sollte, zog sich dann jedoch zum Eingang des Speisesaals zurück.

In den zurückliegenden Stunden war Abel ein paarmal der Gedanke gekommen, ob er Varvara Romani womöglich doch unrecht tat. Vielleicht war Jewgenij derjenige, der im Auftrag eines verborgenen Drahtziehers handelte. Jedenfalls hatte Abel mehrfach beobachtet, wie Jewgenij einen Anruf erhalten und in Habachtstellung offenbar Befehle entgegengenommen hatte. Varvara Romani hatte ihn dabei mit einem geradezu ängstlichen oder schuldbewussten Gesichtsausdruck angesehen, der zu ihrem sonstigen Auftreten nicht im Geringsten passte. Außerdem war Jewgenij der Einzige weit und breit, den die Vizegeneralin mit einer Art behutsamem Respekt behandelte, der höchstwahrscheinlich nicht ihm selbst, sondern eben Jewgenijs Hintermann galt.

Aber selbst wenn Abel mit dieser Beobachtung richtiglag, half ihm das nicht weiter. Ob die Romani oder Jewgenij den Finger am Abzug hatten, machte letztlich keinen Unterschied, solange Abel selbst am falschen Ende der Waffe war. Der Drahtzieher im Hintergrund würde nicht lockerlassen, bis Abel ihm das gewünschte Ergebnis geliefert hatte. Und im Grunde gab es wenig Zweifel, dass es sich bei diesem Drahtzieher um Burkjanov handelte.

Um nicht wegen zweifachen Mordes in seinem Heimatland verurteilt zu werden, brauchte der Ex-Geheimdienstchef einen Obduktionsbericht, in dem ein unabhängiger Sachverständiger bescheinigte, dass es sich bei den Toten definitiv nicht um die Stepanov Brüder handelte. Doch genau diese Falschaussage wollte, konnte und würde Abel ihm nicht liefern. Weder hier und heute noch irgendwann später. Fragte sich nur, ob die Romani sich mit mehr oder weniger nichtssagenden Floskeln in Abels vorläufigem Bericht abspeisen lassen würde.

Die Antwort liegt auf der Hand, dachte Abel, *und sie heißt nein. Na-*

türlich werden sie sich damit nicht zufriedengeben. Wenn ihnen nicht gefällt, was ich in ihr Diktiergerät spreche, ziehen sie die Daumenschrauben weiter an.

Zwei Kellner brachten Platten mit frittierten Hefekringeln, die vor Öl trieften, und orangerote Würste, die sogar noch fettiger aussahen. Dazu schenkten sie dampfend heißen Tee ein.

Abel trank einen Schluck und spürte, wie seine Lebensgeister erwachten. Der Tee schmeckte bitter und war mörderisch stark.

»Damit kann man Tote zum Leben erwecken«, sagte Varvara Romani.

Über den Rand ihrer Tasse hinweg sah sie Abel an. Vielleicht lag es an den Dampfschwaden, die von dem Tee aufstiegen, dass ihr Gesichtsausdruck auf einmal fast milde wirkte. Aber vielleicht lag es auch einfach an seiner Müdigkeit, die ihn für Wunschdenken anfällig machte.

»Eine nette Redensart«, merkte er an. »Aus rechtsmedizinischer Sicht allerdings eher unwahrscheinlich.«

Er nahm sich eine Wurst und ein paar Hefekringel und zwang sich, davon zu essen. Schließlich hatte er seit dem Hinflug nach Tiraspol kaum etwas zu sich genommen, lediglich ein fade schmeckendes Fladenbrot und ein paar Schokoriegel zwischen den beiden Obduktionen. Und auch wenn er es teilweise auf seine überreizten Nerven schob, hatte er nach wie vor das deutliche Gefühl, in Gefahr zu sein. Also musste er zusehen, dass er zumindest körperlich einigermaßen gestärkt war.

Die Vizegeneralin beobachtete ihn sichtlich ungeduldig. Von der Milde, die er eben zumindest für einen Moment in ihrem Gesicht bemerkt zu haben glaubte, war nichts mehr zu sehen. Ihre Augen sahen aus wie blassblau lackiertes Panzerglas.

»Ich bringe Sie zu Ihrem Zimmer, Doktor«, sagte sie, während Abel noch am letzten Wurstbissen kaute. »Alles ist vorbereitet.«

Das schien ihr Lieblingsspruch zu sein, dicht gefolgt von »Wir haben wenig Zeit«.

42

Tiraspol, Hotel Aist, Zimmer 111,
Freitag, 8. September, 05:07 Uhr

Das Zimmer, in dem Abel seinen Bericht diktieren sollte, lag im ersten Stock des fünfgeschossigen Plattenbaus. Varvara Romani führte ihn die Treppe hinauf, die mit knarzenden Dielen belegt war, und über einen düsteren Flur bis zur Tür ganz hinten rechts. Jewgenij und drei seiner Männer folgten ihnen.

Varvara Romani zückte einen Schlüssel und schloss das Zimmer auf. Abel trat ein, seinen Einsatzkoffer und die Aktentasche in den Händen. Sie machte Anstalten, ihm zu folgen, doch Abel versperrte ihr kurzerhand den Weg.

»Bevor ich den Bericht diktiere, will ich eine Dusche nehmen und mich wenigstens eine halbe Stunde hinlegen«, sagte er. »Wenn Sie mir auch dabei Gesellschaft leisten wollen, muss ich Sie leider enttäuschen.«

Sie starrten einander an. Abel war mittlerweile fast schwindlig von dem Wettkampf zwischen Melatonin und Adrenalin, der in seinem Körper tobte. Aber er zwang sich, den Blick nicht abzuwenden.

Schließlich trat die Vizegeneralin von der Türschwelle auf den Flur zurück. »Maximal eine Stunde«, sagte sie und sah auf ihre Armbanduhr. »Um sechs Uhr lasse ich das Diktafon mit Ihrem Bericht hier abholen, Doktor. Die Details können Sie sich für später aufsparen, der Präsident ist vor allem an Ihren Kernaussagen interessiert. Anschließend können Sie duschen und schlafen, so lange Sie wollen.«

Abel nickte, obwohl ihm mehr nach Kopfschütteln zumute war. Er schloss die Tür und verriegelte sie, ohne sich Illusionen zu machen. Die Tür bestand hauptsächlich aus Pappe und Plastikfurnier und würde unter einem beherzten Fußtritt wie Knäckebrot zerbröseln.

Das Zimmer war eine Komposition aus kotfarbenen Plastikmöbeln, schlammbraunem Synthetikteppich sowie Ton in Ton abgestimmten Vorhängen und Bettbezügen, die zu Stalins Zeiten wahrscheinlich der letzte Schrei gewesen waren.

Er überwand sich und schob den Synthetikvorhang mit zwei Fingern zur Seite. Das Fenster ging auf einen Hinterhof hinaus. Etwa drei Meter unter ihm standen diverse Mülltonnen nebeneinander. Das erklärte zumindest teilweise den strengen Geruch im Zimmer.

Abel zog das altertümliche Diktiergerät aus seiner Jackentasche und legte es auf den Rauchglastisch zwischen den Clubsesseln. Er holte das Ladekabel aus seiner Aktentasche, schaltete seinen Blackberry aus und stöpselte ihn an die Steckdose, die zu seiner Erleichterung der EU-Norm entsprach. Dann warf er sein Jackett über den Türhaken, ohne nachzusehen, ob er mit dem Kragen oder mit dem Aufhänger getroffen hatte. Für solche Spielereien war er nicht nur zu müde, sondern vor allem zu beunruhigt.

Eigentlich hatte er vorgehabt, Lisa zumindest eine SMS zu schreiben – *»Hier ist alles okay, LG Fred«*. Aber bei näherer Betrachtung war hier so gut wie nichts okay, also ließ er es sein. Um Lisa anzurufen, war es zu früh, genau genommen noch eine Stunde früher als hier, Viertel nach vier. Lisa würde einen gewaltigen Schrecken bekommen, wenn er sie um diese Stunde aus dem Schlaf reißen würde. Und schließlich, was hätte er ihr sagen sollen, ohne ihr anfängliches Erschrecken in ernsthafte Besorgnis zu verwandeln?

Nach einem Blick ins Badezimmer beschloss Abel, die heiße Dusche bis zu seiner Rückkehr nach Berlin zu verschieben und sich stattdessen ein paar Hände voll Wasser ins Gesicht zu klatschen. Wie sich herausstellte, war das eine weise Entscheidung, da der Heißwasserhahn nur ein rostiges Husten von sich gab. Aber um das Frösteln zu vertreiben, das ihn beim Anblick der schimmligen Kacheln befallen hatte, hätte er ohnehin sehr viel mehr als eine heiße Dusche gebraucht.

Das Bett sah nicht viel einladender aus. Doch als er davor stand, begann sich der Raum um ihn zu drehen. Ohne auch nur seine Schuhe auszuziehen, legte er sich vorsichtig hin, bemüht, die Synthetikdecke so wenig wie möglich zu berühren.

Zunächst einmal würde er seine Gedanken ordnen. Festlegen, was er in seinem vorläufigen Bericht erwähnen und was er tunlichst verschweigen sollte. Aber je länger er darüber nachdachte, desto klarer wurde ihm, dass er keinen vorläufigen Obduktionsbericht abliefern konnte. Nicht, solange er hier in Transnistrien war.

Sie wollten von ihm hören, dass es sich bei den Toten nicht um die Stepanov-Brüder handelte, davon war er mittlerweile überzeugt. Und diese Aussage würden sie von ihm nicht bekommen. Was auch immer er ihnen stattdessen anbot, es würde ihnen definitiv nicht gefallen. Er konnte es abschwächen, relativieren oder verwässern, so viel er wollte, am Ende würde sein Bericht zwei Kernaussagen enthalten: Bei den Toten, die da draußen in der stillgelegten Fabrik gefunden worden waren, handelte es sich – vorbehaltlich der Ergebnisse der DNA-Untersuchungen – mit sehr hoher Wahrscheinlichkeit um Artemij und Spiridon Stepanov. Und die beiden Männer waren grausam gefoltert und noch vor Eintritt des Todes in den Container verfrachtet worden. Die Zusammenschau der Obduktionsbefunde ließ einzig diesen Schluss zu und würde durch die Ergebnisse der toxikologischen und mikroskopischen Untersuchungen mit Sicherheit bestätigt werden.

Wie auch immer er diese beiden Punkte umschreiben oder gar beschönigen würde, am Ende würden sie diese Aussagen aus seinem Bericht herauslesen. Daraufhin würden sie, da war sich Abel in seinem nervösen und angespannten Zustand fast sicher, von Psychoterror zu physischer Gewalt übergehen, um ihm die gewünschte Falschaussage abzuringen. Er brauchte seine Phantasie nicht zu strapazieren, um sich diverse Szenarien vor Augen zu führen, die für ihn allesamt äußerst unangenehm wären.

Abel erhob sich und begann, in dem schmalen Gang zwischen dem Bett und dem Schreibtisch vorm Fenster hin und her zu gehen.

Ich sitze in der Falle, dachte er. *Wenn ich ihnen einen Bericht mit falschen Aussagen liefere, untergrabe ich meine eigene Glaubwürdigkeit. Auch wenn ich später klarstellen würde, dass ich diesen Bericht fingiert habe, um unbehelligt außer Landes zu gelangen, wäre mein Ruf für alle Zeit beschädigt. Und wenn ich auf stur schalte und sie den Ring bei mir finden, wird Burkjanov keine Sekunde zögern, mich gleichfalls aus dem Weg räumen zu lassen – oder wer immer ein Interesse daran hat, dass dieses mögliche Beweisstück verschwindet.*

Er musste gegen den Drang ankämpfen, unverzüglich die Flucht zu ergreifen.

Wie weit würde ich kommen? Nach den Schritten draußen auf dem Gang zu urteilen, keine zehn Meter weit.

In seiner Bundeswehrzeit war er zum Fernspäher ausgebildet worden. In dieser Spezialeinheit von Elitesoldaten hatte er neben vielem anderen gelernt, wie man massivem psychischem Druck über viele Stunden auch unter widrigsten Umständen wie Schlafentzug, Kälte und Hunger standhielt und selbst bei Androhung körperlicher Gewalt nicht zusammenbrach. Aber das war fast dreißig Jahre her, und anders als seine Gegenspieler bei den damaligen Übungen würden es Burkjanovs Gefolgsleute nicht bei bloßen Drohungen bewenden lassen.

Sollte er Herzfeld oder einen erfahrenen Kriminalisten vom BKA anrufen und um Rat fragen? Zu dieser Stunde zwischen Nacht und Morgengrauen? Er würde ihnen nur einen gewaltigen Schrecken einjagen – und letzten Endes könnten auch sie ihm nichts raten, was er nicht selbst bereits wusste.

Ich muss es alleine schaffen, dachte er wieder.

Abel beugte sich über seinen Koffer, den er neben dem Schreibtisch abgestellt hatte, nahm den Ring aus der Seitentasche seines OP-Oberteils und setzte sich auf den abgewetzten Schreibtischstuhl. Er schaltete die Schreibtischlampe ein und musterte das Schmuckstück im trüben Licht der Fünfundzwanzig-Watt-Glühbirne. Der Ring war gut einen halben Zentimeter breit und bestand aus massivem, glatt poliertem Silber. Er war eindeutig für eine Männerhand designt.

Die kyrillische Inschrift im Innern entschlüsselte Abel mit einiger Mühe als MGIMO. *Höchstwahrscheinlich eine Abkürzung,* dachte er und drehte den Ring zwischen den Fingern. *Aber wofür steht sie? Und was bedeuten das Datum 20.12.1980 und die Zahl 73551?*

Vor Müdigkeit hatte Abel Mühe, halbwegs geradeaus zu denken. Trotzdem rappelte er sich auf und ging um das Bett herum zum Nachttisch, auf dem sein Smartphone lag. Er nahm das Gerät vom Ladekabel und kehrte zum Schreibtisch zurück. Ungeduldig wartete er, bis sich der Kleincomputer hochgefahren hatte und seinen PIN-Code verlangte. Er tippte die PIN ein und registrierte erleichtert, dass es hier am rauhen Ende des Kontinents immerhin ein UMTS-Netz mit gutem Empfang gab.

Er startete den Browser und gab *MGIMO* in das Suchfeld ein.

Und wenn sie mein Handy angezapft haben?, fuhr es ihm durch den Kopf. *Dann wissen sie im selben Moment, in dem ich die Suche starte, dass ich den Ring gefunden habe.*

Er versuchte, darüber nachzudenken, doch er hatte große Mühe, sich zu konzentrieren. *Warum sollten sie mein Smartphone hacken? Sie wollen meine Unterschrift unter einem Bericht, der Burkjanov entlastet, darüber hinaus haben sie an mir kein Interesse.*

Er klickte auf *Bestätigen*. Sekunden später wusste er, dass er mit seiner Vermutung richtiggelegen hatte.

43

Tiraspol, Hotel Aist, Zimmer 111,
Freitag, 8. September, 05:51 Uhr

МГИМО beziehungsweise MGIMO war die Abkürzung für Московский государственный институт международных отношений, auf Deutsch *Staatliches Moskauer Institut für internationale Beziehungen*. Laut einem Bericht des Nachrichtenmagazins *Spiegel* war das MGIMO seit der Sowjetära und bis in die Gegenwart eine »*Kaderschmiede*«, in der »*Diplomaten und Auslandsspione ausgebildet*« wurden. »Ein Abschluss gilt auch heute noch als Jobgarantie im Geheimdienst oder in den Botschaften.«

Abel klickte weitere Einträge an, bis er unter dem Menüpunkt »MGIMO – Prüfungen und Ehrungen« auf die Abbildung eines silbernen Rings stieß. Er sah exakt wie der Ring aus, den er aus dem Container gefischt hatte. Und wie er vermutet hatte, verlieh die MGIMO ihren Absolventen solche Ringe, die sie als Angehörige des Elitekaders auswiesen.

Jede Wette, dachte Abel, *dass auch Burkjanov auf dieser Agentenschule war.*

Er gab den Namen des Ex-Geheimdienstchefs in das Suchfeld ein und gelangte zu Burkjanovs Wikipedia-Eintrag. Leblose Augen starrten ihn an. Abel beeilte sich, zur Rubrik »Werdegang« zu scrollen.

Volltreffer. Von 1976 bis 1980 hatte Sergej Burkjanov *»die Moskauer Eliteschule MGIMO erfolgreich absolviert«.*

Abel massierte sich die Schläfen. Der starke Tee hatte ihn nur kurzfristig aufgeputscht. Es fiel ihm immer schwerer, sich zu konzentrieren.

Wenn der Ring Burkjanov gehört, überlegte er, *dann hat er persönlich mitgeholfen, die Stepanov-Brüder zu töten. Ob er der Besitzer des Rings ist, müsste sich anhand der Absolventenliste der MGIMO feststellen lassen.*

Abel schaltete seinen Blackberry wieder aus und hängte ihn erneut ans Ladekabel.

In der Praxis dürfte es allerdings schwierig sein, überlegte er weiter, *an die Liste heranzukommen. Eine Schule, die russische Spione ausbildet, wird die Namen ihrer Absolventen bestimmt nicht öffentlich ins Netz stellen.*

Er ging zur Tür, wo er sein Jackett aufgehängt hatte. Tatsächlich hing es mit dem Aufhänger am Haken, aber nicht einmal dieser lang ersehnte Treffer konnte Abel aufmuntern. Er fühlte sich, als ob sein Kopf unter Wasser wäre. Sogar das Bewusstsein akuter Bedrohung half ihm kaum mehr, seine Müdigkeit in Schach zu halten.

Er stand vor der verschlossenen Tür und konnte sich nicht erinnern, was er hier überhaupt wollte. Ratlos musterte er sein Jackett, dann den Inhalt seiner rechten Hand. *Ach ja, der verdammte Ring.*

In seiner Jacke gab es eine winzige Geheimtasche, verborgen hinter Futter und Innennaht. Bei Reisen in unsicheren Regionen verwahrte er dort meist einen oder zwei Hunderteuroscheine als eiserne Reserve, zu einem daumennagelgroßen Rechteck gefaltet und zusammengepresst. Abel pulte die grüne Banknote aus dem winzigen Fach und verstaute sie in seiner Brieftasche. Stattdessen ließ er den Ring in der Geheimtasche verschwinden und fühlte von außen über die Stelle knapp unter der rechten Achselhöhle, wo das Futter besonders bauschig war. Wenn man nicht gezielt danach suchte, war der Ring tatsächlich kaum zu ertasten.

Vielleicht ist Burkjanov erst später aufgefallen, dass er den Ring beim Entsorgen der Leichen verloren hat, überlegte Abel.

Er ging zurück zum Schreibtisch und ließ seine Schultern kreisen, um die total verspannte Muskulatur zu lockern.

Oder er hat sofort bemerkt, dass sein Ring in den Container gefallen ist, dann aber beschlossen, dass es keine Rolle spielt. Schließlich war er damals einer der mächtigsten Männer im Land. Niemand hätte gewagt, gegen ihn Anklage zu erheben. Egal, welche Beweise gegen ihn vorgelegen hätten, vor seinem Putschversuch wäre er niemals verurteilt worden.

Doch das alles half Abel nicht, sein aktuelles Problem zu lösen. Das Diktiergerät lag mittlerweile auf der Schreibtischplatte, deren Furnier sich an den Rändern emporwölbte. Abel hatte noch kein einziges Wort aufs Band gesprochen.

Gerade als er sich erneut auf den Schreibtischstuhl setzen wollte, hörte er Schritte draußen im Flur. Kurz darauf wurde heftig an seine Tür geklopft. Abel erhob sich lautlos, schlich zur Tür und drehte den fest installierten Schlüssel so leise wie möglich nach links.

»*Come in*«, sagte er und machte einen großen Schritt zur Seite. Nur für den Fall, dass die Typen da draußen auf die Idee kommen würden, das Feuer zu eröffnen.

Die Tür wurde aufgerissen, und Jewgenij trat ein. Er musste den Kopf einziehen und sich praktisch durch den Türrahmen quetschen, der für seine riesenhafte Gestalt zu schmal war. Das ganze Zimmer wirkte in Gegenwart des kahlköpfigen Muskelbergs mit einem Mal klaustrophobisch eng.

Zwei seiner Männer stellten sich vor der Tür auf, die unvermeidlichen Gewehre in der Hand.

»Report ready?«, radebrechte Jewgenij. Mit dem Kinn deutete er zum Schreibtisch, wo das altmodische Diktiergerät nach wie vor seiner Benutzung harrte.

Abel schüttelte den Kopf. Jewgenij runzelte die Stirn und zog die fast farblosen Brauen drohend zusammen. Das weiße Hemd unter seinem zerknitterten Jackett war so eng geschnitten, dass sich seine Bauchmuskeln reliefartig abzeichneten. Er machte seinen Männern ein Zeichen. Beide kamen ins Zimmer und richteten ihre Gewehre auf Abel.

Adrenalin jagte durch Abels Blutgefäße und vermischte sich mit der gleichfalls in ihm hochkochenden Wut. Sein Pulsschlag hatte sich rapide beschleunigt. Seine Müdigkeit war wie weggeblasen. »Ich fertige meinen Bericht in Berlin an – richten Sie das Ihrer Chefin aus!«, fuhr er Jewgenij auf Englisch an. »Sie bekommt ihn dann auf dem offiziellen Dienstweg zugestellt, verstanden?«

Jewgenij starrte ihn an. »You no report?«, stieß er hervor. Sein gewaltiger Brustkorb hob und senkte sich.

»No report!«, bestätigte Abel. »Ich verlange, zum Flughafen gebracht zu werden – sofort!«

Er ging zum Schreibtisch, nahm das Diktafon und drückte es Jewgenij in die bratpfannengroße Pranke. »For your vice-general.«

Jewgenijs Hand schloss sich um das Gerät, als wollte er es zerquetschen. Er fuhr herum, bellte seine Gefolgsleute an, und alle drei stürmten davon, dass die Möbel in Abels Zimmer wackelten.

Das war unbedacht, aber überfällig, sagte sich Abel. *Und unvermeidlich sowieso.*

44

Tiraspol, Innenstadt,
Freitag, 8. September, 06:03 Uhr

Als abermals stampfende Schritte draußen im Flur erklangen, hatte Abel seine Jacke schon übergestreift. Er rannte zum Nachttisch neben dem Bett, riss seinen Blackberry vom Ladekabel und steckte ihn ein. Das Fenster hatte er bereits so leise wie möglich geöffnet und einige der Kissen und Decken auf dem Bett zu den Umrissen eines schlafenden Menschen drapiert. Falls Jewgenij und Co. Schießübungen veranstalten wollten.

Die Wahrscheinlichkeit, dass sie genug davon hatten, mit ihren Waffen nur drohend herumzufuchteln, war in der letzten halben Stunde deutlich gestiegen. Abel war klar, dass Jewgenij und/oder Varvara Romani seine Weigerung, den Bericht auf Band zu sprechen, als offene Kriegserklärung auffassen würden. Folglich würde es für ihn hier sehr unangenehm werden, wenn er diesen trostlosen Ort nicht umgehend verließ.

Während sich die Schritte draußen im Gang näherten, warf er einen bedauernden Blick auf seine Aktentasche und den Einsatzkoffer mit den Asservaten, die er neben dem Schreibtisch abgestellt hatte. Sein Smartphone und die Brieftasche mitsamt Reisepass hatte er in seiner Jacke verstaut, alles andere würde er zurücklassen. Als an die Tür geklopft wurde, kauerte er bereits auf dem Schreibtisch und schwang sich durch das Fenster nach draußen.

Über Tiraspol ging gerade die Sonne auf, als sich Abel an der Mauer unter dem Fenster seines Hotelzimmers herabließ. Nur mit den Fingern ans Fenstersims gekrallt, warf er einen letzten Blick zurück. Sein Bauchgefühl hatte ihn nicht getrogen.

Die Zimmertür zerbarst, zwei Männer stürmten herein, Totschläger in den Händen. Diesmal war es Jewgenij, der mit schussbereiter Waffe draußen stehen blieb. Die beiden Agenten prügelten mit ihren Schlagstöcken auf Abels Double aus Kissen und Synthetikdecken ein.

Abel spähte nach unten und entdeckte einen Haufen Küchenabfall zwischen zwei Mülltonnen. Er ließ sich fallen und landete in einem Meer aus gammligen Salatblättern und Kartoffelschalen.

Ein Holztor führte von dem kleinen Hinterhof auf die Straße. Ein Torflügel stand offen. Abel schob vorsichtig den Kopf nach draußen. Das Tor ging auf eine Seitenstraße, die um diese Stunde menschenleer war. Gut ein Dutzend Schritte rechts davon ragte das monströse Hotelportal mit seiner gewaltigen Freitreppe und Säulen wie einst in Hellas auf. Oder vielleicht auch auf Kreta, Abel kannte sich da nicht so aus.

Vor dem Portal standen drei von Jewgenijs Männern, leicht zu erkennen an ihren schrankartigen Staturen. Und natürlich an den Schnellfeuergewehren, die sie lässig am Schultergurt trugen.

Gerade als Abel auf die Seitenstraße trat, erschallte hinter ihm ein lauter Ruf. Er verstand so gut wie kein Russisch, aber er wäre jede Wette eingegangen, dass sich der Ruhestörer aus dem Fenster von Zimmer 111 gebeugt hatte und »Haltet ihn!« schrie.

Das ließen sich seine Kumpane vor dem Hoteleingang nicht zwei Mal sagen. Einer kam auf Abel zugerannt, doch offenbar war er von seinen Chefs schlecht gebrieft worden. Auch wenn seine aktive Zeit schon ein paar Jahre zurücklag, war es für Abel als Ju-Jutsu-Schwarzgurt kein Problem, seinen Angreifer kampfunfähig zu machen. Er wartete, bis der heranstürmende Muskelmann nur noch weniger als einen halben Meter von ihm entfernt war. Dann wich er blitzschnell zur Seite aus, ließ die Innenkante der rechten Hand vorschnellen und traf den Mann genau über dem Kehlkopf. Der Angreifer sackte mit einem gurgelnden Geräusch zu Boden.

Abel fuhr herum und sprintete die schmale Nebenstraße entlang. Erneut ertönten hinter ihm laute Rufe. Diesmal waren sie offenbar an ihn selbst gerichtet und bedeuteten höchstwahrscheinlich so etwas wie »Stehen bleiben!« und »Gib auf, oder es knallt!«.

Doch Abel machte weder das eine noch das andere, sondern bog in eine schmalere Gasse ein, die geradewegs nach Westen führte. Jedenfalls, wenn ihn sein Orientierungssinn nicht trog.

Er musste die Grenze nach Moldawien überqueren, schoss es ihm durch den Kopf, dann war er in Sicherheit. Zumindest konnten Jewgenij und seine Schergen ihn in dem Nachbarland nicht so ungehindert wie hier in Transnistrien in die Zange nehmen. Jedenfalls hoffte Abel das, schließlich war Moldawien mehr oder weniger ein demokratischer Rechtsstaat. Sie unterhielten diplomatische Beziehungen mit westlichen Staaten, hatten ein Assoziierungsabkommen mit der Europäischen Union geschlossen, und in der Hauptstadt Chişinău gab es eine deutsche Botschaft. Im Vergleich dazu lag Transnistrien außerhalb der westlichen Zivilisation. Und entsprechend barbarisch waren hierzulande offenbar auch die Gebräuche.

Bis zur Grenzstadt Bender waren es nicht einmal zwanzig Kilometer. Abel war immer ein guter Langstreckenläufer gewesen, und obwohl er in den letzten Jahren etwas aus der Form geraten war, traute er sich zu, diese Entfernung auch im Dauerlauf zurückzulegen, falls er kein geeignetes Transportmittel fand.

Doch als er sich im Rennen umwandte, musste er feststellen, dass auch seine Verfolger gut zu Fuß waren. Gleich drei von ihnen rannten mit wehenden Jacken und verzerrten Gesichtern hinter ihm her. Sie lagen höchstens noch fünfzig Meter zurück, und der Mittlere griff sich eben unter die linke Achsel und zog eine Pistole hervor.

Abel sah wieder nach vorne und beschleunigte. So schnell er konnte, rannte er zum Ende der Gasse, die in eine belebtere Straße einmündete.

Mittlerweile musste es nach sechs Uhr sein. In der Straßenmitte war eine Bushaltestelle, an der Trauben von Menschen warteten. Offenbar waren sie auf dem Weg zur Arbeit, womit auch immer sie ihre Brötchen verdienen mochten. Vielleicht wienerten sie Leninstatuen oder nähten Landesflaggen mit Hammer und Sichel. Wie auch immer. Während Abel rannte, liefen anscheinend auch seine Gedanken, wohin sie gerade wollten.

Abel sprintete über die Straße, als eben ein Oberleitungsbus herangeschnauft kam. Unmengen von Menschen drängelten vor den Türen, um sich in den bereits voll besetzten Bus hineinzuzwängen. Abel wühlte sich in die Menschentraube hinein. Er war einen Kopf größer als die meisten Transnistrier, die er zur Seite zu rempeln versuchte. Doch im Rempeln waren sie anscheinend geübter als er, jedenfalls kam er kaum vom Fleck und musste seinerseits etliche Ellbogenstüber einstecken.

Plötzlich wurde er von hinten bei den Schultern gepackt. Erschrocken fuhr er herum, darauf gefasst, Jewgenijs mehlfarbenes Gesicht vor sich zu sehen. Doch es war ein junger Mann in blauer Arbeitermontur, der grinsend eine Reihe von Zahnlücken entblößte. Er bedachte Abel mit einem unverständlichen Wortschwall und einer knoblauchhaltigen Atemwolke. Abel ließ ihn vorbei und hängte sich dann dicht an ihn dran.

Der junge Transnistrier erwies sich als Naturtalent im Rempeln und Schlängeln. Die Menschenmenge teilte sich vor ihm wie das

Rote Meer vor Moses. In seinem Windschatten gelangte Abel verblüffend schnell zur hinteren Bustür.

Drinnen war es so voll, dass man kaum Atem holen konnte. Mit Mühe erhaschte Abel einen Blick nach draußen. Die Fenster waren beschlagen, und so war er sich nicht ganz sicher, ob er richtig gesehen hatte. Vielleicht hatte seine Phantasie ihm auch einen Streich gespielt. Die beiden hünenhaften Männer, die im letzten Augenblick ganz vorne beim Fahrer in den Bus eingestiegen waren, konnten ebenso gut Angestellte in irgendeinem Büro sein.

Im nächsten Moment fuhr der Bus mit offenen Türen und wild schaukelnd an. Die beiden Muskelpakete begannen, sich durch die Menschenmenge hindurchzuwühlen. Scheinbar würdigten sie Abel keines Blickes, doch sie steuerten geradewegs auf ihn zu. Und je näher sie kamen, desto sicherer war er, dass es zwei von Jewgenijs Männern waren.

45

Tiraspol, Innenstadt,
Freitag, 8. September, 06:17 Uhr

GEHETZT SAH SICH ABEL unter seinen Mitfahrern um. Einige wenige trugen westliche Markenware, die ärmere Mehrheit begnügte sich mit Imitaten von geringerer Qualität. Außer den beiden schrankartigen Männern konnte er niemanden entdecken, der ihre Vorliebe für billige Anzüge und zu heiß gewaschene Hemden teilte. Dafür konnte er mittlerweile bereits die geplatzten Äderchen in ihren Augäpfeln sehen.

Keine drei Meter waren sie noch von ihm entfernt. Und wenn sie weiter im gleichen Tempo Mitreisende beiseiteschaufelten, hatten sie ihn in spätestens dreißig Sekunden am Kragen.

Abel stand eingezwängt zwischen einer voluminösen Frau, die um sich herum einen Wall aus Koffern und Taschen errichtet hatte, und zwei alten Männern, die abwechselnd in asthmatisches Husten und heiseres Gelächter ausbrachen. Der Unterschied war ihm erst nach ein paar Minuten aufgegangen; anfangs hatte er angenommen, dass sie ununterbrochen husteten. Unmittelbar vor ihm, und damit zwischen Abel und der Tür, stand der Rempel-Champion, in seine ureigene Atmosphäre aus Schweiß und Knoblauch eingehüllt.

Kurz entschlossen packte ihn Abel bei den Schultern. Der junge Mann fuhr herum, und Abel grinste ihn an, wie es der andere vorhin gemacht hatte. Nur Zahnlücken hatte er keine vorzuweisen, und anstelle von Knoblauchausdünstungen konnte er höchstens ein wenig Verwesungsgestank aus dem Sektionssaal bieten. Aber der junge Mann schien damit zufrieden.

Er deutete mit der Schläfe zu den beiden Anzugtypen und zwinkerte Abel komplizenhaft zu. Abel schob sich an ihm vorbei, und der König der Rempler stellte sich breitbeinig mit dem Rücken zu Abels Verfolgern auf.

In diesem Moment trat der Busfahrer auf die Bremse und stieß einen ellenlangen Fluch aus. Anscheinend war direkt vor seiner Stoßstange jemand über die Straße gerannt und um ein Haar unter die Räder geraten. Abel nickte seinem neuen Kumpel zu und deutete ein dankbares Lächeln an. Dann trat er vor die noch immer offene Tür und sah auf das schmale Asphaltband zwischen Bus und Bürgersteig herab, das beunruhigend schnell dahinzugleiten schien.

Wenn er sich den Fuß verstauchte oder gar brach, war seine Flucht zu Ende, bevor sie richtig begonnen hatte. Doch wenn er hier im Bus blieb, war er seinen Verfolgern erst recht hilflos ausgeliefert.

Der junge Transnistrier rief Abel etwas zu, das zweifellos »Spring!« oder »Mach schon!« bedeutete. Eine farblos behaarte Pranke schoss über seine Schulter hinweg auf Abel zu.

»Sorry!«, rief Abel und rempelte seinen schon wieder ehemaligen Kumpel mit der Schulter heftig an.

Der junge Mann wurde gegen den vorderen der beiden Agenten geschleudert. Arme fuchtelten in der Luft herum, Schreie wurden ausgestoßen, Dominotheorien glanzvoll bestätigt.

Währenddessen sprang Abel hinab auf den Bürgersteig, musste sekundenlang um sein Gleichgewicht kämpfen und ging dann im Tempo der anderen Passanten weiter die Straße entlang.

Der Bus mit den beiden Muskelmännern, die in einer wütenden Menschentraube eingepfercht waren, beschleunigte und verschwand schaukelnd hinter der nächsten Kurve. Abel konnte gerade noch sehen, wie einer der beiden Anzugtypen sein Handy aus der Jacke zerrte und gegen sein Ohr drückte.

☠ ☠ ☠

46

Tiraspol, Innenstadt,
Freitag, 8. September, 06:28 Uhr

HERUNTERGEKOMMENE PLATTENBAUTEN, so weit das Auge reichte. Auf dem überbreiten Bürgersteig trotteten Scharen von Transnistriern ihren Arbeitsstätten entgegen. Abel versuchte, sich unter sie zu mischen, kam sich jedoch wie ein bunter Hund vor.

Auf der vierspurigen Straße waren nur wenige Fahrzeuge unterwegs. Mopeds knatterten vorbei, himmelblaue Trabant-Kleinstwagen stießen Wolken süßlich riechender Abgase aus. Für die NGO-Funktionäre mit den schweren Westlimousinen war es offenbar noch zu früh am Tag. Auch von den Ordnungshütern, die gestern noch jede Straßenkreuzung bewacht hatten, war nichts zu sehen.

Ohnehin wäre es keine gute Idee gewesen, ausgerechnet Polizisten um Hilfe zu bitten. Abel hatte noch vor Augen, wie der Polizeioffizier vor dem Fahrer des Toyota-Vans strammgestanden hatte. Vielleicht hatten Varvara Romani und Jewgenij schon eine Fahndung nach ihm herausgegeben.

Die Straße schien grob nach Nordwesten zu verlaufen. Wenn Abel sich immer in diese Richtung hielt, müsste er irgendwann die Grenze erreichen. Aber zu Fuß war er zu langsam und viel zu auffällig. Außerdem bräuchte er die Navigations-App auf seinem Blackberry, um sich im Straßengewirr zu orientieren. Doch sein Smartphone hatte er vorhin wieder heruntergefahren, bevor er es in seinem Hotelzimmer erneut ans Ladekabel gehängt hatte. Und nach der kurzen Ladezeit war der Akku bestimmt höchstens zur Hälfte gefüllt.

Vor allem aber musste er sich unsichtbar machen. Nur wie? Warum zum Teufel kam hier nicht mal ein einziges Taxi vorbei?

Mit Jeans und hellblauem Hemd, dunkelblauem Jackett und schwarzen Sneakers wäre er in keiner westlichen Stadt aufgefallen. Hier jedoch zog er alle Blicke auf sich. Mit jeder Faser schien er auszustrahlen, dass er ein Fremder war.

Allein und auf der Flucht vor der transnistrischen Staatsmacht.

☠ ☠ ☠

Alle fünf Schritte spähte Abel über die Schulter zurück, darauf gefasst, einen schwarzen Range Rover mit einem wutentbrannten Jewgenij am Steuer zu entdecken. Oder ein paar Toyota-Vans voll waffenstarrender Agenten.

Mit ächzenden Achsfedern stoppte plötzlich ein schrottreifer Lada neben ihm am Straßenrand. Abel warf ihm nur einen gehetzten Blick zu und ging weiter. Das leichenwagenschwarz lackierte Gefährt sah wie die automobile Version eines Seelenverkäufers aus. Der rechte Seitenspiegel war mit Klebeband befestigt, das rechte Vorderlicht fehlte. Abel vermutete, dass es um die linke Seite nicht besser bestellt war. Die ganze Karre war mit Beulen und Rostfraß übersät wie ein Pubertierender mit entzündeten Aknepickeln. Nur dass die Jugendzeit dieses Sowjetvehikels mindestens ein halbes Jahrhundert zurücklag.

Der Fahrer ließ sich so leicht nicht abschütteln. Mit klapperndem Auspuff rollte er neben Abel her. Dabei beugte er sich zum Beifahrerfenster hinüber, das ganz heruntergekurbelt oder eher wohl herausgefallen war. Der Mann war in mittleren Jahren, hatte spärliche schwarze Haare und war offenbar magenkrank. Sein Gesicht war eingefallen, die Haut grau und von scharfen senkrechten Falten durchzogen.

Der Mann nahm ein Stück Pappe vom Beifahrersitz und hielt es so, dass Abel die darauf gekritzelten Zeichen sehen konnte. Mit einiger Mühe entzifferte er TAKSI.

»Taxi?«, wiederholte er ungläubig.

Der Fahrer bejahte mit einem Grinsen, das braun verfärbte Zahnstümpfe freilegte.

»To the border?«, fragte Abel, zwischen Hoffnung und Argwohn schwankend. Der Mann sah wie ein geistig beschränkter Kleinganove aus. Aber im Vergleich mit Jewgenij und Konsorten wirkte er fast schon wieder harmlos.

»Border, no problem«, nuschelte der Fahrer. »Me – Jossi!« Er tippte sich auf die eingefallene Brust. Dann griff er zwischen den Vordersitzen hindurch nach hinten, verrenkte sich mit erstaunlichem Geschick und stieß die hintere Tür auf Abels Seite auf. Gleichzeitig ging mit einem erbarmungswürdigen Röcheln der Motor aus.

Keine allzu gute Idee, in diese Kiste einzusteigen, sagte sich Abel. Aber habe ich eine andere Wahl?

Er warf einen raschen Blick zurück. Der Autoverkehr hatte zugenommen. Zwischen Mopeds und Motorrädern, überalterten russischen Kleinlastwagen und vereinzelten modernen Westkarossen machte er in einiger Entfernung einen schwarzen Range Rover aus, dem zwei graue Kleinbusse folgten. Der Schreck fuhr ihm die Glieder. Nein, er hatte keine Wahl. Er riss die stöhnende Tür weiter auf und ließ sich auf die zerfetzte Kunstlederbank fallen.

»Go!«, sagte er. »To the border! Hurry up!«, spornte er Jossi an, der nur eifrig nickte und seine Zahnstümpfe paradieren ließ.

Die schmierige Sonnenblende auf der Beifahrerseite war nach unten geklappt. Sie enthielt tatsächlich noch den Original-Spiegel aus

Breschnews Zeiten. Sprünge breiteten sich darüber aus wie ein Spinnennetz.

»Nach Bender, okay?«, drängte Abel. »Los geht's!«

Er war versucht, Jossi an der Schulter, die sich knochig unter seinem Sweatshirt abzeichnete, zu packen und zu schütteln. Das geradezu malerisch zerlumpte Kleidungsstück war mit weißen und blauen Längsstreifen gemustert.

So tief, wie es die Enge des Fahrgastraums und die Länge seiner Beine erlaubten, rutschte Abel auf seinem Sitz nach unten. Durch den Spinnennetzspiegel in der Sonnenblende konnte er die Straße hinter ihnen im Blick behalten.

Jossi drehte den Zündschlüssel um und ließ den Anlasser orgeln. Andächtig lauschte er den Geräuschen aus der Tiefe des Motorraums und nickte Abel dabei mit über die Schulter verdrehtem Kopf zu. Nach einer gefühlten Ewigkeit sprang der Motor tatsächlich an. Es klang wie das Husten eines Kettenrauchers. Im Spiegel war kurzzeitig nur eine blauschwarze Qualmwolke zu sehen, dann verflog der Rauch und gab den Blick auf den Range Rover frei.

Abel rutschte noch tiefer in seinen Sitz. Hinter dem Steuer des gewaltigen SUVs saß Jewgenij, an seiner Seite die Vizegeneralin, höchstens noch drei, vier Wagenlängen entfernt. Jewgenij hatte die Zähne gebleckt, er sah furchterregend aus.

Währenddessen rührte Jossi mit dem spazierstockartigen Schalthebel im Getriebe. Es hörte sich an, als würden Zahnräder geschreddert. Dann plötzlich war der erste Gang drin, und das waidwunde Vehikel machte einen Satz nach vorn. Jossi nickte Abel grinsend zu und schickte sich an, loszufahren.

Abel legte ihm eine Hand auf den Arm. »Wait a moment«, sagte er.

Der Range Rover donnerte an ihnen vorbei, gefolgt von zwei Toyota-Kleinbussen. Die Agenten drückten sich fast die Nasen an den Scheiben platt, so angestrengt hielten sie Ausschau nach Abel. Doch auf die Idee, dass er in der räudigen Rostlaube direkt neben ihnen Unterschlupf gefunden hatte, kamen sie augenscheinlich nicht.

Abel gratulierte sich zu dem Zufall, der ihm zum richtigen Zeitpunkt dieses Taxi geschickt hatte. Auch wenn es die marodeste Schrottkarosse auf Erden war und er dem Fahrer unter anderen Umständen nicht einmal sein Handgepäck anvertraut hätte.

Geschweige denn sein Leben.

☠ ☠ ☠

47

Im Taxi zur Grenze,
Freitag, 8. September, 06:53 Uhr

Die Achsfedern ächzten bei jedem Schlagloch, und die Federung von Abels Sitzbank gab ihnen klagend Antwort. Der Kunstlederbezug war in Kombination mit seiner Körperwärme so schweißtreibend, dass Abels Kleidung nach kürzester Zeit durchnässt war. Sein Jackett behielt er trotzdem an, schließlich enthielt es seine verbliebenen Habseligkeiten. Der Sicherheitsgurt hatte sich nach kurzer Inspektion als unbrauchbar erwiesen; statt mit einem Schnappschloss endete er mit einem Doppelknoten. Den zersprungenen Spiegel behielt Abel genauso im Blick wie die Straße vor ihnen. Aber alles in allem begann er sich ein wenig zu entspannen.

Seit der kleine Konvoi an ihnen vorbeigerauscht war, schienen Jewgenij, die Vizegeneralin und die beiden Vans voller Agenten wie vom Erdboden verschluckt. An der einen oder anderen Straßenkreuzung hatte Abel Polizeiposten bemerkt, aber die schienen sich für Jossi und seine keuchende Karosse nicht zu interessieren.

Soweit Abel die kyrillischen Verkehrsschilder entziffern konnte, fuhren sie geradewegs zur Grenzstadt Bender. Er erkannte einige markante Stalinbauten und Lenindenkmäler von seiner gestrigen Tour im Range Rover wieder.

Ohne Zwischenfälle ließen sie die Stadt hinter sich und fuhren auf der vierspurigen Schnellstraße, die Abel gleichfalls schon kannte. Als sie die gesperrte Abfahrt zur stillgelegten Alptraumfabrik passierten, hielt er unwillkürlich den Atem an. Doch auch dort, wo es gestern vor Uniformträgern gewimmelt hatte, war heute kein einziger Polizist zu sehen. Allerdings hatten Varvara Romani und Jewgenij auch keinen Anlass, zu vermuten, dass Abel ausgerechnet dort Unterschlupf suchen würde, wo die Stepanov-Brüder grausam ermordet worden waren.

Vor ihnen tauchten schon die ersten Ausläufer von Bender auf. Die Grenzstadt und Tiraspol gingen mehr oder weniger ineinander über. Nicht weit von hier musste der Fluss Dnestr verlaufen, der die Grenze zu Moldawien markierte.

Von seiner Lektüre des Dossiers hatte Abel in Erinnerung, dass sich auf der hiesigen Seite des Dnestr ein Waldstreifen dahinzog, der nicht besonders breit, aber sumpfig und überwiegend unwegsam war. Als er diese geografischen Hinweise überflogen hatte, wäre er nicht im Traum auf den Gedanken gekommen, dass sie in irgendeiner Weise für ihn relevant werden könnten.

Doch nun würde er entlang des Dnestr eine Stelle ausfindig machen müssen, an der er die Demarkationslinie ungesehen überqueren konnte. Einfach an einem der offiziellen Grenzübergänge seinen Pass vorzuweisen hörte sich zwar verlockend an, wäre aber zweifellos keine gute Idee. Der lange Arm der Geheimdienst-Vizechefin reichte garantiert auch bis hierher. Die Grenzsoldaten von der russischen »Friedenstruppe« würden ihn festnehmen und an Jewgenij und seine Totschläger-Jungs übergeben. Und was der transnistrische Bruce Willis dann mit ihm anfangen würde, wollte sich Abel lieber nicht ausmalen. Auf jeden Fall würde es auf ein unorthodoxes Spin-off von *Stirb langsam* hinauslaufen.

Besten Dank, kein Bedarf, sagte sich Abel.

Zum wiederholten Mal versuchte Jossi, ihn in ein Gespräch zu verwickeln. Einleitend tippte er sich jedes Mal auf die Brust, wohl um anzudeuten, dass die folgende Anekdote von ihm selbst handeln würde. Doch sein Englisch war vollkommen unverständlich, und Abel war kein Freund von Smalltalk, schon gar nicht mit Händen und Füßen. Vor allem aber kämpfte er mit der Müdigkeit.

Das Adrenalin in seinen Adern war anscheinend aufgebraucht, und um sein Cortisoldepot stand es nicht besser. Je weiter seine Anspannung nachließ, desto mehr drohte ihn der Schlaf zu überwältigen. Er war seit dreißig Stunden wach und hatte fast fünfzehn Stunden lang obduziert, ohne nennenswerte Pause, dafür unter katastrophalen Bedingungen und mit maximalem Stress. Sein Nervensystem wollte nichts anderes mehr als sofortiges Herunterschalten, sein gesamter Organismus schrie nach Tiefschlaf. Abel hatte Mühe, auch nur die Augen aufzuhalten, während Jossi eine schmale Straße entlangfuhr, eigentlich kaum mehr als ein Feldweg.

Da stimmt doch was nicht, dachte Abel. Mit zusammengekniffenen Augen spähte er nach draußen. *Warum sind wir nicht mehr auf der Schnellstraße?*

Sein Gehirn arbeitete fast so mühsam wie der uralte Lada-Motor. Er versuchte, sich zu erinnern, wann und warum sie die Schnellstraße verlassen hatten. Aber bevor er zu einem Ergebnis gekommen war, bog Jossi erneut ab, diesmal in einen geschotterten Waldweg.

»Hey, was soll das?«, rief Abel. »Wo fährst du hin, verdammt noch mal?«

Jossi kniff die Lippen zusammen, schaltete in den dritten Gang zurück und gab Gas. Der Motor heulte auf. Abel wurde gegen die Rücklehne gedrückt. Schotter spritzte unter den Rädern hervor. Die Karosse ächzte und stöhnte wie eine Horde Schlossgespenster.

Gehört Jossi etwa auch zum Geheimdienst? Hat er den Auftrag, mich zu Jewgenij zurückzubringen?

Abel zerrte an dem gebrechlich wirkenden Türgriff und drückte mit der Schulter gegen die Tür. Sie war entweder arretiert oder klemmte, es kam auf das Gleiche heraus. Er stemmte und warf sich dagegen, doch sie gab keinen Zentimeter nach.

Also blieb Abel nur noch eins: Er musste Jossi irgendwie dazu bringen, anzuhalten. Notfalls mit brachialer Gewalt.

☠ ☠ ☠

Sie rasten mit achtzig Stundenkilometern den kurvenreichen Schotterweg entlang. Von beiden Seiten schlugen Äste gegen die Fenster, und Jossi hatte auch so schon Mühe, den Wagen auf dem schmalen Weg zu halten. Wenn Abel ihn in einen Würgegriff nehmen oder ihm gar einen Schlag verpassen würde, würden sie unweigerlich gegen einen Baum krachen. Mit der fast unvermeidlichen Folge schwerster, möglicherweise tödlicher Verletzungen.

Während Abel sich den Kopf zermarterte, riss Jossi plötzlich das Steuer nach links.

Abel knallte mit dem Kopf rechts gegen die Scheibe. Sekundenlang war er benommen. Er betastete seine Stirn. Über seiner rechten Augenbraue war eine Platzwunde, aus der ihm Blut ins Auge rann.

Bevor er wieder klar sehen konnte, wurde die Tür neben ihm aufgerissen. Jemand packte ihn beim Arm und zerrte ihn grob nach draußen. Durch einen Schleier aus Blut und Benommenheit machte Abel einen stämmigen Mann mit grauer Jacke aus.

Also doch!, dachte er. *Ein abgekartetes Spiel! Das vermeintliche Taxi haben mir Jewgenij oder die Romani geschickt.*

Er versuchte, sich loszureißen, doch der Mann hielt ihn eisern fest. Abel ging leicht in die Hocke und setzte zu einem Fingerstich auf den Solarplexus seines Gegners an, aber im gleichen Moment erhielt er einen Schlag auf den Hinterkopf.

Er bekam noch mit, wie seine Beine unter ihm zusammensackten. Bevor er auf dem Boden aufkam, wurde es bereits um ihn herum dunkel.

☠ ☠ ☠

48

Bei Bender, Senke vor stillgelegtem Steinbruch,
Freitag, 8. September, 13:33 Uhr

Der Mann war nackt bis auf die mit Blut und Exkrementen verdreckten Boxershorts. Er lag auf einem Tisch, der an der Kopfseite stark nach unten geneigt war. Mit Händen und Füßen war der Mann an den Tisch gefesselt; zusätzlich war sein Kopf mit einer eisernen Spange um seine Stirn fixiert.

Über das Gesicht des Mannes war ein graues Tuch gebreitet. Irgendjemand, der sich außerhalb von Abels Sichtfeld befand, goss unablässig Wasser über den ohnehin schon klatschnassen Lappen, wobei er vor Befriedigung grunzte.

Abel hatte grässliche Angst. Ein Teil von ihm wusste, dass er nur träumte, aber das half ihm nicht, die furchtbare Beklemmung abzuschütteln. Er fühlte sich, als wäre er selbst kurz vor dem Ersticken. Obwohl der Mann auf dem Rücken lag, konnte er deutlich seine Kniekehlen erkennen, so als wären ihm die Beine ausgekugelt und falsch herum wieder in die Gelenkpfannen gerammt worden. Auch das war beängstigend, genauso wie der rötlich umrandete Injektionseinstich in der linken Kniekehle, der Abel förmlich anzuspringen schien.

Doch mehr als alles andere fürchtete er den Moment, in dem der Unsichtbare das Tuch wegziehen würde. Abel zermarterte sich den Kopf, aber er wurde sich einfach nicht klar darüber, wer darunter zum Vorschein kommen würde. Und warum er sich so sehr vor dieser Enthüllung fürchtete.

Er warf sich hin und her. Er wollte aufspringen, seine Arme und Beine benutzen, und dann plötzlich erstarrte er. Entsetzen durchschauerte ihn. Er war es, der an Händen und Füßen gefesselt war! Der Mann auf der Tischplatte, der mit Waterboarding gefoltert wurde, war niemand anderes als er selbst!

Mit einem Ruck wurde der Lappen vom Gesicht des Mannes heruntergezogen. Abel stöhnte auf – da lag tatsächlich er selbst, und sein

Gesicht sah aus, als wäre es von einer Horde Verrückter mit Hobeln und Feilen bearbeitet worden. Die Haut war komplett weggeschmirgelt, das entzündete Fleisch war bloßgelegt, teilweise schon weggefault, so dass die Knochen darunter zu sehen waren …

Ein Teil von Abel hatte die ganze Zeit gewusst, dass es ein Traum war. Trotzdem brauchte er mehrere Minuten, um zu realisieren, wo er sich befand. Kalter Schweiß lief ihm über Gesicht und Brust, sein Herz hämmerte. Er wollte sich aufrappeln, doch er war tatsächlich an Händen und Füßen gefesselt. Er lag in einer sandigen Senke, unmittelbar vor einer roh behauenen Wand aus rötlichem Gestein.

Offenbar ein Steinbruch, aber wie bin ich hierhergeraten? Verschwommene Erinnerungsbilder vermischten sich mit Fetzen aus seinem Traum. Jossi und der Lada. Die rasende Fahrt auf dem Waldweg. Und dazwischen immer wieder: sein eigenes, grässlich entstelltes Gesicht, das unter dem Tuch des Folterers zum Vorschein gekommen war. Sie hatten ihn aus dem Wagen gezerrt. Dann musste es zum Handgemenge gekommen sein, und er war k. o. geschlagen worden. Jedenfalls setzte seine Erinnerung an dieser Stelle aus.

In seinem Hinterkopf klopfte es schmerzhaft. Er fühlte sich noch ein wenig benommen, aber sein Verstand begann wieder zu funktionieren. Sein rechtes Auge war verklebt, wahrscheinlich mit angetrocknetem Blut. Abel blinzelte und grimassierte, um seinen Blick klar zu bekommen.

Ein Dutzend Schritte von ihm entfernt hockten drei Männer auf Steinbrocken im Kreis. Zwischen ihnen befand sich ein größerer Steinklotz, der ihnen offensichtlich als Tisch diente. Hätten sie lange Bärte und zottelige Felle getragen, hätten sie glatt als Steinzeitjäger durchgehen können. Aber ihre Kleidung war sehr viel weniger exotisch.

Jeans, Sweatshirt, Turnschuhe, alles ziemlich zerlumpt. Der Kräftigste des Trios, den Abel aufgrund seiner Gestik und Mimik als ihren Anführer ausmachte, trug zusätzlich eine billige Lederjacke in einem seltsamen Graubraunton.

Der Anblick half Abels Gedächtnis auf die Sprünge. Bevor er k. o. gegangen war, hatte er als Letztes die graue Jacke des Anführers gesehen. Vorher war er mit dem Kopf gegen die Autoscheibe geknallt und deshalb schon benommen gewesen. Aus diesem Grund hatte er geglaubt, erneut in die Hände Jewgenijs und seiner Horde grauer Anzugträger gefallen zu sein. Aber wer immer diese Kerle hier sein mochten, mit dem Geheimdienst hatten sie anscheinend nichts zu tun.

Der links auf dem Stein ist Jossi, dachte Abel.

Im Dossier hatte er gelesen, dass in Transnistrien Entführungen keine Seltenheit waren. Die Kidnapper verlangten zwischen zwanzigtausend und einer Viertelmillion Euro an Lösegeld, je nachdem, ob ihnen ein Rucksacktourist oder ein hochrangiger NGO-Vertreter ins Netz gegangen war.

Verdammter Mist, dachte Abel. *Da habe ich offenbar die Pest gegen die Cholera eingetauscht!*

Vorsichtig bewegte er die Hände, die hinter seinem Rücken straff zusammengebunden waren. Er lag auf der rechten Seite. Auch seine Füße waren so eng gefesselt, dass sich das Blut staute, und zusätzlich mit den Handfesseln verbunden.

Trotz seiner unbequemen Lage fasste Abel neuen Mut. Die Knoten ließen sich lockern, wenn er die Handgelenke in den Fesseln bewegte und dehnte. Offenbar hatte er es weder mit Agenten noch mit Berufsverbrechern zu tun. Profis würden Knoten verwenden, die sich enger zuzogen, wenn man an ihnen zerrte, oder sie würden gleich Kabelbinder benutzen.

Jossi und seine beiden Kumpane palaverten sichtlich aufgeregt. Anscheinend hatten sie noch nicht bemerkt, dass ihr Fang des Tages zu sich gekommen war. Sie sprachen Russisch miteinander, daher verstand Abel praktisch kein Wort. Der stiernackige Mann, der Jossi gegenüber saß, hieß offenbar Talip. Er hatte einen gewaltigen Schmerbauch, der ihm wie ein Geschwür über den Gürtel quoll, und bekam sogar im Sitzen zu wenig Luft. Falls es Abel gelang, die Flucht zu ergreifen, wünschte er sich Talip als Verfolger. Auch mit dem rachitischen Jossi würde er es notfalls aufnehmen. Ein anderes Kaliber war dagegen der Anführer mit der graubraunen Lederjacke, den die beiden anderen Ilja nannten. Mit den wulstigen Brauen über stark hervortretenden Glubschaugen erinnerte er an den einstigen Sowjet-Staatschef Breschnew.

Abel täuschte einen Hustenanfall vor. Sofort erhob sich der Anführer und kam mit breitbeinigem Cowboygang zu ihm herüber. »You okay?«, fragte er und beugte sich über Abel. Dabei stützte er seine Hände auf den Oberschenkeln auf und musterte Abel intensiv und mit einem Lächeln, das beinahe wohlwollend wirkte.

»Euer Geheimdienst ist hinter mir her!«, fuhr ihn Abel auf Englisch an. »Vizegeneral Varvara Romani, sagt dir der Name was? Sie wird euch den Kopf persönlich abreißen, wenn ihr mich nicht sofort laufen lasst!«

Ilja beugte sich tiefer zu Abel herab. Aus der Nähe sah er Breschnew in dessen mittleren Jahren noch ähnlicher. »You rich?«

Abel zerrte an seinen Fesseln. »Kapierst du nicht, du Schwachkopf? Die bringen uns alle um!«

Ilja richtete sich wieder auf und schlug sich auf die Brust. »I kidnap!«, verkündete er mit sichtlichem Behagen. »You my prey. You bring me lot of ransom! Two hundred thousand Euro!«

Er rieb sich die Hände und strahlte Abel an. Seine Augenbrauen zuckten.

Abel stöhnte frustriert auf. Der Anführer knurrte einen Befehl, und Jossi und Talip kamen zu ihnen herüber. Die beiden Gauner kauerten sich links und rechts neben Abel, drehten ihn auf den Rücken und klopften seine Taschen ab.

Es war schmerzhaft für Abel, auf seinen zusammengebundenen Armen und Unterschenkeln zu liegen, aber er biss die Zähne zusammen. Jossi und Talip stöberten in seinen Taschen, nahmen ihm Blackberry und Brieftasche weg und sammelten sogar das Klimpergeld aus der Münztasche in seinen Jeans ein.

Abel presste seinen Oberarm gegen den im Geheimfach versteckten Ring. Er zwang sich, gleichmäßig weiterzuatmen, während Talip auf der Suche nach weiteren Taschen an seinem Jackett herumfingerte. Erneut waberten ihm Fetzen aus seinem Traum durch den Kopf. Sein Unterbewusstsein hatte den Fall Stepanov mit den beiden anderen Fällen gemixt, die ihn bei seiner Abreise aus Berlin beschäftigt hatten. Wie die Opfer von Katz alias Lenski hatte der Mann in seinem Traum eine Einstichstelle in der Kniekehle; wie die ermordeten Putzkräfte in Berliner Abgeordnetenhäusern wurde er mit Waterboarding gefoltert; und wie bei den Toten im Kalkcontainer war sein Gesicht schaurig entstellt und teilweise skelettiert.

Aber es war nicht mein Gesicht, dachte Abel. *Das hat nur so ausgesehen, weil es eben ein Alptraum war.* Ein menschliches Gesicht, das durch ungelöschten Kalk und durch fortgeschrittene Verwesung so weitgehend zersetzt war, wies kaum mehr individuelle Züge auf.

Trotzdem war dieser Traum weit mehr als ein sinnloser Spuk, den seine aufgewühlte Psyche und seine überreizten Nerven veranstaltet hatten. Davon war Abel überzeugt. Sein Unterbewusstsein wollte ihm auf diese Weise einen Hinweis geben. Er begriff jedoch noch nicht annähernd, worin dieser Hinweis bestand. Vielleicht hingen die Fälle irgendwie miteinander zusammen. Aber ergab das irgendeinen Sinn? Oder gab es zumindest zwischen zweien von ihnen eine Verbindung? Vielleicht zwischen Lenski und Burkjanov? Auch Lenski hatte einen russischen Hintergrund, das immerhin. Aber war das mehr als ein banaler Zufall? Oder gab es schlicht zu viele offene Fragen in ganz verschiedenen Fällen, und sein erschöpfter Körper benötigte einfach dringend eine Pause?

Talip öffnete unsanft den Lederriemen, mit dem Abels Armbanduhr am Handgelenk befestigt war, doch Abel nahm es kaum zur Kenntnis. Mit seinen Gedanken war er immer noch bei der Botschaft, die der Traum – seine Intuition – ihm übermittelt hatte. *Leider wieder mal ziemlich unklar*, dachte er.

Dann fiel ihm Uli Döpfner ein. Lenskis Kumpel aus Studententagen, dessen Kontaktdaten Frau Hübner herausgefunden hatte. Von Uli Döpfner würde er hoffentlich erfahren, wo Lenski untergetaucht sein konnte – aber nicht nur das.

Ilja pfiff seine beiden Suchhunde zurück. Brav apportierten sie ihre Beute. Erneut setzten sich alle drei um den Steinbrocken herum, der ihnen als Tisch diente.

Abel richtete seine Aufmerksamkeit wieder auf seine äußere Umgebung. *Was auch immer mein Unterbewusstsein mir sonst noch mitteilen wollte*, dachte er, *einen wertvollen Hinweis kann ich jetzt schon ableiten: Wenn irgendjemand die Identität des MGIMO-Absolventen mit der Nummer 73551 herausfinden kann, dann ist das der IT-Freak Uli*

Döpfner. Auf jeden Fall wäre das ein guter Grund, um mit ihm Kontakt aufzunehmen.

Ilja inspizierte derweil Abels Brieftasche. Nacheinander zog er Kreditkarten, EC-Karten und Bargeld heraus und reihte alles neben Abels Uhr und Blackberry auf.

Zuletzt fischte er Abels knallroten Pass mit der Aufschrift *DIENSTPASS – Official Passport* aus der Brieftasche hervor. Die ungewöhnliche Farbe und Beschriftung schien das Trio zu irritieren. Sie wechselten Blicke. In besorgtem Tonfall gab Talip einen längeren Wortschwall von sich, in dem mehrfach »Diplomatij« oder etwas ähnlich Klingendes vorkam.

Ilja bellte eine Frage in Richtung Jossi. Der hagere Mann mit den tiefen Falten setzte eine gewichtige Miene auf, wandte sich zu Abel um und taxierte ihn wie ein Stück Vieh. Er stand erneut von seinem Steinbrocken auf, kam zu Abel und umkreiste ihn, wobei er sein Kinn in Denkerpose auf eine Hand stützte. Entgeistert sah ihm Abel bei dieser possenhaften Darbietung zu.

»Tourist!«, stieß Jossi schließlich hervor und zeigte mit dem Finger auf Abel. »You tourist – your family pay!«

»No!«, schrie Abel. »Nein, verdammt! Euer Präsident hat mich eingeladen!«

Aber Jossi war schon wieder zu seinen Kumpanen zurückgekehrt. Ilja schob Abels Habseligkeiten auf dem Steintisch hin und her, und das Gaunertrio begann, leidenschaftlich um die Verteilung der Beute zu feilschen.

49

Bei Bender, Senke vor stillgelegtem Steinbruch,
Freitag, 8. September, 14:52 Uhr

Als Abel wieder zu sich kam, dröhnte sein Kopf wie eine Trommel. Seine Kehle fühlte sich wund an. Er leckte sich die Lippen, die vor Trockenheit aufgesprungen waren. Wieso war er eingeschlafen? Wie lange hatte er geschlafen? Und warum fühlte es sich an, als wäre er erneut bewusstlos gewesen? Nicht nur sein Kopf tat weh, auch seine Arme und sein Brustkorb schmerzten, als er sich vorsichtig bewegte.

Die Senke vor dem Steinbruch lag in der prallen Sonne. Abel kniff die Augen zusammen und spähte in den Himmel hinauf. Für Anfang September war es ungewöhnlich warm. Die Sonne begann sich bereits wieder gen Westen zu neigen. Er schätzte, dass es drei Uhr nachmittags war.

»Wasser!«, krächzte er auf Englisch. »Gebt mir wenigstens was zu trinken, ihr Arschlöcher!«

Ilja, Talip und Jossi hockten noch immer um den Steinbrocken herum. Als Talip aufstand und schnaufend zu ihm heruntergestapft kam, fiel Abel wieder ein, weshalb ihm jeder zweite Knochen wehtat.

Er hatte seine Kidnapper angeschrien, sie sollten ihn freilassen. Talip hatte ihm Fußtritte in die Rippen und gegen die gefesselten Arme versetzt, aber Abel hatte weiter herumgeschrien. »Sie bringen uns alle um! Nicht nur mich – euch genauso, ihr Schwachköpfe!« Talip hatte sich zu ihm heruntergebeugt, sein Bauch ein schlapper Medizinball, den er auf den Oberschenkeln balancierte. Er hatte seine Rechte zur Faust geballt und Abel so hart auf den Kopf geschlagen, dass wieder alles um ihn herum in Dunkelheit versunken war.

»Wasser!«, wiederholte Abel nun leiser und sah Talip direkt in die Augen. Jossi mochte als Menschenkenner eine glatte Fehlbesetzung sein, dafür war Talip unzweifelhaft eine Leuchte im Leuteverdreschen. Vor allem dann, wenn seine Gegner an Händen und Füßen gefesselt und halb verdurstet waren.

»You drink?«, fragte Talip. Abel nickte eifrig. Der fette Mann machte Anstalten, seinen Hosenschlitz zu öffnen.

Was kommt jetzt?, dachte Abel. *Will er mich etwa anpinkeln?*

In der Gewalt von Kidnappern zu sein, war unerfreulich genug – und konnte im konkreten Fall schnell lebensgefährlich werden, wenn Jewgenij und Konsorten ihn hier aufspüren würden. Aber zumindest war Abel bisher davon ausgegangen, dass die Entführer ihn halbwegs korrekt behandeln würden. Doch wie es jetzt aussah, hatte er es zu allem Überfluss mit mindestens einem sadistischen Psychopathen zu tun.

Talip war noch auf der Suche nach seinem Reißverschluss, der unter seinem Bauch wie unter einer Schlammlawine verschüttet war, als Ilja ihm einen Befehl zubellte. Talip zog eine Grimasse, gab die Suche auf und zog stattdessen Abels Blackberry aus der Hosentasche.

»You say PIN!«, brachte er schnaufend hervor. »Or I beat shit out of you!«

Abel brauchte nicht lange, um diese Optionen gegeneinander abzuwägen. Für einen Gegenstand, der sich leicht ersetzen ließ, seine Gesundheit zu riskieren, wäre sinnloses Heldentum. Talip würde ihn mit größtem Vergnügen so lange mit Fäusten und Füßen traktieren, bis er die Geheimzahl ausspucken würde, gefolgt von einem halben Dutzend Zähnen. Und mit einer ernsthaften Verletzung, beispielsweise einem Knochenbruch, hätte Abel keine Chance mehr, über die Demarkationslinie zu gelangen, bevor Burkjanovs Häscher ihn aufgespürt hätten.

»Wasser«, krächzte er erneut. »Bring mir Wasser, dann bekommst du den PIN-Code.«

Ilja knurrte einen weiteren Befehl. Jossi ging zum Auto, das etwa zwanzig Meter entfernt auf der Lichtung stand, und kam mit einer Feldflasche zurück. Er kauerte sich neben Abel und schraubte die Blechflasche auf, deren Filzummantelung so zerfetzt war, dass sie an Spinnweben erinnerte.

»Good drink«, sagte Jossi und hielt ihm die Flasche an den Mund. Abel trank gierig, stockte kurz und trank dann entschlossen weiter. Es war kein pures Wasser, wie er angenommen hatte, sondern stark verdünnter Schnaps. Doch Abel war so ausgedörrt, dass er notfalls auch einen Liter Wein in sich hineingekippt hätte. *Der Alkoholanteil sorgt zumindest dafür, dass die Flüssigkeit einigermaßen keimfrei ist*, sagte er sich.

Als Abel die Flasche bis zum letzten rostigen Tropfen geleert hatte, rappelte sich Jossi zu seiner Linken wieder auf. Gleichzeitig beugte sich Talip von rechts erneut zu ihm herunter.

»PIN – now!«, verlangte er schnaufend.

Abel nannte ihm den vierstelligen Code. Talip nickte gewichtig und richtete sich wieder auf. Bevor er sich umwandte und die kurze Steigung in Angriff nahm, schaute er demonstrativ auf seine Armbanduhr.

Auf Abels Uhr, genauer gesagt, ein Swiss-Military-Modell, das Lisa ihm letztes Jahr zum Geburtstag geschenkt hatte.

Anscheinend haben sie sich mittlerweile auf die Verteilung der Beute geeinigt, dachte er.

Auch die Uhr ließ sich ersetzen; trotzdem versetzte es ihm einen Stich, sie am Handgelenk des Schlägers zu sehen.

Ich muss es nur bis zur deutschen Botschaft in Chişinău schaffen, sagte er sich, *da bekomme ich jede erforderliche Unterstützung. Einschließlich Ersatzreisepass und dem nötigen Kleingeld für ein Rückflugticket, falls ich auch meine Brieftasche hier zurücklassen muss.*

Aber das war noch lange nicht ausgemacht. Abel hatte sich so auf die Seite gedreht, dass er den Kidnappern seine Vorderseite zuwandte. So konnten sie nicht sehen, wie er seine hinter dem Rücken zusammengeschnürten Hände unablässig bewegte. Er drehte die Handgelenke hin und her, spreizte die Finger, winkelte die Hände an. Seinen rechten Daumen hatte er mittlerweile in den Knoten gebohrt, der sich auf seinem linken Handgelenk genau dort befand, wo Abel normalerweise seine Armbanduhr trug. Unaufhörlich zog und zerrte er an der Schlaufe, die langsam, aber sicher größer wurde.

Ilja, Jossi und Talip kümmerten sich nicht um ihn. Sie hatten sein Smartphone gestartet und die PIN eingegeben. Alle drei hatten die Köpfe zusammengesteckt und starrten auf den kleinen Bildschirm.

Vielleicht scrollen sie meine Kontaktliste durch und überlegen, von wem sie ein Lösegeld erpressen sollen, überlegte Abel.

Aufgeregt redeten sie durcheinander. Ilja schwang wieder große

Reden, aber seine Autorität schien zu bröckeln. Alle drei wirkten unschlüssig. Offenbar waren sie noch unprofessioneller, als Abel vermutet hatte. Vielleicht war es ihr erstes Kidnapping, und sie hatten vorher nicht überlegt, wie sie ihre menschliche Beute versilbern konnten.

Der Knoten an Abels Handgelenken begann sich zu lösen. Abels Herzschlag beschleunigte sich, doch er zwang sich, in der gleichen Haltung wie bisher liegen zu bleiben. Erst musste er auch noch seine Fußfesseln lösen. Dann musste er auf einen Moment warten, in dem seine Bewacher abgelenkt wären. Und bis dahin musste er genau festgelegt haben, wie er anschließend vorgehen würde. Aufspringen und geradewegs in den Wald vor der Grenze sprinten, der etwa zwanzig Schritte rechts von ihm begann? Oder sollte er versuchen, vorher seine Brieftasche und sein Handy wieder an sich zu bringen?

Die Brieftasche lag noch auf dem Steinbrocken, der dem Gaunertrio als Tisch diente. *Das wäre ein zusätzlicher Zehn-Meter-Spurt*, überlegte Abel, *außerdem ziemlich steil bergauf.* Solange Ilja und die beiden anderen dort saßen, hatte er keine Chance, seine Sachen zu schnappen und ungeschoren in den Wald zu entkommen. Sie würden sich auf ihn stürzen, ihn erneut überwältigen, und diesmal würde Talip ihm alle Knochen brechen. Aus dem erwartungsvollen Blick, mit dem der fette Mann immer wieder zu ihm herüberschaute, konnte Abel unschwer herauslesen, dass Talip nur auf eine günstige Gelegenheit wartete, ihn erneut zu malträtieren.

Mindestens eine Viertelstunde lang grübelte Abel vor sich hin, während die Kidnapper weiter auf sein Smartphone starrten und durcheinanderschrien. Da ertönte von Osten her ein undefinierbares Geräusch. Zunächst war es nur ein Surren, doch es wurde rasch lauter. Bald schon schien der ganze Luftraum über dem Steinbruch zu vibrieren.

Ilja, Jossi und Talip sprangen auf und starrten nach oben. Sie wirkten weniger alarmiert als verdutzt, und genauso erging es Abel. Doch was immer die Ursache dieses metallischen Surrens sein mochte, es war genau die Ablenkung, auf die er gewartet hatte.

Mit einem Ruck befreite er sich von seinen Fesseln. Er rieb sich Hände und Handgelenke, in denen es heftig kribbelte, als die Blutzufuhr wieder in Gang kam. Seine Füße fühlten sich noch ziemlich taub an, aber das würde sich bald geben.

In diesem Moment glitt vor Abel ein länglicher Schatten mit plumpen Flügeln über den Boden. Verblüfft schaute er nach oben. Oberhalb der Steinbruchwand schwebte ein seltsames Fluggerät. Zuerst glaubte Abel, dass es sich um ein Spielzeug handelte, aber dafür war das Ding zu groß. Außerdem kam es zielstrebig auf sie zugeflogen. Kameraaugen blitzten auf. Offenbar filmte das Flugobjekt alles, was sich in seiner Umgebung abspielte.

Eine Drohne!, fuhr es Abel durch den Kopf. *Von Varvara Romani oder von Jewgenij ausgesandt, um mich aufzuspüren. Aber wie hat mich das Ding gefunden?*

Und, was noch viel seltsamer war, warum flog die Drohne zielstrebig auf das Gaunertrio zu?

Abel war noch etwas unsicher auf den Beinen, als er aufsprang und die kurze Steigung zu seinen Kidnappern hinaufrannte. Das Dröhnen war jetzt so laut, dass die Ganoven ihn erst bemerkten, als er schon dicht bei ihnen war. Offenkundig waren sie völlig durcheinander. Sie starrten nur abwechselnd ihn und die Drohne entgeistert an.

»Diplomatij!«, rief Ilja aus und schüttelte die Faust in Jossis Richtung. »Idiot!«

Abels entriss ihm seinen Blackberry und schnappte sich seine Brieftasche mitsamt dem darauf liegenden Pass vom Steintisch. Er fuhr herum, rannte die kurze Steigung wieder hinab und so schnell er konnte auf den Wald am westlichen Rand der Senke zu.

Im Rennen warf er einen raschen Blick zurück. Die drei Ganoven liefen, fast übereinander stolpernd, zurück zu Jossis Schrottkarre.

Die Drohne beschrieb eine Kurve und flog in geringem Abstand hinter Abel her, bis er zwischen die dicht stehenden Bäume am Waldrand tauchte.

Jetzt bin ich endgültig auf der Jagd, ging es Abel durch den Kopf. *Aber nicht als Jäger, sondern als Gejagter.*

50

Grenzwald am Dnestr,
Freitag, 8. September, 15:13 Uhr

Im Wald gab es nicht einmal einen Trampelpfad, nur dicht stehende Bäume und dazwischen abwechselnd Sumpf, Schluchten und gewaltige Dornenhecken, die ihn immer wieder zu Umwegen zwangen.

Abel orientierte sich grob in Richtung Westen, der sinkenden Sonne entgegen. Tendenziell musste er sich mehr nach Nordwesten bewegen, damit er nördlich von Bender auf den Grenzfluss traf. Außerhalb der Stadt hatte er bestimmt bessere Chancen, den Dnestr zu überqueren, ohne von Grenzschützern bemerkt zu werden. Außerdem verlief dort die Schnellstraße nach Chişinău, falls er sich richtig erinnerte.

Aber zunächst musste er einen möglichst großen Vorsprung gewinnen.

Im Laufen schaltete er seinen Blackberry aus und schob ihn in die rechte Innentasche seines Jacketts. Der Akku war nur noch zu weniger als einem Drittel gefüllt, und irgendwann würde der Moment kommen, in dem er dringend telefonieren oder eine SMS verschicken müsste. Auch seine Brieftasche checkte er im Rennen – sie war leer bis auf den vierfach zusammengefalteten Hunderteuroschein im innersten Fach, den die Ganoven übersehen haben mussten.

Bis zur Grenze konnten es nur noch ein paar Kilometer sein. Er hatte noch immer eine gute Chance, es auf die moldawische Seite des Dnestr zu schaffen. Auch wenn ihn das Auftauchen der Drohne stark beunruhigt hatte.

Wie hat mich das verdammte Ding aufgespürt? Oder war das Fluggerät vielleicht gar nicht hinter ihm, sondern hinter seinen Kidnappern her?

Nachdem er etwa einen Kilometer gelaufen war, blieb Abel stehen. Er spitzte die Ohren, doch er vermochte weder die Schritte etwaiger Verfolger noch das surrende Geräusch der Drohne auszumachen. Desto lauter hörte er seinen eigenen Atem.

Er beugte sich vor, stützte seine Hände auf die Oberschenkel und wartete, bis seine Atemzüge wieder ruhig und regelmäßig waren. Dann lauschte er erneut.

Nichts. Die Drohne hatte er offenbar abgehängt. Und falls irgendwer zu Fuß hinter ihm her war, mussten es Profis sein, die sich lautlos durchs Gelände bewegten. Ilja, Jossi und Talip konnte er von der Liste möglicher Verfolger streichen. Falls sie es sich anders überlegt hätten und ihn erneut kidnappen wollten, wäre der Wald von Talips Stampfen und Schnaufen erfüllt. Ganz zu schweigen von Iljas gebellten Kommandos und Jossis rachitischem Keuchen.

Abel hatte immer noch quälenden Durst, aber auch das konnte warten, bis er das westliche Flussufer erreicht hatte. Wolken waren aufgezogen, so dass er sich nicht mehr am Stand der Sonne orientieren konnte.

Er zog sein Smartphone aus der Tasche und fuhr es hoch, gab seinen PIN-Code ein und startete die Navigations-App. Er würde nur einen kurzen Blick auf die Landkarte werfen, um sich grob zu orientieren, und sein Smartphone dann gleich wieder ausschalten.

Kurz erwog er abermals, Lisa anzurufen, doch er verwarf den Gedanken aus dem gleichen Grund wie im Hotel. Er würde sie nur beunruhigen. Und was war mit Herzfeld oder anderen Entscheidern beim BKA? Sollte er sie über seine missliche Lage informieren? Die Idee war verlockend, aber nur auf den ersten Blick. Natürlich würden sie versuchen, ihn hier herauszuholen. Aber die außen- und innenpolitischen Verwicklungen, die Abel damit heraufbeschwören würde, wollte er sich lieber nicht ausmalen.

Besten Dank, dachte er. *Lieber schlage ich mich alleine durch, als mich anschließend vor Bürokraten und Untersuchungskommissionen rechtfertigen zu müssen. Und die Gefahr ist viel zu groß, dass Varvara Romani meinen Aufenthaltsort erfährt und ihre Kettenhunde mich umgehend aus dem Verkehr ziehen, wenn ich über offizielle Kanäle gehe.*

Als sich die Karte auf dem Display seines Blackberry aufgebaut hatte, stellte er fest, dass er in etwa auf dem richtigen Kurs war. Gut vier Kilometer westlich verlief der Dnestr. Allerdings bestand das Ufergebiet auf einer Länge von fünf Kilometern aus unwegsamem Sumpf. Um die Gefahr unmissverständlich zu kennzeichnen, hatten die Kartographen den Sumpfstreifen mit Dreieckszeichen versehen, in denen *Danger!* stand. Also blieb Abel nichts anderes übrig, als sich zunächst rund fünf Kilometer in Richtung Norden durchzuschlagen, um dann erneut nach Westen zu schwenken.

Das war ärgerlich und würde ihn unter Umständen Stunden kosten. Er hielt Ausschau nach Landmarken, die ihm die Orientierung erleichtern würden, als er erneut das metallische Surren hörte. Es näherte sich von Osten und wurde rasch lauter.

Wie zum Teufel hat mich die Drohne erneut aufgespürt? Abel spähte zu den Baumwipfeln hinauf. Von dem Fluggerät war nichts zu sehen, aber das sich nähernde Surren war nicht zu missdeuten

Sein Blick fiel auf das Smartphone, das er noch in der Hand hielt. *Na klar, das verdammte Ding ortet mich über GPS!*

Rasch fuhr Abel seinen Blackberry herunter und steckte ihn ein. Er schüttelte den Kopf über seine eigene Begriffsstutzigkeit. Darauf hätte er auch schon früher kommen können!

Erneut spitzte er die Ohren, aber die Drohne kam nicht mehr näher. Orientierungslos schien sie einige Minuten lang über den Bäumen zu kreisen, dann drehte sie ab. Aus dem leiser werdenden Summen schloss Abel, dass sie sich langsam wieder in Richtung Osten entfernte.

Solange mein Smartphone ausgeschaltet ist, dachte er, *ist die Drohne für meine Verfolger hier im Wald mehr oder weniger wertlos.*

Im Grunde war das eine gute Nachricht. Er brauchte sowieso keine Navi-App, um sich zu orientieren. Als er bei der Bundeswehr zum Fernspäher ausgebildet worden war, hatte er eine Vielzahl nützlicher Fertigkeiten gelernt. Sie waren darauf gedrillt worden, sich ungesehen durchs Gelände zu bewegen, Verfolger in die Irre zu führen und feindliche Linien unbemerkt zu durchqueren. Und zwar ohne jegliche technische Hilfsmittel, ob Kompass, Fernglas, Schusswaffen oder Mobiltelefone, die es damals – Anfang der 1980er-Jahre – sowieso noch nicht gab. Die Fernspäher waren eine im Verborgenen operierende Bundeswehr-Eliteeinheit gewesen, die zu Zeiten des Kalten Kriegs eine nicht ganz unbedeutende strategische Rolle gespielt hatte. In dem keineswegs unwahrscheinlichen Fall, dass Westdeutschland von Ostblocktruppen besetzt werden würde, sollte sie sich an der innerdeutschen Grenze in Erdverstecken vom Feind überrollen lassen, um hinter den feindlichen Linien Sabotage zu betreiben und so viel Chaos wie möglich in den Reihen der Besatzer zu stiften.

Das ist lange her, dachte Abel. Auf dem Höhepunkt seiner soldatischen Fähigkeiten hätte er es durchaus mit Elitekämpfern feindlicher Nationen aufnehmen können, doch heute verfügte er kaum noch über diese Fertigkeiten. Amateure wie Ilja und Co. oder notfalls auch Jewgenijs Agentenhorde hinters Licht zu führen traute er sich immerhin noch zu. Wenn sie jedoch Einsatzkräfte von den Speznas auf ihn ansetzten, der legendären Spezialeinheit des russischen Militärgeheimdienstes, waren seine Chancen, lebend den Dnestr zu erreichen, äußerst gering. Um nicht zu sagen, gleich null.

Aufs Neue beunruhigt, sah sich Abel nach allen Seiten um. *Wenn du dich durch den Wald bewegst und hinter dir nicht das leiseste Knacken eines Zweigs vernimmst, geschweige denn Schritte oder gar Stimmen hörst, dann kann das bedeuten, dass niemand hinter dir her ist. Oder es heißt, dass du von speziell für die Menschenjagd trainierten Häschern verfolgt wirst – und dann kann es sein, dass du dich im einen Moment noch in Sicherheit wähnst und im nächsten die Mündung einer Pistole im Nacken hast. Oder ein Messer von hinten zwischen die Rippen bekommst.*

Abel hatte mit einem Anflug von Panik zu kämpfen. *Damit kannst du umgehen,* ermahnte er sich.

Erst vor kurzem hatte er sich mit Lars Moewig getroffen, einem alten Kumpel aus Bundeswehrtagen. Unter anderem hatten sie über die Mentaltechniken geredet, die sie in ihrer Fernspähkompanie gelernt hatten, um in gefährlichen Situationen nicht in Panik zu geraten. Lars Moewig war zunächst Berufssoldat, später Söldner gewesen und hatte diverse Kampfeinsätze in Afghanistan und anderen Krisen- und Kriegsgebieten hinter sich. Ihn hätte Abel jetzt gern an seiner Seite gehabt.

Aber du bist auf dich allein gestellt, sagte er sich. *Auch damit hast du umzugehen gelernt.*

Als er sich wieder in Bewegung setzte, achtete er darauf, gleichmäßig und weder zu tief noch zu flach zu atmen. Selbstkontrolle war in hohem Maß eine Frage der Atemtechnik. Bei aufkommender Angst neigte man dazu, entweder zu hyperventilieren oder, im Gegenteil, zu hypoventilieren, also den Atem unwillkürlich anzuhalten und dadurch der Lunge zu wenig Atemluft zuzuführen. Beides konnte zu Panikzuständen und mentalen Ausfallerscheinungen führen.

Der Himmel war mittlerweile von einer geschlossenen Wolkendecke überzogen. Notfalls hätte Abel sogar einen primitiven Kompass herstellen können, um sich ohne Hightech-Hilfsmittel zu orientieren. Doch er wollte sich ja in Richtung Nordwesten bewegen, und da gab es eine weit einfachere Orientierungsmöglichkeit, die sich in seiner Zeit als Fernspäher während tagelanger Übungen bewährt hatte.

Baumstämme waren immer an der Seite mit Moos bewachsen, die der Sonne am wenigsten zugewandt war, und in mitteleuropäischen Wäldern war das eben Nordwesten. Er musste also im Gehen nur auf den Moosbewuchs der Baumstämme achten, dann hielt er unweigerlich Kurs.

Abel marschierte fast drei Stunden lang, ohne irgendwelche Anzeichen dafür zu bemerken, dass er verfolgt wurde. Doch er gab sich keinen Illusionen hin. So einfach würden Varvara Romani und ihre Agenten ihn nicht davonkommen lassen.

Er kam noch langsamer voran, als er befürchtet hatte. Immer wieder musste er Schluchten umgehen oder wurde von endlosen Dornenhecken abgedrängt. Mit jedem Schritt, den er in Richtung Nordwesten vorstieß, wurde der Untergrund sumpfiger. Bald schon gluckste und schmatzte der Boden unter seinen Sohlen. Die Fußabdrücke, die seine Sneakers im morastigen Boden hinterließen, füllten sich mit immer tieferen Pfützen.

Abel trank ein paar Hände voll von dem erdigen Nass. Es schmeckte nicht gerade großartig, aber es linderte seinen quälenden Durst. Außerdem war der morastige Untergrund ein gutes Zeichen, denn es bewies, dass er sich dem Dnestr näherte. Aber es war äußerst mühsam, durch zähen Morast zu waten, in den er bei jedem Schritt fast bis zu den Knöcheln einsank. Ganz zu schweigen davon, dass er unübersehbare Spuren hinterließ.

Der Abend dämmerte bereits, als Abel plötzlich in der Bewegung erstarrte. In der Luft lag ein Geruch, der nichts Gutes verhieß. Ein sehr schwacher Geruch, aber kaum zu missdeuten.

Zigarettenrauch.

☠ ☠ ☠

51

Grenzwald am Dnestr,
Freitag, 8. September, 18:07 Uhr

ALARMIERT GING ABEL hinter einem Baum in Deckung. Garantiert war es kein Zufall, dass sich hier draußen kurz vor Einbruch der Nacht noch jemand herumtrieb. Seine Verfolger mussten ihn aufgespürt haben. Nachdem ihn die Drohne hier im Grenzwald geortet hatte, brauchten Jewgenij oder Varvara Romani nur noch eins und eins zusammenzuzählen.

Abel erinnerte sich daran, wie ihnen bei der Grundausbildung an der Internationalen Fernspähschule in Weingarten eingetrichtert worden war, im Einsatz niemals zu rauchen. Im Freien konnte man Zigarettenrauch in einem Radius von bis zu dreihundert Metern riechen.

Zumindest sind es keine Elitekämpfer, dachte Abel. *Speznas-Agenten würden niemals rauchen oder miteinander reden, wenn sie jemanden verfolgen. Die Jungs würden plötzlich hinter mir auftauchen, ohne dass ich die geringste Chance hätte, sie vorher zu bemerken.*

Mittlerweile war der Geruch so intensiv, dass seine Verfolger höchstens noch hundert Meter von ihm entfernt sein konnten. Abel spitzte die Ohren und unterschied zwei Männerstimmen, die gedämpft miteinander sprachen. Ein Bass und eine viel höhere Stimme, durchdringend wie das Kläffen eines Terriers.

Gehetzt sah er sich um. Den ganzen Tag lang hatte er Hindernisse umgehen müssen, und ausgerechnet hier gab es weder Schluchten noch Dornengestrüppe, die als Versteck dienen konnten.

Also bleibt nur eins, dachte Abel. *Ich muss sie abhängen.*

Die beiden Männer waren mittlerweile so nah, dass er ihre Silhouetten zwischen den Bäumen erkennen konnte. Der eine war von bulliger Gestalt, der andere klein und dürr. Sie folgten seinen Fußabdrücken, die sich immer noch gut erkennbar im morastigen Untergrund abzeichneten, und hatten ihn offenbar noch nicht bemerkt. Trotz der Entfernung von fünfzig oder sechzig Metern war sich Abel sicher, dass es weder Talip und Jossi noch Jewgenij und einer seiner Gefolgsleute waren.

Auftragskiller, dachte er. *Bender soll doch die Stadt der Schwerverbrecher-Clans sein. Da brauchen die Vizegeneralin oder Jewgenij sich die Hände nicht selbst schmutzig zu machen.*

Noch immer war Abel nicht klar, wer von beiden Burkjanovs Marionette war. Er tippte mittlerweile auf den kahlgeschorenen Muskelmann Jewgenij, aber es war definitiv kein guter Zeitpunkt, um darüber zu spekulieren.

Abel sprang auf und sprintete zwischen den Bäumen weiter in Richtung Nordwesten.

Offenbar hatten ihn seine Verfolger mittlerweile bemerkt, jedenfalls schrien sie aufgeregt herum. »Porutschik!«, kläffte der mit der Terrierstimme, gefolgt von einem russischen Wortschwall, den Abel nicht verstand.

»Satknis!«, dröhnte der Bass zurück. »Maul halten!« Zumindest vermutete Abel, dass das die Bedeutung seines herausgekeuchten Befehls war. Jedenfalls war der Wortwechsel damit beendet. In stummer Verbissenheit rannten die beiden hinter ihm her.

Abel sprintete, so schnell es die zunehmende Abenddämmerung erlaubte. Glücklicherweise war der Boden hier weniger sumpfig, so dass er zumindest keine von weitem sichtbare Spur hinterließ. Er sprang über Steinbrocken und pflügte durchs Unterholz, aber sosehr er sich anstrengte, seine Verfolger blieben ihm auf den Fersen.

Porutschik hieß Leutnant, diese Vokabel war bei Abel aus einem Kinofilm hängen geblieben, bei dem die mühsame Kommunikation zwischen sowjetischen und amerikanischen Soldaten im Zweiten Weltkrieg eine zentrale Rolle spielte. War der bullige Mann also tatsächlich Leutnant beim Geheimdienst oder bei der Armee? Vielleicht war es auch nur ein Spitzname, so wie Abels alter Kumpel, der einstige Oberfeldwebel Lars Moewig, von seinen früheren Kameraden immer noch »Oberfeld« genannt wurde, obwohl er nach gewissen Zwischenfällen aus der Armee entlassen worden war.

Abels Herz begann zu rasen, als er hinter sich das charakteristische Geräusch einer Pistole hörte, die durchgeladen wurde. Er stolperte über eine Wurzel und wäre fast zu Fall gekommen.

In diesem Moment krachte ein Schuss.

☠ ☠ ☠

Die Kugel schlug unmittelbar neben Abels Kopf in einem Baum ein.

Sie haben den Auftrag, mich zu töten. Abel hatte mit aufsteigender Panik zu kämpfen. *Ich muss mich unsichtbar machen, sonst ist es aus.*

Im Rennen suchte er nach einem Versteck. Er schlug Haken und versuchte, seine Verfolger in die Irre zu führen. Aber sie waren so nah an ihm dran, dass er nicht aus ihrem Gesichtsfeld verschwinden konnte.

Plötzlich tauchte ein enormer Findling vor ihm auf, der wie ein überdimensionaler Hinkelstein in der brettflachen Landschaft aufragte. Abel rannte um den Felsen herum. Kurzzeitig war er somit außer Sichtweite seiner Verfolger. Ein Dutzend Schritte hinter dem Findling lag ein vom Blitz gefällter Baumriese am Boden, von Pilzen und Efeu überwuchert. Etwa drei Meter hinter dem gewaltigen Baumstamm war reichlich Laub vom vorigen Jahr aufgehäuft, wenigstens einen Meter hoch. Abel sprang aus vollem Lauf auf den Baumstamm, federte sich von ihm ab und hechtete in den Laubhaufen. Hastig schob er die faulig riechenden Blätter über sich und lag dann so reglos, als wäre er selbst ein gefällter Baum.

Höchstens fünfzehn Sekunden später hetzten der Porutschik und der andere direkt neben ihm vorbei. »Masch bystreje, Vadik!«, keuchte der Porutschik. »Mach schneller, Vadik!«, hieß das vermutlich.

Abel zwang sich, liegen zu bleiben. Nach spätestens fünf Minuten würden Vadik und der Porutschik merken, dass sie seine Fährte verloren hatten, und zurückkommen, um seinen Fluchtweg erneut abzusuchen. Er zählte bis zweihundert, dann rappelte er sich so leise wie möglich auf und schwenkte in einem großen Bogen wieder auf seinen ursprünglichen Nordwestkurs ein.

☠ ☠ ☠

52

Grenzwald am Dnestr,
Nacht zu Samstag, 9. September

Kurz bevor es stockdunkel wurde, machte sich Abel in einem »Laubschlafsack« unsichtbar. Er war am Ende seiner Kräfte, außerdem wäre es lebensgefährlich gewesen, sich im Dunkeln weiter voranzutasten. Nicht nur, weil bewaffnete Killer nach ihm suchten, sondern auch wegen der Gefahren, die das sumpfige und schluchtenzerklüftete Gelände reichlich bereithielt. Kurz überlegte er noch, ob er eine falsche Fährte legen sollte, aber er war einfach zu erschöpft.

Gerade war er ein wenig weggedämmert, als er erneut Schritte und die Stimmen seiner Verfolger hörte. In höchstens zehn Meter Entfernung passierten der Porutschik und Vadik sein Versteck, ohne ihn zu bemerken. Wieder verstand er so gut wie nichts von ihrem Wortwechsel, aber ein Ausdruck fiel mehrfach. Und zwar durchweg in hoffnungsvollem, ja begeistertem Tonfall.

»Klyk.« Hunde.

Abel war lose mit einem russischen Rechtsmedizinerkollegen befreundet. Erst im letzten Jahr hatte er ihn wieder in Moskau besucht. Der Kollege war ein Hundenarr, und obwohl er perfekt Englisch sprach, verfiel er vor Begeisterung regelmäßig in seine Muttersprache, wenn er von seiner Hundezucht zu schwärmen begann.

Klyk. Aus dem Mund des Porutschik klang dieses Wort, mit der gleichen Begeisterung ausgesprochen, weit weniger friedlich. Sie würden Spürhunde anfordern und nach Sonnenaufgang erneut Abels Spur aufnehmen, das stand für ihn fest. Abel hatte sich öfter mit Beamten von der Hundestaffel des BKA unterhalten, daher war ihm klar, dass die »Mantrailer«, im Amtsdeutsch »Personenspürhunde« genannt, ihn binnen kürzester Zeit ausfindig machen würden.

Er verbrachte eine unruhige Nacht. In seiner Erinnerung war es weit weniger unbequem gewesen, ohne Schlafsack im Freien zu übernachten, aber damals waren seine Knochen eben noch fünfundzwanzig Jahre jünger gewesen. Und seine Nerven desgleichen. Immer wieder schreckte er hoch, und als er endlich in den Schlaf sank, träumte er von Horden gesichtsloser Häscher, die mit heulenden Bluthunden hinter ihm her hetzten.

Als Abel in der ersten Morgendämmerung erwachte, fühlte sich sein Rücken an, als wäre jemand stundenlang darauf herumgetrampelt. Es juckte ihn am ganzen Körper. Zweifellos waren ganze Populationen von Spinnen und Käfern aus dem Laubhaufen in seine Ärmel und Hosenbeine umgezogen. Abels Magen knurrte, und sein Durst war mittlerweile fast unerträglich. Und doch hätte er liebend gern noch weitere Tage und Nächte in der Wildnis ausgeharrt, wenn sich nur die Geräusche, die von Osten her näher kamen, als Täuschung herausgestellt hätten.

Aber es war keine Täuschung. Abel hörte ganz deutlich das Bellen von Hunden. Von Spürhunden, da war er sich sicher.

☠ ☠ ☠

Ein Schauder überlief Abel. Er wusste ziemlich genau, was er nun tun musste. Als Fernspäher hatte er auch gelernt, vierbeinige Verfolger in die Irre zu führen. Aber er war nie ernsthaft in einer Situation wie dieser gewesen. Und er war sich keineswegs sicher, dass die halb vergessenen Kunstgriffe aus weit zurückliegenden Zeiten ausreichen würden, um ein Rudel Bluthunde abzuschütteln.

Abel rannte los. Die Hunde hatten offenkundig seine Fährte aufgenommen. Ihre zunehmende Unruhe und ihr immer lauteres Kläffen signalisierten den Hundeführern, dass sie ihrer Beute auf den Fersen waren. Bald würden sie die Tiere von der Leine lassen.

Ob die Drohne ihn orten konnte, spielte unter diesen Umständen keine Rolle mehr. Im Rennen zog Abel sein Smartphone aus der Tasche, fuhr es hoch und rief die Navigations-App auf. Ein Blick auf die Karte verriet ihm, dass rund ein Kilometer voraus ein Seitenarm des Dnestr verlief, an beiden Ufern von Wald gesäumt. Abel sprintete darauf zu, während das Bellen der Suchhunde immer lauter wurde.

Als er den Nebenfluss zwischen den Bäumen hindurch in der Morgendämmerung schimmern sah, schaltete er sein Smartphone im Laufen wieder aus. Das Gewässer war maximal sieben Meter breit und schien nicht allzu tief zu sein. Die hellen Steine auf dem Grund waren bis hinüber zum anderen Ufer zu sehen.

Abel rannte die Uferböschung hinab. Das Bellen der Hunde hallte im Wald wider, als er in den Fluss watete. Schon nach wenigen Schritten reichte ihm das Wasser bis zur Brust. Während er das gegenüberliegende Ufer ansteuerte, hielt er Smartphone und Brieftasche mitsamt Reisepass über seinen Kopf. Glücklicherweise reichte ihm das Wasser selbst in der Flussmitte nur knapp bis zum Hals. Das war zwar der Redensart nach kein gutes Zeichen, in der Praxis aber bedeutete es, dass er nicht schwimmen musste. Sonst hätte sein Blackberry den Geist aufgegeben, und damit wäre er vollends von der Außenwelt abgeschnitten gewesen.

Am anderen Ufer angekommen, verschwand Abel so schnell er nur konnte zwischen den Bäumen. Wasser schwappte ihm aus den Schuhen, aus Ärmeln und Hosenbeinen, als er in vollem Lauf in den Wald hineinrannte. Er zählte seine Schritte, bis er bei tausend angelangt war, dann schwenkte er nach rechts und rannte in einem halbkreisförmigen Bogen zum Seitenarm des Dnestr zurück.

Er befand sich nun etwa einen Kilometer oberhalb der Stelle, an der er den Fluss durchquert hatte. Dort waren mittlerweile die Spürhunde angekommen; ihr Bellen und die Kommandos der Hundeführer klangen erschreckend nah. Doch sie konnten Abel nicht sehen, da der Fluss zwischen ihnen eine Biegung machte.

Erneut watete Abel ins Wasser, hielt sich diesmal aber nahe am Ufer, während seine Verfolger ihrerseits den Fluss durchquerten. In hüfthohem Wasser watete Abel nochmals tausend Schritte weiter flussaufwärts. Dann durchquerte er abermals den Fluss und befand sich nun wieder an dem Ufer, von dem aus er sein Manöver gestartet hatte. Das Bellen der Hunde wurde leiser, offenbar folgten sie drüben noch seiner Fährte, die sie rund siebenhundert Meter tief in den Wald führte.

Abel war bewusst, dass er seine Häscher noch nicht endgültig abgeschüttelt hatte. Natürlich konnten sie seine Fährte bis dorthin, wo er den Nebenfluss zum zweiten Mal durchquert hatte, mühelos verfolgen. Allerdings würden sie Stunden brauchen, um anschließend auch seine Spur auf der hiesigen Flussseite wieder aufzunehmen. Schließlich wussten sie nicht, wie weit und in welcher Richtung er den Fluss entlanggewatet und an welchem Ufer er wieder in den Schutz des Waldes eingetaucht war.

Über kurz oder lang würden sie seine Fährte trotzdem wiederfinden, und bis dahin musste Abel weit genug weg sein, am besten schon außer Landes. Er fror und schwitzte gleichzeitig, während er weiter durch den Wald hastete und sich an der bemoosten Seite der Baumstämme orientierte. Hemd, Jackett und Hose klebten ihm klatschnass am Leib. Nach der stundenlangen Hetzjagd war er völlig ausgelaugt und fühlte, dass seine Kräfte zunehmend schwanden.

☠ ☠ ☠

53

Transnistrisch-moldawische Demarkationslinie,
Samstag, 9. September, 07:41 Uhr

Abel marschierte noch eine gute Stunde entlang des Sumpfes, der das Ufer des Dnestr säumte. Breite Streifen aus Schilf und Morast, aus denen abgestorbene Bäume ragten, versperrten ihm den Weg zum Fluss. Endlich stieß er auf einen Pfad, der geradewegs durch das Schilfmeer auf den Dnestr zuführte.

Offenbar hatte er das nördliche Ende des Sumpfgebiets erreicht.

Der Dnestr war weit weniger eindrucksvoll, als Abel sich das vorgestellt hatte. Wie alles in diesem Land war auch der Fluss, der es in zwei Teile zerschnitt, eher klein geraten. Das moldawische Ufer war nur einen Steinwurf entfernt. Doch die rot-grün bemalten Grenzpfähle auf seiner Seite machten Abel unmissverständlich klar, dass er sich immer noch im Machtbereich seiner Verfolger befand.

Im Gestrüpp versteckt, beobachtete er einige Minuten lang die Szenerie. Die Vögel im Schilf und im Wald hinter ihm machten gewaltigen Lärm, doch weder auf dieser noch auf der moldawischen Seite ließ sich eine Menschenseele blicken. Keine Grenzsoldaten, keine Fischer, die Netze auswarfen oder durch den Dnestr schipperten, und kein wild gewordener Porutschik, der vierbeinige Killer von der Leine ließ.

Das reinste Idyll, dachte Abel.

Aber der friedliche Eindruck täuschte. Über kurz oder lang würden der Porutschik und seine Spießgesellen erneut Abels Fährte aufnehmen. Wenn er bis dahin nicht auf der anderen Flussseite war, würden sie diesmal kurzen Prozess mit ihm machen. Alles um ihn herum schien zu zittern und zu schwanken, so erschöpft war er. Schon wenn er nur daran dachte, dass er erneut stundenlang durch den Wald rennen müsste, schmerzten ihn alle Gelenke, und jeder Muskel in seinem Körper protestierte.

Er kam hinter seiner Deckung hervor und lief geduckt die Uferböschung hinunter. Einige Schritte links von ihm lag ein Ruderboot halb im Wasser, halb auf der Böschung. Abel musterte es skeptisch. Der Kahn sah altersschwach aus, sein Boden war mit fauligem Wasser bedeckt. Es gab nur ein Ruder, und das machte den Eindruck, als würde es bei energischem Gebrauch wie ein Zahnstocher zersplittern.

Aber eine bessere Option war nicht in Sicht. Kurzentschlossen schob er das klapprige Boot in den Fluss. Als es nicht augenblicklich mit Wasser volllief, sprang er hinein und paddelte behutsam dem westlichen Ufer entgegen.

Die Strömung war stärker, als es vom Ufer aus den Anschein hatte.

Das mürbe Holz ächzte bedrohlich. Da er nur ein Ruder zur Verfügung hatte, musste er das Blatt abwechselnd an Backbord und an Steuerbord ins Wasser tauchen. Durch immer mehr Ritzen drang Wasser ein. Mit jedem Meter, den er vorankam, schien der Kahn ein paar Zentimeter tiefer zu sinken. Bald schon war Abel erneut bis zu den Hüften durchnässt. Doch er schaffte es zur moldawischen Seite, ohne gänzlich unterzugehen oder von einem Scharfschützen aufs Korn genommen zu werden.

Als der Bug knirschend durch den Uferschlamm pflügte, sprang Abel ins flache Wasser hinaus und watete triefnass an Land.

54

Moldawisches Grenzland,
Samstag, 9. September, 08:45 Uhr

Auf dieser Seite des Dnestr dehnten sich weitläufige Getreidefelder. Im Süden wurden sie durch Ausläufer der geteilten Stadt Bender begrenzt, nach Norden erstreckten sie sich, so weit das Auge reichte. Ein Feldweg, gesäumt von windgebeugten Büschen, verlief zwischen den Äckern in Richtung Westen.

Mit klatschnassen Schuhen machte sich Abel auf den Weg. Er trottete an einem Weizenfeld entlang und bog in den Feldweg ein. Er war so übermüdet, ausgehungert und dehydriert, dass er sich wie ein Roboter voranbewegte. Ein Roboter mit fast leeren Akkus.

Am Flussufer hatte er gegen den Drang angekämpft, seinen Durst mit dem Wasser des Dnestr zu stillen. Doch seine Selbstkontrolle war glücklicherweise noch einigermaßen intakt. In Transnistrien gab es jede Menge Schwerindustrie und vermutlich so gut wie keine

Umweltauflagen für Fabriken. Das Wasser des Dnestr war trügerisch klar, aber zweifellos mit Schwermetallen verseucht. Wenn Abel davon trinken würde, müsste er sich für den Rest seines Lebens vor Magneten in Acht nehmen. Was dann wohl die geringste seiner Sorgen wäre.

Schwankend vor Müdigkeit, stoppelbärtig und mit eingefallenen Wangen wanderte er den Planweg entlang. Die Kanten der ungleichmäßig verlegten Betonplatten bildeten tückische Stolperfallen, aus den Ritzen dazwischen sprossen Disteln und Wildblumen. In seinem überreizten Zustand hätte sich Abel nicht gewundert, wenn sich ihm die Hände von lebendig Begrabenen entgegengestreckt hätten. Im Gehen zog er erneut sein Smartphone heraus und fuhr es hoch. Er musste endlich Lisa benachrichtigen. Eigentlich hätte er am Donnerstagabend bereits wieder in Berlin eintreffen müssen. Und von unterwegs hatte er sich kein einziges Mal bei ihr gemeldet.

Er gab seinen PIN-Code ein und schrieb dann eine kurze SMS. *Bin wieder auf der moldawischen Seite, melde mich, LG Fred.* Zu mehr war er jetzt nicht imstande, aber Lisa würde selbst aus diesen kargen Worten die entscheidende Botschaft herauslesen: Er war noch in schwierigem Gelände, hatte aber das Gröbste hinter sich.

Abel konnte nur hoffen, dass diese Botschaft der Realität entsprach.

Während er dem staubigen Feldweg folgte, überlegte er, ob er auch Herzfeld eine Nachricht schicken sollte. Doch er hatte Mühe, sich zu konzentrieren, geschweige denn, eine Entscheidung zu treffen, also trottete er nur mit dem Blackberry in der Hand voran. Er zählte seine Schritte, um sich wach zu halten. Kam bis fünfhundert, war plötzlich wieder bei dreihundertdreiunddreißig und begann von vorne. Bis er erneut das metallische Surren hörte.

Abel fuhr herum und starrte zurück zum Dnestr, der eine hellblaue, dünne Linie zwischen den Feldern und dem transnistrischen Sumpf- und Waldgebiet bildete. Die Drohne ließ gerade den Wald auf der östlichen Uferseite hinter sich und verharrte fast bewegungslos über dem Schilf.

Abel ging hinter einem Busch in Deckung. Sein Herzschlag hatte sich beschleunigt, doch sein Verstand arbeitete nach wie vor nur langsam. Ab einem gewissen Grad der Erschöpfung konnte auch Adrenalin keine Wunder mehr bewirken.

Er war weniger als einen Kilometer vom Fluss entfernt – nah genug, nahm er an, um von der Drohne gescannt zu werden. Aber würde sie ihn auch auf der moldawischen Seite verfolgen, wenn er seinen Blackberry eingeschaltet ließ?

Vermutlich nicht, dachte er, *aber ich werde es nicht herausfinden.*

Der Akku war so gut wie leer. Wenn er sein Smartphone noch länger anließ, würde der verbliebene Saft nicht mal mehr für einen Telefonanruf reichen. Er schaltete es aus und schob es in seine Jackentasche zurück. Hinter den Busch gekauert beobachtete er, wie die Drohne im Zickzack über dem Schilf flog.

Wenn ich jetzt ein Gewehr hätte, dachte Abel, *ich würde das verdammte Ding mit Vergnügen aus der Luft holen.*

Zu seiner Ausbildung als Fernspäher hatte zwangsläufig der Einsatz von Schusswaffen gehört, und Abel war ein überdurchschnittlich guter Schütze gewesen. Aber schon damals hatte er für Gewehre oder Pistolen nur wenig übrig gehabt, und seine Arbeit als Rechtsmediziner hatte ihn in seiner Abneigung bestätigt. Er hatte unzählige Tote auf dem Tisch gehabt, die zu Lebzeiten Schusswaffen bei sich getragen hatten, weil man sich damit angeblich sicherer fühlte.

Die Drohne beschrieb einen Halbkreis über dem Dnestr und flog in Richtung Tiraspol zurück.

Heißt das, dass sich Jewgenij & Co. geschlagen geben?, überlegte Abel. *Oder bekomme ich es in Chişinău oder schon auf dem Weg dorthin mit weiteren Horden grau gewandeter Muskelmänner zu tun?*

Falls Letzteres zutraf, konnte er allerdings nicht ausschließen, dass er mitten im Handgemenge in Tiefschlaf fallen würde.

☠ ☠ ☠

55

Calfa, Moldawien,
Samstag, 9. September, 11:17 Uhr

Das Kaff hiess Calfa und bestand im Wesentlichen aus einer staubigen Straße, die von einer bunten Häusermischung gesäumt wurde. Datschen im Wellblechhütten-Stil, protzige Anwesen mit Säulenportal, heruntergekommene Plattenbauten, Bauernhöfe mit Misthaufen, frei laufenden Hühnern und Schweinen, schließlich ein Kiosk mit vergitterten Fenstern – das Dorf bot für fast jeden Geschmack etwas. Nur einen Bahnhof oder einen Taxistand konnte Abel nirgends entdecken.

Er wankte die Straße entlang. Die Sonne gab ihr Bestes, um ihn vollends auszudörren. Mit letzter Kraft erreichte er eine Lokalität namens *La Crisma*, was Abels Ansicht nach *Die Rübe* bedeutete, jedenfalls im Spanischen. Möglicherweise sollte der Name lediglich andeuten, dass der Laden auf Rübengerichte spezialisiert war. Aber so verwahrlost, wie die Gartenwirtschaft hinter dem baufälligen Holzlattenzaun aussah, war es vielleicht auch ein Hinweis, dass man hier Fremden die Rübe einschlug.

Unmengen an Bierbänken waren unter einem Plastikdach zusammengepfercht, das den süßlichen Geruch von Weichmachern verströmte. Doch in dem handballfeldgroßen Biergarten verlor sich nur eine Handvoll einsamer Zecher, die sich überdies so plaziert hatten, als wollten sie maximale Distanz zueinander wahren. Sie hoben die Köpfe und sahen ihn aus müden Augen an. Selbst die hölzernen Männchen am Kickertisch, der im Eingangsbereich postiert war, schienen an ihren Eisenstangen vor sich hinzudämmern.

Wenn das hier eine Müdigkeitsolympiade darstellen sollte, konnte sich Abel beste Chancen auf einen der vorderen Plätze ausrechnen.

Er sank auf eine Bierbank und kämpfte gegen den Schlaf an. Noch war es zu früh, um sich in Sicherheit zu fühlen.

Der Wirt kam herbeigeschlurft, ein schwergewichtiger Mann fortgeschrittenen Alters mit hängenden Lidern und imposanten Tränensäcken. Er öffnete den Mund, und Abel hätte sich nicht gewundert, wenn der gute Mann erst einmal herzhaft gegähnt hätte. Stattdessen sprach er lang und melodisch auf Abel ein.

Der verstand kein Wort, nickte aber gleichwohl, als der Wirt ihn zum Abschluss fragend ansah.

Zumindest stand jetzt fest, dass sich Abel auf die moldawische Seite durchgeschlagen hatte. Der Wirt hatte offenbar Rumänisch gesprochen, was mehr oder weniger dasselbe wie Moldawisch war.

»Bringen Sie mir schwarzen Tee«, sagte Abel auf Englisch. »Eine Kanne, möglichst stark.«

Der Wirt öffnete erneut den Mund, diesmal, um lauthals »Marissa!« zu rufen. Eine junge Frau erschien in einer offenen Tür, die anscheinend direkt in die Küche führte. Sie trug ein Tablett mit einem großen irdenen Krug und einem dazu passenden Becher.

»Marissa!«, wiederholte der Wirt und winkte sie zu sich.

Zögernd näherte sie sich und setzte das Tablett vor Abel ab. Sie hatte weizenblondes Haar, das zu einem Kranz geflochten um ihren Kopf lag. Unter der Schürze trug sie eine Art Trachtenkleid, weißes Leinen mit farbenfroh geblümten Borten. Sie war vielleicht Mitte zwanzig, schlank und hochgewachsen und schien sich ihrer Ausstrahlung nicht im Mindesten bewusst zu sein.

Schüchtern lächelte sie Abel an. Er lächelte zurück und hatte das Gefühl, zum ersten Mal seit langem wieder einem menschlichen Wesen zu begegnen. Sein Bedarf an zweibeinigen Wölfen, Haien und Piranhas war für den Moment gedeckt.

Er schenkte sich Wasser aus dem Krug ein, leerte den Becher in einem Zug und füllte ihn erneut. Erst nachdem er auch den zweiten Becher ausgetrunken hatte, wiederholte er seine Bestellung.

Marissa fragte auf Englisch mit ulkigem Akzent, ob er auch etwas essen wolle. Sein Magen protestierte knurrend, als Abel den Kopf schüttelte. Er wollte so schnell wie möglich zum Flughafen in Chişinău.

Doch Marissa ließ nicht locker. Er könne zwischen *Mititei*, gegrillten Rinderwürstchen, und Gulasch mit *Mamaliga*, Maisbällchen, wählen. Trotz seiner Müdigkeit musste Abel schmunzeln, weil sie sich bei der Beschreibung der lokalen Gerichte dermaßen ins Zeug legte. Sie errötete und sah noch reizender aus.

»Kein Essen«, bekräftigte er. »Aber ich brauche ein Taxi nach Chişinău.«

»Taksi?« Der Wirt schüttelte den Kopf und kratzte sich gleichzeitig im Nacken.

»So etwas haben wir hier nicht«, ergänzte Marissa. »Aber in gut drei Stunden fährt ein Bus.«

»In drei Stunden?« Fast hätte sich auch Abel kopfschüttelnd im Nacken gekratzt. »Unmöglich. Ich muss auf der Stelle zum Flugplatz.«

Der Wirt und Marissa, die vermutlich seine Tochter war, wechselten ratlose Blicke.

»Gibt es hier im Dorf niemanden, der ein Auto hat und mich für zwanzig Euro nach Chişinău fahren würde?«, drängte Abel.

Die Vorstellung, noch drei Stunden an diesem Ort auszuharren, gefiel ihm ganz und gar nicht. Er war höchstens drei Kilometer hinter der Grenze und saß hier wie auf dem Präsentierteller.

Falls Jewgenij auf die Idee käme, die Westseite des Dnestr zu durchkämmen, würden sie ihn mühelos finden. Und die müden Zecher im Gasthaus *La Crisma* würden nur gähnend zusehen, wenn der transnistrische Schlägertrupp ihm hier die Rübe einschlagen würde.

Doch damit hatte Abel zumindest einem der Anwesenden anscheinend unrecht getan.

Suchend sah sich der Wirt unter dem Plastikdach um. Ganz hinten im Eck saß ein grobknochiger Mann Anfang dreißig, mit ausgeblichenem T-Shirt und kurz geschorenem blonden Haar. »Iwan!«, rief der Wirt und winkte ihn herbei.

Iwan trug Jeans mit Cowboystiefeln und einer Gürtelschnalle, auf der ein gewaltiger Stierkopf prangte. Die Hände in den Hosentaschen, kam er herbeigeschlurft und baute sich neben dem Wirt auf.

Marissa erklärte ihm, worum es ging. Es klang, als würde sie singen und zusätzlich kleine Glocken läuten.

Iwan hörte sich die Darbietung mit gerunzelter Stirn an. »Fifty Euro«, sagte er, ohne Abel anzusehen. »Start in thirty minutes.«

Abel hätte auch das Doppelte bezahlt, wenn er nur auf dem schnellsten Weg zum Flugplatz gebracht wurde. Iwan machte ihm zwar keinen allzu vertrauenswürdigen Eindruck. Doch wieder einmal mangelte es ihm an Alternativen.

Er verkniff sich die Frage, ob zumindest Iwans Auto verkehrstüchtig sei.

Genauso gut hätte er ihn fragen können, ob er vorhatte, seinen Fahrgast zu kidnappen.

☠ ☠ ☠

56

Im Wolga nach Chişinău,
Samstag, 9. September, 13:20 Uhr

Um Viertel nach eins hatte sich Abel schon halb damit abgefunden, dass er doch auf den Bus warten musste. Er bat Marissa um die Rechnung, aber beim Anblick seines Hunderteuroscheins versicherte sie ihm lachend, dass der Tee auf Kosten des Hauses gehe. Falls er sie richtig verstand, durfte in Moldawien nur in der Landeswährung Leu bezahlt werden.

Abel bedankte sich, und Marissa verschwand wieder in der Küche. Er trommelte mit den Fingern auf den Biertisch und berechnete im Kopf Quadratwurzeln, um nicht in Tiefschlaf zu verfallen. Nachdem er den ganzen Liter schwarzen Tee in sich hineingeschüttet hatte, war er zwar nach wie vor übermüdet, aber gleichzeitig kribblig bis in die Haarspitzen.

Nach weiteren fünf nervtötenden Minuten stoppte eine altertümliche Limousine mit ausladenden Kotflügeln vor dem *La Crisma*. Abel sprintete fast zum Ausgang, dessen hölzernes Spitzdach mindestens seit Beginn der Perestroika von einem frischen Anstrich träumte.

Offenbar war Iwan stolzer Besitzer einer Wolga-Staatskarosse aus der Sowjetära. Das Gefährt musste mehr als ein halbes Jahrhundert auf dem Blechbuckel haben, aber es war gut in Schuss. Das pompöse Design und die mausgraue Lackierung erinnerten Abel an die Fassaden der stalinistischen Prunkbauten in Tiraspol. Anscheinend war die Hammer-und-Sichel-Ära auch auf der moldawischen Seite des Dnestr noch nicht gänzlich vorbei.

Iwan hatte so dicht vor dem Tor geparkt, dass sich Abel zwischen Hauswand und Stoßstange hindurchzwängen musste. Lässig saß Iwan hinter dem Steuer und machte keine Anstalten, seinen Passagier zur Kenntnis zu nehmen. Geschweige denn, ihn willkommen zu heißen. In Zeitlupe kaute er einen Kaugummi, wodurch seine enormen Kiefer gut zur Geltung kamen.

Abel ging um die ausladende Motorhaube herum zur Beifahrerseite. Der verchromte Kühlergrill erinnerte ihn an Haifischzähne. *Willkommen zurück im Haifischbecken,* dachte er. Marissas sanftes Lächeln war Geschichte, jedenfalls für ihn. Staubig und verlassen wie zu High Noon lag die Straße in der Mittagssonne.

Mit einem heftigen Kribbeln in der Magengegend setzte sich Abel in den Fond. Anders als in Jossis Schrottkarre gab es hier immerhin Ledersitze und einen funktionierenden Sicherheitsgurt. Allerdings fiel ihm nun eine Filmszene ein, in der sich der Gurt, den ein argloser Reisender angelegt hatte, nicht mehr öffnen ließ. Der Kidnapper hatte es seinem Opfer überlassen, sich selbst zu fesseln.

Doch als Abel auf den roten Knopf an der Gurtpeitsche drückte, sprang das Schloss bereitwillig wieder auf. *Jetzt bloß keine Paranoia*, dachte er und schnallte sich erneut an.

»Bringen Sie mich zum Flughafen in Chişinău«, sagte er auf Englisch.

Iwan verstellte den Rückspiegel, so dass er Abel sehen konnte, ohne den Kopf zu drehen. Er nickte in Zeitlupe, verzog jedoch keine Miene. Abgesehen von den Grimassen, die das ebenso entschleunigte Kaugummikauen hervorrief.

Er drehte den Zündschlüssel um, und der Wolga erwachte leise grollend zum Leben. An Iwans butterweichem Fahrstil hätte sich Jewgenij ein Beispiel nehmen können. Auch die Federung der nostalgischen Limousine war samtweich. Der gesamte Wagen war offenbar tadellos gepflegt, nur die leise klirrenden Fensterscheiben verrieten, dass die Glanzzeiten des Sowjetimperiums und seiner automobilen Errungenschaften weit zurücklagen.

In mäßigem Tempo fuhren sie auf einer schmalen Landstraße in Richtung Westen. Angespannt achtete Abel auf den Weg. Er wollte nicht erneut eine unangenehme Überraschung erleben wie bei seiner Spritztour mit Jossi, an deren Ende er sich gefesselt vor dem Steinbruch liegend wiedergefunden hatte.

Doch bald schon kämpfte er wieder gegen den Schlaf an. Um sich wach zu halten, konzentrierte er sich auf den farbenfrohen Wimpel, der an Iwans Rückspiegel befestigt war. Er hatte die Form eines Quadrats, an das unten ein spitzwinkliges Dreieck angesetzt war. Die Grundfarbe war rot, der Rand goldfarben; genau in der Mitte verlief ein senkrechter grüner Streifen. Den Vordergrund bildete eine Art Wappen, in dem wiederum die unvermeidlichen Sowjetsymbole dominierten: Hammer und Sichel sowie ein roter Stern.

Mit jedem Schlagloch, jeder Querrille geriet der Wimpel aufs Neue ins Tanzen. Abel starrte ihn an und rutschte immer weiter über die Schwelle zwischen Wachen und Schlaf.

Erst als der Wimpel aufhörte zu tanzen, wurde Abel etwas munterer. Er sah aus dem Fenster und stellte fest, dass sie auf der Schnellstraße waren. Ein Verkehrsschild verkündete in lateinischer und kyrillischer Schrift, dass sie sich auf dem Weg nach *Chişinău / Кишинёв* befanden. Beruhigt wollte sich Abel zurücklehnen, dann fiel sein Blick erneut auf den Wimpel.

Der Schriftzug am Kopf des Wappens war wie ein Triumphbogen gewölbt und gleichfalls in kyrillischen und lateinischen Lettern ausgeführt. Nur dass hier die kyrillischen Schriftzeichen zuoberst standen:

Приднестро́вье
Pridnestrowje

In seinem dösigen Zustand brauchte Abel nochmals einige Augenblicke, bis er die Botschaft entschlüsselt hatte. *Pridnestrowje*, »Vor dem Dnestr«, war der Name, den die russischsprachigen Bewohner der Region östlich des Dnestr – beziehungsweise deren moskaufreundliche Regenten – sich selbst gegeben hatten. Von Russland aus betrachtet, lag das Land eben diesseits und nicht jenseits des Dnestr.

All das hatte Abel im Dossier gelesen und als irrelevantes Spezialwissen abgetan. Bis zu diesem Augenblick.

Aber ich bin doch in Moldawien, dachte er, *oder etwa nicht? Warum hängt dann eine transnistrische Flagge an Iwans Rückspiegel?*

In Abels Kopf begannen sämtliche Alarmglocken zu läuten. Gleichzeitig klingelte Iwans Handy.

Der sowjet-nostalgische Wolga, dachte Abel. *Dann der Name Iwan, der russischste aller russischen Vornamen. Schließlich der Transnistrien- oder vielmehr Pridnestrowje-Wimpel – man kann ihnen wirklich nicht vorwerfen, dass sie nicht mit offenen Karten gespielt hätten. Aber in meinem Tran habe ich nichts gemerkt.*

Er beobachtete Iwan im Rückspiegel. Der Mann brachte es fertig, auch beim Telefonieren kaum den Mund aufzumachen. Er nickte und kaute seinen Kaugummi, während er mit einer Hand lenkte und sich mit der anderen den uralten Knochen von Nokia-Handy ans Ohr hielt. Ab und an brummte er zustimmend.

Iwan gehört zu ihnen. Sie müssen ihn in Calfa postiert haben, für den Fall, dass ich dort aufkreuzen sollte. Und jetzt bringt er mich auf direktem Weg zum Porutschik und zu dessen Helfershelfern!

Wieder kämpften Melatonin und Adrenalin in Abels Organismus um die Vorherrschaft. Einschlafen oder am Leben bleiben. Der Schweiß brach ihm aus, sein Herz begann zu rasen.

»Da«, sagte Iwan, was auf Russisch *ja* hieß, aber auch auf Deutsch Sinn ergab. Er reichte Abel sein Handy über die Schulter, ohne ihn anzusehen. »She talk to you.«

»Who?«, fragte Abel zurück. Dabei lag die Antwort auf der Hand. Er nahm das Nokia und hielt es sich schweigend ans Ohr.

»Im Namen der Republik Pridnestrowje und unseres Präsidenten entschuldige ich mich für die Unannehmlichkeiten, die Ihnen entstanden sind, Doktor«, sagte Varvara Romani. »Das hätte nicht geschehen dürfen.«

Abel war so überrumpelt, dass ihm nicht gleich eine Antwort einfiel. »Unannehmlichkeiten ist gut«, sagte er schließlich. »Diese Typen haben versucht, mich umzubringen!«

»Das haben sie nicht«, widersprach die Vizegeneralin. »Wenn er die Absicht gehabt hätte, Sie töten zu lassen, würden Sie jetzt auf dem Obduktionstisch liegen. Und er wäre der Lösung seines Problems keinen Schritt näher.«

Da ist was dran, sagte sich Abel.

»Wen genau meinen Sie mit ›er‹?«, gab er zurück. »Nur um sicherzugehen, dass wir von derselben Person sprechen. Sie behaupten, dass Ihr ehemaliger Geheim...«

»Keine Namen«, fiel sie ihm ins Wort. »Es liegt auf der Hand, dass er auf Ihr Gutachten Einfluss nehmen will. Wenn er schon nicht verhindern kann, dass überhaupt ein solches unabhängiges Gutachten entsteht. Schließlich kann er nicht alle renommierten Rechtsmediziner der westlichen Welt kaltmachen.«

Sie lachte auf, und Abel lief es eisig den Rücken herunter. Ihr Tonfall ließ keine Reue erkennen, aber anders als Burkjanov schien sie darauf gebaut zu haben, dass sich Abel durch bloßen Psychoterror in die gewünschte Richtung lenken ließ. Schon im Sektionssaal hatte Abel ja gespürt, dass die Romani und Jewgenij nicht ganz auf einer Linie waren. Beide wollten ihn unter Druck setzen, damit Burkjanov durch sein Gutachten entlastet wurde. Aber Jewgenij war offensichtlich bereit, physische Gewalt einzusetzen, während es sich die Vizegeneralin allem Anschein nach weder mit dem Ex-Geheimdienstchef noch mit den jetzigen Machthabern verderben wollte. Die Romani steckte in einem Dilemma. Ihr Versuch, dem alten und den neuen Herren gleichzeitig zu dienen, würde fehlschlagen.

Außerdem ist sie ein Kontrollfreak, dachte Abel, *und schon deshalb sauer auf Jewgenij. In ihren Augen hat er mit seinen Schlägertrupps und Bluthunden die ganze Aktion versaut.*

»Woher weiß ich, dass Sie nicht auf der falschen Seite stehen?«, fragte er.

»Welche ist denn für Sie die falsche Seite?«, fragte sie zurück.

Abel wartete, aber die redselige Phase in Varvara Romanis Leben schien bereits wieder vorbei zu sein.

Vielleicht hatte sie ja wirklich vor, mich zu beruhigen und von ihren redlichen Absichten zu überzeugen, dachte er. *Warum fühlt es sich dann wie ein weiterer Einschüchterungsversuch an?*

»Ihr Gepäck mit allen Asservaten wird direkt zu Ihnen nach Berlin geschickt«, sagte sie schließlich. »Ich bin sicher, dass Sie bei der Abfassung Ihres Gutachtens alle relevanten Gesichtspunkte berücksichtigen werden.«

Da bin ich mir auch sicher, dachte Abel. *Fragt sich nur, ob wir beide die gleichen Punkte für relevant halten.*

»Gute Reise«, sagte Varvara Romani und beendete das Gespräch, ohne Abels Antwort abzuwarten.

57

Flughafen Chişinău,
Samstag, 9. September, 14:13 Uhr

Der Flughafen war klein, schien aber westlichen Standards zu entsprechen. Immerhin wurde er von internationalen Fluggesellschaften wie Lufthansa oder der russischen Aeroflot angeflogen.

Das einzige Terminal war ein modernes Funktionsgebäude aus Beton und viel Glas. Iwan stoppte wortlos vor einer gläsernen Automatiktür. Abel zog den Hunderteuroschein aus seiner Brieftasche, entfaltete ihn und legte ihn auf die lederüberzogene Konsole zwischen den Vordersitzen.

»Fifty euro back, please«, sagte er.

Iwan kramte in seinen Jeanstaschen, ohne den Kauvorgang zu unterbrechen. Schließlich fischte er ein Bündel schmieriger Banknoten heraus und reichte es über die Schulter nach hinten.

Mit ungläubigem Staunen nahm Abel die surreal kleinformatigen Geldscheine in Empfang. Sie waren kyrillisch beschriftet und mit dem Abbild einer historischen Persönlichkeit verziert, die wie ein naher Verwandter von Graf Dracula aussah.

Transnistrische Rubel, dachte Abel. Außerhalb des winzigen Pseudostaats waren diese Scheine nicht mal das Papier wert, auf dem sie gedruckt worden waren.

»Euro, please«, sagte er und legte das schmierige Geldbündel auf die Lederkonsole.

»No euro, no dollar, no Moldovan leu«, erwiderte Iwan. Für seine Verhältnisse war das fast schon ein Redeschwall.

Abel war weise genug, um zu erkennen, wann er eine Schlacht verloren hatte. Und unendlich viel zu müde, um sich auch noch an diesem Nebenschauplatz zu verkämpfen.

Er ließ das transnistrische Spielgeld liegen, wo es lag, und stieg aus. Schwankend vor Müdigkeit ging er durch die gläserne Automatiktür und geradewegs zum nächsten Informationsschalter. Er konnte sich kaum mehr auf den Beinen halten. Die Erschöpfung drückte auf seine Lider, machte seinen Verstand stumpf und gleichzeitig seine Nervenenden überempfindlich. Wenn er nach unten sah, schien das Schachbrettmuster des Hallenbodens schwindelerregend zu schwanken.

Hinter dem Information Desk thronte eine junge Frau in marineblauer Uniform. Sie begrüßte ihn mit einem Lächeln und einer rumänischen Frage. Abel mochte die Sprachmelodie, aber er verstand kein Wort.

Er stützte die Unterarme auf den abgewetzten Tresen des Schalters und versuchte zu lächeln. Vor Müdigkeit fühlte sich sein Gesicht an, als wäre es aus Gummi. »Ich brauche ein Ticket nach Berlin«, sagte er auf Englisch. »Den nächsten Flug, bitte.«

Er sah sich nach links und rechts um. Die Halle war stark frequentiert. Zwischen Hunderten von Reisenden, die emsig durcheinanderwuselten, würden etwaige Verfolger nicht weiter auffallen. Wenn sie nicht gerade wie Jewgenij oder der Porutschik aussahen.

Die Flughafenangestellte klapperte eifrig auf der Tastatur ihres Computers herum. »Die Lufthansa-Maschine heute Abend nach Berlin ist leider ausgebucht«, sagte sie und sah Abel mitfühlend an. »Der nächste verfügbare Flug ist übermorgen, eine Austrian-Airlines-Maschine.«

Übermorgen?

Nur die Müdigkeit bewahrte Abel davor auszurasten. Er zückte seine stark abgemagerte Brieftasche und holte seinen Dienstpass heraus. »Dr. Abel, deutsches Bundeskriminalamt.« Er versuchte, möglichst dringlich zu klingen, doch in seinen eigenen Ohren hörte es sich eher flehend an. »Ich muss sofort zurück nach Berlin. Es geht um …«

Er geriet ins Stocken. Wie sollte er dieser jungen Moldawierin begreiflich machen, warum er auf der Stelle ein Ticket brauchte? Während er nach einer geeigneten Formulierung suchte, blätterte sie hektisch in einem Schnellhefter. Als sie den Kopf wieder hob, strahlte sie übers ganze Gesicht.

»Dr. Abel? Einen Moment, bitte.«

Sie griff zum Telefon und führte ein kurzes Gespräch auf Rumänisch. Wieder verstand er kein Wort. Bevor er fragen konnte, was das alles sollte, erschien eine weitere junge Frau in blauer Uniform.

»Folgen Sie mir bitte, Dr. Abel«, sagte sie mit hartem Akzent, der ihn an Varvara Romani erinnerte. »Sie werden erwartet«, fügte sie hinzu, als er sie misstrauisch ansah. Ihre blonde Kurzhaarfrisur verstärkte noch die Ähnlichkeit mit der Vizegeneralin.

»Erwartet? Von wem?«

☠ ☠ ☠

»Bitte kommen Sie«, sagte die Flughafenangestellte.

Zögernd verstaute Abel seinen Pass wieder in der Brieftasche und steckte sie ein. Für den Moment gab er sich geschlagen. Er würde ohnehin keine Antwort erhalten.

Seine Kleidung klebte ihm noch klamm am Körper, als er der jungen Frau zu einer Tür mit der Aufschrift *Business & Diplomatic Lounge* folgte. Sie tippte einen Code ein, und die Tür glitt leise zischend auf. Dahinter kam ein Saal zum Vorschein, der aussah wie eine V.I.P.-Lounge in westlichen Airports. Männer und Frauen in Businesskleidung saßen vor ihren Laptops oder konferierten in Besprechungsnischen. Kellner servierten Drinks und Fingerfood. Die Klimaanlage surrte diskret.

In einer abgelegenen Nische saß ein hochgewachsener Mann Mitte sechzig in honigfarbenem Anzug, der wie lackiert glänzte. Varvara Romani jr. näherte sich ihm respektvoll und wartete, bis er sie zur Kenntnis nahm.

»Dr. Abel«, sagte sie dann und zeigte auf Abel wie auf ein Gepäckstück, das sie auftragsgemäß abgeliefert hatte.

Der Mann im golden funkelnden Anzug erhob sich. Die beiden kräftig gebauten Bodyguards, die links und rechts von ihm wie sprungbereit auf der Sesselkante saßen, folgten seinem Beispiel. Mit einem unecht wirkenden Lächeln streckte er Abel die Hand entgegen.

»Jefim Stepanov.« Seine Stimme war noch dunkler als der Bass des Porutschiks. »Es ist mir eine Ehre, Dr. Abel, Sie persönlich kennenzulernen.«

Er sah aus wie eine ältere Ausgabe seines toten Neffen Spiridon. Der gleiche weizenblonde Haarschopf, wie Abel ihn von Fotos aus dem Dossier in Erinnerung hatte, nur deutlich schütterer und von grauen Strähnen durchzogen, dieselbe Vorliebe für goldene Armketten und protzige goldene Ringe.

»Ich gehe doch recht in der Annahme, dass Sie die sterblichen Überreste meiner grausam ermordeten Neffen identifiziert haben?«, sagte Stepanov. Es war eine rhetorische Frage. »Ich bin Ihnen so dankbar, dass Sie mir in dieser traurigen Angelegenheit zur Seite stehen. Spiridon war wie ein Sohn für mich. Arkadij natürlich auch«, fügte er nach kurzem Zögern hinzu.

Währenddessen drückte er Abels Rechte, als wollte er sie brechen. Von all dem Schmuck an seinen Händen und Handgelenken hob sich ein Ring an seinem rechten Ringfinger auffällig ab. Während Abel den Händedruck des Oligarchen erwiderte, konnte er das Schmuckstück aus nächster Nähe betrachten.

Es war genauso ein Ring, wie er ihn in der versteckten Innentasche seines Jacketts außer Landes geschmuggelt hatte. Und zweifellos trug er im Innern die gleiche Inschrift: *MGIMO*, gefolgt von einem Datum und einer fünfstelligen Zahl.

Sie kennen sich seit einem halben Leben, dachte Abel. *Burkjanov und Stepanov. Lange Zeit waren sie die beiden mächtigen Männer hinter dem Präsidenten, bis aus den Männerfreunden Todfeinde wurden. Weil Burkjanov alles für sich allein haben wollte. Die ganze Macht und Stepanovs Industrieimperium dazu.*

»Danken Sie mir nicht zu früh«, antwortete Abel. Vorsichtig öffnete und schloss er seine Hand, nachdem Stepanov sie wieder freigegeben hatte. »Noch habe ich die beiden Toten nicht zweifelsfrei als Ihre Neffen identifiziert. Und ohne die Asservate, die ich mit meinem Gepäck in Tiraspol zurücklassen musste, kann ich sowieso kein Gutachten erstellen.«

Er sah den älteren Mann forschend an. Stepanov zuckte mit keiner Wimper.

»Nehmen Sie meine aufrichtige Entschuldigung für alle Unannehmlichkeiten entgegen, die Ihnen in meinem Heimatland entstanden sind«, sagte er und versuchte, seine Worte mitfühlend klingen zu lassen. Doch sein Bedauern wirkte so unecht wie vorher sein Lächeln.

»Besten Dank«, sagte Abel trocken. »Frau Romani hat mir Ihre Entschuldigung schon ausgerichtet.«

Bei dem Namen Romani verzerrte sich Stepanovs Gesicht. Ganz kurz nur, aber Abel war es nicht entgangen.

Stepanov hat mit der ganzen Aktion nichts zu tun, sagte er sich. *Er hätte auch kein Motiv, da es sich allem Anschein nach bei den Toten um seine Neffen handelt. Sein Interesse muss es also sein, Burkjanov hinter Gitter zu bringen. Und dafür braucht er mein Gutachten ohne Verfälschung oder auch nur Abschwächung der Fakten.*

Oder lag er mit dieser Interpretation daneben? Als Stepanov einen gefütterten Umschlag aus seinem Jackett zog, überkamen Abel erneut Zweifel. Er war schon darauf gefasst, dass ihn der Oligarch mit einem Bündel Geldscheinen bestechen wollte. Was dann wohl bedeuten würde, dass er doch nicht nur die reine, unverfälschte Wahrheit hören wollte.

Während Abel den Umschlag öffnete und hineinsah, tränten ihm die Augen vor Müdigkeit. Er hätte viel dafür gegeben, sich auf einen der äußerst bequem aussehenden Sessel setzen zu können. Aber er wusste, dass er dann auf der Stelle einschlafen würde.

Erst musste er es noch an Bord einer Maschine schaffen, wenn schon nicht direkt nach Berlin, dann zumindest in irgendeine westeuropäische Stadt. Im Flugzeug würde er augenblicklich in Tiefschlaf sinken und erst bei der Landung wieder zu sich kommen.

Das Kuvert enthielt zu Abels Erstaunen ein Flugticket nach Berlin, erste Klasse, Abflug heute um 19:05 Uhr.

»Einer meiner Assistenten wird Sie zum Check-in und anschließend zu Ihrem Gate eskortieren«, sagte Stepanov und versuchte nochmals, Abel anzulächeln. Es sah aus, als wollte er zubeißen.

Abel nickte behutsam, um das Schwindelgefühl im Zaum zu halten.

Fünf Stunden später klappte er im Lufthansa-Flieger die Rückenlehne seines First-Class-Sessels nach hinten und war in der nächsten Sekunde eingeschlafen.

58

Berlin-Grünau,
Wohnhaus von Dr. Abel und Lisa Suttner,
Sonntag, 10. September, 11:25 Uhr

Als Abel erwachte, war er augenblicklich bis in die Zehenspitzen fluchtbereit. Er entspannte sich, als ihm bewusst wurde, dass er zu Hause war. Er lag in seinem Bett – und nicht in einem Laubschlafsack im Wald irgendwo im transnistrischen Grenzland. Draußen auf der Terrasse hörte er Lisa sprechen, bestimmt telefonierte sie mit ihrer Freundin Anja, mit der sie stundenlang über ihr gemeinsames Lieblingsthema fachsimpeln konnte. Surrealistische Kunst.

Die friedliche Atmosphäre kam ihm selbst fast surreal vor.

Keine heulenden Bluthunde, keine Schüsse, kein Porutschik, der fluchend hinter mir herrennt. Keine waffenstarrenden Elitesoldaten und keine Ganoven, die mich entführen wollen.

Noch auf dem Heimweg gestern Abend vom Flughafen Tegel hatte er nach osteuropäisch aussehenden Männern Ausschau gehalten. Erst im Terminal, dann vom Taxi aus. Er hatte viele von ihnen bemerkt, aber sie gehörten in Berlin schließlich zum Straßenbild. Falls ein paar von Burkjanovs Leuten darunter waren, fielen sie nicht weiter auf.

Bestimmt war Burkjanov über Abels unorthodoxen Abgang informiert worden. Solange Abel seinen Obduktionsbericht und sein Gutachten nicht fertiggestellt und abgeschickt hatte, würde der Ex-Geheimdienstchef höchstwahrscheinlich versuchen, ihn auch hier in Berlin noch unter Druck zu setzen. Und das konnte sich hinziehen, da Abel für das Gutachten seinen Einsatzkoffer mit den Asservaten und den Ton- und Bilddokumenten brauchte, die auf seinem Diktiergerät und der Kamera gespeichert waren. Falls Varvara Romani nicht Wort hielt und ihm nicht sein Gepäck nachschickte, konnten Jewgenij & Co. alle unerwünschten Beweismittel auf Nimmerwiedersehen verschwinden lassen.

Die Sonne schien durch die heruntergelassenen Jalousien, es musste schon fast Mittag sein. Die Lichtstrahlen glitzerten, weil sie von der Dahme reflektiert wurden, dem Fluss, der direkt hinter dem kleinen Garten ihres schmucken Townhouses entlangfloss.

Ein Glück, dass heute Sonntag ist, dachte Abel. *Und dass ich nicht mal Bereitschaftsdienst habe.*

Gestern hatte er Lisa nur in aller Kürze von seinen Erlebnissen berichtet. Den Rückflug hatte er weitestgehend verschlafen, war auch bei der Zwischenlandung in München nur mühsam zu sich gekommen und nach dem erneuten Boarding sofort wieder weggesackt. Trotzdem war er immer noch stehend k. o. gewesen und nach einer heißen Dusche in seinem Bett aufs Neue in Tiefschlaf gesunken.

Nach einer weiteren Dusche spürte er nun, wie seine Lebensgeister erwachten. Und dass er einen Bärenhunger hatte. Er bereitete sich ein großzügiges Frühstück zu und balancierte sein Tablett zu Lisa auf die Terrasse.

Mittlerweile hatte sie ihr Telefongespräch beendet. Sie begrüßte ihn mit einem zärtlichen Kuss und sah lächelnd zu, wie er sein Rührei mit Schinken verspeiste, gefolgt von einem Mittelgebirge aus Vollkornbroten mit Pfeffersalami, Ziegenkäse und, zum süßen Ende, Waldblütenhonig. Dazu leerte er mehrere Gläser Orangensaft und eine ganze Kanne Kaffee.

»Sie haben dich dort wohl auf Diät gesetzt«, scherzte Lisa, aber sie wirkte noch immer beunruhigt. Obwohl er doch allem Anschein nach heil und an einem Stück zurückgekommen war. Offenbar spürte sie, dass es noch nicht vorbei war.

»Ich habe fetttriefende Hefekringel bekommen«, berichtete Abel. »Ansonsten habe ich bis zum Umfallen obduziert und bin danach stundenlang durch den Wald gerannt.«

Diesmal erzählte er ihr eine ausführlichere Version der Geschehnisse. Die heiklen Details ließ er allerdings nach wie vor aus, ebenso die mutmaßlichen Hintergründe der abenteuerlichen Hetzjagd durch den transnistrischen Wald. Um Lisa nicht noch mehr zu beunruhigen und weil Dienstgeheimnisse eben Dienstgeheimnisse waren.

Mit diesem besorgten Lächeln sah Lisa hinreißend aus. Ihr rostrotes, schulterlanges Haar trug sie heute offen, ihre grün schillernde Bluse harmonierte mit ihren grünen Augen. Und je länger Abel ihr in die Augen sah, desto mehr verblassten der Schrecken und die Anspannung der letzten beiden Tage. Bis ihm die Frankenstein-Klinik am Rand von Tiraspol und das Hecheln der Spürhunde im sumpfigen Grenzwald fast schon unwirklich erschienen, wie Fetzen aus einem Alptraum.

Aber eben nur fast. Er wusste nur zu gut, dass der Kokon aus Frieden und häuslichem Glück, der ihn im Moment umhüllte, höchst zerbrechlich war und die Jagd bald schon weitergehen würde.

59

Berlin-Grünau, Dahme-Ufer,
Sonntag, 10. September, 15:10 Uhr

Der südöstliche Stadtrand von Berlin war ein grünes Idyll, eine Oase für junge Familien, Ruheliebende und Wassersportler. Häuser und Wohnungen waren hier noch vergleichsweise erschwinglich, und man lebte weit weniger lärmumtost als in Szenestadtteilen wie Prenzlberg oder Friedrichshain. Jedenfalls dann, wenn man nicht gerade in einer der Flugschneisen des nahe gelegenen Flughafens Schönefeld wohnte.

Nach einem geruhsamen Spaziergang entlang der Dahme waren Abel und Lisa auf dem Nachhauseweg. Als sie die Wassersportallee überquerten, raste plötzlich ein Motorrad mit aufheulendem Motor auf sie zu, eine signalrote Kawasaki. Der Fahrer trug eine schwarze Ledermontur und einen schwarzen Helm mit verspiegeltem Visier. Abrupt bremste er neben Abel ab, griff hinter sich und zog mit der behandschuhten Linken einen Gegenstand aus der Tasche, die er diagonal über dem Rücken trug.

Ein Baseballschläger!, durchfuhr es Abel.

Der Mann holte mit der linken Hand aus, um ihm mit dem Schläger eins überzuziehen. Abel hechtete zur Seite, und der Motorradfahrer geriet mit seiner schweren Maschine ins Schlenkern. Abel rollte sich über die Schulter ab, zückte noch im Aufspringen sein Smartphone und fotografierte den Angreifer. Aber er bekam ihn nur noch von hinten aufs Bild, die Kawasaki raste stadteinwärts davon.

»So eine verdammte Scheiße!«, fluchte Abel.

»Um Himmels willen, Freddy!«, rief Lisa. Sie sah so entsetzt aus, dass ihm noch nachträglich der Schreck in die Glieder fuhr. »Bist du okay?«

Das Nummernschild der Rennmaschine war mit Klebeband abgeklebt. *Offenbar ein Profi*, dachte Abel.

Er nickte Lisa zu und wählte gleichzeitig den polizeilichen Notruf. Als sich der diensthabende Beamte meldete, nannte er seinen

Namen und seine Funktion beim BKA und schilderte stichwortartig das Geschehen. Da er weder ein Kennzeichen noch eine Beschreibung des Motorradfahrers durchgeben konnte, würde die Fahndung höchstwahrscheinlich im Sande verlaufen. Aber versuchen musste er es natürlich trotzdem.

Vermutlich hatte der Motorradfahrer auf dem Parkplatz an der Kreuzung von Wassersportallee und Regattastraße auf der Lauer gelegen, überlegte er, während sie in der Ferne bereits das Jaulen einer Polizeisirene hörten. Jedenfalls hatte Abel die auffällige Rennmaschine vorher nicht bemerkt, obwohl er seine Umgebung seit seinen Erlebnissen in Transnistrien ständig auf potenzielle Angreifer scannte.

Er hatte keinen Zweifel, auf wessen Konto die Attacke ging, und er war keineswegs überrascht, dass Burkjanov ihn weiter unter Druck setzte. Aber er hatte nicht damit gerechnet, dass sie sofort wieder zuschlagen würden.

»Das war ein Mordanschlag!«, sagte Lisa und klopfte ihm Straßenstaub von der Schulter. »Um Himmels willen, Freddy, du brauchst Polizeischutz, und zwar sofort!« Sie war die coolste Frau, in die sich Abel jemals verliebt hatte, aber diese Attacke schien sie heftig erschüttert zu haben.

»Ach was«, gab er zurück.

»Er hatte einen Totschläger«, wandte Lisa ein. »Er hat versucht, dir den Schädel einzuschlagen!«

Abel hatte da seine Zweifel. »Wenn sie mich umbringen wollten, hätten sie das im Wald am Dnestr erledigt«, sagte er. »Ohne Zeugen, dafür mitten in ausgedehnten Sumpfgebieten, in denen bestimmt schon mehr als eine Leiche auf Nimmerwiedersehen verschwunden ist.«

☠☠☠

60

Berlin, Treptowers, BKA-Einheit »Extremdelikte«,
Besprechungsraum,
Montag, 11. September, 07:30 Uhr

Auch Herzfeld war am Wochenende von seinem Einsatz am Horn von Afrika zurückgekehrt. Souverän wie immer und braun gebrannt leitete er die Frühbesprechung in den Katakomben der Treptowers.

»Kommen wir zum nächsten Sektionsfall«, sagte er. »Hintergrund ist eine Massenschlägerei mit mindestens drei Todesopfern und einer unbekannten Anzahl von Verletzten.«

Außer Herzfeld und Abel nahmen Scherz, Murau und Sabine Yao an der Frühbesprechung teil, außerdem vier Obduktionsassistenten und der gewohnt hypermotivierte japanische Gastarzt Takahito Hayashi. Sie alle sahen Herzfeld verständnislos an.

»Was heißt hier mindestens?«, polterte Oberarzt Scherz. »Können die bei der Kripo nicht mal mehr zählen?«

Herzfeld sandte Scherz ein verbindliches Lächeln. »Dafür habe ich keine Anhaltspunkte, Herr Kollege.«

Obwohl er gleichfalls strapaziöse Tage hinter sich haben musste, schien Herzfeld in sich zu ruhen wie der Dalai Lama persönlich.

»Die Massenschlägerei hat sich gestern Abend in der Karl-Marx-Straße in Neukölln abgespielt«, fügte er hinzu. »Beteiligt waren laut Zeugenaussagen hundertfünfzig bis zweihundert Personen, durchweg Männer mit orientalischem Hintergrund. Seitens der zuständigen Mordkommission wird vermutet, dass es sich ausnahmslos um Angehörige zweier Großfamilien handelt, die eine aus dem Libanon, die andere aus dem Jemen.«

Er blätterte in der Fallakte und runzelte die Stirn.

»Etliche von ihnen sind seit längerem polizeibekannt«, fuhr er fort. »Beide Clans werden der organisierten Kriminalität zugerechnet. In den zurückliegenden Monaten hat es mehrfach Auseinandersetzungen zwischen ihnen gegeben, aber gestern wurde wohl eine neue

Eskalationsstufe erreicht. Sie sind mit Fäusten, Messern und Eisenstangen aufeinander losgegangen. Als die von Anwohnern alarmierte Polizei mit mehreren Hundertschaften angerückt ist, haben beide Seiten ihre verletzten Mitglieder eingesammelt und in bereitstehenden Fahrzeugen die Flucht ergriffen. Möglicherweise haben sie auch einige Tote mitgenommen – daher das derzeitige Fragezeichen vor der Zahl der Todesopfer, Herr Scherz.«

Der Oberarzt schnaubte geräuschvoll durch die Nase, enthielt sich aber jeden weiteren Kommentars.

Abel musterte ihn nicht ohne leise Besorgnis. Als Nummer drei in der internen Hierarchie hatte Scherz seit Donnerstag die Leitung ihrer Abteilung innegehabt. Abel fürchtete, dass der Oberarzt einige Scherbenhaufen hinterlassen hatte – vorzugsweise durch abenteuerliche Statements zu den Waterboarding-Foltermorden im Berliner Abgeordnetenhaus. Bisher war ihm zwar noch nichts zu Ohren gekommen, aber der Tag hatte ja auch gerade erst begonnen.

Wie aufs Stichwort griff Herzfeld nach dem nächsten Schnellhefter, auf dem in roten Großbuchstaben *WATERBOARDING Nr. 3!?* stand. Mit der geschmeidigen Eleganz eines Croupiers schob er Abel gleichzeitig den sandfarbenen Schnellhefter mit den Neuköllner Sektionsfällen zu.

»Ein weiterer Putzmann mit Migrationshintergrund ist tot aufgefunden worden – allerdings nicht im Abgeordnetenhaus, sondern im Roten Rathaus.« Herzfeld schnippte ein imaginäres Staubkorn vom Ärmel seines dunkelblauen Jacketts. »Suspected waterboarding victim in the Red City Hall«, fügte er in Richtung Hayashi hinzu.

»Water in the lungs?« Der Japaner riss sichtlich begeistert die Augen auf.

Von keinem anderen Beruf fühlten sich so viele skurrile Individuen angezogen wie von der Rechtsmedizin. Takahito Hayashi schien auf dem besten Weg, sich einen der vorderen Ränge in der japanischen Gerichtsmedizin zu erkämpfen. Er war nicht nur ein talentierter und lernbegieriger junger Wissenschaftler, sondern konnte auch mit seinen schrulligen Vorlieben selbst altgedienten Kollegen das Wasser reichen – »das Leichenwasser reichen«, wie Professor Faßbender, Abels Doktorvater, einmal in geselliger Runde gekalauert hatte.

»Abwarten«, sagte Herzfeld. »Fest steht schon jetzt, dass das Opfer Strangulationsmale aufweist. Ob der Tod durch Waterboarding oder Erdrosselung oder womöglich durch eine Kombination aus beidem eingetreten ist, wird die Obduktion zeigen.«

Hayashi gab eine pantomimische Selbsterdrosselung zum Besten – wohl um anzudeuten, dass er Herzfelds deutschsprachigen Ausführungen folgen konnte. Oder auch, um sich endgültig für den Wettbewerb »Japan sucht seinen skurrilsten Rechtsmediziner« zu qualifizieren.

»Mit tödlicher Sicherheit hat Opfer Nummer drei gleichfalls gen Mekka gebetet«, steuerte Scherz bei.

Herzfeld hob eine Augenbraue. »Auch dafür haben wir derzeit keine Anhaltspunkte. Der Mann heißt Candide Dessallier und stammt aus Haiti. Irgendwo hier in der Akte gibt es eine Kopie seines Asylantrags, in dem er seine Religionszugehörigkeit angegeben hat.« Er blätterte in dem aschgrauen Schnellhefter. »Ah, da haben wir es ja. Monsieur Dessallier bezeichnet sich selbst als Anhänger der Voodoo-Religion.«

»Voodoo?«, echote Hayashi. »Dann vielleicht nicht tot, sondern Zombie?«

Er führte auch diesen Gedanken pantomimisch aus, und alle außer Scherz sahen ihm amüsiert dabei zu.

»Die Hypothese, dass sich die Waterboarding-Serie gezielt gegen Muslime mit mutmaßlich islamistischem Hintergrund richtet, könnte damit endgültig vom Tisch sein«, sagte Herzfeld. »Ich bin auf den Newsletter des Kollegen Charles Dupont aus Paris abonniert, der sich seit zwei Jahren damit herumplagt, in der haitianischen Hauptstadt Port-au-Prince eine funktionierende Rechtsmedizin aufzubauen. Aus seinen höchst lehrreichen Ausführungen geht unter anderem hervor, dass mehr als fünfundneunzig Prozent der Haitianer sowohl Katholiken als auch Anhänger des Voodoo-Kults sind. Islamistische Voodoo-Anhänger hat er dagegen nie erwähnt.«

☠ ☠ ☠

61

Berlin, Treptowers, BKA-Soko »Wasserrätsel«,
Montag, 11. September, 10:04 Uhr

Auch diesmal sassen die anderen Teilnehmer der Soko »Wasserrätsel« bereits auf ihren Plätzen im Besprechungsraum, als Abel eintrat. Pünktlich zu jedem neuen Treffen schienen der oder die Täter ein neues Waterboarding-Opfer zu servieren, das er vorher noch obduzieren musste.

»Der Star tritt auf – dann können wir ja endlich anfangen!«, merkte Soko-Leiter Lorenz Kastner an.

Abel schenkte ihm keine Beachtung. Er begrüßte Charlotte Lubitz und Kevin »Lex« Westermann mit Handschlag, nickte dem Volontär Eric freundlich zu und setzte sich auf einen Stuhl gegenüber von Kastner.

»Was geruht Ihr Bauchgefühl denn heute zu orakeln, Herr Doktor?«, giftete Kastner und starrte Abel über seinen Wall aus Leitzordnern hinweg an.

Nur sein unvermeidliches Assistentenduo, Micaela Schweins und Marvin Fischer, quittierte den müden Witz ihres Chefs mit pflichtschuldigem Kichern.

»Bleiben wir zunächst mal bei den Fakten«, schlug Abel vor.

Kastners Nervosität schien die Luft im Raum elektrisch aufzuladen. Der Soko-Leiter wirkte noch grauer im Gesicht als beim letzten Mal, wenn das überhaupt möglich war. Mit jeder Waterboarding-Leiche schien er um ein paar Jahre zu altern.

Natürlich steht er enorm unter Druck, sagte sich Abel. *Das Kanzleramt, das Auswärtige Amt, das Innenministerium, ganz zu schweigen von den Medien – alle erwarten von ihm, dass er die Kuh endlich vom Eis holt. Stattdessen wird das Eis immer voller – beziehungsweise unser Kühlraum mit den Waterboarding-Opfern.*

Beinahe, aber wirklich nur beinahe begann er Abel leidzutun.

»Candide Dessallier wurde wie die beiden Opfer zuvor mit Waterboarding gefoltert«, fuhr Abel fort. »Aber er ist nicht durch Wasser in den Atmungsorganen verstorben. Er wurde mit einer Stahlschlinge erdrosselt.«

Er zog einen kleinen Stapel Fotografien aus dem Schnellhefter, den er vor sich auf den Tisch gelegt hatte, und ließ sie herumgehen.

»Auf den Fotos ist die Drosselmarke deutlich zu erkennen«, fügte er hinzu. »Und auf diesen Bildern«, er verteilte weitere großformatige Farbfotografien, »ist der Zustand seiner Lunge dokumentiert. Anders als bei Moah Aslewi enthält sie definitiv kein Wasser.«

Während Kastner stirnrunzelnd die Fotos durchsah, erhob sich Charlotte Lubitz von ihrem Platz. Zu einem trikotartigen grünen Top trug sie schwarze Jeans und Laufschuhe im gleichen Grünton wie ihr Oberteil. Nur die dunklen Ringe unter ihren Augen passten nicht zu ihrem sportlichen Outfit. Sie wirkte übernächtigt und frustriert.

»Wir stecken in einer Sackgasse«, räumte sie ein. »Seit Tagen ermitteln wir in alle Richtungen, aber wir haben keine einzige heiße Spur. Am Freitag wurde die Bevölkerung über die Medien um Mithilfe gebeten. Seitdem haben wir Tausende von Hinweisen erhalten, aber wie üblich haben sich hauptsächlich Scherzbolde und Fremdenhasser angesprochen gefühlt. Hinzu kamen die unvermeidlichen Paranoiker und Leute, die ihren Nachbarn schon lange mal eins reinwürgen wollten.«

Sie wandte sich zur Seite und sprach Abel direkt an. »Apropos Scherzbolde. Das Interview, das Ihr Kollege den Radioheinis von RTL 104.6 gegeben hat, war auch nicht gerade hilfreich.«

Oh Gott, dachte Abel. *Ich hatte es befürchtet.*

»Welcher Kollege?«, fragte er, um Zeit zu gewinnen.

Charlotte Lubitz überging die Frage mit genervtem Augenrollen. »Der RTL-Mann hat wohl gleich nach unserem Aufruf bei Ihnen in der BKA-Rechtsmedizin angerufen. Vermutlich war er selbst überrascht, als er zu ihrem Oberarzt durchgestellt wurde. Ihr Kollege hat im Brustton der Überzeugung verkündet, dass die Foltermorde die typische Handschrift der CIA in ihrem Kampf gegen den islamistischen Terror tragen würden.«

Abel stöhnte auf. Das durfte nicht wahr sein! »Und das Interview ist gesendet worden?«, fragte er.

»Würden Sie als Radioreporter so ein knackiges Statement von einem hochrangigen BKA-Rechtsmediziner ungesendet im Archiv versenken?«, fragte Charlotte Lubitz zurück. »Und das auch noch einen Tag, bevor sich der Anschlag auf das World Trade Center jährt?«

Diesmal war es Abel, der darauf verzichtete, die allzu naheliegende Antwort auszusprechen.

»In Abwesenheit seines großen Vorbilds Dr. Sherlock Abel«, ätzte stattdessen Kastner, »hat der Hobbydetektiv mit dem treffenden Namen Scherz die Gelegenheit beim Schopf ergriffen, das gesamte Bundeskriminalamt dem Gespött preiszugeben.«

Das ist ja grauenhaft, dachte Abel. Er sah bereits einen Rattenschwanz an disziplinarischen Konsequenzen voraus, eine unerfreulicher als die andere. *Als ob wir nicht schon genug Herausforderungen zu bewältigen hätten, ballert Scherz aus der Hüfte wie ein besoffener Cowboy!*

»Glücklicherweise bin ich auch in der Medienszene gut vernetzt«, fuhr Kastner fort. Er klang mit einem Mal nicht mehr defensiv, sondern so selbstgefällig wie lange nicht mehr. »Der betreffende Radiomoderator hat mich angerufen und nachgefragt, was ich von der steilen These Ihres Scherzdoktors hielte. Dem sind die Fäulnisgase in seinem Leichenkeller zu Kopf gestiegen, das halte ich davon!«, echauffierte sich Kastner. »Und das habe ich dem Reporter wortwörtlich so gesagt. Ich habe mit Engelszungen auf ihn eingeredet, bis er mir zugesichert hat, nur einen kurzen Auszug aus dem wirren Statement Ihres Kollegen zu bringen. Außerdem anonymisiert als ›Spekulation eines rechtsmedizinischen Insiders, der nicht namentlich genannt werden will‹.«

Nicht nur Kastner und die Lubitz, auch alle anderen Meeting-Teilnehmer starrten Abel nun vorwurfsvoll an. Zumindest kam es ihm so vor. Aber er hatte nicht die Absicht, sich von irgendwem zum Sündenbock machen zu lassen.

Wenn die Soko »Wasserrätsel« im Dunkeln tappte, dann lag das schließlich nicht an ihm. Vielleicht war es ein Fehler gewesen, dass er Scherz die Obduktion des ersten Waterboarding-Opfers überlassen hatte. Aber wenn seine Mission in Transnistrien nicht derart ausgeufert wäre, hätte die Abteilung »Extremdelikte« ab Freitag wieder unter seiner Leitung gestanden, und dann wäre es garantiert keinem Reporter des Planeten gelungen, Scherz ans Telefon zu bekommen.

Ihr Sekretariat hatte strikte Anweisungen, wie mit Nachfragen von Medienvertretern zu laufenden Ermittlungsverfahren umzugehen war. Dazu gehörte an erster Stelle, dass einzig Herzfeld und sein Stellvertreter Abel berechtigt waren, irgendetwas nach außen zu kommunizieren, und auch das nur in Absprache mit der Pressestelle des BKA. Scherz musste da etwas missverstanden haben, oder er hatte sich absichtlich über die Dienstanweisung hinweggesetzt. Die galt für ihn natürlich auch dann, wenn er vorübergehend die Abteilungsleitung übernahm.

»Also viel Lärm um nichts«, fasste Abel zusammen. »Oder ist mir etwas Wesentliches entgangen?« Er sah von Kastner zu Charlotte Lubitz. »Den schriftlichen Obduktionsbericht haben Sie wie üblich bis morgen Mittag, die toxikologischen Ergebnisse bis heute Nachmittag«, fuhr er fort. »Sie können davon ausgehen, dass schon jetzt mit ziemlicher Sicherheit alle rechtsmedizinisch relevanten Fakten auf dem Tisch liegen.«

Und jetzt seid ihr dran, fügte er in Gedanken hinzu.

Die Botschaft schien anzukommen. Charlotte Lubitz, Lex Westermann und Lorenz Kastner begannen, einander mit aufgeregten Statements zu überbieten.

Ihren Beiträgen konnte Abel entnehmen, dass keines der Opfer mit Terrorgruppen in Verbindung gestanden hatte und keinerlei Anhaltspunkte für Kontakte zwischen ihnen gefunden worden waren. Nach Lex Westermanns Recherche gab es mehrere hundert registrierte Reinigungskräfte, die in Parlaments- und Regierungsgebäuden des Bundes und des Stadtstaats Berlin im Einsatz waren. Alle waren nach einem strengen Verfahren durchleuchtet worden und hatten eine blütenweiße Weste. Trotzdem waren drei von ihnen getötet worden, und zwar in Verbindung mit einer Foltermethode, die hauptsächlich von der CIA angewendet wurde, um islamistische Gewalttäter zu Geständnissen zu bewegen.

Die Diskussion begann sich im Kreis zu drehen. Anstelle von Lösungsvorschlägen wurden in gereiztem Tonfall Schuldzuweisungen ausgetauscht, und Abels Gedanken schweiften ab. In seinem Innern war er weiterhin mit dem transnistrischen Doppelmord und dem am Vortag auf ihn selbst verübten Anschlag beschäftigt. Auch Katz alias Lenski spukte nach wie vor in Abels Kopf herum. Ausgerechnet im Grenzwald am Dnestr, als die Hunde hinter ihm her gehechelt waren, hatte er daran denken müssen, dass sein einstiger Kommilitone den Asientrip mit seiner Frau höchstwahrscheinlich dazu genutzt hatte, sie zu ermorden.

Sowie das Meeting hier vorbei ist, rufe ich Döpfner an, beschloss Abel. *Vielleicht hat Uli ja wirklich noch Kontakt zu seinem alten Kumpel und kann mir einen Tipp geben, wo der sich möglicherweise versteckt hält. Auf jeden Fall kann er unauffällig recherchieren, wem sich der Ring aus dem Kalkcontainer zuordnen lässt.*

Wenn Uli Döpfner sich nicht sehr verändert hatte, würde er keine lästigen Fragen stellen, sondern sich begeistert auf diese Aufgabe stürzen, weil sie seine IT-Fähigkeiten herausforderte.

Aber dafür muss ich mich mit ihm treffen, gemeinsame Erinnerungen aufwärmen, ihm ein bisschen Honig um den Bart schmieren.

In seiner Erinnerung tauchten Bilder von fernen Sommerabenden in Hannover auf, in Biergärten am Leine-Ufer, mit Uli Döpfner und vielen anderen Kommilitonen, darunter auch Harry Katz. »Verraten Sie uns denn zum krönenden Abschluss, was Ihr Bauchorakel diesmal geweissagt hat, Dr. Abel?« Kastners sarkastisch dröhnender Bass holte Abel in die Gegenwart zurück.

»Der dritte Mordfall der Serie bestätigt mich in der Vermutung, die ich schon bei unserer ersten Sitzung geäußert habe«, gab Abel in sachlichem Tonfall zurück. »Wir haben es offenkundig mit einem Serientäter zu tun, der ebenso offensichtlich kein Profi aus der Geheimdienstszene sein kann. Dafür beherrscht er das Waterboarding nicht gut genug, denn bei dieser Foltermethode geht es ja gerade darum, keine sichtbaren Folterspuren zu hinterlassen. Außerdem lässt seine Auswahl der Opfer kein Muster erkennen, das auf irgendeinen Geheimdienst passen würde. Ein Muslim, ein koptischer Christ und ein Voodooist. Zwei Araber und ein Haitianer. Das passt hinten und vorne nicht zusammen. Und trotzdem bleibe ich dabei: Wir haben es mit einem oder mehreren Tätern aus einer Szene zu tun, die mit Geheimdienstpraktiken mehr als nur oberflächliche Berührungspunkte haben.«

Westermann sah Abel nachdenklich an. »Vielleicht sind die drei Putzmänner ja Opfer einer rechtsradikalen Terrorgruppe«, schlug er vor. »Alle drei sind dunkelhäutige Ausländer. Vielleicht meinen die Täter, dass deutsche Parlamentsgebäude nur von deutschen Reinigungskräften geputzt werden sollten. Ein zweiter ›Nationalsozialistischer Untergrund‹ möglicherweise, nur dass diesmal nicht Dönerbuden-Betreiber, sondern Putzmänner im Fokus stehen.«

Kastner räusperte sich unheilverkündend. »Was sind das schon wieder für abenteuerliche Spekulationen!« Sein Bass ließ die Scheiben vibrieren. »Dafür gibt es keinerlei Anhaltspunkte! Glücklicherweise! Stellen Sie sich nur die Schlagzeilen vor: *Neonazis machen im Deutschen Bundestag Jagd auf Ausländer*!«

Abel hätte beinahe aufgelacht, aber er riss sich zusammen. »Der Modus operandi deutet für mich klar darauf hin, dass der Täter mit Waterboarding-Praktiken mehr als nur oberflächlich in Berührung gekommen ist«, bekräftigte er nochmals. »Also hat oder hatte er wohl mit der Geheimdienstszene zu tun, möglicherweise im Nahen oder Mittleren Osten. Schließlich stammen zwei seiner bislang drei Opfer aus dieser Region.«

Kastner gab ein halb ersticktes Japsen von sich. Es klang, als hätte er versehentlich einen Sektkorken inhaliert und versuchte erfolglos, ihn wieder auszuhusten.

»Der Täter ist ein Psychopath, das steht für mich so gut wie fest!«, brachte er schließlich mit schwacher Stimme hervor. »Ihre Neonazi-Hypothese, Herr Westermann, überzeugt mich genauso wenig wie Dr. Abels Märchen aus der Geheimdienstszene. Es ist doch unvorstellbar, dass unbefugte Personen in unsere streng bewachten Abgeordnetengebäude eindringen und dort auch noch Folter und Morde begehen können. Da wimmelt es doch Tag und Nacht von Sicherheitskräften!«

Dann erkläre mir mal einer, was hier los ist, dachte Abel. Doch er zog es vor, zu schweigen und sich nicht noch weiter aus dem Fenster zu lehnen. Er hatte schließlich schon genug eigene Schwierigkeiten.

Also begnügte er sich damit, Charlotte Lubitz und Lex Westermann auffordernd anzusehen.

»Dann nehmen wir uns mal die Sicherheitskräfte zur Brust«, verkündete die Hauptkommissarin. »Bisher sind wir davon ausgegangen, dass sie zu den Guten gehören, aber das hat sich ja bei der NSU-Affäre auch als voreilige Annahme herausgestellt.«

Kastner begann zu hyperventilieren.

»Ein Drittel der Angestellten privater Sicherheitsdienste neigt zu rechtsextremem Gedankengut«, steuerte Lex Westermann bei. »Laut neuesten Studien liegt der Anteil sogar noch deutlich höher.«

Und nicht wenige Security-Kräfte, ergänzte Abel in Gedanken, *haben Einsätze als Söldner im Irak oder in anderen Regionen hinter sich, in denen Waterboarding zumindest zeitweise quasi an der Tagesordnung war.*

Noch im Hinausgehen zückte er sein Smartphone und wählte in der Kontaktliste den Eintrag *Döpfner, Ulrich* aus.

62

Irgendwo in Deutschland, fensterloser Kellerraum,
Montag, 11. September, 10:52 Uhr

JANA HATTE KEINE AHNUNG, wie lange sie schon in Barrys Gewalt war. Tage, Wochen? Oder ihr ganzes Leben lang?

Vielleicht gibt es doch einen Gott und all das, dachte sie. *Sünde und Strafe.* So wie es ihre Mutter behauptet hatte. *Und das hier ist die Hölle.*

Als Barry ihr die Faust ins Gesicht gedroschen hatte, war ihr allerletzter Hoffnungsfunke erloschen. Sie war rückwärts aus dem Bett geflogen und mit dem Hinterkopf auf den Betonboden geknallt. Er hatte die Spritze unter dem Bett hervorgefischt und ihr erneut das Halsband umgelegt. Dann hatte er sie zurück aufs Bett gezerrt und wie ein Boxkampfmoderator geschrien: »Ring frei zur nächsten Runde! Barry Bazooka gegen Wanton Wanda!«

Die Spritze wie ein Messer auf sie gerichtet, hatte er sie gezwungen, seinen Hals erneut in die Beinzange zu nehmen. Wieder war er in ihrem Mund hart geworden, und wieder hatte sie sich nicht getraut, zuzubeißen.

Wieder und wieder hatte er sie missbraucht. Zwischendurch hatte er ihr und sich selbst irgendwelches Zeug gespritzt. Mehrfach hatte sie das Bewusstsein verloren. Und immer, wenn sie wieder zu sich kam, war sie noch im selben Alptraum gefangen gewesen. Barry auf ihr drauf. Barry in ihr drin. Barry, der sie auf jede erdenkliche Art und Weise quälte.

Er ist der Teufel. Nein, er ist selbst von Teufeln besessen.

Irgendwann war das gekippt. Seitdem machte Barry den Eindruck, als kämpfe er um etwas, von dem er wusste, dass er es niemals bekommen würde. Glück. Befriedigung. Was auch immer.

Vielleicht bilde ich mir das nur ein, dachte Jana. *Spielt sowieso keine Rolle mehr.*

Bewusstlosigkeit. Es war das Einzige, was sie sich noch wünschte. Nichts von dem Grässlichen mehr mitbekommen, das er mit ihr anstellte.

Ein paarmal war sie aus ihrem Dämmerzustand aufgeschreckt, weil sie keine Luft mehr bekommen hatte. »Fressen!« Er hatte ihr Gesicht in eine Aluschale mit Mikrowellenpampe gedrückt und gleichzeitig von hinten seinen Penis in sie hineingestoßen.

Er ist nicht bloß schwanzgesteuert, hatte Jana gedacht. *Sein krankhafter Sextrieb hat ihn komplett versklavt. Sein Fühlen, Denken, alles.*

Es würde niemals mehr aufhören, davon war sie überzeugt. Doch als sie jetzt zu sich kam, war alles anders.

Barry hatte den Tisch beiseitegeschoben und ein offenbar loses Stück Teppichboden darunter entfernt. Wo der Tisch gestanden hatte, klaffte ein quadratisches Loch im Boden. Eine Holzplatte von passender Größe lag daneben. Eine wacklig aussehende Leiter führte in das finstere Loch hinab, aus dem ekelhafter Geruch aufstieg.

Fauliges Fleisch. Genauso hat es bei uns im Supermarkt letzten Sommer gerochen, nachdem übers Wochenende der Strom ausgefallen war.

Besonders der Gestank in der Fleischabteilung war unerträglich gewesen. Genau wie der süßliche, in der Kehle würgende Geruch, der aus dem Loch hervorwaberte.

Barry stand neben der Bodenluke, eine Stablampe in der Hand. Die musste er aus dem Safe unter der Spüle geholt haben, während Jana bewusstlos gewesen war.

Er schaltete die Lampe ein und richtete den Lichtstrahl in das Loch.

»Siehst du das Ding da unten, Kleines?« Seine Stimme klang müde. »Ein Gartenschredder aus der Profiliga. Eigentlich mehr ein Holzhäcksler. Damit kannst du ganze Bäume schreddern, verstehst du? Oder, na gut, zumindest Büsche.«

Als er ihr den Kopf zuwandte, fuhr sie zusammen. Er war bleich wie der Tod. Abgesehen von den breiten, blauvioletten Ringen unter seinen Augen.

»Die Party ist zu Ende, Mädchen.« Barry beugte sich vor und legte die eingeschaltete Lampe auf eine Leitersprosse, so dass der quietschgelbe Schredder angeleuchtet blieb.

»Jetzt heißt es Abschied nehmen, Baby.« Mit schleppenden Schritten kam er zum Bett. In der linken Hand hatte er die Spritze, die angeblich dieses Zeug enthielt, das die Nervenenden in der Haut tausendmal empfindlicher reagieren ließ als normal. Mit der Rechten griff er nach der Hundeleine.

Er will dich in den Schredder stopfen. Also mach was! Sonst zerhackt er dich bei lebendigem Leib!

Ohne Gegenwehr ließ sich Jana zum Rand der Matratze zerren. Barry war offenbar angeschlagen. Er stand neben dem Bett, atmete schwer, und der Schweiß lief ihm aus allen Poren. Seine Hand mit der Spritze baumelte direkt vor Jana, als sie ihre Beine über den Bettrand schwang.

Mit beiden Händen packte sie sein Handgelenk und rammte ihm die Spritzennadel in den Oberschenkel. Barry schrie auf, riss an der

Leine und griff mit der anderen Hand nach der Spritze an seinem Bein.

Jana rang um Atem. Ihre Kehle brannte wie Feuer. Sie knallte mit dem Oberkörper gegen Barrys rechte Seite. Beide verloren das Gleichgewicht und krachten auf den Boden. Noch im Fallen griff Jana um Barrys Rückseite herum und drückte den Kolben bis zum Anschlag in die Plastikspritze hinein.

Barry stieß ein irres Jaulen aus. »Die Spritze war für dich, du dämliche Schlampe! Damit du den Schredder genießen kannst!«, schrie er atemlos. »Aber tausend Dank – du weißt gar nicht, was dir da entgeht!«

Auf dem Rücken liegend bäumte er sich auf. »Wow! Fass mich nur nicht an, du Miststück.«

Jana hatte genug damit zu tun, das Halsband zu lockern. Vorsichtig betastete sie ihren Hals.

Barry balancierte praktisch auf seinen Finger- und Zehenspitzen. Offenbar versuchte er, den Boden unter seinem Rücken mit so wenigen Quadratzentimetern Haut wie möglich zu berühren. Seine Augen waren so stark verdreht, dass nur das Weiße der Augäpfel zu sehen war, durchzogen von geplatzten, blutroten Äderchen. Er wirkte ziemlich weggetreten. Abgedriftet in eine Parallelwelt, in der jede noch so minimale Berührung Schockwellen im ganzen Körper hervorrief.

»Ich bin scheißglücklich!«, kreischte Barry. »Das hast du jetzt davon, du dämliche Nutte!«

Mit einer Mischung aus Ekel und ungläubigem Entsetzen sah Jana, dass sich auch Barrys Penis wieder aufzurichten begann. Sie schob sich weiter von ihm weg und stand auf.

Bring das jetzt zu Ende, befahl sie sich. *Sofort und für immer.*

Barrys Körper war wie ein Triumphbogen gewölbt. Mit einem heftig zitternden Obelisken obendrauf.

»Die Party ist vorbei, Barry«, sagte Jana. Sie hob einen Fuß und trat gegen seine Hüfte.

Barry kreischte auf, kippte um und begann am ganzen Körper zu zucken. Anscheinend versuchte er aufzustehen, um auf diese Weise den Hautkontakt mit seiner Umgebung zu verringern. Aber er konnte sich nicht koordiniert bewegen. Mund, Augen, jede Faser in seinem Gesicht zuckte. Seine Arme trommelten unkontrolliert auf den Boden. Seine Füße antworteten in einem anderen spastischen Rhythmus. Es hörte sich an wie Free Jazz mit einer Schimpansen-Band. Zumal Barry wie ein Affe kreischte und quiekte.

Jana versetzte ihm einen weiteren Tritt, und er kollerte zuckend und zappelnd auf das Loch im Boden zu.

»Siehst du das Ding da unten, Kleiner?«, fragte sie ihn. »Deinen Holzhäcksler der Extraklasse?«

63

Berlin, Treptowers, Büro Professor Herzfeld,
Montag, 11. September, 11:15 Uhr

Am späteren Vormittag saß Abel mit seinem Chef in der Besucherecke in Herzfelds Büro. Eigentlich war er hier, um über den desaströsen Verlauf seiner Transnistrien-Reise zu berichten. Aber vorher sprachen sie noch kurz über die Fälle, die sie heute auf den Tisch bekommen hatten.

Nach den Sektionen dieses Vormittags wirkte auch Herzfeld etwas mitgenommen. Assistiert von Takahito Hayashi, hatte Abel den Haitianer Candide Dessallier obduziert.

Der hoch aufgeschossene neununddreißigjährige Mann mit der hellbraunen Haut und dem schütteren Haupthaar wies Fesselungsspuren an Hand- und Fußgelenken und die typischen Griffmarken im Kieferbereich auf. Er hatte kein Wasser in der Lunge, aber auch er war offenkundig durch Waterboarding gefoltert worden. Darauf wiesen die Utensilien hin, die der Täter in dem Kellerraum unter dem

Roten Rathaus zusammen mit dem Toten zurückgelassen hatte: ein zusammenklappbarer Tapeziertisch, ein zur Hälfte mit Wasser gefüllter Eimer, Kabelbinder und ein noch klatschnasses Tuch. Doch todesursächlich war das Erdrosseln mit einer zweitourig um den Hals gelegten Stahlschlinge. Sie hatte tiefe, blutige Schnürfurchen in Dessalliers Halshaut hinterlassen und Teile von Kehlkopf und Zungenbein buchstäblich zerquetscht.

Herzfeld, Scherz und Murau hatten zeitgleich die drei getöteten arabischen Clanmitglieder obduziert – mit durchweg eindeutigen Befunden. Der Älteste der drei Männer, ein schnauzbärtiger Jemenit, der mit Kaftan und passender Kopfbedeckung in den Kampf gezogen war, hatte drei Messerstiche in die linke Brustseite erlitten, einen in die Lunge und zwei ins Herz. Die beiden anderen Clanmitglieder, westlich gekleidete junge Orientalen, hatten massive Schädelverletzungen davongetragen, wie sie typischerweise durch Schläge mit Baseballschlägern oder eben mit Eisenstangen hervorgerufen wurden.

Derartige Ausbrüche archaischer Massengewalt waren in Deutschland und Mitteleuropa noch vor kurzem kaum vorstellbar gewesen. Der Gedanke, dass brutale Banden – aus Arabien, Osteuropa oder woher auch immer – ganze Stadtbezirke mehr und mehr als ihr Herrschaftsgebiet ansahen, schien sogar dem dickfelligen Scherz zu viel des Guten zu sein.

»So weit, so betrüblich«, sagte Herzfeld schließlich. »Es soll immer noch Leute geben, die glauben, dass wir einer sanften Spezies zutiefst friedliebender Pflanzenesser angehören. Aber diese Annahme ist heute wieder einmal drastisch widerlegt worden.«

Abel nickte. »Unter Rechtsmedizinern dürfte dieser Irrglaube ohnehin nicht allzu viele Anhänger finden. Den Nachhilfeunterricht in Transnistrien hätte ich jedenfalls nicht gebraucht.«

Er berichtete in groben Zügen, wie er von seiner ersten Minute auf transnistrischem Boden an unter Druck gesetzt worden und wie seine Mission langsam, aber unaufhaltsam aus dem Ruder gelaufen war. Abschließend stellte er klar, dass der versuchte Anschlag auf ihn gestern Nachmittag seiner Ansicht nach gleichfalls auf Burkjanovs Konto ging.

»Die Details spare ich mir für meine polizeiliche Vernehmung heute Nachmittag auf«, fügte er hinzu. »Jedenfalls wird mir Genosse Burkjanov weiter Druck machen, bis mein Gutachten fertig und beim zuständigen Gericht in Tiraspol eingetroffen ist. Und solange sie mir meinen Koffer mit den Asservaten nicht zurückgegeben haben, ist der Vorteil eindeutig auf seiner Seite.«

Herzfeld sah seinen Stellvertreter mitfühlend an. Er schenkte ihnen beiden starken ägyptischen Kaffee nach, trank einen Schluck und ließ sich Abels Bericht noch einen Moment lang durch den Kopf gehen.

»Da hast du ja wirklich einiges durchstehen müssen«, sagte er dann. »Was macht dich so sicher, dass die Attacke durch den Motorradfahrer auf Burkjanov zurückgeht?«

»Hundertprozentig sicher bin ich mir natürlich nicht«, räumte Abel ein. »Das Gesicht des Angreifers konnte ich ja nicht erkennen. Aber ich würde fast darauf wetten, dass es der Typ war, der mich durch den Wald gehetzt hat. Sein Gefolgsmann hat ihn Porutschik genannt. Auf Deutsch ›Leutnant‹.«

Die am Vortag sofort eingeleitete Fahndung war ergebnislos geblieben, der Fahrer in der schwarzen Lederkluft und seine signalrote Rennmaschine waren wie vom Erdboden verschluckt. Was allerdings keine magischen Fähigkeiten voraussetzte. Der Motorradfahrer brauchte nur einen Kleinlastwagen an einem einsamen Platz in der Nähe geparkt zu haben, um sich binnen weniger Minuten unsichtbar zu machen. Auch Scheunen oder Hütten, in denen er das Motorrad mitsamt Lederbekleidung verstecken konnte, um dann in einem Pkw das Weite zu suchen, gab es am dünn besiedelten südöstlichen Stadtrand Berlins mehr als genug.

Herzfelds Gesichtsausdruck wurde immer besorgter. »Du musst dieses vermaledeite Gutachten nicht schreiben, Fred. Ich mache mir Vorwürfe, dass ich dir diese Sache aufgehalst habe. Wenn ich geahnt hätte, dass sie zu solchen Mitteln greifen würden …«

Er schien aufrichtig zerknirscht. »Ein Wort von dir genügt«, fuhr er fort, »und das Auswärtige Amt teilt Präsident Schewtschuk mit, dass du dich außerstande siehst, als Sachverständiger aufzutreten, nachdem du von einigen seiner Landsleute massiv bedroht worden bist. Du wirst sehen, dann hören die Einschüchterungsversuche auf der Stelle auf.«

Abel warf einen Blick in seine Kaffeetasse und beschloss, auf weitere Koffeinzufuhr zu verzichten. Er fühlte sich auch so schon kribbelig genug. »Und das Gutachten? Wer gibt den beiden Toten ihren Namen zurück? Wer beantwortet die Fragen der Familien, was mit ihren Angehörigen passiert ist?«, fragte er.

»Das übernehme ich dann.«

»Kommt nicht in Frage.« Abel schüttelte den Kopf. »Warum solltest du deinen Hals riskieren, nur weil ich zu feige bin? Ausgeschlossen. Den Druck halte ich schon aus. Sobald dem Gericht in Tiraspol mein Gutachten vorliegt, macht es für Burkjanov keinen Sinn mehr, mir seine Gorillas auf den Hals zu hetzen. Entscheidend ist, dass mein Gepäck mit den Asservaten möglichst bald hier eintrifft, damit Fuchs mit der DNA-Analyse der Kalkcontainer-Leichen loslegen kann.«

Herzfeld sah ihn noch einen Moment lang forschend an, dann nickte er. »Ich würde es vermutlich genauso sehen. Ich interveniere noch heute bei der transnistrischen Regierung, damit du spätestens übermorgen alles Nötige vorliegen hast.« Er erhob sich von seinem Sessel, und Abel folgte seinem Beispiel. »Und bis diese Sache hier vorbei ist, hältst du dich möglichst im Hintergrund, Fred.«

Abel begnügte sich mit einem vieldeutigen Brummen. Herzfelds Rat war sicher gut gemeint, aber momentan kaum zu befolgen. Wenn er sich jetzt auch noch selbst wegsperrte, würde er langsam, aber sicher durchdrehen.

64

Im Fahrzeug von Dr. Abel, auf dem Weg
von Berlin-Treptow nach Potsdam,
Montag, 11. September, 12:05 Uhr

Von den Treptowers bis in die Potsdamer Innenstadt brauchte man mit dem Auto eine Dreiviertelstunde, wenn die Straßen halbwegs frei waren. Was allerdings so gut wie nie vorkam. Die Berliner Stadtautobahn war praktisch immer überlastet. Außerdem musste sich Abel zuerst kilometerlang durch den Stadtteil Baumschulenweg quälen, in dem es alles Mögliche zu geben schien, nur keine Baumschulen. Dafür aber ein Labyrinth aus Baustellen, in dem sich unzählige Autos im Stop-and-go voranquälten.

Die gute Nachricht war, dass Abel seinen Ex-Kommilitonen Uli Döpfner sofort ans Telefon bekommen hatte. Und dass Uli geradezu enthusiastisch in Abels Vorschlag eingewilligt hatte, sich mittags zum Essen zu treffen. Er gehe sowieso jeden Tag gegen dreizehn Uhr ins *Pfeffer & Salz*, in Sichtweite des Brandenburger Tors, Abel könne gerne zu ihm stoßen. »Aber freu dich nicht zu früh«, hatte Döpfner hinzugefügt, »ich rede vom Brandenburger Tor in Potsdam.« Zur Krönung seines Bonmots hatte er erstaunlich laut und lange gelacht.

Eigentlich hatte ihn Abel als verdrucksten Leisetreter in Erinnerung. Hochgewachsen, aber schon in jungen Jahren zur Unförmigkeit neigend, mit dicker Brille und dünnem, fast farblos hellem Haar. Als Typus war Uli sozusagen seiner Zeit voraus gewesen. Der bebrillte, dickliche, lichtscheue Computernerd war erst Jahre später zum Massenphänomen geworden.

Damals während des Studiums wurde Döpfner von den meisten Medizinstudenten eher als kuriose Randfigur angesehen. Einen Dr. Döpfner mit Arztkittel in einer Klinik oder mit Schlips und Kragen auf einem Kongress konnte sich niemand vorstellen, auch Abel nicht. Uli machte immer den Eindruck, als wäre er nicht nur im falschen Film, sondern als gäbe es nicht mal das Drehbuch zu einem Film, in den er möglicherweise besser gepasst hätte. So blieb er während des ganzen Studiums ein schüchterner Außenseiter, nicht unsympathisch, aber von niemandem ernst oder auch nur richtig zur Kenntnis genommen.

Außer von Harald Katz.

Endlich hatte Abel die letzte Baustelle hinter sich und bog auf die Autobahn ein. Routinemäßig kontrollierte er im Rückspiegel, ob sich potenzielle Verfolger an seine Stoßstange hefteten, als er auf die Überholspur wechselte und das Gaspedal etwas weiter durchtrat. Der Audi A5 kam leise knurrend in Fahrt.

Abel überholte einen in die Jahre gekommenen schwarzen Range Rover, und einen Moment lang rechnete er damit, Jewgenij hinter dem Seitenfenster zu sehen. Aber der Mann am Steuer war fast doppelt so alt wie Burkjanovs mutmaßlicher Kettenhund. Er war hager, trug eine Art Smoking, einen altmodischen schwarzen Hut und hatte schneeweiße, schulterlange Haare.

Vielleicht ein Killer mit einem Faible für Tarantino-Filme, dachte Abel. Doch der alte Mann war wohl eher Zirkuskünstler oder ein Zauberer auf dem Weg zur nächsten Kinderparty. Jedenfalls machte er keine Anstalten, hinter Abel auf die Überholspur zu wechseln.

Auch bullige Männer auf Motorrädern konnte Abel nirgends entdecken, trotzdem ließ seine Anspannung nicht nach. Er hatte das Gefühl, dass etwas in der Luft lag, aber er hätte nicht sagen können, was es war. Eine Gefahr, eine Chance, eine unerwartete Wendung.

Seine Gedanken kehrten zu Uli Döpfner zurück. Und zu Harry Katz. Beide waren Außenseiter gewesen, und vielleicht hatten sie sich gerade deshalb ein wenig angefreundet. Obwohl sie darüber hinaus so gut wie nichts zu verbinden schien. Den bärenhaften Uli mit den weichen Gesichtszügen und dem scheuen, weltfremden Lächeln – und den schmächtigen Katz mit dem kalten Blick, der immer den Eindruck machte, als würde er irgendwem auflauern. *Er hatte tatsächlich etwas von einer Katze oder eher von einem Fuchs, der um den Hühnerhof schleicht*, dachte Abel.

In der Potsdamer Innenstadt hängte sich ein dunkelgrauer Van hinter Abel. Ein Hyundai, kein Toyota, aber die beiden Typen auf den Vordersitzen machten einen ähnlich finsteren Eindruck wie Jewgenijs Muskelmänner in Tiraspol. Abel bog mehrfach in Nebenstraßen ab, doch der Hyundai blieb an ihm dran. Schließlich stoppte Abel am Straßenrand, und der graue Van schob sich wie eine Schlechtwetterwolke an ihm vorbei.

Die hatten wohl nur zufällig den gleichen Weg, sagte sich Abel, als der Hyundai außer Sichtweite war. Doch das verbale Placebo schaffte es nicht, ihn zu beruhigen. Eher im Gegenteil.

Er musste auf der Hut sein. Es war noch lange nicht vorbei.

☠ ☠ ☠

65

Potsdam, Restaurant Pfeffer & Salz,
Montag, 11. September, 13:05 Uhr

Das *Pfeffer & Salz* lag in der Brandenburger Straße, tatsächlich in Sichtweite des Brandenburger Tors. Die Potsdamer Version des weltberühmten Berliner Bauwerks hatte zwar keine Quadriga auf dem Dach, sah aber gleichfalls recht imposant aus. Zahlreiche Touristen fotografierten sich selbst, dem Denkmal den Rücken zugekehrt. So würden sie die Sehenswürdigkeit zumindest auf ihren Selfies zu sehen bekommen.

Abel ergatterte einen Parkplatz vor einer Eisdiele, die von mehreren Busladungen Touristen belagert wurde.

Versprich dir lieber nicht zu viel von diesem Treffen, jedenfalls, soweit es um Katz alias Lenski geht, ermahnte er sich, während er die paar Dutzend Schritte zu dem Restaurant ging. *Bestimmt haben sie sich längst aus den Augen verloren.*

Dafür hatte Uli ihn desto fester im Blick. Er saß an einem der Tische im Außenbereich und schwenkte beide Arme wie ein Fluglotse.

»Freddy, alter Kumpel!«, rief er aus vollem Hals und sprang von seinem Stuhl auf, während sich Abel noch zwischen den eng gestellten Tischen und Bänken einen Weg bahnte.

Seinem deutschen Namen zum Trotz war das *Pfeffer & Salz* ein italienisches Restaurant im rustikalen Stil. Von Pflanzkübeln eingerahmt, saß man im Außenbereich auf dunkel gebeizten Bänken, die mit Schnitzereien verziert waren. Das Tagesangebot war mit Kreide auf einer Schiefertafel verzeichnet und wie üblich kaum zu entziffern. Das machte aber nichts, denn der italienische Kellner schleppte die Tafel zu jedem Tisch und las die Gerichte mit klangvoller Aussprache vor.

Gut zwei Drittel der Tische waren besetzt, und praktisch alle Anwesenden nahmen Anteil am Wiedersehen der einstigen Studienkollegen. Döpfner ergriff Abels Rechte und schüttelte sie nach Kräften. »Freddy, ich glaub's nicht!«, rief er aus. Sogar der Kellner unterbrach seine Rezitation der Tagesgerichte und drehte sich zu Döpfner und Abel um.

Also still und schüchtern scheint Uli nicht mehr zu sein, dachte Abel. *Und damit haben wir ein Problem. Wenn Burkjanovs Leute hier in der Gegend nach mir suchen, brauchen sie nur Döpfners »Freddy!«-Rufen zu folgen.*

Mit aufheulendem Motor raste ein Motorrad vorbei. Abel warf einen gehetzten Blick über die Schulter, befreite seine Hand und trat nah an Döpfner heran. Der trug ein Hemd im gleichen Würfelmuster wie das Tischtuch, nur blau-weiß statt rot-weiß. Es war übergroß geschnitten und hing ihm über den Gürtel, trotzdem konnte es nicht verbergen, dass Döpfners Wampe seit ihren Studienzeiten kräftig weitergewachsen war. Ansonsten hatte sich Uli erstaunlich wenig verändert, jedenfalls äußerlich.

»Lass uns drinnen essen«, sagte Abel so leise, dass die Touristen an den Nachbartischen vergeblich die Ohren spitzten.

Uli riss die Augen hinter den Brillengläsern auf. Sein teigiges Gesicht drückte Begriffsstutzigkeit und dann übergangslos Begeisterung aus. »Logo«, stimmte er mit heiserem Flüstern zu. »Hätte ich auch selbst drauf kommen können. Hier hören uns ja alle zu!«

Kann man so sagen, dachte Abel. Am Telefon hatte er nur kurz erwähnt, dass er mit Döpfner »wegen einer Netzrecherche in einer

Geheimdienstsache« sprechen wolle. Aber das hatte seinen ehemaligen Kommilitonen offenbar mächtig angefixt.

Drinnen wählte Abel einen Ecktisch aus und setzte sich so, dass er den Eingang im Blick hatte. Es war ein gemütlich eingerichteter Raum, auch hier viel Holz und rustikales Karomuster. An den Wänden Weinregale und Ferrari-Fotografien. Allerdings hatte Abel im Moment wenig Sinn für gemütvolle Details.

Der Kellner nahte mit der Schiefertafel, doch Abel würgte seine Vorlesung der heutigen Highlights mit einer Handbewegung ab.

»Was nimmst du, Uli?«, fragte er.

»Tagliatelle mit Kalbsragout. Das ist wirklich klasse. Und Cola Zero.«

»Die Tagliatelle zweimal«, sagte Abel zum Kellner, der sich die Schiefertafel wie einen mittelalterlichen Schild vor die Brust hielt. »Und für mich Mineralwasser.«

Der Kellner verschwand. Döpfner hatte die Arme über dem Bauch verschränkt und sah Abel erwartungsvoll an. Er wirkte verdattert, fast etwas eingeschüchtert – oder einfach so, wie er in Abels Erinnerung immer gewesen war. Still, weltfremd und scheu.

Abel ermahnte sich, nicht gleich mit der Tür ins Haus zu fallen. Er musste Ulis Vertrauen gewinnen, dann erst konnte er mit seinen Anliegen herausrücken. Auch wenn er vor Ungeduld fast platzte.

Also ließ Abel ihn erzählen. Mit schlafwandlerischer Sicherheit hatte Döpfner genau die berufliche Position besetzt, die seinen Fähigkeiten und seiner eigenbrötlerischen Art am besten entsprach. Die digitale Datenbank für medizinische Spezialdienste der Bundeswehr hätten Ende der 1980er-Jahre wohl nur wenige so schnell und effizient hochziehen können wie er. Schließlich hatte Uli Medizin und Informatik studiert, eine damals noch höchst seltene Kombination.

»Und mittlerweile bin ich Oberst«, sagte er mit diesem schüchternen Lächeln, das zu einem zwölfjährigen Jungen gut gepasst hätte, bei einem Bundeswehroffizier Mitte vierzig aber eher seltsam wirkte. »Stell dir jetzt nur nicht vor, dass ich jeden Morgen meine Leute strammstehen lasse oder so. Wir sind eine Bande von IT-Nerds, lichtscheue Workaholics, wir erfüllen jedes Klischee, von dem du in dieser Hinsicht jemals gehört hast. Obwohl wir natürlich auch Geländeübungen machen – aber nur mit der X-Box.«

Er brach erneut in Gelächter aus, fuhr die Lautstärke aber sofort wieder auf null herunter.

Der Kellner servierte ihre Pasta und Getränke, und Abel versuchte, das Gespräch auf die alten Studienzeiten und auf Kommilitonen zu lenken, die sie beide gekannt hatten. Wie sich herausstellte, hatte Uli wenig Lust, in alten Zeiten zu schwelgen, die für ihn wohl selten vergnügungssteuerpflichtig gewesen waren. Die meisten Namen von Studienkollegen, die Abel ins Spiel brachte, schienen bei Döpfner höchstens vage Erinnerungen auszulösen. Doch auf Harry Katz wollte Abel nicht zu sprechen kommen, bevor er Döpfner darauf eingeschworen hatte, den Inhaber des mysteriösen Rings zu recherchieren.

Ihr Gespräch drohte zu versiegen, noch bevor Abel fertig gegessen hatte.

Döpfner dagegen hatte den Inhalt seines Tellers mit wenigen handstreichartigen Angriffen um seine Gabel gewickelt und in seinem Mund versenkt, ohne das Sprechen zwischenzeitlich einzustellen.

Mit reichlich Kalbsragout in seinem Kinnbart begann er nun, Anekdoten aus der Cyberwelt zum Besten zu geben. Abel kannte kaum etwas Öderes als solche endlosen Storys von Hacks und Bugs und Slots. Aber er zwang sich, bei der Sache zu bleiben, damit er zumindest an den vermutlich richtigen Stellen auflachen oder zustimmend brummen konnte.

Plötzlich stürmte ein bulliger Mann in schwarzer Motorradkluft herein und stellte sich breitbeinig mitten in den Raum. Er hatte seinen Helm noch auf dem Kopf, das Visier halb hochgeklappt, und sah sich demonstrativ lässig um.

Abels Puls begann zu rasen.

Das könnte der Angreifer von gestern gewesen sein, dachte er. *Vielleicht ist es sogar der Porutschik selbst.*

☠ ☠ ☠

66

Irgendwo in Deutschland, fensterloser Kellerraum,
Montag, 11. September, 13:17 Uhr

Sie hatte es geschafft! Der Scheißkerl lag da unten am Fuß der Leiter im Dreck. Sie hatte ihm mit aller Kraft in den Hintern getreten, und er war richtiggehend in die Tiefe geschnellt, mit Armen und Beinen zuckend wie eine epileptische Riesenspinne. Mit dem Kopf voran war er auf den Boden gekracht, und seitdem war er offenbar bewusstlos. Vielleicht sogar tot? Jedenfalls regte er sich nicht mehr.

Mit der Taschenlampe, die sie vorher in Sicherheit gebracht hatte, leuchtete Jana in sein Verlies hinab. Die Lampe war aus Stahl und fast so lang wie ihr Unterarm.

Na mach schon, feuerte sie sich an. *Du kletterst da jetzt runter und stopfst den Mistkerl mit den Füßen voran in den Schredder. Dann legst du deinen Daumen auf den Startknopf, und wenn Barry zu sich kommt, erklärst du ihm, welche Alternativen er noch hat. Entweder er verrät dir den Zahlencode für die Tür, oder du startest den Schredder.*

Das klang wie ein wirklich guter Plan. Der mit Abstand beste, seit sie in Barrys Fänge geraten war. Trotzdem kauerte Jana weiterhin oben vor der Bodenluke und starrte zu ihm hinab.

Sie hatte schon mehrfach versucht, einen Fuß auf die oberste Sprosse der Leiter zu setzen. Aber ihre Beine zitterten einfach zu sehr.

Bestimmt tut er nur so, als ob er noch bewusstlos wäre. Wenn ich auf der Leiter bin, reißt er sie mitsamt mir um! Und wenn ich dann wieder zu mir komme, stecke ich *im Schredder, und Barry drückt auf den Startknopf!*

Das Zittern wurde stärker. Sie biss die Zähne aufeinander, um nicht zu schreien.

Du hast eine Waffe, versuchte sie sich zu beruhigen. *Und er ist noch halb außer Gefecht von dem Zeug, das du ihm gespritzt hast.*

Bis er sich aufgerappelt hätte, wäre sie längst unten. Dann konnte sie ihm ja sicherheitshalber die Lampe noch mal auf den Kopf hauen, bevor sie ihn in den Häcksler hieven würde.

Aber du musst es angehen, jetzt sofort!

Erneut tastete sie mit dem Fuß nach der Leitersprosse. Da sah sie in den Augenwinkeln, wie Barry zuckte.

Der Scheißkerl kommt zu sich!

Hysterisch schrie sie auf und zog den Fuß zurück. Um ein Haar hätte sie das Gleichgewicht verloren und wäre zu ihm hinabgestürzt. Heftig atmend kniete sie sich erneut vor den Rand der Bodenluke.

Barry hatte sich auf alle viere aufgerichtet und machte Anstalten, die Leiter hochzukrabbeln.

Mein Gott, wie blöd kann man sein! Die Leiter!

Schreiend schmiss Jana die Lampe von sich, packte die oberste Sprosse und wollte die Leiter zu sich hochziehen.

»Im Prinzip eine gute Idee, Kleines«, sagte Barry leicht lallend. »Nur ein bisschen spät.«

Er hatte sich blitzartig aufgerichtet und turnte geschmeidig nach oben. Jedes Mal, wenn seine Hände oder Füße das Holz der Leiter berührten, kreischte er wie ein Irrer auf.

Apathisch sah Jana zu. *Mach was, verdammt!* Aber sie konnte sich nicht rühren. *Er hat gewonnen. Es ist vorbei.*

Erst als Barrys Hände bereits die oberste Sprosse umkrallten, fiel die Starre von ihr ab. Sie sprang auf und trat mit aller Kraft gegen Barrys Kopf, der eben aus dem Bodenloch hervorkam. Erneut schrie sie, ihr Fuß tat höllisch weh.

Barry kreischte mit Jana im Duett, als er zurückgeschleudert wurde. Die Leiter, an der er sich weiterhin festklammerte, stand einen Moment lang senkrecht unter der Luke.

Dann kippte sie in Zeitlupe nach hinten.

☠ ☠ ☠

67

Potsdam, Restaurant Pfeffer & Salz,
Montag, 11. September, 13:23 Uhr

IN DER *PFEFFER & SALZ*-GASTSTUBE war es so dämmrig, dass Abel das Gesicht unter dem Motorradhelm nicht genau erkennen konnte. Aber der Mann trug einen Bart, der Porutschik war es also nicht.

Drei weitere Personen in Bikerkluft traten ein. Alle vier zogen ihre Helme ab und setzten sich an einen Tisch vorne beim Eingang. Zwei Frauen, die eine mit schwarzen Locken, die andere mit brauner Kurzhaarfrisur. Und der vermeintliche Porutschik trug einen grauen Zopf zum eisfarbenen Ziegenbart.

Die sind völlig harmlos, dachte Abel. Er registrierte, dass Uli seinem Blick gefolgt war.

»Ist irgendwas mit denen?«, fragte Döpfner.

»Völlig harmlos«, wiederholte Abel laut.

»Dann leg mal los«, sagte Döpfner. »Ich bin schon gespannt wie eine Zehntausend-Volt-Leitung. Du wolltest mich doch bestimmt nicht nur treffen, um über die alten Zeiten zu plaudern.«

Ganz so weltfremd scheint er doch nicht mehr zu sein, sagte sich Abel.

»Was du beruflich machst, brauchst du mir nicht zu erzählen«, fügte Döpfner hinzu, »darüber wird ja in den Medien oft genug berichtet. Bestimmt lebst du auch in einer glücklichen Liebesbeziehung, hast ein tolles Haus, ein paar Kinder und so weiter. In allem das genaue Gegenteil von mir. Will ich lieber gar nicht hören.« Er zog eine Grimasse. »Also spann mich nicht länger auf die Folter: Was liegt an?«

Abel zog einen dünnen Packen Fotos aus der Innentasche seines Jacketts. »Sieh dir die Bilder mal an, Uli. Und achte auf die Inschrift. Sagt die dir was?«

Döpfner warf einen Blick auf das erste Bild, stutzte und sah sich die weiteren Fotos mit zusammengekniffenen Augen an. »Und ob mir das was sagt«, antwortete er. »Die kyrillischen Lettern bedeuten M-G-I-M-O. Das Kürzel steht für *Staatliches Moskauer Institut für internationale Beziehungen.* Bis zum Ende der Sowjetunion ist dort die ganze Parteielite gedrillt worden. Apparatschiks, Politbeamte, Agenten, die für Auslandseinsätze vorgesehen waren. Vermutlich dient der Laden heute wieder dem gleichen Zweck, zumindest teilweise.«

Abel war beeindruckt. »Du kennst dich ja gut aus.«

»Gehört zu meinem Job.« Döpfner blühte sichtlich auf. »Mittlerweile werden an der MGIMO auch hochkarätige IT-Spezialisten ausgebildet. Spione mit Hacker-Skills, besser gesagt. Dazu gibt es eine Geschichte, die ich dir unbedingt erzählen muss. Zum Brüllen komisch, sag …«

»Später«, fiel ihm Abel ins Wort. »Lass uns erst noch bei dem Ring bleiben. Was bedeuten deiner Ansicht nach die eingeprägten Zahlen?«

Döpfner starrte erneut auf das Foto, das die Inschrift in starker Vergrößerung zeigte. »22.12.1980«, murmelte er. »Und 7-3-5-5-1. Theoretisch kann sich der Besitzer natürlich auch seinen Hochzeitstag und seinen Bank-PIN-Code in das Schmuckstück geritzt haben. Aber plausibler scheint mir, dass die Ringe von der MGIMO datiert und nummeriert werden, bevor sie an wen auch immer herausgegeben werden – an Absolventen, Ehrenmitglieder, Professoren, was weiß ich. Auf jeden Fall sind sie dadurch personalisiert, das heißt, jeder einzelne Ring kann anhand von Datum und Nummer einer bestimmten Person zugeordnet werden.«

Abel nickte. »Das sehe ich genauso. Ich vermute, dass sie die Ringe an Absolventen verleihen, so wie es auch in den USA bei den großen Universitäten üblich ist.«

»Klingt logisch«, stimmte Döpfner zu. »Bei Professoren oder Eh renmitgliedern würden sie nicht auf fünfstellige Zahlen kommen.«

Abel trank einen Schluck, aber nervöse Mundtrockenheit ließ sich durch Mineralwasser nur kurzzeitig beseitigen. »Das heißt aber doch«, hakte er nach, »dass es Listen geben muss, auf denen jede einzelne Nummer einem Namen zugeordnet ist, oder?«

Erneut schaffte Döpfner das Kunststück, im einen Moment völlig verständnislos und im nächsten hellauf begeistert auszusehen. »Na klar, Freddy!«, rief er aus. »Oh, sorry.« Er senkte seine Stimme und hielt sich sogar die Hand vor den Mund, als fürchtete er verborgene

Lippenleser. »Jetzt verstehe ich«, fuhr er in rauhem Flüsterton fort, »du willst, dass ich für dich herausfinde, wem der Ring gehört?«

Abel nickte erneut. »Aber nur, wenn du das hinbekommst, ohne die geringsten Spuren im Netz zu hinterlassen. Schaffst du das, Uli, oder ist dir das eine Nummer zu groß?«

Döpfner machte ein beleidigtes Gesicht.

»Denk lieber noch einen Augenblick darüber nach«, beharrte Abel. »Du hast es ja eben selbst gesagt: Um an die Liste heranzukommen, müsstest du das Eliteinstitut hacken, in dem der russische Geheimdienst seine eigenen Cyberspione ausbilden lässt.«

»Kein Problem.« Döpfner nahm im Sitzen Haltung an, soweit ihm das möglich war. Sein rechter Arm zuckte in Richtung Schläfe, als er erstaunlich zackig salutierte. »Oberst Döpfner übernimmt!«

»Super«, sagte Abel. »Damit hast du einen dicken Stein bei mir im Brett.« Er sah Döpfner eindringlich an. »Und zu niemandem ein Wort, okay?«

Ulis Augen hinter den dicken Brillengläsern blitzten wie Supernovae. Mit frischem Schwung erzählte er weitere Anekdoten aus der IT-Welt. Abel hörte sich alles mit Engelsgeduld an, nachdem er für Uli einen Cappuccino und für sich einen doppelten Espresso bestellt hatte. Kribbeligkeit hin oder her, ohne Koffeinnachschub würde er Döpfners Schwänke aus dem digitalen Universum nicht überstehen.

Das Biker-Quartett war bereits wieder abgezogen, als Abel das Gespräch noch einmal auf Ulis und seine gemeinsame Vergangenheit lenkte.

»Erinnerst du dich eigentlich noch an die schöne Bettina? Bettina Selzer?«

»Oh Gott, ja.« Döpfners Stimmung schien abrupt ins Bodenlose zu stürzen. »Meine erste – ha ha – große Liebe! Im dritten Semester. Mein Leben lang werde ich an sie denken. An die wunderschöne Bettina Alka-Seltzer.« Er machte ein Gesicht, als würde er gleich in Tränen ausbrechen. »Niemals vorher oder nachher war ich so oft betrunken und verkatert wie damals«, fuhr er fort. »Es war eine Niederlage, von der ich mich nie erholt habe, das sage ich dir.«

Du meine Güte, dachte Abel, *was geht denn jetzt ab?* Mit so einem Gefühlsausbruch hatte er nicht gerechnet. *Uli und die schöne Bettina?* Schon die Vorstellung war von tragischer Komik.

»Na ja, sie hat damals jeden abblitzen lassen, der es versucht hat, oder?«, wiegelte er ab.

Uli nickte. »Genau das ist der Unterschied, Freddy! Die anderen haben es wenigstens versucht. Aber ich?« Er machte eine wegwerfende Geste. »Ich habe sie immer nur aus der Ferne angeschmachtet! Sie ist gestorben, ohne auch nur zu ahnen, wie sehr ich sie geliebt habe!«

»Oha, dich hatte es damals wohl schwer erwischt.« Abel schüttelte innerlich den Kopf, während er Döpfner mitfühlend ansah. »Aber wenn ich mich richtig erinnere, hat nicht mal Katz sie rumgekriegt, obwohl er es wirklich mit allen Tricks versucht hat.«

»Harry Katz?« Döpfner sah plötzlich aus, als hätte er Zahnweh. »Er hat es wirklich mit allen Tricks versucht. Er konnte sich einfach nicht damit abfinden, dass Betty nichts von ihm wissen wollte. Im Gegenteil, es hat ihn angespornt. Ständig hatte er neue Ideen, wie er sie doch noch rumkriegen könnte.«

»Und am Ende war sie tot«, sagte Abel.

»Damit hatte Harry nichts zu tun!«

»Wie kannst du dir da so sicher sein? Habt ihr noch Kontakt?«

Uli ließ den Kopf hängen. »Schon lange nicht mehr. Seit Anfang der Neunziger. Da hat er mich ganz beschissen ausgenutzt und übers Ohr gehauen.«

Behutsam hakte Abel nach. Was war damals passiert? Döpfner wand sich. »Du hast ja ein echtes Talent, peinliche Beichten aus einem rauszukitzeln«, sagte er. Abel ließ nicht locker, bis Döpfner mit der Story herausrückte.

»Die Computer hatten damals weniger Power als heute das kleinste Handy«, sagte er. »Und nicht mal für teures Geld und mit besten Beziehungen konnte man Videokameras bekommen, die nicht wie Hasenställe aussahen. Du kannst dir also vorstellen, dass Harrys Idee sogar für mich eine krasse Herausforderung war.«

Abels innere Alarmanlage begann zu ticken. »Was für eine Idee war das denn?«, fragte er so beiläufig wie möglich.

In Döpfners Gesicht kämpften Stolz und Zorn. »Er wollte, dass ich ihm eine Anlage für verdeckte Videoaufnahmen baue, damit er sich selbst und seine Eroberungen beim Sex aufnehmen konnte.«

»Und was wollte er mit den Videos anfangen?«

»Das war der Knackpunkt«, sagte Döpfner. »Er hat behauptet, er wollte die Filme nur für sich – und ich Trottel hab ihm geglaubt! Dann habe ich zufällig mal einen Ausschnitt aus einem seiner Schundpornos zu sehen gekriegt.«

Döpfner atmete tief durch. Seine Hand war alles andere als ruhig, als er die Kaffeetasse zu seinem Mund führte. Ein Schwall Cappuccino landete in seinem Fusselbart.

»Er hat die Mädels mit irgendwelchen Drogen vollgepumpt«, sagte er. »Um sie sexuell zu enthemmen. Aber davon war vorher nie die Rede gewesen! Außerdem hat er ihnen die Videos anschließend gezeigt und sie eiskalt vor die Wahl gestellt: ›Entweder die Filme kommen in falsche Hände, oder ihr macht, was ich von euch verlange!‹«

Uli schüttelte den Kopf, dass die Cappuccino-Tropfen sprühten. »Nachdem ich Harry auf die Schliche gekommen war, hat er nur gelacht und mir auf die Schulter geklopft. ›Du kriegst auch was ab, wenn du willst‹, hat er zu mir gesagt. ›Da draußen gibt es genügend Milchschnitten, und das Beste an der ganzen Sache ist: Du kannst sie alle kriegen. Wenn sie erst mal das Video mit ihnen selbst als Pornoqueen gesehen haben, machen sie alles mit. Ohne Drogen, ohne Gewaltanwendung und bei vollem Bewusstsein?«

»Körperverletzung, Vergewaltigung, Erpressung«, zählte Abel auf. »Hast du ihn nicht angezeigt?«

»Wollte ich ja«, beteuerte Döpfner. »Ich war so was von sauer auf den Dreckskerl. Weißt du, was er einmal zu mir gesagt hat? ›Mein Rezept ist so einfach wie genial. Ich zersetze ihre Moral und ihre Persönlichkeit, bis sie meine gefügigen Sexsklavinnen sind.‹«

Zersetzen, ging es Abel durch den Kopf. *Das geht also auch ohne ungelöschten Kalk.*

»Wer so etwas macht, ist nicht nur ein Dreckskerl, sondern ein Verbrecher«, sagte er. »Hast du ihn also angezeigt – ja oder nein?«

Uli schüttelte erneut den Kopf. »Ich habe ihn aufgefordert, mir die Kamera und alles andere zurückzugeben, sonst würde ich zur Polizei gehen, aber er hat mich ausgelacht. Dann würde ich genauso in der

Scheiße sitzen, hat er gesagt, schließlich hätte ich ja die Anlage gebaut. Er würde dann einfach behaupten, dass ich die treibende Kraft bei der ganzen Sache gewesen wäre.«

Er fuhr sich mit der Hand übers Gesicht. »Aber das ist alles Ewigkeiten her«, sagte er in einem Tonfall, als wollte er die Vergangenheit weit von sich wegschieben. »Danach wollte ich mit Katz jedenfalls nichts mehr zu tun haben. Auf dem Campus bin ich ihm natürlich noch begegnet, aber wir haben nicht mehr miteinander geredet. Anfangs habe ich ihn noch öfter auf diesen Wochenendfeten gesehen, die im Sommer immer auf der Wiese am Leine-Ufer über die Bühne gingen. Weißt du noch?«

Abel nickte. Vage sah er das Gelände vor sich: eine weitläufige Wiese am Flussufer mit nichts als ein paar Bäumen darauf, einige Kilometer vor der Stadt.

»Aber dann hab ich irgendwann mitgekriegt«, fügte Döpfner hinzu, »dass die Wiese angeblich Verwandten von Katz gehörte. Und danach bin ich auch nicht mehr auf diese Partys gegangen. Ich hab da sowieso immer nur rumgestanden wie bestellt und nicht abgeholt.«

Sein Gesicht hatte sich bei diesen Worten rapide verdüstert. »Vor kurzem war ich übrigens beruflich in Hannover«, fuhr er fort, »da habe ich mir die Schauplätze meiner damaligen Schmach und Schande noch mal angesehen. Ich hab auch diese blöde Wiese am Fluss gesucht, aber da draußen sieht jetzt alles ganz anders aus. Eine neue Straße, eine ganze Neubausiedlung – ich bin da eine Weile rumgeirrt, aber alles ist asphaltiert und zugebaut. Ist auch besser so«, fügte er fatalistisch hinzu.

Abel drang nicht weiter in ihn. Man brauchte keine telepathischen Fähigkeiten, um zu erkennen, dass Uli die Wahrheit sagte. Er war bitter enttäuscht von seinem einstigen Kumpel und hatte seit Jahrzehnten keinen Kontakt mehr zu Katz.

Sie redeten noch ein paar Minuten lang über nebensächliche Dinge. Abel bestellte die Rechnung, zahlte für beide und bat Döpfner, ihn sofort auf dem Handy anzurufen, wenn er wegen des Rings etwas herausgefunden hatte.

»Aber am Telefon keine Einzelheiten. Und erst recht keine Namen«, setzte er noch hinzu.

Ulis Stimmung hellte sich wieder auf. »Versprochen«, sagte er. »Ich mache mich heute noch an die Arbeit!«

68

Im Fahrzeug von Dr. Fred Abel,
Dienstag, 12. September, 08:38 Uhr

Sie begleiten mich bitte zu dem Einsatz im Helios-Klinikum, Herr Scherz«, sagte Abel nach der Frühbesprechung. »Bei der Untersuchung von Burkjanov sollte eine weitere Person als Zeuge anwesend sein.«

Und eventuell ein zweiter Mann mit kräftigen Fäusten, fügte er in Gedanken hinzu.

Scherz schnaubte und murmelte einen unverständlichen Kommentar in seinen Bart, aber Abel war nun einmal sein Vorgesetzter. Also blieb ihm keine andere Wahl, als der freundlich geäußerten Bitte nachzukommen.

Kurz darauf thronte der klobige Mann auf Abels Beifahrersitz, die Arme vor dem beachtlichen Brustkorb verschränkt. Mit seinem abgewetzten brauen Kordsakko und dem über dem Bauch spannenden Karohemd bot er selbst an seinen besten Tagen keinen allzu anziehenden Anblick. Heute aber kam er Abel geradezu erbarmungswürdig vor.

»Mann, Scherz, bei dem Interview ist Ihnen wohl eine Sicherung durchgebrannt«, sagte Abel im Tonfall milden Tadels. »Was haben Sie sich dabei nur gedacht?«

Scherz gab ihm keine Antwort. Schon während der Frühbesprechung hatte er es vermieden, Abel in die Augen zu sehen. Natürlich musste ihm klar sein, dass ihm nach seinem krassen Regelverstoß ein Donnerwetter bevorstand, doch er wirkte weder zerknirscht noch verstockt, sondern seltsam geistesabwesend.

»Sie sind einer der fähigsten Rechtsmediziner, mit denen ich bisher zusammengearbeitet habe. Sie könnten sogar einen trockenen Furz unter der Bettdecke noch Tage später nachweisen, wie Professor Herzfeld mal gesagt hat«, fuhr Abel fort. »Aber bei den Waterboarding-Fällen kann Ihnen doch nicht verborgen geblieben sein, dass Ihre Hypothese auf äußerst wackligen Füßen steht. Weder aus den Obduktionsbefunden noch aus den sonstigen Tatumständen lässt sich mit hinreichender Sicherheit auf einen CIA-Hintergrund schließen. Im Gegenteil gibt es gewichtige Hinweise, die explizit gegen diese Annahme sprechen.«

Schweigend starrte Scherz aus dem Seitenfenster. Doch Abel spürte, dass es in dem grobschlächtigen Mann heftig arbeitete.

Sie quälten sich auf der stets infarktgefährdeten B2 durch die Lichtenberger Plattenbaugebirge in Richtung Norden. Das Helios-Klinikum, in dem Burkjanov behandelt wurde, lag an der äußersten Berliner Peripherie im Stadtteil Buch.

Der Ex-Geheimdienstchef hatte am Vortag wegen Körperverletzung und versuchter Entführung erneut Anzeige gegen Unbekannt erstattet. Angeblich war ein weiteres Mal versucht worden, ihn am helllichten Tag in den Kofferraum einer Mercedes-Limousine zu verfrachten. Wiederum gab es keine Augenzeugen für die vermeintliche Straftat. Doch Burkjanov hatte darauf bestanden, dass seine Verletzungen rechtsmedizinisch begutachtet wurden. Und zwar von Dr. Fred Abel.

Abel war alles andere als begeistert von der Aussicht, erneut auf den Ex-Geheimdienstchef zu treffen. Auf den Mann mit dem Psychopathenblick, der ihm in Transnistrien aller Wahrscheinlichkeit nach den Porutschik samt Suchhunden auf den Hals gehetzt hatte. Andererseits reizte es ihn, dem mutmaßlichen zweifachen Mörder beziehungsweise Auftraggeber persönlich auf den Zahn zu fühlen.

Den gestrigen Nachmittag hatte Abel genutzt, um alle bislang verfügbaren Fakten und Folgerungen für sein Gutachten zu den Leichen im Kalkcontainer zusammenzustellen. In den Datenbanken von BKA und Interpol hatte er einschlägige Folter- und Mordfälle recherchiert, die nachweislich auf das Konto des transnistrischen Geheimdienstes gingen. Das Muster war in wesentlichen Punkten das gleiche wie bei dem Doppelmord in der Fabrikruine am Rand von Tiraspol.

Stets wurden die Opfer zunächst mit Medikamenten vollgepumpt und dann brutal gefoltert – mit Schlägen und Tritten, Stromstößen und der Amputation von Gliedmaßen bei vollem Bewusstsein. Anschließend wurden sie stranguliert und/oder mit Plastiktüten erstickt, die man ihnen über den Kopf zog und mit einem Seil oder Kabel um den Hals fixierte. Auch das Deponieren der Leichen in ungelöschtem Kalk hatte zu den bevorzugten Entsorgungsmethoden der transnistrischen Geheimpolizei unter Burkanjovs Kommando gehört.

Für alle weitergehenden Untersuchungen und Schlussfolgerungen im konkreten Fall benötigte Abel jedoch seinen Einsatzkoffer mit den Asservaten, seinem Diktafon und den Fotos auf der Kamera.

Endlich ließen sie den quirligen Stadtteil Weißensee hinter sich, und die Verkehrslage begann sich zu entspannen. Für Abels Beifahrer galt das aber keineswegs.

»Kann es sein, dass Sie sich bei dieser Waterboarding-Sache aus persönlichen Gründen verrannt haben?«, tastete sich Abel weiter in Scherz' Gefühlsabgründe vor. »Sie und ich sind ja nicht immer der gleichen Meinung, was die Hintergründe einzelner Fälle angeht. Aber bei den aktuellen Fällen sind Sie in einer Weise emotional engagiert, die ich bei Ihnen noch nicht erlebt habe. Bitte helfen Sie mir, zu verstehen, was Sie umtreibt.«

Scherz thronte wie eine Buddhastatue neben Abel. Nicht annähernd so weise und in sich ruhend, aber so reglos und voluminös, wie der fernöstliche Religionsstifter in buddhistischen Tempeln dargestellt wurde.

Abel wartete, doch er hatte Mühe, sich auf Scherz zu konzentrieren. Fast unaufhörlich kreisten seine Gedanken um die beiden mutmaßlichen Serienmörder Katz und Burkjanov. Marie Horowitz kam mit ihrer Fahndung nach dem untergetauchten Internisten so wenig voran wie er selbst mit seinem transnistrischen Doppelmordfall. Er hatte das Gefühl, dass eine Lösung unmittelbar bevorstand, aber es war nur eine nebulöse Ahnung, er hätte nicht einmal sagen können, auf welchen der beiden Fälle sie sich bezog. Auf Katz oder Burkjanov. Doch er musste sich jetzt zusammenreißen und diese Sache mit Scherz klären. Bevor der Oberarzt noch mehr außer Kontrolle geriet. Ganz unverkennbar stand Scherz innerlich unter gewaltigem Druck.

»Also raus mit der Sprache«, drängte ihn Abel. »Noch können wir versuchen, die Sache inoffiziell zu bereinigen. Aber dafür müssen Sie schon den Mund aufmachen, Herr Scherz.«

In Zeitlupe wandte ihm der Oberarzt das Gesicht zu. Erschrocken sah Abel, dass die Mundwinkel unter dem grauen Fusselbart zuckten.

Scherz stieß einen tiefen Seufzer aus. »Sie haben ja recht, das Ganze geht mir nahe«, stieß er hervor. »Aber das bedeutet noch lange nicht, dass mein Urteilsvermögen durch meine Gefühle beeinträchtigt wird!«

Abel ließ das unkommentiert, obwohl er entschieden anderer Ansicht war. Dass Scherz überhaupt von Gefühlen sprach, erstaunte ihn. Gespannt wartete er auf die Fortsetzung der Beichte. Was ihn keineswegs daran hinderte, seine Umgebung zu scannen. Jedes Motorrad in seinem Rückspiegel und jeder Range Rover, der ihnen entgegenkam, ließen ihn innerlich zusammenzucken. Da Burkjanov persönlich ihr Zusammentreffen in der Klinik arrangiert hatte, wäre es für seine Gefolgsleute ein Leichtes, Abel auf dem Weg dorthin eine Falle zu stellen.

Doch außer den seufzerartigen Atemzügen des Oberarztes konnte Abel in seiner Umgebung keine Auffälligkeiten vermerken.

»Er hieß Laith«, begann Scherz unvermittelt zu erzählen. »Ein junger Iraker, der eine Weile als Untermieter bei mir gewohnt hat. Das ist über zehn Jahre her. Aber das alles geht mir bis heute sehr nah.«

Abel verschluckte sich fast an seiner eigenen Spucke. War dieser Laith etwa Scherz' Lover gewesen? Bisher hatte er nicht einmal geahnt, dass sein Kollege in diese Richtung disponiert war. Oder überhaupt in irgendeine Richtung.

»Er hat nicht mal zwei Monate bei mir gewohnt«, fuhr Scherz stockend fort. »Eines Morgens war er fort. Ausgezogen, ohne sich zu verabschieden. Monate später habe ich ihn dann wiedergesehen. In einer Fernsehreportage über Abu Ghuraib.«

Scherz ballte die Hände, die auf seinen Schenkeln lagen, zu Fäusten und öffnete sie wieder. Immer wieder, immer schneller.

»Laith war einer der nackten Gefangenen, die wie Hunde angeleint auf allen vieren hinter ihren Wärtern herkriechen mussten. Als diese Bilder veröffentlicht wurden, war er schon tot. Herzinfarkt infolge fortgesetzter Waterboarding-Folter. So stand es Jahre später in dem Bericht von *Amnesty International.* Einer von Dutzenden, die auf diese Art und Weise zu Tode gefoltert worden sind. Und zwar durch die Folterknechte der CIA, Herr Abel, durch niemanden sonst!«

Die letzten Worte hatte Scherz unvermittelt geschrien, mit sich überschlagender Stimme und gerötetem Gesicht. »Und da kommen Sie mir mit diesem billigen Gerede, dass sich die Täterschaft der Folterer im US-Staatsdienst nicht hieb- und stichfest nachweisen lässt?«, echauffierte er sich weiter. »Dafür sind diese Typen ja schließlich beim Geheimdienst: damit ihre Verbrechen geheim bleiben und den wahren Tätern nicht zuzuordnen sind!«

Im Rückspiegel beobachtete Abel, wie eine signalrote Kawasaki mit gewagten Manövern mehrere Fahrzeuge überholte und direkt hinter seiner Stoßstange einscherte. Aber die schlanke Figur im schwarzen Lederanzug hatte keine Ähnlichkeit mit dem Mann, der ihn am Sonntag attackiert hatte. Die schmalen Schultern und die fein geschnittenen Gesichtszüge hinter der Helmsichtscheibe passten eher zu einer zierlichen Frau.

Allerdings gab es auch keinen Grund zu der Annahme, dass ihm Burkjanov jedes Mal denselben Häscher auf den Hals hetzen würde. Warum nicht zur Abwechslung einen weiblichen Killer?

»Weshalb hat der junge Iraker denn in Abu Ghuraib gesessen?«, fragte er in möglichst sachlichem Tonfall. »Sie haben doch bestimmt herauszufinden versucht, warum er plötzlich in seine Heimat zurückgekehrt ist und was er dort gemacht hat.«

Scherz schnaubte. »Da gab es nichts herauszufinden«, sagte er in seinem gewohnt abweisenden Tonfall. Nach seinem emotionalen Ausbruch hatte er offenbar das Visier wieder heruntergelassen. »Laiths Familie hat ihm Druck gemacht, dass er zurückkommen und ihnen bei ihrem tagtäglichen Überlebenskampf helfen soll. Er hat wohl den Fehler begangen, sich dem Druck zu beugen. Die Amis haben damals willkürlich Hunderte von Irakern eingesperrt. Eine anonyme Denunziation, und man war auf Nimmerwiedersehen in den Folterkellern verschwunden, die Saddam praktischerweise für die CIA zurückgelassen hatte.«

Abel wartete ab, bis die Kawasaki mit aufheulendem Motor an ihnen vorbeigezogen war. »Okay, verstehe«, sagte er. In seine Verblüffung über die unerwartet menschliche Seite des stets so ruppig auftretenden Oberarztes mischte sich mehr und mehr Mitgefühl. »Wenn Sie das nächste Mal voraussehen«, fügte er hinzu, »dass Sie einen Fall aus persönlichen Gründen nicht mit der gebotenen Objektivität angehen können, dann sagen Sie das mir oder Herzfeld vorher.«

Wieder warf er Scherz einen raschen Seitenblick zu. Der Oberarzt hatte die Arme vor der Brust verschränkt und starrte scheinbar teilnahmslos vor sich hin.

Abel verkniff sich die Frage, welcher Art die Gefühle waren, die Scherz damals für seinen jungen Untermieter gehegt hatte. Es spielte keine Rolle, und es ging ihn schlichtweg auch nichts an.

»Wenn Sie mir jetzt noch glaubhaft versichern«, sagte er, »dass Ihnen das unbedachte Interview leidtut, soll die ganze Angelegenheit von mir aus vergeben und vergessen sein.«

»Tut es«, knurrte Scherz.

»Wie bitte?«

»Tut mir leid.« Scherz schnaubte wie eine Lokomotive. »Und kommt nicht wieder vor.«

»Dann ist ja alles bestens.« Abel vermutete stark, dass nicht nur er erleichtert war, als der moderne, langgestreckte Flachbau des Helios-Klinikums in Sicht kam.

☠ ☠ ☠

69

Berlin-Buch, Helios-Klinikum, Untersuchungszimmer,
Dienstag, 12. September, 09:40 Uhr

Ein junger, breitschultriger Pfleger mit Halstattoos und Nasenpiercing führte Burkjanov in das Untersuchungszimmer. Es lag im zweiten Stock, durch die großzügigen Glasfenster flutete Sonnenlicht. Burkjanov machte ein mürrisches Gesicht, als er mit bärenhaften Bewegungen auf Abel zuging. Der Hinterkopf des glatzköpfigen, bulligen Mannes war teilweise bandagiert, was ihm ein theatralisches Aussehen verlieh. Über seiner rechten Augenbraue klebte ein Pflaster.

»Der reisefreudige Rechtsmediziner!«, sagte Burkjanov. Er sprach Deutsch, wenngleich mit hartem Akzent, wie so viele ehemalige Ostblock-Funktionäre, die zeitweise in der einstigen DDR tätig gewesen waren. »Was für eine Ehre, dass Sie sich Zeit für mich nehmen.«

Auch seine Stimme war so tief wie bei einem Bären. Ohne eine Miene zu verziehen, blieb er vor Abel stehen, und seine leblosen Augen durchbohrten sein Gegenüber.

Weder Abel noch Burkjanov machten Anstalten, dem anderen die Hand zu reichen.

»Machen wir es kurz«, schlug Abel vor. »Sie haben bei der Polizei Anzeige erstattet, weil Sie überfallen worden sind. Ich untersuche Sie jetzt, dokumentiere Ihre Verletzungen und werde dann den Ermittlungsbehörden meine Einschätzung mitteilen, ob Ihre Verletzungen mit dem von Ihnen geschilderten Tathergang in Einklang zu bringen sind.«

»Was Sie persönlich bezweifeln«, ergänzte Burkjanov.

Abel verzichtete auf eine Antwort. Burkjanov knöpfte sein Hemd auf und zog es aus, ohne den Blick von Abel abzuwenden. Für einen Mann Anfang sechzig war er bemerkenswert muskulös. Offenbar verbrachte er jeden Tag einige Zeit auf der Hantelbank.

Scherz ließ den Schnappverschluss seines Einsatzkoffers aufspringen und entnahm ihm die Kamera für die Bilddokumentation, außerdem einen Winkelmaßstab, den er Abel reichte.

»… insgesamt vier zwischen 0,8 und 1,2 Zentimeter durchmessende, zum Teil prallelastisch imponierende und auf Fingerdruck schmerzhafte Weichgewebsschwellungen an der Brustvorderseite unterhalb der Drosselgrube und oberhalb des unteren Endes des Brustbeins ohne korrespondierende Hautunterblutungen«, murmelte Abel in sein Ersatz-Diktiergerät. *»Am rechten Unterarm ellenseitig und im mittleren Unterarmdrittel lokalisiert eine 1,8 Zentimeter durchmessende, fliederfarbene Hautunterblutung von ovalärer Form mit zentraler, oberflächlicher Hautschürfung ohne Nachweis einer Epithelmoräne und damit ohne Hinweis auf die Schürfungsrichtung …«*

Scherz ging schnaubend in die Knie und fotografierte. Abel bat den Pfleger, die Kopfbandage und das Pflaster von Burkjanovs Stirn zu entfernen.

»… knapp einen Zentimeter durchmessende, prallelastische Schwellung der Kopfhaut, mittig auf dem Hinterkopf gelegen, fünf Zentimeter oberhalb der Hutkrempenlinie. Die Läsion zentral oberflächlich verschorft«, setzte Abel sein Diktat fort. *»Unter dem Pflaster auf der Stirn vier parallelstreifige oberflächliche Schürfungen, in identischem Abstand von 0,5 Zentimeter zueinander lokalisiert. Auch hier keine Schürfungsrichtung erkennbar.«*

Er unterbrach sich und wartete, bis Scherz die Bilddokumentation mit der Kamera beendet hatte.

»Gutachterliche Beurteilung«, murmelte er in das Diktiergerät. *»Die festgestellten Verletzungen lassen sich zwanglos mit einer Selbstbeibringung in Einklang bringen – durch den Geschädigten selbst oder unter seiner Mitwirkung durch einen Dritten. Eine Fremdbeibringung im Rahmen eines Überfalls beziehungsweise eines tätlichen Angriffs erscheint aus rechtsmedizinischer Sicht eher unwahrscheinlich.«*

Burkjanov hatte unterdessen sein Hemd wieder angezogen. Er machte nicht den Eindruck, als interessierte ihn das Ergebnis der rechtsmedizinischen Untersuchung.

»Ihre Verletzungen bieten ein stimmiges Bild«, sagte Abel, während sich Burkjanov sein Hemd in die Hose stopfte. »Allerdings bestätigen sie nicht Ihre Schilderung der angeblichen Gewalttat, sondern den Verdacht, der sich allen Beteiligten schon bei Ihrer ersten Strafanzeige aufgedrängt hat.«

»Da bin ich aber mal gespannt«, sagte Burkjanov. »Was für ein Verdacht soll das denn sein?«

Als der Pfleger ihm den Kopfverband wieder anlegen wollte, wehrte ihn der Transnistrier mit einer Armbewegung ab.

»Sie sind nicht überfallen worden«, gab Abel zurück, »gestern so wenig wie bei dem ersten angeblichen Anschlag. Sie haben den vermeintlichen Kidnappingversuch in beiden Fällen vorgetäuscht – vermutlich, um Ihre Behauptung plausibler erscheinen zu lassen, dass Sie von Ihren Landsleuten aus politischen Gründen verfolgt würden.«

Burkjanovs Mund verzog sich zu der minimalistischen Version eines Lächelns. »Diesmal geht es um etwas anderes«, sagte er. »Ich muss Sie unter vier Augen sprechen, Doktor. Anders wäre ich nicht an Sie rangekommen, also habe ich es so gemacht.«

Sein Deutsch war so bemerkenswert wie seine Chuzpe.

»Ich wüsste nicht, was wir zu besprechen hätten«, sagte Abel.

Er schaltete das Diktiergerät aus und steckte es in seine Jackentasche. Es juckte ihn in den Fingern, zumindest anzudeuten, dass er den Ring gefunden hatte. Den Ring mit der verräterischen Inschrift, der vermutlich Burkjanov gehörte und somit dessen persönliche Mittäterschaft bei dem Doppelmord beweisen würde. Aber das hieße, mit dem Feuer zu spielen, sagte sich Abel. Wenn der Ring tatsächlich dem Ex-Geheimdienstchef gehörte, würde er mit allen Mitteln versuchen, dieses brandgefährliche Beweisstück verschwinden zu lassen. Und den Mann, der es gefunden hatte, gleich mit.

»Unter vier Augen«, wiederholte Burkjanov in leicht genervtem Tonfall.

»Also meinetwegen. Vier Augen, zwei Minuten«, sagte Abel.

Scherz schnappte sich den Einsatzkoffer und schlurfte nach draußen. Die Kamera hing ihm noch am Riemen um den Hals. Der junge Pfleger folgte ihm, und die Tür fiel hinter ihm ins Schloss.

Burkjanov starrte ihn an. Abel war nervös, bemühte sich aber nach Kräften, gegenzuhalten, auch wenn Burkjanovs Augen so grau und hart wie Panzerstahl waren.

Der Transnistrier kräuselte erneut die Lippen zu einem kaum sichtbaren Lächeln. »Sie haben einen gefährlichen Beruf, Doktor«, sagte er. »Und wofür gehen Sie dieses Risiko ein? Ihre Freundin ist nicht mehr die Jüngste, wenn auch immer noch recht hübsch. Und Ihr Zuhause ist nur ein bescheidenes Reihenhaus, wenn auch geschmackvoll eingerichtet – nach allem, was man so hört. Aber sagen Sie selbst, Doktor – haben Sie nicht etwas viel Besseres verdient? Ein Mann mit Ihren Fähigkeiten?«

Sorgfältig schloss er den zweitobersten Knopf seines blütenweißen, eng geschnittenen Hemdes. »Ist Ihnen eigentlich klar, wie zerbrechlich sogar dieses bisschen Glück und Wohlstand ist, zu dem Sie es gebracht haben?«, fügte er hinzu. »Diese zierlichen Handgelenke Ihrer Freundin – wie heißt sie noch gleich? Lisa? Und dann diese leicht aufzubrechenden Verandatüren …«

Er seufzte theatralisch und schüttelte den Kopf.

Abel sah ihn wortlos an. Sein Pulsschlag hatte sich merklich beschleunigt. Der Kerl wagte es, ihm offen zu drohen!

»Dabei könnte Ihr Leben so schön sein«, fuhr Burkjanov fort. »Sie könnten auf einem ganz anderen Level leben, Doktor, mit Ihrer hübschen Freundin in einer schicken Villa, wenn Sie nur einmal dem Gedanken Beachtung schenken würden, dass es mehr als nur eine Wahrheit gibt.«

»Mehr als eine Wahrheit?«, wiederholte Abel. Er war so entgeistert, dass er beinahe aufgelacht hätte. »Und Sie erwarten also von mir, dass ich Ihrer Vorstellung von Wahrheit mit meinem Gutachten Geltung verschaffe?«

»Ich erwarte gar nichts«, behauptete Burkjanov. »Ich würde mich nur freuen – in Ihrem Interesse freuen, Doktor –, wenn Sie in einer stillen Stunde über meine Worte nachdenken würden.«

Abel schüttelte den Kopf. Burkjanovs Dreistigkeit war unglaublich. Seine Bestechungsversuche waren noch plumper als seine Drohungen.

»Machen Sie sich keine Hoffnungen«, sagte Abel. »Wir sind hier nicht in Transnistrien, wo Typen wie Jewgenij oder der Porutschik immer noch nach Ihrer Pfeife tanzen. Hier in Deutschland richten Sie mit diesen Methoden nichts aus.«

Burkjanov zuckte mit keiner Wimper. So als hätte er von Jewgenij oder dem Porutschik niemals zuvor gehört.

»Sie haben ein falsches Bild von mir«, sagte er. »Niemand tanzt mehr nach meiner Pfeife, diese Zeiten sind endgültig vorbei. Sie können sich bestimmt nicht vorstellen, wie hart es ist, wie ein Ziegenbock angepflockt zu sein, wenn man in seinem früheren Leben ein freier Wolf war. Aber genau das bin ich hier in Berlin: nichts weiter als ein angepflockter Ziegenbock!«

Er verzerrte sein Gesicht zu einer Grimasse vorgetäuschter Heiterkeit.

Abel nickte ihm zu und verließ ohne ein weiteres Wort das Untersuchungszimmer.

Draußen im Flur saßen Scherz und der junge Pfleger nebeneinander auf einer Bank. Obwohl sie kein Wort sprachen, boten sie ein Bild friedlicher Harmonie.

Hatten Scherz und der junge Iraker Laith so ihre gemeinsame Freizeit verbracht? Still beisammen sitzend, einfach nur froh, dass es den anderen gab?

In einem jedenfalls hat Burkjanov recht, dachte Abel. *Jeder Friede ist zerbrechlich, solange Wölfe wie er ungehindert umherstreifen.*

Das Klingeln seines Smartphones riss ihn aus seinen Gedanken.

»Herr Abel?«, sagte Charlotte Lubitz. »Bitte kommen Sie umgehend zum Paul-Löbe-Haus. Ich glaube, wir haben unseren Mann. Den Waterboarding-Killer. Er sitzt in der Falle – aber er hat ein weiteres Opfer in seiner Gewalt.«

»Gibt es denn schon Tote?« Abel war irritiert. Normalerweise wurden Rechtsmediziner erst zu einem Tatort gerufen, wenn jemand umgekommen war.

»Nein, glücklicherweise nicht. Leider konnte aber irgendein Wichtigtuer bei uns oder bei Ihnen seine Klappe nicht halten – jedenfalls haben heute früh mehrere lokale Radiosender Meldungen über ›mysteriöse Waterboarding-Verbrechen im Regierungsviertel‹ gebracht. Und deshalb brauche ich Sie vor Ort, Dr. Abel. Falls die Geisel das hier nicht überleben sollte, muss ich umgehend wissen, ob wir den echten Waterboarding-Killer geschnappt haben oder …«

»… einen Nachahmungstäter, verstehe«, beendete Abel für sie den Satz. »Ich bin schon unterwegs.«

☠ ☠ ☠

70

Berlin-Mitte, Paul-Löbe-Haus, Nebengebäude,
Dienstag, 12. September, 11:22 Uhr

Der Seitentrakt des Abgeordnetenhauses war wie das Hauptgebäude eine filigrane Konstruktion aus Sichtbeton und Glas. Vorplatz und Innenhof wimmelten von Einsatzkräften, als Abel eintraf. Streifenpolizisten, SEK, Bundespolizei und jede Menge athletischer Männer in Zivil, die emsig hin und her liefen und in ihr Headset murmelten.

Abel parkte auf einer Freifläche in Sichtweite des Abgeordnetenhauses, auf der bereits Dutzende Polizei- und Zivilfahrzeuge standen. Außerdem Rettungswagen und einer dieser unauffälligen grauen Mercedes-Transporter, in denen die Einsatzleitung ihre Besprechungen abhielt.

Er schnappte sich seinen Ersatz-Einsatzkoffer und trabte auf die Absperrung zu.

Scherz war mit einem Taxi zurück zu den Treptowers gefahren, während er selbst das Blaulicht mit der Magnethalterung auf dem Dach seines Audis befestigt und die gut zwanzig Kilometer durch einen Parcours aus Baustellen, Staus und ineinander verkeilten Unfallfahrzeugen in weniger als einer halben Stunde zurückgelegt hatte.

Uniformierte Polizisten hielten Scharen von Schaulustigen auf Distanz. Auf einer Wiese landete mit ohrenbetäubendem Lärm ein Hubschrauber der Bundespolizei. Offenbar war das halbe Regierungsviertel abgesperrt worden.

Charlotte Lubitz hatte Abel beschrieben, wo sich der Waterboarding-Killer verschanzt hatte. Ein fensterloser Raum im unterirdischen Versorgungstrakt des Nebengebäudes. Der Raum befand sich am Ende eines Flurs. Es gab keine Fluchtmöglichkeiten. Aber solange die Möglichkeit bestand, die Geisel lebendig zu befreien, konnte das SEK nicht ohne weiteres zum Sturm blasen.

Im Gehen fischte Abel seinen BKA-Ausweis aus der Tasche und zeigte ihn dem Beamten an der Absperrung vor. Er wurde durchgewinkt und im Innenhof von Lex Westermann in Empfang genommen.

Der rundliche Hauptkommissar strahlte sonst immer unerschütterliche Ruhe aus. Heute jedoch wirkte er besorgt. »Wir brauchen ein mittleres Wunder, sonst kriegen wir die Geisel da nicht lebend raus«, sagte er. »Er hat sich einen Pizzaboten geschnappt, einen jungen Afghanen. Wissen Sie, wie viel Prozent aller Geiselnahmen mit ähnlichen Rahmenbedingungen in einem Blutbad enden?«

Abel schüttelte den Kopf. »Sagen Sie mir lieber, was Sie über den Täter herausgefunden haben. Wie sind Sie ihm auf die Spur gekommen?«

»Durch Jankowski, Ihren BKA-Profiler«, antwortete Westermann, während sie sich zwischen SEK-Kräften in voller Kampfmontur durch den Innenhof schlängelten. »Charlotte und Sie haben mit seiner Hilfe ja wohl schon einige harte Nüsse geknackt. Wir haben Jankowski alles auf den Tisch gelegt, was wir über den Täter und die ersten drei Opfer herausgefunden hatten, und er hat praktisch über Nacht ein unfassbar präzises Täterprofil erstellt.«

Funkgeräte knarzten, Handys klingelten, alle redeten durcheinander. Die allgemeine Nervosität schien die Luft elektrisch aufzuladen. Abel hatte schon besser organisierte Einsätze erlebt.

»Aufgrund des Profils, das Jankowski erstellt hat«, fuhr Westermann fort, »haben wir alle relevanten Datenbanken durchforstet und einen Volltreffer gelandet. Unser Mann heißt Martin Rahn, dreiundvierzig Jahre alt, gehört zur Leitungsebene des Sicherheitsdienstes, der die Regierungs- und Abgeordnetengebäude in ganz Berlin überwacht. Wie Sie ganz richtig vermutetet hatten, Dr. Abel, war er Anfang der 2000er einige Jahre lang im Nahen Osten im Einsatz. Rahn hat in Bagdad für ein privates Security-Unternehmen als Leiter eines Spionageabwehrteams gearbeitet und ist dort wohl auch mit Waterboarding-Praktiken in Berührung gekommen. Ich habe einer unserer LKA-Psychologinnen das von Jankowski erstellte Täterprofil gezeigt. Sie hat bestätigt, dass durch solche Folterpraktiken nicht nur die Opfer, sondern auch die aktiv Tatbeteiligten traumatisiert werden – ›getriggert‹ hat sie das genannt.«

Abel nickte. *Manche Menschen machen so furchtbare Dinge mit, dass sie dadurch für immer verändert werden*, dachte er. Manchmal schien die einzige Möglichkeit, mit diesen Erfahrungen weiterzuleben, darin zu bestehen, dass man das Erlebte ein ums andere Mal wiederholte. So konnten Opfer von Misshandlungs- oder Missbrauchserfahrungen zu Tätern werden, die ihren Opfern die gleichen Greuel zufügten, die sie selbst Jahre oder Jahrzehnte zuvor erlitten hatten. Einfach, weil sie diese Verhaltensmuster gelernt und für ihr weiteres Leben verinnerlicht hatten. Ebenso konnten Täter oder Tatbeteiligte geradezu abhängig von dem Kick werden, den ihnen die Wiederholung ihrer eigenen traumatischen Erlebnisse verschaffte – nur eben nicht als Opfer, sondern als diejenigen, die anderen Angst und Schmerzen zufügten.

Aber es gibt auch Menschen, die von Anfang an böse sind, ging es ihm durch den Kopf. *Wenn sie dann vor Gericht stehen, weil sie unfassbare Verbrechen begangen haben, müssen sogar ihre Verteidiger einräumen, dass ihre Mandanten weder die sprichwörtliche schwere Kindheit noch irgendwelche sonstigen Traumata erlitten haben. Diese Menschen sind Verkörperungen des Bösen. Sie empfinden Freude, wenn sie andere quälen, verängstigen, foltern und ermorden. Und Katz alias Lenski ist einer von ihnen. Genauso wie Burkjanov.*

»Als wir Rahn vor zwei Stunden an seinem Arbeitsplatz vorne im Abgeordnetenhaus verhaften wollten«, erklärte Westermann weiter, »war gerade ein Kurier da, um ihm eine Pizza zu bringen. Rahn hat sich den Boten geschnappt, einen zwanzigjährigen Afghanen. Er hat dem Jungen seine Dienstwaffe an die Schläfe gedrückt, eine Beretta 92, und ist mit ihm in den Keller da hinten geflüchtet. In dem Raum werden Putzutensilien aufbewahrt, und es gibt dort auch fließend Wasser.«

Westermann brauchte nicht weiterzusprechen, Abel hatte auch so verstanden, was er damit sagen wollte. *Wenn es in die falschen Hände gerät, kann sogar etwas so Harmloses wie ein Putzeimer voll Wasser zu einer tödlichen Waffe werden*, dachte er.

Abel hetzte hinter Westermann auf eine Tür am anderen Ende des Innenhofs zu. Dort entdeckte er eine silberhaarige Gestalt im grauen Anzug, auf deren Anblick er gerne verzichtet hätte.

Ober-Opportunist Kastner.

Der Soko-Leiter redete auf Charlotte Lubitz und einen Mann in SEK-Montur ein. Seine Brillengläser blitzten in der Mittagssonne, sein Räuspern klang wie eine Säge, die sich festgefressen hatte. Die Hauptkommissarin machte nicht nur wegen ihrer zitronengelben Laufschuhe den Eindruck, als würde sie liebend gern die Flucht vor Kastner ergreifen. Aber er war nun mal der Boss, und so mussten sie und der SEK-Leiter Kastners Predigt über sich ergehen lassen.

Bestimmt verlangt er von ihnen, den »falschen Eindruck zu entkräften, dass hier gerade eine Geiselnahme stattfindet«, sagte sich Abel. *Weil schließlich nicht sein kann, was nicht sein darf. Wo kämen wir hin, wenn jeder x-beliebige Geiselnehmer Kastners Karriere gefährden dürfte?*

Notgedrungen gesellte er sich ebenso wie Westermann zu dem Trio.

Der Soko-Leiter warf ihm einen Blick zu und stieß ein nervöses Brummen aus. »Was wollen Sie denn hier, Herr Doktor? Noch haben wir keine Leichen, und ich werde alles daransetzen, dass das auch so bleibt.«

Abel ignorierte ihn. Aber Kastner redete sowieso schon wieder auf den SEK-Mann ein.

»Da sind wir uns doch einig, Hülsdorf?« Kastners Augenbrauen zuckten.

Hülsdorf machte ein abweisendes Gesicht. »Selbstverständlich. Niemand will das Blut von Unschuldigen vergießen, wenn es sich vermeiden lässt.«

Den Namen des SEK-Leiters hatte Abel schon gehört, auch wenn er bisher noch nicht mit Oberkommissar Jan Hülsdorf zusammengearbeitet hatte. Der hagere Enddreißiger mit dem strichdünnen, schwarzen Oberlippenbärtchen stand zumindest nicht in dem Ruf, ein Scharfmacher zu sein. Das war immerhin mehr, als man von einigen seiner Kollegen behaupten konnte. In den Augen vieler SEKler war ein Einsatz dann erfolgreich, wenn es ihnen gelungen war, den oder die Täter unschädlich zu machen. Wurden dabei Geiseln oder andere Zivilisten verletzt oder getötet, fiel das aus ihrer Sicht unter die Rubrik »Kollateralschaden«: bedauerlich, aber nicht immer zu vermeiden.

Aus dem Flur hinter der Tür kam ein jüngerer Beamter in SEK-Uniform und mit schwarzer Sturmhaube herbeigerannt. »Kommen

Sie bitte mal schnell«, sagte er zu Hülsdorf. »Das da hinten hört sich überhaupt nicht gut an.«

☠ ☠ ☠

71

Irgendwo in Deutschland, fensterloser Kellerraum,
Dienstag, 12. September, 11:29 Uhr

BARRY LAG DA UNTEN neben dem Schredder auf dem Rücken, ein Bein seltsam angewinkelt, die Leiter quer über ihm. Er rührte sich nicht von der Stelle, wie lange schon? *Stunden über Stunden,* dachte Jana, *vielleicht einen ganzen Tag.*

Eine gefühlte Ewigkeit hatte sie wie festgeklebt am Rand des Bodenlochs gekauert und nach unten gestarrt. Alle paar Sekunden hatte sie ihn mit der Lampe angeleuchtet, um sicherzugehen, dass er sich nicht verstellte. Dass er wirklich immer noch bewusstlos war. Oder vielleicht sogar tot.

Aber dieses Hinabstarren in die stinkenden Katakomben würde sie erst recht um ihren Verstand bringen. Oder um die Reste davon, die ihr trotz allem noch geblieben waren.

Er war verletzt oder tot. Auf jeden Fall konnte er ihr nichts tun. Was genau mit ihm los war, würde sie feststellen, wenn sie zu ihm hinunterkletterte. Aber vorher brauchte sie einen Plan.

Also hatte sie sich aufgerappelt und das Loch wieder mit der quadratischen Holzplatte verschlossen, die Barry irgendwie aus dem Boden gehebelt hatte. Die Platte war von oben mit Teppichboden und von unten mit einer Art Dämmschaum beklebt. Anscheinend war es eine getarnte Falltür, denn der Rest des Bodens bestand aus Beton. Jedenfalls, soweit Jana das beurteilen konnte.

Sowie das Loch zu war, ließ der faulige Gestank von unten schlagartig nach. Das war gut. Aber im gleichen Moment begann Janas Phantasie verrückt zu spielen. Und das war überhaupt nicht gut, es war das reinste Inferno.

Aus den Augen, aus dem Sinn, hatte sie gedacht, doch das Gegenteil traf zu. Sie konnte an nichts anderes mehr denken. Sie sah nur Barry, wie er da unten zu sich kam und die Leiter von sich herunterschob. Wie er sich aufrappelte, in den Augen dieses irre Funkeln. Er tappte im Dunkeln herum und bereitete alles vor, um sie endgültig fertigzumachen.

Bestimmt hat er da unten Werkzeuge gehortet. Waffen, Seile, weiß der Henker, was sonst noch. Und du dummes Ding hast den Deckel zugemacht, damit er unbemerkt zum Angriff ansetzen kann!

Also mit flattrigen Knien zurück zur Bodenluke. Zwei Fingernägel brachen ihr ab, bis sie das verfluchte Ding wieder aus seinem Rahmen herausgezerrt hatte. Und dann schrie sie auf und starrte nach unten, und der Lichtstrahl der Lampe zuckte im gleichen Rhythmus wie ihre Hand, wie ihr Mund, wie alles an ihr.

Barry war weg! Nur die Leiter lag noch da. Wo um Himmels willen konnte er nur sein?

☠ ☠ ☠

Jana legte sich flach auf den Bauch und schob den Kopf durch die Bodenluke. Mit einer Hand hielt sie sich am Rand fest, mit der anderen schwenkte sie die Lampe unter sich hin und her.

Der Lichtstrahl traf auf den Schredder. Jana erstarrte.

Da ist er! Oh Gott, was macht der Dreckskerl da?

Barry stand gebückt und schwankend neben dem Schredder, durch den knallgelben Aufbau halb verdeckt. Der »Holzhäcksler der Profiklasse«, wie er das Ding angepriesen hatte, bestand aus einem Benzinmotor und einem anderthalb Meter hohen Plastikbehälter, einer Art Mülltonne, die anstelle eines Bodens eine Reihe blitzender Messer aufwies. Das Ganze war auf einen zweirädrigen Untersatz montiert. Eine massive, mehrfach gekrümmte Metallstange diente anscheinend dazu, den Schredderbehälter in verschiedenen Winkeln zu fixieren.

Jedenfalls hatte sie bisher dazu gedient. Denn gerade eben löste Barry die Stange aus ihrer Verankerung und schwenkte sie zu Jana empor.

»Das Ding ist eigentlich nicht dafür designt worden – schau dir nur diese ganzen Krümmungen an.« Er kam um den Schredder herum, stellte sich unter das Loch im Boden und streckte ihr die Stange entgegen. Dabei kam er ins Schwanken und verlor fast das Gleichgewicht. »Zur Not taugt es trotzdem«, fuhr er mit verwaschener Aussprache fort. »Zum Pfählen, meine ich. Hab Vertrauen, Kleines. Ich komm jetzt hoch und probiere es aus.«

Jana schrie abermals auf. Das obere Ende der Stange reichte fast bis zu ihr hoch. Fast hätte er die Taschenlampe damit getroffen und ihr aus der Hand geschlagen.

»Das wird eine ganz neue Erfahrung«, brabbelte Barry. »Für uns beide, Baby.«

Er schien immer noch high zu sein von dem Zeug, das sie ihm gespritzt hatte, aber allmählich ließ die Wirkung offensichtlich nach.

»Du wirst da unten verrecken!«, schrie sie. »Das ist die einzige Erfahrung, die dir noch bevorsteht!«

Er sprang hoch und stach mit der Stange nach ihr. Sie robbte hektisch vom Rand zurück und stieß die Platte erneut über das Bodenloch. Sie schob auch den Tisch wieder über die Luke und entfernte sich rückwärts von der Stelle, unter der Barry noch mit der Stange stehen musste.

Erst als sie mit dem Rücken gegen die Wand stieß, merkte sie, dass sie immer noch schrie.

72

Berlin-Mitte, Abgeordnetenhaus, Nebengebäude,
Dienstag, 12. September, 11:37 Uhr

Die Tür war aus feuerfestem Metall, trotzdem war das Gurgeln und Röcheln dahinter deutlich zu hören. Unterbrochen von unartikulierten Schreien. Dann wieder ein sattes Platschen, zu dem sich bei allen, die draußen im Gang lauschten, unweigerlich ein Bild einstellte.

Wasser, wie es auf das mit einem Tuch bedeckte Gesicht des Opfers klatschte.

Der junge Pizzabote hieß Nissar Alizada. Er hatte ganz einfach Pech gehabt, weil er in dem Moment zur Stelle gewesen war, als der Killer eine Geisel brauchte. Falscher Ort, falsche Zeit. Wie bei so vielen, die bei Abel auf dem Obduktionstisch landeten.

Unter den gegebenen Umständen wäre Rahn sicher nicht wählerisch gewesen, aber vielleicht hätte er ein Opfer mit deutschem Pass zumindest nicht auch noch gefoltert.

»Also spuck's aus!«, erklang eine schneidende Stimme durch die Tür. Erneut prasselte Wasser auf einen weichen Untergrund. »Du hast dich nur als Pizzabote getarnt – in Wirklichkeit wolltest du hier alles für euren Bombenanschlag auskundschaften. Gib es endlich zu, du islamistische Missgeburt!«

Dann wieder Husten und Röcheln. Holz ächzte, Metallscharniere quietschten. Offenbar zerrte das Opfer an seinen Fesseln und bäumte sich auf.

»Du gehörst zum Islamischen Staat«, fuhr Rahn in selbstgerechtem Tonfall fort. »Oder zu al-Qaida! Ihr wollt die deutsche Demokratie in die Luft jagen – und unseren Rechtsstaat mit dazu! Paff! Wumm!«

SEK-Leiter Hülsdorf machte Kastner und Charlotte Lubitz ein Zeichen. Sie zogen sich von der Tür zurück, bis sie direkt neben Abel standen.

»Wir müssen auf der Stelle da rein!«, sagte Hülsdorf mit gedämpfter Stimme. »Mir ist natürlich bewusst, dass der Täter eine Schusswaffe hat. Wenn wir stürmen, riskieren wir, dass die Geisel zu Schaden kommt. Wenn wir nichts machen, war das aber garantiert die letzte Pizza, die er ausgeliefert hat.«

Kastners Räuspern klang fast wie ein Hilfeschrei.

»Oder wie schätzen Sie das als Mediziner ein?«, wandte sich Hülsdorf an Abel.

»Abel ist Rechtsmediziner«, ging Kastner dazwischen. »Solange die Geisel lebt, ist er außen vor.«

»Das sehe ich anders«, sagte Abel in ruhigem Tonfall. »Meine Kollegen und ich haben die drei bisherigen Waterboarding-Opfer obduziert. Unsere Befunde sprechen eine eindeutige Sprache: Das Opfer hat ein extrem hohes Risiko, durch die Tortur getötet zu werden. Der Täter beherrscht diese Foltertechnik nicht – mit Konsequenzen, deren akustische Resultate Sie da drüben hören können.« Er deutete auf die Eisentür. »Wenn Sie noch lange warten, wird das Opfer an dem Wasser ertrinken, das in seine Luftröhre und von dort in die Lunge eindringt.«

Kastner raufte sich die Haare, setzte seine Brille ab, starrte sie an und setzte sie wieder auf.

Das Keuchen und Röcheln hinter der Eisentür war beängstigend leise geworden.

Der Soko-Leiter warf Charlotte Lubitz, dann Hülsdorf, schließlich sogar Abel einen fragenden Blick zu. Alle drei nickten.

»Zugriff«, sagte Kastner so leise, als hoffte er, nicht gehört zu werden. »Hülsdorf, gehen Sie mit Ihren Leuten rein. Aber um Gottes willen sorgen Sie dafür …«

Er sprach nicht zu Ende. Außer dem qualvollen Röcheln des Opfers und den fast lautlosen Schritten der SEK-Einheit war nichts mehr zu hören. Sechs Mann näherten sich der Eisentür, Oberkommissar Hülsdorf vorneweg. Alle trugen Atemschutzmasken. Vier von ihnen hielten ihre Waffen schussbereit, der fünfte hatte eine sogenannte Einmannramme, der sechste eine Rauchgranate in der Hand.

Drei, zwei, eins, zählte Hülsdorf mit den Fingern der linken Hand den Countdown herunter.

Der Rammbock krachte auf den Türknauf und das Schloss, und

die Tür flog auf. Für den Bruchteil einer Sekunde wurde dahinter eine beklemmend banale Szenerie sichtbar: Blechregale mit Putzmitteln, Eimern und übereinandergestapelten Wischtüchern. Dann explodierte die Rauchgranate und tauchte den Raum in dunkelgrauen Nebel.

Jemand stieß einen Fluch aus – dieselbe schneidende Stimme, die eben noch das Folteropfer mit sinnlosen Befehlen traktiert hatte. »Ihr Idioten habt es versaut!«, schrie Martin Rahn.

Mit erhobenen Händen taumelte er aus dem raucherfüllten Putzraum. In der Linken hielt er seine Beretta zwischen Daumen und Zeigefinger weit von sich gestreckt am Lauf, um seine Kapitulation zu signalisieren. Ein unscheinbarer Mann Anfang vierzig, mit Stirnglatze und Bauchansatz unter der Uniformjacke.

»Ich reiße mir hier den Arsch auf«, schimpfte er, »um die Scheißterrortrupps unschädlich zu machen, die unsere deutsche Demokratie zersetzen wollen – und was macht ihr vaterlandslosen Gesellen?« Er ging in die Knie, ließ seine Beretta auf den Boden fallen und stand wieder auf. »Ihr pfuscht mir dazwischen und spielt dem Feind in die Hände! Dabei erfülle ich nur meine nationale Schutzpflicht!«

Ohne Gegenwehr ließ er sich Handschellen anlegen und zeterte dabei unablässig weiter. Er schimpfte noch immer, als zwei Beamte ihn durch den Flur nach draußen brachten.

Niemand hörte ihm zu. Alle lauschten angespannt in Richtung Eisentür. Doch aus dem Putzraum war kein Husten oder mühsames Atmen mehr zu hören.

Die SEK-Kräfte durchsuchten den Raum und kehrten kurz darauf zurück. Hülsdorf streifte seine Atemschutzmaske ab und schüttelte den Kopf.

»Vielleicht kann der Notarzt ja zaubern«, sagte er.

Das konnte der Notarzt erwartungsgemäß nicht. »Ihr Fall, Dr. Abel«, sagte er, nachdem er fast zwanzig Minuten lang versucht hatte, den jungen Afghanen mittels Atemmaske und Defibrillator zu reanimieren.

Abel betrat den fensterlosen Putzraum und nahm die Szenerie in sich auf. Mehrere Beamte von der Spurensicherung machten sich an den Regalen zu schaffen. Die Neonröhren an der Decke leuchteten alles mit einem gnadenlos bleichen Licht aus, das selbst die Lebenden wie Leichen aussehen ließ.

Nissar Alizada lag mitten im Raum auf einem zwei Meter langen Tisch, dessen Beine an einer Schmalseite eingeklappt waren.

Der junge Afghane war ein zierlich gebauter Mann mit dunkelbrauner Haut und tiefschwarzem Haar. Er war in Rückenlage mit Kabelbindern an die Tischplatte gefesselt, die so steil abfiel, dass er fast kopfzustehen schien. Das hellblaue Wischtuch, das der Täter über das Gesicht des Opfers gelegt hatte, war offenbar verrutscht und bedeckte nur noch die Partie oberhalb der Nase. Alizadas Mund stand weit offen, was darauf schließen ließ, dass er bis zu seinem letzten Herzschlag um Atemluft gerungen hatte. Wasser tropfte noch aus dem klatschnassen Tuch in die Pfütze, die sich unter seinem Kopf gebildet hatte. Der Putzeimer daneben war zu gut einem Drittel mit Wasser gefüllt.

Abel ging neben dem Oberkörper des Toten in die Hocke. Die Griffspuren im Kieferbereich waren mittlerweile ein vertrauter Anblick. Offenbar hatte der Täter Alizadas Mund mit Gewalt aufgehalten, während er das darüber ausgebreitete Tuch mit Wasser übergossen hatte. Abel zog dem Toten das T-Shirt bis zum Hals hoch und fand, was er erwartet hatte: Die halbkreisförmigen, frischen Unterblutungen in der Haut von Brust und Flanken waren eine Folge der dort lokalisierten Fesselungen und wiesen gleichfalls die typische Handschrift des Täters auf, der vor Nissar Alizada bereits drei weitere Männer mit Waterboarding gefoltert und ermordet hatte.

»Endgültigen Aufschluss kann natürlich erst die Obduktion bringen«, wandte sich Abel an Charlotte Lubitz, die eben in den Putzraum kam. »Aber ich kann Ihnen jetzt schon mit ziemlicher Sicherheit sagen, dass Rahn kein Nachahmungstäter ist.« Er klappte seinen Einsatzkoffer zu und erhob sich. »Sie haben den Waterboarding-Killer geschnappt, Frau Lubitz.«

☠ ☠ ☠

73

Irgendwo in Deutschland, fensterloser Kellerraum,
Dienstag, 12. September, 13:26 Uhr

Sie sass unter dem Tisch mit den Fertiggerichten, die Oberschenkel an die Brust gezogen, die Arme um die Schienbeine geklammert.

Von unten stieß Barry mit der Eisenstange gegen die Holzplatte, und bei jedem Schlag fuhr Jana zusammen und stieß einen Schrei aus.

Anscheinend hatte er die Leiter wieder aufgerichtet und stand auf der obersten Sprosse, direkt unter der Bodenluke. Zuerst hatte er versucht, die Platte aus dem Rahmen herauszudrücken. Der Tisch hatte gewackelt, und bestimmt hätte Barry es im nächsten Moment auch geschafft. Aber Jana war reflexartig unter den Tisch geschnellt, und seitdem hockte sie hier und schrie.

Das Holz splitterte bereits unter seinen Stößen. Wie lange würde es noch dauern, bis er die Platte zertrümmert hatte? Und sie saß mitten darauf und umklammerte sich selbst wie ein verängstigtes Kind.

Wenn es ihm gelang, das Bodenbrett zu durchlöchern, würde die Stange genau das mit Jana machen, was Barry angekündigt hatte.

Das wird eine ganz neue Erfahrung, Baby. Für uns beide.

Der Boden erbebte unter seinen Stößen. Jana schrie und schrie und presste sich die Fäuste auf die Ohren.

Auch wenn die Stange dafür nicht designt ist. Sieh dir nur die ganzen Krümmungen an.

Er rammte die Stange von unten gegen die Platte, wieder und wieder. Unaufhörlich. Jana schrie und zuckte und schrie.

Dann plötzlich hörte es auf.

Stille. Der Boden bebte nicht mehr. Nur sie selbst zitterte noch immer am ganzen Körper.

Vorsichtig nahm sie die Hände von den Ohren und lauschte. Nichts. Kein Schlag, kein Holzknarren, gar keine Geräusche mehr.

Er hat aufgegeben, dachte sie. *Er hat kapiert, dass er hier nicht durchkommt.*

Sie wagte nicht, sich zu bewegen. Aus Angst, dass er sich nur verstellte. Dass er sie in Sicherheit wiegen wollte, damit sie die Luke nicht länger mit ihrem Gewicht blockierte.

Du bleibst, wo du bist, wies sie sich an. So wie sie sich fühlte, hätte sie ohnehin höchstens ein paar Schritte zur Seite kriechen können. *Solange du hier hocken bleibst, ist er da unten gefangen.*

Ich selbst allerdings auch, setzte sie in Gedanken hinzu. *Nur eine Etage höher.*

Angespannt lauschte sie, doch kein Geräusch drang mehr herauf. Sie versuchte, sich vorzustellen, was er jetzt trieb. Vielleicht gab es da unten einen Ausgang, der direkt nach draußen führte? War das die Erklärung dafür, dass sie keinen Laut mehr von ihm hörte? Aber warum hatte er diesen Weg dann nicht gleich gewählt?

Wieder begann sie, unkontrolliert zu zittern. War der Irre abgehauen und hatte sie dem sicheren Tod überlassen? Oder würde er im nächsten Moment durch die Außentür wieder hereingestürzt kommen? Ihr Herz schlug wie rasend.

Kann man vor Angst einen Herzinfarkt bekommen? Mit sechsundzwanzig? Sie brauchte kein Medizinstudium, um die Antwort in ihrer schmerzenden Brust zu spüren. *Na klar geht das.*

Sie würde hier elendig verrecken, wenn sie sich nicht traute, in das Loch hinunterzuklettern und nachzusehen, ob es dort einen Ausgang gab. Und wenn sie es riskierte und Barry da unten auf der Lauer lag, würde sie genauso draufgehen. Nur noch viel qualvoller.

Lieber verhungern, als ihm wieder ausgeliefert zu sein.

Und dann ein mörderischer Hieb, der den Boden unter ihr erzittern ließ. Holz ächzte, Bretter splitterten, aber nicht unter dem Tisch, wo Jana saß.

Ihre Blicke jagten im Zimmer umher.

Ganz da hinten, rechts neben der Tür, zerriss der Teppich wie von Geisterhand in Fetzen. Bretter hoben sich und ragten schief wie kranke Zähne aus dem Boden.

Eine Hand griff zwischen den Brettern hindurch – Barrys Hand!

☠ ☠ ☠

74

Im Fahrzeug von Dr. Fred Abel,
Autobahn A10 Berlin-Potsdam,
Dienstag, 12. September, 13:31 Uhr

DAS ENDE DER BAUSTELLE, durch die sich Abel seit fünf Kilometern quälte, kam in Sicht. Hinter dem Pfeiler einer eingerüsteten Brücke war bereits das Schild mit den vier Diagonalstreifen zu erahnen, das die Geschwindigkeitsbeschränkung aufhob. Er war um halb zwei mit Uli Döpfner verabredet, der vorhin am Telefon ziemlich kleinlaut geklungen hatte. Verspäten würde er sich auf jeden Fall, aber vielleicht konnte er es zumindest bis zwei Uhr zum *Pfeffer & Salz* schaffen.

Direkt hinter dem »Freie Fahrt«-Schild wechselte Abel auf den linken Fahrstreifen, genauso wie der Fahrer einer signalroten Rennmaschine, die mit aufgeblendetem Fernlicht angerast kam. Ein Kleintransporter, der hinter Abel auf die linke Spur ausgeschert war, verzog sich ruckartig wieder nach rechts. Ein C-Klasse-Mercedes und ein betagter Golf folgten seinem Beispiel. Damit war die Bahn für das Motorrad frei. Es war noch rund einen halben Kilometer hinter Abel, aber bei dem Tempo würde es ihm in wenigen Sekunden an der hinteren Stoßstange kleben.

Außer, Abel trat das Gaspedal durch.

Sein Audi A5 Sportback war ein automobiler Wolf im Aluminium-Schafspelz. Er hatte einen Drei-Liter-Motor mit Allradantrieb und brachte mehr als 300 PS auf die Straße. Mit einer Kawasaki-Rennmaschine konnte er es trotzdem nicht aufnehmen, aber das hieß noch lange nicht, dass Abel keine Chance hatte, den Porutschik – oder wen auch immer Burkjanov auf ihn angesetzt hatte – abzuhängen. Nachdem er Uli Döpfner in die Sache hineingezogen hatte, musste er zumindest versuchen, seinen Schatten abzuschütteln. Wenn Burkjanovs Schergen herausfanden, dass er sich mit einem Bundeswehroberst und IT-Experten traf, würden sie eins und eins zusammenzählen. Jedenfalls dann, wenn ihnen klargeworden war, dass Abel den Ring gefunden hatte. Das bedeutete, dass auch Uli Döpfner in akuter Gefahr wäre.

Bis zur Autobahnabfahrt Potsdam-Nord raste Abel mit zweihundertvierzig Stundenkilometern auf der äußersten linken Spur. Langsamere Fahrzeuge beamte er aus dem Weg, indem er unaufhörlich die Lichthupe betätigte. Die Kawasaki blieb dicht an ihm dran. Abel musterte den Fahrer immer wieder kurz im Rückspiegel, doch er hätte nicht beschwören können, dass es derselbe Mann war, der ihn am Sonntag attackiert hatte. Aber wie viele knallrote Kawasaki-Rennmaschinen mit bulligen Fahrern in schwarzer Ledermontur und schwarzem Helm konnte es in Berlin geben?

In einem gewagten Manöver bremste Abel kurz vor der Ausfahrt ab, zog von der äußersten linken Fahrbahn auf den Abbiegestreifen hinüber, ohne sich um das wütende Hupkonzert zu kümmern, und gab bereits in der langgezogenen Kurve der Ausfahrt wieder Gas. Im Seitenspiegel beobachtete er, dass der Kawasaki-Fahrer gleichfalls kurz abbremste, dann aber erneut beschleunigte und weiter der Autobahn folgte.

Entweder übergibt er mich an ein anderes Verfolgerfahrzeug, dachte Abel. *Oder der Typ war völlig harmlos und hatte nur Spaß an dem kleinen Wettrennen.*

75

Irgendwo in Deutschland, fensterloser Kellerraum,
Dienstag, 12. September, 13:38 Uhr

Barry fetzte den Teppich zur Seite, stemmte die Bretter weiter auseinander und zwängte sich durch die Lücke nach oben.

»Nein!«, schrie Jana. »Nein, du Dreckskerl! Du bleibst verdammt noch mal da unten!«

Sie bekam die Stablampe zu fassen, kroch taumelnd unter dem Tisch hervor und rannte zu dem neu entstandenen Bodenloch neben der Tür.

Barry hatte sich schon bis zur Hüfte hindurchgeschlängelt und feixte ihr entgegen. *Erschöpft, aber scheißglücklich, Kleines.* Sie hörte seine Stimme in ihrem Kopf.

»Du beschissenes Schwein!«, schrie sie und stürzte sich auf ihn.

Da erst bemerkte sie die Eisenstange, die er zwischen seine Knie geklemmt hatte.

☠ ☠ ☠

Die kleine Schlampe zielte mit der Taschenlampe auf seinen Kopf, und Barry riss die Eisenstange hoch. Er wollte den Schlag parieren wie ein Ritter mit der Lanze, aber er war verdammt noch mal zu langsam. Das kam von dem Spezialmix, den die blöde Kuh ihm gespritzt hatte. Er sah immer noch alles verschwommen, und seine Haut war so hyperempfindlich, als lägen seine Nervenenden blank.

Sie erwischte ihn mit dem Lampenschaft volles Rohr an der linken Schläfe. Barry spürte, wie es in seinem Schädel knirschte. Sein Hieb mit der Stange traf die Schulter der dämlichen Schlampe, und sie beide schrien gleichzeitig auf.

Krampfhaft hielt sich Barry mit einer Hand an der Leiter fest, die unter ihm bedrohlich ins Wanken geriet. Die blöde Kuh wurde zurückgeschleudert, die Lampe fiel ihr aus der Hand und kullerte auf dem Boden herum.

»Das war ein Fehler«, brachte Barry hervor. »Und zwar dein letzter, Baby!«

Er sah alles doppelt und dreifach, und sein Schädel tat weh, aber das ging das Drecksstück nichts an. Seine Stimme hörte sich verwaschen an, als würde er mit der Zunge andauernd an seinen Zähnen anstoßen. Anscheinend hatte die kleine Schlampe ihn doch ziemlich übel erwischt.

Er versuchte, sich weiter zwischen den Bodenbrettern hindurchzuzwängen, aber er steckte fest. Er fuchtelte mit den Armen, doch es half nichts, er war mit den Hüften zwischen den verschissenen Brettern eingeklemmt und kam nicht weiter hoch.

»Lassen Sie mich durch, ich bin Arzt«, nuschelte er. Sein Lachanfall ging in einen Hustenkrampf über. Sein Schädel fühlte sich an wie mit Rissen überzogen.

Scheiße, ich bin ziemlich am Arsch, dachte Barry. *Ich muss an meine Arzttasche rankommen, und zwar subito.*

Die kleine Schlampe hockte ein paar Schritte neben der Luke, so weit entfernt, dass Barry sie sich nicht greifen konnte. Sie betastete ihre Schulter, heulte vor sich hin und starrte auf irgendwas am Boden. Barry konnte es nicht erkennen, alles um ihn herum sah total überbelichtet aus.

Er machte einen weiteren Versuch, sich aus dem Bodenloch herauszuschrauben. *Wo ist eigentlich die verdammte Stange hingekommen?*

Er stieß einen Fluch aus. Das Ding, auf das die Schlampe die ganze Zeit starrte, war nichts anderes als seine gute alte Stange!

Die Kleine setzte sich in Bewegung. Stöhnend und winselnd kroch sie auf Barry zu. Die Stange lag ziemlich genau zwischen ihnen beiden auf dem versifften Teppich. Mit dem ölverschmierten unteren Ende auf Barrys Seite.

»Das könnte dir so passen!«, stieß er hervor. Mit beiden Händen packte er eines der vor ihm aus dem Boden ragenden Bretter und wuchtete es zur Seite.

Die Lücke wurde größer. Er stemmte sich mit den Füßen gegen die oberste Leitersprosse und flutschte noch ein Stück weiter aus dem verschissenen Loch raus. *Na, geht doch!* Aber gleichzeitig kippte die Leiter unter ihm weg. Scheppernd kam sie unten auf dem Boden auf – und Barry zappelte mit den Füßen in der Luft.

Soweit man da unten, wo er immer die kleinen Schlampen schredderte, von »Luft« reden konnte. Eher von Fäulnis- und Verwesungsgasen. Obwohl Barry den Bodensatz regelmäßig in luftdicht verschließbaren Bottichen wegschaffte und den Häcksler desinfizierte und kärcherte, bekam er den Gestank nie richtig weg.

Er warf sich mit dem Oberkörper nach vorne und machte sich so lang, wie er konnte. Dadurch drückte er das Brett, das er eben mühsam hochgehievt hatte, mit dem Oberkörper wieder runter, und mit den Oberschenkeln steckte er fest wie ein Korken in der Flasche.

»Du schaffst es nicht, Kleines!«, keuchte er. »Keine Chance! Bazooka Barry räumt wie immer alles ab!«

Er streckte den rechten Arm nach vorn, dass sein Schultergelenk krachte und die zersplitterten Bretter sich in seinen Bauch gruben.

Verfluchte Scheiße, da fehlen drei Zentimeter!

Er drehte sich in dem Loch hin und her wie ein Salsatänzer auf Amphetaminen. Aber außer, dass er sich die Beine blutig schrammte, brachte es nichts.

In Zeitlupe schleppte sich die Schlampe von der anderen Seite heran. Sie kroch auf den Knien und einer Hand, der andere Arm hing schlapp herunter. Barry konnte immer noch nicht klar sehen, aber was er durch die gleißenden Nebelschwaden erkannte, gefiel ihm. Ihre Schulter war angeschwollen wie ein Kürbis.

»Du kriegst die Scheißstange nicht, verdammte Nutte!«, stieß er hervor.

Er machte sich länger und länger und kratzte mit den Fingern über den Boden. Aber er kam nicht dran!

Sie streckte die Hand nach der Stange aus. Barry wechselte die Taktik. Er richtete sich auf, stemmte die Hände links und rechts auf den Boden und hebelte sich mit einer übermenschlichen Kraftanstrengung aus dem Loch heraus. Er schoss regelrecht aus der Luke hervor. Dabei schrie er wie eine ganze gottverdammte Indianerhorde, es fühlte sich an, als würden ihm handtellergroße Fleischfetzen von den Oberschenkeln abgerissen.

Schreiend warf er sich nach vorn, und sie bekamen genau gleichzeitig die Stange zu fassen.

Jeder an einem Ende. Aber er, Barry, hatte zwei gesunde Arme, während die eine Schulter der kleinen Schlampe offensichtlich gebrochen war!

☠ ☠ ☠

76

Potsdam, Restaurant Pfeffer & Salz,
Dienstag, 12. September, 13:59 Uhr

Diesmal erwischte Abel einen Parkplatz direkt gegenüber von Uli Döpfners Lieblingsrestaurant. Er stieg aus und sah sich unauffällig um. Keine knallrote Kawasaki. Allerdings konnten seine Verfolger genauso gut in dem Dacia an der nächsten Straßenecke oder da drüben in dem betagten VW-Bulli sitzen.

Abel ärgerte sich, dass er mit Döpfner keinen anderen Treffpunkt ausgemacht hatte. Wenn Burkjanovs Leute ihn und Uli schon bei ihrem letzten Treffen beschattet hatten, brauchten sie nur noch hier auf ihn zu warten.

Also machen wir es kurz, sagte sich Abel. *Uli wird seine Pasta heute allein zu sich nehmen müssen.*

Döpfner saß an demselben Tisch wie beim letzten Mal. Als Abel in die Gaststube trat, schaute der Amateur-Spion betont gleichgültig an ihm vorbei. So als hätte er Abel nie zuvor in seinem Leben gesehen.

Auch als sich Abel ihm gegenüber an den Tisch gesetzt hatte, behielt Uli diese irritierende Attitüde bei. Abel begrüßte seinen alten Kommilitonen, und Döpfner nickte so knapp, wie man in der U-Bahn einen zufälligen Sitznachbarn zur Kenntnis nahm.

»Hast du etwas herausgefunden?«, fragte Abel in gedämpftem Tonfall. »Wegen des Silberrings?«

Ulis Kopfschütteln fiel genauso sparsam aus wie sein Nicken. »Nichts, leider«, murmelte er. Noch immer vermied er es, Abel anzusehen. »Nicht mal Mister Hack Universum persönlich könnte das Intranet von MGIMO knacken«, setzte er hinzu, als Abel ihn fragend ansah.

Sein sonst teigig fahles Gesicht übersäte sich mit roten Flecken. Schlagartig wurde Abel klar, warum sich Döpfner so seltsam benahm. Das sollte keine coole 007-Masche sein – der gute Uli starb fast vor Verlegenheit, weil er an der Firewall der russischen Agentenschmiede gescheitert war. Seine Ehre als IT-Crack war angeknackst.

»Trotzdem vielen Dank«, sagte Abel. »Es war den Versuch wert, aber wenn ich an diesem Punkt nicht weiterkomme, geht die Welt auch nicht unter.« Er beugte sich vor und klopfte ihm auf die Schulter. »Das ist halb so wild. Und für mich ist klar: Wenn du in dieser Sache nichts herausbekommst, schafft es auch sonst niemand. Die Frage, wem sich der Ring zuordnen lässt, ist damit für mich abgehakt.«

Ursprünglich hatte er nur ins Blaue hinein improvisiert, um Döpfner über die Verlegenheit hinwegzuhelfen. Wenn Uli sich schon jede Menge Arbeit machte und Abel ihn womöglich auch noch in Gefahr gebracht hatte, dann sollte sein ehemaliger Kommilitone diese kurze Spionageepisode nicht auch noch als schmähliche Niederlage in Erinnerung behalten.

Aber noch während Abel in aufmunterndem Tonfall auf Döpfner einredete, wurde ihm klar, dass er selbst es genauso empfand. Es machte ihm nichts aus, dass im Dunkeln bleiben würde, ob der Ring tatsächlich Burkjanov gehörte. Ja, mehr noch, er wollte es eigentlich gar nicht mehr wissen.

Es gibt Dinge, die lässt man besser auf sich beruhen, dachte er, während Döpfner langsam wieder Oberwasser bekam. *Wenn ich schwarz auf weiß wüsste, dass es Burkjanovs Ring ist, müsste ich dieses Beweisstück in meinem Gutachten erwähnen. Dadurch wäre Burkjanov zumindest der Beteiligung an dem Doppelmord überführt, und damit wäre ihm nach transnistrischem Recht wohl die Todesstrafe sicher.*

Abel war absolut dafür, Gewaltverbrecher hart zu bestrafen. Aber das hieß für ihn, dass überführte Mörder zu langen Haftstrafen verurteilt werden sollten, damit sie über ihre Taten und ihr Leben nachdenken konnten und den Verlust ihrer Freiheit schmerzlich spürten. Er war entschieden dagegen, dass der Staat Gleiches mit Gleichem vergalt, indem er »im Namen des Volkes« gleichfalls tötete. *In meinem Namen nicht*, das war Abels Einstellung zu diesem heiklen Thema. Ihm war bewusst, dass gerade bei den Ermittlungsbehörden etliche Kollegen anderer Meinung waren. Nicht wenige Fahnder waren tief frustriert, weil Kriminelle, die einen oder auch mehrere Menschen bestialisch getötet hatten und die sie mit großem Aufwand eingefangen hatten, schon nach wenigen Jahren wieder auf freien Fuß gesetzt wurden, während die Angehörigen der Opfer fast immer an dem Geschehenen zerbrachen.

Trotzdem darf der Staat nicht töten, dachte Abel, *auch nicht diejenigen seiner Bürger, die andere Bürger getötet haben.* Und schon gar nicht wollte er einem Todesurteil in einem Pseudostaat wie Transnistrien Vorschub leisten, in dem die Unabhängigkeit der Justiz und die Transparenz des Gerichtsverfahrens trotz gegenteiliger Beteuerungen ziemlich zweifelhaft waren.

Von alledem abgesehen, war er es schlichtweg leid, ständig Burkjanovs Schergen im Nacken zu haben. Wenn Abel den Ring als offizielles Beweisstück präsentieren und damit den entscheidenden Baustein für Burkjanovs Verurteilung zur Todesstrafe liefern würde, würde der Ex-Geheimdienstchef alles daransetzen, um sich an Abel zu rächen. Noch aus der Todeszelle heraus und bis zu seinem letzten Atemzug. Und dann würde er es nicht mehr bei bloßem Psychoterror belassen, sondern mit allen ihm verbliebenen Mitteln versuchen, Abel mit sich in den Tod zu reißen.

Abel musste sich eingestehen, dass Burkjanovs Einschüchterungsversuche zumindest nicht ganz und gar wirkungslos an ihm abgeprallt waren. Er würde das vermaledeite Gutachten so schnell wie möglich fertigstellen, den Ring mit der fünfstelligen ID-Nummer zu Hause in seinen Safe legen und die ganze Sache vergessen, beschloss Abel.

Döpfner setzte bereits wieder zu Anekdoten aus der aufregenden Welt der Bits und Megabytes an, doch Abel schnitt ihm kurzerhand das Wort ab.

»Sei mir nicht böse, Uli, ich muss wieder los. Du weißt ja, ich habe einen Keller voller Leichen.«

Er stand auf, und Döpfner tat es ihm gleich. Abel überlegte kurz, ob er ihn nochmals wegen Harry Katz' möglichem Versteck auf den Zahn fühlen sollte, doch er entschied sich dagegen. *Uli kann mir bei beiden Fällen nicht weiterhelfen, und damit Schwamm drüber.*

»Mach's gut. Und nochmals tausend Dank«, sagte Abel und schüttelte ihm die Hand.

Vor dem Restaurant konnte er noch immer keine verdächtigen Gestalten mit oder ohne Kawasaki entdecken, aber er gab sich keinen

Illusionen hin. Bei ihrer letzten Begegnung hatte sich Burkjanov unmissverständlich ausgedrückt.

Hoffentlich bekomme ich morgen meine Gepäckstücke aus Tiraspol zurück, dachte Abel, *dann hört dieser Spuk endgültig auf.*

☠ ☠ ☠

77

Irgendwo in Deutschland, fensterloser Kellerraum,
Dienstag, 12. September, 14:03 Uhr

Sie konnte die Stange nur mit einer Hand festhalten, ihr linker Arm war nicht mehr zu gebrauchen. Ihre Schulter fühlte sich an, als würde sie von innen verbrennen.

Ich kann nicht mehr, ich kann nicht mehr, winselte eine Stimme in Janas Kopf. *Ich gebe auf, soll er machen mit mir, was er will!*

Maul halten!, blaffte sie in Gedanken zurück. *Wenn hier einer aufgibt, dann dieser Scheiß-Barry!*

Sie riss mit aller ihr verbliebenen Kraft an der Stange, und obwohl Barry sein Ende mit beiden Händen umklammert hielt, glitschte es ihm aus den Fingern.

»Du beschissener Idiot«, keuchte Jana, »warum schmierst du das Ding auch mit Öl ein?«

Sie kauerte sich auf ihre Unterschenkel, richtete den Oberkörper auf und schwang die Stange über ihrem Kopf. Ihre Schulter war bestimmt gebrochen, der Schmerz breitete sich wie mit Feuerzungen in alle Richtungen aus. Aber sie biss die Zähne zusammen und ließ die Stange auf Barrys Kopf herunterkrachen.

Oder jedenfalls dahin, wo eben noch sein Kopf gewesen war. Barry schrie auf, sein Gesicht verzerrte sich vor Wut. Endlich war ihm das

Feixen vergangen. Aber Jana war sich nicht sicher, ob das eine gute Nachricht war.

Er hielt sich mit der linken Hand den rechten Unterarm und kam gleichzeitig mit affenartiger Geschmeidigkeit auf die Beine. Schreiend stolperte er auf sie zu. Diesmal holte Jana seitlich aus und traf ihn am Schienbein. Er verlor das Gleichgewicht und ging vor ihr zu Boden. Zuckend lag er auf dem Bauch, sie brauchte nur zuzuschlagen. Auf seinen widerlichen Hinterkopf. In sein ekelhaftes Genick.

Na los, mach schon, feuerte sie sich an. *Ein kräftiger Schlag, und alles ist vorbei!*

Doch in diesem Moment rappelte sich Barry erneut auf. Er stemmte sich mit einer Hand hoch. Sein rechter Arm hing so schlapp herunter wie bei ihr der linke.

Eigentlich nur gerecht, dachte Jana und holte aufs Neue aus.

Er warf sich herum und robbte wie eine verwundete Riesenspinne durch den Raum. Im Zickzack in Richtung Bett, wo seine Tasche lag, aber Jana schnitt ihm den Weg ab. Auf den Knien watschelnd, die Stange zum Hieb bereit erhoben, trieb sie ihn zurück zu dem Loch, aus dem er hervorgekrochen war.

»Ich schlag dich tot, du Schwein!«, schrie sie. »Ich hau dir den Schädel ein, du Mistkerl!«

Sie beide wussten, dass sie nicht imstande war, diese Drohung wahrzumachen. Aber zumindest machte sie dem verdammten Kerl Beine. Keuchend robbte er auf das Loch zu und beeilte sich, mit den Füßen voran wieder hineinzukriechen.

»Wenn du noch einmal hier hochkommst, schlag ich dich tot!«, schrie sie.

Er steckte schon von den Hüften abwärts in der Luke, doch dann machte er den Fehler, sie höhnisch anzugrinsen. Sein Gesicht war grau und verzerrt vor Schmerzen, er war genauso wie sie selbst am Ende seiner Kräfte. Aber sie könnte es nicht ertragen, wenn er sie auch nur ein einziges Mal noch Schlampe oder sonst wie nennen würde! Sie konnte es einfach nicht mehr!

Er machte den Mund auf, da holte sie aus und schlug mit aller Kraft zu. Sie traf ihn an der Schulter und hörte, wie seine Knochen krachten. Er schrie, und sie schlug wieder zu. Wie man einen Nagel in die Wand schlug, so ließ sie die Stange auf ihn herunterkrachen, bis sie Barry zwischen den zersplitterten Brettern hindurchgehämmert hatte und er unten in dem Rattenloch auf irgendetwas fiel, das metallisch schepperte.

Außer sich kroch Jana bis zum Rand der Luke und spähte keuchend nach unten.

Barry lag bäuchlings auf der umgestürzten Leiter, sein rechter Arm und das linke Bein in unnatürlichen Winkeln gekrümmt.

»Du verdammter Scheißkerl«, flüsterte sie. »Hoffentlich bist du noch nicht tot.«

☠ ☠ ☠

78

Berlin-Grünau,
Wohnhaus von Dr. Abel und Lisa Suttner,
Dienstag, 12. September, 18:35 Uhr

Als Abel seine Haustür aufschloss, hörte er drinnen das Telefon klingeln. Er hatte einen anstrengenden Tag hinter sich, randvoll mit dem ganz normalen Wahnsinn der BKA-Einheit »Extremdelikte«.

Jetzt wollte er eigentlich nur noch relaxen. Vielleicht eine Stunde am Dahme-Ufer joggen, hatte er noch im Auto überlegt, oder zumindest in ihrem kleinen Fitnessraum im Keller auf dem Laufband etwas Dampf ablassen. Dort brauchte er jedenfalls nicht andauernd nach möglichen Verfolgern Ausschau zu halten.

Lisa war wegen einer EU-Sache in Straßburg und würde erst morgen wieder in Berlin sein. Sie rief bestimmt nicht auf dem Festnetz an, sie telefonierten grundsätzlich nur per Handy, weil es bei ihnen beiden eher selten vorkam, dass sie am helllichten Tag zu Hause waren.

Abel warf seinen Schlüsselbund auf die Kommode in der Eingangsdiele, ließ seine Aktentasche auf den daneben stehenden Sessel fallen und machte sich auf die Suche nach einem ihrer schnurlosen Haustelefone. Theoretisch hatten sie in jedem Raum eines der mobilen Festnetzgeräte positioniert, aber in der Praxis stieß man meist nur auf verwaiste Ladeschalen.

Auf einem Sessel vor den Panoramafenstern zur Gartenveranda wurde Abel fündig. Erst als er das Gespräch bereits angenommen hatte, kam ihm der Gedanke, dass es Burkjanov oder einer seiner Helfershelfer sein konnte, die ihn weiter unter Druck setzen wollten.

»Ja?«, sagte er daher nur, obwohl er es hasste, wenn Leute sich am Telefon meldeten, ohne ihren Namen zu nennen.

»Fred, Gott sei Dank!« Die Stimme seiner Schwester Marlene, die eigentlich immer angespannt klang. »Mutter geht es nicht gut!«, fuhr sie fort. »Sie klagt über heftige Herzschmerzen. Ich habe schon den Arzt gerufen, wir befürchten das Schlimmste!«

Er unterdrückte einen Seufzer. Marlene befürchtete grundsätzlich das Schlimmste, seit ihre Mutter vor Jahrzehnten an Multipler Sklerose erkrankt war. Ihr Vater war schon einige Zeit zuvor bei einem Autounfall ums Leben gekommen. Marlene war drei Jahre älter als Abel und hatte sich gezwungen gesehen, ihre eigenen Lebenspläne über Nacht aufzugeben. Seitdem opferte sie sich auf, so sah sie selbst das jedenfalls, für ihre Mutter und in gewisser Weise auch für ihn.

Abel konnte es ihr nicht verdenken. Er hatte studiert, und Marlene war zu Hause geblieben, hatte sich um den Haushalt und um die bettlägerige Kranke gekümmert, die selbst bei den einfachsten Verrichtungen immer mehr Hilfe brauchte, da sich ihre Erkrankung zunehmend verschlimmerte. Für kurze Zeit war Marlene verheiratet gewesen; ihr Mann, ein Architekt, war in ihrem Elternhaus eingezogen, aber die Ehe war schon im ersten Jahr wieder in die Brüche gegangen. Seitdem war Marlene allein und zunehmend frustriert.

Mindestens zweimal im Monat rief sie ihn an und verlangte unter irgendwelchen Vorwänden, dass er sofort »nach Hause« kommen sollte, in das Dorf Lenthe bei Hannover, wo sie aufgewachsen waren und wo Marlene ihr gesamtes Leben verbracht hatte. Abel folgte ihren Hilferufen, so oft er es einrichten konnte, auch wenn er oftmals schon an ihrem Tonfall erkannte, dass sie wieder mal maßlos übertrieb. Meist war es nicht der angeblich verschlechterte Gesundheitszustand der Mutter, der Marlene zum Telefon greifen ließ, sondern die Verzweiflung über ihre eigene Lebenssituation.

Aber diesmal stand es wirklich ernst um ihre Mutter, das hörte Abel sofort. Marlene hielt sich nicht mit Einzelheiten auf, sondern setzte nur in beschwörendem Tonfall hinzu: »Komm schnell, Fred, sonst ist es womöglich zu spät.«

»Ich fahre sofort los«, sagte er. »Halte mich auf dem Laufenden, ja?«

Sie beendeten das Gespräch, und kurz darauf raste Abel erneut auf dem Berliner Ring in Richtung Westen. Falls der Porutschik oder wer auch immer daraus schloss, dass er sich ein weiteres Mal im *Pfeffer & Salz* mit Uli Döpfner treffen wollte, wurde er eines Besseren belehrt. Abel jagte an allen Potsdamer Ausfahrten vorbei, übertrat sämtliche Geschwindigkeitslimits und wurde mit jedem Kilometer nervöser.

Hoffentlich war es mit ihrer Mutter nichts wirklich Ernstes! Abel liebte sie abgöttisch und war oftmals auch seinerseits verzweifelt, wenn er daran dachte, dass sie aller Wahrscheinlichkeit nur noch wenige Jahre zu leben hatte. Die Krankheit kroch in ihrem Körper immer weiter nach oben, und wenn sie erst das Herz erreicht hatte, konnte der beste Arzt sie nicht mehr lange am Leben halten.

Aber noch ist es nicht so weit, sagte sich Abel. *Ihre Herzbeschwerden sind bestimmt nur eine Begleiterscheinung der neuen Medikamente, die sie seit kurzem nimmt. Und die alles in allem nicht schlecht angeschlagen haben.*

Kurz darauf rief Marlene an und berichtete, dass der Arzt eingetroffen sei. Der Zustand ihrer Mutter sei ernst, aber zumindest bestehe »keine unmittelbare Lebensgefahr«. Doch auch diese halbe Entwarnung vermochte Abel nicht wirklich zu beruhigen. Kaum weniger kribblig als die Sorge um seine Mutter machten ihn seine potenziellen Verfolger, die in buchstäblich jedem Auto hinter oder neben ihm sitzen konnten.

Warum habe ich keinen Polizeischutz angefordert, wie Herzfeld mir das vorgeschlagen hat?

Gegen abgebrühte Kriminelle vom Schlag des Porutschik boten allerdings auch zwei Polizeibeamte in einem Zivilfahrzeug nicht unbedingt Schutz. Bei einem anderen Fall hatte Abel erleben müssen, dass die zu seinem Schutz eingeteilten Beamten mit einer Reifenpanne am Straßenrand liegen geblieben waren. Seine damaligen Verfolger, granitharte Typen aus einer jemenitischen Großfamilie, hatten ihr Tempo verlangsamt und den liegen gebliebenen Opel Astra grinsend fotografiert.

Aber das war nicht der wahre Grund, weshalb Abel gerade heute Abend auf Polizeischutz verzichtet hatte. In seinem Unterbewusstsein rumorte es. Bereits seit gestern hatte er dieses Gefühl, dass etwas in der Luft lag, eine faustdicke Überraschung, dass ein Knoten kurz davor war, zu platzen. Nach wie vor konnte er nicht mit Händen greifen, worauf sich dieses Vorgefühl bezog. Und wie so oft speiste ihn seine Intuition mit einer undeutlichen Vorahnung ab.

Er schaffte die Strecke in Rekordzeit, nicht viel mehr als zwei Stunden. Ohne auch nur den Hauch einer Kawasaki im Rückspiegel zu sehen.

Die letzten Kilometer auf der Kreisstraße legte er in gemäßigtem Tempo zurück. Ein Subaru-Geländewagen kam aus einem unbefestigten Feldweg hervorgepflügt und setzte sich mit aufheulendem Motor hinter ihn. Abel fuhr absichtlich noch etwas langsamer, als wäre er ein Tourist auf der Suche nach einer Unterkunft oder als würde er die Landschaft genießen. Wiesen mit Kühen in der Abenddämmerung. Am Steuer des Subaru saß ein schnauzbärtiger Mittfünfziger mit grünem Hut. Er blendete auf, ließ die Hupe tröten und setzte zum Überholen an. Abel hob beschwichtigend eine Hand und gab Gas. Das war offenbar wirklich nur ein Jäger oder Förster. Keiner von Burkjanovs Menschenjägern.

Marlene hatte nicht nochmals angerufen. Abel beschloss, das als gutes Zeichen zu nehmen. Wenn ihre Mutter mit der Notfallambulanz ins Krankenhaus gebracht worden wäre, hätte sich Marlene bestimmt noch einmal gemeldet.

Und was ist mit Burkjanov los?, überlegte Abel. Hatte der gescheiterte Putschist es aufgegeben, ihn unter Druck zu setzen? Daran glaubte Abel keine Sekunde. Im Gegenteil musste Burkjanov gerade jetzt seine allerletzten Trümpfe ausspielen. Morgen würde Abel höchstwahrscheinlich alle erforderlichen Asservate und Dokumente auf dem Tisch haben, um sein Gutachten kurz darauf abzuschließen. Und was darin zu lesen sein würde, konnte dem ehemaligen Geheimdienstchef absolut nicht gefallen.

☠ ☠ ☠

79

Lenthe bei Hannover, Elternhaus von Dr. Fred Abel,
Dienstag, 12. September, 20:47 Uhr

Als Abel in der ruhigen Seitenstraße kurz vor dem Ortsausgang parkte, waren der Notarzt und die Ambulanz bereits wieder abgefahren. Mit seinen beleuchteten Fenstern und dem wie immer penibel gepflegten Vorgarten machte das Haus im Kubusstil der 1920er-Jahre einen friedlichen und gepflegten Eindruck.

Der Garten war Marlenes ein und alles. In jeder freien Minute hegte und pflegte sie die vielerlei Blumen und Büsche, die in genau kalkulierter Reihenfolge über das Jahr verteilt blühten. Der Garten erstreckte sich um das ganze Haus; auf der Rückseite pflanzte Marlene Gemüse an, außerdem gab es dort diverse Obstbäume. Bei jedem Besuch musste Abel die Unmengen an Kompott und Marmelade bewundern, die Marlene eigenhändig eingekocht und in nostalgische Einmachgläser mit Gummidichtung und Bügelverschluss abgefüllt hatte. Er und Lisa waren keine großen Marmeladenesser, und seine Schwester hatte es irgendwann aufgegeben, ihnen gefüllte Einmachgläser aufzunötigen; aber seitdem gab es eine Quelle mehr, aus der sich Marlenes Bitterkeit speiste.

Obstbäume.

Abel hatte mehrfach vorgeschlagen, einen kleinen Teil des Vorgartens zu planieren und als Parkfläche für zwei Pkws nutzbar zu machen. Aber er war jedes Mal auf heftige Gegenwehr seitens seiner Schwester gestoßen, und so parkte er eben in dem kleinen Weg auf der anderen Straßenseite.

Obstbäume. Aus irgendeinem Grund hatten sich seine Gedanken in dieses harmlose Wort verhakt und kehrten immer wieder dorthin zurück. Was hatte es damit auf sich?

Während er ausstieg, die Fahrertür schloss, den Wagen mit der Key Card verriegelte und über die Straße ging, dachte er angestrengt darüber nach. Gleichzeitig scannte er seine Umgebung, aber die Straße war menschenleer. So wie mehr oder weniger alle Straßen zu jeder Tages- und Nachtzeit in dem verschlafenen Dorf.

Obstbäume …

Er kam nicht dazu, über seine obskure Eingebung weiter nachzudenken. Marlene hatte ihn schon vom Fenster aus erspäht und öffnete die Tür, bevor er klingeln konnte. Für alle Fälle hatte Abel noch immer seinen eigenen Schlüssel, aber er vermied es, ihn zu benutzen.

»Dass du auch schon da bist!«

Vorwurfsvoll sah sie ihn an. Doch Abel nahm sie einfach in den Arm und hielt sie einen Moment lang fest. Sie war mager und sehnig, körperlich topfit, aber mit ihren verhärmten Gesichtszügen sah sie deutlich älter aus als achtundvierzig.

»Wie geht es Mutter?«, fragte er.

»Keine akute Lebensgefahr. Aber es war knapp.« Marlene entwand sich seiner Umarmung und trat einen Schritt zurück.

Abel folgte ihr in die Eingangsdiele und warf nochmals einen Blick auf die Straße, bevor er die Haustür schloss. Marlene eilte ihm schon voraus in das Zimmer ihrer Mutter, das sich aus naheliegenden Gründen im Erdgeschoss befand.

»Der Arzt hat ihr ein Beruhigungsmittel gegeben, auf ihren eigenen Wunsch. Sie hatte einen akuten Schub und hat sich so darüber aufgeregt, dass sie Herzrasen bekommen hat.«

Marlene flüsterte, dabei schlief ihre Mutter tief und fest. Abel war seiner Schwester ins Zimmer der Kranken gefolgt, mit dem Gefühl trauriger Beklommenheit, das ihn jedes Mal beim Anblick seiner Mutter überkam.

»Was hat er ihr gegeben?«, fragte Abel.

»Diazepam, zwanzig Milligramm intravenös.«

Abel setzte sich auf den Stuhl neben dem Bett, in dem seine Mutter ihr halbes Leben verbracht hatte. Er streichelte ihre blau geäderte Hand, die zerbrechlich und fast durchsichtig aussah. Ihr Gesicht, das immer schmaler wurde, wirkte friedlich und entspannt. Doch Abel ließ sich nicht täuschen. Die Beruhigungsspritze schenkte ihr ein paar Stunden ruhigen Schlaf, aber sobald die Wirkung des Sedativums nachließ, würden die Schmerzen zurückkehren. Zusammen mit den Herzrhythmusstörungen und den dadurch ausgelösten Angstzuständen.

Abel liebte seine Mutter mehr als jeden anderen Menschen, mit Ausnahme von Lisa. Der Gedanke, dass sie bald nicht mehr bei ihnen sein würde, schmerzte ihn wie eine schwerwiegende Verletzung. Sie war achtundsechzig, und sogar ihr alter Hausarzt, der ein notorischer Optimist war, hatte erst vor kurzem gesagt, dass es ein Wunder wäre, wenn sie ihren siebzigsten Geburtstag noch erleben würde.

Obstbäume …

Abel beugte sich vor, küsste seine Mutter auf die Stirn und erhob sich.

»Du willst doch nicht etwa schon wieder gehen?« Marlene stand wie eine Schildwache im Türrahmen. Sie hatte die Arme vor der Brust verschränkt und sah ihn anklagend an. »Warte doch wenigstens, bis sie aufwacht und dich sieht!«

»Ich kann nicht, Marlene.« Er fasste sie bei den Schultern und schob sie sanft zur Seite. »Außerdem wacht sie bei der Dosis, die sie bekommen hat, frühestens in sechs bis acht Stunden auf.«

»Dann iss doch wenigstens noch mit mir zu Abend!« Eigentlich war es eine Bitte, aber wie fast alles, was Marlene zu ihm sagte, klang es wie ein Vorwurf.

»Ich kann wirklich nicht, Lene.« Er kam sich wie ein absoluter Egoist vor, gleichzeitig platzte er fast vor Ungeduld. Er musste auf der Stelle herausfinden, ob an seiner Eingebung etwas dran war. Wenn ja, kam es auf jede Minute an.

»Was musst du denn noch so Dringendes erledigen? Sag doch einfach, dass du dir zu schade dafür bist, deiner Schwester auch nur eine Stunde zu schenken. Während ich mich hier mit Leib und Seele aufopfere!«

Schimpfend und wehklagend lief sie hinter ihm her.

Erst an der Haustür blieb er stehen und drehte sich zu ihr um. »Es tut mir leid. Wahrscheinlich bin ich in einer Stunde schon wieder hier. Dann können wir in Ruhe miteinander reden. Ich übernachte hier, morgen früh ist Mutter sicher wieder ansprechbar. Aber jetzt muss ich los. Ich kann es dir nicht erklären. Es geht um Leben und Tod.«

»So wie immer bei dir«, gab sie zurück. »Und wie immer sind dir deine Toten wichtiger als die Lebenden!«

Abel schüttelte den Kopf. Er wollte sie noch einmal umarmen, aber ihre stocksteife Haltung signalisierte ihm, dass er besser auf Distanz blieb.

Marlene tut mir unrecht, dachte er, *es geht immer um die Lebenden.*

Und in diesem speziellen Fall ging es außerdem um Obstbäume. Um einen Obstgarten, genauer gesagt, aber auch das erwähnte er nicht.

Es hätte Marlene nur noch wütender gemacht, wenn er plötzlich vorgab, sich brennend für Obstbäume zu interessieren. Wo er doch an ihrem Garten und den eingekochten Früchten so wenig Interesse zeigte.

Er hob die Hand zum Abschiedsgruß und ging. Als er hörte, wie hinter ihm die Haustür ins Schloss geworfen wurde, begann er zu rennen.

Dabei verstand er selbst noch nicht richtig, warum in seinem Inneren alle Alarmglocken schrillten, wenn er an das fragliche Grundstück dachte. Es schien keinen Sinn zu ergeben, denn zumindest in seiner Erinnerung war die Wiese am Ufer der Leine damals nicht bebaut gewesen. Nur mit etlichen Obstbäumen bewachsen.

Das Areal hatte Verwandten von Katz gehört, jedenfalls laut Uli Döpfner. Nachdem Uli von Katz übers Ohr gehauen worden war, hatte er die dortigen Sommerfeten gemieden, als sich herausgestellt hatte, dass Katz quasi der Gastgeber war. Als Uli vor kurzem dorthin gefahren war, hatte er den »Schauplatz seiner Schande« nicht wiedergefunden, weil dort mittlerweile eine Neubausiedlung war.

Trotzdem schrillten in Abels Innerem die Alarmglocken.

Döpfner kann sich getäuscht haben, überlegte er, während er den Motor anließ. *Das ist ja alles eine halbe Ewigkeit her, vielleicht hat Uli schlicht an der falschen Stelle gesucht.* Auf der anderen Seite: Ob die Obstwiese bebaut war oder nicht, wie wahrscheinlich war es, dass Katz ausgerechnet dort seinen »Bunker« hatte, in den er laut Julia Bunting die Opfer seiner perversen Orgien verschleppte?

Lex Westermann, sagte sich Abel, würde wahrscheinlich antworten: weniger als fünf Prozent. Trotzdem bestand eine minimale Chance, dass Katz alias Lenski sich dort verkrochen hatte. Und da Abel in der Nähe war, konnte es nichts schaden, wenn er das Gelände in Augenschein nahm.

Falls er mehr Glück als Uli hatte und das Grundstück wiederfand. Fünfundzwanzig Jahre waren eine lange Zeit. Abel erinnerte sich nur noch vage, wie er damals zu dem Schauplatz sommerlicher Fachbereichs-Feten gelangt war.

War es wirklich sinnvoll, bei fortgeschrittener Dämmerung nach einem Gartengrundstück inmitten weiterer Wochenendidyllen zu suchen, die mehr oder weniger alle gleich aussahen?

Abel horchte in sich hinein. Sein Bauchgefühl ließ diesmal keinen Raum für Zweifel.

Die Spur ist heiß. Fahr los!

☠ ☠ ☠

80

Leine-Ufer bei Hannover,
Dienstag, 12. September, 21:55 Uhr

Als Student hatte Abel in einem Apartment in der Innenstadt gewohnt. Mit seinem VW Käfer war er häufig hinaus ins Grüne gefahren, meist in Begleitung seiner jeweiligen Freundin. Im westlichen Umland von Hannover gab es damals noch zahlreiche Gartengrundstücke entlang der Leine, die höchstens mit Wochenendhütten bebaut waren.

Von Lenthe aus brauchte man dorthin allenfalls eine Viertelstunde. Zumindest, wenn man den Weg kannte. Abel fuhr auf der schnurgeraden Kreisstraße durch Felder und Wiesen nach Norden, bis er auf die Bundesstraße stieß. Er ließ Seelze rechts liegen und hielt auf die Leine zu, die nordwestlich des beschaulichen Städtchens eine langgezogene Rechtsbiegung beschrieb.

Seine Antennen waren weit ausgefahren, sein Gedächtnis arbeitete fieberhaft. Wenn er sich richtig erinnerte, musste irgendwo da vorne linker Hand ein schmaler, unbefestigter Feldweg abzweigen, und wenn er den fand, würde er zwangsläufig auch auf das fragliche Gartengrundstück stoßen.

Die fast völlige Dunkelheit erschwerte die Suche zusätzlich. Abel cruiste eine ganze Weile hin und her, der Feldweg schien tatsächlich von den Schlünden der Zeit verschlungen zu sein. Stattdessen gab es nun hundert Meter weiter eine Straße, die parallel zu dem verschwundenen Weg verlief. Damals hatte sie noch nicht existiert. Oder zumindest war sie auf der Landkarte seiner Erinnerung nicht verzeichnet.

Schließlich ging Abel auf, dass diese Straße als Ersatz für den holprigen, alten Weg gebaut worden war. Was wohl bedeutete, dass Uli sich nicht getäuscht hatte: Das frühere Nirgendwo aus Brachland und Wiesen war einer neu errichteten Wohnsiedlung zum Opfer gefallen.

Abel folgte der Straße, machte sich aber kaum noch Hoffnung, das

Wiesengrundstück von Harry Katz wiederzufinden. Tatsächlich stieß er nach wenigen Kilometern auf Einfamilienhäuser und Reihenhauszeilen. Ein Schild wies die Straße als Spielstraße aus. In den kleinen Vorgärten gab es jede Menge Schaukeln, Sandkästen, Trampoline.

In einer Siedlung wie dieser, voll argwöhnischer Mütter, die einen alleinstehenden Mann möglicherweise als potenziellen Kinderschänder ansahen, konnte Lenski auf keinen Fall seinen »Bunker« eingerichtet haben. Es gab kaum einen weniger geeigneten Ort.

Abel fuhr im Schritttempo die verkehrsberuhigte Straße entlang. Viele Fenster waren beleuchtet, in den Gärten und auf den schmalen Gehwegen hielt sich niemand mehr auf. Also hatte ihn sein Bauchgefühl diesmal doch in die Irre geführt?

Er war kurz davor, kehrtzumachen, als die Neubausiedlung hinter einer Kurve abrupt endete. Das ganze Konglomerat bestand offenbar nur aus einigen Dutzend Häusern, dahinter erstreckten sich Wiesen. Wie vor fünfundzwanzig Jahren.

Nach der Kurve ging die Straße abrupt in den unbefestigten Weg von damals über. Abel erkannte ihn sofort wieder.

Von den Scheinwerfern angelockt, ließen Scharen von Insekten auf seiner Windschutzscheibe ihr Leben. Querrillen und Schlaglöcher stellten die Stoßdämpfer seines A5 auf die Probe. In seinem VW Käfer war er damals weit ärger durchgerüttelt worden.

Du hast zu früh aufgegeben, Uli, dachte Abel.

Wie Scherenschnitte hoben sich Bäume und Holzhütten vom Dunkelgrau des Abendhimmels ab. Die Wochenendhäuschen wirkten stattlicher als ihre Vorgänger vor einem Vierteljahrhundert, ansonsten aber schien die Zeit hier tatsächlich stehengeblieben zu sein.

Das Jagdfieber hatte Abel erneut gepackt. Da vorne musste das Grundstück sein, auf dem der halbe Fachbereich an warmen Sommerabenden ausschweifend gefeiert hatte. Das Grundstück zog sich zwar bis zum Ufer der Leine, aber zumindest damals war es umzäunt und zusätzlich von einer zweieinhalb Meter hohen Hecke umschlossen gewesen. Zwei massive Tore führten hinein, eines vom Feldweg, das andere vom Flussufer aus. Ohne Schlüssel kam man nicht hindurch, und während der Sommerfeten war das Tor zum Fluss immer verschlossen gewesen.

Vage erinnerte sich Abel an heftige Dispute, die durch Alkoholkonsum hitziger, aber auch verworrener geworden waren. Jedes Mal gab es ein paar Kommilitonen, die zwischen Mitternacht und Morgengrauen unbedingt in der Leine schwimmen wollten, obwohl sie mehr oder weniger sturzbetrunken waren. Und jedes Mal war das Tor auf der Uferseite verschlossen gewesen, was die verhinderten Schwimmer dazu veranlasst hatte, wütend an den Eisenstreben zu rütteln.

War die ganze Umzäunung nicht sowieso absurd überdimensioniert gewesen? Die Tore bestanden aus Eisenstäben, die oben in rostige Spitzen ausliefen. Damals hatte sich niemand daran gestört, auch Abel nicht. Im Gegenteil hatten die blickdichten Hecken zu der besonderen Atmosphäre dieser Partys beigetragen. Der weitläufige Garten mit seinen knorrigen Obstbäumen war wie eine eigene Welt gewesen. »Der Garten Eden«, hatten manche Kommilitonen geschwärmt.

Je länger Abel darüber nachdachte, desto schiefer schien ihm dieser Vergleich. Auch wenn es an Apfelbäumen dort wahrlich nicht gemangelt hatte.

Vielleicht war es schon damals eine Hölle für die »Labormäuse«, an denen Katz seine Drogencocktails ausprobiert hat.

Abel bekam eine Gänsehaut. Im Schritttempo rollte er an dem vorderen Tor vorbei. Die Hecke war zwar knorriger als früher, aber noch genauso hoch und blickdicht. Auch das Tor war das gleiche wie damals. Nur sehr viel rostiger und abweisender, wie verdüstert durch Abels Ahnung, was ihn dort drinnen erwarten würde.

☠ ☠ ☠

81

Gartengrundstück bei Hannover,
Dienstag, 12. September, 22:23 Uhr

Das Tor bestand aus einem eisernen Rahmen und lanzenartigen Eisenstäben, die durch eine mittig verlaufende Querstrebe verstärkt wurden. Die Längsstreben standen so eng nebeneinander, dass Abel kaum die Finger dazwischenquetschen konnte.

Er hangelte sich an den rostigen Stangen hoch, fand auf der Querstrebe mit den Füßen einigermaßen Halt und streckte sich, bis er zwei der Pfeilspitzen zu fassen bekam. Er hangelte sich weiter hoch und fand seine Befürchtung bestätigt. Der Abstand zwischen den kugelförmig verdickten Spitzen der Eisenstäbe war so gering, dass man nur mit den Schuhspitzen dazwischenkam.

Im nächsten Moment kauerte Abel oben auf dem Tor, seine Hände um die Lanzenspitzen geklammert. Beklommen spähte er in das dunkle Areal hinab. Was würde ihn dort erwarten? Hunde, die Lenski von der Leine ließ? Eine Giftspritze, im Schutz der Dunkelheit in seinen Hals gestoßen?

Auf der Straße hinter Abel nahte ein Auto. War das Lenski? Oder wer sonst trieb sich zu fast schon nächtlicher Stunde in dieser verlassenen Gegend herum?

Burkjanov kam ihm kurz in den Sinn, aber er verwarf den Gedanken wieder. Wenn der Porutschik und Konsorten ihm hierher gefolgt wären, hätte er sie bemerkt. Wenn er dagegen noch länger hier oben hocken blieb, würde er einen Waden- plus Zehenkrampf bekommen. Außerdem würde er dann von den Insassen des Autos gesehen werden, dessen Scheinwerfer schon schwankende Schneisen in die Dunkelheit frästen.

Sein eigenes Auto hatte Abel einige hundert Meter weiter halbwegs versteckt am Wegrand geparkt. Er holte tief Luft, schwang sich über die bedrohlich scharfen Lanzenspitzen und sprang hinab.

Auf der anderen Seite verharrte er mindestens eine Minute lang, fluchtbereit am Boden kauernd. Draußen glitt das Auto vorbei, ohne sein Tempo zu verlangsamen. Dann versank wieder alles in Stille und Dunkelheit. Außer Abels Atem und dem Rascheln nachtaktiver Tiere in Hecken und Bäumen war nichts zu hören.

Keine menschlichen Stimmen. Keine Schritte.

Der Himmel war bedeckt, doch gerade jetzt riss die Wolkendecke auf, und der fast volle Mond beschien die Szenerie. Abel war sich nicht sicher, ob er sich darüber freuen sollte. Er kam sich vor wie ein Reh auf der Wiese, ein weithin sichtbares Ziel für den Jäger auf seinem Hochstand.

Sein Pulsschlag war merklich beschleunigt, als er sich in Bewegung setzte.

Er folgte der Hecke auf der rechten Seite des Tors, und als sie nach links abknickte, folgte er ihr weiter. Vor seinem geistigen Auge sah er das Gelände, wie es vor fünfundzwanzig Jahren ausgesehen hatte: ein ebenes Wiesengrundstück, vielleicht hundert Meter lang und vierzig Meter breit, das an seinem hinteren Ende, zum Leine-Ufer hin, leicht abschüssig wurde.

Fünfzig oder sechzig Bäume waren mehr oder weniger gleichmäßig verteilt. Sogar im blassen Mondlicht konnte Abel das Gelände überschauen. Außer dem winzigen Schuppen im hinteren Drittel des Areals gab es keinerlei Gebäude.

Jedenfalls keine oberirdischen, schränkte er in Gedanken ein. Aber ein Bunker, wie Lenski seinen Unterschlupf nannte, konnte sich auch unter der Erde befinden.

Fragte sich nur, wo. Und wie er ihn im Dunkeln finden sollte.

War es nicht doch eine Schnapsidee, hier allein und unbewaffnet bei Nacht und Nebel herumzustolpern? Sollte er den Rückzug antreten und morgen bei Tageslicht weitermachen? Nein, das kam nicht in Frage. Sein Bauchgefühl sagte ihm mit seltener Klarheit, dass er auf der richtigen Spur war. Und das hieß höchstwahrscheinlich, dass Katz alias Lenski irgendwo hier ein weibliches Opfer in seiner Gewalt hatte.

Oder sollte er besser gleich Hauptkommissarin Marie Horowitz anrufen und bitten, eine SEK-Einheit zu schicken? Beziehungsweise ihre Kollegen vom LKA Hannover um Amtshilfe zu ersuchen, damit sie ein Sondereinsatzkommando in Marsch setzten?

Noch nicht, sagte sich Abel. *Zuerst brauche ich einen konkreten Anhaltspunkt, der meinen Verdacht bestätigt.*

Laut Marie war bislang nirgendwo in Deutschland eine junge Frau vermisst gemeldet worden, die zu Lenskis Beuteschema passte. Aber das hatte wenig zu bedeuten. Manchmal vergingen Wochen, bis allein lebende Menschen von irgendwem vermisst wurden. Und dann nochmals Tage, bis derjenige sich aufraffte, eine Vermisstenanzeige aufzugeben.

Außerdem weiß ich noch nicht einmal mit Sicherheit, dachte Abel, *dass das hier immer noch Katz' Garten ist. Oder der seiner Verwandten. Aber im Grunde weiß ich es doch. Er muss hier sein. Ich kann seine Gegenwart spüren.*

☠ ☠ ☠

Abel löste sich aus dem Schatten der Hecke und lief geduckt auf den kleinen Schuppen zu. Der Mond verschwand hinter einer Wolke, mit einem Mal war es so dunkel, dass er kaum die Hand vor Augen sah.

Er zog seinen Blackberry aus der Tasche, schaltete ihn stumm und rief die Taschenlampen-App auf. In dem verblüffend starken Lichtstrahl tauchte ein würfelförmiger Holzschuppen auf. Er hatte eine Grundfläche von vielleicht drei auf drei Metern und wirkte deutlich stabiler als sein Vorläufer vor fünfundzwanzig Jahren.

Aber so ein Schuppen taugt nicht für Lenskis Zwecke, sagte sich Abel.

Die Tür war mit einer Klinke und einem im Türblatt versenkten Schloss ausgestattet, nicht mit einem simplen Vorhängeschloss. Auch die Eisenbeschläge waren eher ungewöhnlich für einen einfachen Geräteschuppen.

Behutsam drückte Abel die Klinke herunter. Die Tür war verschlossen. Er legte sein Ohr daran und hielt den Atem an, doch er bekam nur das Rauschen seines eigenen Blutes zu hören.

Er machte eine Runde um den Schuppen. Auf der Rückseite gab es erstaunliche Mengen an Büschen und Sträuchern. Abel bog Äste und Zweige zur Seite und leuchtete mit seinem Smartphone in die Hohlräume dahinter. Und schließlich wurde er fündig.

Sieh an, ein Belüftungsrohr.

Es ragte nur wenige Zentimeter aus der Erde und war überdies durch einen grasgrünen Anstrich getarnt. Hätte er nicht gezielt nach derlei Auffälligkeiten gesucht, wäre es seiner Aufmerksamkeit entgangen. Als er sich hinabbeugte und seine Hand vor den Auslass hielt, konnte er deutlich den Strom der austretenden Luft spüren.

Abels Herzschlag beschleunigte sich.

Jetzt weiß ich, wo du steckst, dachte er.

☠ ☠ ☠

Mit dem Schweizer Taschenmesser, das er vorhin im Auto für alle Fälle eingesteckt hatte, brauchte Abel weniger als eine Minute, um das Schloss der Schuppentür zu knacken. Ein Kollege vom Einbruchdezernat hatte ihm einmal gezeigt, wie man Autos, Haustüren und Fenster aufbekam – mit den simpelsten Hilfsmitteln und jeweils innerhalb weniger Sekunden.

Abel ließ den Lichtstrahl durch das Innere des Schuppens wandern. Rechen, Harken und sonstige Gartengeräte, alles penibel an der rechten Wand aufgehängt oder ins Regal einsortiert. Davor stand ein selbstfahrender Rasenmäher mit Sitz, Lenker und Gangschaltung, blitzblank gesäubert. Anscheinend war Lenski ein Ordnungsfreak.

Doch dann fiel Abels Blick auf die linke Hälfte des Schuppens. Dort herrschte das pure Chaos. Altersschwache Bretter lagen wahllos übereinander geworfen, darauf ein Eimer ohne Boden, eine rostige Schaufel, deren Stiel abgebrochen war.

Der Schuppen war das perfekte Abbild einer gespaltenen Persönlichkeit. Rechts Dr. Lenski mit florierender Praxis am Wandlitzsee. Links das Monster, das er in gewissen Abständen von der Leine ließ. Beziehungsweise *an die* Leine, den Fluss seiner Studentenzeit.

Jekyll & Hyde, ging es Abel durch den Kopf.

Er kauerte sich neben den Gerümpelhaufen und leuchtete ihn mit dem Smartphone an. Er zog an einem der Bretter, dann an weiteren Holzstücken und stellte fest, dass alle Bestandteile des scheinbar so chaotischen Stapels fest miteinander verbunden waren. Wenn man an einem Brett zog, glitt das gesamte Müllgebilde auf gut geschmierten Kugellagern beiseite.

Und darunter kam eine Falltür zum Vorschein.

82

Bunker unter dem Gartengrundstück bei Hannover,
Dienstag, 12. September, 22:47 Uhr

Die Falltür war aus Stahl, jedoch nicht verschlossen. Abel schob die Zinken einer Harke unter das Metallblatt und hebelte es hoch. Darunter befand sich ein stockdunkler Raum, aus dem modrig riechende Luft emporquoll.

Es muss noch einen weiteren Raum geben, folgerte er. Das Verlies direkt unter ihm war offensichtlich nicht an die Belüftungsanlage angeschlossen.

Eine schlichte Metallleiter lehnte direkt unter der Luke an einer Mauer aus grob behauenen Steinen. Während er vorsichtig hinabstieg, hielt sich Abel mit einer Hand an der Leiter fest, mit der anderen leuchtete er die Sprossen unter seinen Füßen an.

Der Akku seines Blackberry würde bald schlappmachen, die Taschenlampenfunktion war der reinste Energiefresser. Er musste sich beeilen.

Als er unten angekommen war, verschlug es ihm erst einmal den Atem. Der Raum war muffig und eng und hatte die düstere Aura eines Mausoleums. Nur die stählerne Tür in der linken Schmalwand, die mit einem Zahlenschloss versehen war, passte nicht ins Bild.

Anscheinend hatte dieser Raum zu dem Keller eines Gebäudes gehört, das hier vor langer Zeit einmal gestanden haben musste. Die

Decke war so niedrig, dass Abel kaum aufrecht stehen konnte. Aber viel grusliger als die Gothic-Kulisse und die offenbar hochmoderne Panzertür waren die beiden schlichten Holzstühle links und rechts neben der Tür.

Auf dem einen Stuhl hingen und lagen in peinlichster Ordnung ein blauer Herrenanzug, ein hellblaues Hemd, Wäsche und Strümpfe. Unter dem Stuhl stand, exakt ausgerichtet, ein Paar hocheleganter, schwarzer Herrenschuhe.

Die weiblichen Kleidungsstücke auf dem anderen Stuhl waren in Fetzen gerissen und wüst übereinandergeworfen. Eine geblümte Bluse ohne Knöpfe, der eine Ärmel abgerissen. Die Überreste einer Jeans, so bizarr zerfleddert, als wäre sie ihrer Trägerin mit einer Schere vom Leib geschnitten worden. Ein dutzendfach durchlöcherter BH. Sogar die Sohlen ihrer Sandalen waren in der Mitte durchgebrochen.

Abel schaltete das Handy-Licht aus, näherte sich auf Zehenspitzen der Stahltür und legte ein Ohr dagegen. Er glaubte eine Frauenstimme zu hören, aber so fern und verzerrt, dass er sich das vielleicht nur einbildete. Dann eine männliche Stimme, noch ferner und verschwommener.

Angespannt lauschte er und überlegte, was er jetzt machen sollte. Lenski war da drinnen, da war er sich sicher, und der mehrfache Mörder hatte erneut ein Opfer in seiner Gewalt.

Sollte er versuchen, die Frau auf eigene Faust zu befreien? *Nein, keine Chance,* entschied Abel. *Ich würde es nicht einmal schaffen, diese Panzertür zu öffnen. Und wenn doch, würde ich einem Psychopathen gegenüberstehen, der seiner Geisel ein Messer an den Hals oder eine Pistole an den Kopf hält. Und was dann?*

Er schüttelte den Kopf. *Ich rufe Marie an, sie wird alles Nötige für die schnellstmögliche Rettung der Geisel veranlassen. Auch wenn die Frau da drinnen dann noch eine Stunde oder länger in Lenskis Fängen ist.*

Abel wandte sich von der Tür ab und sah gerade noch, wie ein bulliger Mann die Leiter herunterkam. Er hielt eine Pistole in der Hand, die Mündung auf Abels Kopf gerichtet.

Der Porutschik!, dachte Abel. Doch es war so dunkel, dass er nur die Umrisse des Mannes erahnen konnte.

Ein Schuss krachte, das Mündungsfeuer erhellte für einen Sekundenbruchteil die Dunkelheit. Die Kugel prallte von der Stahltür ab, der Querschläger schoss mit einem durchdringenden Sirren durch den Raum. Gleichzeitig ertönte hinter der Stahltür ein Schrei.

Abel war blitzartig zur Seite gehechtet, hatte den Stuhl mit Lenskis Anzug umgestoßen und rollte sich in einem Chaos aus ehemals makelloser Herrenbekleidung ab. Der Schütze starrte auf die mattgraue Tür mit dem Zahlenfeld, er schien völlig perplex. Die Frau dahinter schrie und schrie, doch zu verstehen war nichts.

Abel sprang auf und stürzte sich auf den Mann. »Meine Kollegen sind schon unterwegs!«, behauptete er auf gut Glück.

Er bekam das rechte Handgelenk des Mannes zu fassen. Mit der freien Hand packte er dessen rechten Ellenbogen und drückte ihn mit einem Ruck nach oben, so dass der Lauf der Pistole hinter der Schulter des Angreifers ziellos nach unten zeigte. Mit einer fließenden Bewegung drückte Abel den rechten Oberarm seines Gegners über dessen Schulterhöhe weiter nach oben, wobei er das Handgelenk des Mannes fixiert hielt. Er spürte einen Widerstand, gefolgt von berstendem Krachen, als der rechte Oberarmkopf des Angreifers aus dem Schultergelenk sprang.

Auf fest folgt lose, dachte Abel erleichtert..

Die Pistole fiel auf den Boden und rutschte scheppernd in Richtung Stahltür. Sein Gegner stieß einen unverständlichen Fluch aus. Auf Russisch, das zumindest hatte Abel mitgekriegt.

Erneut stürzte er sich auf den bulligen Mann, um ihn mit einem gezielten Schlag auf den Kehlkopf außer Gefecht zu setzen. Doch diesmal stieß er an seine Grenzen. Und zwar schmerzhaft.

Burkjanovs Scherge war anscheinend ein extrem harter Bursche, oder das Adrenalin spülte seinen Schmerz vollständig weg. Jedenfalls schien ihm der Totalausfall von rechtem Arm und rechter Schulter nur wenig auszumachen. Der bullige Mann rannte wie ein lebender Rammbock auf Abel zu und erwischte ihn mit voller Wucht an der Brust, wodurch sie beide von den Füßen gerissen wurden.

Als Abel sich wieder aufgerappelt hatte, konnte er eben noch die Stiefel seines Widersachers auf der Leiter sehen, die durch die Luke nach oben verschwanden.

Halbhohe, schwarze Stiefel, wie sie Motorradfahrer bevorzugten.

Auch wenn der Mann heute keine Lederkluft trug, war sich Abel sicher, dass es derselbe Typ war, der ihn mit der Kawasaki attackiert hatte.

Der Schreck saß ihm in den Gliedern. Erneut schaltete er seine Taschenlampen-App ein und suchte nach der Pistole, die er seinem Gegner aus der Hand geschlagen hatte. Aber sie war verschwunden. Der Angreifer musste seine Schusswaffe wieder eingesammelt haben, als sie im Nahkampf beide zu Boden gegangen waren.

Abel hatte es nicht eilig, dem Porutschik – oder wer immer diesmal auf ihn geschossen hatte – nach oben zu folgen. Doch gleichzeitig war er sich sicher, dass es erneut nur ein Warnschuss gewesen war. Wenn der Angreifer ihn hätte töten oder verletzen wollen, hätte er aus dieser Entfernung bestimmt nicht danebengezielt.

Varvara Romanis kaltschnäuzige Worte kamen ihm in den Sinn: »Wenn Burkjanov die Absicht gehabt hätte, Sie töten zu lassen, würden Sie jetzt vor Ihren Kollegen auf dem Stahltisch liegen.«

Das klang immer noch nicht beruhigend, war aber vermutlich immer noch wahr. Der Angreifer war bestimmt längst wieder über alle Berge. Im Dunkeln hatte Abel weder sein Gesicht noch auch nur seine Haarfarbe gesehen. Und wie hatte der Kerl ihn überhaupt hier draußen gefunden?

Sie müssen einen GPS-Sender an meinem Wagen angebracht haben, überlegte Abel, während er auf der Leiter hochstieg und Marie Horowitz' Nummer wählte. *Deshalb habe ich seit gestern Mittag keinen Verfolger mehr zu sehen bekommen. Sie haben einfach abgewartet, bis sie mir an einem möglichst abgelegenen Ort die nächste Lektion erteilen konnten.*

☠ ☠ ☠

83

Bunker unter dem Gartengrundstück bei Hannover,
Dienstag, 12. September, 22:53 Uhr

Barry hatte irgendwo da unten eine zweite Leiter aufgetrieben. Er war genauso angeschlagen wie Jana selbst, aber irgendwie hatte er es geschafft, unter jeder Bodenluke eine Leiter aufzurichten. Die eine aus Metall, die zweite aus morschem Holz. Und seitdem krochen Barry und sie zwischen den Löchern hin und her. Barry im unteren Keller, sie selbst eine Etage darüber.

Immer hin und her. Seit Stunden oder Tagen.

Wenn Barry bei einer Leiter angekommen war und oben in der Öffnung Janas Hand mit der drohend erhobenen Stablampe sah, grinste er sie an und kroch zu dem anderen Loch zurück. Oder täuschte es nur vor, um heimlich kehrtzumachen und plötzlich wieder unter demselben Loch aufzutauchen wie eben.

Auf keinen Fall durfte Jana auch nur einen Moment die Augen schließen, sonst würde sie auf der Stelle einschlafen. Und dann wäre alles vorbei. Barry würde auf einer der Leitern zu ihr heraufklettern und sie so grausam zu Tode foltern, wie er ihr das unablässig androhte.

»Du kennst doch diese Elektromesser, Baby, vom Dönergrill? So eins hab ich im Safe unter der Spüle.«

Er redete undeutlich, mit schleppender Stimme, und dabei kroch er in der Schredderhölle unter ihr hin und her. Sie musste höllisch auf der Hut sein.

Wenn sie nicht vor ihm bei der Luke wäre, die er gerade angesteuert hatte, würde er die Leiter erklimmen und sich auf sie stürzen.

Sie hatte immer noch vor Augen, wie er affenartig die Leiter hochgeturnt war, bei jedem Schritt kreischend wie ein Pavian.

»Mit dem Messer schnipsele ich dich zu Schlampen-Döner. Freust du dich schon?«

Obwohl er wie ein Betrunkener nuschelte, verstand Jana jedes Wort. So als hockte Barry in ihrem Gehirn und flüsterte von drinnen auf sie ein.

»Du darfst dir auch aussuchen, wo ich anfangen soll. Bei deinen knackigen Titten oder lieber bei deinem süßen, kleinen Arsch?«

Während er vor sich hin brabbelte, lauerte er auf seine Chance. Die meiste Zeit, während er da unten unterwegs war, konnte Jana ihn nicht sehen. Angespannt lauschte sie auf sein Gebrabbel und die schleifenden Geräusche, die seine Knie und Füße beim Kriechen auf dem Betonboden machten. Sie musste rechtzeitig erraten, wo er als Nächstes auftauchen würde. Sie durfte sich keinen einzigen Fehler erlauben. Auch wenn sie so sterbensmüde war, dass ein Teil von ihr aufgeben wollte. Ein immer größer, immer mächtiger werdender Teil.

Leg dich aufs Bett, flüsterte die Stimme in ihrem Kopf, *lass ihn einfach machen, was er will. Umso schneller ist es vorbei.*

Aber sie würde ihn *nicht* lassen, sie würde nicht zulassen, dass er sie noch einmal anfasste. Geschweige denn, dass er sie zu Hackfleisch verarbeitete. Also würde sie diese beiden verdammten Löcher im Boden verteidigen. Und wenn es das Letzte war, was sie in ihrem Leben noch tat. Sie musste nur jedes Mal rechtzeitig bei der Luke sein, dann konnte sie Barry notfalls die massive Stahllampe auf den Kopf hauen und ihn mitsamt der Leiter umschmeißen, wie ihr das schon einmal gelungen war.

»Hast du auch so viel Spaß wie ich, Kleines?«

Ihr Körper war eine einzige brennende, klopfende Wunde. Ihr Inneres war zum Platzen angefüllt mit Panik, Horror, Schreien. Längst konnte sie sich nicht mehr auf den Füßen halten. So ausgelaugt, wie sie war, konnte sie die Eisenstange mit ihrem gesunden Arm nicht mehr hochstemmen. Seitdem schleppte sie nur noch die Lampe mit sich, und auch das fiel ihr immer schwerer.

Anfangs war Barry da unten noch hin und her gehumpelt. Aber sein eines Bein war durch den Sturz anscheinend gebrochen oder zumindest übel geprellt. Und trotzdem war sich Jana sicher, dass er nach wie vor imstande wäre, wie ein Affe zu ihr hochzuklettern, wenn sie auch nur ein einziges Mal zu spät bei einem der Bodenlöcher ankommen würde.

Angestrengt robbte sie auf die Luke zu, über der vorher der Tisch mit den aufgestapelten Fertiggerichten gestanden hatte. Sie schob den Kopf über den Rand und sah nach unten. Gleichzeitig wuchtete sie die Stablampe hoch, um Barry zu zeigen, dass sie nach wie vor verteidigungsbereit war.

Dann erstarrte sie in der Bewegung.

Wo ist der verdammte Mistkerl? Ich hab doch genau gehört, wo er entlanggekrochen ist!

»Hey, Kleines!«, nuschelte Barry hinter ihr.

Sie wollte zu ihm herumfahren, aber sie war vor Panik wie gelähmt. So drehte sie nur in Zeitlupe den Kopf zurück und starrte ihn über ihre Schulter hinweg an.

»Ich weiß das wirklich zu schätzen, Mädel, wie du mir deinen Arsch entgegenstreckst.«

Barrys Kopf und Schultern schauten schon zwischen den zersplitterten Brettern hervor. Er zwängte auch seine Arme hindurch und stemmte sich mit den Händen auf den Boden.

»Sekunde noch, Baby, gleich bin ich bei dir.«

☠ ☠ ☠

84

Gartengrundstück bei Hannover,
Dienstag, 12. September, 22:56 Uhr

»MARIE?«, sagte Abel, nachdem sich eine weibliche Stimme am Telefon gemeldet hatte.

Sie war schwer zu verstehen, weil der akustische Hintergrund aus Stimmengewirr und Gläserklirren bestand. Offenbar befand sich Hauptkommissarin Horowitz auf einer Party.

Wie passend, dachte er. *Das hier ist schließlich auch historisches Partygelände.*

Kurz und knapp schilderte er ihr, wo er sich befand und was er hier entdeckt hatte. »Lenskis Bunker, ohne jeden Zweifel«, sagte er. »Er hat anscheinend eine Gefangene, und sie ist am Leben. Sag deinen Kollegen in Hannover, dass wir umgehend das SEK hier brauchen. Außerdem einen Panzerschrankspezialisten. Und natürlich einen Notarzt, eine Psychologin und so weiter. Die Frau ist wahrscheinlich schon seit Tagen mit ihm da drin. Was sie in der Zeit alles ausstehen musste, will ich mir lieber nicht ausmalen.«

Während er mit Marie Horowitz sprach, stand Abel unmittelbar vor dem Holzschuppen. Er verteilte seine Aufmerksamkeit auf die offene Falltür im Innern des Schuppens und auf das Gartengelände, das nun wieder im Schein des Mondes lag.

Doch er bekam weder einen fliehenden oder erneut sich anpirschenden Burkjanov-Schergen noch einen aus den Eingeweiden seines Bunkers hervorkriechenden Lenski zu sehen.

»Um Gottes willen, beeilt euch!«, sagte Abel zum Abschluss.

Marie versprach, Himmel und Hölle in Bewegung zu setzen. Sie hatte die Party bereits verlassen.

Abel hörte ihre eiligen Schritte auf der nächtlichen Straße, irgendwo in Berlin.

Sie beendeten das Gespräch, und Abel sah dem Mond dabei zu, wie er hinter Wolken in Deckung ging und wieder auftauchte. Im Grunde war es eine friedliche Nacht.

Wenn man davon absah, dass es hier von zweibeinigen Wölfen wimmelte.

85

Bunker unter dem Gartengrundstück,
Mittwoch, 13. September, 01:21 Uhr

»Das ist ganz klar ein Vierer«, sagte der Tresorspezialist, den das Hannoveraner SEK mitgebracht hatte. Er sah wie ein Nachfahre von Attila dem Hunnen aus. Klein und sehnig, Säbelbeine und schwarzer Schnauzbart, dessen Enden ihm bis über die Mundwinkel hingen.

»Eine Tresortür Klasse vier«, erläuterte er, als Marie Horowitz ihn nur fragend ansah. »Also vierte Sicherheitsstufe von sechs.« Er tippte mit der Fingerspitze gegen die Oberfläche aus geriffeltem Stahl. »Die Wand ist aus armiertem Stahlbeton. Der Mann hat sich hier einen erstklassigen Schutzraum gebaut. Mit Stemmeisen oder Schneidbrenner kriegen Sie da nicht mal eine Schramme rein.«

Er strich mit der flachen Hand fast zärtlich über die Betonwand. »Das Elektronikschloss ist gleichfalls vom Feinsten«, fügte er hinzu. »Ich habe aktuell keine Software in meinen Laptops, mit der Sie das knacken könnten.«

Seine unrasierten Wangen schimmerten bläulich im Licht der Scheinwerfer, die in dem Vorraum vor der Bunkertür aufgebaut worden waren.

»Und was schlagen Sie vor?«, fragte Marie Horowitz.

Trotz der vorgerückten Stunde saß ihre Hochsteckfrisur perfekt. Unter ihrem olivfarbenen Trenchcoat trug sie noch das schwarze Abendkleid von dem Empfang, aus dem sie durch Abels Anruf herausgerissen worden war.

»Plastiksprengstoff.« Der Tresorspezialist zuckte mit den Schultern. Seine Schnauzbartspitzen schaukelten hin und her. »Wenn Zeit keine Rolle spielen würde, könnten Sie morgen beim Hersteller des Zahlenschlosses anfragen, ob er die Software …«

»Okay, vielen Dank«, fiel ihm Marie Horowitz ins Wort. Sie wandte sich zu dem SEK-Einsatzleiter um, der direkt neben Abel stand und gleichfalls zugehört hatte. »Wie schnell bekommen wir das hin?«, fragte sie. »Ohne das Leben der Geisel durch die Explosion zusätzlich zu gefährden?«

»Geben Sie uns fünf Minuten.« Der Einsatzleiter war Mitte dreißig und von bärenhafter Statur. Mit seinem gewaltigen Brustkorb und den baumstammdicken Oberarmen sah er aus, als könnte er Tresortüren notfalls auch mit bloßen Händen öffnen. »Und Sie beide verlassen bitte den Gefahrenbereich hier unten, bis Sie von mir grünes Licht bekommen.« Er sah Marie und Abel eindringlich an. »Oder wollen Sie erst noch über Kompetenzen diskutieren, während die Geisel da drin …«

Er unterbrach sich mitten im Satz. Durch die Stahltür war erneut ein Schrei zu hören, sehr leise und fern, aber eindeutig von einer Frau. Seit Abel mit Marie Horowitz in den unterirdischen Raum zurückgekehrt war, hatten sie die Frau schon mehrfach aufschreien gehört.

Katz' Geisel, kein Zweifel. Sie klang erschöpft und zutiefst verstört, aber auch eindeutig *wütend*. Offenbar besaß sie beträchtliche Willenskraft und hatte sich noch keineswegs aufgegeben.

Die zweite Stimme gehörte ebenso eindeutig einem Mann. Anscheinend redete Katz alias Lenski unablässig, aber durch die massive Stahltür war nur unverständliches Gemurmel zu hören.

Erneut schrie die Frau auf. Marie und Abel drückten ihre Ohren gegen die Stahltür. Auf der anderen Seite ertönte ein Schlag, gedämpft zwar, aber unverkennbar.

Abel und Marie wechselten einen Blick. Ganz genauso hörte es sich an, wenn ein stumpfer Gegenstand auf Knochen traf. Und wenn der Knochen unter der Wucht des Aufpralls zerbrach.

»Hallo da drinnen? Hier ist die Polizei! Hören Sie mich?« Marie trommelte mit ihren Fäusten gegen den Panzerstahl.

Doch hinter der Tür war es mit einem Mal unheimlich ruhig.

☠ ☠ ☠

Marie und Abel waren der Aufforderung des SEK-Leiters nachgekommen und an die Erdoberfläche zurückgekehrt. Schweigend standen sie unter einem Apfelbaum neben der Gartenhütte und sahen zu, wie die Einsatzkräfte mit ihren schwarzen Uniformen und Sturmhauben hintereinander durch die Falltür kletterten. Fast alle trugen schwere Schutzschilde. Einer von ihnen hatte sich ein flaches Paket unter den Arm geklemmt, das mit Totenkopf-Zeichen versehen war.

Plastiksprengstoff, dachte Abel. *Hoffentlich sind wir nicht zu spät.*

Der krachende Schlag hinter der Panzertür und die anschließende Stille ließen das Schlimmste befürchten.

Marie zog aus ihrem Trenchcoat die kleinformatige Handtasche, die sie zwischen den zerfetzten Kleidungsstücken der Geisel entdeckt hatte. Im Lichtschein von Abels Taschenlampen-App durchsuchte sie die Tasche, die auf den ersten Blick wie ein kleiner Plüschbär aussah.

Das Portemonnaie darin war mit grinsenden Koalas gemustert und enthielt einen Personalausweis auf den Namen Jana Forster. Demzufolge war die Geisel sechsundzwanzig Jahre alt und lebte in einer Hochhaussiedlung am Rand von Hannover.

»Da arbeitet sie, jede Wette.« Marie hielt Abel die Einkaufsquittung eines Discounters hin. Mit der Spitze ihres tiefrot lackierten Fingernagels tippte sie auf eine Rubrik im unteren Drittel des Belegs. »Sie hat für ihren Einkauf Mitarbeiterrabatt bekommen.«

»Und warum hat ihr Arbeitgeber sie nicht vermisst gemeldet?«, fragte Abel. »Obwohl sie vermutlich seit Tagen nicht zur Arbeit erschienen ist?«

»Weil er sie problemlos ersetzen konnte, nehme ich an.« Marie steckte das Portemonnaie zurück in die Plüschhandtasche. »Wahrscheinlich ist Frau Forster nur als Aushilfe oder Teilzeitkraft beschäftigt«, fuhr sie fort. »Als sie nicht zur Arbeit erschienen ist, wird der Filialleiter eben eine andere Aushilfe angerufen haben. Das ist im Discount-Sektor gängige Praxis.«

Abel nickte. Marie hatte höchstwahrscheinlich recht. In den Großstädten lebten immer mehr Menschen allein und ohne engere Sozialkontakte, sei es zu Nachbarn oder Kollegen. Wenn sie plötzlich verschwanden, fiel das unter Umständen tage- oder wochenlang niemandem auf. Meistens betraf das allerdings ältere Menschen, die oftmals schon im Ruhestand waren und keine lebenden Familienangehörigen mehr in der näheren Umgebung hatten. Doch mehr und mehr lebten auch junge Männer und Frauen so isoliert wie vereinsamte Senioren.

Marie grub weiter in der Plüschbären-Handtasche und förderte ein pinkfarbenes Handy zutage. Sie klickte darauf herum und hielt es sich ans Ohr. »Auf ihrer Mailbox ist kein einziger Anruf gespeichert«, sagte sie kurz darauf.

Sie klickte erneut und hielt Abel das Handy hin. »Sieh dir das an, die Rufnummernliste der letzten Monate enthält ganze drei Einträge, und die gehören höchstwahrscheinlich zu ihrem Zahnarzt oder einem Pizzadienst. Wie es aussieht, hat Frau Forster keinen Freund und keine Familienangehörigen. Jedenfalls keine, mit denen sie Kontakt hält.«

»Die ideale Beute für einen Menschenjäger wie Katz«, sagte Abel.

Kaum hatte er den Satz beendet, ertönte unter ihnen ein dumpfer, dröhnender Knall. Obwohl sie darauf gewartet hatten, zuckten sie beide zusammen. Etwas Schweres schlug krachend gegen Stein.

»Komm, Fred«, sagte Marie.

Ohne auf das grüne Licht des SEK-Leiters zu warten, kehrten sie durch die Bodenluke in die Unterwelt zurück.

☠ ☠ ☠

86

Bunker unter dem Gartengrundstück,
Mittwoch, 13. September, 01:29 Uhr

HINTER MARIE TRAT ABEL in Lenskis Bunker. Wo die Tür gewesen war, klaffte ein Loch in der Betonwand. Der Rauch von der Explosion waberte noch umher. Zuerst konnte Abel nur eine seltsam geformte Silhouette erkennen, die ein paar Schritte entfernt am Boden kauerte.

Eine Frau, ein Mann, beide nackt und blutüberströmt. Jana Forster und Lenski, wer sonst. Die junge Frau saß auf ihren Unterschenkeln, Lenski lag in Bauchlage vor ihr. Im Halbkreis um sie herum standen vier SEK-Beamte in voller Kampfmontur, ihre Automatikpistolen auf die kauernden Gestalten gerichtet.

Aber etwas stimmte nicht an dem Bild, das sich ihnen bot.

Die Geisel war allem Anschein nach am Leben, auch wenn sie reglos dasaß wie eine Skulptur. In der Hand hielt sie eine dreißig Zentimeter lange Stablampe, die gleichfalls mit Blut verschmiert war.

Frisches Blut, dachte Abel. *So frisch wie das Blut, das aus der Wunde an Lenskis linker Schläfe läuft. Und aus seinem linken Ohr.*

Auch Lenski lag vollkommen reglos da. Womöglich war er tot. Oder zumindest ohne Bewusstsein. Von seiner eigenen Sexgeisel k. o. oder totgeschlagen, die unverwandt auf seinen Kopf hinunterstarrte.

Erst nachdem sich die Rauchschwaden weiter verzogen hatten, wurde Abel klar, was ihn so sehr irritierte.

Lenski schien keinen Unterkörper mehr zu haben. Wahrscheinlicher war, dass er bis zu den Hüften im Boden steckte, wie eine der bizarren Personen aus einem Theaterstück von Samuel Beckett. *Glückliche Tage,* dachte Abel, *genauso hieß das Stück.* Erst vor ein paar Wochen hatte er es zusammen mit Lisa im Theater gesehen.

Die düstere Ironie gefiel ihm, besser sogar als das Theaterstück selbst, dessen Handlung ihm weit hergeholt vorgekommen war. Schließlich hatte Katz laut Uli Döpfner versucht, Glücksdrogen zu kreieren. Psychogene Giftcocktails, die andere Menschen zu seinen willfährigen Opfern machten, deren Folterung und Vergewaltigung ihm selbst glückliche Tage bescherte. Dass Katz nun wie Becketts absurde Bühnenhelden bei mehr oder weniger lebendigem Leib in der Erde zu versinken schien, sah für Abel wie eine gerechte Strafe aus.

Trotzdem war nach wie vor rätselhaft, was hier eigentlich passiert war.

Marie ging neben Jana Forster in die Knie. Sie hatte Latexhandschuhe angezogen und nahm der jungen Frau die Stablampe aus der Hand. Jana Forster zeigte nach wie vor keinerlei Reaktion. Marie reichte die Lampe an den Einsatzleiter weiter, der sie in einen Beweismittelbeutel gleiten ließ.

Ein SEK-Mann reichte Marie eine Decke, und sie hüllte die junge

Frau darin ein. »Es ist vorbei, Frau Forster«, sagte sie leise. »Er kann ihnen nichts mehr tun.«

Jana Forster starrte weiter auf Lenskis blutüberströmten Kopf, dessen Profil ihr zugewandt war.

Das SEK zog sich zurück, stattdessen erschien die Notärztin mit zwei Sanitätern im Gefolge. Nachdem sie die junge Frau kurz untersucht hatte, legten die Sanitäter Jana Forster auf die Trage, bedeckten sie mit einer goldfarbenen Rettungsdecke, schnallten sie fest und trugen sie eilends nach draußen.

Zurück blieb Katz alias Lenski. Unverändert lag er wie eine absurde Theaterfigur da, das rechte Ohr wie horchend gegen den Boden gedrückt, in den er vom Nabel abwärts eingesunken war. Die schief aufragenden, zersplitterten Bretter um seine Hüften herum ließen eigentlich nur den Schluss zu, dass er von *unten* durch den Boden durchgebrochen war. Was jedoch keinen Sinn zu ergeben schien.

Oder doch?

Während Abel zunehmend irritiert die Szenerie betrachtete, ließ sich die Notärztin neben Lenski auf die Knie nieder und stöberte ungerührt in ihrem Einsatzkoffer. Die stämmige Mittfünfzigerin war offenbar durch nichts mehr zu beeindrucken.

Sie zog Lenski das linke Lid hoch und leuchtete ihm mit einer Untersuchungslampe ins Auge. »Keine …«, setzte sie an und verstummte abrupt.

Lenski hatte plötzlich den Kopf gehoben und sog röchelnd Luft ein. Sein Blick flackerte über die Gesichter um ihn herum, die ihn erschrocken anstarrten.

»Gut, dass Sie endlich da sind«, nuschelte er. »Dieses Dreckstück hätte mich fast umgebracht!«

»Herr Dr. Lenski, Sie werden des achtfachen, gemeinschaftlichen Mordes beschuldigt«, sagte Marie Horowitz. »Julia Bunting hat ein umfassendes Geständnis abgelegt. Sie sind vorläufig festgenommen.«

Lenski bekam einen Lachanfall, der sich mit einem Hustenkrampf vermischte. Ruckartig richtete er den Oberkörper auf und riss beide Arme in die Höhe.

Immer noch lachend und hustend rutschte er durch das Bodenloch in die Tiefe. Es schepperte metallisch, als er unten aufschlug. Das Lachen erstarb, dafür mischte sich der Hustenkrampf mit genuschelten Flüchen.

Abel und Marie sahen einander in totaler Verblüffung an.

»Ein prima Höllensturz, wenn Sie mich fragen«, sagte die Notärztin. »Vielleicht sollte ich mir das mit dem Kirchenaustritt doch noch mal überlegen.«

Eine Etage unter ihnen kroch Lenski voran. Abel hörte das schleifende Geräusch, mit dem sich der nackte Körper über den Boden schleppte. Suchend sah er sich um und bemerkte die zweite Bodenluke weiter hinten im Raum. Im nächsten Moment war ihm klar, welches Drama sich hier zwischen Katz und Jana Forster abgespielt haben musste.

Der letzte Akt des Dramas, besser gesagt.

Aus irgendeinem Grund musste es Lenski in die Katakomben unter seinem eigentlichen »Bunker« verschlagen haben. Er hatte versucht, durch eine der Luken wieder nach oben zu gelangen, und Jana Forster hatte die Bodenlöcher bis zur völligen Erschöpfung verteidigt. Nicht nur sie, sondern auch Lenski war offensichtlich schwer angeschlagen. Und als er vorhin versucht hatte, mit letzter Kraft durch das Bodenloch durchzubrechen, hatte sie ihm die Stahllampe über den Schädel geschlagen.

Tapferes Mädchen, dachte Abel.

Hoffentlich würde sie eines Tages über diese grauenvollen Erlebnisse hinwegkommen. Leicht würde es bestimmt nicht werden. Aber sie hatte sich nicht unterkriegen lassen, letzten Endes hatte sie ihren Peiniger sogar besiegt, und deshalb besaß sie auch die Chance, ihr Trauma zu überwinden. Jedenfalls wünschte Abel ihr das von Herzen.

Er trat zur Seite, um den SEK-Männern Platz zu machen, die mit erneut gezogenen Waffen beide Bodenlöcher gleichzeitig stürmten. Die Leitern ächzten unter ihren Stiefeln.

»Komm da raus!«, hörte Abel den Einsatzleiter schnauzen. Durch die Zwischendecke klang seine Stimme dumpf und verzerrt herauf. »Ich will deine Hände sehen. Na wird's bald!«

Automatikpistolen wurden entsichert. Lenski hustete und lachte. »Verpisst euch, oder ich drücke auf den Startknopf!«, brabbelte er.

»Du würdest dem Steuerzahler einen Gefallen tun.«

Abel ging zu der anderen Bodenluke hinüber und spähte nach unten. Blutüberströmt stand der nackte Lenski in einem zitronengelben Behältnis, das wie eine Mülltonne aussah und auf einen zweirädrigen Untersatz montiert war.

Ein Schredder, dachte Abel und verspürte ein Kribbeln im Nacken. Laut Julia Bunting hatte Lenski sie gezwungen, einen widerwärtigen Fraß zu vertilgen, der verwesende Fleischstücke enthielt.

»Du bist ein Psychopath, Katz«, sagte Abel. »Das habe ich schon damals gespürt – vor fünfundzwanzig Jahren.«

Lenskis Kopf ruckte nach hinten. Verblüfft starrte er zu Abel hoch. Anscheinend versuchte er, sich zu erinnern, wen er da vor sich hatte, aber in seinem benebelten Kopf wollte sich kein klarer Gedanke formen.

Seine Hand löste sich vom Startknopf des Schredders. Er wischte sich Blut aus dem linken Auge und zwinkerte angestrengt zur Decke hoch.

»Zugriff«, sagte der Einsatzleiter.

Zwei SEK-Beamte packten Lenski bei den Armen, rissen ihn aus dem Schredder und drückten ihn mit dem Gesicht nach unten auf den Boden. Sie bogen ihm die Arme auf den Rücken und legten ihm Handschellen an.

Lenski hustete und fluchte. »Abel?«, stieß er hervor. »Der Scheiß-Besserwisser Fred Abel?« Er drehte den Kopf zur Seite und spähte zur Deckenluke hoch. »Du bist doch Leichenschnipsler geworden, oder?«

Er bäumte sich auf und schrie mit unerwartet kräftiger Stimme: »Haltet mir den Totendoktor vom Leib! Hilfe! Ich bin schwer verletzt, ich brauche sofort einen Notarzt!«

»Schon unterwegs.« Die stämmige Notärztin balancierte an Abel vorbei mit ihrem Einsatzkoffer auf der wackligen Holzleiter nach unten. »So, wie Sie die arme Frau zugerichtet haben«, sagte sie zu Katz alias Lenski, »kann ich es kaum erwarten, Ihnen nach allen Regeln der Kunst Erste Hilfe zu leisten.«

87

Berlin, Treptowers, Büro Dr. Fred Abel,
Freitag, 15. September, 14:25 Uhr

»Herein!«, rief Abel. Schon das gleichförmige doppelte Klopfen hatte ihm verraten, wer vor seiner Bürotür stand.

Es gab Tage, an denen ihm Renate Hübners maschinenhafte Korrektheit unendlich auf die Nerven ging. Und es gab Tage wie diesen, an denen er ihre garantiert überraschungsfreie Verhaltensmechanik genoss.

Sein Bedarf an Überraschungen war für lange Zeit gedeckt.

»Das Gutachten Stepanov, Herr Direktor.« Mit den abgezirkelten Bewegungen eines Blechsoldaten marschierte die Sekretärin auf seinen Schreibtisch zu, beugte sich vor und legte den nebelgrauen Schnellhefter exakt rechtwinklig ausgerichtet vor ihm ab. »Haben Sie sonst noch einen Wunsch?«

»Vielen Dank, Frau Hübner, das wäre für den Moment alles. Wenn ich hiermit durch bin«, er legte die flache Hand auf den Schnellhefter, »und unterschrieben habe, sage ich Ihnen Bescheid. Das Gutachten muss heute noch verschickt werden – als Kuriersendung über das Auswärtige Amt und vorab per Intranet.«

Er sah sie lächelnd an, und Renate Hübner starrte ausdruckslos zurück. Alles wie immer.

»Wie Sie wünschen, Herr Direktor.« Sie schwenkte fast militärisch nach rechts ab und verließ sein Büro.

Aber das bekam Abel nur noch am Rande mit. Er hatte den Schnellhefter bereits aufgeschlagen und vertiefte sich in das Gutachten.

Varvara Romani hatte Wort gehalten. Gestern Vormittag waren sein Einsatzkoffer und seine Aktentasche aus Tiraspol eingetroffen, mitsamt allen Asservaten, der Kamera und dem Diktiergerät, auf denen Abel seine Befunde in Bild und Wort dokumentiert hatte.

Die Gewebe- und Blutproben hatte er sofort ins Labor geschickt und an diesem Vormittag den Untersuchungsbericht von Dr. Fuchs erhalten. Die Resultate der DNA-Analyse waren ebenso eindeutig wie die Ergebnisse der toxikologischen Untersuchung. Bei den weitgehend zersetzten Leichen aus dem Kalkcontainer handelte es sich ohne jeden Zweifel um die menschlichen Überreste von Spiridon und Artemij Stepanov.

Ebenso zweifellos waren die beiden Männer vor ihrem Tod mit Medikamenten vollgepumpt worden, damit sie während der stundenlangen Folterung nicht – aus Sicht ihrer Peiniger – vorzeitig versterben konnten. Sowohl die Folterspuren als auch der Medikamentencocktail, der den Opfern verabreicht worden war, trugen die Handschrift des transnistrischen Geheimdienstes unter Burkjanovs Führung.

Abel las sein Gutachten, das einschließlich Obduktionsprotokoll und Laborberichten rund dreißig Seiten umfasste, nochmals sorgfältig durch. Es war bereits der zweite Durchgang, nachdem er in der ersten Fassung ein paar kleinere Fehler korrigiert hatte.

An seiner Methode, in hohem Tempo ins Diktafon zu murmeln und dabei auch noch jede Menge Fachbegriffe und Abkürzungen zu verwenden, wäre jeder andere als Frau Hübner verzweifelt. Wenn sie hin und wieder ein allzu kryptisches Kürzel falsch entschlüsselte, war das sehr viel eher ihm selbst als seiner fast unfehlbaren Interpretin anzukreiden.

Als Abel auch die letzte Seite durchgelesen hatte, zückte er seinen Füllfederhalter und schraubte den Deckel ab. Mit einem Gefühl tiefer Erleichterung unterschrieb er alle drei Ausfertigungen. Dann griff er zum Telefon und bat die Sekretärin, das Gutachten Stepanov unverzüglich abzusenden.

Burkjanov hatte sein Bestes gegeben, um ihn einzuschüchtern und unter Druck zu setzen, aber es hatte ihm nichts genützt. Abels Gutachten enthielt die unverfälschte Wahrheit, die einzige, die sich auf Fakten stützen konnte – und nicht irgendeine zurechtgebogene Pseudowahrheit, die Burkjanov in den Kram passte.

Ob das Gericht in Tiraspol den Ex-Geheimdienstchef verurteilen würde und die deutschen Behörden den ungeliebten Gast daraufhin an Transnistrien ausliefern würden, war damit noch lange nicht entschieden. Doch Abel hatte seinen Beitrag geleistet, um der Gerechtigkeit zum Sieg zu verhelfen. Auch wenn er beschlossen hatte, den Ringfund auf sich beruhen zu lassen. Mit weiteren Einschüchterungsversuchen, auch davon war er überzeugt, brauchte er nicht mehr zu rechnen.

Nachdem ich meinen Schuss abgefeuert habe, dachte er, *macht es für Burkjanov keinen Sinn mehr, mir die Waffe aus der Hand zu schlagen. Die Kugel bekommt er auf keinen Fall zurück in den Lauf.*

Bildlich gesprochen, fügte er in Gedanken hinzu, *denn ich kämpfe nicht mit Kugel und Pistole, sondern mit den Waffen der Rechtsmedizin. Und manchmal auch mit Intuition.*

Er fühlte sich so leicht wie seit langem nicht mehr. Was auch mit dem Telefonat zusammenhing, das er vorhin mit Marie Horowitz geführt hatte.

Jana Forster stand noch immer unter Schock, aber sie war nicht mehr in akuter Lebensgefahr. Sie hatte zwar schwere Vergiftungen durch bizarre Drogencocktails erlitten, außerdem massive Verletzungen im Genital- und Analbereich, einen Trümmerbruch in der Schulter sowie eine kaum vorstellbare Anzahl an Hämatomen, Prellungen, Strangulations-, Hieb- und Bissverletzungen. »Aber sie kann wieder vollkommen gesund werden. Auch seelisch«, hatte Marie hinzugefügt. »Sie kann das schaffen, sie macht auf mich einen unglaublich starken und gefassten Eindruck.«

Lenski war gleichfalls außer Lebensgefahr, dank seiner Ersthelferin, ohne die er höchstwahrscheinlich auf dem Weg in die Unfallklinik verstorben wäre. Die erfahrene Notärztin hatte noch vor Ort diagnostiziert, dass Lenski nicht nur einen Schädelbasisbruch, sondern überdies drei angebrochene Halswirbel davongetragen hatte. Sehr viel anspruchsvoller als die Sicherstellung seiner Vitalfunktionen war allerdings Lenskis medikamentöse Ruhigstellung vor seinem Abtransport, um eine möglicherweise tödliche Schädigung seines Rückenmarks im Halsbereich zu verhindern – eine Gefahr, die trotz Immobilisierung mittels einer Zervikalstütze akut bestand, wenn sich der Patient bewegte.

Zweifellos hätte ihm auf dem ganzen Planeten niemand auch nur eine Träne nachgeweint, sagte sich Abel, auch Julia Bunting nicht und höchstwahrscheinlich nicht einmal seine eigene Mutter. Aber ihre Aufgabe als Polizisten oder Rechtsmediziner war es nun einmal nicht, über Leben und Tod zu entscheiden, sondern dafür zu sorgen, dass die Wahrheit ans Licht kam und rechtsstaatliche Prinzipien angewandt wurden.

Genauso wie Burkjanov würde sich Katz alias Lenski vor Gericht für seine Verbrechen verantworten müssen. Für acht Morde, die er zusammen mit seiner Komplizin Bunting begangen hatte, für Entführung, Folterung und mehrfache Vergewaltigung von Jana Forster und höchstwahrscheinlich für eine größere Anzahl weiterer schwerer Verbrechen, zu denen die Ermittlungen noch auf Hochtouren liefen.

Marie Horowitz hatte sich bundesweit alle ungeklärten Vermisstenfälle der letzten zehn Jahre vorgenommen, die in Lenskis Beuteschema passten. Etliche Anhaltspunkte bestätigten bereits Julia Buntings Aussage: Jana Forster war nicht das erste Opfer gewesen, das Lenski in seinen Bunker verschleppt hatte, und allem Anschein nach war keine ihrer Leidensgenossinnen mit dem Leben davongekommen. Lenski hatte sie ermordet, die Leichen in seinem Schredder zerkleinert und dann vermutlich portionsweise entsorgt.

»Katz ist eine zweibeinige Raubkatze«, hatte Marie gegen Ende ihres Telefonats noch gesagt.

»Aber an Jana Forster hat er sich die Zähne ausgebissen«, hatte Abel erwidert. »Katz hat geglaubt, dass sie einfach nur eine weitere in der langen Reihe seiner Labormäuse wäre. Aber sie hat den Spieß umgedreht. Am Ende war *er* die Maus, und sie war die Katze, die auf der Lauer gelegen und ihn zur Strecke gebracht hat.«

Epilog

Fünf Monate später

»Es gibt Fälle, da bekomme sogar ich noch eine Gänsehaut«, sagte Professor Herzfeld. »Fälle wie diesen.«

Er klopfte auf den tannengrünen Schnellhefter, der vor ihm auf dem Tisch lag.

»Oha.« Abel sah ihn aufmerksam an. »Da bin ich aber gespannt.«

Kurz nach der Mittagspause hatte Herzfeld ihn angerufen: »Ein brandneuer Fall. Politisch etwas heikel. Lass uns das erst mal unter vier Augen besprechen.«

Und da saß Abel nun am Besuchertisch in Herzfelds Büro. In ihren Tassen dampfte der ägyptische Kaffee. Alles wie immer. Nur der bedrückte Ausdruck in Herzfelds Gesicht passte nicht ins gewohnte Bild.

»Ach so, ich habe auch noch eine gute Nachricht. Erinnere mich gleich noch mal dran.« Herzfeld hatte den Schnellhefter aufgeschlagen und überflog die ersten Seiten. »Aber erst mal zu unserem aktuellen Fall. Es geht um einen pädophilen Triebtäter, Hennes Lehmann, dreiundsechzig Jahre. Der Mann hat fünfzehn Jahre Haft und fünf Jahre Sicherungsverwahrung hinter sich. Vor zwei Monaten wurde er auf freien Fuß gesetzt. Seine Anwälte haben irgendeinen Formfehler bei der Begründung der Sicherungsverwahrung entdeckt und ihren Mandanten frei bekommen.«

Er verzog das Gesicht zu einer Grimasse des Ekels und blätterte weiter.

»In den 1990ern hat Lehmann kleine Jungs von Spielplätzen entführt«, fuhr er fort, »aber es liegt ein psychiatrisches Gutachten vor, wonach keine Wiederholungsgefahr besteht. Und damit hat der Gutachter sogar recht: Hennes Lehmann hat sich nach seiner Entlassung auf größere Jungs spezialisiert. Genauer gesagt, auf ›unbegleitete Minderjährige‹, Teenager, die ohne Familienangehörige von Syrien oder Afghanistan nach Deutschland geflohen sind.«

Herzfeld gönnte sich erst mal einen Schluck Kaffee. Der Fall schien ihn wirklich zu berühren. Aber worum genau es dabei ging und warum gerade dieser Fall dem erfahrenen Rechtsmediziner Schauer über den Rücken jagen konnte, hatte sich Abel bisher nicht erschlossen.

»Lehmann ist mittlerweile ja ein älteres Semester«, fuhr Herzfeld fort. »Da macht man sich nicht mehr die Mühe, bei Wind und Wetter auf die Jagd zu gehen. Stattdessen hat er sich seine Beute direkt ins Haus bestellt – und zwar bei der Berliner Senatsverwaltung. Und die hat auch prompt geliefert.«

»Wie bitte?« Abel verschluckte sich fast an seinem Kaffee. »Das kann doch nicht dein Ernst sein, Paul.«

»Tödlicher Ernst«, sagte Herzfeld und blätterte weiter. »Irgendwie hat es Lehmann geschafft, buchstäblich in die Identität eines anderen Mannes zu schlüpfen. Ein unbescholtener Rentner namens Jürgen Heldrich, von dem übrigens jede Spur fehlt. Unser Herr Lehmann sieht dem besagten Herrn Heldrich wohl einigermaßen ähnlich, zumindest, wenn nicht so genau hingeschaut wird. Jedenfalls hat er sich unter dem Namen seines Alter Egos als ehrenamtlicher Flüchtlingshelfer registrieren lassen und sich großmütig bereit erklärt, einen oder mehrere minderjährige Flüchtlinge in seiner Wohnung aufzunehmen. Prompt wurden gleich drei syrische Jungen zwischen zwölf und vierzehn Jahren zu ihm geschickt. Danach war erst einmal Funkstille zwischen der Stadt und ihrem edlen Helfer. Ganze vier Wochen lang.«

Herzfeld goss ihnen beiden Kaffee nach. So allmählich begann Abel zu ahnen, warum dieser Fall seinem Chef so naheging. Wenn Kinder oder Jugendliche durch behördliche Schlamperei ums Leben kamen, war das allein schon schwer hinzunehmen. Wenn die Betroffenen auch noch einem sadistischen Triebtäter ausgeliefert wurden, war das kaum zu ertragen.

»Schließlich hat eine Vertreterin des Jugendamts ihren Besuch bei Heldrich angekündigt«, fuhr Herzfeld fort. »Aber die gute Frau hat niemanden angetroffen. Eine Nachbarin hat ihr schließlich erzählt, dass sie Herrn Heldrich seit langem nicht mehr gesehen hätte. Vor Wochen hatte sie einmal ein paar fremd aussehende Jugendliche im Haus bemerkt, aber mit Heldrich, der immer sehr zurückgezogen lebte, hatte sie die ›kleinen Araber‹, wie sie sich ausdrückte, nicht in Verbindung gebracht. Außerdem sind ihr die Jungen danach nie mehr begegnet. Kein Wunder – Lehmann alias Heldrich hat sie offenbar umgehend in ein einsam gelegenes Waldhaus verfrachtet, irgendwo im Ruppiner Land.«

Herzfeld blätterte erneut in dem Schnellhefter. »Hier findest du die genaue Adresse. Ein ehemaliges Forsthaus, gemietet auf den Namen Heldrich. Die Spurensicherung beackert zurzeit das ganze Areal. Es gibt diverse Nebengebäude. Noch besteht Hoffnung, dass einer oder vielleicht zwei der Jungen am Leben sind.«

»Und der dritte?«

»Lies es selbst, Fred.« Herzfeld schüttelte den Kopf. »Die Mordkommission vom LKA hat einen ›nervenstarken Rechtsmediziner‹ von den Extremdelikten angefordert. Die wollen das weder mit den Kollegen der Charité noch mit jemandem vom Landesinstitut machen. Der Leichentransportdienst ist schon unterwegs. Aber wie gesagt: Vielleicht hat Lehmann die anderen beiden ja erst mal nur irgendwo eingesperrt, um sich später über sie herzumachen.«

Abel holte tief Luft und atmete langsam wieder aus.

»Ach so, die gute Nachricht noch«, sagte Herzfeld, hörbar um einen fröhlichen Tonfall bemüht. »Das will ich dir auf keinen Fall vorenthalten, Fred.«

Er erhob sich, ging zu seinem Schreibtisch hinüber und kehrte mit einem einzelnen Blatt Papier zurück. »Es geht um den Genossen Burkjanov.«

Abel nickte zerstreut. Mit seinen Gedanken war er bei dem Horrorhaus im Wald. Die Jungen mussten schon vorher in ihren Heimatländern und auf ihrer Flucht Schreckliches durchgemacht haben. Und in dem Land, das ihnen Sicherheit bieten und einen Neuanfang ermöglichen sollte, wurden sie dann von Staatsbediensteten einem Triebverbrecher ausgeliefert! Das war wirklich kaum zu ertragen.

»Letzte Woche ist Burkjanov von dem Gericht in Tiraspol zu vierzig Jahren Arbeitslager verurteilt worden«, sagte Herzfeld. »Eine direkte Beteiligung an der Folterung und Ermordung der Stepanov-Brüder konnte ihm nicht nachgewiesen werden, sonst wäre er nicht um die Todesstrafe herumgekommen. Aber das Gericht sieht es als erwiesen an, dass er in diesen und mindestens drei weiteren Fällen den Mordbefehl erteilt hat. Unsere Prozessbeobachter haben dem Verfahren hinlängliche Transparenz und Fairness bescheinigt. Auf Antrag der transnistrischen Behörden ist Burkjanov vor drei Tagen festgenommen worden und sitzt in der JVA Moabit in Auslieferungshaft.«

Abel nickte geistesabwesend. Flüchtig kam ihm der Ring aus dem Kalkcontainer in den Sinn, den er zu Hause in seinen Wandtresor gelegt hatte. Aber das war Schnee von gestern. Das Schicksal der Flüchtlingsjungen, von denen zwei vielleicht noch gerettet werden konnten, verlangte seine volle Aufmerksamkeit. Er zog den Schnellhefter über den Tisch zu sich herüber und drehte ihn um, so dass er darin lesen konnte.

»Natürlich hat Burkjanov prompt Berufung eingelegt«, fuhr Herzfeld fort. »Aber wie ich aus dem Justizministerium erfahren habe, werden seinem Antrag in Tiraspol nur geringe Chancen eingeräumt. Und bis zu seiner Auslieferung bleibt er auf jeden Fall hier in Haft.«

Herzfeld beugte sich über den Tisch und klopfte Abel auf die Schulter. »Herzlichen Glückwunsch, Fred. Du hast viel riskiert, damit dieser Mann seine gerechte Strafe bekommt. Auch wenn du dich nie beklagt hast, weiß ich sehr wohl, dass er dein Leben eine Zeitlang in einen Alptraum verwandelt hat. Aber das ist jetzt vorbei.«

Abel blätterte in der Fallakte. Die sadistischen und kannibalistischen Phantasien, die Hennes Lehmann in den 1990er-Jahren an sechs- bis achtjährigen Kindern ausgelebt hatte, stellten fast alles in den Schatten, was er in dieser Hinsicht jemals gehört oder gesehen hatte. Und dieses buchstäblich *gefräßige* Raubtier war von deutschen Behörden auf freien Fuß gesetzt und auch noch mit neuen Opfern beliefert worden! Es war unfassbar.

»Hörst du mir überhaupt zu?«, wollte Herzfeld wissen.

»Wie? Entschuldige bitte. Was hast du eben gesagt?«

»Ich habe gesagt: Der Alptraum ist vorbei, Fred.«

»Da bin ich mir nicht so sicher.« Abel nahm den Schnellhefter an sich und stand auf. »Vielleicht hat er gerade erst begonnen.«

☠ ☠ ☠

Ende

Danksagung

Michael Tsokos:
Noch mehr True Crime, Thrill und wahre Begebenheiten

Auch die Handlung in ZERSETZT wurde wieder von echten Kriminalfällen inspiriert, in deren rechtsmedizinische Untersuchung ich eingebunden war, sowie von zahlreichen eigenen biografischen Erlebnissen.

Am Freitag, dem 13. Mai 2011, erhielt ich per E-Mail die Anfrage einer ausländischen Anwaltskanzlei, ob ich bereit wäre, kurzfristig in eine in Zentralasien gelegene ehemalige Sowjetrepublik zu fliegen. Dort waren zwei völlig zersetzte Leichen in Metallfässern mit ungelöschtem Kalk aufgefunden worden, die ich obduzieren und – wenn möglich – identifizieren sollte. Es wurde vermutet, dass es sich bei den Toten um Bankmanager handelte, die vier Jahre zuvor entführt worden waren und seitdem als vermisst galten. Hauptverdächtiger in diesem Mordfall war der zum damaligen Zeitpunkt bereits untergetauchte ehemalige Geheimdienstchef des betreffenden Landes – der einstige Schwiegersohn des Präsidenten, milliardenschwer, jedoch in Ungnade gefallen. Insofern war es kein Wunder, dass nicht ein einziger Gerichtsmediziner in jenem Land – oder in einer anderen ehemaligen Sowjetrepublik – bereit war, die Obduktion und Identifizierung der Toten zu übernehmen. Die nach wie vor guten Kontakte des ehemaligen Geheimdienstchefs und die große Zahl noch immer treu ergebener Verbündeter vor Ort waren allgemein bekannt. Die beiden Bankmanager hatten, kurz bevor sie entführt wurden und spurlos verschwanden, ihr jeweils dreistelliges Millionenvermögen besagtem Geheimdienstchef überschrieben. Die Figur des Juri Burkjanov, Abels gewichtigster Gegenspieler in ZERSETZT, kommt diesem Mann in vielen Eigenschaften sehr nahe. Burkjanovs reales Vorbild kam übrigens erst vor wenigen Monaten, während Andreas Gößling und ich an diesem Buch arbeiteten, unter dubiosen und nach wie vor nicht gänzlich aufgeklärten Umständen in Westeuropa ums Leben.

Als ich im Jahr 2011 drei Tage nach Eingang der E-Mail nach Zentralasien aufbrach, waren die Informationen, welche Rolle der Hauptverdächtige in seinem Heimatland gespielt hatte beziehungsweise welchen Einfluss er dort noch immer hatte, nicht bis zu mir nach Berlin vorgedrungen, und mein Auftraggeber, die ausländische Anwaltskanzlei, hatte auf Mitteilung der speziellen Umstände auch tunlichst verzichtet. Da ich deshalb bis zu meiner Ankunft in Zentralasien keinerlei Einblick in diese Hintergründe hatte, wurde ich mit der Frage nach der potenziellen Gefährlichkeit der Mission auch erst dann konfrontiert, als es eigentlich schon zu spät war. Gemeinsam mit meinem Stellvertreter am Institut für Rechtsmedizin, Dr. Lars Oesterhelweg, und unserer Präparatorin Jana Hoffmann obduzierte und identifizierte ich beide Opfer unter den massivsten Sicherheitsmaßnahmen, die man sich vorstellen kann: So waren in der Landeshauptstadt zum Beispiel sämtliche Straßen und angrenzenden Nebenstraßen, die wir gerade passierten, komplett für unseren Konvoi gesperrt. Kein Mensch hielt sich entlang unserer Fahrtroute auf den Straßen auf, und ständig waren einige Dutzend bis an die Zähne bewaffnete Soldaten einer Spezialeinheit in unserer direkten Nähe. Alles Weitere zu der Untersuchung der beiden zersetzten Leichen konnten Sie bereits in den entsprechenden Kapiteln dieses Buches lesen.

Andreas Gößling und ich haben uns die Freiheit genommen, die Identifizierungsmission in ZERSETZT nach Transnistrien zu verlegen. Transnistrien gibt es tatsächlich. Auch wenn dieses Land im Geographieunterricht in Deutschland nicht behandelt wird, liegt es nur etwa 1600 Kilometer von Berlin entfernt und damit gerade einmal gut zwei Flugstunden weit weg. Doch für uns Mitteleuropäer ist Transnistrien ein weißer Fleck auf der Landkarte und gefühlt weiter entfernt als der Mond.

Auch was Fred Abels atemlose Hetzjagd durch das transnistrische Grenzgebiet anbelangt und die dort eingesetzten Täuschungsmanöver und Überlebenstaktiken, konnte ich auf eigene Erfahrungen zurückgreifen. Von 1986 bis 1988 war ich selbst zwei Jahre lang Soldat bei den Fernspähern der Bundeswehr, eine Spezialeinheit, die es heute aufgrund veränderter politischer Verhältnisse in dieser Form nicht mehr gibt.

Zunächst war ich 1986 zur Grundausbildung an der Fernspähschule in Weingarten, später dann bis 1988 als Soldat im Spähzug bei der Fernspähkompanie 100 in Braunschweig eingesetzt. Das war eine erlebnisreiche und körperlich sehr fordernde Zeit. Als Abiturient aus behütetem bürgerlichem Elternhaus plötzlich in einem Ausbildungszug von neuen Kameraden umgeben zu sein, die es durch ihre Sozialisierung seit frühester Kindheit gewohnt sind, vom Faustrecht Gebrauch zu machen, und deren Lebensziel es ist, Berufssoldat mit Fronteinsatz, Fremdenlegionär oder Söldner zu werden, das ist nicht nur eine ganz neue und sehr spezielle, sondern auch eine prägende Erfahrung direkt nach Ende der Schulzeit, zumal wenn man tausend Kilometer von zu Hause weg ist. Eine Erfahrung, für die ich allerdings unendlich dankbar bin und die ich niemals missen möchte. Ich habe in jener Zeit gute Freunde getroffen, deren Lebensentwurf zwar völlig konträr zu meinem war, auf die ich mich aber immer verlassen konnte – in einigen Fällen bis heute. Dank jener Jahre verfüge ich heute noch über das (zumindest theoretische) Wissen, wie man einen angreifenden Hund tötet, sich im Gelände anhand der Vegetation orientiert, mit einem Klappspaten das Getriebe eines russischen Geländewagens blockiert, Panzerketten mit wenig Aufwand zerstört, Autos kurzschließt oder mit einem selbstgebastelten Molotowcocktail in die Luft sprengt und wie man mit Stoff, Kieselsteinen und Sand in wenigen Minuten eine natürliche Kläranlage für Wasser herstellt. Vor dreißig Jahren, vor dem Drohszenario einer kriegerischen Auseinandersetzung zwischen der NATO und den Staaten des Warschauer Paktes in Deutschland und bei über 250 Nächten im Jahr, die wir als Fernspäher im Wald verbringen mussten, war das sicher sehr nützlich. Heute, als Professor für Medizin und wohnhaft in der größten deutschen Metropole, muss ich auf solche Fähigkeiten zugegebenermaßen eher selten zurückgreifen …

Die Fernspäher wurden zu Beginn der 1990er-Jahre, nach der deutschen Wiedervereinigung und der anschließenden Beendigung des Kalten Krieges, zu großen Teilen entbehrlich. Für ihre eigentliche Aufgabe, nämlich sich bei einem Angriff feindlicher Truppen an der deutsch-deutschen Grenze überrollen zu lassen, dann das Feld von hinten aufzurollen und den Feind durch gezielte Sabotageakte zu schwächen (auch wenn sie offiziell immer als Aufklärer geführt wurden), bestand keine Notwendigkeit mehr. So wurden zwei der drei bis dahin existierenden Fernspähkompanien geschlossen, und Teile der Truppe bildeten die Basis für das 1996 ins Leben gerufene Kommando Spezialkräfte der Bundeswehr.

Neben General Burkjanov hat auch der zweite Gegenspieler Abels, der völlig durchgeknallte Dr. Harald Lenski (alias Katz) sein Pendant in der Wirklichkeit (wie auch seine Gespielin Julia Bunting). Der echte Lenski und die echte Bunting haben tatsächlich mit dem hier geschilderten Modus Operandi – Opiatvergiftung eines gutbetuchten männlichen Opfers und Attestierung eines natürlichen Todes durch den echten Lenski – in Norddeutschland vor ein paar Jahren einen Mann getötet und versucht, sich dadurch zu bereichern. Allerdings kam ihnen eine aufmerksame Kollegin von mir auf die Schliche. Ihr fiel eine frische Nadeleinstichstelle an dem Toten auf, der (wie Dominik Kreisler im Buch) angeblich eines natürlichen Todes aufgrund eines metastasierten Dickdarmkarzinoms verstorben sein sollte.

Und was Lenskis Charaktereigenschaften und Seelenzustand in ZERSETZT anbelangt, werden mir wohl die meisten Ärzte beipflichten, dass es in fast jedem Semester angehender Mediziner den einen ganz speziellen Kommilitonen gibt, der fasziniert von den Möglichkeiten der modernen Pharmakologie ist, Selbstversuche mit Psychopharmaka durchführt, mit denen er seine geistige und körperliche Leistungsfähigkeit ins Unermessliche zu steigern hofft, und getrieben ist von dem Gedanken, etwas ganz Großes für die menschlichen Synapsen und Nervenzellen zu entwickeln.

Der japanische Gastarzt Takahito Hayashi existiert ebenfalls in der Realität. Er ist ein engagierter Rechtsmediziner, der äußerst wissbegierig ein Jahr lang in Berlin hospitiert hat. Wir haben in dieser Zeit häufig gemeinsam obduziert und zusammen zahlreiche wissenschaftliche Fachaufsätze publiziert. Mittlerweile ist er wieder zurück in Japan und dort in der Nähe von Fukuoka als Rechtsmediziner tätig.

Michael Tsokos

Andreas Gößling: Ein True-Crime-, Polit- und Psychothriller

Zersetzt ist ein Hybrid aus Polit- und Psychothriller: Fred Abel wird in einen Machtkampf postsowjetischer Apparatschiks verwickelt und bekommt es außerdem mit einem sadistisch-psychopathischen Serientäter zu tun. Beide Subgenres haben ihre je eigenen Gesetzmäßigkeiten, und so stand ich beim Schreiben vor einer doppelten Herausforderung. Die wurde nicht gerade kleiner durch den Umstand, dass das fiktionale Bauwerk wiederum auf einem True-Crime-Fundament zu errichten war. Aber da ich bereits einige Romane aus der Sicht mehr oder minder psychopathischer Personen geschrieben und einen erfolgreichen Tatsachenthriller veröffentlicht hatte, war ich zuversichtlich, auch diese Aufgabe zu stemmen.

Den Fall Burkjanov/Stepanov haben Michael Tsokos und ich nach Transnistrien verlegt. Und da es diesen weithin unbekannten Pseudostaat wirklich gibt, hatte ich den Ehrgeiz, die dortigen Verhältnisse und Schauplätze aus erster Hand zu schildern.

Bei meiner Informationsreise in die bizarre postsowjetische Welt Transnistriens habe ich mit orts- und landeskundigen Personen in Moldawien und Transnistrien gesprochen, die moldawische Hauptstadt Chisinau und die transnistrischen Städte Tiraspol und Bender durchstreift. Nicht zuletzt habe ich mich an der Demarkationslinie entlang des Dnjestr herumgetrieben, in dessen Ufergebiet Fred Abel von Burkjanovs Gefolgsleuten gejagt wird. Als die russischen Grenzsoldaten schließlich argwöhnisch wurden, zogen meine Begleitung und ich uns vorsichtshalber zurück, aber da hatte ich bereits genügend Eindrücke gesammelt.

Die Fabrik, in der die bedauernswerten Oligarchen-Neffen im Roman gefoltert werden, gibt es wirklich; auch wenn ich mich nicht dafür verbürgen kann (und natürlich auch nicht hoffen will), dass in dem Horrorgemäuer wirklich einmal Regimeopfer darben mussten. Noch beim Schreiben der am Dnjestr spielenden Verfolgungsszenen meinte ich den federnden Waldboden unter meinen Füßen zu spüren.

Auch das museumsreife Lada-Taxi hat mich tatsächlich einige Kilometer weit transportiert, glücklicherweise mit einem glimpflichen Ende. Das war durchaus nicht selbstverständlich; als wohlhabend eingestufte Touristen und Expats werden in Transnistrien keineswegs selten entführt. Joschis reales Vorbild aber gab sich freundlicherweise mit dem vorher vereinbarten Preis zufrieden.

Je solider das Fundament aus Fakten und Realität, auf dem die Fiktion aufbaut, desto dichter die Atmosphäre und desto intensiver das Leseerlebnis: Das gilt insbesondere, aber keineswegs nur für True-Crime-Thriller. In unserem Genre kommt hinzu, dass die in Form von Obduktionsberichten und kriminalpolizeilichen Ermittlungsergebnissen vorliegenden Fakten so weit wie möglich in den Roman integriert werden und so wenig wie möglich verändert werden sollten. Im Zweifelsfall hat sich die Fiktion den Fakten anzupassen, nicht umgekehrt.

So ließ sich zwar beispielsweise weder durch die rechtsmedizinische Untersuchung noch durch kriminalpolizeiliche Ermittlungen rekonstruieren, wie die Folterung der Stepanov-Brüder im Einzelnen abgelaufen ist; die Folterszenen habe ich dann aber so angelegt, dass sie mögliche Erklärungen für die Befunde liefern, die Michael Tsokos bei der Untersuchung der Überreste sichern konnte – bis hin zu makabren Details wie dem steinernen Dildo und den amputierten Zehen.

Bei der romanhaften Umsetzung des Falls Lenski alias Katz alias Barry hatte ich es mit einem weniger engen Faktenrahmen zu tun, da dieser Handlungsstrang weitgehend aus den Perspektiven des psychopathischen Täters und des tapferen weiblichen Opfers erzählt wird. Hier lagen mir natürlich keine O-Ton-Protokolle vor, in denen reale Vorbilder ihre Beweggründe und Befindlichkeiten geschildert hätten.

Aber auch in diesen Kapiteln ist sehr viel weniger »frei erfunden«, als es auf den ersten Blick vielleicht den Anschein hat. Anlässlich unterschiedlicher Buchprojekte habe ich mich seit vielen Jahren immer wieder mit den Denk-, Empfindungs- und Handlungsmustern psychisch gestörter Personen und ihrer Opfer beschäftigt (etwa für das gemeinsam mit Michael Tsokos und Saskia Guddat verfasste Debattenbuch *Deutschland misshandelt seine Kinder*, Droemer 2014); auch diese Kenntnisse sind in meine Arbeit an Zersetzt eingeflossen.

Andreas Gößling